细雪

〔日〕谷崎润一郎 著

张军苗 译

中国出版集团
现代出版社

目录

上卷

一

“小妹呀，来帮我一下——”

透过镜子，见背后妙子从走廊进到屋里，正在往脖颈扑粉的幸子停下手来，将粉刷递了过去。她并未转过头，只是盯着镜中映出的自己，身穿和服内衬长衫，后襟下拉露出脖子，眼神仿佛在打量一个外人。

“雪子在楼下干什么呢？”幸子问道。

“好像在看悦子练钢琴。”

楼下传来练习曲的声音，估计是先收拾停当的雪子被悦子逮个正着。悦子这孩子，平日里就算妈妈不在家，只要有雪子在，就肯老老实实地留在家中。可今天妈妈、雪子和妙子三人要一同出门，这下她便不乐意了。于是雪子只得答应等演奏会结束就先走一步，晚饭之前回到家里，悦子这才安分下来。

“知道吗，小妹，又有人来给雪子说亲啦！”

“是吗——”

妙子用粉刷蘸着化妆粉，从姐姐的后颈一直抹到双肩。粉刷过处，留下了鲜明的刷痕。幸子并不驼背，但体态丰腴，使得她肩膀到后背的部分微微隆起，覆着湿粉的肌肤在秋日晴空的光照下泛出光泽，显得紧绷有弹性，完全不像三十多岁的女人。

“是井谷太太介绍的。”

“是吗？”

“一个上班族，在MB化学工业公司干活。”

“拿多少工资？”

“月薪一百七八十日元，算上奖金大概有二百五十日元。”

“那个MB化学工业，是法国的公司吧？”

“是呀。你连这个都知道哇，小妹？”

“当然知道啦。”

年龄最小的妙子，在这方面比两个姐姐都知道得更多。姐姐们竟然如此没见识，这让她多少有些瞧不起她们，所以说话的口吻总令人觉得她更年长几分。

“这公司的名字我以前倒是没听过。据说总公司在巴黎，是个大资本企业。”

“在日本也有分公司，神户的海滨路那边不是有个大高楼吗……”

“对，说是就在那儿上班。”

“那个人会讲法语吗？”

“嗯，大阪外语学校法语系毕业，还在巴黎待过一阵子。此外，还在夜校给人家当法语老师，一个月能拿一百日元左右，加上工资有三百五十日元了。”

“财产呢？”

“财产倒是没什么。他母亲一个人在乡下，除了母亲的老房子，还有他自己在六甲的房子和地。六甲的房子据说还是贷款买的小户型文化住宅[①]。当然，具体我也不清楚。”

“那也挺好，算上不用交房租的份儿，能过上一个月四百日元的日子了。”

“你觉得配雪子怎么样呢？负担就一个老妈。而且人还住在乡下，不会搬到神户来。这人今年四十一岁，说是还没结过婚——”

“为什么都四十一了还没结婚？”

“说是只想娶个好看的，就这么耽误了。”

“这个有点可疑，得好好调查一下。”

“对方可是特别愿意呢。”

“给他看雪姐的照片了？”

幸子上面还有一个本家的姐姐鹤子，所以妙子从小就习惯管幸子叫“中姐”，管雪子叫“雪子姐”，后来念顺了就变成了“雪姐”。

“之前我放在井谷太太那儿一张，她没跟我说就给对方看了。据说对方是中意得不得了嘞。”

“有那男人的照片吗？”

楼下仍然不断传来琴声，幸子见雪子一时半会儿不会上来，便说：

“你打开那边最上头右边的小抽屉瞧瞧。”

说着，幸子拿起唇棒，噘起小嘴，仿佛要跟镜中的自己接吻。

“有吧。”

“有。这个给雪姐看过吗？”

“看过。”

①大正时代中期以后开始流行，兼具和式与西洋住宅特色。

“她怎么说？”

“还是老样子，什么都没说。就一句‘哦，这个人啊’。小妹你觉得怎么样？”

“这个人嘛，普普通通吧。——不，或许还算不错吧。——但怎么看都是个上班族哇。”

“他本来就是个上班族哇。”

“有一点对雪姐来说是好事——能向他学法语。”

脸上的妆大体完毕，幸子拿过一个上面写有“小槌屋和服衣料店”的纸包。包装绳才解到一半，她忽然想起了什么：“对了，我最近‘缺 B’。小妹，你下去一趟，叫他们把注射器消消毒。”

脚气病可以说是大阪神户地区的地方病，或许是受此影响，这家人上自家主夫妇，下至刚上小学一年级的悦子，每年从夏天到秋天都会犯脚气病。结果注射维生素 B 就成了一家人的习惯。近些日子甚至连医生都不看了，直接在家中备下强力维生素 B_1 [①]注射液，想注射了随时找家里人互相一扎，毫无顾忌。后来，只要身体稍有不适，就把问题归结为缺维生素 B，也不知是谁突发奇想，给起了“缺 B”这么个名字。

见外面钢琴声停了，妙子把照片放回抽屉，走到楼梯口，人不下楼，只是向下面望。

“喂，过来个人！”她放开嗓门，“太太要注射了——去给注射器消毒。”

---

①日语原文为“強力ベタキシン”，即强力维他基辛，为拜耳公司出售的合成结晶维生素 B_1 的商标名称。

二

前面提及的井谷太太，是神户东方宾馆附近一家美容院的女主人，幸子她们时常光顾。听闻此人喜欢牵线说媒，幸子老早便将雪子之事托与她，照片也交与她一份。前些日子幸子去做头发，井谷太太趁闲暇空当对她讲“太太，可否借一步喝杯茶小叙一番”，便将她邀了出来，在宾馆大厅说了前面这档子事。

她说：“非常抱歉没能跟您事先打声招呼，但怕夜长梦多放跑了大好良缘，擅自把您放在我这儿的小姐的照片给人家看了。后来过了约莫一个半月也没什么动静，我都快把这事忘到九霄云外了，看来人家是趁这段时间调查您家来着。大阪的您的本家，这边身为分家的您家，还有小姐本人的情况，据说连女子学校和书法、茶道的老师那边都去拜访过了。现在人家对您家可算是知根知底。就连之前登报的那件事，人家专程跑了趟报社去调查，坐实了报道有误的事情，所以也就没往心里去。我也跟他说，‘小姐是不是那样的人，你去见一面就知道了’，让他放了这颗心。人家挺谦虚，说自己跟莳冈小姐身份相差悬殊，不敢妄想如此优秀的姑娘能嫁到自己家来，也不舍得姑娘嫁过来跟自己一起吃糠喝稀受苦挨饿，但万一真的有缘能够共结连理，那真是三生有幸，所以这事还望能说合说合。

“要我看呀，人家祖父辈往前在北陆地区的一个小藩任高官，如今故乡还有部分家宅，家世这方面也不算特别不相称。诚然您家是名门世家，“莳冈”这个姓氏曾经在大阪也是无人不知无人不晓——但容我说句冒犯的话，今非昔比了，您总顾着从前的荣光，小姐的姻缘就只能一误再误，所以还是请您放宽一些吧。他现在一个月是赚得不多，但人刚四十一岁，并非没机会升职加薪。况且他说那家公司与日本公司不同，业余时间比较充裕，再多花点时间去夜校讲课的话，一个月至少四百日元还是很容易的，结婚后请个女佣不是问题。至于其人，我二弟和他是中学同学，两人打小就挺熟，说人品可以打包票。当然，保险起见您那边最好还是调查一下。至于结婚耽误了的原因，据说只是想娶个好看的，除此以外并无其他，我感觉不假。当然了，人家去过巴黎，也四十多岁了，不可能完全没碰过女人。但据我上次见面时的感觉，这人是个挺正经的上班族，身上没一点会玩弄风尘的影子。至于喜欢好看的之类的，在这种老实人里是常有的事。不过可能是从巴黎回来的缘故，他跟我说对象只能是纯日本式的美人，适不适合穿洋装无所谓，但要贤良淑德，温文尔雅，亭亭玉立，要惯于和服加身，容貌姣好之外，还必须有纤手玉足。我一想，您家小姐不正是最佳人选吗？”——内容大致如此。

井谷太太一边照顾因中风卧病在床的丈夫，一边经营美容院，不仅供一个弟弟读到了医学博士，今年春天还让女儿进入了目白[①]读书，这一切注定了井谷要比普通女子头脑灵活数倍，万事更是深得要领。然而从职业特性上来讲，她缺了些女人味，说话不懂得婉转含蓄，心里有什么嘴上就讲什么。幸而她用语措辞并不恼人，加之说的都是一些不得不说的大实话，所以不会招来人们的厌恶。幸子刚认识井谷太太时，也因她那咄咄逼人的快嘴而生了几分鄙夷，但

① 1923年成立，成立之初名为“研心学园”，1929年改称目白商业学校，至今已有近百年历史。

聊得久了，便深觉她可靠、值得信赖，丝毫不逊色于男子，从而明白她所说的完全出自好意。更重要的是，她的话条理清晰，从不给人留反驳的余地，所以每次听她说话都会被她的气势压倒。于是，幸子只得说“会尽快跟本家商量商量”，以及“我们也调查一下这个人”，便赶忙道了别。

论家中排行，雪子紧排在幸子之后。然而不知怎的，雪子的婚事一再耽搁，如今已经年至三十，她却仍没能成家。至于缘由，有一部分人怀疑其中有天大的秘密，但实际上并没有什么能真正称得上理由的理由。要说最大的原因，包括本家大姐鹤子在内，幸子也好，雪子也罢，都因他们父亲晚年的奢华生活，因“莳冈”这个名门姓氏——总之就是拘泥于往日大户人家的条条框框，非要找个门当户对的人家成亲。一开始登门提亲的人大排长龙，然而东挑西拣总觉得差些什么，一个个通通拒了回去。于是慢慢地大伙没了心气儿，登门的人也就越来越少，其间又赶上时运不济，家道中落。所以井谷太太那句“今非昔比”确实是由衷替她们着想的大实话。

莳冈家全盛时期最多可以算至大正时代[①]末期，而今也只存于一部分大阪过来人的记忆之中了。说得再直白一点，家势全盛的大正末期，父亲在生活以及经营上的放纵态度所带来的负面影响已经渐渐浮出水面，破绽百出。之后不久父亲驾鹤西去，营业被迫重整，缩小规模。紧接着，以历史悠久著称、自旧幕时代便开在船场地区[②]的店铺交与他人之手。即便如此，之后很长一段时间里幸子、雪子她们仍无法忘怀父亲在世时的生活，每每路过这间保留着旧时土仓库造型的店铺的门前时，总会满眼怀念地向门帘背后昏暗的门

①即 1912 至 1926 年间。

②位于日本大阪西部的商业、金融中心。

堂望上几眼，直到整个店铺被改筑成如今的大楼。

父亲膝下只有女儿没有男丁，晚年隐居之后将一家之主的大任交给女婿辰雄，并为次女幸子招了上门女婿，立了分家。至于三女雪子的不幸，很大程度上在于没有借父亲之手为当时已到适婚年龄的雪子寻找良缘，以及雪子与姐夫辰雄之间的不和。辰雄本是个银行家的儿子，入赘之前在大阪的某家银行任职。不过，继承岳父家业之后，实质上仍由岳父和掌柜打理的。岳父死后，他不顾妻妹们以及众亲戚的反对，执意将仍有希望勉强维持的店铺转让给一个莳冈家仆出身的同行；而他自己，则又重操旧业，跑回去当了银行职员。按他的说法，与敢闯敢拼的岳父不同，自己习惯稳扎稳打，甚至有些谨小慎微，不是能顶着经营困境重振自己并不熟悉的家业的那块料，所以选了这样一条更安全的路线。他本人坚称，这种做法是把身为女婿的责任摆在了第一位。但恋旧的雪子不以为然，觉得姐夫的行动未尽其责，相信先父与自己是同样见解，在九泉之下指责他。恰在这个时候——父亲去世没多久，这位姐夫就热心满满地开始为雪子介绍婚事。对方是丰桥市大财主家的儿子，在当地的银行任要职。姐夫所在的银行算是那家银行的母公司，所以姐夫对此人的人物秉性资产状况颇为了解。又说丰桥的三枝家也是个名门望族，现在的莳冈家甚至算得上高攀，对方又是个极好的男子，于是两家顺利地走到了相亲这一步。结果雪子见了对方之后，却怎么也不肯嫁过去。其中理由，说是对此人长相做派并无挑剔，但无奈一身土绅士的味道；人虽是个好人，可脸上看不出一丝文化修养。言谈之中，此人称自己中学毕业后因病没能继续上学，其在学问方面脑筋之差可想而知。这对于从女子学校读到英文专科，还以优异的成绩毕业的雪子而言，恐怕将来很难对此人有所尊敬。而且就算对方是大财主家出身，可保今后生活无忧，可在丰桥这等穷乡僻壤的小城市生活恐难忍孤寂之情。这点上幸子最为同情雪子，还表示绝不让雪子过这种可怜的日子。而在姐夫看来，这个小姨子虽在学问方面有过人之处，但为人因循守旧又内敛，是那种非常典型的日本女人，适合在刺激较少的偏僻城市过安稳生活，于是觉得她本人也不会有异议，不料结果事与愿违。到这时姐夫才明白，这个内向、怕生，在人前连话都说不利索的雪子，却有着如此不可貌相的一面，绝不是一个万事隐忍的女子。

当然雪子也有不对，既然心中已明确有了一个“不”字，就该早早挑明，可她却总是给出一些模棱两可的回答。等到火烧眉毛，也不肯对姐夫或大姐说清，只告诉幸子。之所以如此，原因之一是看着对此事无比热心的姐夫，不好辜负人家一番好意。但该说的话总憋着不说，算是雪子的一个坏毛病。如此一来，姐夫误以为这事八字有了一撇。而对方相亲之后，对亲事甚是满意，恳求无论如何也要办成。然而事情走到这没有回头路的地步时，雪子却说了一个“不”字。不管姐夫和大姐怎么轮番上阵苦口婆心地劝，雪子就是不肯答应。本以为这门亲事能让岳父含笑九泉，正因如此他才极度失望。更麻烦的是，无论是对男方，还是从中做媒的银行上司，如今姐夫都没脸和他们打招呼了，每每愁得一身冷汗——况且，要是有一个正当理由也就罢了，可这事却是雪子任性，拿长相不够有文化这等无聊的刁难之辞来推脱如此千载难逢的好姻缘。要是把人往坏了想，就算说这是故意给姐夫难堪，都有人信。

自那以后，姐夫对给雪子说亲一事敬而远之。别人来提亲的话倒是乐意一听，然而要自己主动张罗，或是要带头给出个好与不好的意见时，总是能躲就躲。

三

妨碍雪子亲事的另一个原因，是井谷口中提到的“登报事件”。

事情距今已有五六年。当时年方二十的小妹妙子与同在船场地区的另一个大户人家——贵金属商人奥畑家的儿子坠入爱河，后来私奔了。身为妹妹的妙子很难先于姐姐雪子结婚，两个年轻人见通常手段无望，便偷偷商量采用了非常手段。动机虽然单纯，但双方的家庭都无法容许这等行为，于是二人很快被找到并被带回了各自家中，整个事情没有掀起什么波澜。然而倒霉的是，这个事情被大阪一家小报社抖了出来，还把妙子错写成了雪子，年纪也写的是雪子的年纪。当时莳冈家纠结于是否要为了雪子向报社申请撤下报道，因为提出申请等于反面承认了妙子私奔确有其事，并非明智之举，不如不予理睬，任其自然消亡。家主辰雄为此事伤透了脑筋，但想着不管犯错的人会有什么后果，都不能让无辜者蒙冤受屈，便还是申请了。不承想后来见报的并非取消报道的声明，而是另一篇校正后的报道，把里面的名字改成了妙子。提出申请之前，辰雄心里本觉着应该问一问雪子的意见，可转念一想，雪子对自己向来少言寡语，肯定不会给出什么明了的答案。况且与妻妹们商量的话，可能导致利害相反的雪子与妙子之间起纠纷，于是只将此事告诉了妻子鹤子，自己担下全责，提出了申请。不过老实说，牺牲妙子为雪子洗清冤屈，某种程度上是为了博得雪子的好感。要说这个事，对入赘的辰雄而言，这个看似老实却从不与其交心的雪子是最难以捉摸也难以掌控的小姨子，想趁这个机会哄她开心。然而这回也事与愿违，雪子与妙子都更讨厌他了。雪子的说法是:“报纸的报道出了差错，只能怪我自己运气不好。那种撤下报道的声明平时都登在没人看的犄角旮旯里，根本不具备任何效果。而且在我看来，不管是撤下报道的声明还是别的，任何多登报的情况都是非常令人不愉快的。只有默不作声任其自然消亡，才最明智！姐夫为我挽回名誉的行为虽然值得感激，但你这样做让小妹怎么办？小妹做的确实有错，但这都是他们年纪太轻，分辨能力不强所致。而且要怪罪的话，应当怪罪双方家庭监管不力，至少对于小妹，不光姐夫，就连我也难辞其咎。再说了，我自己是清白的，我相信了解我的人都明白。我还没有脆弱到被那样一篇微不足道的报道击垮。更重要的是，如果这次的事让小妹心理扭曲，走上歧途怎么办？姐夫做事总是拿大道理压人，欠缺人情味。更何况，这么大的事居然不跟利害关系最深的我商量一句，就付诸行动，实在太过专横了！”——诸如此类。

妙子那边也一样，说姐夫为雪姐证明清白自然是理所应当，但应该有办法不说出我的名字就解决此事吧？对方只是个小报社，施加些手段明明可以压下去，结果姐夫却在这种时候舍不得钱。——当时她说话就很有大人味儿。

这次登报事件闹得辰雄在社会上很没面子，他甚至为此递出了辞呈。然而上头说“不至于此”，让辰雄保住了工作，可雪子遭受的负面影响就没这么容易消除。就算运气好，能有几个人看到校正后的报道，得知了她的冤罪。尽管她是清白的，小妹这档子事搞得人尽皆知，任凭雪子这个做姐姐的再怎样问心无愧，求亲的人也难免敬而远之。先不论雪子内心怎么想，至少表面上说“这点小事伤不到我”，所以与妙子之间的感情非但未因此事生出龃龉，还让雪子在姐夫面前越发护着妙子。要说这两个人，之前就喜欢轮换着从上本町九丁目的本家往阪急芦屋川的分家——幸子家跑，经常是一个人刚回去另一个就来。出了这件事之后去得更是频繁了，甚至两人结伴跑过来一住就是半个月。这也多亏幸子的丈夫贞之助。他是名会计，每天去位于大阪的事务所上班，除此以外家中生计还依靠岳父分给的一些财产补贴维持。但与向来严格的本家姐夫不同，商科大学毕业的他反而更喜好文学，平时写写和歌，也不像本家姐夫那样喜欢家中大权独揽，从很多方面来讲，对雪子她们而言是个不那么可怕的人物。只不过要是雪子她们实在住了太久，他还是会顾及本家的感受，提醒幸子“让她们姑且回去一趟”。但幸子每次都会说：“这点儿事情姐姐不会介意啦，不必担心。如今本家那边添了小孩，家里地方小，妹妹们不在本家住着倒也能让姐姐喘口气。总之眼下随她们的性子来也没什么关系啦。”用这类的说辞搪塞回去，于是慢慢地就成了常态。

就这样过了数年，雪子身上没发生什么大变化，妙子的境遇却有了意想不到的变化，而且最终也与雪子的命运或多或少有着某种联系。——妙子自打还在上女子学校的时候就擅长做人偶，但凡有空，总会拿一些碎布头剪着玩。后来技术越来越进步，作品在百货店的陈列架上赢得了一席之地。她创作的人偶有法兰西风格的，有纯日式歌舞伎样式的，还有其他林林总总，不一而足，而且每一个都闪耀着令人望尘莫及的独创之才。这一定程度上要归功于妙子平日里在电影、戏剧、美术、文学等方面的广泛爱好。总而言之，从她手中诞生的可爱的小艺术品不断吸引着爱好者们，去年在幸子的大力支持之下，甚至租心斋桥附近的某画廊开了一场个人展览。妙子起初以本家孩子太多太吵为由，跑到幸子家来做人偶，后来干脆想要一个正式的房间来工作，便在离幸子那里约有三十分钟路程、位于同一趟电车沿线的夙川的松涛公寓租了一间房。本家姐夫对妙子搞职业女性这一套本就表示不赞成，认为在外面租房间更是不成体统，但这次幸子又帮忙解了围——妙子的过去有些污点，想找亲家比雪子还难，让她有一件事去做反而好些。何况租这个房间也只是为了工作，又不在那里过夜。我有个寡妇朋友正好经营公寓，便求她租了一间。而且那边离得不远，我随时都能过去看看情况。如此这般一来二去，基本上算是先斩后奏地把事情办了。

妙子本来生性活泼，与雪子正相反，没事喜欢说说俏皮话、开开玩笑。但那件事发生之后，她整个人都阴郁下来，常无缘无故地神游天外。幸而这扇意外开启的新世界大门成了救命稻草，近日来她又渐渐找回了往日的开朗。从这一点上讲，幸子的预测是正确的。不过，妙子每个月都有本家给的零用钱，加之她的作品总能卖个好价，妙子手里的钱自然地富余了起来，于是隔三岔五能见她拎个不菲的提包，或是穿双貌似进口货的别致鞋子。大姐和幸子对此事颇为担心，劝她多存存钱。然而实际根本不消这二位提醒，存钱方面妙子也早就是一把好手，她把邮政储蓄的存折偷偷拿给幸子看，叫幸子对大姐保密，还说“中姐你要是缺零用钱就找我借”，就连幸子也惊得嘴巴都合不拢。

后来一次幸子听人说：“我看见您家小妹跟奥畑家的启少爷在夙川的堤坝上溜达呢。”其实前些日子幸子就见妙子掏手帕的时候有个打火机一同从兜里掉出来，发觉妙子背着人吸烟的事。但转念一想，人都二十五六了，这么点事无可厚非，把她找来问了问，本人倒也老实承认了。接着细问下来，妙子说，自打私奔事件起就跟启少爷没了联系，直到前几天，启少爷跑来看妙子的人偶个人展览，还买下了其中首屈一指的大作，借此机会两人才又重新交往起来。当然两人的关系非常纯洁，平日又极少见面，妙子表示自己已不同往日，成熟了许多，这一点还请姐姐信任。然而幸子得知此事之后，便开始觉得让妙子在公寓租房间有几分叫人放心不下，觉得自己对本家也有责任。况且妙子的这个工作本就是兴趣使然，加之本人把自己当成了艺术家，工作并非每天有规律地几点开始几点结束，有时一连休息几天，有时兴致来了彻夜不眠，第二天肿着眼睛回家。本来说好不让妙子在公寓过夜，但慢慢地也就由不得幸子了。另外，不论是在上本町的本家、芦屋的分家还是夙川的公寓，妙子也不一一汇报何时从这边出门预计何时抵达那边。想到这里，幸子觉得自己仿佛有些太粗枝大叶了，于是挑一天妙子不在，跑到夙川的公寓，找这位经营公寓的朋友若无其事地打听妙子的近况。据公寓女主人讲，小妹最近越来越厉害了，甚至收了两三个来学做人偶的徒弟。不过徒弟全都是些太太小姐，至于男人，最多也就是做箱子的师傅偶尔跑来取订单或者交货。小妹一工作起来就心无旁骛，忙到凌晨三四点都是常事。每逢这个时候，因为屋里没地方睡觉，她就点上一支烟等天亮，乘最早的一班电车回芦屋。这样算来，与妙子早晨回家的时间并无出入。后来又谈到房间，说原本租给小妹的是一间六叠①大的和室，最近换了间大的。幸子过去看了看，由一间欧式房间和一间高出一段的四叠半的和室组成。参考书、杂志、缝纫机台、布料以及其他一众材料、未完成的作品等把房间堆得满满当当，墙壁上用图钉固定着大批照片，杂乱不堪，俨然是一间艺术家的工作室。但杂乱中又不乏年轻女性工作室所应有

①日本面积单位，一叠为每张榻榻米的面积，一般每叠约为1.6562平方米。

的色彩斑斓，加之扫除到位，整理用心，烟灰缸底连一个烟头都没有。翻一翻手边的抽屉、插单器，没见到任何让人起疑的东西。

实际上，幸子出门的时候生怕在这里找到什么证据，所以并不是很想来这一趟，而现在却觉得这趟没有白来，不仅放了心，还因此事越发信任妙子了。就这样过了一两个月，幸子都几乎忘记这件事的时候，一天，妙子去了夙川不在家中，奥畑冷不丁地拜访上门，说是“想见太太”。幸子尚住在船场的时候，莳冈与奥畑两家住得很近，奥畑家人对幸子而言也不算完全的陌生人，于是便将他让了进来。见了面，对方先是说了一番场面话，对自己突然造访表示歉意，此次特地前来是有件事恳请幸子的谅解。随后又讲二人当年采取的手段确实过激，但绝非出于一时的放浪。当时两人虽然被拆散，但自己与小妹（“小妹”是“小姑娘”的意思，是大阪家庭对家中最小的女儿的普遍称呼，那时奥畑不仅称妙子为“小妹”，还称幸子为“姐姐”）立誓，表示只要能获得家里的谅解，等多少年都无所谓。自己这边的家长最初误认为小妹是社会上的不良青年，但现在已经明白她是一位艺术上才华横溢的良家千金，而且自己与小妹的恋爱十分健全，所以如今已经不反对二人的婚事了。接着他还说，听小妹说，府上的雪子姐姐尚未觅得良缘，所以跟小妹商量之后，由我来拜托您此事。我们两个人绝不急于一时，愿意等待合适的时机，但我们二人已是山盟海誓之身，这点希望姐姐您能够了解，也希望您能够信任我们。此外，若是有机会能在本家兄长以及姐姐面前为我二人说说情，成全了我们俩，那更是感激不尽。听闻姐姐您最为通情达理，又同情小妹，所以才斗胆提此不情之请。——内容大致如此。

幸子不说答应也不说不答应，只寒暄着表示明白他的来意了，便把奥畑送走了。其实，奥畑所说的事情幸子并非没有想过，所以也不怎么觉得意外。老实讲，既然二人的关系一度在报纸上曝光，那么把二人撮合在一起应该是最好的解决之道。她相信本家的姐夫和姐姐最终也会得出这个结论，但顾虑到此事对雪子心理的影响，这个问题还是想能拖则拖。幸子有个习惯，每在无所事事之际，喜欢摆弄摆弄钢琴。这天送走奥畑之后，她便一个人走到客厅的钢琴前，随手抽出几本谱子弹了起来。这会儿，妙子大约是估计好时间才从夙川回来的，一副若无其事的样子走了进来。幸子见状停下了手，“小妹！”招呼了一声。

“奥畑家的启少爷来了，刚回去。”

“是吗？”

“你们的事情我明白——但现在什么都不能说，总之就包在我身上吧。”

“嗯。”

“要是现在挑明，雪子就太可怜了。”

“嗯。”

“这你明白的吧，小妹。”

妙子显得有几分尴尬，强摆出镇定的表情，只回答“嗯”“嗯”。

四

起初幸子把妙子和奥畑近来的情况埋在心里，没跟包括雪子在内的任何人说。结果一天，两人从夙川散步到香栌园的途中横穿阪神国道的时候，非常不巧地碰到了刚好从沿线阪国公共汽车上下来的雪子。这个事情雪子一直闭口不提，幸子是直到半个月后才从妙子口中得知的。于是幸子怕再瞒下去会给妙子招来不必要的误会，便把接受奥畑登门拜访之后的事情原委和盘托出，表示两个人并不急于一时，愿意等雪子你的亲事定了以后再说，但迟早要答应这两个人在一起的，到时候为了劝本家能够谅解，还要请雪子一起说些好话呢。幸子说着观察着雪子脸上的反应，可雪子只是静静地听，表情并没有什么变化，还说如果两人只是因为顺序的问题要往后延，可以不必在意自己，先让二人结婚就好。自己不会因此事受打击，更不会放弃希望。她有预感，自己幸福的那一天终将到来。她语气中肯，既不像讽刺又不像逞强。

然而不管当事人怎么想，姐妹的先后顺序还是要遵守。如果说妙子的婚事已定，那么雪子的亲事则更需要抓紧时间。可除了上面提到的那些事情耽误了雪子的婚期之外，另一个导致雪子不幸的要素，是她羊年出生。一般说来，关东多忌讳丙午，却没有忌讳羊年出生的迷信，所以东京人对此难免感到奇异。但在关西，人们认为羊年出生的女人运气差，缘分不易找。特别是商人，都讲尽量不要娶羊年出生的女人，甚至有“羊女不过门”的谚语流传。商人众多的大阪从很早就有这一风俗，有时连本家的姐姐也说，雪子缘分这么浅，或许就是这件事害的。一来二去，姐姐姐夫们也渐渐发现按以往那些严苛的条件很难给雪子找到对象，于是先前讲条件说这边是初次结婚，所以对方也必须没结过婚；后来变成可以是再婚，但不能有孩子；接着一降再降，说有孩子也可以，但不能超过两个，年龄比二姐夫贞之助大一两岁没关系，只要看上去不显老即可。雪子表示只要姐夫和姐姐们意见一致，不管谁家都愿意嫁，对前面那些的条件也没有异议。但是如果对方有孩子，希望是长相可爱的女孩儿，因为只有这样她才能真心地去爱这个孩子。还说如果对方超过四十岁，那么这个人这辈子有多大成就基本也就定了，往后收入增长的机会不多，而且自己将来守寡的可能性也高，所以虽说不求家财万贯，但至少也要保证老有所养。后来这些要求本家和分家的人也觉得十分在理，便一同加到了条件之中。

井谷太太帮忙说的这门亲事大概也在这个时期，所以对方的身家条件与这边的要求相差不大。家中无财一事虽然和条件有所出入，但人今年四十一岁，比贞之助小一两岁，将来还是有些发展前景的。别看这边同意对象可以比二姐夫年长，但能避免于此自然是再好不过，面子上也更漂亮一些。此外，这个人最好的条件莫过于他是初次结婚。这点是莳冈家求之不得，甚至几近放弃的，所以最具吸引力，恐怕今后再难遇到第二个了。总而言之，即便其他方面有些许不足，仅初次结婚一项，就足以将其全数弥补。还有，此人虽然是个工薪阶层，但受的是法国教育，对法国美术文学也略有涉猎，幸子觉得雪子八成会喜欢。这么说是因为在不熟悉的人眼中，雪子看上去就是一个纯日本风格的千金小姐。然而这都是源于服装、体态、言语动作的表象，实则并不全然如此。她如今还在学习法语，而且在音乐等方面，他对西洋音乐的理解要远超日本音乐。幸子私下里通过人脉在MB化学工业公司内部打听人们对这个姓濑越的人的评价，同时在外界也着手调查了一番，结果无论在任何方面，都没有一个人说此人人格如何不好，于是觉得应该算是一段良缘，改天可以与本家商量商量。不承想，就在距今天大约一周前，井谷太太突然乘着出租车跑到芦屋这边的家里，催着问前些日子说的事考虑得如何了，还把对方的照片带了过来。井谷太太说话一如既往地像是连珠炮，幸子本想从长计议，告诉她“正打算和本家商量”，但显得太不上心，终究没说出口。结果，幸子只得说：“这个对象我觉得非常好，现在本家那边正在调查，大约过一个星期就能给您答复了。”井谷太太听罢表示这种事情还是尽早为妙，莳冈家要是有意就要尽快，濑越先生现在每天都打电话来“还没好吗还没好吗”没完没了地催，还说“先让对方看看我的照片，顺便探探口风”，自己这才过来了，最后说一周以后一定来听答复。短短五分钟把这一大堆啰里啰唆说完，井谷太太跳上来时那辆等在一边的出租车，一溜烟地回去了。

幸子是典型的京阪人，万事喜欢慢悠悠地来，这是关系到女人一生的终身大事，不该强行这样事务性地高速处理。但被井谷追在屁股后面这么一催，向来行事迟缓的她居然罕见地第二天就跑到上本町找姐姐说了大致情况，还把对方正急着要答复的事情明说了。然而姐姐比幸子更加慢性子，表示说：“这种事情要慎重，我也觉得是桩好姻缘，但姑且要跟你姐夫商量商量，最好再找信用调查所去调查一下，还要派人去那人老家看看。”等等，说了一大堆相当花工夫的事情。本家既然都这么说了，一星期肯定没戏，估计最快也要一个月才能有结论，幸子正想着用什么法子把时间拖延一下。这不，昨天刚满约好的一星期，又是一辆出租车停在家门前。幸子心中一惊，果不其然，井谷走了进来。幸子慌忙说道：“昨天又催了一遍本家，那边大致没有什么异议了。只是还有些细节没有调查清楚，希望能再等个四五天。”谁想井谷太太并不等幸子说完，说：“要是大体上没有异议，细节之类的就放到后面再调查，总之先让两人见个面如何？也不用非要以相亲这种正式的形式见面，只是我请双方吃顿晚饭，您本家人如果不能来，就您夫妇二位随行也无妨，对方可是非常想见这一面。”在井谷太太看来，这家的姐妹们都不免有些自负，别人煞费苦心地奔走帮忙，而这家人却总是不急不慌的。这是何道理？错过婚期八成也是因为这个，我这次得让这家人清醒一些才好。井谷之所以如此不容分说，也是有这方面考虑。幸子或多或少也明白其中意思，便问何时合适。井谷太太说："急可能是急了一点，最好明天，是个星期天，我跟濑越先生都有时间。"幸子推托"可明天我们有约了"，井谷太太马上紧跟一句"那就后天"，于是只得定下。"暂且先定下后天，确切时间等明天中午打电话给您答复。"这才把井谷送了回去，这事发生在昨天。

"哎，小妹啊——"

幸子把衣裳套在内衬长衫外试了试，感觉不称心，便脱下来扔在一边，又开始解另一个纸包。这会儿，楼下一度停止的钢琴声再次响了起来。她仿佛又想起什么，说：

"其实我正为那事儿犯愁呢。"

"那事儿是什么事儿？"

"出门之前，咱得跟井谷太太打个电话。"

"为什么？"

"昨天她又跑过来，说想今天就相亲。"

"那人总是那样。"

"说跟正式相亲不一样，就一起吃个饭，不用太顾虑，让我务必应允下来。我说明天不方便，她马上接一句那就后天，完全不给我推托的机会。"

"本家怎么说？"

"姐姐接的电话，说要去的话让我们跟着去，要是他们去了，这事儿就再没退路了。——井谷太太那边也说可以。"

"雪姐呢？"

“唉，这个嘛……”

“不愿意？”

“倒没说不愿意……不过要说也是，昨天跑过来要今明两天内就相亲，这也未免太不把咱们当回事了。雪子的回答模棱两可，具体怎么想的我也不知道，但她说了一句‘就不能等再调查调查那个人吗’，任凭我怎么劝都不肯说‘我愿意去’。”

“那怎么答复井谷太太呀？”

“怎么答复呢——要是没个正经理由，她肯定不会善罢甘休……但话又说回来，不管这次的事怎样，要是把人家得罪了，人家今后不肯帮咱们忙可就麻烦了……哎，小妹，你也去劝劝雪子，就说即便今明两天不去，四五天之内也要去见上一趟。”

“可以是可以，但雪姐都那么说了，恐怕没用。”

“这倒不见得。这次主要是因为约得太突然，惹她不高兴了，其实她心里也不是完全不想去。要我看，只要好好劝劝，她会答应的。”

这会儿，雪子突然打开拉门从走廊进到屋里来。幸子心中一惊，想着方才的对话该不会被听到了吧，赶忙闭口不言了。

五

“中姐，你要系这条腰带去？”

见妙子在姐姐背后帮忙系腰带，雪子说道。

“这条腰带——咦，哪天来着？就上次去钢琴演奏会的时候，也是系的这一条。”

“嗯，系的是这个。”

“当时我坐在旁边，中姐一喘气我就能听见这条筒带[①]在肚子上咯吱咯吱地响。”

“是吗？”

“声音很小，但一喘气就咯吱咯吱响，听得我可难受了。所以去音乐会千万别系这条带子。”

“那系哪条啊……”

说着又打开衣橱，取出几个纸包在旁边排成一排，挨个解开来，“系这条吧。”妙子选了一条水纹的腰带。

“这条搭吗？”

“这条好，这条好，就系这条吧！”

雪子和妙子早就打扮停当，只剩幸子最慢，于是妙子像是在哄小孩般，边说边拿着带子绕到姐姐身后。待到终于穿好了衣裳，幸子再次坐到镜子前，突然一声惊呼：“不行！这条带子也不行！”

“为什么？”

“你仔细听——这条也咯吱咯吱响。”

说着，幸子故意大幅呼吸几口，带子与腹部摩擦处咯吱作响。

“真的在响。”

“那条露芝[②]花纹的响吗？”

“谁知道呢——小妹，帮我找找那条带子。”

三人中唯一身着洋装的妙子行动比较灵活，在房间里四处翻看散在各处的纸包，找到带子后又绕回姐姐背后。幸子单手按住刚刚

①和服腰带的一种，因双层缝制成筒状而得名。比其他种类的腰带要宽，通常搭配礼服出席正式场合使用。

②芝草上积起露珠的模样。

系好的太鼓结[1]，站着大口呼吸了两三次："这回好像可以了。"

于是把咬在口中的带缔[2]穿过太鼓结，勒紧系好，结果带子又开始咯吱作响。

"怎么回事，这个也响。"

"真的，哈哈哈。"

幸子腹部一响，三人就笑得前仰后合。

"哈哈，看来是筒带的问题，不能系筒带了。"雪子说道。

"不，跟筒带没关系，是料子的问题。"

"是吗，但近来的筒带都是这个料子。这种料子，加上又是筒状，更容易咯吱咯吱响了。"

"知道了，中姐，我知道了。"

说着，妙子又拿出另一条带子。

"试试这条，这条应该不会响了。"

"这不也是筒带吗？"

"别管了，你就听我的试试，我知道这东西为什么响了。"

"都一点多了，再不快点该结束了。今天这种音乐会，正式演奏的时间就只有一点点。"

"不过，雪子，带子的事是你提的吧？"

"毕竟难得有机会听音乐会，我可不想听带子在耳边咯吱咯吱响。"

"哎呀，忙死了。系完了又解，解完了又系，折腾好几遍，我都出汗了。"

"还说呢，我更累。"妙子跪在姐姐身后，一边系紧带子一边

---

①穿和服时身后系起的拱形的结。

②为保持腰带形状穿过太鼓结系在腰带上的细绳。

说道。

“您要在这里注射吗？”这会儿，阿春端着盘子进了屋，盘子上摆着消过毒的注射器、维生素 B_1 药箱、酒精瓶、脱脂棉盒、止血贴等物。

“雪子，拜托你啦，帮我扎一针。”幸子说道，“啊，还有——”随即向正往外走的阿春的背影招呼道，“跟司机那边说一声，让他十分钟以后到。”

幸子几乎每次都是找雪子帮忙注射，所以雪子也是驾轻就熟。她拿磨砂片划开安瓿瓶，将药液吸进注射器。幸子此时还站在镜子前，让妙子往太鼓结里塞带扬①。雪子抓起幸子的左臂，把袖子卷到肩膀。随后她用蘸了酒精的脱脂棉在幸子上臂使劲儿擦拭了一番，便一针扎下去。

“哎呀，疼。”

“今天这个可能是有些疼，因为没时间了，不能慢慢来。”

眨眼间，维生素 B 的强烈气味就充满了房间。雪子贴上止血贴，啪嗒啪嗒拍一拍，又揉了揉刚刚扎过的地方。

“我这边也好了。”妙子说道。

“这条带子配哪个带缔合适？”

“就这个吧，快点快点——”

“别一个劲儿地催。一催我脑袋就一片空白，更不知道选哪个了。”

“现在怎么样，中姐，你喘个气试试。”

“唔，真的……”幸子照妙子说的快速地喘了几口，“真的，换

①在腰带上打太鼓结时为保持固定造型而使用的垫布。

了这条就没事了——为什么呀，小妹。”

“咯吱咯吱响是因为带子太新。这条比较旧，面料软乎乎的，自然就不响啦。”

“真的呀，原来是这个问题。”

“稍微动动脑子嘛。”

“太太，有您的电话，井谷太太打来的——”阿春从走廊跑进来说道。

“哎呀，坏事了，忘记给她去电话了。”

“瞧，汽车好像来了。”

“怎么办，怎么办？”幸子急得直跳脚，雪子却仿佛事不关己。

“哎，雪子，我该怎么说啊？”

“随便说说吧。”

“哎哟，就那个人，没有正儿八经的理由肯定搪塞不过去的。”

“那就拜托中姐好好说说吧。”

“既然这样，那就暂且推迟一下明天的见面吧？”

“嗯。”

“这样可以吧？”

“嗯。”

雪子耷拉着脑袋坐着，她现在究竟是怎样一副表情，任凭站在一旁的幸子如何揣摩，也无从得知。

六

“悦悦，我们走啦。”

雪子临出门前往家中一间西式房间里探了个头，向正在跟年轻丫头阿花摆弄过家家玩具的悦子说道。

“乖，好好看家。”

“记得带什么礼物吧，姐姐？”

“记得，之前看到的那种能做饭的玩具呗。”

悦子只管本家的姨母叫“姨妈”，管两位年轻的姨母分别叫“姐姐”和“小姐姐”。

“傍晚肯定会回来吧，姐姐？”

“嗯，肯定回来。”

“一定哦。”

“一定。你爸爸在神户那边等着，所以你妈妈和小姐姐要过去吃晚饭，姐姐晚上回来跟你一起在家吃。你还有作业吧？”

“有作文。”

“那就少玩儿一会儿，把作业写了，晚上回来我给你检查。”

“姐姐，小姐姐，慢走。”

说着，悦子一路送到玄关，又直接穿着拖鞋跳到未铺地板的泥土地面上，踩着地铺石又蹦蹦跳跳地追逐两位小姨的背影直到院门口。

“一定回来哦，姐姐，不许撒谎！”

“一个事儿你要说多少遍呀，知道啦！”

“不回来的话，悦子会生气哟。知道吗，姐姐？”

“哎呀，真啰唆，知道知道！”

然而实际上，悦子如此喜欢雪子，雪子非常开心。不知为何，这孩子在母亲出门时都不会像这样追着不放，但只要雪子出门，必定执拗地黏上去，非要讲定什么条件不可。要说雪子不喜欢住在上本町本家而更愿意待在芦屋这边，主要原因在于与本家姐夫不合，以及两位姐姐中与二姐更合得来，等等。不光旁人这么看，就连雪子自己也这么觉得。但她最近发觉，自己对悦子的感情，可能比前面两个原因占了更大比重。而且在发觉之后，这份感情变得越发浓烈起来。说起来，本家姐姐也曾挖苦过她，说她“就知道疼幸子家的孩子，完全不疼本家这边的小孩”，弄得雪子不知该怎么答话。可说句老实话，雪子就是喜欢悦子那么大，而且是悦子那个类型的女孩子，本家的小孩虽然多，但女孩只有一个，是个今年刚两岁的小娃娃，其余都是男孩，他们远远不及悦子惹雪子关心。雪子年幼丧母，父亲也在十年前去世，如今她往来于本家与分家之间居无定所，即便明日就出嫁也没什么可留恋的，但想到结婚以后再也见不到最亲近、最可靠的幸子……不，与幸子还有机会见面，但与悦子就难说了，即便能见面，也再不会是往日那个悦子——她会将自己带给她的影响、倾注的情感全部忘却，变成另一个人——想到这里，便对身为母亲的幸子，可以永远独占这名少女的爱慕，感到羡慕和不甘。她结婚的条件中，提到若对方为再婚者，她希望这个家庭有一个可爱女儿，也是出自上述理由。不过，就算嫁入符合条件的人家，有了个比悦子更可爱的女儿，她也不觉得自己能像爱悦子那样爱那个孩子。由于有着这样一个想法，对于婚事迟迟定不下来之事，雪子并没有像旁人看到的那样感到寂寞。有时她甚至觉得，与其委屈自己嫁入并不称心的人家，不如就这样住在芦屋的家里，替幸子分担一些身为母亲的工作，更能让自己免于孤独。

说实在的，雪子与悦子走得这样近，一定程度上是幸子促成的。比如芦屋这边的家里，起初雪子与妙子共用一个房间，后来妙子总把房间占用当工作室，幸子便借机让雪子去跟悦子同住一屋了。悦子的房间在二楼，纯日式，有六叠大，里面安置着一张矮小的木制儿童床。以往每天夜里都是一个女佣在床边打地铺陪悦子睡觉，如今雪子代替了女佣的位置，睡觉的时候在一张折叠式草席上面铺两层木棉床垫，把地铺垫到与悦子的床几乎平齐。打那开始，生病时的看护、课程的复习、钢琴的练习、便当配菜乃至下午茶点心的准备等，一众项目都渐渐地从幸子转移给雪子。原因之一，是从很多方面雪子都比幸子更胜任这些工作。悦子的气色和肤色看上去很健康，然而体质却有几分像母亲，抵抗力欠佳，动不动就淋巴结肿大啊扁桃体发炎啊，发高烧如同家常便饭。这种时候，雪子能够一连两三天不眠不休地看护，换冰袋换湿布，比任何人都更有忍耐力。三姐妹之中，雪子的体态最为娇弱，手臂甚至与悦子差不多粗细，看上去不免让人怀疑患有肺痨，这也是迄今为止让她与婚事无缘的原因之一。然而抵抗力又数她最强，家中众人挨个患上流感的日子里，唯有她能够幸免，成长至今几乎没得过什么大病。在这点上，看起来身体最好的幸子其实和悦子一样中看不中用，最为体弱，劳神费力的看护工作持续一久，自己肯定先垮掉，给周遭的人徒增麻烦。要说这个，是因为幸子成长于前代莳冈家的鼎盛时期，备受先父宠爱，所以即便如今已是七岁女儿的母亲，也除不净身上那任性孩童的秉性，无论精神还是体质都缺乏毅力，为此经常反过来被两个妹妹数落。因此，不单是生病时的看护，可以说但凡涉及养儿育女的事情都极不适合幸子。她还经常跟还是个孩子的悦子真正大动肝火地吵架。于是外面便有传言，说幸子把雪子当成家庭教师，不愿意放手，导致雪子更难找到如意人家，即便有合适的，幸子也会从中作梗，等等。这流言传来传去传进本家的耳朵里，好在本家姐姐不至于误会幸子到如此地步，但背地里也会说“雪子在她那边帮了大忙，所以她才不肯让雪子回来”。贞之助对此事也不免介怀，表示雪子住在这边无妨，但不希望她掺和到一家三口的关系之中，更不希望看到悦子亲近雪子疏远母亲，建议让雪子和悦子多保持些距离。幸子却说贞之助杞人忧天了，悦子有着超出一般孩子的聪明之处，别看她跟雪子那么亲，内心还是最喜欢妈妈的，也知道有什么事的时候必须跟着妈妈，姐姐早晚要嫁人。雪子帮我省去了不少照顾孩子的时间，确实对我有很大的帮助，但这也是到雪子出嫁为止。更重要的是，雪子这么喜欢照顾孩子，如今把悦子放到她身边，能或多或少让她忘记长年单身的苦闷，小妹有制作人偶的工作，而且能带来收入（还有秘密交往的对象），这些雪子一个都没有，说得极端一点，已经到了没有容身之所的境地，我看她实在太可怜了，才让悦子去充当安抚雪子孤独的玩具。

不知雪子是否意识到了幸子这番良苦用心，不过每逢悦子生病，雪子照顾时表现出的献身精神是护士乃至母亲都相形见绌的。此外，但凡需要留一个人在家陪悦子，雪子都会尽可能揽在自己身上，让幸子夫妇或妙子出门。所以这个星期天，按平时的习惯本也该由她留下来，可不巧这场小音乐会是在阪急御影的桑山别墅，听雷奥·希洛塔[①]演奏，而且是三人受邀。其他音乐会雪子很乐意弃权，但钢琴演奏是非听不可的。幸子和妙子等音乐会结束之后还要与去了有马地区远足的贞之助会合，在神户吃晚饭。雪子则放弃晚饭一事，先行回家。

①雷奥·希洛塔（Leo Sirota，1885—1965），出生于乌克兰的犹太人钢琴家。

七

“我说，中姐还没好吗？”

两人在大门口等了许久，仍不见幸子出来。

“都快两点了。”说着，妙子向打开车门站在一旁的司机那边走去。

“这个电话还真长。”

“还没说完吗？”

“想挂对方也不让挂吧，估计快急死了。”雪子又事不关己似的开着玩笑，“悦悦，去跟你妈妈说，电话差不多就行了，叫她赶快过来。”

“上车吧，雪姐。”妙子手扶着车门说道。雪子一直很遵守这方面礼仪，说：“等会儿吧。”说罢便不再回话，妙子只好也站在车前。见悦子跑进门去，妙子用司机听不到的声音说：“井谷太太那事我听说了。”

“是吗。”

“照片我也看了。”

“是吗。”

“雪姐，你觉得怎么样？”

“光看照片看不出来。”

“那不如见一面吧？”

“……”

“难得人家来说这事儿了，不去见的话中姐会很为难啊。”

“但是有必要这么着急吗？”

“虽然你这么说，但是……”

这会儿，一阵急促的脚步声传来——

“啊，忘记带手帕了，快来个人帮我拿一下。手帕！手帕！”说着，幸子一边整理露出来的内衬袖子一边奔出门口。

“久等了。”

“真的打了好久啊。”

“有什么办法，我都不知道拿什么借口去搪塞她……好不容易才把电话挂了。”

“行了，这事儿回头再说。”

“赶快上车吧。”妙子接着雪子的话茬儿说道。

幸子家到芦屋川的车站大约有七八百米远，像今天这种比较急的时候会叫汽车，平时则多慢慢悠悠地踱过去权当散步。另外，这三姐妹赶上风和日丽的好日子时，喜欢打扮一番，换上外出的衣裳，在一条与阪急铁路并行，被当地人称作“水道路”的山边小路上闲庭信步，那光景想不惹人眼球都难。也正因为如此，该地区附近的人们对三人的相貌甚是熟识，经常谈论，然而真正知道三人年龄的恐怕少之又少。幸子已经有悦子了，按理说年龄并不好掩盖，就连幸子无论怎么看也不过二十七八岁，更何况尚未出嫁的雪子，在人们眼中最多二十三四岁，妙子则被认为是十七八岁的少女。所以，雪子她们的这个年纪，按说被称作“小姐”“姑娘”已经是蛮可笑的了，但都这么称呼的时候，没有一人觉得奇怪。况且，三人又都特别适合穿色彩、纹样花哨的衣裳。倒不是说衣裳花哨让人看上去年轻，而是相貌体格都透着一股年轻的气息，不穿花哨的衣裳反显得不搭配。贞之助去年带着这三姐妹和悦子去锦带桥赏花，其间让三人在桥上并排照了一张相，当时还即兴吟诗一首：

姐妹美娇娘，三人排成行，拍照留念处，锦带桥之上。

要说这三姐妹，她们并不是一味地相貌相仿，而是各有特色，相映相称，但又的确有着共通点，给旁人的印象就是“三个姐妹花”。先从身高上讲，个子最高的是幸子，然后雪子、妙子依次矮上一点，三人并排走路就已然是一道风景。再说衣裳、配饰和气质，最有日本风情的是雪子，最有西洋情趣的是妙子，幸子则正好介于她们二者之间。接着说相貌，妙子脸形最圆润，眉眼清晰，壮实的体格与脸型颇为搭配；雪子则正相反，瓜子脸，身形纤瘦显得弱不禁风；把双方的长处加在一起就是幸子。服装方面，妙子大部分时间穿着洋装，雪子常年和服打扮，幸子则夏天主要穿洋装，其他时间穿和服。至于相像的部分，幸子和妙子都长得像父亲，明朗、亮眼，算是同一类型的容貌；只有雪子一人不同，她的相貌略带一丝愁容，不可思议地与鲜艳的友禅①绉绸制成的贵族女官式和服颇为搭配，却与东京风格的朴素横纹服装难以共融。

去听音乐会自然需要盛装打扮，何况今天是被招待至私人宅邸，三人在妆容衣着上更是花了一番心思。恰逢天朗气清的金秋时日，三人一同急匆匆下了车跑上阪急电车月台的光景，惹得路人无不驻足回眸。由于时值周日午后，开往神户的电车中空荡荡的。姐妹三人一字排开坐下时，雪子看到坐在正对面的中学生害羞地低下了头，脸唰地红了，如同一团火在烧。

---

①即友禅染，将花鸟、花卉等图案染在绸绢上的一种染法。

八

悦子过家家玩腻了，便叫阿花去二楼房间取来作业本，在家中的西式房间里写她的作文。

这个家的绝大部分都是日式房间，要说西式房间，只有连在一起的客厅与餐厅这一间。不过，家中无论是家人聊天还是接待宾客，大多习惯在这西式房间进行，一天的大部分会在这里度过。而且客厅里有钢琴、收音机和留声机，冬天还有暖炉烧柴火取暖，于是天气一冷，大家就更喜欢聚在这里，那里自然就是最热闹的地方了。悦子也是一样，除非挤满来客或是自己卧病在床，只要天亮着，她都待在西式房间里，绝不会回自己的屋子。其实二楼悦子的房间虽说是日式格局，里面西洋家具却一应俱全，兼具卧室和学习室的功能，可悦子学习也好玩过家家也罢，都喜欢待在客厅里，结果学习用品和过家家的玩具经常扔得到处都是，每每有客人突然拜访都让家里一团慌乱。

傍晚时分，听大门铃声一响，悦子扔下铅笔便出去迎接。雪子提着说好的礼物的包裹走进客厅，悦子也跟着飞奔进来。

“不许看！”说着，赶忙把作业本扣在桌上，“我要看礼物。”紧接着抢过包裹，将里面的玩具在长沙发上一字排开。

“谢谢姐姐！”

“是这个吧？”

“嗯，是这个，谢谢！”

“作文写完了吗？”

“不许看，不许看！”悦子拿起作业本，用双手紧紧抱在胸前，飞也似的跑开了，“有原因的。”

“什么原因？”

“嘿嘿嘿……里面写了姐姐。”

“写了就写了，给我看看。”

“一会儿、一会儿再给你看，现在不行。”

悦子说作文的题目是“兔子的耳朵”，里面稍微提到了姐姐，所以现在不好意思给雪子看，要雪子等她睡着了以后慢慢看，有错误的地方先在上面改，她明天早上起床以后，会赶在上学之前重新誊一遍。

雪子想着幸子她们肯定还要去电影院或是什么地方玩，很晚才能回来，于是吃完晚饭便跟悦子一起泡了澡，八点半左右回到卧室。悦子年纪还小却有不易入睡的毛病，钻被窝以后总要兴奋一阵子，说上二三十分钟的话，哄她睡觉算是个挺费工夫的事。雪子一般是哄悦子躺下，一边陪她聊天一边自己也迷糊着，有时就此一睡到天亮。有时则小寐一阵之后悄悄起床，确保不惊醒悦子，在睡衣外面披一件外褂，下楼跟幸子她们喝喝茶、聊聊天。偶尔贞之助也加入其中，拿些奶酪、白葡萄酒出来，陪每个人小酌一杯。雪子有个隔三岔五肩膀酸痛的毛病，今晚也是酸痛得难受，无法入睡。合计着离幸子她们回来还有一段时间，身旁的悦子也已沉入了甜美的梦乡，雪子觉得应该趁这会儿把作文看了，便悄悄起身，翻开床头灯旁放着的作业本——

兔子的耳朵

我养了一只兔子。这只兔子是有个人送到我们家来的，那个人说："送给你们家小姐。"

因为我的家里养着狗和猫，所以兔子要和它们分开，养在了玄关里。我每天早晨去学校的时候，都会抱一抱它，摸一摸它。

上个星期四，我早晨去学校的时候，看到兔子耳朵只有一只竖着，另一只倒着。我说："哎呀，好奇柽，你快把另一只耳朵也竖起来。"可是兔子不昕我的话。我说："那我帮你竖起来。"我用手把那只耳朵竖了起来，但是一放手，耳朵马上又到下去了。我对姐姐说："姐姐，帮我把兔子耳朵竖起来。"姐姐用脚抓住兔子耳朵，把兔子耳朵竖了起来。但是姐姐的脚刚一放开，那只耳朵就又到下去了。姐姐说："这只耳朵好奇柽。"然后笑了。

雪子赶忙把"姐姐用脚抓住兔子耳朵……"里面"用脚"两个字用铅笔画掉。

悦子写作文的水平在学校都算拔尖的，这篇文章也写得不错。雪子自己也翻着字典，只把"奇柽"改成"奇怪"，把"可是兔子不昕我的话"改成"可是兔子不听我的话"，把"到下"改成"倒下"，其他再没从文章中找出有问题的地方。但是这个"用脚"应该怎么处理，让雪子犯了难。她把从"姐姐用脚"一直到"又到下去了"这部分改成了下面的样子——

……姐姐也抓住兔子耳朵，把兔子耳朵竖了起来。但是姐姐刚一放开，那只耳朵就又倒下去了……

最简单的方法莫过于把“用脚”改成“用手”，但无奈当时用的真是脚，想到不能怂恿孩子写假话，便故意用了模棱两可的说法，改成了这个样子。想到这篇作文如果在自己不知道的情况下直接被拿到学校让老师读到的情景，她心里不由得掠过一阵寒意。与此同时，如此失仪之举居然被悦子写成了作文，又让雪子忍俊不禁起来。

不妨讲一讲这个“用脚”的由来。

芦屋这边的家的隔壁，确切地说是院子相连背靠背的这户人家，大约半年前搬来了一户德国人，家主叫史托尔兹。两家院子的分界线只有一张网眼粗大的铁丝网，所以悦子很快便认识了史托尔兹家的孩子们。最开始，孩子们还只是隔着铁丝网互相张望，像小动物辨认气味一样把脸往一块儿凑。可没过多久就开始互相穿越铁丝网，往对方院子里跑了。这个德国人家的孩子中，最年长的是叫彼得的男孩，然后是叫罗斯玛丽的女孩，最小的是叫弗里茨的男孩。老大彼得看上去有十岁或十一岁，罗斯玛丽则是一副与悦子同龄的相貌，但西洋人的孩子通常体型相对高大，所以实际年龄应该再小一两岁。悦子与这三兄妹，特别是与罗斯玛丽很要好，每天放学回来，都要把对方约到院子草坪上玩。罗斯玛丽一开始“悦子，悦子”地直呼其名，后来不知受了谁的提醒，没几天便改口称“悦子小姐，悦子小姐”，悦子听罗斯玛丽的家人都对她用“露米”这个爱称，便称呼她“露米小姐，露米小姐”。

话说这史托尔兹家不仅养了德国猎犬和一只全身黝黑欧洲血统的猫，在后院还造了个箱子养着安哥拉兔。猫和狗自己家里也在养，悦子并不感到稀奇，但兔子很少见，所以经常跟罗斯玛丽一起喂喂食，拎着耳朵抱一抱。时间一长，悦子自己也想要一只，便开始缠着母亲养兔子。幸子对养动物并无异议，但一来怕这种没养过的活物养死了可怜，二来养强尼和铃已经很费工夫，再添只兔子，光是喂食就很麻烦。况且为防止兔子被强尼和铃咬死，需要单独围起来养，奈何家里又没有合适的地方。正在踌躇之际，常来打扫烟囱的工人不知从哪里找来一只兔子，说要送给小姐。虽说不是安哥拉兔，而是一只普通的兔子，但通体雪白，甚是可爱。悦子跟家里人商量过后，认为玄关的换鞋处是隔离猫狗最安全的地方，便把兔子养在了那里。悦子说，这只兔子平时只会呆呆地睁着一对红眼睛，跟它说什么都没半点反应，这东西跟猫狗还挺不一样。大人们都觉得可笑得很，只觉得它不像猫狗通人性，是一种跟人类全无关系的抽动个不停的奇妙生物。

悦子作文里写的正是这只兔子。雪子每天早晨要叫悦子起床，照顾她吃早饭，检查好书包中的东西送她去学校之后，再钻回被窝享受一阵温暖。那天正值晚秋，早晨寒意逼人，雪子在睡衣外披上一件纺绸睡裙，也不系上面的扣子，套着短布袜，就来到玄关准备送悦子。这会儿悦子正一个劲儿地想把兔子另一只耳朵竖起来。由于那只耳朵怎么都扶不起来，悦子便跟雪子说“姐姐，你来试试”。雪子怕悦子迟到，心想快点扶起来完事，可又莫名忌惮用手碰这个软乎乎的家伙，于是抬起穿着布袜的脚，用大脚趾和二脚趾夹着耳朵尖拎了起来。可惜脚一放开，耳朵马上又耷拉到兔子的侧脸上。

“姐姐，这里为什么不对啊？”

第二天早晨，悦子见作文被改了，如是说道。

“真是的，悦悦，用脚的事就不用写上去啦。”

“可当时就是用的脚呀？”

“那是因为我不敢用手碰——”

“唔。”然而悦子还是一脸不解，“那把原因写下来不就好了吗？”

“这么不雅的事情怎么能写出来啊。要是让老师看了，会觉得你姐姐特别行为不端庄呢。”

“哦。”悦子仍然是一副一知半解的表情。

九

“如果明天不合适，十六号是个特别好的日子，您考虑一下要不就定十六号吧。”——前些日子幸子出门前接的那通电话，听对方这么说，迫于无奈只得应允下来。随后为了从雪子口中抠出“去看看也无妨”这句话，足足用了两天。而且前提是得按照井谷先前的承诺，单纯地请两边共聚一餐，尽量让人不觉得是在相亲才行。当天的时间安排在傍晚六点，场所在东方宾馆。至于出席者，主人一方是井谷及其二弟村上房次郎夫妇，他在大阪冶金国分商店工作——这个房次郎是本次主角濑越的老友，此番牵线搭桥也是他起的头，所以是宴上不可缺席的一员——濑越一方只有当事人一人显得过于清冷，然而论场合又不至于特地从老家招呼亲戚过来，幸好房次郎那家国分商店的常务董事五十岚是濑越的同乡，又是前辈，于是房次郎便请这位中年绅士随行。这边则是贞之助夫妇加上雪子总共三人。主客共计八个人。

见面前一天，幸子为了见面做头发，带着雪子来到了井谷的美容院。幸子因为只打算做个发型，便让店员先招呼雪子，自己在旁边等位子。这会儿，井谷忙里偷闲溜了过来。

“那个——”她压低声音，弯下腰往幸子脸跟前凑，“那个，其实我对太太还有一事相求。”井谷说着，把嘴凑到幸子耳边，“这事儿我不说您八成也清楚，明天请太太您打扮得能多朴素就多朴素。”

“嗯，这我明白。”

幸子话音未落，井谷就又接上话茬儿：“您可别觉得稍微打扮朴素一点就行，说真心话，一定要能多朴素就多朴素。小姐虽说也是天生丽质，可奈何身体单薄羸弱，跟太太您同席而坐总会逊色一两分。太太您的相貌又亮眼又美艳，本就容易吸引别人的目光，所以明天务必牺牲一下，化个老上十岁十五岁的妆，尽全力把小姐衬托起来。不然，光是有您在旁边对比着，原本能说成的事闹不好也都说不成了。”

此类建议幸子也不是第一次听了。至今为止雪子的相亲她也参加了不少，经常听人说“这姐姐开朗大方，充满现代美感；妹妹有点儿内向，显得阴郁”或是“这姐姐年轻爽朗的容貌十分惹人注意，让人对妹妹留不下什么印象”之类，其中有些人家甚至提出“本家姐姐来参加便可，分家的姐姐还请留步”的要求。每听到此类言论，幸子就拼命替雪子鸣冤，觉得这些人不懂得欣赏雪子的美：“我这种阳光开朗的容貌或许是有现代美，但这类容貌现在满大街都是，根本不足为奇。虽说姐姐夸妹妹有王婆卖瓜之嫌，但雪子可是传统的大家闺秀、真正的深闺娇花，要说谁的容貌最纤弱柔美楚楚可怜，非我们家雪子莫属，不懂得这份美，不懂得追求这份美的人，休想娶到我妹妹。”然而内心还是有一股优越感难以掩饰，于是仅在丈夫贞之助面前会带着几分骄傲说：“我跟着一起去会耽误雪子的。”贞之助在这种时候总会说“那我一个人跟着去，你就别去了”，或是一边说着“不行，这样还是不行。你得弄得再朴素些才行，不然人家又该说你抢妹妹风头了”，一边让幸子改妆换衣裳，但他为拥有这样貌美如花的妻子而心花怒放的样子，幸子全看在眼里。幸子为这种事也曾有一两次放弃陪雪子相亲，但更多时候要代替本家姐姐不得不出席，况且雪子经常会说中姐不陪着就不去了，所以幸子总要尽量作一身朴素打扮随行。可奈何平日的衣裳配饰尽是花哨的，朴素的效果往往有限，结果老是事后被告知“这朴素得还不够”。

“……嗯，嗯，大伙儿平日里常提醒我这件事，我清楚得很。不劳您说，我明天肯定打扮得特别朴素……”

等候室里除了幸子别无他人听到她们的对话，但这里与隔壁房间只有一帘之隔，如今帘子扎着，雪子坐在椅子上头罩干发机的样子，二人能从镜子里看得一清二楚。按井谷的意思，罩着干发机的人不可能听见她们俩说话，但二人谈话的情形雪子那边也能一览无余。即使她听不到什么，但她抬着眼睛，眼珠一动不动地盯着这边，看得幸子心里直犯嘀咕，怕她从口形中推断出什么。

当天，雪子在姐妹们的帮助下从三点钟便开始梳妆打扮，贞之助也从事务所早早回来，一头扎进化妆室里帮忙。贞之助对和服纹样、穿法以及发型颇有兴趣，喜欢看女眷们梳妆打扮的光景，还有一个原因，她们极其没有时间观念，贞之助已经受到不少教训，所以专门在这里监督，以免误了傍晚六点的约会。

悦子放学回家，把书包往客厅一扔，跑上楼来：

“今天姐姐去见姐姐的新郎吗？”

悦子扯着嗓门噌地溜进屋里。幸子内心一惊，窥见镜中雪子的脸瞬间变了颜色，强装镇定地问道：“你听谁说的？”

“今天早上听春丫说的——姐姐，是真的吧？”

“不是。”幸子说道，“今天是井谷太太请妈妈和姐姐到东方宾馆吃饭。”

“是吗，但爸爸也一起去呀？”

“因为爸爸也被邀请了呀。”

“悦悦，你先下楼。”雪子仍旧盯着镜子说道，“下楼去，让春丫头上来一趟。悦悦就不用上来了——”

平时让悦子去一边玩都少有听话的时候，但今天她听出雪子的语气非比寻常，便“嗯”了一声，出去了。

过了不久，阿春小心翼翼地打开拉门，双手叠在门槛上：“请问有什么吩咐——”看来她已从悦子那里听说了什么，脸色也与往日不同。这会儿，贞之助和妙子见形势不对，第一时间躲了起来。

“春丫头，你是怎么把今天的事告诉小姐的？”

幸子并没有向家中丫头们透露过今天相亲的事，但是也没有特别注意瞒着她们，所以多少有些责任。如此一来，在雪子面前，她感到有责任向阿春兴师问罪。

“说啊，春丫头……”

“……”

阿春始终不敢抬头，吓得缩成一团的身体在极力表达着“对不起”三个字。

“你是什么时候跟小姐说的？”

“今天早晨……”

“为什么说？”

“……”

别看阿春今年刚满十八岁，其实她十五岁时就来到这个家中做了用人，如今已是贴身丫头，被大家当作家人一般看待，或多或少受此影响，用人中只有她刚入家门时，就在名字后面加了“丫头”二字（悦子给她起了个爱称“春丫”，有时也直接称呼为“春”）。悦子每天往返学校都要路过交通事故频发的阪神国道，家中规定必须有人接送，绝大多数时候都是阿春负责此事。细问下来，正是今早送悦子上学的路上说的。阿春平日里是个活泼可人的女孩，一被训斥马上就成了霜打的茄子，叫人于心不忍。在别人看来，这光景却又有几分好笑。

“要说我也有不够注意的地方，这阵子总是当着你们的面打电话。但是听了那些电话之后，你们更应该清楚今天不是正式场合，我们只不过私下聚一聚。再说，不管今天是什么场合，有些事能说有些事不能说，这你还不懂吗？这种成不成还不一定的事，怎么能跟孩子说呢？你都来这个家里多久了？又不是刚来一两天，这点儿事还不懂吗？”

“不光是这个事。”这次换雪子开口，“你平时就话多，有些不该说的也说出口。这是坏毛病……”

二人轮番训斥着，阿春一动不敢动，只是低着头伏在门口，也不知道到底听进去多少。听到“行了，你下去吧”之后，她仍像一具死尸，直到被说了两三遍“快点下去”，她才终于用几近听不到的声音道了歉，起身离开。

“提醒她多少次了，就改不了话多的毛病。”见雪子的怒意久久未消，幸子一边说着，一边偷瞄雪子的脸色，“也怪我太大意。打电话的时候再拐弯抹角一点，让她们听不懂就好了，没想到她们会跟孩子说……”

“电话是其一，这阵子咱们总在春丫头能听见的地方聊相亲啊什么的，我就知道要坏事。”

“有这种事？”

“不止一次。经常是咱们聊着的时候她进来，然后全屋都不说话了，结果人家刚一出门还没走远呢，洪亮的声音就又起来了。这样她肯定听见了。”

说起来，前些天是有那么几次，等悦子睡下了，大约晚上十点以后，贞之助、幸子、雪子三人，有时再加上妙子，在客厅商量今天相亲的事情。阿春偶尔会端一些茶水进来，这就必然会经过餐厅，而餐厅与客厅只有三扇推拉门相隔，推拉门之间又留有指头大的缝隙，所以人在客厅说话时，餐厅能听得相当清楚，更何况夜深人静。这种时候本应该压低音量说话，可惜谁都没在意这件事。不过，要说只有雪子注意到了这件事，倒也有可能，但事到如今既然要提，为什么不当场提醒一下呢？雪子的嗓门本来就小，就算那时她故意压低声音说话，也没人能注意到。况且不说出来，谁能知道呢？不得不说，阿春多嘴多舌确实让人头疼，但像这位有话不说的也叫人头疼。幸子不禁如是想道。但又转念一想，雪子用敬语点出“洪亮的声音”，可见她的不满是专门冲着贞之助去的，而当时不提出来，是为了给贞之助面子，这话就说得过去了。贞之助的嗓音确实洪亮而且有穿透力，那种场合下最容易被旁人听到。

“雪子，你既然注意到了，当时就该说出来嘛——”

“算了，求你们以后别再在那些人面前说这种事了。我其实也不讨厌相亲……但是每次都要被那群人在背后说‘估计这次又不行’，实在太难受……”

雪子的声音突然带上哭腔，一滴泪水落到镜面上，留下痕迹。

“瞧你说的，迄今为止咱们可没被对方拒绝过一次。哎，雪子，你也知道的吧，每次都是对方百般殷勤，但咱们这边不满意，这才吹了的，对不对？”

“但那群人不这么觉得呀。这次如果还不行，那群人肯定又认为是我被拒绝了，就算心里不这么想，嘴上也会这么瞎传，所以……所以……”

“好了好了，这个话题到此为止。是我们不好，今后肯定不让她们知道。你看脸都哭花了。”

幸子想凑过去帮雪子补妆，可又怕现在过去惹出更多泪水，便暂且打消了念头。

十

逃到配房书斋里的贞之助，见时间已过下午四点，女眷们却还没收拾停当，不由得担心起了时间。突然，院中传来啪嚓啪嚓的响声，仿佛有什么东西落在八角金盘的干叶上。他倚着桌子，伸手拉开眼前的拉窗，发现刚才还晴着的天已然下起阵雨，丝丝细雨从屋檐划出稀疏的线条流淌下来。

“喂，下雨了。”

贞之助跑回主房，边上楼边嚷嚷，进了化妆间。

“还真的下起来了。”幸子瞄了瞄窗外，“应该是阵雨，一会儿就停了。这不，还有地方露着蓝天呢。”

然而说着说着，窗外的瓦房屋顶已经全被打湿，哗啦啦地下起了暴雨。

“还没叫汽车的话，现在赶紧叫。让他们五点十五分准时到。

下雨天我就穿西装了，深蓝色那件西装可以吧？”

一般只要下起雨来，芦屋一带的汽车就成了香饽饽，虽然经贞之助提醒立刻打了电话，但等三人收拾完毕，从五点十五等到五点二十，仍不见有车来，雨却越来越大了。一家人把能拨的租车公司的号码都拨了一遍，得到的回复全都是“今天是个吉日，有几十对结婚的，不巧又碰上下雨，所以车全都派出去了。等有车回来，马上派到您那里去”。今天如果驱车径直开往神户，最晚五点三十分出门正好六点钟能赶到。可是现在已然过了五点三十分，急得贞之助坐立难安。想到得在被井谷催促之前先知会一声，他赶忙往东方宾馆去了电话，结果得知对方已经全员到齐了。忙乱之中已经差五分六点了，汽车这才开到门口。此时外面已是大雨倾盆，司机撑着油纸伞将大家一人一人小跑着送上车。幸子的衣领被溅上好多冰冷的水珠，她钻进车里才终于松了一口气，突然回想起上次还有上上次雪子相亲，也都下着雨。

“哎呀呀，抱歉迟到了三十分钟——”贞之助见井谷已经迎到了外套寄存处，赶忙走上前去，未作寒暄先赔不是，“今天是个吉日，结婚的特别多，又赶上突然下雨，汽车左等右等都不来……”

“确实，我来这边的路上，也看到好几辆载着新娘子的汽车呢。”说着，井谷趁幸子和雪子去存外套，“麻烦借一步说话——”向贞之助使了个眼色，把他叫到角落，“我一会儿就带您几位去见濑越先生他们……在此之前想先问一句，莳冈家那边的调查都已经停当了吗？”

“啊，这个事情嘛，其实对濑越先生本人的调查已经结束了。是个非常合适的人选，这边也非常满意，但是本家如今仍在调查他故乡的一些情况……当然，这方面也了解得差不多了，说是大体上没有问题，但托人做的报告还差一份没有来，所以烦请再给我们一星期时间。”

“啊，原来如此……”

“劳烦您这么费心，这事儿一拖再拖实在对不住。奈何本家人都是老一派作风，万事喜欢从长计议……不过我本人非常理解您的良苦用心，这个婚事我举双手赞成。我也是尽可能地在劝本家，今时今日再去讲那些繁文缛节，好姻缘只能黄了一桩又一桩。只要对象本人足够优秀，其余的适当调查一下便可。当然，看今晚的情况，只要双方当事人都没有异议，这次的事情基本就算成了。”

贞之助事前与幸子统一了口径，把理由说得不露马脚，不过后半段是他自己的真实想法。

由于时间本就晚了，八人在大厅简单介绍一番，便立刻一起乘电梯来到了二楼的小型宴会厅。席上，井谷与五十岚坐餐桌两端，餐桌一侧是濑越、房次郎夫人、房次郎，另一侧与濑越相向而坐的是雪子，然后依次是幸子、贞之助——昨天幸子在美容院与井谷商量时，座席原本定为一侧濑越坐中间，房次郎夫妇坐左右，另一侧雪子坐中间，贞之助夫妇坐左右，但幸子觉得这样太正式，提议改成了如今的座次。

“今天，不承想能有幸与诸位同席——”

五十岚见时机合适，一边舀汤一边做起了开场白。

“我与濑越虽然是同乡，但如各位所见，在年龄上，我要大出许多，所以也不可能是什么同学。硬要说有什么缘，也就是生长在同一个城市，两家人离得还不远。所以今天有幸列席这样一个场合，实在是荣幸之至，也深知自己越俎代庖之甚，颇为惶恐。老实讲，硬生生把我拉来这儿的，不是别人，正是村上。这个村上啊，实在是……早闻这对姐弟中，做姐姐的井谷能言善辩巾帼不让须眉，没想到令弟村上的也伶牙俐齿、毫不逊色，他跟我说‘受邀出席今天这种极有意义的宴会怎有推辞之理，您若不来，难得的宴会也就失了色，此种场合务必要有一名老资格参加才算合理，您要是不出席，都对不起您的谢顶’，于是我就被拉来了。”

“哈哈哈，但是常务董事……”房次郎说道，“您嘴上说不愿意，可实际来了以后，想必挺开心的吧？”

“哎，这种场合可不能叫‘常务董事’。今晚咱们不谈生意，只享受美味佳肴。”

幸子回想起自己小的时候，莳冈家在船场的店里就有这样一位幽默的秃头掌柜。如今大商店大抵都改制成了公司，“掌柜”升级为“常务董事”，脱下外褂和围裙，穿上西服，船场方言换成标准日语，但无论气质还是感觉，都更像店里的伙计而不是公司董事。想当年，无论哪家店里都会有这么一两个点头哈腰、言语风趣，善于讨东家欢心、博客人笑脸的掌柜或是伙计。于是今晚井谷请这个人列席，想必是为了防止冷场。至于在一旁笑着听五十岚与房次郎瞎扯的濑越的品相，与贞之助幸子他们通过照片猜测的并无二致，只是真人比照片更显年轻，看上去不过三十七八。眉眼虽然端正，但缺乏机灵劲儿，显得朴讷，正如妙子所批评的——长相“平凡”。包括体格、身高、身材、西装以及领带的品位等，一切都那么平凡，丝毫看不出受过巴黎的熏陶，但也不让人觉得讨厌，一看就是个笃实的公司职员。

在贞之助看来，这个第一印象算是及格了。

“濑越先生，您在巴黎住了多少年？”

“整整两年，但那是很久以前的事了——”

“那是多久以前呢？”

“十五六年前了，那会儿刚从学校毕业不久。”

“也就是说，您刚从学校毕业，马上就进了总公司？”

“不，并不是。我进现在这家公司是回国以后的事了，当年去法国也没有什么具体目的——其实，当时我父亲去世，留下一些称不上是遗产的钱财，虽然不算多，但可以自由支配，于是我就拿着这些钱出去了。如果非要说有什么目的，那就是想进一步学好法语，然后在那边能找到什么工作的话，可以顺便解决工作问题。那会儿也就模模糊糊有这么些想法，结果哪个目的都没达成，完全成了一场漫游。”

“濑越这人挺怪的。”房次郎从旁解释道，“一般人去了巴黎都不愿意再回来，可濑越却对巴黎彻底幻灭了，染上了严重的思乡病，这才回来的。”

“哎，这是为什么？”

“具体为什么我自己也说不清，总之可能是因为去的时候抱了太大期待吧。”

“去了巴黎才知道日本的好，于是又跑回来。这倒不一定是件坏事。濑越，你就是因为这个才开始喜欢纯日本式的小姐了吧？”

坐在餐桌一端角落的五十岚打着趣，将敏锐的视线投向突然羞红脸低下头的雪子的侧脸。

“但您回国以后进了现在这家公司，法语也能提升不少吧？”贞之助说道。

“也不尽然。公司虽然是法国公司，但里面大部分是日本人，只有上面两三个董事由法国人担任。”

“就是说，没什么机会讲法语吗？”

“也就 MM[①]派船来日本的时候我们能过去讲讲法语。商业信件倒是一直在用法语写。”

“雪子小姐如今还在坚持练习法语吗？”井谷问道。

“是的……其实是姐姐在学，我就陪她一起……”

“老师是哪位？日本人还是法国人？”

“法国人——”

雪子说到一半，幸子赶忙接上话茬儿：

“是一位日本人的太太。”

本就内向的雪子到了众人面前更是不敢开口，何况这种场合还需要讲东京腔的普通话，她自然说得磕磕巴巴，每到句尾便没了音。在这一点上，幸子的普通话虽然也有刻意藏拙之处，却有一套技巧让人听不出她大阪口音，什么对话都能巧妙应付，不会显得很不自然。

“那位太太会讲日语吗？”濑越正视着雪子的脸问道。

“会的，一开始不会讲，后来慢慢学会了，现在已经讲得非常不错……”

“这样一来反而不好了。”幸子又接过了话头，“我们约好上课的时候绝对不能讲日语，但说起来容易做起来难，总是一不注意就冒出句日语来……”

“我有时候会在隔壁房间听她们上课，结果她们三个几乎一直在讲日语。”

“才没这码子事儿！”幸子想也没想，扭头冲着丈夫就是一句大阪话，“法语也在讲，只是你那边听不见而已。”

①法国的航运公司。

“这还真有可能。我偶尔见她们说法语，都是扭扭捏捏，声音小得像蚊子叫，隔壁房间确实不可能听见。就这么个练法，再过多久也练不出来。不过，太太小姐们学外语，估计谁家都是这个样子。”

“哎呀，瞧你说的——我们可不是光在学外语。像是菜怎么做，点心怎么烤，毛衣怎么织，我们说日语的时候也学了不少东西呢。前几天你不还说那道乌贼的菜特别好吃，让我再多跟人家学点儿别的吗？”

夫妇俩一唱一和逗得满桌笑声。

“您说的乌贼做的菜是什么样的呀？”房次郎夫人问道。

于是接下来一段时间，宴席便成了法国料理的说明会：“把乌贼用番茄煮一煮，用少量大蒜调味……”

十一

席间，幸子一直观察着，见濑越对杯中斟上的酒来者不拒，想着照这个喝酒的架势看，必定颇有酒量。房次郎则完全不胜酒力，五十岚也已经脸红到耳根，每当服务生转到身边，必定摆手说“我不能再喝了”。濑越和贞之助二人旗鼓相当，无论脸上还是态度中都还察觉不出醉意。回想井谷也曾提过，说濑越先生虽然没有每晚饮酒的习惯，但对酒并不抗拒，有机会也会喝不少。幸子觉得这并不一定是件坏事。因为幸子她们姐妹的母亲早逝，父亲晚年的膳食需由她们伺候，每晚都不得不陪父亲小酌几杯，于是包括本家姐姐鹤子在内，大家都渐渐有了些酒量——再加上女婿辰雄、贞之助都是喜欢晚上来两杯的典型的“晚酌派”，总觉得滴酒不沾的人身上缺了些什么。当然酒品差的人另当别论，可说到选丈夫，还是多少能喝一些的为宜——雪子的择偶条件中虽然没有提及此事，但幸子根据自己的感觉，推测雪子心中八成也有这个意思。而且对于雪子这种有事都憋在心里从不发泄的人来说，不偶尔拉着一起喝两杯的话，心情会越来越阴郁烦闷。作为丈夫也是一样，如果有这样的妻子却不能陪着喝酒解闷，必然每天被烦心事搅得焦头烂额。不管怎样，只要一想象雪子嫁给了不会喝酒的丈夫，一股寂寥和不忍便油然而生。于是，幸子决定今晚不能让雪子太过矜持，便小声地说：

“雪子，稍微喝点呗……”

她使眼色示意雪子面前的白葡萄酒杯，自己也端起杯子抿了几口以做示范，又对服务生耳语道：

“给我旁边这位倒上些葡萄酒……”

其实看到濑越豪饮的架势，雪子也偷偷壮起了几分胆量，觉得自己应该再大方一些，所以会趁人不注意的时候抿上一抿，然而袜子前半部被雨水打湿了，仍然湿答答沤得难受，以致只有醉意往脑门上走，却不见微醺的那份陶然。

方才一直装作没看见的濑越说道：

“雪子小姐喜欢喝白葡萄酒？”

雪子以笑掩羞低下头不开口。

“嗯，能喝一两杯……”幸子答道，“我看濑越先生您酒量相当好，大概能喝多少？”

“具体不清楚，喝个七八合[①]应该没问题。”

①日本度量衡制尺贯法中的体积单位，一合相当于一升的十分之一。

“醉了以后会不会表演什么拿手绝活儿？”五十岚说。

“我这人向来没什么特别的，醉了也就是比平时话多一些而已。”

“那莳冈家的小姐呢？”

“小姐喜欢弹钢琴。”井谷答道，“莳冈家的各位在音乐方面都偏好西洋风格。”

“也不尽然……”幸子说，“比如我小时候家里让我学过古琴，这阵子就又想重新捡起来。这是因为，近来我家最小的妹妹开始学山村舞了，所以经常有机会接触古琴和民歌。”

“哇，您家小妹会跳舞？”

“嗯，您别看她平时那么赶潮流，最近倒开始慢慢重拾小时候的爱好了。您也知道，我家那个妹妹天生伶俐，跳舞学得又快又好，当然可能跟她小时候练过有关系。”

“跳舞这个事儿吧，太专业的东西我也不了解，但说到山村舞，那可是很厉害的呢。这年头什么都跟东京学，我看并不是件好事，像这类地方艺术就该大力弘扬……”

“没错没错，您别看我们常务董事——不对，应该是五十岚先生，”房次郎搔着脑袋说道，“五十岚先生歌泽①唱得特别好，已经练了好多年了。”

“不过，一旦学起这种东西——”贞之助说道，“像五十岚先生这种已经学出门道的另当别论，一般人刚开始学的时候，总会想找个人来当听众，所以会经常往茶屋②跑吧？”

“对对，确实是这样。缺乏家庭性是日本音乐的一大缺点。当然，我跟他们不一样，练歌泽并不是为了去拈花惹草。这点上我可

①江户后期诞生的短歌谣。

②与艺伎、妓女等喝酒玩乐的饭馆或妓院区。

是铁人一个，对吧村上？”

“对，毕竟是做铁制品生意的。”

“哈哈哈哈……对了，我突然记起个事情想请教一下各位女士。你们平时带在身上的那个叫粉盒的东西——里面装的粉就是普通的化妆粉吗？”

“嗯，就是普通的化妆粉——”井谷接下话茬儿，“您为何要问这个？”

“是这么回事，大约一个星期前吧，那天我乘阪急电车，一位打扮华丽的女士坐在我上风位。她从手提包里拿出粉盒，像这样——在鼻头扑粉。结果她刚扑两下，我就接二连三地打喷嚏。这种事情很常见吗？”

“哈哈哈哈……应该是五十岚先生您的鼻子刚好痒痒了吧。这可不一定是粉盒的问题。”

“这个嘛，要是单单一次我也觉得是碰巧，可以前我也遇上过一回，那天是第二次了。”

“真是这样的。”幸子说道，“我遇到过那么两三回，在电车里一打开粉盒，旁边人就打喷嚏。根据我的经验，化妆粉的香气越高级，这种现象越严重。”

“哈哈，果然是这么回事。哎，一个星期前那位女士我不认得，但再往前那次，闹不好就是莳冈太太您呢。”

“还真有可能。那天实在是太对不住您了。”

“这种事儿我还是第一次听说——”房次郎夫人说道，“改天我尽量装些高级的化妆粉出去试试。”

“别开玩笑了，这种事流行起来岂不乱了套？我希望今后的女士们，在下风位有人的时候可别用粉盒了。莳冈家太太方才打过招呼了，咱们既往不咎。但之前那位女士，见我连打两三个喷嚏仍然觉得事不关己，真是受不了。”

“说起来，我家小妹有个毛病，说是在电车里看见有男士西装的衣领有马尾毛露出来，就特别想上去拔掉。”

“哈哈哈哈。”

“哈哈哈哈。”

“记得小时候，我只要看到有棉袄露棉花，就想给它薅干净。”井谷说。

“看来这是人类的一种奇怪的本能。比如人们喝醉了以后都特别想按别人家的门铃，看见停车场平台上写着‘禁止随意按响警铃’反而更想去按一下试试，所以这种地方能绕着走尽量绕着走。”

“哎呀，今晚真是笑坏我了。”

井谷说着深呼一口气，待到餐后水果摆上桌面仍然关不住话匣子，“莳冈太太。”她招呼道，“说个别的事儿，不知道太太有没有这种感觉：最近的年轻太太们——瞧我说的，太太您也还年轻着呢，我是指比太太您更小辈儿的，大概两三年前刚结婚的这一代二十几岁的太太们——这些人啊，怎么说呢，大部分不管在经济方面还是育儿方面都特别科学，脑子也特别灵。我现在是深感时代不同了呀。”

“您说的一点错都没有。这年头，女子学校的教育方式都跟我们那会儿不一样了，看着如今的年轻太太们，连我都能感觉到时代变迁。”

“我有个侄女，小时候从家乡来到我这儿，我看着她从神户的女子学校毕业。前阵子她刚结婚，在阪神的香栌园生活，丈夫在大阪一家公司工作，月薪九十日元，再加上一些奖金，此外她家那边每个月还给他们俩补助三十日元的房租，所以全部算起来一个月大概一百五六十日元吧。我就担心他们每个月这点儿钱怎么维持家计，于是就过去看了看。结果月底人家丈夫拿着九十日元薪水回家以后，马上拿出几个信封来把钱分装，信封上写着燃气费、电费、置装费、零用钱等，就这样从一开始就整理好，用作下个月的生计。按理说这点儿钱日子应该过得紧巴巴的，但他们请我过去吃饭的时候，饭菜还都相当不错。家中的装潢也不寒酸，弄得挺有想法。当然了，另外就是人变得特别精明。之前我们一起去大阪，我给她钱包叫她去买车票，结果人家买的是多次票，找零自己带回去了。这些方面我是真心佩服，觉得自惭形秽，监护人家担心人家都是多余的。”

“没错，和现在的年轻人一比，倒是他们的母辈更不懂得节约。”幸子说，“我家邻居里也有一位年轻太太，带着一个两岁的女孩。前阵子我有事找她，到了她家门口，她非要我进屋一坐，盛情难却我就答应了。结果进去一看，家里连个用人都没有却收拾得干干净净。还有就是——哦，对，这种年轻太太给人的印象是，在家里也穿洋装，坐椅子，对吧？——这位也是常年都穿着洋装。那天他们家里摆了一辆婴儿车，孩子放在里面用东西挡好了，孩子自己爬不出来。她见我在那里哄小孩，就跟我说‘不好意思，麻烦您照顾一下孩子，我去泡茶’，然后把孩子托给我，自己离开了。过了不一会儿，她泡好红茶，顺便给小孩热了牛奶泡的面包糊糊端过来，先是谢谢我、招呼我喝茶，接着自己也坐在椅子上。屁股刚碰到椅子，她突然抬胳膊看手表，说：‘啊，要播肖邦了，您也一起听吧！’然后打开收音机，一边听音乐一边手上不闲着，用汤匙喂小孩喝牛奶。从始至终时间安排得一点儿都不浪费，招呼客人、享受音乐、喂孩子，三件事一起完成，不得不佩服人家就是头脑灵活、做事麻利……”

“现在教育小孩的方式也跟以前大不一样了。”

“那位太太也提到这事儿了——她母亲隔三岔五就说想孙子了，要过来看看。过来倒也无妨，这边好不容易给孩子养成了不要抱抱的习惯，但老人一来动不动就抱，结果弄得孩子很长一段时间一不抱就哭，又得重新费大把时间培养习惯，特别烦……”

“说到这个，现在的小孩都不像以前那么爱哭了。有时候在路上看见带小孩出门的，孩子不小心绊倒了，只要这孩子已经学会了自己站立走路，大人肯定不过去扶，反而好像没看见似的继续往前走。这时候，孩子不但不哭了，还会自己站起来追大人呢……”

晚宴结束，大家来到楼下大堂，井谷叫住贞之助夫妇，向他们表达了濑越的请求，说是如果方便的话，希望能跟小姐单独聊十五到二十分钟。雪子对此并不反对，于是二人暂时另寻地方坐下，其余人继续杂谈。

“刚才跟濑越先生都聊了什么啊？”返程的汽车中，幸子问道。

“问了我一些问题……”雪子含糊地回答着，“也没说什么重要的事……”

“看来是智力测试呢。”

“……”

外面雨势已弱，绵绵雨丝淅淅沥沥地飘着，好似春雨一般。方才喝下的白葡萄酒仿佛现在才使上了劲儿，让雪子感觉两颊如火在烧。车子如今已经开上阪神国道，濡湿的柏油马路映出无数车灯交错纵横。透过车窗，雪子带着微微醉意看得入迷，眼中闪烁着光芒。

十二

第二天傍晚，贞之助回到家中，看见幸子的第一句便是：

“今天井谷太太来事务所了。”

“她怎么又跑事务所去了？”

“说什么本应该到府上拜访，但今天有事来大阪，又觉得跟先生沟通更直接一些，就顺路到事务所这边了。”

“为了什么事？”

“基本上都是好事。来，跟我来一下。”

说着，贞之助带着幸子来到书斋。

据井谷讲，昨晚贞之助他们三人回去之后，其余人又留下来讨论了二三十分钟。内容简而言之，就是濑越对亲事非常满意，小姐的人品与姿色无可挑剔，只不过外表让人感觉有几分羸弱，不甚放心，怕小姐抱恙在身。又说起其弟房次郎去女子学校调查小姐在籍期间的成绩单时，发现缺席日期稍多，于是想问问小姐上学时是否经常生病。贞之助表示小姐上女子学校期间的情况自己也不了解，缺席问题需要回去询问妻子或是其本人之后才能答复，但至少在自己认识雪子之后，就没见她生过什么病。雪子生得纤细苗条又瘦弱，确实与强壮二字不沾边，然而在四姐妹中，雪子是最不容易感冒的。吃苦耐劳方面，除去本家的姐姐，雪子也是最棒的，这些自己都可以作保。不过，雪子外表着实羸弱，过去甚至有人怀疑她患有肺疾，所以各位的担心十分有道理，不妨自己早些回去与妻子或其本人商量一下，再征得本家同意，找医生做一次体检，最好拍一张X光胸片给各位过目，求个放心。听到这些，井谷赶忙推辞说不至于此，只要说明了情况就足够了，但贞之助又表示这些东西还是弄清楚为宜，自己虽然说了作保云云，但也未曾正式听过医生的意见，正好趁这个机会查个清楚，自己这边图个放心，相信本家也是同样想法。况且于您那边，看到X光照片显示胸中无半点阴影，心情自然也是豁然开朗。

“即便万中有一这门亲事黄了，我们也能留着照片以防今后再遭人怀疑。所以趁这次拍个X光绝不是多余之举，本家那边应该不会有异议，不如明天就带雪子去阪大医院。”贞之助对幸子说道。

“上女子学校的时候为什么缺席那么多啊？那时候身体不好吗？”

“不是。当年的女子学校不像现在管得那么严，父亲经常写假条把我们带出去看戏。因为我每次都跟着去，要是查我的缺席记录，估计比雪子的还多。”

“这样的话，拍X光的事雪子会答应吧？”

“不一定非要去阪大医院吧？栉田医生那边也能拍的。”

“啊，对了，还有一件事——这块印子。”贞之助按着自己的左眼眶说道，“它成了问题了。井谷说她昨天倒是没注意，但对于这方面，男人却意外地细致。昨天散场以后，他说‘有人说小姐的左眼眶上好像有浅浅的印子，我看着也觉着有’，但也有人说是光线问题，总之众说纷纭，于是井谷就问我到底是不是真的有。”

“昨晚上那块儿有一点明显，我就觉得赶的时机挺不好的，看这意思，到头来还是成了问题呀。”

“对方倒也不是特别在意。”

雪子的左眼眶，具体说来是眉毛下方上眼睑的部分，有一块阴影状的东西时而出现时而消失。这个毛病是近来才有的，贞之助他们也是大约三个月到半年前才注意到。贞之助当时偷偷问过幸子，说雪子的脸上什么时候开始有了那个东西，但幸子也是那阵子才发现，之前从没有过。而且就算在发现当初，黑斑也不是一直留在脸上，有时很浅，刻意去看都几乎看不出来；有时甚至会完全消失，可又会突然有那么一星期变得特别深。后来幸子注意到，黑斑深的那几天总分布在例假前后。对于此事，她最担心雪子自身的想法。毕竟是自己的脸，第一个发现异样的肯定是雪子自己，幸子生怕此事会给雪子造成什么心理影响。雪子婚事拖延至今，她却没有变得悲观乖僻，想必是因为她对自己的容貌抱有充分自信，而今容貌上突如其来地出现了这样一个缺点，不知她的心情会是怎样。幸子心中为此事担忧，又不敢贸然询问本人，只能寻着机会偷偷观察雪子的脸色。一段日子下来，雪子表面上的行为举止看不出任何变化，仿佛没注意到黑斑，或者压根儿没把它视作问题。后来有一天，妙子拿着一本两三个月前的女性杂志跑过来问："中姐，这个你看了吗？"幸子接过来一看，发现旧杂志的个人咨询栏目中有一位二十九岁的未婚女士正被与雪子相同的症状所困扰。该女士也是最近才发现这个问题，而且一个月里也时而变淡、时而消失、时而明显，大约来潮前后最为显著。杂志上给出的回复是"该症状在已过适婚年龄却未婚的女性身上时有发生，乃一种生理现象，不必过分担心，大部分情况下结婚后能够很快自愈。除此之外，稍微持续地注射女性荷尔蒙也有很大概率可治愈此现象"。得知此事，幸子先是舒了一口气，又回想起自己当年也有过类似经历。她那次是在结婚以后，距今数年前，嘴唇周围出现了青黑色印子，就像小孩吃豆包时馅料沾在了嘴角。医生看过之后表示是阿司匹林中毒，放着不管，过一阵子也可自愈。于是她什么处理都没做，就这样过了一年，黑斑自己消失了，而且再没犯过。结合这件事来看，姐妹二人可能体质相仿，都容易起这种黑斑。幸子有过类似经验，加之当初嘴角的黑斑比雪子眼睑上那个还要深出许多，却能不药自愈，本就没对此事过于担心，读过杂志上的报道后更是彻底放心了。然而妙子拿出这本旧杂志，是想“找个法子让雪姐看到那篇报道”。她觉得：“雪姐表面上貌似没什么变化，但内心可能正为此事头痛不已，现在报道的白纸黑字放在那里，可以叫雪姐不再担心。此外，虽说黑斑结婚以后可以自愈，但最好能在结婚以前治好，——话虽如此，但以雪姐的个性，恐怕不会轻易点头——所以希望能找个机会劝劝雪姐，叫她积极治疗。”

关于雪子脸上的黑斑，幸子至今没与任何人说过，跟妙子谈该事也是头一回。可见在这件事上，妙子与自己同样看在眼里急在心上。不过幸子也明白，对妙子而言，除了因手足之情为雪子着想以外，雪子早日觅得良缘能免得自己与奥畑的婚事一拖再拖，也是其动力之一。二人商量应由谁把这杂志拿给雪子看，最终认定妙子更加胜任，毕竟幸子出马显得太过大惊小怪，而且雪子可能会觉得贞之助也在其中多管闲事，所以还是由妙子轻描淡写地挑明此事更加合适。于是，等到雪子脸上黑斑特别明显的一天，趁她独自一人在化妆间照镜子的时候，妙子假装偶然地出现在旁边：

“雪姐，你眼眶上那个东西用不着担心。”

她小声说道。雪子只用鼻音回了一个：“嗯。”

妙子低下头，尽力避开她的视线：“女性杂志上写了这个事儿，雪姐看过了吗？没有的话我拿给你。”

“应该是看了。”

“哦，看了呀——那个东西，结了婚就好了，或者打针也能治好。”

“嗯。”

“知道了吗，雪姐？”

“嗯。”

在妙子看来，雪子可能是不太愿提及这个问题，所以故作冷淡地应付自己，但她这个“嗯”更像是表达肯定的“嗯”，只不过让别人知道自己看这类杂志实在太尴尬，所以装傻充愣罢了。

妙子向雪子提及此事时本悬着一颗心，这下彻底落地了。她劝雪子说“既然看了，为什么不去打针呢”，可雪子显得不怎么愿意，对妙子的忠告也只是“嗯嗯”地用鼻音应付。究其原因，一是以她的性格，除非被人硬拽着，否则绝不会主动找素不相识的皮肤科医生给自己看病；二是别看旁人一个个都替她着急上火，她自己却没太把黑斑的事情放在心上。说起来，就在妙子去劝过雪子之后不久，悦子某天突然也注意到了这个黑斑。她一脸不解地盯着雪子的脸问道：“哎？姐姐，你眼睛周围怎么了？”嗓门还特别大。不巧当天除了幸子以外还有用人们在场，整个屋子霎时间鸦雀无声。但雪子当时意外平静，嘴里小声嘟囔着把悦子糊弄过去，脸色丝毫没有变化。要说最令幸子她们紧张的，是在黑斑明显的这几天带雪子上街或者逛百货商场。在姐妹眼中，雪子如今是深闺待嫁，走在路上指不定就被谁家的什么人看到，所以但凡出门，就算不是去相亲，也要打扮得漂漂亮亮。于是在比较严重的一星期里，都是能不出门就不出门。按说硬要出门也无妨，大不了在化妆上多花些工夫把黑斑遮起来就好，可奈何本人在这方面向来粗枝大叶。在幸子和妙子看来，雪子的相貌原本适合浓妆，但在黑斑出现期间，一旦粉底打得太多，阳光斜射下来时能看到白皙的肌肤下有一块浅色沉淀，反倒不如在这段时间打薄粉底，将腮红涂重一些更能遮瑕。然而雪子平日里就讨厌腮红（被人猜疑患有肺病，原因之一就是这苍白的妆容；而妙子又正相反，就算不打粉底也要涂上腮红），非坚持浓妆出门不可。结果每每此时运气不佳总碰到熟人。有一次妙子跟她一起乘电车出门，恰赶上特别显眼的那几天，她便取出腮红递到雪子手中说："快涂上这个吧。"

然而不管旁人怎么操心，本人依旧无动于衷。

十三

"那你是怎么说的？"

"有什么就说了什么。——黑斑并不是一直都有，用不着担心，这本杂志上写了原因，而且我在别的杂志上也读到过类似问题。还有我觉得，既然要去拍 X 光，不如到阪大医院顺便去皮肤科看一下，查查究竟跟杂志上说的是不是一样，能不能治好。——既然已经成了问题，咱就得把事情都做到位。我跟他们也说了，我回去尽量劝家里这么办。"

雪子一个月大部分时间都住在分家，所以本家姐姐和姐夫不知此事也是理所当然。想到这里，贞之助自觉督家不善，明知有这么一档子事却没做任何处理。然而毕竟是最近才有的事，至今为止相亲也从未出过问题，加之幸子当初不药自愈的事实摆在眼前，贞之助多少把这事情看得轻了。至于幸子，由于雪子脸上的黑斑呈周期式出现，提前数好日子就能预测出来，所以觉得只要相亲避开那几天就好。不料，被井谷一再催促，加上自己有些麻痹大意，觉得那几天就算没完全消失也足够浅，人们应该注意不到，没把这事放在心上。

这天早上，等丈夫出门去了事务所，幸子偷偷找雪子询问昨天的感想。雪子表示全凭姐姐和姐夫们安排。听到这一句，幸子觉得事情难得向好的方向发展了，此时不能言行不当惹雪子别扭起来功亏一篑，便等到晚上悦子睡下，同时让贞之助暂且回避，这才跟雪子谈起 X 光和皮肤科的事。意想不到的是，雪子居然痛快地答应了，表示只要有中姐陪着去看看也无妨。说到这里，见雪子眼眶上的黑斑一天天变浅，离消失的日子不远了，幸子原本想既然要两个一起看，不如等下一个周期，黑斑明显的时候再去。结果没想到又着了井谷的道，这次轮到贞之助开始催了，弄得幸子第二天就跑回本家报告相亲结果以及催促身世调查，同时通知姐姐要带雪子去阪大医院的事。第三天便带着雪子出了门，临走时故意跟用人们交代“我带雪子去趟三越百货”。

内科与皮肤科的诊察结果都不出所料，X 光照片当天等了一会儿便洗了出来，胸部全无阴影，一目了然。过了几天接到了检查报告，血沉 13，其他各项反应也均为阴性。皮肤科方面，诊察后医生将幸子叫到一边，上来就是一句“让这位小姐尽快结婚吧”。幸子说：“听说可以通过注射来治疗啊。”医生则表示：“注射确实也能治，但她这个程度本来就不明显，不如早点让她结婚，毕竟结婚是最好的治疗方法。”说罢便结束了诊察。看来，杂志上读到的都是真的。

“你把这个拿给井谷太太吧。”贞之助说道。但幸子却说：“我拿过去倒也无妨，可人家之前说跟先生沟通更直接，专程找的你，所以这东西也该你拿给她。我倒不气她把我晾在一边，只是她那种催命似的说话方式我招架不住。”贞之助则不以为然，说这事儿简单，我们也照章办事就好了。于是，第二天贞之助先从事务所去了电话讲了讲大致情况，接着将X光照片与诊断书加急挂号送到井谷手里。又过了一天，大约下午四点，井谷一通电话说一个小时之后来拜访，结果五点准时出现在了事务所。然后她说道："昨天接到您的迅速反馈，真是谢谢您了，我接到东西之后第一时间转交濑越先生，那边让我转达他的意思：他表示劳诸位大驾专程去做了如此详细的检查，还拍了X光照片，甚是惶恐，如今对小姐的健康已彻底放心，同时为提出如此无礼请求深表歉意……"等客套话过后，井谷说有件事难以启齿，就是濑越先生想再找个机会跟小姐单独聊一聊，而且希望这次时间上能宽松些，比如一个小时左右，不知您这边能否点头。此外井谷还添了几句说："您别看濑越先生年纪这么大了，可他没结过婚，所以有些地方特别像情窦初开的小伙子。上次聚会因为紧张，完全不记得聊了些什么，再加上小姐那么内向……当然，内向也是优点，但当时毕竟初次见面，小姐对很多事都缄口不言，于是想再找机会见上一面，让双方都更放得开一些，可以好好聊聊……"接着井谷又表示，"酒店饭店人多眼杂，叫人待着不舒坦。这次假若您这边同意，不如到我在阪急冈本的住所见面。濑越先生那边希望能选在本周日。"

"哎，你说雪子能同意吗？"

"雪子还好，主要是不知道本家那边会怎么说。这事儿还没到板上钉钉的地步，本家那边估计不希望两边走得太近。"

"我估计，对方其实是想再看看雪子脸上的黑斑有多严重。"

"有道理，肯定是这样。"

"这样的话，还是见一面比较妥当。最近这几天黑斑正好完全消失，咱得让他知道雪子平时就是这个样，不然岂不平白背个冤屈？"

“没错，现在要是拒绝，人家还以为咱不敢见人呢。”

夫妇二人这番对话之后，翌日，幸子想着在家打电话又要招用人们说是非，便出门找附近的公用电话拨给本家姐姐。不出所料，本家的意思是没必要见那么多次。幸子花了整整五通电话的话费说明原委，姐姐这才觉得言之有理，但婚事还没定下来，自己也不清楚是否该让两人单独见面，所以要等姐夫晚上回来商量之后再答复。第二天，幸子趁本家还没打来电话，又跑到公用电话处拨通了本家的号码。姐夫虽然加了时间、地点、监督等诸多条件，但多少算是应允了此事。转头她又去询问雪子，雪子通情达理，很快便答应了。

当天依旧是幸子作陪，二人提着一束鲜花来到井谷家中。最初井谷以红茶待客，四人围坐杂谈一阵，随后濑越和雪子被送上二楼，幸子则留在楼下与井谷边聊边等。原本定好是一小时，结果超出三四十分钟两人才下来。回去时濑越暂且留下，姐妹先行告辞。考虑到今天是周日，悦子在家，幸子她们直接去了神户，在东方宾馆的大厅又要上一壶茶，边喝边询问雪子见面的情形。

“今天真是聊了好多。”雪子说道。

这天雪子也显得比平时开朗不少，将见面的经过娓娓道来。一开始，濑越先问了她们四姐妹的关系，譬如雪子和妙子为什么在分家的时间比在本家的时间多，妙子当初登报的那件事以及后续情况如何，等等。濑越的问题相当深入，雪子在无伤大雅的范围内尽量作答，本家姐夫的坏话一句都没说。后来濑越觉得总是自己发问也不好，希望雪子也能提几个问题，但雪子不好意思开口，他便又主动讲自己的事。他说相较于“摩登女郎”，自己更喜欢有“古典美”的，所以至今都没能结婚。雪子这样的女士他求之不得，但总觉得自己高攀不起，一段话中“身份有别”四个字提了两三遍。此外，在异性关系上自己没有任何牵挂，但有一事希望先行告知，接着透露了一段令人意想不到的经历——濑越身在巴黎时，曾与一名在百货店做销售员的法国女士交往。详细经过并没有讲，只说最后遭到那位女士欺骗，他之所以患上思乡病以及憧憬纯日本风格的女子，皆是因此而起——濑越说这件事只有老友房次郎知道，今天还是第一次对别人讲。同时，自己与那位女士的交往非常纯洁，希望雪子能够信任他。幸子从雪子口中得知的东西大抵如此，濑越肯对雪子如此开诚布公，其态度已不言而喻。

井谷紧追不舍，翌日便打电话给贞之助转达濑越的意思，说是非常感谢昨天能给这样一个机会，这边已经没有任何可挑剔的了，脸上的黑斑如您所说不足为虑，现在唯一的问题就是自己是否配做小姐的丈夫，在此静候佳音。同时井谷还不忘催上一催，问本家那边调查得如何了。在井谷看来，这件事从最开始提起已经一个月有余，前阵子到芦屋登门拜访也好，数日前在东方宾馆相亲也罢，得到的答复都是“烦请您再等一星期”，一般人早就等得不耐烦了。然而事实上从幸子与本家谈及此事算起不过十天半个月的程度，况且本家向来把这类调查视为大事，不可能很快就有回音。简单说来，只能怪幸子禁不住井谷的猛烈攻势随口说了一句“再等一星期”，而贞之助又只能无可奈何地与她统一口径，才落得如今境地。老实讲，本家向濑越原籍老家当地的办事处索要的户籍副本也是两三天前刚刚收到，至于信用调查所的报告以及故乡的调查，都需要相当的时日。况且在那之后，如果这门亲事真的定下来，保险起见，还要再派合适人选去濑越的故乡走一趟，等等。贞之助夫妇如今对此事头疼不已，但除了四五天又四五天地往后拖之外，别无他法。其间井谷跑芦屋催了一遍，又跑到大阪的事务所催了一遍，表示这种事情容易横生枝节，越早定下来越好，临走前甚至还说最好今年内能举行婚礼。最后貌似是实在等不下去了，竟然直接给素未谋面的本家大姐打电话去催。大姐吃了一惊，马上打电话通知了幸子。大姐比幸子更习惯慢条斯理，被人问个问题都要等个五分钟再回答，如今想到她瞠目结舌的样子，幸子不禁觉得好笑。电话中得知，井谷对大姐也是连珠炮似的没完没了地劝，用的仍是“好姻缘容易横生枝节”那一套。

十四

几番折腾，日历已翻入了十二月。这天，下人来报“本家太太打来电话”，幸子接过话筒，得知前些日子提及的相亲对象一事虽然调查缓慢，但已大体有了定论，今天会来芦屋这边详谈。刚准备放下电话，姐姐又补上一句“你先别高兴，并不是什么好消息”。其实就算没有这一句，幸子在刚听到姐姐声音的一瞬间，就预感到这次恐怕又不行了。挂掉电话回到客厅，她不由自主地叹了口气，无力地坐在安乐椅上。要说迄今为止这类事情已是数不胜数，每次都只差临门一脚却前功尽弃，她对这种情况早就习以为常，所以幸子从来没有太失落过。然而这次不知怎的，再怎么安慰自己说“这桩亲事并不值得多遗憾”，内心深处还是感到相当失望。究其原因，或许是之前自己都跟本家意见相同，位于反对结婚的一方，而这次却觉得问题不大，谈成的可能性很高。毕竟这次有井谷从中做推手，自己在其中的立场较以往产生了奇妙的变化。贞之助也一样，以往他大多置身事外，最多为了履行义务被拉着露一两面，这次则是劳神费力地帮忙说合。此外雪子某些表现也与以往不同。那样突如其来的相亲她答应了，两次要求单独聊天也同意了，还有X光照片和皮肤科的检查，也都面无难色地听了话。这些都是雪子从未有过的态度。或许是着急结婚的心情在心中默默萌芽导致了心境的变化，再加上眼眶处出现的阴影，虽然表面上她不以为然，实际怕是有着不小的影响。总而言之出于种种理由，这次幸子非常想撮合这桩婚事，也非常希望这桩婚事能成。

所以，在听到姐姐的详细说辞之前，幸子一直觉得事情仍有转机，没有舍弃最后一丝希望。然而听过之后，她也只能无奈同意，叹道只得如此。与幸子不同，大姐膝下子女众多，较大的孩子已经上了小学和初中，于是大姐便趁他们放学回来之前，利用午后的一两个小时前来——她知道雪子这天下午两点要出门学习茶道，所以借这个机会与幸子在客厅谈了一个半小时，见悦子放学回到家，这才起身告辞，临走不忘嘱咐一句“至于如何拒绝，全权交给你们决定，你跟贞之助好好商量一下”。据大姐所说，濑越的母亲十余年前丈夫去世，在那之后便闭门不出，再不见人，对外宣称是得了病。儿子濑越很少回去，饮食起居全由这位母亲的寡妇亲妹妹照料。得的病对外说是中风，但询问出入他们家的商人之后发现并非如此，其实是一种精神病，据说见到自己儿子都认不出来。这件事情原本在信用调查所的报告中也能看出些端倪，但不甚详尽。于是本家专程派人去查，发现确凿无疑。大姐还说，难得人家古道热肠为咱家人操心，牵来一根根红线，我们作为本家却每每把事情推掉，实在于心不忍，但我们真不是故意而为。事到如今我们也不会再纠结什么身份资产，所以这次确实是一个非常好的姻缘，我们盼着能成，才派人去故乡调查。然而别的问题也就罢了，这个精神病血统实在叫人不得不放弃。要说也奇怪，给雪子找婆家，总能碰上一些叫人无可奈何的问题。看来雪子确实缘分浅，什么羊年生的那些说法还真不一定是迷信。

姐姐刚走，雪子就怀揣着茶道用的绸巾进到客厅来。幸子见悦子恰好跑到史托尔兹家的院子里去玩了，赶忙叫住雪子：

“姐姐来过了，刚刚走。”

说到这里故意停顿了一下。雪子一如既往地“嗯”了一声，便没了后文，幸子只好继续往下说：

“这门亲事，没戏了。”

“这样啊。”

“那人的母亲……说是中风，结果貌似是精神病。”

“这样啊。”

“要真是中风倒也没问题了……”

“嗯。”

远远听到悦子说“露米小姐，快过来”，幸子扭头见草坪上两个少女正往这边跑，赶快压低声音说：

“详细的回头再说，你先知道这个事儿就行。”

“姐姐回来啦！”

悦子跑上露台，在客厅入口的玻璃门外站定，紧随其后的罗斯玛丽跑过来与她肩并肩，穿奶油色毛织袜子的四只可爱小脚丫排成一排。

“悦悦，今天在屋里玩吧，外面冷——”雪子起身走过去，从内侧打开玻璃门，声音语调与平时别无二致，“快，露米小姐也进来吧。”

雪子这边此事算是过去了，可贞之助那边就不那么容易安抚了。他傍晚回家从妻子口中得知本家姐姐不同意这桩婚事，立刻一脸不服气地说：“这次怎么又不行？”这次在井谷的推动下，贞之助站到了交涉的最前线，也慢慢觉得这桩婚事不错，所以他决定如果本家又拿出那些落后于时代的身份论或是体面论，自己就亲自出马，想尽一切办法劝本家姐姐和姐夫回心转意。而且濑越是初次结婚，外貌相较实际年龄略显年轻，与雪子走在一起不会显得很不自然，就算将来可能有其他条件更好的人选，也不足以弥补这两点的缺憾。贞之助事前抱定了如此决心，所以在幸子讲明原委之后，他仍没能第一时间断了念想。但回头一琢磨，这件事情本家不可能妥协，若姐夫反问自己：“那你负得起责任吗？让雪子与这种血统的人结婚，能保证她丈夫、她未来的孩子绝对不出问题吗？”想到这番情形，贞之助也难忍心中的不安。说起来大约在去年春天，也有一个四十几岁尚未结婚的人家来提亲，情况跟这次很像，而且对方家底相当雄厚。当时全家人都觉得不错，等到连订婚日期都定了，突然从某个途径得知这男的有一个关系不清不楚的女人跟着，为了对外颜面上过得去才找人结婚。这才赶忙取消了亲事。给雪子提的亲事发展到后面，总会碰上一些奇怪且见不得光的事情。也正因为如此，本家姐夫变得在这方面格外谨慎。要说毕竟这边提出的条件过于苛刻，总不切实际地想找条件优秀的亲家，反而容易陷入奇怪的圈套。仔细想来，四十岁还没结过婚的资产家，多少都得有些毛病。

至于濑越，迄今为止未能成婚想必多与血统上的弱点有关，但能看出他并没有要欺瞒这边的意思。在他看来，这边花了如此长的时间调查故乡，十有八九已经掌握了其母亲的情况，还肯继续谈下去，定是不介意此事。“身份有别”“高攀”等谦逊之词中，应该也包含了对此的感激之情。如今，MB公司的同僚之间已有传言，说濑越将迎娶一位家境优渥的千金小姐为妻，濑越自己对此也不否定。听说他向来认真严谨，近来竟无心工作、终日心神不宁。听到这些传闻，贞之助就觉得过意不去，这样一位优秀的绅士无缘无故蒙受耻辱，不禁感到惋惜。总而言之，如果能早些查清问题断了关系，何至如此。可事情的进度先在幸子那儿停顿了，转手交给本家后也没有尽速处理。更糟的是，这期间为了拖延时日，前阵子一直跟对方说基本调查完了，让对方抱了不少希望，觉得婚事十有八九能成。虽然就自己而言确实想撮合这桩婚事，所以并非完全是信口开河，但从结果看来仍等于开了个性质恶劣的玩笑。这一点上，贞之助知道不能责怪幸子或是本家，只怨自己轻率。

贞之助与本家姐夫同样是上门女婿身份，一直以来都与小姨子的婚事尽量保持距离，不过分插手。这次机缘巧合被卷入了事件当中，而且婚事一拍两散几乎已成定局，想到因自己办事不力给当事人带来的尴尬，再想到因此可能令小姨子今后的命运更加阴霾重重，他就对雪子深感愧疚，而这份愧疚又不能说出口。要说相亲这个事，不光是这次，男方提出拒绝倒还好，若是女方提出拒绝，不管理由多么委婉，对男方而言都是一种羞辱。照这样看，莳冈家迄今为止恐怕已经招来不少人的怨恨。再加上本家姐姐和幸子那不知世故的慢性子，每每把事情拖到最后才回绝，更是招人记恨。贞之助怕积怨渐深，到时不止莳冈家是众矢之的，单是这些人心中的恨意，就能让雪子得不到幸福。至于这次由谁去回绝，幸子显然有足够的理由能够幸免，于是贞之助多少也是为了弥补自己的过失，自告奋勇地接下这个苦差事。他心里清楚如今能做的唯有找井谷博取谅解，却不知道该如何开口。事到如今，得罪濑越已经是不得已的事了，但井谷这边往后还要打交道，所以不希望与其交恶。想来这次的事井谷也投入了很多时间与劳力，光这阵子就没少往芦屋的宅子以及大阪的事务所跑。美容院的经营工作虽然有许多徒弟帮忙分担，可毕竟生意红火。在这种情况下仍肯见缝插针地四处奔走，的确如传闻那样热心肠，然而这些又绝非单凭热心或是义气能做到的，细算下来，仅出租车以及其他交通的费用就不是个小数目。之前在东方宾馆那餐晚宴，名义上是井谷招待宾客，但贞之助觉得实际费用应由濑越和自己这边分担，便在临走之前向井谷提了此事。结果井谷坚称这顿饭是她请各位来的，说什么都不肯答应。贞之助觉得反正这桩婚事彻底谈成之前还需要劳烦她在中间多牵线搭桥，今后总有机会一并将谢礼奉上，当时就没再纠结。但事到如今，就不能再没有任何行动了。

“确实，但拿钱人家恐怕不会收，最好带点礼物过去。”幸子说道，“但我现在也想不出该送什么礼，不如这样吧——总之你先空着手过去把事情交代了。礼物等我跟姐姐商量一下，再给她去送些合适的东西。”

“好事全让你给占了。”贞之助有些不服气，“唉，就这么办吧。”

结果还是决定这么做。

十五

十二月以来，井谷就没再来催过，或许是隐约感到事情正在往坏的方向发展，若真如此，倒不失为一件好事。贞之助怕美容院里人多眼杂又传出什么流言，决定直接到位于冈本的井谷家中拜访，便向井谷讨了个方便的时间。傍晚，他较平时稍晚离开事务所，径直奔向冈本。

到井谷家中时已到了掌灯时分，屋内只亮着一盏台灯，灯泡罩在一个深深的墨绿色灯罩里，使得室内上半截昏昏暗暗。井谷坐在安乐椅上，井谷的脸沉浸在一片昏暗当中，分辨不出她的表情。贞之助这个人有着与其事业不甚相符的文学青年气质，单纯善良，眼下这个环境对他来说正好适合开口。

“今日前来是要说一件非常难以启齿的事情……是这样，我们后来又调查了濑越先生的故乡，别的事都没问题，只是其母亲那个病实在……”

“啊？”井谷一脸不解。

“原本听说是罹患中风，但派人去查过之后，发现得的是精神病。”贞之助说道。

“啊，真的吗？”

井谷声音中透着一丝慌乱，随后又点着头，一连几句“这样啊”。

贞之助一直对井谷是否知道精神病一事抱有怀疑，之前她一个劲儿催促，再加上如今的狼狈样来看，不得不认为她知道内情。

“希望您不要误会，我来说这件事绝没有要责难您的意思。按理说，这种事情本该找些无伤大雅的借口来拒绝。我也确实想过这样做，但考虑到您之前尽心尽力地帮衬我们，就觉得不找一个足够有说服力的理由的话，实在太对不住您了……”

“唉，您的心情我完全理解。这事谈不上什么误会。也怪我调查不周，行事太过草率，真是对不起！”

“哪里哪里，您这么说真是折杀我了。外人总觉得我们莳冈家讲究身份家世，把一桩桩好姻缘全都拒绝，我们心里挺难受的……但我们家绝不是那样。这次拒绝确实有不得已的情况，不论外人怎么看，至少希望您能够谅解。还望您大人有大量，莫动肝火，今后还指望您多为我们费心呢！当然这些话只想说给您听，只不过濑越先生那边，还请您找个合适的理由把这个事给回绝了。”

“您真是太客气了。不知道您是怎么想的，但精神病这个事情我确实是听您说了才知道。幸好您那边把这事情查清楚了。唉，既然情况是这样，您说的确实在理。濑越先生那边也真是可怜，不过您放心吧，我有办法推掉这门亲事……”

听过对方这番周到的辞令之后，贞之助放下心来，说完事情便匆匆告辞。井谷送到玄关外，口中还不断念叨“我没理由为这事生您的气，倒是我还对不住您家呢”，还说“今后肯定帮小姐说个好媒以作补偿，您就等着瞧吧。您不必担心，小姐的事我义不容辞，望您也这么告诉太太一声”。按照井谷平日的做派，这些话应该不全是表面的客套。如此看来，这次算是没有太得罪于她。

数日后，幸子去大阪的三越挑了布料作为礼物，随后来到冈本，却发现井谷尚未回家，于是仅将礼物放下，留了个言便走了。翌日，幸子收到井谷寄来的感谢信，里面称自己不但没能帮上任何忙，还因办事不周害得各位白费了许多工夫。得您如此费心实在愧不敢当。除此之外，井谷又重复了那句“今后一定补偿您”，添在了信的末尾。

后来又过了十来天，日子距年底已所剩无几。这天傍晚，一辆出租车突然停在芦屋宅子门口，情形与上次如出一辙，井谷来到门前，表示有点事说完就走。这天不巧幸子感冒卧床，好在贞之助已经回来，于是由贞之助出面。井谷只打算在玄关处说两句话就走，贞之助硬把井谷邀进客厅，聊了一会儿。

“那件事之后濑越先生怎么样了？其本人确实是不错的人选，落得这个结局十分可惜……”

“真是个非常可怜的人……”

两人聊了起来，贞之助说：“不过濑越先生以为我们已经知道她母亲的病了吧？”

井谷说：“这么说来，一开始濑越先生表现得并不积极，看着好像不太愿意的样子，但越到后面越表现得热心，估计一开始是因为有母亲的问题摆在那里，不觉得有多大希望吧。”

“看来还是调查花了太多时间才引起诸多误会，错在我们哪，”贞之助随后又说了一遍上次说过的话，“还望您不计前嫌，今后继续帮衬我们。”

听到这个，井谷突然压低声音，试探地说：“要是不嫌弃孩子太多，我现在这就有一户人家。”

贞之助这才明白，井谷心里还揣着这么个目的才上门的。细细听来，那人是大和下市地区某银行的分行长，膝下虽说有五个子女，不过最大的是男孩，目前正在大阪某学校住读；老二是女孩，已到了成家的年纪，不久便会嫁出去，所以算下来家中相当于三个孩子。至于生活方面，那人是当地一流的资产家，无须任何担心。但是刚听到家中有五个孩子，家在下市，贞之助就认定此事必然不成，听着听着便兴致索然。井谷读懂了他的脸色，说了句“不过想必您家也不会愿意的”，便知趣地收了声。但话说回来，为什么井谷明知他们看不上，却还要介绍这种条件的相亲对象呢？或许井谷内心的确为之前那件事感到了不快，暗暗在讽刺“你们也就配这样的人家”。

送走井谷，贞之助来到二楼的房间。幸子躺在床上，用浴巾盖着脸，正在做雾化治疗。

“井谷又来说媒了？”雾化结束，她边用浴巾擦着眼睛和鼻子边说道。

“嗯……你听谁说的？”

“刚才悦子跑来告诉我的。”

“哎，这还真是……”

方才贞之助与井谷谈话的时候，悦子溜进客厅，坐在椅子上开始听二人对话。贞之助说：“这种事小孩子不能听，到一边玩儿去。”轰走了她，但她肯定是躲在餐厅偷听来着——

“女孩子就是好奇这种东西。”

“据说男方有五个孩子？”

“什么？她连这个都说了呀？”

“是呀是呀，还说长子在大阪的学校住读，长女已经到了成家的年纪……”

“啊？”

“大和下市人，还是某银行的分行长……”

“这还真不得了，丝毫马虎不得呀。”

“确实，今后再不注意点儿，早晚要出大事。幸好今天雪子不在家。”

每年从年末到正月初三，雪子和妙子都要回本家住。雪子比妙子先走一步，昨天就回去了。想到当时她如果在家不知会有怎样一个后果，夫妇二人不禁松了口气。

幸子一到冬季就容易患支气管黏膜炎，医生说闹不好会发展成肺炎，吓得她一卧床就是近一个月，这已成了惯例，再轻的感冒也倍加谨慎。今年状态不错，病症发展到喉咙便没继续加重，如今体温终于慢慢趋近正常。时至年底，日历已翻到二十五日，幸子打算再在屋里躲个一两天，正坐在床上读着新年的杂志时，妙子突然来告别，说这就回本家去了。

“怎么这就走了呀，小妹？离正月还有一个星期呢。”幸子显得有些惊讶，“去年你不是除夕才回去的吗？”

“是吗……”

这阵子，妙子正为了明年年初的第三次人偶个展一直埋头于制作当中，从一个月前开始，每天大部分时间都在夙川的公寓度过，其间又说不愿扔下舞蹈练习，所以还坚持每周去一趟大阪的山村舞讲习所。幸子都觉得有些时日没和这个妹妹正经照过面了。她知道本家希望妹妹们回去，所以也从不强留，但妙子比雪子更不喜欢本家，今年居然一反常态说要这么早回去，心里难免感到奇怪。倒也不是幸子把人往坏处想，怀疑妙子与奥畑之间约好了什么，只是看这个早熟的小妹一年年长大成人，与当初最为依靠的自己都渐行渐远，心中不禁泛起淡淡的失落。

“我工作好不容易做完了，想趁这阵子回大阪每天练习舞蹈。”

妙子的语气中没有丝毫辩解之意。

“现在学着哪个舞呢？”

“因为正月快到了嘛，我正学《万岁》呢。这个的伴奏你会弹吧，中姐？”

“嗯，应该还会个大概。”

说罢，幸子用嘴模仿三味线[①]伴奏唱了起来——

---

①日本传统弦乐器。

“祝青春永驻万寿无疆，祝盛世太平繁荣隆昌，锵噔咚，欢欢喜喜迎新春……”

妙子站起身来，随着歌声做了几个动作，突然说：“等一下等一下，中姐。”而后跑到自己房间，迅速脱下洋装换上和服，拿着舞扇回到幸子面前。

“……噌锵噌锵，锵，噌楞，噌楞美人儿，美人儿，京都城的美人儿……大鲷小鲷、大鲕鱼、鲍鱼、海螺、蛤蜊、蛤蜊、各种蛤蜊应有尽有，卖东西的是个美人儿。您再往前走，朝那架上瞧，金线缎子，红纱绸子，咚咚噌楞啷，咚噌楞啷……”

幸子她们小时候觉得“美人儿，美人儿”这句唱词以及和着三味线咚咚噌楞楞，咚噌楞楞的调子唱的“咚咚噌楞啷，咚噌楞啷”特别好玩，经常挂在嘴边唱，所以这首民歌至今仍记得清楚。如今再拿出来一唱，二十年前住在船场时的记忆又鲜明地浮现出来，父母那久违的面庞仿佛就在眼前。妙子在那个年纪已经被家里要求着学舞蹈，正月里经常在妈妈或是姐姐的三味线伴奏下跳这首《万岁》。唱到“正月三，寅时天，锵噔，福神贴门板……”时，她伸出可爱的右手食指，直指天空，那天真无邪的样子仍然历历在目，宛在昨日，叫人难以相信眼前手持舞扇的人就是那个小女孩儿——这个妹妹也好，大一些的那个妹妹也罢，两人都还未成婚，不知九泉之下的双亲看在眼中，会作何感受——想到这里，幸子忍不住眼眶一热，泪水涌了出来。

“小妹啊，你正月什么时候回来？”

幸子也不刻意遮掩泪水。

“初四回来。”

“那你可得好好练，正月回来跳给我看哦。我也趁这阵子练练三味线。”

自从幸子成家搬到芦屋，每年年初便不像在大阪时那样有客人登门，再加上两个妹妹也要回本家去，近几年一到正月就得过几天冷清、空虚的日子。对幸子夫妇二人而言或许还算几天清静日子，但悦子受不住孤寂，整天盼着“姐姐”和“小姐姐”回来。幸子从元旦那天起，连续三天每到下午就拿出三味线，拨弄琴弦练习《万岁》一曲，后来连悦子都听会了，一到“红纱绸子……”这段，悦子就“咚咚噌楞啷，咚噌楞啷”地跟着唱起来。

十六

妙子的这次个人展览在神户鲤川附近的一家画廊举办，为期三天。幸子在阪神一带人脉颇广，受益于她的暗中动员，展览第一天大部分作品便已签下了销售合约，硕果颇丰。第三天傍晚，幸子带着雪子和悦子一起来，顺便收拾会场。手上的活儿忙完，几人走出会场，幸子说：

“悦悦，今晚让小姐姐请客吧。小姐姐可有钱了。”

“对对。”雪子也跟着起哄，“去哪儿吃？悦悦，你喜欢西餐还是中餐？”

“可是我钱还没拿到手啦——”

妙子想装傻却装不彻底，说话时嘴角仍露着笑。

“没关系，小妹，我先替你垫上。”

幸子心里明白，这次就算刨去诸多杂费，仍能有不少钞票落进妙子的口袋，所以想尽办法也要让妙子请上一顿。妙子虽没有井谷言语中提及的当代年轻人那样的精明节俭，却也与幸子不同，有着现代女性的精明，这种场合下稍微起起哄是绝对无法让她解开荷包的。

“那就东雅楼吧，那里最便宜。”

“小妹真抠门。大方点儿请我们去东方吃烧烤呗？”

东雅楼位于南京町，是一家广东风味小饭铺，门面还出售牛肉和猪肉。四人走进店里。

“晚上好。”

一名正站在柜台旁结账的年轻西洋女士说道。

“啊，卡塔丽娜小姐，在这儿遇到真是巧了。我来介绍——”妙子说，“这位就是我之前提到的俄罗斯人——这是我二姐——这是我三姐——”

“啊，我叫卡塔丽娜·基里连科——我今天去看展览了。妙子小姐的人偶都卖掉了，恭喜恭喜。”

“那个西洋人是谁啊，小姐姐？”那位女士离开之后，悦子说道。

“那人就是小妹的徒弟？”幸子说，“要是的话，我在电车上还总看见她呢。”

“长相挺可爱的吧？”

“那个西洋人喜欢中餐？”

“她在上海长大，对中餐特别了解。据她说，越是西洋人不愿意去的那种脏兮兮的中餐馆，做出来的菜越好吃。神户就属这家最棒了。”

“那人是俄罗斯人？看着一点也不像啊。”雪子说。

“嗯，她在上海读英国学校，后来进了所英国医院当护士，再后来跟英国人结过一次婚。别看她那个样，她可是个有孩子的人。”

“啊？她今年多大？”

“不清楚，和我不相上下吧。”

据妙子讲，这个白俄罗斯人基里连科一家住在夙川松涛公寓附近，老母亲、哥哥、卡塔丽娜三人挤在一栋上下总共只有四个房间的文化住宅里。妙子只与卡塔丽娜有接触，但也不过是路上遇见了相互点个头的程度，后来有一天卡塔丽娜突然跑到工作室找妙子，说自己也想学做人偶——特别是日式人偶，求收她为徒。妙子刚一答应，她当场就改口叫“老师”，吓了妙子一跳，最后还是让她叫自己“妙子小姐”——这些大约是一个月前的事情。自那以后，妙子和她迅速熟识起来，最近去公寓的时候，常会顺道去她家转转。

“她之前跟我说经常在电车上遇到姐姐们，很面熟，还说你们都很漂亮，她很喜欢你们，希望有机会介绍给她认识。”

“她家靠什么维持生计？”

“听说哥哥是个搞毛织品还是什么的贸易商，但从他们家的样子看，日子也不宽裕。唯独卡塔丽娜不一样，她跟英国丈夫离婚的时候分了些钱，说自己是靠这些钱生活，不花她哥哥的，所以平时打扮也挺讲究。”

桌上锡制的餐盘里，盛着悦子喜欢的炸虾卷、鸽子蛋汤，有幸子喜欢的一种将鸭子皮烤过之后跟酱和葱一起卷进饼皮里吃的菜，等等，几人围坐桌前，聊了一阵儿基里连科一家。要说卡塔丽娜的孩子，从照片上看是个大约四五岁的女孩，但抚养权给了父亲，如今已经回了英国。至于卡塔丽娜学做日式人偶是单纯出于兴趣还是想今后借此贴补家用，妙子就不得而知了，不过这位外国人确实心灵手巧，对日本和服的纹样色彩理解得也很快。她之所以在上海长大，是因为俄国革命时一家人四散分离，她被祖母带着逃到了上海，哥哥则被母亲带来了日本，还在日本上了初中，多少认得些汉字。正因如此，卡塔丽娜受英国文化影响颇深，而哥哥和母亲非常崇尚日本。家中楼下的一个房间里供奉着天皇皇后两陛下的肖像，另一间里则挂着尼古拉二世与皇后的画像。基里连科哥哥说得一口流利日语那是理所当然，卡塔丽娜来日本时日尚浅却也能说得相当不错，最滑稽且难以分辨的是老母亲的日语，这事儿可没少让妙子头疼——

“说起那老太太的日语，前阵子她跟我说‘您也真够辛苦的哪’，结果发音不准语速还快，我听成了‘您从哪里来的哪’，我答了句‘我是大阪的’。”

妙子特别擅长捕捉别人言行中的细节，把任何人都能模仿得惟妙惟肖，每每逗得大家前仰后合。这回模仿“基里连科老太太”的举止更是好笑到极点，幸子她们想象着这位素未谋面的西洋老人，捧腹大笑。

“不过，那老太太据说是沙俄时代俄国的法学士，相当有头有脸。她还跟我说‘我日语说得不好哪，但会说法语和德语’。”

“当年估计挺有钱的啊。那老太太今年多大？”

“不知道，有六十多了吧。但看不出老态，特别硬朗。”

之后过了两三天，妙子又带着那位老太太的趣闻回来逗姐姐们。当天，妙子去神户的元町买东西，回来路上顺便在尤海姆[1]喝茶的时候，恰巧碰到老太太带着卡塔丽娜进店来。二人当时正准备去新开街的聚乐馆楼顶的溜冰场，见到妙子便盛情相约，说如果有时间不妨一同前去。妙子虽然从没溜过冰，但二人一致表示“我们

①尤海姆（Juchheim），德式点心品牌，以其年轮蛋糕闻名遐迩。

来教，很快就能学会”，再加上原本就对这类运动竞技很有自信，就决定跟着一起去了。结果刚练了一小时，妙子就掌握了大致技巧，引得老太太不住地表扬“您可真棒哪，我不信你是第一次”。然而更令妙子吃惊的，是老太太刚站到溜冰场上便英姿飒爽地滑了起来，那势头竟在年轻人之上。老太太腰杆挺得笔直，宝刀未老，不仅每个动作都四平八稳，时而还能玩一两个惊险的花招，在场的日本人无不叹为观止。

后来又有一次，妙子说“今天卡塔丽娜叫我去她家吃晚饭”，夜里很晚才回来。据她讲，俄罗斯人胃口惊人，晚饭先是上了前菜，然后是几道热菜，有荤有素，分量十足，满满地盛了几大盘。面包也有好几种，而且形状各异。妙子单是吃过前菜腹中就已满了八九分，而基里连科一家仍是大口饕餮，还不住地劝妙子“你怎么不吃？尝尝这个，尝尝那个”，任凭妙子说“我已经饱了，吃不下了”也无济于事。席间，日本酒、啤酒、伏特加也是敞开了喝。基里连科哥哥猛啖豪饮没什么稀奇，可卡塔丽娜跟老太太的吃喝架势居然丝毫不输这位哥哥。不知不觉时至九点，妙子起身准备告辞，一家人却说“还不能走”，随即拿出了扑克，妙子见状只得奉陪。结果一个小时过去，过了十点，一家人竟又拿出夜宵来，此时的妙子已是见到食物就觉得腹中胀满，基里连科一家却仍能吃吃喝喝。他们喝酒的时候用盛伏特加的那种小酒杯，每次斟满整杯一饮而尽，那架势与其说是“喝”，更像是往嘴里“倒”。一家人表示不管是清淡的日本酒还是伏特加这种烈酒，唯有此种喝法才觉得香醇，令人不禁佩服他们的胃。饭菜味道上虽不出彩，但新奇的是有一种汤，里面漂着貌似面粉捏的东西，有点像中国的馄饨，又有点像意大利方饺。

妙子还说：“他们还说‘下次要请您姐姐、姐夫来做客，请您务必带上他们'。要不要去看看？"

那阵子，卡塔丽娜正热衷于制作一个身穿长袖和服、头梳结绵髻[①]、手持羽子板[②]的女孩的站姿人偶，还找了妙子做模特儿，所以只要妙子不去夙川，她就主动跑到芦屋接受指导，自然地和家里人慢慢熟识起来。贞之助也渐渐与她熟络起来，还曾说过她这个身材不去好莱坞可惜了。但卡塔丽娜这人的性格中没有那种玩世不恭的粗野，反而有几分温婉贤淑，与日本妇人都能交流甚欢。纪元节[③]那天下午，基里连科兄妹说是准备去高座的瀑布郊游，哥哥穿着灯笼裤，顺路跟妹妹一起来到了门口，便随妹妹登门拜访。他并不脱鞋进屋，而是绕到院子，找露台的椅子坐下。贞之助与他是初次见面，一番寒暄过后，两三杯鸡尾酒下肚，聊了约三十分钟。

"我现在也有点想见见那位'哪'个不停的老太太了。"贞之助开玩笑说。

"是呢。"幸子也表示赞成，还笑道，"平时总看小妹模仿人家老太太，没见过都觉得见过了。"

十七

于是，原先无须赴邀前往的一家人，被妙子讲的故事慢慢勾起了好奇心，再加上对方几次三番地邀请，盛情难却下便决定登门

---

①日本发髻岛田髻的一种，为江户时代后期至明治时期日本年轻女子发髻。

②在球类游戏中使用的带手柄的板。

③1873年作为纪念日本的第一任天皇神武天皇登基而制定的国家节日，日期为2月11日。第二次世界大战结束后被废除，其后被改为日本建国纪念日。

拜访基里连科家。眼下已入春，恰逢取水节[①]，却是倒春寒的日子。对方的意思本是希望全家人一起来，但估计返程必定很晚，只好不带着悦子，留雪子在家里陪她，由贞之助夫妇与妙子赴约。三人乘阪急电车在夙川站下，穿过高架桥径直走了五六百米，两侧小洋房尽数退至身后，眼前已是一条田间路，再往前能看到一团松林覆盖的小丘。小丘脚下几栋精致的文化住宅相向而建，基里连科家是其中最小的一栋，白墙新亮干净，宛如童话书插画中的房屋。卡塔丽娜快步出来招呼，领他们来到一楼两间相连的房屋中靠里的一间。房间甚是狭窄，屋子正中放着一个金属暖炉，剩下的空间勉强够主客四人落座，此外再没了能活动的地方。四人各自在房间里寻得了沙发的两头、唯一的安乐椅以及硬邦邦的木凳子，算是有个地方坐下，但随便扭个身，就可能碰到暖炉烟筒或是胳膊肘碰倒桌上的摆设。这样看来，楼上应该是母子三人的卧室，楼下除了这两间屋子之外恐怕只剩下后面的厨房。抬眼看看旁边那间屋子，感觉像是餐厅，但并不比现在待的这间宽敞，贞之助他们不禁担心这么个小屋子如何能安置六个人一起用餐。更加奇怪的是，如今家中貌似只有卡塔丽娜一人，基里连科哥哥和那个老太太一直都没露面。西洋人吃晚饭要比日本人晚，事前也没具体问清楚时间，三人可能来得太早了。然而，等到窗外夜色已浓，家中仍是静悄悄，餐厅那边也未见任何准备。

“请看这个，这是我的第一个作品——”

卡塔丽娜说着，从三角置物架下层拿出了自己首个作品，是个舞伎人偶。

---

①每年三月奈良东大寺二月堂举行的汲水仪式。始于752年，节日期间，僧侣们取井水供奉二月堂的主佛十一面观音像，祈祷国泰民安。亦称松明节。

“喔，这真是您做的吗？”

“是的。但是有很多很多地方做得不好，都是妙子小姐帮忙修正的。”

“姐夫，你看那条腰带。”妙子说，“那可不是我教给她的，是卡塔丽娜小姐自己想到，自己画出来的。”

人偶身上系着的垂带①，在黑底上用油性颜料画了将棋棋子桂马与飞车的图案，看样子基里连科哥哥也帮忙出了主意。

“请看这个。”

卡塔丽娜又拿出她在上海时的相册，指点着说“这是我前夫”“这是我女儿”。

“这个小女孩跟卡塔丽娜小姐长得真像，是个小美女。”

“您这么觉得？”

“嗯，真的特别像。你不想你女儿吗？”

“她现在在英国，见不到，没办法。”

“知道具体在英国的哪里吗？你去英国能见到她吗？”

“不知道。但是，我很想见她。我可能会去找她。”

卡塔丽娜的语调倒是很平静，听不出什么伤感。

贞之助与幸子其实早就隐隐觉得腹中空虚，两人偷偷瞄了眼手表又相视使个眼色，趁对话告一段落，贞之助开口问：

“您的哥哥呢，今天不在家吗？”

“我哥哥，每天都很晚回来。”

“您的妈妈呢？”

“妈妈去神户买东西了。”

---

①垂带，比普通和服腰带长 1.5 倍，系好后腰带垂在身后。

“这样啊……”

贞之助他们琢磨着，这老太太想必是去买餐桌上要用的材料了，结果挂钟走过了七点仍不见回来，弄得几人彻底迷糊了。把姐姐姐夫拉来做客的妙子自觉责任在身，渐渐急上心来，也顾不得什么礼貌，不住地往空荡荡的餐厅望。房间中央的暖炉很小，炭块扔进去一会儿就没了力道，卡塔丽娜也不知是否从妙子的神情中会意到了什么，只是不断地给暖炉加炭。话匣子一关，腹中的空虚便更加扰得人心慌，逼得三人只能强行找话题聊天。最终聊到再无可聊，四人无言地围坐在暖炉周围，炭火呼呼的燃烧声格外惹耳。一只看似有猎犬血统的杂交犬用鼻子拱开门进到屋里，在人们的脚与脚之间挑暖炉火最旺处心满意足地一趴，脑袋搭在前爪上。

“鲍里斯。”卡塔丽娜呵斥道。

狗抬眼向她一瞟，完全没有要离开暖炉的意思。

“鲍里斯。”贞之助也无所事事地叫了叫狗的名字，弯下腰抚摩它的脊背。

就这样又过了三十分钟，贞之助突然说道：“卡塔丽娜小姐……我们是不是搞错了什么？”

“什么？”

“哎，小妹，咱们该不会是听错了？要真是这样，岂不给人家添了大麻烦……我看今天还是先告辞比较好吧？”

“应该不会啊……”妙子说，“哎，卡塔丽娜小姐……”

“什么？”

“就是……中姐，还是你说吧……我不知道该怎么说。”

“幸子，你的法语这会儿派上用场了。”

“卡塔丽娜小姐懂法语吗，小妹？”

“不知道。她倒是经常说英语……”

“卡塔丽娜小姐，I...am，afraid...”贞之助开始用蹩脚的英文解释，“...You，were，not，expecting，us，tonight...”[①]

“为什么？”卡塔丽娜睁圆了眼睛，操着流利的英语，带着责问的语气说，“今晚是我请你们来的。我一直在等你们。”

时针走过八点，卡塔丽娜起身去了厨房。一阵叮叮咣咣之后，她利索地把一堆东西搬到餐厅，将三人叫了进来。贞之助等人见到各式前菜——熏三文鱼、腌凤尾鱼、油浸沙丁鱼、火腿、奶酪、苏打饼、肉派、种类众多的面包等如变魔术般一眨眼工夫摆上了桌，多得几乎放不下时，心中算是舒了一口气。卡塔丽娜一个人忙里忙外上了好几道红茶。早已饥肠辘辘的三人尽可能低调地在桌边狼吞虎咽，不过毕竟菜量丰富，再加上卡塔丽娜盛情劝饭，马上就有了饱腹感，于是开始时不时地将吃剩的东西偷偷往桌下扔，喂给躲在桌下的鲍里斯吃。

这会儿，外面咔嗒一声，鲍里斯飞也似的向大门跑去。

“应该是老太太回来了……”妙子小声对二人说。

老太太手里拎着各式各样的购物袋，大约有五六个，快步穿过玄关径直去了厨房，身后基里连科哥哥带着一位五十岁上下的男子走进餐厅。

“晚上好。我们已经先吃上了。”

“请用请用……”基里连科一边行礼一边搓着手说道。就西洋人而言，他的身高偏矮，体格也比较瘦小，羽左卫门[②]型的纤瘦脸颊被春夜的寒风吹得通红。他与妹妹用俄语交流了两三句，在座的

①英语，意为“我想您应该没有期待我们今晚的到来”。

②歌舞伎演员，容姿俊美，以其小生扮相著称。

日本人只能分辨出“妈妈奇卡，妈妈奇卡”这么一个单词，估计是俄语中对“母亲”的爱称。

“我在神户碰到了妈妈，就一起回来了。另外这位是——”基里连科拍了拍那名男子的肩膀，“妙子小姐认得这个人吧——这是我朋友渥伦斯基先生。”

“啊，我认识。这是我姐夫和姐姐——”

“渥伦斯基先生是吗？那岂不是《安娜·卡列尼娜》里的人物？”贞之助说。

“哦，没错。您连这个都知道。您也读托尔斯泰的书？”

“托尔斯泰、陀思妥耶夫斯基的书，几乎每个日本人都读。”基里连科对渥伦斯基说。

“小妹，你怎么认识渥伦斯基先生的？”幸子问。

“这个人住在这附近一所叫夙川屋的公寓里，特别喜欢小孩，对谁家小孩都怜爱得不得了。你去打听‘喜欢小孩的俄罗斯人’，在这边可有名了。大伙儿都不喊他‘渥伦斯基先生’，而是叫他‘爱娃斯基先生’。”

“他太太呢？”

“没有。貌似在这事儿上还有一段挺悲惨的经历……”

渥伦斯基默默地听大家谈论着自己，寂寥中带着几分怯懦的柔和，眼神饱含微笑，在眼角眯出几丝鱼尾纹，看上去确实是个喜欢孩子的人。他比基里连科略显高大，紧实的身材、仿佛饱经日晒的茶褐色皮肤、浓密的花白头发和黑色瞳孔等，让他看上去更接近于日本人，像个退了役的船员。

“今晚悦子小姐不来吗？”

“啊，那孩子还有学校的作业要写，所以……”

“那真是遗憾。我今天带渥伦斯基先生来，本是想让他见一见这位非常可爱的小姑娘的。”

“哎呀，这可太对不起了……”

这时，老太太进来打招呼了：“我今晚特别高兴哪……妙子小姐的另一位姐姐和那位小姑娘，为什么不能来？……”

贞之助和幸子听到句尾的“哪”之后再看妙子就想笑，只好尽量避免与妙子四目相对，然而妙子别过脸努力假装什么事都没发生的样子，又使得二人忍俊不禁。另外，这位虽然被称为“老太太”，却不像一般的西洋老妇人那样体形肥胖，背影更是挺拔，双腿修长还穿着高跟鞋，走起路来坚实有力，如小鹿一般轻快——甚至可以说粗暴——踏得地板咔咔作响，叫人不难想象妙子所描述的在溜冰场的飒爽身姿。老人家笑起来能看到缺了几颗牙齿，脖颈到肩膀的皮肤也已显松弛，脸上布满皱纹，但皮肤透白，离远了根本瞧不出皱纹和松弛，乍看上去估计能年轻二十岁。

老太太先是把桌上的东西收拾干净，再将自己买来的生蚝、鲑鱼子、醋腌黄瓜、猪肉鸡肉肝脏等做的香肠摆上来，随后又摆出了几种面包。这回席上终于有了酒，伏特加、啤酒以及装在啤酒杯里的烫热的日本酒，一群人推杯换盏。几个俄罗斯人里，老太太和卡塔丽娜也更加偏好日本酒。正如贞之助他们所担心的，桌子坐不下这么多人，卡塔丽娜靠在已经没有火的暖炉架子边上站着，老太太则边忙前忙后边从人们背后伸手上桌拿东西吃吃喝喝。家中的刀叉凑不够人手一副，卡塔丽娜偶尔会直接用手捏着食物往嘴里送，每次这一举动被客人碰巧看到，她都羞得满脸通红，于是贞之助他们只得努力装作什么都没看见。

“你别去吃那个生蚝……”幸子对贞之助耳语道。

虽说是生蚝，却不是什么精挑细选的深海生蚝，看成色显然是从这一带的市场上买回来的东西。这群俄罗斯人竟能毫无顾忌地大口吃着，从这点上讲他们要比日本人野蛮多了。

“啊，我是真的饱了。”

几个日本人一边嘴上这么说，一边趁家主们不注意，偷偷将吃不下的食物丢给桌子下面的鲍里斯。贞之助被灌了不少各种各样的酒，这会儿有些上头。

“那照片上的是什么？”他扯着嗓门，手指着挂在沙皇肖像旁一张装裱过的照片，里面是一座壮丽的建筑物。

“那是沙皇村[①]的宫殿，彼得格勒(这些人从来不说列宁格勒[②])附近的沙皇的宫殿。”基里连科答道。

“哦，那就是著名的沙皇村……”

“我们家，当时离沙皇村的宫殿特别近哪。沙皇坐马车从沙皇村的宫殿出来，我每天都能看见哪。沙皇说话的声音，我觉着能听到了哪。”

“妈妈奇卡……”

基里连科叫住母亲，用俄语问过之后说：“并不是真的能听见马车里沙皇说话的声音，只是马车从特别近的地方经过，让人觉得好像能听到一样。毕竟我们家当时就紧挨着那座宫殿。不过当时我还小，只有一点模糊的印象。”

“卡塔丽娜小姐呢？”

“我当时还没上小学，什么都不记得。”

“我看那边的房间里有日本两陛下的照片，这是为什么要

---

①建于1708年，1917年前为历代沙皇的离宫，后改称普希金市。

②今俄罗斯城市圣彼得堡的前称。

挂呢？”

“喔，那是当然的哪。我们白系俄罗斯人[①]的生活，全仰仗天皇陛下。”老太太的表情有些严肃。

“白系俄罗斯人都是这个想法，觉得能跟共产主义抗争到底的只有日本——”基里连科接着说，“你们觉得中国将来会怎么样？那边早晚会变成共产主义吧？”

“不知道，我们对政治方面的事不太清楚。不过日本跟中国关系不好，实在叫人头疼。”

“你们认为蒋介石怎么样？”一直在旁边把玩着空酒杯听大家讲话的渥伦斯基说，“去年十二月西安那件事你们怎么看？张学良把蒋介石囚禁了，但没杀他，这是为什么？……”

“不清楚……但我觉得不止报纸上登出来的那么简单……”

贞之助对政治问题，尤其是国际事件兴趣颇高，熟知报纸杂志上登出来的此类消息。他无论何时都秉持着旁观者的态度，丝毫不敢越界，警戒心很强，毕竟眼下这么个时期，不希望因为自己的一两句随口胡言被卷入争端，在摸不透脾气的外国人面前更是坚决不发表任何意见。然而对于被迫背井离乡四处漂泊的人而言，这些问题直接关系到他们的死活，必然终日警觉。这之后，几个俄罗斯人之间议论了一阵子，渥伦斯基这方面消息最为灵通，而且有着某种自己的主张，其他人基本都成了听众。为照顾贞之助等人，他们说话尽量用日语，不过渥伦斯基讲到复杂问题时会改说俄语，基里连科则会见缝插针地给贞之助他们翻译。老太太也是名颇有实力的论客，并不只默默地听男人们说，自己也加入其中，高谈阔论，只是

---

①指的是在俄国十月革命后逃往各国的俄罗斯人。

论到激情之处她的日语便越发支离破碎，席上的日本人和俄罗斯人都听不懂了。这种时候基里连科就会出来提醒一句：

“妈妈奇卡，你讲俄语！”

后来贞之助他们也搞不清究竟是因为什么，这场议论变成了老太太和卡塔丽娜母女吵架。貌似是老太太攻击英国的政策和国民性，卡塔丽娜跳出来反对。按卡塔丽娜的说法，她虽然出生在俄罗斯，但被迫离开祖国，去了上海，受英国人的恩惠长大成人。英国人的学校教她学问，而且分文未取，她离开学校成为护士后，拿了医院给的月薪，诸如此类，都是沾了英国的光，这样的英国哪一点不好了？但老太太的意思是你还年轻，不知道其中的真相。母女俩情绪越来越激动，脸色越来越苍白，幸亏哥哥和渥伦斯基看准时机出来仲裁，浇灭了这场争吵，没有败了满桌人的兴致。

“妈妈奇卡和卡塔丽娜经常为英国的事争论，我特别头大。”圆完场的基里连科说道。

后来，贞之助他们先是回到隔壁房间，几人一番杂谈，打了会儿扑克，接着又被叫去了餐厅。不过，任凭何等的美味佳肴，这会儿也再难吸引三个日本人，三人从头至尾只专注于填充鲍里斯的胃。唯有喝酒方面，贞之助一直奋斗到最后，与基里连科和渥伦斯基杀得不分伯仲。

晚上十一点多，几人才终于踏上归途。

“小心点儿，你走路都画圈儿了。”走在昏暗的田间小道上，幸子说道。

“啊，这微微的凉风真舒服。”

“老实说，刚才我真以为出岔子了。家里就卡塔丽娜一个人，左等右等也不见吃的喝的，肚子越来越饿……”

“就在那时突然摆上来一大堆东西，我都顾不上吃相了。——话说俄国人怎么那么能吃呀。喝我敢说不输他们，吃是真没法比。”

“不过，老太太见咱们这么多人一块儿去，貌似挺高兴的。别看俄国人住的地方那么小，依旧是这么好客。”

“我看是那些人过得太寂寞，想交日本朋友。”

“姐夫，那个叫渥伦斯基的——”身后两三步远，妙子在夜色中说，“那人有过一段挺惨的经历。据说年轻时有过恋人，因为革命失去了联系，两人都不知道对方的去向。之后过了几年，他突然得知恋人在澳洲，于是就真的去找了。结果，好不容易查清了住所，面是见到了，可很快那个恋人就生病死了。自那起他一直守节，坚持单身。”

“原来如此，要说他身上确实有股子这种感觉。”

“他在澳洲的时候受过些苦，连矿山的矿工都做过。后来做生意挣了些钱，如今身家有五十万日元呢。貌似卡塔丽娜哥哥的生意里就有他的一部分出资。”

几人回到别墅区，道路两侧种着绵延的树篱，幸子忽然说道：

“咦？我好像闻见丁香的气味了——”

“唉，离樱花开放还有一个月，我都等不及了。”

“我都等不及了哪。”

贞之助模仿着老太太的口吻。

十八

原籍地　兵库县姬路市竖町二十号

现住址　神户市滩区青谷四丁目五五九号

野村巳之吉

明治二十六年九月生

学历　大正五年东京帝大农学系毕业

现职业　兵库县农林科水产技师

家庭及近亲关系　大正十一年娶田中家次女德子为妻，生有一男一女。长女三岁时夭折。妻子德子昭和十年死于流感。昭和十一年十三岁的长男亦夭折。双亲早已亡故，有妹妹一人，已嫁与太田家，现居东京。

全文如上。

三月下旬，幸子在女子学校时的同窗阵场夫人寄来一张四寸照片，相纸背面有本人亲笔写的上述内容。幸子接到这个方才回想起来，去年十一月末，正好是跟濑越那门亲事停滞不前的时期，某天在大阪的樱桥十字路口遇到了阵场夫人，便站着聊了二三十分钟。临告别时提到了雪子，对方问起说："哦，这个妹妹还没结婚吗？"幸子便托对方有好人家的话麻烦照顾一下。不过当时幸子觉得濑越这门亲事八九不离十，所以说这个多半是为了客套，没想到阵场夫人真的挂念着此事。阵场夫人先是寄来一封信，信上讲："不知令妹近日可好，跟你聊天的时候我给忘记了，其实我丈夫的恩人关西电车公司社长滨田丈吉有个表弟，前些年死了内人，眼下正寻求填房的人选，于是滨田就急切地托我们帮忙找一户好人家，还把本人的照片给了我们，那天我突然想起你妹妹。我丈夫虽说跟这个人并不熟，但有滨田先生作保，人应该不会差。总之照片另函奉上，府上如果有意思，就按相纸背面写的事项查一查他们家的详细情况。

要是调查过后觉得合适，可以随时来找我，我帮你们介绍。这种事原本应该当面商量的，但又怕强求了你们，所以先书信一封打个招呼。”接到信的第二天，照片真就寄来了。

幸子赶忙回了感谢信，告诉对方东西已收到。但鉴于去年被井谷没完没了催命的教训，这次她下定决心绝不轻易应允什么。信中内容直率地表示：“蒙您费心感激不尽，但答复还烦请待上一两个月，因为不久之前我们才拒绝了一门亲事，考虑到妹妹的心理状态，觉得最好搁置一段时间再提下一个。而且这次为慎重起见，我们想先充分调查一下，如果合适再劳您帮忙。您也知道，我这个妹妹的婚事已经拖了非常久，再让她遇上那种相了亲却发现双方无缘的事，我这个做姐姐的也于心不忍。”后来跟贞之助商量时也表示这次不能急，要慢慢亲自调查，觉得合适再跟本家提，最后再告诉雪子。不过说句老实话，幸子对这门亲事并不是很感兴趣。当然一切要等调查了才能有定论，家财有无，纸上也只字未提，但光是看过相纸背面的记载，就知道这人条件比濑越差得远。首先，年龄比贞之助还大两岁；其次，不是初次结婚。前妻的两个孩子都过世了确实能免去很多羁绊，但在幸子看来，从男方相貌这一点来看，雪子就不大可能会积极反馈。这人在照片上特别沧桑，相貌看上去暮气沉沉。虽说真人和照片有时候不尽相同，但用于求婚的照片尚且如此，恐怕本人只会比照片上更显老，不会更显得年轻。这边并不要求对方是个美男子，实际年龄高于贞之助也无大碍，可二人喝交杯酒时，新郎官要是太过老气横秋，不但雪子可怜，自家这些撮合此事的人面对满席亲友也脸上无光。所以新郎就算不能朝气蓬勃，至少也要面色红润，精神抖擞，有股精气神在才好……一来二去考虑之后，幸子实在是对照片中人提不起兴趣，便也不急着调查，就这么耗了一个星期。

然而不久她回想起来，前些天“内附照片”的包裹寄到家时，好像被雪子瞟到过一眼。若真如此，这事再瞒下去反而像在背地里搞什么鬼，平白惹她不快。对于幸子而言，雪子虽然表面上看不出任何变化，但之前一事或多或少还是给她造成了精神上的创伤，所以过早拿出下一门亲事绝非明智之选。可转念一想，雪子已经看到有人寄照片来，她心里若是觉得“中姐为什么不肯有话直说”，自己的良苦用心岂不成了别有用心？还不如一开始就把照片拿出来，问问当事人的意见，观察一下反应，这或许也是个办法。打定主意后，在一个要去神户购物的日子，幸子在二楼化妆间换衣服时见雪子进屋突然说道：

“雪子，又有人寄来张照片。”

不等雪子回答，她麻利地打开小橱柜的抽屉，拿出照片给她：

“就是这张。你看看背面写的东西——”

雪子默不作声地接过照片，大致瞟了一眼正面，随即翻过来看背面的字。

“这是谁寄来的？”

“你认得阵场太太吧？在读女子学校的时候姓今井——”

“嗯。”

“前不久，我在路上碰到她，后来聊到了你的事，我就顺便托她帮忙来着。结果人家貌似挺上心，把这个送来了。”

“……”

“这事儿你不用急着答复。其实吧，这次我本来想仔细调查过后再告诉你的，可又怕你觉得我有事瞒你，就决定先把照片给你看看——”

雪子对照片没了兴趣，往多宝格架子上一搁，走出房间来到走廊栏杆处，茫然地俯视着庭院。

幸子望着雪子的背影继续说："你现在什么都不用想。要是不喜欢，就当没听过这回事。只是难得人家费心，我想着姑且去调查一下——"

"中姐——"雪子若有所思地慢慢转脸过来，嘴角努力挤出一丝微笑，说，"提亲的事最好还是告诉我。这种事有总好过完全没有，而且你告诉了我，我这日子也能过得有滋味儿些……"

"这样啊。"

"但相亲最好还是仔细调查过后再说。其他的不用顾虑太多。"

"是吗。有你这句话，我就没白费劲。"

幸子收拾停当，说了句"那我出门一趟，晚饭之前回来"，便独自离开了。雪子将姐姐随手扔在一旁的便服搭在晾衣架上，把腰带和带缔收到一起，随后又靠着栏杆向庭院望了一阵子。

芦屋这一带原本大部分是山林和田地，大正末期才开始慢慢开发，所以家中的庭院虽然不大，却有着两三棵粗壮的松树，依稀能看出此地昔日的风貌。再加上西北侧隔着邻居家的茂密绿植能远远望见六甲一带的山与丘陵，使得雪子每次回上本町本家住个四五日再回来时，都会有种如同重生般的心旷神怡。她如今俯视着的南侧是草坪和花坛，对面是座微型假山，石头缝间生长的麻叶绣线菊开出簇簇细小的白花，如吊兰般一直垂到无水的池塘里。右侧池塘边上樱花与丁香绽放着。不过，这樱花是幸子的喜好，她说想在自己家里赏花，哪怕只有一棵樱花树也好，所以这是两三年前移栽过来的。每逢开花时节，大家总要在树下摆出长凳，铺上毛毡。然而这樱树不知为何总是病恹恹的，每年只能开几朵贫弱至极的小花，如今丁香却如大雪般满树银挂，芳香四溢。丁香树西侧是还没冒新芽的檀香与梧桐，檀香南边生着一种法语名为“塞楞格”的灌木。教雪子她们学法语的法国人冢本太太曾经说，自己的祖国有好多塞楞格花，到了日本以后再没见过，没想到在这个院子里能有此稀罕货，甚是睹物思情，所以雪子她们也开始留意这棵树。翻查法日字典，得知它是山梅花的一种，日语名为“萨摩山梅花”①。这树的花期总在麻叶绣线菊和丁香凋尽之后，与配房围墙边的重瓣棣棠几乎同时开放，所以眼下才刚刚冒出一些嫩芽。萨摩山梅花的对面是与史托尔兹家后院分界的铁丝网，沿铁丝网而栽的梧桐树下，沐浴着午后明媚阳光的草坪上，悦子和罗斯玛丽两人已蹲着玩了许久的过家家。从二楼的栏杆向下望去，草坪上摆的玩具床、衣柜、椅子、桌子、洋娃娃等精细物件能清晰分辨，一览无余。这个位置能清楚听到两名少女清亮的嗓音，但二人并未察觉在高处观察的雪子，只顾沉浸在游戏当中。

罗斯玛丽左手拿起男性玩偶说：“这个是爸爸。”然后右手拿起女性玩偶说，“这个是妈妈。”接着将双方的脸贴在一起，口中发出啾啾的声音。

起初雪子并不知道这是在干什么，后来仔细一瞧，看出应该是在让两个玩偶接吻，口中的“啾啾”则是模仿接吻的声音。

接着罗斯玛丽又说：“小宝宝来咯。”

从妈妈玩偶的裙子下面拿出婴儿玩偶，然后一遍又一遍重复这个动作，口中不停说：

“小宝宝来咯，小宝宝来咯。”

①中文名为“西洋山梅花”“欧洲山梅花”。

雪子估计这里的“来咯”应该是“生出来了”的意思。传说西洋人都跟孩子讲小宝宝是鹳叼来放在枝头的，但看样子他们还是知道宝宝要从肚子里生出来。她边想边忍住笑，就这么继续悄悄地守望着少女们的一举一动。

十九

过去，幸子和贞之助蜜月旅行的时候，在箱根的旅馆谈到了食物喜好。对于最喜欢什么鱼的问题，幸子的回答是“鲷鱼”，逗得贞之助忍俊不禁。贞之助之所以笑，是因为鲷鱼实在太过稀松平常。但按照幸子的说法，无论从形状还是味道上讲，鲷鱼都是最具日本特色的鱼，不喜欢鲷鱼的日本人根本没有日本人样。在她心目中有这样一份骄傲，自己生长的关西地区是全日本鲷鱼最美味的地方——也就是说，这里是整个日本最有日本味儿的地方。同样，问她最喜欢什么花，她会毫不犹豫地回答“樱花”。

从《古今和歌集》的时代起，世上就有成百上千首与樱花有关的和歌——古人多为等待花儿绽放而心焦，为花儿凋谢而惋惜，周而复始地用无数首和歌来吟诵同一个事物——少女时代的她读到这些和歌时，只觉得平淡乏味，毫无感动，但随着年龄增长，渐渐切身体会到古人待花、惜花之心绝非停留在文字表面的风雅。于是每年春天，幸子都会邀丈夫、女儿以及妹妹们去京都赏花，近些年来从未间断，几乎成了一项固定活动。这项活动贞之助和悦子因为工作和学校的问题偶尔缺席，但幸子、雪子、妙子三姐妹从没落下过一次。对幸子而言，叹息花落的同时，还包含着一份对妹妹们即将走出闺阁的惜别之情。每年赏花时，虽然嘴上不说，可心里不断在想“今年会不会是最后一次与雪子赏花了”。这一点雪子和妙子或许也是同样感受，所以尽管不像幸子那样对赏花感兴趣，却总是暗暗地期盼这项活动——取水节一结束，便早早地开始等待花开，琢磨到时要穿的外褂、带子甚至内衬衫。那心情通通写在了脸上，旁人一看便知。

待到时节降临，即使得到消息知道哪几天适合赏花，但为迎合贞之助与悦子，不得不安排在周六日，于是姐妹三人又要像古人一样，“迂腐”地考虑着能否顺利赶上花期，担心会不会下雨等。其实芦屋附近就有樱花，乘阪急电车从窗口向外望，想看多久就能看多久，不必非要去京都。但坚持认为鲷鱼只有明石鲷好吃的幸子，同样认为没看京都的花就等于没有赏花。去年春天贞之助曾提出过反对，表示偶尔也要换个地方，于是去了锦带桥[①]，结果回来后幸子像丢了什么似的，觉得唯独今年没能见到一个像样的春天，便又怂恿贞之助去了京都，总算赶上了御室[②]满开的樱花。按照惯例，一行人周六下午出门，到南禅寺的瓢亭早早吃过晚饭，然后欣赏每年必不可少的京都舞，回来路上在祇园观赏夜樱，当晚在麸屋町的旅馆住宿。第二天从嵯峨前往岚山，在中之岛的小茶摊开封随身带来的便当，下午回到城里，欣赏平安神宫里的樱花。接下来视情况，有时悦子与两个妹妹先行返回，贞之助和幸子再住宿一晚，活动到这一天就算结束。她们总把平安神宫作为行程的最后一站，是因为神宫里的花是京都最美、最为壮观的樱花。元山公园的垂枝樱已老，花色一年不如一年，可以说如今能代表京城之春的花非此地樱花莫

①日本三大名桥之一。

②京都某赏樱胜地。

属。正因为如此，她们挑选每年活动的第二天下午从嵯峨回来，正赶上春日夕暮将近、最让人心生怜爱惋惜之情的黄昏时分，拖着游玩半日已疲惫不堪的双脚，在这神宫的樱花树下徘徊。池塘边、桥头、道路转角、回廊檐下，她们几乎每走过一棵樱树就会驻足感叹，抒发胸中无尽的喜爱。待回到芦屋家中，只消一闭眼，便可在眼帘中描绘出一棵棵樱树上花的色泽、枝的姿态，直到第二年春天到来。

今年幸子他们也选了个四月中旬的周六日出门。悦子那有着长长云袖的印花礼装，一年到头也穿不到几次，结果今年发现去年赏花时穿的衣裳已经小了，她本就穿不惯和服，这下更显憋屈。悦子为今天特别画了淡妆，面相看上去与往日变化不小。脚上的珐琅釉草履[①]也叫人担心，好像每走一步都要往下掉。往瓢亭狭窄的小茶室一坐，稍不注意便又犯了穿洋装时的毛病，双腿伸出，衣裳前襟便分开了，露出了膝盖。大人们见状就逗她说：

"喂，悦悦像个弁天小僧[②]！"

悦子使筷子的手法尚不纯熟，有着小孩子独特的奇怪握法，加上云袖抻着手腕，跟穿洋装时的感觉大不一样，她吃起东西来也有几分别扭。她伸筷子去夹八寸盘里的慈姑[③]，没想到慈姑却从筷子间掉了下去，由檐廊[④]滚到庭院，在青苔上骨碌骨碌越来越远，把悦子和大人们逗得哈哈大笑。这算是今年活动最早的滑稽事了。

第二天一早，几人先去了广泽池边，一棵樱树的树枝垂至水

---

①鞋底平坦无齿的人字拖鞋，原多以稻草编织而成，现制作材料广泛，样式繁多。

②日本古代史上著名盗贼，喜好身穿女式和服盗窃。

③多年生草本植物，生长在水田中，地下有黄白色球茎，球茎可食用。

④日本和式房屋的独特构造，围在房屋边缘、延伸而出的铺有木板的通道。

面，幸子、悦子、雪子、妙子在树下依次排开，贞之助以遍照寺山为背景，将人与景记录在徕卡相机之中。要说这棵樱树还有一段回忆，某年春天，几人来到广泽池边，一名手持照相机的陌生男子恳求为她们拍几张照。两三下快门声过后，男子殷勤做谢，还表示照片效果好的话会寄给他们，于是记下了地址才告了辞。十天后，照片如约而至，其中有一张特别漂亮，就是在这棵樱树下，幸子与悦子站在池边背对镜头凝视水面，背景是泛着涟漪的池塘。照片中，母子无意间凝望池塘的心醉神迷，甚至悦子友禅纹样的云袖上挂着的几片落花，无不体现着对春天逝去的咏叹，毫不做作。自那以后，但凡樱花盛开时节她们都要来这个池边，而且不忘在这棵樱树下凝望水面，并将此情此景拍成照片。此外，池边路旁的围墙中，幸子还发现了一棵健壮的山茶树，每年都开出火红的花，所以去围墙下走一走也成了保留节目。

登上大泽池的堤坝稍事观赏，走过大觉寺、清凉寺、天龙寺的门前，今年几人也来到了渡月桥头。京都赏樱时节处处人头攒动，其间总缺不了一抹异样风情，那便是身着浓重单色朝鲜服饰的半岛女人们。今年跨过渡月桥时，也在水边花荫下见到她们三五成群地蜷坐着吃午饭，其中有些女子甚至会醉得撒酒疯。午餐吃便当的地点，幸子他们去年选在了大悲阁，前年是桥头的三轩家，今年则选在了以十三参拜[①]著称的虚空藏菩萨所在的法轮寺山中。饭后几人再次跨过渡月桥，沿天龙寺北侧竹林小道前行，一边教悦子“悦悦，这里是麻雀旅馆”，一边往野宫走。时至午后突然吹起了风，空气带上了一丝寒意，等到了厌离庵，姐妹几人的云袖里已经落满了门

①指在阴历的三月十三日（阳历的三月十三日至五月十三日），虚数达到十三岁的少男少女们举行的庆祝活动，祈祷孩子们能够多福多寿。

口樱树飘落的花瓣。接着几人再次来到清凉寺门前，在释迦堂前的车站乘爱宕电车返回岚山，第三次来到渡月桥北头作短暂休息，之后拦了辆出租车驶向平安神宫。

穿过神宫大门，大极殿出现在正前方，由西侧回廊一跨进神宫，就看见数棵红枝垂樱——这些因美丽而誉满海外的名种樱树不知今年是何风貌，也不知眼下是否已错过花期，每年穿过回廊大门时，幸子他们都怀揣着一丝不安与悸动，今年也是同样。穿过大门，忽而仰头望见傍晚天空下的这一片红云，一行人不约而同地发出“啊”的感叹之声。这一瞬间正是两天活动的最高潮，这一瞬的喜悦，自去年春天逝去以来，她们苦苦等待了一年。她们内心不禁释然，“如此便好，今年终于没有错过这樱花盛放”，同时又祈愿明年春天也能看到这些樱花。然而唯有幸子，心中觉得明年再站在这些花下的时候，恐怕雪子已经嫁与他人。花谢了还能再开，可雪子的闺阁时代今年或许是最后了，这对于自己诚然是寂寞，但为了雪子，还是希望能够成真。老实说，去年春天，以及前年春天，她站在花下都有如是感慨，每每觉得这回是最后一次跟这个妹妹同行，可到了今年，仍能在花荫之下望见雪子，实在不可思议。又觉得雪子可怜，不忍直视她的脸。

樱树尽头，有刚刚冒出嫩芽的枫树和橡树，还有被修剪成球形的马醉木。贞之助让姐妹三人与女儿走在前面，自己手持徕卡相机尾随在后，在生有菖蒲的白虎池边拍一张；从苍龙池的卧龙石桥上走过，身影倒映在水中之时拍一张；栖凤池西侧樱花枝条从小松山一直伸到道路上，大家并肩站在此处时拍一张，等等，凡是按惯例该拍的地方都拍了一遍。另外在这些地方，姐妹一行人照例每年都要被许多陌生人拍照。懂礼貌的人会表明来意征得同意，没礼貌的则会擅自窥探机会按下快门。姐妹几人对前一年在哪里做了什么记得非常清楚，就连一些非常无趣的琐事，到了地方也会触景生情地回想起来，比如在栖凤池东边的茶店喝了茶，在楼阁桥的栏杆旁用麸子喂了锦鲤，等等。

“啊，妈妈快看，是新娘子！”悦子突然大声说。

抬眼看去，完成神前式婚礼的一对新人刚从斋馆出来，新娘子正要上汽车，两侧挤满了看热闹的人。从这个角度只能看见白色的头纱，以及身穿华丽礼服的背影透过车窗发出的闪闪光亮。其实今年并不是头一回在这里碰到新婚宴尔，回想以往，都是幸子觉得胸中不是滋味，从前面匆匆走过；雪子和妙子反而若无其事，有时还会混进人群中等新娘子出来，回头还要跟幸子描述新娘子长什么样，穿什么衣裳。

当天傍晚，贞之助与幸子夫妇二人决定多在京都住一晚。幸子的父亲于家族全盛时期在高尾的某寺院中建立了一间叫不动院的尼姑庵，第二天，夫妇二人便造访了此处，与身为院主的老尼姑聊着父亲的往事度过了悠闲安静的半日。这里是红叶胜地，然而如今尚未进入新绿时节，只有庭前水管边木瓜树上一朵花蕾含苞待放，众人望着这一派唯有尼姑庵方能一观的景象，品尝着美味的山间清水，清水甘甜叫人咂舌，一连喝上几杯都不过瘾。趁天还亮，二人告辞沿坡路走了两公里下山，回去路上经过御室的仁和寺，虽知樱花尚未盛开，幸子也拉着贞之助进到寺内，觉得至少在枝下休息片刻，吃两串树芽豆腐串[①]也好。按以往经验，要这样下去磨蹭到天黑，又得在这里多住宿一晚，所以当天五时少许，二人放弃对嵯

①一种涂刷酱汁的烤豆腐食品。

峨、八濑大原、清水的留恋，径直奔到了七条车站。

又过了两三日，某天早晨，贞之助去了事务所之后，幸子照例来整理书斋，忽然发现丈夫书桌上摊着一张写坏了的信纸，留白处用铅笔写着如下文字——

四月某日游嵯峨

佳人彩云裳，
京中共徜徉，
嵯峨花深处，
与花同盛放。

幸子在上女子学校的时候就对作和歌有过不少研究，近来受丈夫的影响，更是常常在笔记本的角落里随手写几句，乐在其中。信纸上这几句挑起了幸子些许兴致，她回想起前些天在平安神宫咏到一半没能完成的句子，略一琢磨汇成如下几行——

于平安神宫馆花落

平安神宫神苑里，
残花缤纷看不及，
春日渐逝惹人怜，
几片落英藏袖里。

她拿起铅笔，将这几句添于丈夫所作和歌下方的留白处，又照原样把信纸放回了书桌上。贞之助傍晚回来，也不知是否注意到，总之是只字未提，幸子也将此事忘在了脑后。第二天一早，她收拾书斋的时候，发现那张纸原封不动地放在书桌上，而她那几句诗的下方有贞之助的字迹，像是他在建议“如此修改怎么样”，内容如下——

赏樱情至深切处，

落英藏袖为春惜。

二十

“孩子她爸，差不多就行了，一次干这么多活儿，你身体吃不消。”

“话是这么说，可我干起来就停不下——”

这个星期日，贞之助本打算再带幸子去一趟京都，上个月去京都是为了赏樱，这次则是为了踏青。结果幸子今天早晨突然说不舒服，身子没劲儿，于是出门计划暂且作罢，贞之助从下午便开始埋头给庭院除草。

要说刚买下这房子的时候，院子里并没有草坪，房子前任主人曾忠告他们说这里种上草也长不起来，但贞之助仍然一意孤行非要种上不可。功夫不负有心人，如今草坪还算有些样子，可惜发育得还是没有别处的好，总要比一般草坪晚一阵子才绿。鉴于是自己的主张，贞之助扛起责任，对草坪的打理比他人多下了一倍的苦功。后来他发现，草坪长得不好，原因之一是早春发芽之初，总有麻雀飞来啄食嫩芽。自那起，每年早春他都殚精竭虑地防范麻雀，一旦发现立马丢小石子轰走，还跟家里人不断灌输这个做法，弄得几个小姨子每每讽刺说："瞧，又到姐夫扔石头的季节了。"待到天暖和起来，贞之助就隔三岔五地像现在这样头戴遮阳帽，身穿工作裤，拔去生长在坪草间的枕头草和车前草，或者用剪草机啪嚓啪嚓地修剪草坪。

"孩子她爸，蜜蜂，有好大一只蜜蜂！"

"在哪儿？"

"那儿，往那边去了！"

露台早已如往年一样铺上了遮光席。阴凉下，幸子坐在一张白桦原木制的皮面椅子上，蜜蜂从她肩膀掠过，围着中式瓷墩子上放置的芍药花盆绕了两三圈，又嗡嗡地朝绽放着红白花朵的平户杜鹃飞去。丈夫循着杂草边拔边走，分界铁丝网边上的大明竹和橡树枝叶繁盛，贞之助慢慢钻进了树荫笼罩的暗处，从幸子这个角度看，只能在一簇杜鹃花的后面看到一顶太阳帽的帽檐。

"蚊子比蜜蜂要命多了。隔着手套都能叮到我。"

"所以你快歇着吧。"

"你不是不舒服吗，怎么起来了？"

"躺着反倒更难受，我琢磨着这样还能舒畅些——"

"你说你难受，是怎么个难受法？"

"脑袋昏昏沉沉的……恶心……手脚无力……感觉像是大病的前兆。"

"瞎说什么呢，你就是胡思乱想。"

这时，贞之助突然如释重负地大声说：

"唉，不干了。"

接着哗啦哗啦地拨开竹叶站起身来，把挖车前草根用的小刀一扔，脱下手套，拿被蚊子叮了的手背擦去额头上的汗水，上半身向后仰舒展舒展腰部关节，然后拧开花坛旁的水龙头洗了个手，挠着红肿的手腕来到露台说：

“还有驱蚊膏吗？”

“春丫头，拿驱蚊膏来。”幸子向屋内嚷道。

这会儿，贞之助又走出露台，跑去摘枯萎了的杜鹃。这簇杜鹃大约开在四五天前，如今已经蔫了六成，看上去又脏又丑，特别是白色的花，变成了像纸屑一样脏兮兮的黄。贞之助看着碍眼，将它们一朵朵摘去，然后剩下一些花的雄蕊如胡须一般，他也小心地薅掉了。

“喂！驱蚊膏拿来了。”

“嗯。”

“这里还是打扫一下吧。”说着，贞之助又整理了一阵子，这才回到妻子身边，一接过装着驱蚊膏的容器，突然盯着幸子的眼睛说：

“咦？”

“怎么了？”

“你到这边亮的地方来一下。”

此时太阳早已西斜，草席棚子下越发昏暗，贞之助拉着幸子来到露台边缘，站在夕阳的光线中。

“唔，你眼睛发黄了。”

“发黄？”

“嗯，白眼球变成黄色了。”

“那是怎么回事，黄疸吗？”

“有可能，你吃什么油腻的东西了吗？”

“昨天吃了牛排。”

“没错了，就是它的问题。”

“嗯，嗯，这下清楚了——这么烧心反胃，肯定是黄疸闹的。”

刚才丈夫“咦”了一声时，幸子心里还莫名一紧，得知是黄疸以后心想没什么可担心的，便陡然松了一口气，眼神里甚至出现了几分喜悦。

“让我看看。”贞之助用额头抵住妻子的脑门，“烧得不严重——但硬扛往往坏事，你还是躺着吧。总之先让栉田先生来给你瞧瞧。”

说完，贞之助让她回到二楼，自己立刻打了电话。

栉田先生是在芦屋川车站附近开诊所的医生，诊断精准，医术高超，在这一带非常抢手，据说为了出诊到处奔忙，每天晚上到十一点都吃不上饭，所以想请到他并不容易。因此，在非常需要他来一趟的时候，贞之助总会先打个电话，求一位名叫内桥的老护士帮忙沟通。即便如此，若不是什么要紧的重病，他也常常不按约定的时间来，或者直接放鸽子，于是在电话中描述病情的时候，需要说得比实际严重一些。今天也不出所料，一家子等到十点多也不见人影。

“看来栉田先生今天不会来了。”

说话间，时钟走到将近十一点，外面传来停汽车的声音。

“这是黄疸，不会错——”

“昨天吃了好大一块牛排。”

“那就是病因了。好东西吃太多——每天喝些蚬子汤就行了。”

栉田说起话来就是这么随性，再加上工作繁忙，每次诊察都简单而迅速，如风一般说走就走。

幸子从第二天起开始在家中的养病室起居，这病虽说不怎么难受，却总也不见好转。究其原因，一是这莫名闷热，既不下雨也不放晴的梅雨前夕让人烦闷；二是身体里有一股无处发泄的精神劲儿。幸子这会儿已有两三天没洗澡，于是换掉满是汗味的睡衣，叫阿春拿烫过的毛巾滴上酒精帮忙擦背，此时悦子跑上楼来：

“妈妈，壁龛里插的那是什么花啊？”

“是罂粟花。”

“我觉得那花好可怕。”

“为什么？”

“我一看它，就好像要被它吸进去似的。”

“确实——”

小孩子就是会说话。要说这阵子，待在养病室里就有一种脑袋被人压着的感觉，沉甸甸地透不过气，感觉原因就在眼前，可偏偏找不到究竟是什么。悦子一句话点醒了梦中人——没错，这样看来，问题就出在壁龛里的罂粟花上。这花在田间绽放甚是美丽，但孤零零一朵插在壁龛的花瓶里就变得莫名瘆人，那句“好像要被吸进去”说得一点儿不错。

“确实，我也有点儿那种感觉，可咱们这些大人反而想不出这种话。”雪子也感慨地说道。

于是她叫人把罂粟花拿走，换了养着燕子花和山丹的水盆来，可幸子连这些东西都觉得看着难受，结果干脆什么都不放，拜托丈夫找来一幅清新雅致的和歌挂轴，虽说时节尚早，姑且挂了香川景树[①]《山岭阵雨》在壁龛处。挂轴上书：阵雨忽至爱宕峰，清泷河水

①香川景树（1768—1843），日本江户时代晚期的短歌作家、文学家。

浊浪涌。

不知是不是因为养病室陈设顺眼了几分，第二天幸子确实舒坦了许多。午后三点多，玄关门铃响了起来，随后便是客人的脚步声。这时阿春上楼来说："丹生先生的太太来了。 还有一位叫下妻的太太和一位叫相良的太太同行。"

幸子与丹生夫人确实许久未见，况且人家前两次拜访都赶上自己不在家，所以若是夫人一人前来，尚可请其来病房见个面，然而与这位下妻夫人相交甚浅，那个叫相良的更是未曾耳闻，令人有些难以决断。这种时候叫雪子代为出面比较合适，但她又绝不会愿意去陪同素未谋面的人。可话又说回来，如果称病请这几位吃闭门羹，对三番两次白跑一趟的丹生夫人来说实在过意不去，再加上自己也正苦于满腹无聊，于是差人先把客人带到客厅，并提前说明"身体微恙坐卧不定，当前的衣装暂不方便会客"，自己赶忙坐到梳妆台前，用粉底遮了遮脏兮兮的脸，换上一件清爽的单衣。从开始收拾到下楼，用了足足三十分钟。

"我来介绍一下，这位是相良先生的太太——"丹生夫人指着一位纯美式打扮、满身海归气质的夫人说道，"她是我上女子学校时的朋友。先生在邮船公司工作，前不久两人刚从洛杉矶回来。"

"幸会——"

说着，幸子暗暗后悔不该出面见客。这会儿自己生病满脸倦容，对初次见面的人本就有失礼数，更没想到来的居然是一位如此洋气的夫人。

"您生病了？哪里不舒服？"

"黄疸。瞧——我眼白是黄的。"

"真的，特别黄。"

“挺难受的吧？”下妻夫人问。

“嗯——不过今天已经好很多了。”

“真是不好意思，偏偏这个时候来打扰。丹生太太，您也太没眼力见儿了，我们应该打声招呼就告辞的。”

“哎呀，瞧你坏的，居然怪起我来了。莳冈太太，是这样的，相良太太昨天突然来找我。她这人吧，在关西人生地不熟的，我就答应给她做专人导游。问她想看什么，结果她说想见见阪神地区具有代表性的太太。”

“代表性指哪方面的代表性？”

“这你可问住我了，反正就是各种方面的代表性。于是我左思右想，就决定来见见你。”

“这真是说笑了。”

“所以嘛，你就当是得了人家垂青，一点小病忍一忍也要陪陪人家不是？啊，还有——”丹生夫人把刚进屋时放在钢琴凳上的包袱解开，拿出两个装着西红柿的盒子，西红柿红彤彤又大又好看，“这是相良太太的心意——”

“哎呀，真棒，这么好的西红柿是哪里产的呀？”

“是相良太太自家种的。外面想买到这样的可不容易。”

“确实如此。冒昧问一句，相良太太如今住哪里？”

“在北镰仓。不过我是去年刚回的国，在那里才住了一两个月的嘞。”

这个“……的嘞”的措辞与老太太的尾音都有些不可思议的怪异，但二者又有不同之处，幸子自身万万学不来，但一想到如果让擅长捕捉别人行为习惯的妙子听到，实在叫人忍俊不禁。

“那么您是去哪里旅行了吗？”

“是住了一阵子院。”

“哎呀，生的什么病啊？”

“重度神经衰弱。”

“相良太太那是富贵病。”下妻夫人接过话茬儿。

“圣路加医院那边住院多久都没关系的吧？”

“那边离海边近，凉快，特别是现在这个时节起，住在那儿可舒服了。不过附近有个中央市场，有时候吹过来的风是腥的。而且还能听见本愿寺的钟声——”

“本愿寺建筑变成那个样[①]，居然还会敲钟？”

“嗯，是的嘞。”

“感觉拉警报更合适。”

“那地方还能听见教堂的钟声。”

“哎。”下妻夫人忽然一声叹息，“我不如去圣路加医院当护士好了。哎，你们说呢？”

“这想法或许不错。”丹生夫人轻轻附和了一句。

不过幸子听说下妻夫人在家庭方面有些不愉快的事，从刚才的言语中听出了一些意味深重的意思。

“对了，黄疸这病，听说在腋下夹个饭团能好得快些。”

“哎呀。”相良夫人点着打火机，一脸诧异地看着丹生夫人，“你还知道这么稀奇古怪的事呀。”

“据说在两侧腋下夹个饭团，饭团会变成黄颜色。”

“这饭团想想就脏。”下妻夫人说。

①本愿寺外观呈印度风格，其前身于1617年建造于浅草，1657年因火灾毁于一旦，此后进行重建。1923年因大地震再次倒塌，再次重建混杂地汲取了佛教、印度教、伊斯兰教的建筑式样。

“莳冈太太，你有放饭团吗？”

“没有，这法子我还是第一次听说。我只知道喝蚬子汤能好。”

“反正是个花不了什么钱的病嘛。”相良夫人说。

幸子见三人拿出那种礼物时，早已明白这三人是打算留下吃了晚饭再走的，可现在距离晚饭时间还有两小时，情况已完全超出幸子的预料，这么长时间是她万万坚持不下去的。对她而言，相良夫人这种从气质态度到谈吐做派，全身上下都是硬邦邦纯东京流的太太是她最应付不来的类型。她在阪神地区的太太们里，算是东京腔说得不错的，但面对这类太太的时候总会害怕露怯，或者说觉得东京腔显得浅薄，故意弃之不用，反倒拿家乡土话来应对。另外，丹生夫人平时跟幸子说话都是大阪腔，今天可能是为了陪客人，从头到尾都用东京腔，让人感觉像个外人，总端着个架子放不下。不过也难怪，丹生夫人虽然生在大阪，女子学校却是在东京读的，与东京人交往颇多，所以说得一口流利东京腔并不奇怪，只不过幸子和她认识这么久以来，未曾想过她的东京腔能正宗到如此地步。今天的丹生夫人一改往日的稳重，无论眼神、撇嘴的样子、吸烟时食指和中指夹烟的动作都发生了变化——或许东京腔要想说得正宗首先要从表情做派学起，可她这样子总让人觉得多了几分痞气。

按说平日里幸子就算略有不适也会硬撑着不得罪人，唯独今天听三个人扯东扯西愈来愈烦躁，结果心情一不好身体更加倦怠，最后终于表现在了脸色上。

“我说丹生太太，这样不大好——咱们先告辞吧。”

下妻夫人很有眼力见儿地说了这么一句便站起身来，幸子也没强做挽留。

二十一

幸子的黄疸虽说不严重，却久久不愈，等到身体好了十之八九，已经接近梅雨时节。这天，她接到本家姐姐打来的慰问电话，同时听到了一个意外的消息——姐夫荣升东京丸之内支行的行长，近期本家不得不搬离上本町，举家迁往东京生活。

“那你们什么时候搬？”

“你姐夫说下个月上任。不过须得先让你姐夫独自过去，找好了住的房子才行，我们这些人之后再说。但考虑到孩子学校的关系，最晚也得在八月底之前动身……”

姐姐说着说着带上了哭腔，隔着电话都能听出来。

“这事儿很久以前就定了？”

“没有，真的特别突然。你姐夫也表示一点征兆都没有。”

“下个月也太急了吧。大阪这边的房子怎么办？”

“我也毫无头绪。毕竟我做梦都没想到居然会搬去东京。”

姐姐在电话里是个话特别多的人，妹妹刚想挂断就又提起个什么事，花了足足三十分钟滔滔不绝地倾诉着她有生以来从未离开过大阪，到了三十七岁居然要背井离乡，心中难受——据姐姐讲，不论亲戚还是丈夫的同事，都在祝贺姐夫高升，没有一个人理解她的心情。她偶尔吐露一点心声，大家就说现在谁还那么因循守旧，一笑置之，全然不会认真对待。不过的确，正如那些人所说，这又不是搬去遥远的国外，或是交通不便的穷乡僻壤，而是到东京正中的丸之内上班，有幸移居到天子脚下，没什么可伤心的，她自己也总这么劝自己。但要与熟悉的大阪土地告别，她便悲从中来，眼泪止不住地掉，连孩子们都嘲笑她。听到这里，幸子也觉得有几分可笑，却也不是不能理解姐姐的心情。姐姐这个人，早早就代替母亲担起了照顾父亲与妹妹们的重任。父亲亡故，妹妹们长大成人之时，她已经招了夫婿，有了孩子，为了与丈夫共同挽回面临倾覆的家运，她在四姐妹中吃了最多的苦。从某种意义上讲，她是受旧时代教育最多的人，因此即便时至今日，身上仍存有旧时大家闺秀的纯良气质。今时今日，大阪中流阶层的太太们若是到了三十七岁也没去过一趟东京，那反而是一大奇闻，但姐姐事实上真的从来都没去过。大阪家庭中的女性本就不像东京的女性那样喜欢出门旅游，幸子以及两个妹妹也都很少到京都再往东的地区走动。但即便如此，借着学校的毕业旅行等机会，三人还是有那么一两次前往东京的经验。然而姐姐由于早早担起了家庭重担，没有什么时间去旅行，再加上她认为没有哪里比得上大阪，演戏当属雁治郎[1]，吃饭当属播半或者鹤屋，满足得很，没有去见识陌生土地的欲望，所以有机会也往往让给妹妹们，自己心甘情愿地留下看家。

姐姐如今在上本町住的房子也是纯大阪风格，有着高大的院墙，穿门而入，眼前乃一式镶有格子窗棂的房屋，从玄关穿过中庭到后门，庭院中植物透下微弱光芒。即使是白天，室内仍显昏暗，倒是几根经过精心擦拭的铁杉柱子看上去熠熠生辉，整个建筑古香古色。幸子他们并不清楚这房子是何时建在那里的，或许是往前数一两代的先祖们所建，用作外宅或是隐居之所，抑或用来借给分家与别家居住。幸子她们原本跟着父亲居住在船场自家店铺，待到父

①即中村雁治郎，歌舞伎名演员。

亲晚年，开始流行住宅与店铺分离，他们才移居到这个房子里。所以对她们而言，自己住在这里的时间并不算长。不过，儿时亲戚们住在这里的时候她们就曾来过几趟，加上父亲最后也是在这里过世的，因此大家对这个房子有着特别的回忆。幸子看得出，姐姐对大阪的眷恋之中，对这个房子的爱占了相当大一部分。别看幸子现在觉得姐姐那守旧的做派很可笑，在她刚从电话中得知这件事的时候，想到再也不能去这个房子了，心里也是咯噔一下。平日里，她与雪子和妙子常在背地里嫌弃那房子采光太差、太不卫生，说不知道姐姐是怎么想的，居然肯住在那种房子里。可眼看自家在大阪全然没了住处，幸子也觉得生身故乡的根儿没了，难免感到一股难以言表的寂寥。话说回来，自从本家姐夫放弃先祖代代传下来的家业转而去做银行职员的时候，就埋下了风险，姐夫随时可能转任地方支行，姐姐说不定什么时候就要搬离现在这个家。只是不论姐姐自己还是幸子等一众妹妹，全都大大咧咧的，未曾想到这个可能性罢了。要说八九年前有过那么一次，姐夫辰雄险些被调到福冈的支行去工作，当时辰雄以家庭原因难以割舍大阪为由，向上级表达了宁愿放弃涨薪的机会也要留下的意愿，获得了上级的许可。自那起，银行方面也开始照顾辰雄传统家族上门女婿的身份，为其破例不向其他地方调任。所以，虽然没有人明确说过此事，但大家都一致默认能永远定居在大阪。也正因为如此，这次的事情对她们而言可谓晴空霹雳。说起这次调动的原因：其一是银行董事出现变动，改变了方针；其二则是辰雄自身渴望晋升的想法已经超越了留在大阪的意志。毕竟在辰雄看来，看着同辈们一个个出人头地，只有自己还是吴下阿蒙，实在有些窝囊，加上孩子越来越多，生活费一路走高，经济界的变动，等等，使得岳父的遗产不像以前那样能让人高枕无忧了。

幸子一方面心疼即将背井离乡的姐姐，怕她心里难受；另一方面也舍不得老家的房子，于是决定尽早回去一趟，结果没想到因为各种琐碎事一磨蹭就是两三天。后来姐姐又打来电话，说以后不知何时才能回大阪，这边的房子暂且交给“老音”一家打理，便宜租给他们住。八月说远也不远，得把行李赶紧归置好，所以最近这阵子整天待在仓库里，父亲死后家具什物囤了不少，都不知如何下手才好，只能望着乱糟糟堆积如山的杂物茫然若失。这堆杂物中，想必有自己用不到幸子却用得到的东西，所以希望幸子能来看一眼。电话里提到的“老音”名叫金井音吉，是父亲过去在滨寺的别墅雇的老用人，如今他儿子娶了媳妇在南海的高岛屋工作，自己了无牵挂一身轻松，父亲去世之后也保持着来往，于是就把房子托付给他们家了。

接到这第二通电话之后，翌日中午幸子便启程出发。到家一看，中前院对面的仓库敞着双扇门。

“姐姐。”

幸子打着招呼跨进门槛，见姐姐蹲在二楼，头上绑着手帕，正全神贯注地整理杂物。现在已入梅雨时节，空气本就潮湿，仓库中更是弥漫着一股发霉的味道。姐姐前后左右摞着五六个旧箱子，上面写着“春庆漆胡桃脚膳盘二十套”“汤碗二十套”等字样，一旁，长木箱的盖子敞开着，里面装满了各式各样的小盒子。姐姐小心翼翼地解开每一个盒子的带子，里面有志野烧的点心盒呀、九谷的德利壶哇，一一确认后再恢复原状，按照要拿走的东西、留下的东西、扔掉的东西逐一分类。

“姐姐，这个不要了？”幸子问。

“嗯，嗯。”

姐姐只是心不在焉地回了两声，继续动着手。这会儿，幸子忽然看见姐姐拿出的箱子中放着端溪的砚台，不禁回想起父亲被人忽悠买下它时的情景。父亲向来对古董字画没有什么鉴赏能力，只觉得一分价钱一分货，越贵的东西无疑越是好东西，所以时常被骗买些不值钱的东西。这个砚台便是一名经常走动的古董商拿来，说要几百日元，父亲就毫不怀疑地买下了。幸子当时正好在场，亲眼所见。当时幸子还小，心里想着砚台居然也可以这么贵，可父亲既非书法家也非画家，买回来究竟要做何用呢？记得更荒谬的是与砚台一起买下的两块刻章用的鸡血石。后来，父亲为给一个会写汉诗的医学博士庆祝六十大寿，找雕刻家在上面刻些贺词准备用作礼物时，却被人家退回来告知“不好意思，这石头不纯，没法刻”。然而毕竟是花重金买回来的东西，便没有扔，很长时间以来不知被随便放在了哪里，之后偶尔翻到过那么几次。

“姐姐，你还记得有那么两块鸡血石吗？”

“嗯……”

“那东西现在怎么样了？”

“……”

“哎，姐姐？”

“……”

姐姐拿起一个箱子放在膝盖上，箱上写有“高台寺描金文卷匣”几个字，盖子扣得非常紧，她努力地将手指伸入盖子的缝隙中，全神贯注地想要打开盒子，根本没听到幸子的话。

姐姐的态度幸子倒也不觉得稀罕。外人看到这样一个干起活儿来一丝不苟、专心到连旁人说话都听不见的姐姐时，八成会感叹她是一位多么可靠、能干的主妇，但实际上，姐姐并没有看上去那么靠得住。每每发生些什么事，她总会是茫然自失，进入一种恍惚的状态，等这段时期过去，又会像着了魔似的干起活儿来。所以，旁人只看到她干活时的样子，难免觉得她是充满奉献精神的、会干活儿的贤妻良母，其实她只是沉浸在极度的兴奋之中，头脑一片空白地忘我劳作罢了。

幸子傍晚回到家中，向妹妹们讲今天的见闻。

“姐姐也太逗了。昨天电话里带着哭腔，说流着眼泪跟别人讲也没人理她，让我务必过去听她诉诉苦。结果今天一去，她整个人泡在仓库里埋头整行李，我叫了好几遍‘姐姐’都没反应。”

“姐姐就是这么个人。”雪子也如是说。

“不过你们瞧着吧——等她过了这股劲儿，又该来哭诉了。”

又过了一天，雪子接到姐姐的电话叫她过去，便跟幸子她们打了声招呼说“这次换我去看看情况”，便出门去了。结果这一去就是一周，回来后她笑着说：“行李差不多整理完了，但姐姐那魔怔劲儿还没退呢。”

据雪子讲，这次姐姐叫她回去，是因为夫妇二人要回姐夫老家名古屋道别，拜托她看家。夫妇二人在雪子抵达的第二天，也就是周六下午出发，周日深夜便回来了。自姐姐回来到现在足足有五六天，要说其间做了些什么，那便是每天伏案练字。至于练字的原因，是二人去名古屋之后，走访了包括辰雄父母在内的许多亲戚，受了各家的款待，因此须得挨家挨户写感谢信。这对于姐姐来说可是一大工作。特别是辰雄的嫂子——老家哥哥的妻子，人家写得一手好字，姐姐想着在字上不能落了下风，于是更加神经过敏起来。

平时给名古屋的妯娌写信时，姐姐总把字帖和书信范文摆在左右，草书的每一笔都要细致地查阅，语言措辞也几经推敲，草稿打上数遍，写一封书信需耗去一整天时间，何况这次要写五六封，光打草稿就不是个小工程，于是每天只剩下练字了。到后来，她甚至开始找雪子问“这个怎么样，有没有漏写了什么”，让雪子帮忙看草稿，商量其中问题。等到雪子离开之时，也才只完成了一封。

“要知道，姐姐去姐夫他们领导家拜访的时候，也提前两三天开始默背到时候要说的话，有时候甚至会自言自语地讲出声来呢。”

“还有，她说话也前言不搭后语的——说什么‘因为去东京的事儿实在太突然，前一阵子整天伤心，不住地掉眼泪，不过现在想通了，已经无所谓了，既然要走，不如早点去东京，让亲戚们吓一跳’。”

“还真是，大姐就是会把这种事当作生存的价值。”

就这样，姐姐如同俎上鱼肉一般被三个妹妹笑谈了许久。

二十二

辰雄七月一日起须在丸之内支行上班，因此六月末先独自出发，暂居在麻布地区的亲戚家里。出租房方面，辰雄一边找，一边让亲朋好友帮忙留意有没有合适的。后来家中接到辰雄寄来的一封信，说是大致决定要租大森的一套房。于是一家人决定等八月地藏盆节[①]结束，于二十九日周日搭夜行列车上京，辰雄提前一天，也

①每年八月中旬到下旬关西地区举行的传统民俗活动。具有“地藏信仰”的宗教性质，是为祈求平安、孩子健康成长的活动。

就是周六回到大阪，出发当晚跟来送站的亲朋好友告别。

八月以来，姐姐鹤子以每天一两家的频率拜访各个亲戚以及丈夫银行方面的熟人。待到这些人家全都拜访了一个遍，姐姐最后来到位于芦屋的分家——幸子家，住了两三天。与纯粹礼数上的道别不同，姐姐这阵子为了搬家万般准备，忙得昏天黑地，所以准备趁这几天休息一下“着魔”似的连轴转的身体，同时四姐妹可以久违地其乐融融一番，慢慢享受在关西最后的时光。为了在这段时间里能放空身心，鹤子请“老音”的妻子帮忙看家，自己轻装上阵，只让保姆背着三岁的小女儿一同过来。要说确实，姐妹四人上一次像这样同在一个屋檐下，抛开时间的限制，悠然地聊聊天消磨时光，已经是多少年前的事情了。回想起来，鹤子至今为止到芦屋来只有寥寥几次，而且来也是在做家务时见缝插针，只能留一两个小时。至于幸子去上本町的本家时，奈何有一大群孩子缠着，也没工夫静下心来说话。可以说，自从这两姐妹结了婚，就再没有过促膝长谈的机会。所以，这次不论姐姐还是妹妹，都翘首期盼着这一天的到来，想着说说这些、聊聊那些，把自儿时以来积攒十几年的话说个遍。然而当天姐姐一到，却显露出了这阵子——或者说这十几年来积累的疲惫，第一件事便是叫来按摩服务，大白天窝在二楼的卧室里，那样子仿佛在说“你们就放任我躺一躺吧”。姐姐对神户并不熟悉，幸子本想借这个机会带她去趟东方饭店或者南京町的中国饭馆什么的，姐姐却说那些地方不去也罢，自己只想在这儿毫无顾虑地享几日安逸，也不必吃什么珍馐美味，有碗茶泡饭足矣。加上盛夏酷暑难耐，逗留这三天，姐妹之间也没怎么好好说说话，就这么心慵意懒地过去了。

鹤子回去之后又过了几天，距离出发还有两三日的时候，亡父的妹妹——一个唤作“富永姑妈”的老太太突然来访。如此酷暑之日，这位从未见过面的姑妈专程从大阪来到芦屋，幸子心中明白必然是有什么事，而且这事能猜个十之八九。一问之下果不其然，是为雪子与妙子的归宿而来。也就是说，以往本家就在大阪，两个妹妹往来于本家与分家之间无可厚非，但今后不一样了，两人原本就属于本家，应该趁此机会与本家一同迁往东京才是。因此，雪子在这边并没有什么需要准备的，最好能明天就回上本町，与家人一起动身。妙子有工作在身，善后处理难免耽搁一阵子，但一两个月后最好也能搬过去，不过本家并没有要她放弃工作的意思，来东京之后仍旧可以专心制作人偶，或许东京那边更有利于这类工作的发展。姐夫也觉得，难得这份工作做出了名堂，只要本人工作态度端正，完全可以应允她在东京再租一间工作室。另外还说，其实这问题本该鹤子住在这里的那几天跟你们商量的，但她毕竟是来休养的，不想惹不痛快，就放着没提，所以鹤子请姑妈出面说这个事儿，姑妈这才跑腿过来。

自从听说本家要搬去东京，当事的两人就预料到会有姑妈说的这个问题，所以别看没有把此事放到台面上讲，二人内心仍有着不小的忧郁。按理说，既然知道这阵子鹤子一人为搬家事宜忙得焦头烂额，雪子和妙子无须提点，自然该回上本町帮帮姐姐，但两人都尽可能地避着不回本家，——这期间雪子被点名回去住了一个星期，而妙子则推托说工作突然很忙，一天到晚泡在工作室里，连芦屋这边都不愿意回，只有前阵子姐姐过来的时候回来住了一晚，大阪更是一步都没去过——这都是为了在面对这个问题时占据主动地位，向本家表达她们想留在关西的意愿。然而姑妈接下来又说：“咱这话只能在这里说，为什么雪子和小妹不愿意回本家呢？我听说他们跟辰雄关系不是很好，但辰雄绝不是雪子她们想象中的那种人，他对两人也没有什么恶意，只不过生于名古屋的传统家庭，思想非常教条，这次要是两人留在大阪不跟着本家走，那在外人眼里实在不好看，说白了作为兄长面子上也挂不住，所以这次如果她俩不听话，到时候鹤子得夹在中间，里外受罪。我这次特地来找你呢，是因为她们俩都听你的话，希望你能好好劝一劝。不过你别误会，我这么说，并不是想把她们俩不回去的事归罪于你。她们也都是大人了，或者说都已经到了为人妇的年纪，她们若是说不愿意，那自然不管外人再怎么费口舌，我们也不能随随便便像拉小孩子一样硬给拉回去。大家都觉得谁去劝都不如幸子你去劝更有效果，所以希望你务必答应。”然后姑妈又用旧日的船场方言问：

“今天雪子、小妹都不在家吗？”

“妙子近日忙于工作，鲜少回家……”幸子也被带得说话有一股当年的腔调，“雪子倒是在，要唤她来吗？”

幸子想，自从刚才大门口传来姑妈的声音，雪子就没露过面，现在想必正战战兢兢地躲在二楼房间里。上楼隔着竹帘一看，果不其然，六叠大的房间里，雪子正坐在悦子的床上，低着头若有所思。

“姑妈到底还是来了。”

“……”

“怎么办，雪子——”

虽然历法上已经入秋，但这两三天秋老虎正凶，加上屋里通风不畅，热气聚作一团，体感与伏天时节无异。屋中，雪子少见地穿了一件乔其纱的连衣裙。她自知身体太过纤弱，不适合穿洋装，所以平常暑日也是和服打扮，但一个夏季总有那么十天左右实在酷暑难当，她则会换上现在这套行头。话虽如此，她也只敢在家人面前穿出来，而且只从中午穿到傍晚，就连贞之助，她都避之唯恐不及。贞之助碰巧倒也见过她这副打扮，就知道这天是相当酷热了。此外，她本人并不知道，那深蓝色乔其纱下透出的肩胛骨，瘦弱的肩膀和手腕，催人心生寒意的苍白肌肤，叫见者无不汗意消退，对旁人而言已然成为一道消暑的风景。

“姑妈说希望你明天回去，跟大家一起走——”

雪子低着头默不作声，如被扒光衣裳的日本人偶般两手无力地垂在两侧。床下滚落着一个悦子的玩具足球，她光脚踩着这个橡胶球，脚底热了就滚一滚球换个地方踩。

“小妹呢？”

“小妹还有工作要处理，不能立刻动身，但姐夫的意思是可以过一阵子，等收拾停当了再过去。”

“……”

“姑妈嘴上说得好听，可心里认为我在留你，这才跑过来说服我的。所以，虽然有些残忍，可你也得考虑我的立场……”

幸子内心可怜雪子，但外人动不动就非议自己拿雪子当家庭教师，这让她产生不少反抗意识。若是让外人觉得本家姐姐那么多孩子都能一手拉扯，分家的妹妹却连一个女儿都照顾不好，还要借他人之手——万一雪子也有些许类似想法，觉得有恩于自己的话——她内心作为母亲的骄傲必然受到伤害。诚然如今雪子帮了不少忙，但不至于没了雪子就照顾不好悦子，而且雪子早晚要嫁人，自己当然不会一直指望着她。悦子离了雪子肯定会寂寞，可这孩子懂事，显然有能力承受住眼前的寂寥，不会像雪子担心的那样哭哭啼啼闹别扭。自己至今的所作所为只是为了宽慰迟迟嫁不出去的妹妹，并不想冒着与姐夫结梁子的风险强留她。既然本家已经派人来接她回去，那就应该听人家的，出面说服她。再者，或许确实该让雪子暂且回去一趟，叫她以及世人看看，自己没了雪子照样能做得很好。

“你就给富永姑妈个面子，回去一趟吧！”

雪子只是无言地听着，样子如同霜打了的茄子。看得出，既然幸子的意向已经明确，她也只能放弃抵抗，乖乖听话。

“又不是说去了东京就不能回来了……比方说之前阵场太太提的那门亲事，虽说现在放着没管，但万一到了要相亲的地步，你还非得回来一趟不可呢。就算这个不行，今后也肯定有别的机会。”

“嗯。”

“那我去跟人家说你明天肯定回去？”

“嗯。”

“既然这么定了，你赶紧调整下心情，出去见姑妈一面。”

趁着雪子化妆换浴衣[①]的时间，幸子先回到客厅对姑妈说：

“雪子一会儿就下来。她听了劝，已经应允下来了，姑妈您一会儿可别提这事儿。”

“那就好，我算是没白跑这一趟。”

见姑妈心情大好，幸子说贞之助马上就要回来了，请姑妈留下用过晚餐再走，但姑妈表示要早些让鹤子放心，还说这次没能见到小妹有些可惜，希望幸子到时也能好生劝劝她，随后等到傍晚有些阴凉了，便回去了。

第二天午后，雪子向幸子和悦子当面简单道了个别，那架势似乎只是出趟门就回来似的，便离开了。行李方面，三姐妹住在芦屋时都是根据需要互相借衣服穿，雪子自己的东西只有两三件换洗的

①轻便和服。

薄纱衣和内衣，以及一本读了一半的小说。她把这些东西用包袱皮裹成一个小行囊，叫阿春拿着一路送到阪急车站。那轻装上阵的样子，甚至比要出门两三日的人更轻便。昨天富永姑妈来的时候悦子正在史托尔兹家玩耍，晚上回来才听说了这件事，或许是因为当时跟她说的是，雪子回去帮个忙很快就回来，所以如幸子所料，悦子并没有恋恋不舍地追出去很远。

出发当日，辰雄夫妇、六个孩子——最大的十四岁——再加上雪子，这九个莳冈家的人带着一个丫头和一个保姆，总共十一人，要在大阪站乘晚上八点半的列车。按理说幸子应该去送行，但想到自己去了姐姐肯定更忍不住眼泪，那光景实在见不得人，于是刻意回避，叫贞之助一人前往。车站候车室早已安排了接待处，送行队伍聚集了近百人，其中不乏受过先人照顾的艺人、新町和北新地的女掌柜、老艺伎等，不愧是源远流长的大家族，即便没了昔日的威风，搬离故土一事依然有如此影响力。妙子这阵子一直在外四处躲避，直到最后一天也没回本家露脸，大家临近出发，她才总算赶到车站，混在人群中与姐姐姐夫简单告了个别。回去路上，正从月台往检票口走的时候，身后突然有人叫住她：

“冒昧问一句，您是莳冈家的小姐吗？”

回头一看，是新町一位以舞闻名的老艺伎，名叫阿荣。

“是的，我叫妙子。”

“妙子小姐啊，您是家里第几个闺女？”

“是最小的妹妹。”

“啊，是小妹呀。都长这么大啦，女子学校毕业了吗？”

“是呀……”

妙子没再说什么，笑着糊弄了过去。外人见到妙子总会觉得她是个刚刚女子学校毕业、不到二十的小丫头，她对于应付这种场合的方法早已驾轻就熟。不过，在父亲的家族鼎盛时代，这位老艺伎——其实当时已经差不多称得上老艺伎了——就经常到船场的家中拜访，家里人也亲切地称她为“阿荣姐”，那时自己尚不过十岁，然而此事距今已经十六七年，随便数一数也能大概知道自己并没有那么年轻，于是心中不免觉得可笑。但她自己也清楚，被人看错年龄，也是因为今天戴的帽子穿的衣服太过稚气。

“小妹今年多大啦？”

“年纪不小了……”

“还记得我吗？”

“啊，认得认得，阿荣姐嘛……您跟当年真是一点儿都没有变。”

“怎么会没变，我都成老人婆了。小妹怎么不跟着去东京呀？”

“我暂时住在芦屋的中姐家里。”

“这样啊。本家姐夫和姐姐走了，可寂寞了你们喽。”

妙子出了检票口与阿荣告别，刚走两三步又被一位男子叫住了：“这不是妙子小姐吗？久疏问候，我是关原。莳冈君高升，我也来送行——”

关原是辰雄的大学同窗，在高丽桥路的三菱旗下某公司工作，借着这层关系，辰雄刚入赘莳冈家的时候，尚且单身的他经常来玩，与鹤子的妹妹们很熟。后来结了婚，被派往伦敦分公司工作，在英国住了五六年，直到两三个月前才被大阪总公司调回来。他最近回国的消息妙子也听说了，只是没有见面，算起来距上次见面已有八九年了。

“我刚才就看到小妹了——”关原马上把“妙子小姐”的称呼换回了当年的“小妹”，“真是好久不见了，上次见到你都是多少年前的事了。”

“恭喜你平安回国。”

“啊，谢谢。其实刚才我在月台上看见你了，想着应该是小妹没错，可又觉得实在有点太年轻了……”

“嘿嘿嘿。”妙子又拿出刚才的笑容来敷衍。

“那么，跟莳冈君一起上火车的是雪子？”

“是呀。”

“可惜了，没能向她道别……不过话说回来，你们二位还真是显年轻。说句冒犯的话，我在那边的时候，一直怀念身在船场的时光。这次回来的时候我也琢磨着，雪子应该已经结婚了，没准小妹也都成了家，此时已经是别人家的贤妻良母了。结果回来听莳冈君说你们二位都尚未出嫁，怎么说呢，我就觉得好像自己根本没有离开日本五六年，好像做了一个长长的梦……我知道这话可能不该说，但这感觉真的是不可思议。今晚再过来一看，雪子和小妹都好像还是当年那个岁数，让我又吓了一跳，不得不怀疑自己的眼睛。”

“嘿嘿。”

“哎呀，我是说真的，绝不是客套。像你这么年轻，还没结婚也很正常……”关原一脸感慨地从帽顶到鞋底上下打量着妙子，“说起来，今晚怎没见到幸子？”

“中姐刻意回避了，说临别之际姐妹哭成一团叫人笑话——”

“啊，原来是这么回事。刚才我跟大姐告别的时候，她眼里就满是泪。她这人到现在还是这么温婉细腻。”

“要去东京了居然还哭，是要招人笑话的。”

“也不能这么说。日本女性的这种气质我是好久都没见到过了，现在一见颇让人感到怀念……话说小妹要留在关西吗？”

“是呀，我嘛……在这边还有些事要处理……”

“哦，对对，小妹是艺术家嘛。我听说了，你可真不简单。”

“别开我玩笑了，你这是跟英国人学来的吧？”

妙子忽然想起关原喜欢喝威士忌，觉察出他今晚多少也喝了一些。随后，关原邀请她去附近喝茶，她巧妙地回绝了，急忙向阪急方向赶去。

二十三

幸子姐姐：

敬启。

自离别起每日繁杂多忙，无暇书信，久疏问候，还望见谅。

出发当晚，火车刚一发动，姐姐强忍于心中的泪水便一涌而出，弄得她只好把脸埋在床帘后面。没过多久，秀雄发起了高烧，还喊肚子疼，一遍一遍往厕所跑，折腾得我和姐姐几乎一夜没睡。更麻烦的是，之前看上的大森那家出租房，家主突发变故临时解了约。其实在出发前一天东京那边就把这事通知了我们，但无奈行程已近，不得不出发。总之我们先借宿在麻布地区的种田先生家里，并且至今仍在叨扰人家。突然间冒出十一个人前来借宿，给种田家里带来的麻烦可想而知。我们第一时间给秀雄叫了医生，诊断结果是肠炎，昨日方才好转。

至于住所，这边广寻人脉，大家往四面八方分头去找，这才终于在涩谷的道玄坂找到了一家新建的专门用于租赁的房子，二层三间、一层四间，庭院等不见一棵绿植，租金五十五日元。房屋我尚未看过，但其狭窄程度不难想象。我们心中明白，如此小屋住不下这一大家子人，但鉴于叨扰种田先生已久，只得先租下来再觅良所，这周日便动身搬家。新家地址在涩谷区大和田町，听说下个月装电话。据人讲，那地方无论是姐夫去丸大厦上班，还是辉雄去中学读书都很方便，而且有利于健康。

家中情况暂作此报。

问候贞之助姐夫、悦悦以及小妹。

雪子

九月八日

今晨起来忽感风中凉意，东京已切实入秋，不知姐姐那里如何，望保重身体。

幸子接到这封书信的那天早晨，关西地区恰也一夜转凉，空气中弥漫着秋的肃爽。悦子上学出门后，她与贞之助在餐厅相向而坐，看着本国舰载机空袭中国汕头和潮州的报道。灶台上正在加热的咖啡飘散着浓郁的香气，香味飘进她的鼻孔，她忽然说道："秋天了呀——"

她视线离开报纸，对贞之助说道："你不觉得今天早上咖啡格外香吗？"

"嗯……"

而贞之助则是全神贯注在摊开的报纸上。这会儿阿春用托盘端着咖啡走进餐厅，托盘上还有雪子的这封书信。

幸子这会儿正琢磨着本家走了十余日居然音信全无，看到书信，赶忙拆封。见信上匆忙潦草的字迹，便立刻觉察到大姐和雪子他们如今有多忙。要说麻布的种田家，家主是姐夫的哥哥，家中排行紧挨着姐夫。幸子与此人仅在十几年前大姐的结婚典礼上见过一面，只知他是商工省的官员，如今连长相都记不清了，所以估计姐姐与他也没见过几面。这次一家人会住到他家，多是因为姐夫前阵子在他家食宿。对于姐夫而言，那是自家兄弟，没什么拘谨的，但姐姐和雪子她们人地生疏，叨扰的又是丈夫家的亲戚，何况还是个兄长，想必日子过得憋屈极了。更别提再出个病人，医生来来去去的，更是不方便了。

贞之助的视线终于离开了报纸，他端起咖啡杯问道："雪子的信？"

"我就说他们怎么连封信都不写，原来是遇上大麻烦了。"

"究竟怎么了？"

"给，你自己看吧——"

幸子把三页信纸递给丈夫。

之后又过了五六天，一封迟到的铅印的住所变更通知书到了，信中顺便通知了工作调动的事，也对大家的送行表示了感谢，自那起雪子再也没来过信。不过，老音的儿子庄吉周六晚上去东京帮忙搬家，也顺便探望了他们。周一早上庄吉回来，应大姐他们的要求，到芦屋讲了讲东京的情况。据他讲，昨天趁周日一家人平安搬进了新居，东京的这种租赁用房比大阪要粗陋很多，特别是门窗很差，隔扇等都是些粗制滥造的便宜货，房间面积分别是楼下二叠、四叠半、四叠半、六叠，二楼八叠、四叠半、三叠，然而江户式的八叠只相当于京都式的六叠，六叠只相当于京都式的四叠半，[①]所以特别寒酸。要说好处，就是新建的房子还算敞亮，坐北朝南采光良好，比上本町那幢昏暗的老房子看上去卫生。自家虽然没有院子，但临近有很多豪华的宅邸和庭院，环境闲静优雅，而且走到道玄坂就是繁华的商业街，电影院也有几家，孩子们这会儿见什么都觉得稀奇，正为来到东京欢呼雀跃。秀雄也已经痊愈，这周就要开始在附近的小学读书了，等等。

“雪子现在怎么样？”

“挺好的。秀少爷坏肚子那会儿，雪子比护士还会照顾病人，太太可佩服了。”

“悦子生病的时候她也是特别用心照顾，这回肯定帮了姐姐不少忙。”

“唯一不好的，是那房子太窄，雪子姑娘没有自己的房间。现在二楼四叠半的那间是少爷们的书房兼雪子姑娘的卧室。老爷也说要尽早换个宽敞的地方，给雪子也弄一间屋子，不然太可怜了……”

庄吉也是个嘴碎的人，随后压低声音接上一句：

“雪子姑娘肯回去，老爷特别高兴，想必打算这次一定不让她再离开了。他现在是绞尽脑汁不惹小姐生气，变着法子哄她开心，特别明显。”

听他这么一讲，幸子对东京那边的情况有了一个大致的想象，然而在那之后，雪子仍是音信全无。话说回来，在对待书信方面，雪子虽不至于到姐姐那个程度，但也喜欢把它当作大事一件，现在

①在日本榻榻米面积单位为叠，一叠大小因地域不同而各不相同。江户式一叠约为1.55平方米（1.76米×0.88米），京都式一叠约为1.82平方米（1.91米×0.955米）。

估计懒得动笔呢，而且，没有专属于自己的房间，也就没有办法静下心来写东西。

幸子想了想，说："悦悦，给姐姐写点东西寄过去吧！"

叫悦子在妙子的人偶明信片上简单写了几句寄走，然而依旧不见回音。

过了二十日，赏月当晚，贞之助提议：

"今晚大家一起写点儿寄语送过去吧！"

大家表示赞成。晚饭后，在一楼的和室中，檐廊处摆了赏月供品，贞之助、幸子、悦子、妙子四人聚在旁边，地上铺开卷纸[①]，阿春负责研磨。贞之助提笔写下一首和歌，幸子与悦子写了类似俳句的文字，妙子不擅长舞文弄墨，便画了一幅松间悬月的水墨画——

庭前劲松傲，枝爪似鹰枭，丛云任其去，只待月上梢。

贞之助

十五明月悬，床前映出众生影，唯独少一人。

幸子

姐姐在东京，与我一同遥望天，今时月儿圆。

悦子

后面便是妙子的水墨画。不过，幸子那首"十五明月悬"最初是以"唯独欠一人"结尾，悦子那首"姐姐在东京"是以"同望月夜哉"做结，是贞之助给改成了现在的样子。最后，几人怂恿

①日本一种用对开横裁长长地连接并可卷起的纸。用于写毛笔书信。

阿春：

“春丫头也来写几句。”

阿春拿起笔，竟一挥而就。

十五明月悬，从云嬉戏遮娇容，风过芳颜现。

阿春

只是字迹又小又拙。随后幸子从供台上抽出一枝芒草，剪去花穗夹在了纸间。

二十四

这封寄语倒是让幸子很快收到了回音。信上说：“把寄语高兴地翻来覆去细细品味了好多遍，这边中秋节晚上我也在二楼窗边独自赏了月，读了寄语，我眼前又浮现出去年在芦屋家里赏月的情景，宛如隔日。”等等，写得满是伤感。在此之后，又是一阵子音信全无。

雪子走了以后，由阿春代为在悦子床边打地铺陪睡，但过了才半个月，悦子就烦了阿春，找阿花取而代之，结果又只过了半个月，对阿花也生了厌恶，又换成了打杂的阿秋。前面也提到过，悦子虽是个孩子，晚上却难以入眠，睡前总要兴奋个二三十分钟跟人聊聊天，可是丫头们谁也顶不住，往往比悦子先沉入梦乡。悦子为此事颇感烦躁，越烦躁越睡不着，于是这个把月来，每每都是她怒气冲冲地沿走廊跑过来，咣当一声拉开父母寝室的隔扇，一边嚷嚷一边哭：

"妈妈，我睡不着！"

还说什么"春丫气死我啦。呼呼地打着呼噜睡觉。讨厌！超级讨厌！我要杀掉她！"

"悦悦，你这么激动更睡不着了。别总想着快睡着快睡着，试着想睡不着也没关系，你试试。"

"可是，现在不睡着，明天早晨起不来……上学又要迟到了……"

"你干吗这么大声？安静点儿！"

幸子一通呵斥，随后带着悦子回屋，钻到一个被窝里哄她睡觉。然而悦子依旧怎么都睡不着，嚷嚷着"睡不着睡不着"直抹眼泪。幸子也烦上心头，又是一阵呵斥，弄得悦子哭得更大声了。一旁的丫头则完全沉浸在梦中，丝毫不知身边的喧闹。这样的事经常发生。

幸子回想起来，这阵子确实有些心神不宁，但一直懒得打针，今年也到了"缺 B"的季节，家里人或轻或重都患上了脚气病，悦子的情况或许正是这个原因——幸子想着，把手抵在悦子心口数了数脉搏，发现是有几分心悸。于是翌日，强行按着怕疼的悦子扎了一针维生素 B_1。就这么隔天一针坚持了四五次，心悸没了，脚下也变得轻快，看上去身子没那么乏力了，可失眠却越来越严重。幸子寻思这程度不至于叫医生上门，就只跟栉田大夫电话里聊了聊，得到的建议是每晚睡前吃一片阿达林。试过之后发现，吃一片没什么效果，加了量效果又太强，第二天又会睡过头。早上起来见悦子睡得香甜，若不忍叫醒她，等她自己醒来一看枕边的时钟，必定哇的一声哭出来，嚷嚷："今天又迟到啦！都这么晚了，没脸去学校啦！"然而你若为避免迟到而按时叫醒她，她又会发脾气说昨天晚上没睡好，拿被子往头上一蒙继续睡，等到睡醒再哭喊迟到。对女佣们近来也是说翻脸就翻脸，被惹烦了经常蹦出些极端的字眼，屡屡说出“弄死”“杀掉”之类的词。此外，悦子正值长身体的时期，食欲却一向不怎么旺盛，现在这倾向更是明显，一餐只吃一两口，菜也只对腌海带、高野豆腐这类老年人爱吃的配菜情有独钟，喜欢拌着茶泡饭囫囵往下吞。悦子很是疼爱一只叫“铃”的母猫，吃饭时把它搁在脚下，各种东西都往嘴里喂，尤其是略微油腻的食物，大半都到了猫的嘴里。不可思议的是她洁癖还异常严重，吃饭过程中总说“猫碰到了”“苍蝇落上了”“下人的袖子蹭到了”，三番两次让人拿热水烫筷子。后来下人们也都有了经验，开饭时先弄些滚烫的粗茶装在茶壶里，放在餐桌上备用。她怕极了苍蝇，莫说在食物上落过，单是见到有苍蝇在附近飞，她就会觉得食物沾过苍蝇不能吃，或者一遍又一遍找周围的人确认苍蝇是不是真没落过。另外，从筷子上掉下去的东西，就算掉在了刚洗过的桌布上，她也是绝不入口的。有一回幸子带着悦子在水道路[1]上散步，看到路边有一只布满蛆虫的死老鼠，两人从旁经过，走了已有一两百米远的时候，悦子突然贴过来，满眼恐惧地小声说：

“妈妈……我没有踩到刚才那只死老鼠吧？和服没爬上蛆吧？”

幸子一惊，不由得仔细端详悦子的眼神。要知道当时二人绕开那死老鼠足有四五米，再怎样都不该误以为自己踩到了。

难道才上小学二年级的小女孩，也有可能患上神经衰弱？幸子以往并未对此太过担心，常常出口训斥女儿，但老鼠这件事让她意识到事关重大，翌日赶忙叫来栉田医生。栉田医生的意见是：“小儿

①埋有为上水管提供原水或纯净水水管的地表铺设的路。

患神经衰弱并不稀奇，悦悦很可能就是这个病。不过问题不大，不用害怕。我会介绍个专科医生再来看看。我只负责把脚气病处理一下，专科医生找西宫的辻博士就好，我去个电话让他今天之内就过来一趟。”傍晚，辻博士来到家中，诊察后问询悦子一番，确诊为神经衰弱。临走前，他嘱咐首先要把脚气病完全治愈，然后吃药来增进食欲，矫正挑食。学校根据心情可以迟到早退，但完全荒废学业找地方闭门疗养之类的方法不可取，因为精神专注在一件事上的时候反而没有多余精力去妄想其他事。另外不能让她太激动，说了莫名其妙的话也不能劈头盖脸地训斥，要循循善诱，慢慢给她讲道理，等等。

雪子离开的影响是否以这种形式表现在了悦子身上，现在还难以断定，幸子也不愿意往这个方向想。但有好几次，遇到自己管不了、不知道怎么管、急得想掉眼泪的情况，幸子总会想象，若是雪子在的话，这种时候定能坚持晓之以理。此事情况特殊，有别于其他事情，跟本家说明原委的话，本家想必也肯暂时把雪子借给她。就算不直接向本家要人，只要给雪子写封信说明悦子的状态，她必定不顾姐夫许可与否飞奔回来。然而人离开还不到两个月就举旗投降束缊请火，幸子不是那么好面子、要强的人，都觉得拉不下脸，所以每天安慰自己“再观察一阵子”“等自己实在应付不来了再说”，能拖一日是一日。

至于贞之助，倒是更加反对叫雪子回来。说到底，“吃饭时三番五次用开水烫筷子消毒”“连掉在桌布上的东西都不吃”的习惯原本就是幸子和雪子的作风，事情到今天这步之前，她俩一直是这样做的。贞之助曾表示：“这样做不好，会把孩子培养得纤弱且神经质，这些习惯必须矫正。那么，大人们得先改掉这些习惯，多少冒些风险，当着孩子面把苍蝇停过的食物吃下去，让孩子实际看到这样做其实很少会生病。而且你们整天光说消毒，却不注重规律，这是不对的，规律的生活比消毒重要多了。”为此贞之助曾多次提醒幸子，但他的主张总也没人执行。幸子觉得，像丈夫这种身强体健、抵抗力十足的人不懂她们这些弱不禁风经常生病之人的辛苦。贞之助则认为，筷子上沾的那点细菌，也就千中有一的概率能让人生病，害怕这点概率而不住地消毒只会让抵抗力越来越弱。夫妻二人一个觉得对女人而言，优雅比规律重要；另一个则认为这种想法太陈旧，人在家里也该规律作息，严控吃饭、玩耍等的时间，不能整天懒懒散散。一个觉得对方就是不讲卫生的野蛮人；另一个则认为对方的消毒行为完全不合理，用开水或热茶烫筷子根本杀不死病菌，而且食物端上桌之前早就不知道碰过多少脏东西了，对方只是在滥用欧美的卫生思想，当初那些俄国人生吃蚝不也没事吗，等等。

本来贞之助一直都是采取放任主义的，特别对于女儿的教育，主张全权交由母亲负责。但近些日子来，眼下与中国战争成了未知数，随时可能会需要妇人们担起战时后勤任务。顾及这种场合，他开始忧虑，觉得今后女孩子也应培养得刚健起来，以防关键时刻顶不上用场。还有那么几次，贞之助瞥见悦子跟阿花玩过家家时，拿用过的针筒往稻草芯的洋娃娃胳膊上打针，心想这游戏真是太不健康，太令人生厌了，这也是那些卫生教育的余毒，自此以后更加坚定地认为必须予以纠正。可关键是悦子如今最信任雪子，雪子的做法又有着妻子的支持，自己妄加干涉的话，闹不好只会发展成一场家庭风波，所以唯有静待时机。如今雪子离开，在贞之助看来是好事一件。其实贞之助心中一直对雪子的境遇抱以同情，女儿的教育固然重要，但同时也得考虑雪子要承受的精神打击，所以在保证她不钻牛角尖、不觉得自己拖累别人的前提下，想拉开她和悦子的距离并不容易，而这次问题自然而然地解决了，没有了雪子，妻子那边也好对付得多。他说："我跟你一样也觉得雪子可怜，她如果主动要求回来，自然不会拒绝，但不赞成为了悦子把她叫回来。不可否认，她更知道如何应付悦子，现在叫她回来，短时间内肯定能有所帮助。然而话说回来，悦子如今患上神经衰弱，原因在于你和雪子的教育方式，所以更应该忍一时之难，趁这个机会根除雪子对悦子的影响，然后慢慢地，在不造成叛逆的基础上一点点改变教育方式。为此，雪子还是暂时别回来为妙。"——随即用这套理论说服了幸子。

十一月份，贞之助因工作关系去东京出差了两三天，这才有机会拜访了住在涩谷的本家。此时，孩子们已经完全适应了新生活，东京话也越说越流利，能在家里和学校自由切换语言。辰雄夫妇跟雪子见贞之助来了也很高兴，一家人劝他别嫌家里地方小，留在家里住便可。但无奈家中着实太挤，贞之助还是在筑地找了旅馆，只碍于情面在家先住一晚。第二天早晨，趁辰雄和孩子们出了门，雪子去收拾二楼房间的空当，贞之助对鹤子说：

"我看雪子也安顿了下来，挺好的。"

"这个嘛，你别看她现在这个样子没什么……刚搬来这边的时候，雪子倒也很勤快地操持家务、照顾孩子——并不是说她现在态度变了，只是偶尔会把自己关在二楼四叠半的房间里不下来。见她太久没下来就上去看看吧，结果发现她坐在辉雄的书桌前，手撑着脑袋沉思默想，有时还会小声地哭。起初大约十天一次，近期越来越频繁。她一进入这个状态，就算下楼来，也是半日不讲话，稍微有点儿什么事，甚至在人前都藏不住泪，啪嗒啪嗒地往下掉。辰雄和我平时对待雪子都小心翼翼的，应该不是什么地方招惹到她了，所以这事儿到头来只能是怀念关西的生活了，说白了就是思乡病。我想着让她散散心，就问她要不要重新开始学茶道或是书法，可她一直没这个心思。”鹤子说着，又提到，“雪子肯在富永姑妈的劝说下老实回到本家，我们都很高兴，可没想到此事对于雪子是如此痛苦，如此不情愿。如果说她因为生活在这里难受到落泪，我们尚有解决办法，可我们究竟为什么如此招雪子讨厌啊——”说到这里，鹤子自己也流下泪来，“我心里也有怨气，但见雪子过度思虑愁眉不展，心中不由得同情、可怜她。有时候想，既然关西这么好，不如就随她去吧，虽然辰雄肯定不能答应让她一直住在芦屋，但这边正好房间紧张，在搬到更宽敞的地方之前可以叫她先住回去。就算还不行，至少也回去十天一礼拜的，多少算是个安慰，能让她恢复些许精神。不过话虽如此，没个适当的借口此事也不好办。总而言之，雪子现在这个样子我是真不忍心看，她这个状态，弄得周围人比她还难受。”

这只是两人私下里聊天，所以贞之助只能说：“现在这种状态想必姐夫和姐姐都很作难，此事幸子也有责任，实在是抱歉。”关于悦子生病等事只字未提。然而回家之后，与幸子聊到东京，被问及雪子的近况，他心想此事也只有明说最为妥当，就把鹤子说的一五一十转述了出来。

“我也没想到雪子会这么讨厌东京。”

“她还是讨厌跟姐夫住一起吧？”

“可能有这方面原因。”

“我知道了，她是想悦子了——”

"这里面的事儿估计挺多的。说到底，雪子这人本来就不适合东京的水土。"

幸子回想起雪子打小时候起就是那么坚强隐忍，再痛苦的事情也绝不说出口，只会暗自抹眼泪。如今妹妹靠在书桌旁偷偷哭泣的样子，仿佛就在她眼前。

二十五

悦子的神经衰弱，除了偶尔喝些溴化钾作为镇静剂外，还采取食疗，后来发现她能接受中国菜，就算有些油腻也欣然下咽，于是营养补了上来。再加上入冬后，脚气病也痊愈了。学校老师开明，表示课程不重要，应该先把健康找回来。几方面共同作用，使得病情逐渐好转，不再让人忧心了。如今已然不必向雪子求助了，可幸子听过东京的情况，说什么也要见雪子一面才能放心。

现在回想起来，当初富永姑妈来交涉的时候，自己对雪子实在太冷酷了，不该用那种带着命令、赶人出门似的语气。妙子在此事上得到了两三个月的缓冲期，所以自己从中斡旋一下，给雪子也争取些时日才显得有人情味，结果却连让她好好告别的时间都没留下。要说那天，自己莫名产生了一股子强烈的倔劲儿，认为自己"没有雪子也能行"，这才不小心摆出了那副态度，而雪子即便如此仍无半句怨言坦然接受了现实，回想起来，她实在坚强得让人心疼……此外，幸子现在才明白过来，雪子当时能心甘情愿，宛如临时出趟门儿似的，轻装离开，是因为幸子为了安抚她说了句"我马上会找个理由把你叫回来的"，雪子听信了，还产生了盼头。对雪子而言，正因为有幸子这句话，才像吃下了定心丸，跟本家一起去东京，如了他们的愿，不承想之后幸子那边完全没了动作……况且跟本家来到东京的只有自己，妙子至今还在关西生活，并没有人说什么……难免叫她觉得自己吃了亏上了当……

幸子琢磨，既然姐姐如今是这个想法，那本家方面应该不难说话，只是不知丈夫会怎么说，他会建议暂且观望呢，还是会说都已经四个月了，悦子也越来越稳定，叫她回来住十天半个月未尝不可呢？总之，她决定等到了春天再把这事拿出来跟丈夫商量一下。正赶巧，正月初十前后，自打上次寄完照片再没联系的阵场夫人来信了。文面大致如下：不知去年寄过照片那人的事您考虑得怎么样了，当时您说没法很快回复，需要等一阵子，所以我就一直等着，不知令妹意下如何。要是没有缘分，烦请您把照片寄回来；如果多少有些意思，现在开始办也来得及。对方的身世不知您后来调查了没有，但跟他本人写在照片背面的经历大体上没有出入，此外再没什么值得提的。不过有一事未写，那就是他本人没什么财产，完全靠工资度日，这一点望请了解，因此我深知此人配不上令妹，但对方已经仔细调查过您家，貌似也曾机缘巧合有幸见过令妹芳容，所以通过滨田先生搭桥，热心地说要等多久都可以，恳请我务必撮合。您那边若是能想办法让二人见上一面，我在滨田先生那边也挂得住脸面……这对幸子而言可是绝渡逢舟，于是赶忙书信一封，说“之前有这么一桩媒事，阵场夫人催着要相亲，雪子经历过上次相亲以后表示必须先调查好才肯见面，所以先来问问姐夫和姐姐的意见，姐姐同意的话我们火速着手调查”，然后附上这位野村巳之吉的照片以及阵场夫人的信件寄了出去。五六天后收到了姐姐的回信，是封少有的长信——

幸子妹妹：

敬复者。

在这里向你拜个晚年，见你们一家团聚过了个好年，甚感欣喜。我们在这边人生地不熟，总也感觉不到年味儿，忙东忙西的，年就过完了。原本就听说东京的冬天格外难熬，结果东京特有的狂风又干又冷，一天都没停过，进入三九之后更是我有生以来从未感受过的冷，今天早晨毛巾都冻成了棍子，嘎巴嘎巴直响，在大阪就没遇到过这种事。据说东京老城区会好过一些，但我们这边是高地，离郊外不远，所以更冷一些，结果家里人挨个感冒，连用人们都病倒了，唯有我和雪子好些，只是有点轻微的伤风。不过这边的灰尘比大阪少，空气干净，证据就是和服下摆不容易脏。我在这边连续十天穿同一件和服，基本不怎么脏。你姐夫的衬衫在大阪三天就脏了，这里四天都没什么事。

至于为雪子做媒，总是你们那边帮着操心，真的非常感谢。那封信和照片我立马就拿给你姐夫看了，你姐夫近来心境也有所变化，不像以前要求那么多了，基本上按你们的想法办就行。不过，农学士四十几岁还在做水产技师，将来工资恐怕不会有什么增长机会，人估计也没机会再往上走了，所以没有财产的话日子可能不会太好过。当然如果雪子本人愿意，你姐夫也不会反对，相亲也是，只要雪子说可以，你们就找个合适的时机去见一见。所以，按理说应该进一步深入调查之后再考虑相亲，但既然对方有这个要求，不妨先见个面，详细调查可以往后推一推。估计你也听贞之助妹夫说了，我现在也是拿雪子没办法，正希望找个机会让她去你那边走一趟。昨天我跟雪子稍微提了一下这个事，真是立竿见影，她一听能回关西连相亲也马上就答应了，然后今天早晨突然有了精神，笑嘻嘻的样子，真叫人没话说。

等你们定好了大体日子，我随时叫她动身，现在说的是相完亲过四五天回来，但多少拖几天没关系，我会跟你姐夫说的。

自打来了东京还没给你写过信，所以一拿起笔就写了这么长，现在我觉得像后背被凉水浇了一样冷，拿笔的手都僵了，你们芦屋那边想必暖和一些，但也千万小心别感冒。

代我向贞之助妹夫问好。

鹤子

正月十八日

幸子不熟悉东京，涩谷、道玄坂附近等在她脑中并没有什么概念，所以只能回忆着透过山手电车车窗看到的郊外城镇——远处，由山谷、丘陵、杂木林混合而成的地形间，断断续续坐落着人家。背后的天空广阔无垠，一眼望去，那颜色让观者不由得心生寒意——想象着与大阪周边截然不同的环境。但读到“像后背被凉水浇了”“拿笔的手都冻僵了”的时候，她忽地回想起万事守旧的本家，自打搬到大阪来，冬天就基本没用过暖炉。上本町的家中，客厅导入了电热，装了电暖炉，却只有待客之时才开，而且仅限最冷的几天，平时只能点个火盆。幸子正月回本家拜年，跟姐姐对坐在客厅里时，无不是“像后背被凉水浇了”的感觉，经常带着感冒回家。据姐姐讲，大阪家庭普及暖气是在大正末期，就连向来奢侈的父亲，也是临去世前一年才在起居室装上了瓦斯炉，他还总说开着炉子觉着容易上火，所以实际上基本没用过。自己这一辈儿更是从小不管多冷都靠一个火盆度日。说起来，幸子也是跟贞之助结婚几年后，等搬到了芦屋才用上暖炉，一旦用过就再也离不开，没了它冬天根本没法熬。小时候一个火盆就能撑过冬天，如今想来简直不可思议。然而姐姐到了东京仍坚持守旧，雪子免疫力强受得住折腾，换成自己估计早就得肺炎之类的了。

挑日子相亲这件事上，阵场夫人跟野村之间需要经由滨田做中间人，相互联络费了不少时间。得知对方希望能在立春前见面，这个月的二十九日，幸子马上写信联系本家叫雪子回来。幸子记得上回打电话泄露风声的事，引以为戒，叫丈夫火速请人给书斋拉线安装电话。结果三十日下午，这边却接到了姐姐早几天寄来的明信片，得知本家两个最小的孩子一起患上流感，四岁的女儿梅子有发展成肺炎的倾向，家中乱成一团，本想雇护士来照顾，奈何房子窄小无处安顿人家，而且上次雪子照顾秀雄的时候比职业护士还可靠，便放弃了雇人的计划，因此希望能让阵场夫人再等一阵子。没过多久又收到通知，梅子到头来还是发展成了肺炎。幸子一看，这事情十天一礼拜的恐怕难有结果，便向阵场夫人说明情况，请求暂且延期。对方的回答是等多久都无所谓，让幸子放了心，可想到雪子净遇上些苦差事，这回又要充当护士，同情之感越发强烈。

不过在相亲延期的这段时间，之前委托的调查有了进展，信用调查所送来了报告书。据报告书上讲，野村氏的地位是高等官三等，年薪三千六百日元左右，此外有若干奖金，算下来每个月收入在三百五十日元前后。其父一代曾在老家姬路经营旅馆，如今老家已没有宅地。亲戚方面，他的亲妹妹嫁给了东京一个姓太田的药剂师，此外，在姬路还有两个叔叔，一个是古董商兼茶道师，另一个是登记处的司法书士。除此之外，关西电车的社长滨田丈吉是他的表兄，这算是他唯一能够夸耀的亲戚了，也是他的后台（此人又是阵场夫人所谓的"恩人"，其夫曾在滨田家一边做门卫一边受其资助得以求学）。报告书的记载大体如此，另据调查，其前妻于昭和十年去世，的确是死于流感，与其本人描述一致，两个孩子的死因也与遗传性疾病无关。至于其人的品行做派，贞之助从两三方面托人打听，得知他并没什么严重缺点，却有一怪癖。据在兵库县政府上班的同事说，野村这人有时候会突然长篇大论地自言自语，说一些听上去毫无意义的事，而且他大多会挑四下无人的时候说，自以为没人听到，但实际上经常传到别人耳朵里。如今同事之间人尽皆知，他已故的老婆孩子也知道这个怪癖，会调侃说"自己有个爱胡言乱语的父亲"。举个例子，有一次某个同事蹲在厕所隔间里，听到旁边隔间有人进来，过了一会儿，旁边隔间的人连问两遍："喂，你是野村先生吗？"这同事差点就回答"不，我是谁谁"，但那句"你是野村先生吗"分明就是野村自己的声音，他突然意识到，这应是他犯了老毛病，自言自语上了，这会儿野村应该不知道旁边隔间里有人。他觉得这人挺可怜的，就屏声息气地等着，结果等了好久野村也不出去，最后等不及自己先出去了，幸好两人没碰到面。恐怕野村当时听到旁边有人出去，心里顿觉"糟糕"，但他也不知道究竟是谁，后来依旧若无其事地干自己的工作。他的自言自语向来无伤大雅，但也正因为这个，听到的人冷不防觉得特别好笑。而且，那些话听上去像是不由自主说出口的，可他当着人面前从来不说，可见并未完全下意识而为。很明显，有人时，他便控制不说了。有时候他觉得附近没人，自言自语的声音特别大，若刚巧有人在附近角落里，则会吓一跳，还以为他发疯了。虽说这怪癖碍不到谁，也惹不到谁，或许犯不上为这个事说三道四，但涉及终身大事，能避还是避了比较好，更何况此人照片上看起来比起四十六岁的年龄更显沧桑，老气横秋，看着像五十几岁的老人。这是幸子认为的最大问题，几乎可以确信雪子不会愿意。第一次相亲便会落败，已是板上钉钉的事，所以这次相亲大家都不怎么积极。但既然用了这个冠冕堂皇的借口，把雪子叫回来，“相亲”还是免不掉的——这才是幸子夫妇的真实想法。于是，既然这事必定告吹，便不必专门说些扫兴话坏了人的心情。两人商量之下，决定怪癖的问题就不告诉雪子了。

二十六

“今日乘海鸥号启程，雪子。”

悦子放学回来，在一楼的西式房间里摆放女儿节[①]用的人偶，母亲和阿春一起组装放人偶的台子的时候，接到了这封期盼已久的电报。

一般说来，关西的女儿节通常比其他地区晚一个月，所以现在开始做准备其实早了些，但四五天前雪子寄信来说近日动身，

① 日本传统节日。每年三月三日，有女孩的人家都会摆放做工精湛、造型华美的人偶等，以示祝贺并祈求女儿幸福。该节日在明治维新后由阴历改为阳历。

正好妙子给悦子做了个菊五郎道成寺的人偶，让幸子突然想到一个点子——

“悦悦，咱们把女儿节的人偶也跟这个一起摆出来吧——”她对悦子说，“这些人偶应该也想出来欢迎姐姐的。”

“为什么，妈妈？女儿节不是下个月吗？”

“桃花还没开呢。”妙子也表示。

“据说女儿节人偶摆错季节的话，女孩子会嫁不出去的。”

“对对，咱们小时候妈经常说这个，节日一过便急急忙忙把人偶收起来。不过，摆早了其实没事，摆超时了不行。”

“哦？是吗，这我倒没听过。”

“那就赶紧记着吧，不然对不起你那见多识广的形象。”

家里的这套女儿节人偶是当初悦子第一次过女儿节时，请京都丸平定制的。搬到芦屋以后，大家平时总聚在一起的一楼客厅，虽然是间西式房间，却是最适合摆放女儿节人偶的地方了，所以每年都把人偶台子放在这里。幸子为了让半年未见的雪子开心，便提议早一个月开始庆祝，人偶从阳历节日当天一直摆放到一个月后阴历的节日那天，估摸着这一个月雪子也能一直待在关西。提议征得了家人同意，于是今天阳历三月三，几人开始往外摆人偶。

“悦悦，你看吧，妈妈说得对不对？”

“妈妈说得对，果然是今天回来。”

“姐姐在节日这天到来，跟人偶们一起咯。”

“真吉利。”阿春说。

“这次姐姐会嫁出去吗？”

“悦悦，在姐姐面前千万别提这个。”

“嗯嗯，这我知道。”

“听好，阿春你也注意点，别跟上次似的。”

“是，明白。”

“反正也瞒不住，你们背地里说说就算了……”

“是……”

“可以给小姐姐打个电话吗？”悦子的声音有些兴奋。

“需要我去为悦子小姐打电话吗？”

“悦悦，你自己去。”

“嗯。”

说着，悦子飞奔到电话跟前拨通了松涛公寓的号码。

“嗯，没错，果然是今天……小姐姐快点来吧……不是‘燕子号’，是‘海鸥号’……春丫会去大阪站接的……”

幸子正在给皇后的人偶戴璎珞金冠，听见悦子尖细的嗓音传了过来，便冲电话那边喊道：“悦悦，告诉小妹，让她有空的话去接一趟姐姐。”

“小姐姐，我妈妈刚才说，叫你有空的话去接一趟……嗯，嗯……九点左右到大阪……你要去？……那春丫就不用去了吧？……”

至于幸子为什么要她去大阪站接雪子，妙子心里应该很清楚。去年富永姑妈来接雪子走的时候，说两三个月后也要把妙子叫到东京，然而本家到了东京之后麻烦不断，根本无暇顾及这边，于是没了后文，妙子也因此比以前过得更自由了。但相对地，这仿佛自己便宜占尽让雪子当了冤大头，心里自然不能好过，所以于情于理都得出来接这一趟。

“还给爸爸打一个吗？”

“爸爸就不用了，他应该快回来了。”

傍晚，贞之助回到家中得知此事，也对离别半年之久的雪子产生了一种“犹如故人归”的感觉，甚至开始为一度不愿让她回来的事情自责。接着开始张罗准备洗澡水，让雪子一回来就能洗个澡，又问她晚饭是不是在火车上吃的，睡觉之前肯定要再吃些什么，事无巨细地处处关心，还让下人拿出两三瓶她喜欢喝的白葡萄酒，亲手拂去瓶上的灰尘，仔细查看年份。悦子说什么也要等到姐姐回来，全家人一起劝说明天有的是时间，最后折腾到九点半才让阿春带上二楼。结果没过多久门铃一响，听到狗往大门跑的脚步声，悦子又跑下了楼：“啊，是姐姐！”

“欢迎回来！”

“欢迎您回来。”

“我回来了。”

见强尼高兴得直往身上扑，雪子一边走进玄关一边安抚，帮忙拿衣裳行李的妙子紧随其后。妙子这阵子脸色格外红润，相较之下，雪子由于车马劳顿，脸上透着明显的倦容。

“礼物放在哪儿啦？”

悦子不由分说自己动手打开行李开始物色，很快从里面找出了一沓彩色印花纸和一个装手帕的盒子。

“听说悦悦最近在收集手帕。”

“嗯，谢谢！”

“还有一个呢，你往下翻翻——”

“有了有了，是这个吧？”

说着，悦子取出一个银座阿波屋包装纸包着的盒子，打开一看，里面是一双红釉面的草履。

“哎呀，真好，鞋子还得是东京货——”

幸子也把草履拿在手里端详："把这个再仔细包好，等到下个月赏花的时候穿。"

"嗯。谢谢姐姐给带了这么多！"

"什么嘛，结果悦子盼的是礼物不是我呀？"

"行了行了，快都拿回二楼去吧。"

"今晚姐姐陪我睡！"

"好，好。"幸子答道。

"姐姐现在要去洗澡，你先跟阿春上去睡。"

"快点来哦，姐姐——"

雪子洗完澡已近十二点，随后三姐妹跟贞之助在客厅围坐小桌前，摆上奶酪和白葡萄酒，听着暖炉里柴火毕毕剥剥的声响，久违地小叙起来。

"这边好暖和——刚才从芦屋站下来的时候就觉得，跟东京真是不一样。"

"毕竟关西这边取水节都已经开始了。"

"有差那么多吗？"

"差得可多了。首先空气就没这边柔和，那边最有特色的就是又干又冷的大风，可厉害了。两三天前，我去高岛屋买东西，回来的时候走到护城河外大街，突然起了一阵风把我手上的包裹吹跑了，我赶紧上去追，结果那包裹就一直滚，怎么也追不上。追到半路，又一阵风直掀我的和服下摆，我还得一只手按着。唉，东京这干冷风真是名不虚传。"

"不过，我去年到涩谷看你们的时候就在想，小孩子学当地方言怎么就那么快——当时是十一月份，你们到东京才两三个月，本家的孩子们就已经会说东京话了，而且越小的孩子说得越好。"

“姐姐那个年纪的估计就不行了吧？”幸子说。

“确实不行。不过，姐姐压根儿就没想学。前不久她还在公交车上跟我讲大阪话，弄得其他乘客全都盯着姐姐的脸看，可尴尬了。结果你猜姐姐怎么着，她心特别大，全然不在意被别人盯着脸看，依旧跟我说话。不过，后来听她说话的人里有人议论，说‘大阪腔倒也不难听’。”

雪子这句“大阪腔倒也不难听”用的是正宗的东京腔。

“上了年纪的女人都心大。我认识一个北边的艺人，是个年过四十的老艺伎了，她说在东京乘电车的时候，每次都故意用大阪腔大嗓门地喊‘我要下车’，这样人家肯定给她停。”

“辉雄那孩子，嫌弃他妈妈说大阪话，都不愿意跟她一块儿走。”

“孩子确实会这样。”

“姐姐是当自己在旅游吧。”妙子搭腔。

“嗯，那边跟大阪不一样，干什么都不会有人说三道四，倒是挺轻松的。而且东京那地方，女人一个个都特别注重个性，不拘泥于潮流，喜欢穿适合自己的衣服，大姐觉得这点比大阪好。”

不知是不是葡萄酒的作用，雪子一反常态，兴致高涨、滔滔不绝。看这个样子，她虽然嘴上不说，但回到离别半年的关西土地的喜悦——能在芦屋的家中的客厅里，像这样与幸子、妙子几人聊至深夜的喜悦，已从她心中溢了出来。

贞之助说：“差不多该睡了吧？”

然而几人的话匣子完全关不住，他只得站起身再添不知第几遍柴火。

“我还想回头让你带我去东京玩儿一趟呢，但涩谷的家实在太小了。你们究竟什么时候换房子？”

“不知道。我都没见他们再找新房子。”

“那就是不打算换了？”

“估计是。去年还说这么小的房子没法住，整天念叨换房子，可过了年以后就基本不提了。大概是姐姐和姐夫改主意了。”

雪子说着，道出了一件叫人意外的事——“当然这些只不过是我的观察，并非听姐姐和姐夫亲口说过。起初，夫妇二人如此艰难地离开大阪这片土地，下定决心搬往东京，皆因姐夫出人头地的欲望——而引起这份欲望的原因，则是去世的父亲留下的遗产已经不足以填饱一家人八张嘴，或者说得严重一点，他们感觉到了经济困难，所以刚来东京之时虽然对房屋狭小颇有微词，但慢慢住习惯了，发现也不是不能凑合，心态大概也就变了。更重要的是，五十五日元的房租颇具诱惑力。姐姐和姐夫经常无意中念叨，这房子虽破，但房租也算是十足便宜的，于是说得多了，人便被这份便宜诱惑，想长期住下来。会变成这样，也是因为在大阪时要顾及家名地位。来了东京以后再提“莳冈”根本没人知道，与其做些无谓的面子功夫，不如多想办法累积财富，所以他们变得实利主义也不足为奇。姐夫如今升任支行长，涨了月薪，手头应该宽裕了些，但相较于在大阪时，却抠门了许多。姐姐也深谙姐夫之意，变得异常节俭，连每日买菜做饭都明显节省起来——不可否认，毕竟有六个孩子的肚子等着填饱，哪怕买一棵菜，动脑与不动脑都有相当的差别。说得寒碜些，那边现在做饭都跟在大阪时不同，总吃炖煮、咖喱饭、甘薯酱汤之类的，种类单一，用材很少，就能喂饱一大堆人。所以说吃牛肉的时候，基本不会是涮火锅，而只能吃到零星漂着的一两片碎肉。不过有些时候等孩子们都吃完了，大人会另起炉灶，能陪姐夫好好地享受一顿晚饭。东京的鲷鱼虽说不大好吃，但也只有在这个时候能吃到鲷鱼生鱼片。然而说实话，这表面是犒劳姐夫，实际上却好像是夫妇二人顾及我，觉得总让我跟着孩子们凑合着吃太可怜——”

“看姐姐他们的样子，我觉得八九不离十……反正你们看着吧，那房子不会换的。”

“是吗？去了东京以后，姐姐他们的人生观彻底变了呀。”

“没准还真让雪子说中了。”贞之助也说。

“趁着搬到东京，放弃以往的虚荣心，大行勤俭主义，储蓄至上——姐夫有这种思想转变也不是不能理解，说给别人听也不是坏事。再说那房子，小是小了点，想凑合还是能凑合的。”

“但是，真这么想的话，直说出来多好。可到现在还时常说‘雪子没有自己的房间太不方便了’，见人就找借口真可笑——”

“唉，人不可能一下子转变那么多的，多少也得撑撑门面。”

“我是不是很快也得搬进那么小的房子里去呀？”妙子问到最切身的问题。

“谁知道哇……小妹就算来了也没地方睡……”

“那一时半会儿应该不用过去了？”

“总之现在他们好像并没记着你的事。”

“喂，赶紧睡吧——”

暖炉架子上的座钟已走过两点半，贞之助慌忙起身：“雪子今天也累了。”

“还有相亲的事没谈。算了，明天再说吧。”

雪子装作没听到幸子这句话，先上了二楼。走进卧室，见悦子睡着，刚才的礼物——包括阿波屋的草履鞋盒——在床头柜上一字排开。她借着台灯的柔光端详那张安入梦乡的脸，只觉回到了这个家的喜悦又一次涌上心头。这会儿，阿春已经迷迷糊糊地睡到了悦子与雪子的床铺之间的夹缝里，雪子“春丫头，春丫头”地叫着，摇了她两三遍才把她叫醒，终于让她下了楼，自己这才睡下。

二十七

之所以这个时候把雪子叫回来相亲，是因为阵场夫人之前表示八日是个好日子，希望能定在八日，地点和具体时间另行告知，不料五日半夜出了意外，只得再次申请延期。是这样，五日早晨，幸子要去探望一位在有马温泉做病后疗养的太太，跟两三个早就约好的朋友同行，路上本来可以乘电车，几人却乘公交车翻了六甲山去的有马。返程时幸子倒乘坐的是神有电车，可谁知当晚就寝之后，她突然出血喊疼。请栉田医生来看，居然说可能是流产。家人赶忙请来专科医生，结果正如栉田医生所料，她第二天一早便流产了。

贞之助从半夜幸子喊疼开始就起了床，一直陪在枕边，翌日也只有料理流产事宜时短暂离开过，直到妻子疼痛有所缓解才向事务所请了假，依旧寸步不离养病室。一整天下来，他什么都不做，只是双肘支在圆火盆盆沿，两手交叠抵着火筷子一端，略低着头坐着，一动不动。偶尔感觉到妻子抬起一双泪眼望向自己，他便望回去，带着安慰的表情说：“唉，没事……已经发生了的事也是没法……”

“你会原谅我吗？”

“原谅什么？”

“都怪我不注意。”

“才没那回事。我倒是觉得前途又光明起来了。”

话刚出口，妻子眼中的泪珠陡然膨胀、破碎，沿着面颊流淌下来：“但是，还是很可惜呀……”

“别说了……肯定还会再有的……”

这种问答一天内在夫妇之间重复了多次。贞之助守着面无血色的妻子，看着她苍白的脸，自己也难掩失落。

其实，幸子这阵子已经连续两个月没来例假，冥冥中也觉得或许是怀孕了，但毕竟生下悦子之后近十年没有动静，医生也曾说过闹不好需要动手术才能再有，她心里没了准儿，这才一时疏忽犯了错。然而，她知道丈夫一直想再要个孩子，自己也觉得虽不至于像姐姐那样多子多福，但孤零零一个女儿也未免太寂寞，所以真心希望自己是怀上了，保险起见，准备等到三个月的时候找医生看看。昨天同行几人提出翻六甲山去有马的时候，她脑中也想过小心为上，可随即告诉自己，不要想那么多，就这样相反的想法鬼使神差地占据主动，觉得难得几人兴致勃勃，自己何必反对。总而言之，幸子的疏忽有因在先，没理由遭到过分苛责，但栉田医生也说她疏忽了，实在可惜，她也后悔为什么要答应人家那天去有马，为什么非要乘公交车不可，悔恨的泪水倾泻不止。丈夫宽慰她，说本以为她的身子已经怀不上孩子了，结果这次意外证明了还有妊娠的可能，自己不但不悲观，还对未来充满希望，喜从中来。可从丈夫的样子仍能看出其内心充满失望，所以他越是温柔地劝慰，自己越觉怅惋，认为自己犯下了错，而且是罪孽深重的大错，这一点不可否认。

第二天丈夫已重振精神，恢复了往日的生气，跟平常一样按时去了事务所。幸子依旧在二楼卧床，心里清楚此时后悔也是白费，却怎么也拦不住钻牛角尖的思维。一桩难得的喜事当前，幸子在雪子、孩子以及用人们面前忍着不表现出什么，但独自一人时，泪水总不住地往上涌……如果不是自己粗心大意，十一月份孩子就能生下来了，到了明年今天，都能哄一哄看孩子笑了……这次一定是个男孩吧，丈夫自不必说，悦子肯定也会乐开花……至于自己，当初如果完全不知情，倒也情有可原。可那时已经有了预感，为什么还非要乘公交车去呢？或许是因为事出突然，没想到合适的借口，但话说回来，自己可以单独行动，稍后再赶上她们便可，而且借口这东西要多少有多少，为什么就没这么做呢？幸子后悔来后悔去，最后悔的就是这个事。要是像丈夫说的还能再怀上便好，万一不能，恐怕自己不论再过多少年都难以释怀，不断地去想“啊，如果孩子活着，如今应该这么大了”。这件事大概会成为一生难以治愈的悔恨，令自己魂牵梦萦……于是幸子又一遍深深地责怪自己，对丈夫、对已逝的孩子犯下了无可弥补的罪。幸子不住地忏悔，泪水再次盈满双眼。

至于阵场夫人那边，前前后后推迟了多次，这回怎么说也该找个人当面解释一下，奈何贞之助与其素未谋面，而且对方也一直由夫人负责交涉，丈夫阵场仙太郎从未出过面，所以六日晚上贞之助暂且代幸子书信一封加急送了过去。信的内容大致是再次延期一事实在难以启齿，但不巧妻子偶感风寒，发起了烧，希望八日之约再做延期，还请见谅。为免您多虑容我再解释几句，信中所写乃全部情况，绝无其他理由，这一点请您不要误会，而且风寒一事并不严重，再等一周大可痊愈。然而对方不知对这封信作了何种想法，七日下午阵场夫人突然来访，说是探望病人顺便商量事情，如若方便务必要与太太见上一面，于是只得让她进了病房。这么做本来是让对方看看自己真的卧病在床，叫对方安心，博取谅解。结果幸子见到这位莫逆之交，心中的亲近感层层上涌，忍不住把生病的实情说了出来。她讲，“咱们所谈之事毕竟是桩喜事，所以信上用了那个理由，其实也不必瞒你”，等等。接着简单讲了讲五日半夜发生的事，又把自己胸中的苦闷吐出来一些，表示：“这些事情我只告诉你一人，跟对方解释时还是希望能找个体面的理由，我这次所说的就是问题的全部，请你千万不要生气，而且我恢复得很好，医生也说再过一星期就能走动了，新的日程你大概按着这个来安排就好。”听了这些，阵场夫人道：“那还真是可惜了，你丈夫想必很失望吧？”话刚讲到一半，见幸子眼眶湿润了起来，赶忙改变话题，说：“既然一星期能好，那你看十五日如何？”据她说，加急信是今早接到的，所以在来访之前先跟对方商量了一下，这个月十八日到二十四日是彼岸节①，避开这段时间的话，八日以后只有十五日合适；如果十五日不行就得下个月，现在离十五日正好还有一星期，所以尽量定在那天，其实滨田先生那边也是这个意思。幸子觉得不能再任性要求太多，想着医生都这么说了，稍微坚持坚持，出趟门问题不大，于是没跟丈夫商量，便应允了下来，让阵场夫人回去了。

之后的发展还算顺利，只是到了十四日，幸子仍偶尔有少量出血，还需断断续续在床上躺着。贞之助起初就很担心，说：“就这么应允下来真的不要紧吗？”可事到如今，这种重要场合不能出差池，幸好阵场夫妇知道实情，实在不行可以跟阵场好好解释一下，

①日本独特的佛教惯例仪式，每年有春、秋两次，在春分、秋分前后各三日，共计七日的时间。

叫幸子缺席，由贞之助一人陪着雪子过去。可这个法子仍有问题，一旦幸子缺席，就没有人能够给双方做介绍。雪子放心不下幸子，说不必为了她勉强自己，可以再申请一次延期，万一相亲之事因此告吹，那也只好作罢。这种时候碰上这种事，或许原本就没有缘分。听到雪子这么说，幸子近来一度被悲伤掩埋的同情妹妹的心情又忽地高涨起来。要说迄今为止雪子的相亲，大多会遇到些意外，不能顺风顺水。要说这次也有过不祥的预感，未免可笑，但幸子心里也犯过嘀咕，祈求过这次别出什么事，结果没多久本家侄女生病就耽误了行程。原以为这道坎儿算是过去了，不料又闹出流产这等不吉利的事。妹妹的厄运，似乎把幸子一家也都卷入其中。想到这里，幸子不由得觉得脊背发凉，然而雪子貌似从没往这方面想过，所以看到她那张脸，更萌生同情。十四日早晨，贞之助动身去事务所的时候，表示更倾向于让幸子缺席，但幸子坚持无论如何都要去，二人僵持不下，也没能定出个结果。三点钟左右，阵场夫人打来电话关心幸子的身体状况，幸子想都没想就回答“嗯，已经好得差不多了”，对方赶忙补上一句“那明天没问题吧”，然后开始讲相亲的安排——野村那边安排的是明天下午五时在东方宾馆的大厅集合，希望这边能够应允，而且在宾馆只是集合，简单地喝口茶就移步其他地方吃晚饭。吃饭的地方还没定，毕竟这次相亲只是少数几人见个面，不拘泥于形式，所以具体去哪里可以明天在宾馆见面之后再做商量。野村那边只有他本人来，阵场夫妇代滨田先生作陪。如果这边也去三个人的话，总共是六人。听过安排，幸子终于下定决心要去，不过在对方最后确认说“那咱们就这么定了吧”的时候，她说道“容我说一句”打断话题，提了点要求，表示自己的身体虽然基本康复，但到今天为止还没出过门，而且出血的问题也没完全解决，所以很不好意思，希望明天能照顾一下自己，尽量少安排走路，距离不远也希望能乘出租车，只要保证这点就没问题了。

打这通电话的时候，雪子正在井谷的美容院为明天相亲打理头发，回来听幸子讲了详情，对其余所有安排均无异议，只是集合地点定在东方宾馆让她面露难色。上次见濑越的时候就是在东方宾馆，这次又选同一个地方，吉不吉利的问题先放在一边，单是想到服务员们对之前那次留有印象，会抛来“又是这位小姐相亲”的目光，就让人心里不舒服。幸子刚才听安排的时候或多或少也料到她会对此抱有异议，再加上雪子一旦提出不满意就很少听人劝，于是去丈夫的书斋拨通阵场夫人的电话，讲明原委，恳请对方把东方宾馆一事重做考量。仅仅过了两小时对方就打回电话，说跟野村商量过了，如果东方宾馆不行，他一时也想不到合适的地方，虽然直接在吃饭的地方集合也未尝不可，只是怕自己独断做的选择再引得这边不满，所以想听一听这边的建议。要说男方的想法，其实东方宾馆只是个集合的地方，若雪子小姐肯屈尊退让一步，这事情会好安排许多，不知意下如何……窃以为此等小事不必太过介怀，等等。正巧贞之助回到家，幸子跟他一商量，觉得还是应该尊重雪子的心情，便回复道“请恕我们任性……”，把问题抛回，寻求对方让步。对方表示会仔细考虑一下，明早再作商议。十五日早晨接到电话，问东亚宾馆如何，相亲的事这才正式敲定。

二十八

相亲当天，按日子算已经过了取水节，气温稍稍显凉。没有风，天空阴沉沉的，仿佛正在酝酿一场雪。贞之助早上起来，关心的第一件事便是妻子是否还在出血。下午早退回到家中，又问一遍“怎么样？还出血吗？要是不舒服可以趁现在跟对方说一声，今天我一个人去就行了”。幸子每次嘴上回答的都是“正在慢慢恢复，出也只出一丁点儿”，其实昨天下午为了接电话几次三番来回走动貌似影响了身体，今天出血量反而大了，再加上长时间没冲过澡，每天只简单洗洗脸部和脖颈，现在坐到梳妆台前一看，脸上明显透露着贫血的倦容，自己都觉得憔悴不堪。转念又回想起井谷的话“陪妹妹相亲时要尽量朴素”，忽然觉得这副红衰翠减的样子或许正合适。

在宾馆大门等待的阵场夫人见夫妇二人一左一右陪着雪子走进门来，赶忙上前迎接。

“幸子，给你们介绍一下。”

随即回过头喊了句“老公”，将身后两三步远处的丈夫仙太郎叫过来，他外表看起来谨慎正直，站姿笔挺。

“幸会，我姓阵场，妻子平时承蒙几位关照……”

“哪里哪里……这次又得您夫人如此费心安排，实在感激不尽。而且今天还提出了许多任性的要求，多有得罪……”

“我说幸子……”阵场夫人压低声音说，“野村先生就在那边，我一会儿给你们介绍，但我们也只在滨田社长那里见过他一两次而已，并不算熟，总之是很尴尬的关系……他本人的情况我们一无所知，你们不管有什么问题，直接问他就行。”

阵场安静地在一旁听夫人讲话，待到悄悄话讲完，他伸出一只手，掌心向上，微微弯腰说：“这边请。”

其实不等介绍，幸子夫妇就已经注意到一位在照片上见过的男子正独自坐在大厅的椅子上，他正赶忙将手中抽了一半的香烟按在烟灰缸里，又急躁地用力捻了两三下把火弄灭，站起身来。此人体格比想象中健壮，看上去很结实，但正如幸子担心的，相貌比照片上更显沧桑，老气横秋。首先，照片上看不出来，头发虽不至秃顶，却已经白了多半，整体发量稀疏，带着自然卷，毛毛扎扎的，看上去非常不卫生，脸上也满是细纹，总之怎么看也有五十四岁了。按实际年龄，野村只比贞之助大两岁，可旁人看来野村要大出十岁不止。何况雪子的相貌比实际年龄还年轻七八岁，看起来不过二十四五岁，两人站一起犹如父女。幸子这会儿觉得，单是把妹妹带到这里，就已经对不起她了。

六人相互介绍完毕，就地围坐茶桌杂谈了一阵，却发现话题怎么也聊不起来，偶尔还冷场。一是野村这人有股难以亲近的气场；二是作陪的阵场夫妇又对野村敬畏非常，不敢乱说一句。大概在阵场看来，对方是恩人滨田的表弟，自然应采取如此态度，但在旁人眼中未免谦卑过头。放在平时，贞之助夫妇都有足够的口才来为这种情况暖场，奈何今天幸子提不起精神，贞之助也受妻子影响多少有些阴郁。

“野村先生在县政府主要做些什么工作？”

这类问题倒是慢慢让几人聊了起来。野村说自己的工作主要是指导、视察兵库县香鱼的增产，还聊到县里哪里的香鱼好吃，再聊到龙野和泷野的香鱼等。

其间，阵场夫人说：“来一下……”

她把幸子拉到一边站着说了些什么，又回到野村身旁耳语几句，转身去了电话间，随后又把幸子叫了过去，不知在张罗什么。

待夫人回到座位，这次又换幸子说“来一下”，把贞之助叫开了。

“怎么了？”

“就是饭店的事，你知不知道山手那边一家叫北京楼的中国饭店？”

“不知道。”

“野村说经常去吃，所以想选在那里。我就说，中国菜无所谓，但今天我不太适合坐椅子，想找个有日式房间的地方吃饭。结果人家说，那饭店虽然是中国人开的，却也有一两间日式包间，阵场太太一会儿去预约日本包间。你觉得怎么样？”

“只要你觉得行，我去哪儿吃都没问题……但你别总是起来又坐下的，稍微休息一会儿。”

“我也想啊，可人家总是叫我……”

随后幸子去了洗手间，过了约有二十分钟才回来，面容更加苍白。这会儿阵场夫人又招呼“来一下”，贞之助实在忍不下去，说：“别动了，我去吧。”随即起身离开。

“不好意思，她身体还没完全恢复……有什么事情就跟我说吧……”

“哦，原来是这样啊。是这样的，外面来了两辆车，我想野村先生、雪子小姐和我乘一辆，你们夫妻和我丈夫乘另一辆，如何？”

“这……是野村先生的意思吗？”

“不，并不是，只是我突然觉得这样安排会不会好些……”

“这……”

贞之助费尽力气，才压抑住心中上涨的不快，不表露在脸上。今天幸子是强撑病体，多少冒着风险出席的，这点昨天已经告诉了对方，而且刚才也一直在不断暗示这件事，结果阵场夫妇听到耳朵里，却连慰问同情的只言片语都没有，这是让贞之助最不满意的地方。要说有可能是为了今天讨个吉利，故意不去谈论这个事，但是对方也应该私下对幸子表达一点体恤和关怀才对，实在是太愚钝了。又或者这个想法太过自私，在阵场夫妇看来，或许想的是"你们一个劲儿地延期，拖了这么多次，事到如今你们也该做出些牺牲了"。而且这事不是为了别人，是为了自家妹妹，阵场夫妇只是热心帮忙而已。在他们看来，姐姐为了妹妹相亲强忍病痛合情合理，他们二人犯不着为此事感恩戴德。贞之助想，或许是他的偏见吧，但这对夫妇想必也跟井谷的想法是一样的——他们为这个错过婚期忧虑重重的老姑娘张罗婚事，这些做媒人的才该被当作恩人对待。不过，或许幸子的解释才最命中要害。据她讲，这个阵场是关西电车社长滨田丈吉手下的电力科长，所以为了向社长表忠心，拼了命地迎合野村，根本无暇顾及其他事情。至于让野村和雪子同乘一车，究竟是阵场夫人为表忠心想出的方案，还是受了野村的授意才提出来的，眼下还不得而知，但不管怎样，在如今的场合下，这样安排实在有违常理，贞之助感觉自己仿佛被戏弄了。

"不知意下如何？要是雪子小姐不介意……"

"不好说。雪子那个性格，肯定不会说不愿意。但如果这事顺利，类似机会今后应该要多少有多少……"

"哦，哦。"夫人搭着腔，这会儿终于看懂了贞之助的脸色，皱着鼻子苦笑起来。

"而且，如若这么做了，雪子只会更害羞更不敢开口说话的，反而没有好结果……"

"啊，这样啊……没关系，这只是我突然想到的，就这么一说，看看您几位是什么意思……"

不过这只是让贞之助心里不痛快的原因之一。北京楼建在省线元町站靠山一侧的高台上，贞之助为防万一问了句“汽车能开到门口吧？”，得到的回答是“您放心，没有问题”，结果到了地方一看，的确不假，汽车确实开到了大门口，可这大门口是面向着元町到神户站高架线北侧的沿线公路，到饭店玄关还得爬一段相当陡的石阶，进了玄关又要走楼梯上二楼。幸子在贞之助的照顾下尾随着一行人慢慢向上走，等终于到了二楼，只见野村站在廊子里眺望着大海，丝毫没关心到这边的情况：

“如何，莳冈太太，这里景致不错吧？”

野村的声音充满了喜悦。一旁的阵场赶忙迎合道：

“确实，真让您找到了个好地方。”

“在这里俯瞰海港小镇，有一种到了长崎的异国情调。”

“没错没错，就是长崎的感觉。”

“南京町的中国饭店我经常去，还真不知道神户有这么一家。”

“这里离县政府近，我们总来。而且菜也好吃。”

“原来如此……要说异国风情，这建筑物的风格有点像中国的某个港口城市，挺别致的。按说中国人经营的中国饭店，大多都不甚风雅，但您看这栏杆和格窗的雕刻，还有房间内的装潢，都特色鲜明、别具情调啊！”

“海港好像驶进了一艘军舰模样的船——”

幸子考虑到场合也勉强振作起精神，挑拣着对方喜欢的话题：“那是哪国的军舰啊？”

这会儿，在楼下吧台交涉的阵场夫人带着一脸愁容慌忙地走上楼来。

“幸子，实在不好意思，他们说日式房间都满了，让我们将就一下，在中式房间就餐……刚才我打电话的时候他们还说‘明白了，一定给您留个日式房间'，不管怎么说，这阵子服务员都是中国人，我还特地嘱咐了很多遍，结果他们还是没听懂……"

贞之助上二楼的时候就看到面对走廊的那间中式包房已经收拾好了，当时就觉得不对劲。如果说问题出在服务员听错了，倒也没理由怪罪阵场夫人，可既然接电话的是靠不住的中国服务员，就总该想些更稳妥的方法来嘱咐这件事。如今只能认为，毕竟她没有真心想着照顾幸子，才会闹出这种事。另外，不论是她丈夫阵场还是野村，对擅改安排一事都毫无解释之意，只顾着吹嘘这个地方的景致。

"既然如此，你就忍忍吧——"阵场夫人不由分说，两手捧住幸子的手，就像小孩子撒娇似的。

"嗯嗯，这房间也相当不错了。谢谢你介绍了一个这么好的地方——"

幸子自己虽然也不高兴，但她更在意闷闷不乐的丈夫，她招呼着丈夫说："孩子她爸——改天带悦子和小妹来吧？"

"嗯，能看到港口的船，孩子应该会高兴。"贞之助一脸不悦地说。

一行人围圆桌落座，野村与幸子坐正对面，前菜配着日本酒与绍兴酒端上来，晚餐正式开始。阵场聊起最近报纸热火朝天一直报道的德奥合并一事，以此为契机，大家一时间聊起了奥地利首相许士尼格辞职、希特勒占领维也纳等话题。莳冈家只能偶尔插两句嘴，基本都是野村和阵场侃侃而谈。幸子尽量装作若无其事，但在东亚宾馆检查了一次，到了这里又趁落座前检查了一次，出血明显比傍晚离家时多了起来，原因肯定是运动量突然增大，而且不出所料，又高又硬的餐厅椅子坐着很不舒服，于是一边强忍不愉快，一边担心出洋相，这让她的心情直接跌落谷底，怎么也提不起精神来。贞之助心里越想越气，然而见到妻子拼命忍耐迎合的样子，觉得自己再拉着脸反而更给她添负担，所以干脆借着酒劲，努力确保席间不冷场。

“对了对了，幸子，这个你能喝吧？”

阵场夫人给男士们斟过酒后将酒壶转向幸子。

“我今天不能喝酒——雪子，你喝一点吧？”

“那么雪子小姐请赏个脸……”

“既然如此，我喝这个好了……”雪子端起酒杯，抿了一口放了砂糖的绍兴酒。

姐姐姐夫提不起劲儿，加上对面野村不停地盯着这边看，让雪子越发尴尬，抬不起头，她那瘦弱的双肩更像纸偶般地缩成一团。而野村酒过三巡醉意袭来，变得越来越爱说话，或许是因为眼前坐着雪子，他兴奋得难以自持了。他对有滨田丈吉这个亲戚颇为自豪，几次三番提到滨田的名字，阵场也不住地说社长这社长那，罗列了一大堆滨田的传闻，字里行间向这边透露着滨田有多么庇护野村这个表弟。不过更让贞之助惊讶的是，不光雪子本人，连她的姐妹、亡父、本家姐姐和姐夫、妙子登报事件等与莳冈家有关的事情，都不知何时被野村查了个一清二楚。让他有什么问题随便问，他就问了许多细节，从问答之间也能明显感觉出，他为了了解雪子确实找许多人打听过。恐怕这里面有滨田在暗中协助，才使他能够调查得如此面面俱到。从野村的言谈中可以得知，井谷的美容院、栉田医生处、冢本太太处、以前学钢琴的老师那里等，他都派人去调查过，连之前与濑越的媒事因何告吹，甚至雪子在大阪拍过 X 光片一事他都知道，这只能是从井谷那里听来的。（说起来，有一次井谷跟幸子提过，说有个人来找她问关于小姐的事，那些无伤大雅的事情，她就告诉了人家。想到这里，幸子想起了雪子脸上那块黑斑，从东京回来以后就踪影全无，今天本来挺放心的，虽然她相信井谷不会连这种事都说，但此刻还是冷汗直冒。）贞之助独自一人在席间应酬，几番交谈之下渐渐明白野村非常神经质，心想“原来如此，这样的人会有自言自语的怪癖也不稀奇”。而且这番观察下来，他发现野村完全摸不透这边的想法，满脑子只觉得这场婚事已经十拿九稳，所以开始深入询问一些细小琐碎的问题，一改当初难以打交道的印象，充满生气，兴致越来越高涨，与在东亚宾馆相见时判若两人。

其实，贞之助心里想的是赶紧结束这场相亲，尽快回家，不承想临走的时候又出了一件棘手的事。原本说好的是阵场夫妇先用汽车送贞之助他们回芦屋，然后他们自己再乘阪急电车回家，结果等到汽车来了，几人出门一看，只来了一辆。于是，阵场又说野村先生住在青谷，也算顺路，不如略微绕一点道让他同乘。贞之助明白，沿新国道径直回家与绕道青谷回家不单是距离上相差很多，青谷方面路况还差，沟壑纵横，车肯定晃得厉害。这家人一而再再而三地忽视幸子的处境，让他心中又觉愤懑。车子每次急转弯都令他揪心，不禁去想象妻子的表情，可是三个男人坐在前排，又不能每次都回过头去看。驶至青谷附近，野村突然提出请大家进屋喝杯咖啡。那邀请的架势实在热心，再三推辞都不肯作罢，还频频说道：“敝舍虽然寒酸，但景致比北京楼更美，人坐在屋里便可将海港尽收眼底。几位稍坐片刻，还可看看我的生活做派。”阵场夫妇也在一旁搭腔，说机会难得请务必赏脸，野村先生家里只有一老一小两个女佣，不必多虑，趁这个机会看看他居住的环境也能做个参考，等等。贞之助转念一想，这毕竟是相亲，没听雪子的意见之前不能擅自做主一拍两散，再说不管这次成与不成，将来没准还会有什么事有求于对方，在这里驳阵场夫妇面子并不明智……而且这些人虽然不懂察言观色，内心却是非常热情地在帮忙……贞之助心中本就犹豫，再加上幸子先开口说“那咱们就去看看吧”，便没再反对。

然而从这里到野村的住处，几人又走了三五十米又窄又陡、路况还差的坡路。野村表现得异常雀跃，高兴得像个孩子似的，飞快地叫人打开面向大海的隔窗，又说“带各位看看书斋”，顺便把家里各个房间介绍了个遍，连厨房也带着参观了。这是一套只有六个房间的简陋出租平房，野村甚至把一行人拉到六叠大的客厅，毫不避讳地向大家展示摆有亡妻和两个孩子照片的供桌。阵场一踏入大门，就赶忙客套起来，说：“这里的景致真好，正如您所说，比北京楼都漂亮呢！”但实际上，这房子是沿高耸的石崖边缘而建，身处檐廊时，身体几乎悬空于崖壁之外，令人心里发虚。贞之助等人都在想，换成自己绝对无法在这种地方安心住下。

用过咖啡后，几人匆匆告辞，坐进等在外面的汽车里。

“今晚野村先生格外高兴啊。”车子发动之后阵场说道。

“没错，我还是第一次见阵场先生说这么多话。有个韶颜稚齿的人陪在身边就是不一样。”夫人也应和道，“哎，幸子，野村先生的想法就不必我再说了，你们也看得出来，现在就是你们一句话的事。没有财产确实是个缺点，但他身后有滨田先生，不管出什么事肯定不能苦了他家的生活。要是不放心，我再让滨田先生给你们个明确的保证。”

“不用，谢谢了。这次真是劳烦您二位了……我们回头商量一下，听听本家的意见，再跟您商量此事……”贞之助郑重其事地答道。

等到下了车，他突然觉得有几分对不住阵场夫妇，三番两次道歉说：

“今晚实在是有不少得罪之处，还望海涵。”

二十九

隔了一日，十七日早晨阵场夫人来到芦屋的家中拜访，听说幸子因为前天强拖病体外出又卧了床，这才终于惶恐起来，在枕边陪着说了近半小时的话才离开。简单地说，她此次前来是受了野村的殷切恳求。按她的说法，大家参观过野村的住处后，他过着怎样的生活，大家应该能够想象。他如今住在那个地方是因为自己尚是单身，自己也说娶妻以后会换个更像样的地方。若承蒙雪子小姐不弃，更是要奉献自己的全部来爱她，自己虽然不富裕，但不会让雪子小姐过节衣缩食的生活。其实后来她也去拜访了滨田先生，他说既然野村如此倾心，你们就尽量撮合这桩婚事，野村本人没有财产，确实苦了嫁过来的人，他那边会想办法弥补，其他人不必操心。然而他目前也无法做出具体的保证，只能说只要有他在，绝不会出现生活上的难处。阵场夫人表示，有这样一位人物发了话，还是非常值得相信的。而且别看野村外表长得凶神恶煞，感情其实非常温柔细腻。据说当初对前妻就特别好，前妻弥留之际，他在床边尽心尽力照顾的样子可谓见者流泪。前些天大家也都看见了，他到现在还那样供着前妻的照片。要说缺点是说不尽的，但作为女人，能被丈夫疼爱才是最大的幸福，所以希望这边能仔细考量，尽快做个答复。

幸子预先给拒绝这桩婚事埋了个伏笔，在阵场夫人临回去前，她声称不管雪子本人愿不愿意，此事成与不成都是这边说了算，所以在这方面不用担心，但关键问题在于本家的意见，毕竟这边只是本家的代表而已，对野村的身世调查等都是本家一手操办的。也就是说，为了不让雪子给人家留不好的印象，把所有责任都推给本家。后来幸子身体仍旧不舒服，听医生的忠告要绝对静养，也就没着急问雪子的意见，就这么过了数日。相亲后第五天的早晨，幸子在病房恰逢两人独处，趁机说：

“雪子——你觉得那个人怎么样？”

幸子试探了一下口风，雪子只是“嗯”了一声没了后文，于是幸子又讲了讲大前天阵场夫人来访时传达的意思。

“唉，话虽这么说，可雪子你长得这么年轻，那个人看上去那么老，这可怎么是好……”

幸子边说边偷偷观察着雪子的脸色。

“不过，要是嫁给那个人，他应该会什么都听我的，我的日子想怎么过就能怎么过。”雪子小声嘀咕了一句。

这句“日子想怎么过就怎么过”，幸子不用问也知道是什么意思。也就是说，随时想来芦屋玩都可以来。嫁到普通人家的话，这怕是难以如愿，但换作那个老头儿，这点儿任性要求还是没问题的，也算是得到些许安慰。带着这种想法结婚，对方一般都无法接受，可看这个老头儿的样子，说不定真的会欣然同意。然而话说回来，嫁进人家家门以后再想出来恐怕不会那么容易，别看雪子嘴上那么说，没准就被那老头儿的感情所束缚，很快忘记了这边，更别提有孩子以后。对大龄未婚的妹妹能如此倾心，从某种角度来说难能可贵，打一开始就否定人家也委实有些可惜。想到这些，幸子说：

“的确，看你怎么想了。你要是有那个意思，倒是也不错……”

一番铺垫过后，幸子正要进一步问个清楚时，雪子只是笑着搪塞了一句，“不过，人家要是太宠着，我恐怕也受不了……”，便没再搭理这个话题。

第二天，幸子虽卧病在床，还是提笔给东京写了封信告知相亲完毕，却没有收到姐姐的回信。

彼岸节期间，幸子每天依然卧床，只是偶尔起床。一天早晨，她突然被外面春意盎然的天色所吸引，她拿着坐垫坐在病房檐廊享受日光浴，转眼看到一楼雪子走下露台进到庭院，向草坪方向走去。幸子本想叫住她，忽而又察觉到，她这是送悦子上学之后准备在庭院享受宁静的午前小憩，便隔着玻璃窗默默地看着她。雪子绕着花坛漫步一周，抬手摆弄摆弄丁香和麻叶绣线菊的枝条，抱起跑来凑热闹的铃，又蹲在了修剪成球形的栀子树旁。雪子低头用脸蹭着猫，幸子人在二楼向下俯视，只能看到她的脖颈，分辨不出她是什么表情，但是雪子如今心中所想，幸子看得很明白。恐怕雪子早有预感，不久，东京那边就会叫她回去，这才来跟庭院的春景惜别的吧。或许她心中默默祈祷着，希望能住到这些丁香和麻叶绣线菊盛放的那天。虽说东京的姐姐还丝毫未提叫她回去的事，可旁人都看得出来，她内心很忐忑，担心着今天会不会提，明天会不会提，盼着能在这里哪怕多住一天也好。幸子深知这个内向的妹妹表面文静，却很喜欢出门，心中暗暗决定等自己能走动了，要每天陪着她看看电影喝喝茶。可雪子等不及，这阵子但凡天气不错，就忍不住拉着妙子往神户跑，到元町闲逛一阵子才能心满意足地回来。而且每次都是她先给松涛公寓的妙子打电话，商量好碰面地点，然后乐颠颠地跑出门，那桩媒事仿佛早被抛到了脑后。

妙子整天被雪子拉出门去，时不时地跑到幸子枕边拐弯抹角地吐苦水，说最近工作繁忙，下午最宝贵的这段时间总被人占去实在受不了。不过有一天，她突然跑来说：

“昨天遇到件可笑的事。”

随后道出了下面的经历——

昨天傍晚跟雪姐逛元町的时候，去铃兰店买西点，雪姐突然慌了神，说：“怎么办啊，小妹？那人来了。”我就问：“什么‘那人来了’？哪个人啊？”她也只是慌慌张张地说：“来了！来了！”听得我一头雾水。此时，一个在里间茶室喝咖啡的陌生老绅士站了起来，径直走到雪姐面前，殷勤地打起招呼：“方便的话可否赏脸到那边喝杯茶？十五分钟便可，可以吗？”结果雪姐更慌了，满脸通红，一副不知所措的样子，嘴里只会嘀咕“这个——这个——”。那男的问了两三遍“可以吗”，最后终于放弃了，说了一句“多有打扰”，恭敬地鞠了个躬就走了。雪姐说着“小妹，快点快点”，飞也似的叫人装起点心，拎上就往外跑。我问：“那人是谁啊？”她回答说：“就是我之前见的那个人。”我这才明白那人就是上次相亲的野村。

“雪姐至于慌成那个样子吗？好好地拒绝了不就好了，她却在那里慌了神，只会说‘这个，这个’。”

“这种情况雪子肯定应付不来。别看她这么大了，内心还是个十七八岁的姑娘。”

既然聊到这个话题，幸子想着妙子应该听说了些什么，便问妙子雪子觉得那人怎么样，有没有提过那人之类的。妙子表示之前问过她怎么想，“她说自己的婚事都交给大姐和中姐操持，让她嫁哪里她就嫁哪里，但唯有这个人她不想嫁，所以希望能容她任性这一回，还求我跟中姐说，千万要把这桩亲事推掉。”妙子见到野村本人的时候，看到他比传闻中还要老气，吓了一跳，心中觉得雪姐讨厌这老头子是理所当然的，他让雪姐厌恶的理由肯定就在于此，“不承想雪姐只字未提那人的仪表和相貌，却说最大的原因在于相亲当晚被强行带到其位于青谷的家中，叫她看了供有亡妻和孩子照片的佛坛，这点让她非常不快。按雪姐的说法，就算早知道你娶妻是为了续房，看了你亡妻和孩子照片，人家也不会有好心情。你现在是单身，可以悄悄地把他们供起来祈求冥福，这能理解。但你让人家参观你家的时候，用不着把这个东西摆在如此显眼的地方吧？见人来了非但不赶忙收起来，还专门把人家叫到佛坛前参观。光从这一点上，就能看出他不能理解女性敏感的内心，此事已经让雪姐对其彻底失去了念想。”

之后又过了两三天，幸子终于能出门活动了。这天，她吃完午饭换好衣服，跟雪子说：

“那我去阵场太太那边把这事推了就回来。”

“嗯。”

“你的意思我之前听小妹说了。”

“嗯。”

幸子按照之前想好的说法，以本家不赞成为由委婉地拒绝了，回来之后只告诉雪子已经圆满解决，具体细节只字不提，雪子也不细问。后来阵场趁着年节的结账期[①]寄来一封北京楼的账

①指中元节或年末的结算期。

单，希望这边能够支付一半，于是幸子寄了汇票回去，这桩媒事到此结束。

随后幸子写了一封家书报告此事，本家依然毫无反应，幸子隔三岔五地劝说雪子："雪子在这边已经住了一个月，留你时间太长怕下次再过来就难了，所以哪怕先回去一趟再过来也好。"不过，每年四月三日过女儿节的时候，悦子都会照例从学校招呼一帮朋友来家里开茶会，雪子则每每负责为茶会亲手做馅儿饼和三明治，所以她也说等过完节就回去。然而等节过完，再过三四天又到了祇园赏夜樱的日子，于是又往后拖。

"姐姐，等赏花过后再回去吧？在那之前不准回去哟，知道了吗？"悦子也三天两头地说。

但这次最积极让雪子留下的人是贞之助。他说："难得都待到了今天，不看一看京都的樱花再走，心里肯定留念想，而且每年的例行活动少了一个主角总归不合适。"实际上，贞之助是头疼妻子自流产以来一直莫名伤感，夫妇二人独处时幸子偶尔还会提起胎儿的事，满眼泪花，所以他这么做，为的是让姐妹几人一起去赏花，多少能帮幸子排遣情绪。

京都之行定在周末九日和十日两天。等待赏花的几天里，雪子一直磨磨蹭蹭不明确表态到底回不回东京，结果一到周六，还是跟幸子和妙子一同进了化妆间开始打扮。等脸上涂抹完毕，她打开从东京带来的衣服行李，从最底下掏出一个纸包，解开绳子，一件专门准备赏花时穿的衣裳映入眼帘。

"什么嘛，雪姐这不是连那件衣裳都带来了嘛！"趁雪子出去的空当，妙子在幸子身后帮忙绑着太鼓结，笑着说道。

"雪子虽说默不作声，却喜欢万事按着自己想法来。"幸子说，

“瞧着吧，就算将来嫁出去，丈夫也得乖乖听她的话。”

在京都赏花来来往往的人群中，贞之助发现，幸子每见到怀抱婴儿之人，双眼便泪水上涌，很是头疼。所以今年夫妇二人也不多做停留，周日晚上跟其他人一同回了家。之后又过了两三日，时至四月中旬，雪子启程回了东京。

中卷

一

幸子自从去年患了黄疸，便十分在意眼白的颜色，习惯了时不时地把头扎在镜子前。一年过去了，今年院中的平户杜鹃也经历了繁盛花期，开始凋零。

这一天，她无所事事地像往年一样坐在露台遮光席下的白桦木椅子上，天近黄昏，她细数着初夏时节庭院的草木，忽然想起去年丈夫发现自己的眼白有些发黄正好就是这个时候。想到这里她起身，像丈夫当时一样，一点一点地揪下杜鹃花脏掉的花瓣。她想，丈夫不喜看见花朵沾惹尘垢，他还有一个小时就要回家了，为了让他看着舒心，得把庭院收拾漂亮。大约收拾了三十分钟，身后传来一阵脚步声。原来是阿春。她板起面孔，故作正经，手里捧着名片，踩着庭院中的踏脚石而来。

“这位先生说想见太太。”

幸子一看，是奥畑的名片。好像是前年的春天，这个青年曾来访过一次。幸子平素不让他出入家里，在下人们面前也尽量不提他的名字。但阿春故作严肃的面孔，明显是知道那件登报事件，察觉到了青年和妙子的关系，臆测联翩。

“我现在过去。先把他带到客厅。”

幸子的手因为沾满花蜜而变得黏黏的，她去洗手间将花蜜洗净，在二楼稍微补了个妆便去了客厅。

“让您久等了……”奥畑穿着一件明朗的纯白色手织毛呢上衣，一眼便能认出是纯英国制作，配以深灰色的法兰绒裤子，奥畑看见幸子进来，有些故作姿态地急忙起身，直直站立。他应该比妙子大个三四岁的样子，所以今年应该是三十一二岁。之前见他的时候，他的面庞还留有若干少年姿态，这两年却圆润了许多，大概是身型正逐渐向绅士体格转变的缘故。奥畑谄笑着观察幸子的脸色，略微翘起的下巴以及说话时带着的鼻音，似乎在申诉着什么似的——这些仍旧保留着船场少爷的娇气。

“好久没见您了。我一直觉得无论如何也得来一趟，但又觉得没得到允许擅自登门有点不合适……我已经在您家门前转悠了两三次，没能进来……”

“哎呀，真是对不住了。为什么不进来呢？”

“因为我胆子小……”

奥畑似乎马上放松了下来，噗噗地露出谄笑。

奥畑在想什么无从得知，但幸子面对他已经较上次他来访时多少有了不同的心情。这是因为幸子最近时不时地就从丈夫那里听说，奥畑家这位启少爷再也不是过去那个纯真少年了。丈夫贞之助因为需要应酬而有很多机会涉足花街柳巷，所以经常能从那些地方听说奥畑的传闻。据传言说，奥畑不仅经常出没在宗右卫门町[①]附

①江户时代初期到昭和时代初期大阪有名的花街柳巷。

近，好像还有相好的女人。当时贞之助跟幸子说："不知小妹知不知道启少爷已经变成那个样子了。如果到现在小妹还在等待雪子出嫁后跟启少爷结婚，而且启少爷也仍旧遵守约定的话，你还是好好劝劝小妹吧。启少爷现在这副行径做派，若只是因为未能轻易得到允许与小妹结婚，等得怒火中烧才游戏人生的话，那还有商量的余地。但是，以他现在这副样子，他所号称的"认真恋爱"可就严重失实了，在现在这种非常时期可以说很不检点。到目前为止，我们心里都是同情他们的，但是如果他没有改观，我们断断不可费心让两人在一起。"

眼见贞之助暗地里如此忧心，幸子曾委婉地问过妙子。可是妙子却说："启少爷一家从父亲那一辈开始就比较爱逛花街，启少爷的哥哥、伯父等都喜欢去茶屋[①]，所以不光是启少爷一个人这样。而且，就像姐夫说的那样，启少爷跟我成婚的事总是拖拖拉拉的，难免去花柳之地消愁解闷。启少爷那么年轻，我觉得他这样做也是不得已的。至于说有相好的艺伎，我是第一次听说，恐怕只是流言。如果有铁证，那另当别论。我本人是不相信的。但是此等时局之下不免被批评为不检点、留下祸根招致误会，因此，今后我一定会劝他别再去逛茶屋了。我说的话他最听了，只要我跟他说'我不希望你再去了'，他就一定不会再去了。"似乎妙子听了幸子讲给她的传闻后，并没有把奥畑想得极为不堪。妙子冷静的样子，似乎在说奥畑的那些事儿她早就知道，不值得大惊小怪，幸子反而更加难为情一些。

贞之助说："既然小妹那般信任启少爷，我们也不必再多管闲

①与艺伎、妓女等喝酒玩乐的场所。

事了。”他虽这样说，心里却仍旧十分牵挂，在那之后一有机会还是会向“那里的女人”积极打听。或许是妙子的忠告有了效果，最近都没有听到奥畑在烟花之地的传闻，心中暗喜。可是就在半个月前的一天，晚上十点，贞之助从梅田新道把客户送去大阪站的途中，在汽车前灯打出的光圈里，看见奥畑紧贴着一个像是服务员的女人，喝得大醉，蹒跚而行。贞之助恍然大悟，原来最近启三郎开始秘密地进行这些勾当了。那天晚上，幸子从丈夫贞之助那里获知此事时，被嘱咐不要告诉小妹。因此幸子什么也没和妙子说。现如今她与这个青年面对面地坐在一起，或许是心理作用，她总觉得奥畑启三郎的表情、说话的方式缺少诚意，贞之助曾说，“最近对那个男的没什么好感”，幸子不禁产生了共鸣。

“你说雪子吗？是的，承蒙诸多惦念，有很多提亲的。”

幸子认为，奥畑屡屡打听雪子相亲之事，其实是在间接催促幸子也快些处理自己与妙子的事。反正这一定是他此次前来的目的，现在他可能马上就要问出口，那我该如何回答？上一次也只是始终秉持“先听听看”的态度，不记得许下过任何承诺。这一次，既然丈夫的想法已经与此前大不相同，就必须更加注意自己的措辞。他们夫妇二人不愿成为妙子二人结婚的绊脚石，但是再也不愿让奥畑把他们当作这对年轻人恋爱的支持者或同情者，自己的言辞必须避免让他误会。幸子正在内心暗暗盘算着，奥畑突然坐正，用拇指嗵嗵地弹了弹带烟嘴的香烟，烟灰落到烟灰缸里。

“今天我是为了小妹的事儿才到姐姐您这儿来的，想求您帮帮忙……”他仍旧称呼幸子为“姐姐”，开始打开话匣子。

“那么，所为何事呢？”

“我想姐姐您一定知道，最近小妹在玉置德子的学校学习做洋装。学洋装也无可厚非，但她渐渐地对做人偶不大上心了，最近几乎没怎么做像样的工作。我想知道她是怎么想的，便问了她。她说已经厌倦了做人偶，她想更加认真地学习洋装剪裁，将来专业做洋装。现在接了很多人偶的订单，也有很多徒弟，虽然不能一下子停止制作人偶，但要渐渐地把这摊子活儿交给徒弟，自己要专心做洋装。而且她说她已经得到姐姐们的同意，会去法国进修一年半载，得个正经头衔再回来……”

“啊？小妹是这么说的吗？”

幸子听说过妙子在制作人偶的空闲时间去学习洋装制作，但现在奥畑所说的她完全是第一次听说。

“是呀——虽说小妹想做什么我没有干涉的权利，但是小妹好不容易凭一己之力获得现在的局面，她独特的艺术才能也得到了世俗的认可，怎么能够说放弃就放弃呢？而且要说只是放弃现在的工作我能理解，但是还说要学洋装，我就不大理解了。据她说改行的一个理由是，人偶做得再好，也不过只能流行一时，人们马上就会厌烦，到最后无人问津。但洋装很实用，到什么时候都有人需要。但是我觉得为什么要个千金大小姐去做这种事情赚钱呢。一个马上要结婚的女人，实在无须学习什么自立的手艺。我就算再没用，也不会让小妹没钱花，我不希望她成为什么职业女性。小妹是个手巧的人，不做点什么工作的话闲不住，我理解她这种心情。倘若不以赚钱为目的，只出于兴趣爱好，再得个什么艺术名号的话，那是多么高雅、说出去多么有面子的事儿啊。要说谁家的小姐太太业余爱好是做人偶，无论和谁说起来都不丢人，但要是做洋装的话，还是希望她算了吧。我跟妙子打保票，不光是我这么想的，本家和姐姐这儿大概都是这么想的，不信你去问问看……”

平日里奥畑说话速度异常缓慢，为了故意彰显他大少爷的文雅风范，那副样子很不讨人喜欢。但今天他似乎很兴奋，比平时的语速快很多。

“谢谢你周到的提醒，不管怎么说，我们都得先跟小妹谈一谈……”

“请您无论如何一定要过问。我或许多言了，但如果她执意如此，还请姐姐您多给她建议，劝她放弃。留洋之事，我并不反对她去法国。如果能够去学习更加有意义的事情，也很好。说到这儿我得冒犯了，费用就请让我来承担吧，我也随行。只不过，为了学做洋装而去留洋，我实在不赞成。我想姐姐也不会同意，还请您务必阻止她。还有，要留洋的话，结了婚再去也不迟，我那时候也更方便……”

幸子认为不去跟妙子本人确认的话，很难理解她为什么会那样说。妙子的想法姑且不论，这个青年已然以妙子的未婚夫自居，这样的口吻幸子听着不免觉得有些反感和滑稽。奥畑的打算是，自称有求而来的话，会深得幸子的同情，幸子则会对他开诚布公毫无保留。顺利的话，幸子还能把贞之助介绍给他，因此他才故意选择这个时间上门。说完自己的请求，也拖拖拉拉地不走，东扯西扯地试探幸子的心意，但幸子避重就轻地应付着他，对于他的“提醒”礼貌周全地道谢，尽量保持着对待外人的口吻和态度。

此时，外面传来脚步声，丈夫似乎回来了。幸子慌慌张张地跑过去，一边打开玄关的门一边说：“等一下！启少爷在这儿呢。”

“他来干什么？”

贞之助定定地立在玄关，听完妻子简短的耳语后，说：“那样的话，不需要我出面吧。”

“我也觉得没必要。”

“随便聊两句打发他回去吧。”

但之后奥畑仍旧磨蹭了三十分钟，发现贞之助没有要出来的意思，终于恭敬地起身道别。

“招待不周，多多包涵——”幸子只是简单道别、送客，对于丈夫没有露面一事故意只字未提。

二

如果奥畑说的是真的，那么就令人费解了——妙子最近仍旧一直说工作很忙，早晨大概和贞之助、悦子前后脚地出门，回家却总是最晚的，三天里就有一顿晚饭是在外面吃完了再回来的。幸子在当天晚上没能找到说话的机会。第二天早上丈夫和悦子出门后，妙子也要跟着出发的时候幸子叫住她：“等一下，我有事要问小妹。”便把妙子带到客厅去问话。

妙子对于奥畑告诉姐姐的那些事——她想放弃人偶制作改行做洋装，为此还要去法国短期留学的事，等等——并没有要否定的意思。而且随着聊天的深入，幸子发现妙子的每个想法都有一个很正当的理由，她意识到妙子的这些决定都是深思熟虑的结果。

妙子说她厌恶做人偶的理由是，自己也老大不小了，总不能一直像个小女孩儿似的做着孩子气的工作。比起人偶，她想做些于社会更有意义的事情，而且，无论是自己的天分、嗜好还是从掌握技术的便利性考虑，做洋装都是最好的。究其理由，妙子对于洋装剪裁从很早之前就有兴趣，也很擅长使用缝纫机，参照着《摩登花园》[①]《时尚》[②]等外国杂志，不仅总给自己做衣服，甚至经常缝制幸子和悦子的衣服。因此，就算要学，也绝不是从头学，而是能马上就技艺熟稔，况且还能当作将来独当一面的特殊技能，对此妙子很有信心。对于奥畑“人偶制作是艺术，洋装剪裁不够高雅”的说法，妙子只是一笑了之。她说自己又不贪图什么艺术家的虚名，洋装剪裁如果“不够高雅”也无所谓，启少爷会有这样的想法都是因为没有认清时局。现在这个时代，光是做做哄小孩的人偶已然不值得高兴满足了。就算是女孩子，不做些与现实生活相关的工作的话，是很羞愧的。幸子听完妙子的这番言论，觉得颇有道理，感到没有丝毫反驳的余地。

但是据幸子揣测，妙子之所以下决心大胆改行，还有另一个原因。那就是她或许已经对奥畑这个青年感到厌恶了，也就是说，她与奥畑的关系都到了见报纸的地步，在姐姐姐夫们、社会舆论面前自然比较逞强，还没办法简单地就跟奥畑断了关系。虽然现在还在嘴硬，但实际上已经对那个青年断了念头，只待时机成熟解除婚约。她要学做洋装，是因为她意识到，真到了那个地步，除了自立别无他法，她一定是在为那个时刻作准备。奥畑不知道妙子这层用意，对于一介千金大小姐为什么想赚钱，为什么想成为职业女性，自然无法理解。幸子姑且是这么理解的。那么，妙子想去法国的目的也能明了，在妙子心里，或许除了去学习做洋装，通过去国外的机会来和奥畑分手才是更主要的目的吧。所以要是奥畑也跟着去的话那肯定不方便，或许她会找个借口一个人出国吧。

随着聊天的继续深入，幸子的这个推测似乎只对了一半。如果

---

①即 *Jardin des Modes*，为法国女性时尚杂志，于 1922 年至 1997 年在法国出版。

②即 *VOGUE*，是一本起源于美国的综合性时尚生活类杂志，创办于 1892 年。

妙子不是因为受人劝说，而是自发地放弃奥畑，那便是幸子最希望看到的局面了。而且幸子相信妙子有那样的决断力，所以尽量不说得罪妙子的话，只是一点点旁敲侧击。虽然幸子不清楚妙子所说的是她的本意，还是假装嘴硬，但综合妙子表面上不经意说出的话来看，现在妙子总的来说还未决定要放弃奥畑，仍旧要在不久的将来和他结婚。

听妙子说，时至今日，启少爷这个人是典型的船场少爷，是个一无可取的无用之人，她比谁都清楚，无须贞之助姐夫和中姐的提醒。当然，八九年前和启少爷恋爱之初，自己还是个思想不成熟的小女孩儿，不知他是这样一个没用的人。但是所谓恋爱，不该只因男方大有前途就交往，也不该因男方一无是处就分手，至少自己不会因为这样功利的理由去厌恶让人怀恋的初恋对象。她只认为她跟启少爷这样无用之人谈了恋爱也是某种缘分，并不后悔，但若要跟他结婚，担心的是生活问题。启少爷在股份制的奥畑商店担任董事，除此以外，听说他一旦结婚，能从长兄那里分得一些动产和不动产，他本人总是很单纯地看待这个社会，丝毫不担心，但妙子总觉得启少爷最后会失掉所有的财产。就拿现在来说，在经济上启少爷总是入不敷出。听说每个月逛茶屋的账单、在服装店、百货店的花销之类的经常超支，总是跑到他母亲那里哭着要钱。现在他母亲尚且健在，一切好说；若她百年之后，启少爷的长兄一定不会任他挥霍金钱。无论奥畑家有多少财产，启少爷在家里排行老三，现在他哥哥当家，就别盼着能分得多少财产了，尤其是他那哥哥若不赞成他跟妙子的婚事，情况就更糟糕。假设能分得不少财产，按他容易上当的个性，买买股票、受受骗，或许最后连兄弟都要抛弃他，吃饭都成问题。妙子总是带着隐隐的不安心情，不愿意到那时候让人在背后说“看看吧，早知道是这种结局”之类的闲话，所以在生活上她是不能依赖启少爷的。相反地，她需要任何时候都能凭一己之力让启少爷吃饱饭。因此，她需要事业傍身，从一开始就不依靠启少爷的收入，这也是她想学做洋装、经济独立的动机之一。

此外，幸子从妙子的口气中大致确定了，她已经下定决心，绝对不会回到东京的本家了。雪子曾说过，本来对于这件事，本家的姐姐姐夫光操持雪子一个人的事情就已经应接不暇了，眼下没有要把妙子接过去的意思。到如今，就算本家要把妙子接过去，妙子想必也不愿意去。妙子虽听闻大姐夫移居东京之后变得更加吝啬了，但自己多少有些存款，靠着做人偶也有收入，所以她认为每个月的生活费再减一些也没关系。本家的六个孩子也渐渐长大，他们还得操心雪姐的事情，花费应该很大，妙子希望能想办法减轻姐姐姐夫的负担，渐渐地能够不拿生活费也能养活自己。

只是，妙子希望本家姐姐姐夫无论如何也要答应她两件事：一是答应她明年去法国留学；二是父亲留给妙子的嫁妆钱保管在本家姐姐那里，妙子希望他们把钱拿出来，用其中的一部分或者全部当作出国的费用。妙子不知道姐夫替自己保管了多少钱，但在巴黎待一年半载的生活费和往返船票应该够，所以她希望务必能拿到那笔钱，就算自己因为出国把那笔钱全花光，导致嫁妆一文不剩，她也毫无怨言。她陈述了自己以上的考虑和计划，也不急于现在，但是希望中姐能挑个适当的时机跟本家说一说得到本家的谅解。她说为了得到本家的理解，她去一趟东京也可以。至于奥畑要给她拿出国的费用之类的，妙子一点都没放在心上。妙子说，启少爷总说“要留学的话，费用我来出”，现在的启少爷有没有那份实力，我比他本人更清楚。启少爷有可能打算跑到母亲那里哭着要钱，我不喜欢还没结婚就受人恩惠。就算是结了婚，自己对于启少爷的财产一概不动，也不打算让启少爷动，并且希望能够一直用自己的钱自给自足。自己会说服启少爷在她从外国回来之前老老实实地等着她，以后不要到中姐这儿说三道四，还请姐姐不用理会这件事。

贞之助说，既然小妹已经考虑得如此周全，我们就不要多事了。小妹的决心到底有多坚定，我们还是要再观察一下，觉得没问题之后再跟本家那边尽力沟通之类的。之后这件事暂时平息了，妙子也依然过着忙碌的生活。奥畑说最近妙子对于人偶制作不大热心了，但是妙子予以否认。她说，自己虽然真的不想再制作人偶，但订单从四面八方涌来，她也想攒些钱，平日生活开销也非常大。因为各种理由，现在自己比之前更加勤奋地工作。这份工作早晚都要停止，自己也想多制作一些优秀的作品，干劲十足。在那段时间，她每天要花一两个小时去本山村的野寄，在玉置德子女士的洋装裁剪学院学习，不仅如此，还一直持续学习山村舞。

关于舞蹈，妙子不光只是怀揣兴趣，似乎还抱有野心，能够在将来获得许可、袭得名号，在舞蹈方面也能成为独当一面的大师。那时，妙子一周去一次讲习所，讲习所是第二代山村作开办的，这位师傅是第四代市川鹭十郎的孙女，所以大家都称她为“鹭作师傅”，她在大阪两三家有“山村”名号的舞蹈世家中传授最纯粹的旧式舞蹈。岛之内的叠屋町的一条窄路中有家艺伎屋，所谓舞蹈讲习所便设在艺伎屋的二楼。从上课地点就可以判断，来上课的大都是行内人士，外行人弟子特别是正经人家的大小姐屈指可数。妙子总是拎着小包，装着和服和舞扇前来，在讲习所的角落把洋装换成和服，一边等待自己出场，一边混在专业的舞者中间观赏同门师姐们的练习，抑或跟熟识的艺伎或舞伎攀谈。以妙子实际的年岁，她这样的举动并不奇怪，但是师傅以及其他所有人都以为她才二十出头，一致认为她是个踏实稳重的大小姐，反而弄得妙子难为情。在那里学习的弟子们无论是内行还是外行，皆感慨最近上方①的舞蹈有逐渐被东京的舞蹈压制的倾向，如此放任的话乡土艺术将逐渐衰弱。为了在世间重振乡土艺术的传统，异常憧憬山村舞的人很多，特别热心的支持者甚至组织了乡土会，在一位姓神杉的律师的遗孀家里，每月聚在一起练习一次。妙子也出席聚会，自己也经常跳舞，极其投入。

贞之助和幸子也会在妙子表演舞蹈时带着雪子和悦子去观看，自然就和乡土会的成员们熟悉起来，借着这层关系，在今年四月末的时候，妙子受到乡土会干事的拜托，回来跟幸子商量能否在六月借用在芦屋的宅子作为会场。事实上乡土会自去年七月以来碍于时局暂时中止了。有人说这种研究性质的朴素聚会，只要办得比较收敛，应该也不会有什么问题，总去神杉府上实在太过叨扰，所以有人提议换一次场地试试看。幸子他们也的确乐在其中，所以答复道“虽不如神杉府邸设备齐全，承蒙不弃，乐于提供”。神杉家设有舞蹈台，但要从大阪搬到芦屋，实在是太麻烦了，所以莳冈家把楼下的两间连通的西式房间中的家具撤掉，在餐厅的后面竖起一道金屏风，将其作为舞台，把客厅当作观众席，让来客坐在地毯上观看。将二楼八叠大的房间当作后台化妆间。聚会定于六月的第一个星期日（五日）的下午一点到五点进行。妙子定了要在当天表演舞蹈《雪》。所以五月份以来，妙子每周去两三次讲习所，加紧练习，

①京都及其附近区域，位于关西地区。

特别是二十号开始的那一周，山村作师傅每天来芦屋上门指导训练。今年已经五十八岁的山村作师傅本就体质羸弱，还有肾脏的老毛病，平时绝不会外出传艺。加之初夏的日光渐盛，从大阪南部乘阪急电车前来，实在是分外的美意。师傅如此这般，一是因为妙子身为“大小姐”却和专业的舞者们一同刻苦训练，这份热情感染了她；还有一个原因就是她意识到要挽回山村舞一蹶不振的颓势，一直以来保守消极的态度是不行的。但是这样一来，原本因为讲习所的关系而放弃学舞的悦子也吵着要学舞了。“悦子小姐有意学舞的话，此后老身每个月登府十日也可以。”说话极有信服力的山村作师傅也帮着说话，悦子借着这机会开始跟师傅学习入门舞蹈。

山村作师傅每次来的时间都不大一样，师傅基本上都会商量好次日大概何时来然后再回去。但她来的时间一向不大准，有时会迟一两个小时；若天气不好，临时不来了也是常有的事。妙子一直都是在忙碌中早早赶回来等待师傅，现在她也渐渐摸清了情况，等到师傅来了再让家里人打电话通知她，利用悦子学舞的时间从夙川赶回来。不过，久病缠身的山村作师傅大老远来一趟绝非易事。先到客厅稍事休息，跟幸子聊家常聊个二三十分钟，然后才缓缓地在桌椅被搬到旁边铺着地板的餐室开始授课。一边哼唱着当地的三味线曲调，一边做示范，有时会气喘吁吁，貌似很痛苦，有时面部浮肿脸色发青，说：“昨夜起肾脏病又有点犯了。”她虽病弱但精神却很好，经常说着“老身这口气全凭跳舞提着呢”，表现得似乎并未受病所累。不知她是故作谦逊还是真心如此，她经常说“我笨口拙舌”，实际上却极善说话之道，尤其擅长模仿人，几句闲聊便能引得幸子她们哈哈大笑。或许这就是这位师傅从她那第四代市川鹭十郎的祖父那里遗传来的天赋吧。师傅身材娇小，却生着一张大长脸，一眼就能看出她有明治时期艺人的血统，使人不禁联想，此人若生在过去，剃掉眉毛，染黑牙齿[①]，穿着拖地长裙的话该是多么协调啊。她在模仿人的时候，那张大脸变幻无穷，她想模仿的人的表情便自如地浮现出来，恰如戴了假面具一般。

悦子每每从学校回来之后，就会换上除了每年赏花时节基本穿不到的和服，穿着不合脚的大码短布袜，挥着一把山村流的扇子，扇子上印着花之四君子、配有水漩涡的图案，跟着师傅学习《十日戎》的舞蹈。歌词乃重新填词，开头几句是这么唱的：

弥生御室花开盛，
三弦太鼓幕帘升，
相视互看笑盈盈。

正是昼长夜短的时节，悦子学完，到妙子跳《雪》的时候，院子仍旧很亮，迟开的平户杜鹃如火焰般鲜艳，交相辉映在青青的绿草上。邻居史托尔兹家的孩子们——罗斯玛丽和弗里茨，近日几乎每天等着悦子回来后去客厅玩，眼下因为玩耍场地和玩伴都被夺走，便好奇地从露台往里面张望，看悦子她们跳舞。最后连他们的哥哥彼得都来观看了。

有一天，弗里茨终于进入了练舞场地，模仿幸子她们管山村作师傅叫着“师傅、师傅”。

他每每叫一声“师傅！”，山村作师傅便打趣地拖长音回答一声：“哎——”

①在过去的日本，成人礼、婚礼、庆典等特殊场合，女性会剃眉染齿，凸显美丽。

罗斯玛丽也觉得有趣，便跟着叫："师傅！"

"哎——"

"师傅！"

"哎——"

山村作师傅郑重其事地一直"哎——""哎——"地答应着，陪着这些生着碧眼的少男少女玩儿。

三

"小姐姐，照相师傅问他能不能进来。"

为了给今天的聚会讨个彩头，悦子被安排在第一个跳"弥生御室花开盛"的舞蹈。表演完之后，她穿着和服外套，没有卸妆，直接来到位于二楼的八叠大的化妆间。

"请他进来——"

妙子刚穿好《雪》的表演服，为防跌倒，她右手抓着壁龛的柱子，立着让阿春给穿短布袜。她梳着岛田髻的发型，没敢转动头部，只是将望着半空的眼睛向悦子的方向一瞥。悦子知道自己这位年轻的姨妈为了这次聚会，一向穿洋装的她从十天前开始便梳起日式发髻，穿起和服，但还是被她今天的装束震惊得目瞪口呆。妙子穿的服装实际上是本家大姐鹤子结婚时穿过的礼服三件套中最里面的那一件。妙子认为，今天虽是汇报演出，但只有少数人前来，而且要顾及时局低调行事，没有必要做新衣服。与幸子商量后，想起来本家姐姐的这件衣服还在上本町的仓库里放着，便借了过来。父亲在家族鼎盛时期让人定制了这套礼服，由三名画家分别在三层礼服上打好“日本三景”[①]的底稿，最外面的一层染制成黑色打底配严岛之景，第二层是红底配松岛，第三层是白底配天桥立。十六七年前的大正末年前后，姐姐只在结婚的时候穿过一次，所以如新衣般平整。妙子身着的这一层由已故画家金森观阳绘制而成桥立之景，配以黑缎腰带，或许是化妆的缘故，平日里大小姐的感觉不见了，看着更像是身材高挑发育成熟的妇人。妙子如此纯日式打扮后，她的面庞更像幸子了，比起穿洋装的时候，丰腴的脸颊更添几分威严之气。

“照相师傅——请您上来吧！”悦子对着一个二十七八岁的青年说道。他正立在台阶上，把头探向二楼的走廊张望着妙子。

“悦悦，不要叫人家‘照相师傅’，叫‘板仓老板’。”妙子正说着，板仓道一声“打扰了”便走了进来。

“小妹，请保持这个姿势不要动——”板仓立即跪在门槛上，用徕卡相机对准妙子，然后从前、后、右、左连按快门，拍了五六张。

在楼下的会场，悦子之后上演了《黑发》《桶取》《大佛》，一位袭名为“作幸”的女孩在跳罢第五个节目《江户土产》之后，进入了中场休息，上了茶和什锦寿司。被当作观众席的客厅中，因为今天的表演会只招待演员的家人，所以观众最多只有二三十人。其中，罗斯玛丽和弗里茨在观众席的最前列，虽然有时放松坐，有时盘腿坐，但大多还是规矩地坐在坐垫上，从最开始的悦子的表演一直看到现在。外面的露台里坐着这二人的妈妈希尔达·史托尔兹。她从孩子们那里听说了今天的舞蹈会，说一定要来看看，刚才悦子开始表演时，弗里茨去通知，史托尔兹夫人便穿过院子而来。主人

①指日本三处沿海地段的有名景点，分别是宫城县宫城郡松岛町的松岛、京都府宫津市的天桥立、广岛县廿日市市的严岛。

连忙邀请她进房间来，史托尔兹夫人只说“没关系，我在这儿就挺好”，叫人搬了一把藤椅放在露台上，坐在那里观看。

“弗里茨小朋友，今天你可真规矩呀。”山村作师傅身着白领内衬，礼服下摆缝有刺绣家徽的图案，从舞台的金屏风背后走过来，向弗里茨说道。

“的确。这是哪个国家的小朋友啊？”观众席当中的神杉遗孀问道。

“是这家小姐的朋友，是德国人的孩子。和老身关系可好了，总是‘师傅、师傅’地叫着老身。”

“这样啊。看得真认真。”

“而且，还一直规规矩矩地坐着呢——”不知道是谁这样说了一句。

“那个，德国小姐，你叫什么名字啊——”山村作师傅突然想不起罗斯玛丽的名字，“你和弗里茨小朋友那样坐着，腿不觉得疼吗？要是疼的话，把腿伸开坐吧。”虽然山村作师傅这样说，罗斯玛丽和弗里茨不知什么原因今天完全像是换了个人似的，满脸严肃，一声不发。

“史托尔兹夫人，您吃得惯这些东西吗？”贞之助看见史托尔兹夫人把什锦寿司的盘子放在膝盖上，正笨拙地用筷子去吃。

“您吃不惯这些东西吧？要是您觉得吃不惯就别吃了。”而后贞之助对正在观众席奉茶的阿花说道：“喂，有没有什么史托尔兹夫人能吃的东西呀？不是有蛋糕什么的吗。把寿司端走，上些别的东西。”

“没关系，我能吃……”史托尔兹夫人在阿花要把寿司的盘子撤走时，拒绝了她。

“真的吗？夫人，您能吃那些东西吗？”

“嗯，能吃，我喜欢吃这些……”

“这样啊，您喜欢呀……喂喂！这样的话给夫人上个勺子之类。”

史托尔兹夫人好像真的喜欢吃什锦寿司似的，接过阿花拿过来的勺子，将盘子里的东西吃光了，一粒米都不剩。

中场休息之后是妙子的《雪》，贞之助从刚才开始就坐立不安，一会儿在楼下陪一会儿客人，一会儿又跑到楼上看化妆室的情况，来来回回好几次。

“喂，时间差不多快到了。”

“看，已经准备好啦。”八叠大的房间里，妙子坐在椅子上，幸子、悦子、板仓摄影师围坐在周围，四个人也吃着寿司。妙子怕把衣服弄脏，在膝上铺了一张餐巾，本就丰满的嘴唇噘得更厚，嘴呈O字形张开，把米饭一点一点送进嘴中，让阿春端着茶杯，吃一口米饭，喝一口茶。

“你吃一些吗？”

“我在下面吃了上来的……小妹吃那么多行吗？虽说‘人是铁饭是钢’，但是跳舞之前吃得胀肚，不会很难受吗？”

“但是她说午饭就没有好好吃，摇摇晃晃去跳舞的话会摔倒。”

“不是说文乐[①]的太夫在讲说完毕之前什么都不吃吗。虽说跳舞跟太夫讲说不一样，但还是别吃太多为好。”

“姐夫，我没吃那么多。为了不沾到口红，我一点点分好多次小口吃，所以看起来好像吃了好多似的。”

“我从刚才开始就一直在观察小妹吃寿司的样子，真是佩服。”

①全称为人形净琉璃文乐，是由人偶操纵、三味线演奏、太夫三种元素构成日本传统木偶戏，其中太夫是为人偶配音或独白的角色。

板仓说道。

“为什么？”

“因为像金鱼吞鱼食一般，嘴张得圆圆的，看起来好像特别费劲，却能吃挺多的。”

“我觉得你净盯着人家的嘴看了。”

“真的呢，真是这样的，小姐姐。”悦子大声笑了起来。

“这还是别人教给我的吃法。”

“谁教的？”

“一个到师傅那儿去的艺伎教给我的——艺伎们涂了口红之后，为了不让嘴唇沾到唾液要一直很小心。即使在吃东西的时候，要用筷子把食物直接送入口中，不能碰到嘴唇。从当舞伎的时候就通过吃高野豆腐当作练习，因为高野豆腐水分最多了，通过练习，直到口红不再脱落就好了。”

“噢，你知道的还真多。”

“板仓，你今天是来看表演吗？”贞之助问道。

“不不——表演虽然也想看，但主要是来照相的。”

“今天的照片也会做成明信片吗？”

“不会做成明信片——小妹梳日本发髻跳舞的样子实在不常见，这次的照片打算做纪念用。”

“今天的照片是板仓老板免费赠送的。”妙子说。

板仓经营着一家小照相馆，这家照相馆位于阪神国道的田中车站略微向北走一点的地方。那儿挂着一块“板仓摄影室”的牌子，是一家标榜艺术写真的小型工作室。板仓原本是奥畑商店的学徒，虽然连中学都没毕业，却去美国洛杉矶学了五六年照相技术。听说他本想成为好莱坞电影摄影师，但是没能成功抓住机会。后来回了国，没过多久，开了这家照相馆。开张的时候，奥畑商店的主人——启少爷的哥哥支援了一些资金，还给介绍客户，照顾有加。凭着这层关系，启少爷也经常捧场，恰逢妙子为了宣传自己的作品正在寻找合适的摄影师，因为启少爷的介绍，妙子便选择了板仓。自此以后，妙子作品的照片、宣传册、明信片，全由板仓一手承办。由于板仓一直从妙子那里接订单，还做些类似广告宣传的工作。加之他也知道妙子与启少爷的关系，他对妙子的说话方式就如同对启少爷一般，在旁人看来就像是主仆。他与贞之助他们交往渐密除了是因为和妙子的这层关系，还因为他学了一套美国的行事法则，见机行事，极为圆滑。因此现如今他经常出入这个家庭，对女佣们也殷勤有加。还开玩笑说，早晚有一天要让太太把阿春许配给他。

“既然是免费赠送，那么给我们也拍一张怎么样？”

“当然可以，让我给大家拍一张吧。小妹在中间，大家围着她。”

“怎么围着呀？”

“老爷太太请站在小妹椅子的后面……对对，然后悦子小姐站在小妹的右侧。”

“让春丫头也进来吧。”幸子说道。

“这样的话春丫头就在左侧——”

“东京的姐姐要是也在就好了。”悦子忽然说道。

“是呀。”幸子也说。

“之后告诉姐姐了的话，她该有多遗憾啊。”

“为什么妈妈不叫姐姐来？今天的活动不是上个月就知道了吗？”

“不是不想叫，是因为她四月份才刚回去呀——”

一直盯着取景框的板仓猛然发现幸子眼眶微湿，吃惊地把头抬了起来。贞之助同时也注意到了，却不明白妻子的表情为何突然变成这样。幸子自从三月份的那次流产以来，但凡想起胎儿的事情便眼泪汪汪的，他也时常跟着担惊受怕。但是现在妻子似乎并非是这种情绪，有点猜不透。或许是因为看到妙子今天这身打扮坐在椅子上，所以想起了很久以前本家姐姐穿着这件衣裳举办结婚典礼的事情无限感慨。如若并非是想起那些美好的回忆，那就是想到妙子不知何时可以盛装出嫁，或者想到在那之前还有雪子的事情需要顾及，才悲从中来。恐怕是这些事情一股脑儿都涌上妻子的心头，贞之助推测着。但是，想看到妙子今天这副样子的除了雪子应该还有一个人。贞之助觉得那个青年的感情着实有些可怜，继而意识到今天板仓来照相或许就是启少爷的吩咐。

“里勇小姐。”妙子在照完相之后，冲着房间另一侧的角落里正在照镜子的艺伎呼叫着。她即将在《雪》之后表演《茶音头》，为此正在作准备，看起来大概二十三四岁。

“对不起，我想麻烦你一件事。”

“什么事呀？”

“那个，我们可以去那个房间吗？”

今天跳舞的人中有四五位行内人士——有几位以教授舞蹈为职业，并袭了艺名；还有两名艺伎，里勇是宗右卫门町出身的艺伎，是山村作师傅极为看重的山村流舞者。

“因为我从来没穿过拖地长裙跳舞，很担心能不能跳好。可以在那边稍微教我些穿长裙跳舞的技巧吗？”妙子说着走向里勇，趴在她耳边悄悄说了些什么。

“我也跳不好呢……”里勇说。

妙子不由分说地一边说“拜托了，拜托了”，一边把她拉去走廊。

眼看楼下伴奏已经就位，能听见胡琴和三味线调音的声音。

妙子和里勇二人进入内客厅，关上拉门，二十分钟过去了。

“小妹，老爷说让你快点。”去接妙子的板仓话音未落，“嗯，已经好了。”妙子说着打开拉门，“板仓老板，帮我提着裙摆——”妙子让板仓帮忙提着裙子，从台阶走下来。

贞之助、幸子、悦子也跟着妙子一个接一个地走下来。贞之助在舞蹈表演开始后，悄悄地走进观众席，拍了拍正在全神贯注看妙子跳舞的德国少年的肩膀。

“弗里茨小朋友，那个人，你认识吗？”

弗里茨仍旧一本正经的表情，稍稍回过脸点了点头，随即马上又望向舞台的方向。

四

这件事刚好发生在舞蹈会一个月后的七月五日的早晨。

总的来说今年从五月开始雨水就比往年都多，进入梅雨季节之后，雨便一直下。进入七月之后，七月三日又开始下，七月四日也下了一整天，从七月五日的黎明开始突然变成了倾盆大雨，完全没有要停的样子。谁都没有料到，一两个小时之后，这场大雨竟酿成大阪和神户之间那场有史以来最大的水灾。七点左右，首先是芦屋的宅子里，悦子像往常一样在阿春的陪伴下去上学。她全副武装，但并未十分在意这场大雨，冒着倾盆大雨向学校出发。悦子的学校在向南越过阪神国道走三四百米处的阪神电车的轨道南侧，在芦屋川的西岸附近。若在平时，阿春把悦子送到国道南边之后就返回；因为今天大雨，阿春把悦子送到了学校才返回。到家的时候差不多已经八点半了。回家途中遇到自警团[①]的青年们为了防灾四处奔走，阿春绕道来到芦屋川大坝上，观察了水量激增的芦屋川才回家。“业平桥一带受灾严重，水势很猛，马上就要漫上桥了。”虽然阿春这样说，但是大家仍不认为会酿成大祸。阿春回家后过了十几二十分钟，妙子穿着祖母绿色的防水外套和橡胶雨靴也准备出门，这时幸子说：“小妹，天气这么差，就别出门了。”不过，今天妙子不是去夙川，而是计划上午去本山村野寄的洋装裁剪学院，所以不当回事儿地开玩笑说：“这么点儿雨不算什么，发洪水了反而更有趣。”便要出门，幸子也就没有再拦着她。只有贞之助等雨变小，在书房边查阅资料边消磨时间。刺耳的警报声突然响起。

那时雨下得正是最猛的时候，贞之助观察了一下宅子里最低洼的地方，也就是书房院子的东南角，平时这里稍微下点儿雨就能积水。那里的梅子树下面已经成大约二坪[②]的水池了。除此以外，家中没有其他异常，而且此处距离芦屋川的西岸有七八百米，所以他觉得不会有什么危险。但是比起家里，悦子的小学离芦屋川近得多，如果要发生决堤之类的会是在哪里呢？悦子的小学没问题吗？首先进入他脑海的就是这些问题。为了不让幸子瞎担心，他故作镇静。不一会儿，他从配房来到正房（从配房到正房仅仅五六步路的距离，他便已经全身湿透）。幸子问他刚才的警报是怎么回事，他回答道：不知道，应该没什么大事吧。边说边盘算着无论怎样都要去

①在权利受到严重侵害时，不诉诸司法程序，而通过私人力量维护自身或共同体的权利，以此为目的结成的组织称为自警团。

②日本度量衡面积单位，一坪约为3.3平方米。

那边看看。他在棉布单衣外面套上西式雨衣，正要走出玄关，阿春喊着“不得了啦”，脸色大变着从后门跑进来，腰以下全是泥。她说，刚才看着水面不断上涨，很担心小学那边的情况，这时听到警报声，马上就跑出去了。到外边发现水马上漫到了家东边的一个十字路口，从山向海的方向自北向南，滔滔不绝奔流而去。阿春尝试着蹚过急流往东边去，最开始水流没过小腿，走了两三步，水淹到了膝盖，觉得险些被冲倒。就在这时，从一家的屋顶上传来一声怒喝。“喂！这么大水你要去哪儿？小姑娘别乱来！”阿春被这一阵怒喝的气势镇住了，抬头一看，这人身着自警团员模样的服装，她认识，是八百常的少东家。阿春说：“我还说是谁呢，这不是八百常的老板嘛。”对方也认出来了，“春丫头，你去哪儿啊？水这么大，你疯了吗？再往前走连男人也过不去了。河边附近房屋被淹了，人也死了，可是不得了。”据他说，芦屋川、高座川的上游发生了山体滑坡，在阪急线路的北侧桥的附近，房屋、沙土、岩石、树木向山一样不断地冲过来，河道便被堵住了，水向两岸泛滥，大坝下方的道路浊流翻天，有的地方淤积了一丈深。好多人家都在二楼呼救。阿春还是最担心小学的情况，问了那边的情况。“那边的情况不是很清楚，从国道起上游的地方受灾严重，下游说不定没有那么严重。而且东岸受灾严重，西岸听说没有东岸那么严重，但不知道小学那边是什么情况。”听他说完，阿春仍觉心中没底，想着办法绕道去学校，但是他说：“无论怎么绕，道路都是被水淹没的，根本没有路，而且越往东走水越深。如果只是水深还好，水流还很急，随时有被冲跑的危险，水流中不断冲来大木块、石块，被这些东西打中的话就完了，甚至可能被卷到海里去。自警团员也是抓着网抱着必死的决心蹚水走过去。女孩子这副穿戴就别想过去了。”无奈之下，阿春只能暂时先回来。

贞之助马上给小学打了电话，但是已经打不通了。他对幸子说："好吧，那我去一趟。"幸子回答了什么，他已经不记得了。只是记得要出门的时候，幸子双眼饱含泪水地直直地望着他，下一秒钟便紧紧地抱住他。他脱下和服，换上最不好的西服，穿上橡胶雨靴，套上雨衣和防水帽，出门了，走出五十来米回头一看，发现阿春跟在后面。刚才阿春穿着夏季连衣裙，满身是泥，落汤鸡似的就回来了。现在换上了浴衣，把袖口用带子系起来，把下摆别得高高的，里面的红衬裙露了出来。"哎呀，你不用跟着，快回去！"贞之助呵斥道。"啊！让我跟着您去吧！"阿春边说边追上来，"老爷，那边过不去的，走这边比较好。"她避开东边，直着往南边走。贞之助跟着她走到国道，然后尽量向南边绕道，一直走到阪神电车的轨线以北一二百米的地方，都没怎么蹚水。要去小学的话，就必须从这个地方开始向东走了。幸运的是，这一带的水比较浅，没不过长靴，穿过阪神线路，走到旧国道的前面，出人意料地发现水更浅了些。这时，终于在前方能看到学校的建筑了，学生们纷纷从二楼的窗户探出脑袋。"啊，学校没遇到什么问题，太好了！"身后传来阿春兴奋的自言自语声。刚才贞之助还跟在阿春后面走，不知什么时候就超过阿春走到了前面。因为水流很急，他不得不一步一步地用力走，而且雨靴中灌入了水，脚步越发沉重，所以他的注意力都放在了走路上。阿春比贞之助矮很多，红色的衬裙几乎全泡了泥水。她放弃了撑伞，把伞当作拐杖拄着，为了不被水流冲倒，她要么抓着电线杆要么扶住人家的院墙，比贞之助走得慢很多。大家都知道阿春喜欢自言自语，她去看电影的时候，一会儿感动地说"啊，真好哇"一会儿讶异地喊"那个人要干吗呀"之类的，一会儿又自顾自地拍手，所以大家都不太受得了跟她一起去电影院。但在这个节骨眼儿，她竟然在急流当中犯老毛病，想到这里，贞之助竟觉得好笑起来。

在丈夫出门之后，幸子一个人待不住，等雨稍微小了便忙不迭地跑到门口打探情况。这时芦屋川站前车行的司机正好从门口路过，向幸子打了个招呼。幸子连忙向他打听小学的状况。他回答说："我没有去那儿看过，但听说那个小学应该是最安全的，往小学那个方向走虽有发洪的区域，但那所小学地势高所以没有受灾。应该没什么事儿。"幸子听完放松了些，司机又补充道："虽然芦屋川水势凶猛，但都说住吉川的泛滥更严重，电车无论是阪急还是省线和国道，都停运了。虽然不知道确切的消息，但从西边走过来的人们说，从这儿到省线的本山站附近，洪灾没那么严重，只要沿着电车轨道走，就不会被水淹。但是再往西走就是茫茫浊流一片，巨浪从山那边翻卷而来，重叠交汇，很多东西都被冲到了下游。听说人们有的乘着榻榻米，有的拽着树枝，一边呼救一边顺流而下，叫天天不应叫地地不灵。"听完司机这席话，幸子又转而担心妙子的安全了。妙子去的本山村野寄洋装裁剪学院是在国道附近甲南女子学校前的车站北侧，距离住吉川的河岸直线距离只有两三百米，根据刚才司机的信息，一定在浊流横行的范围之内。妙子总是走到国道的津知，然后搭乘公交车去上学。司机还说："对了，您家的小妹往国道去的时候和我擦肩而过，她穿着绿色雨衣，要是那个时间出发的话，应该到达学院不久就发洪水了。比起小学，野寄更令人担心。"幸子慌了神儿，急急忙忙地跑进屋里，用尽力气喊了一声"春丫头"，但是用人说春丫头跟着老爷出门了还没回来。听罢，幸子像小孩子一样歪着脑袋大哭起来。

阿秋和阿花满脸惊讶，沉默地望着哭泣着的幸子。幸子觉得有点不好意思，从客厅逃到了露台上，一边抽泣着，一边下到庭院中的草坪里。这时，史托尔兹夫人从隔着的铁丝网上探过头来，同样也铁青着脸，叫了一声“太太”。

“太太，您先生怎么样啊？悦子小姐的学校怎么样啊？”

“我丈夫现在去接悦子了。听说悦子的学校应该没大问题。您家先生呢？”

“我丈夫去神户接彼得和露米了。我好担心。”

史托尔兹家的三个孩子里弗里茨年纪尚小还没去学校，彼得和罗斯玛丽在神户山手的一个德国人俱乐部附属德国小学上学。她们的父亲史托尔兹也在神户上班，以前经常看见父子三人一同出门，据说中日战争开始后生意萧条，父亲时而出门时而在家，最近只有两个孩子一起出门。今天早晨父亲原本是在家的，后来说考虑到孩子们的安全，想去神户看看，刚刚出门了。当然那时候虽说知道发洪水了但是尚不知其严重性，也不知道电车停运了。“可千万别半途出什么差错才好……”，夫人很担心地说。夫人的日语说得没有孩子们好，对话很费劲。幸子掺杂着蹩脚的英语一边传达着自己的意思，一边尽力安慰劝解她。

“您的先生一定一定能平安回来！而且这洪水就在芦屋、住吉一带，神户应该没有受灾，我坚信彼得少爷和露米小姐一定没事儿的。您一定放宽心。”幸子反复给史托尔兹夫人打气，“那我们回头见。”说罢回到客厅。没一会儿，贞之助和阿春带着悦子从一直开着的大门进来了。

悦子的学校果然没有受灾。但是学校周围全被淹了，而且水位有持续上升的迹象，所以课都停了，学校把学生们全部集中在二楼的教室。渐渐地，有担心孩子们安全的家长过来接孩子，校方便把孩子们一个个地交到各自家长手里。悦子毫不担心自己的安危，反而惦记着家中的情况。这时，父亲和阿春赶来了，悦子算是比较早被家长接走的。在贞之助之后，人们断断续续地从四面八方来接孩子。贞之助向校长和老师道了谢，便接上悦子，大致按原路返回。这时就体现出阿春跟来的好处了。她在学校的走廊看到悦子平安无事，浑身是泥地抱住悦子喊了句“小姐！”，把周围的人吓了一跳。回家的时候，她在急流中开路，护着贞之助往前走。比来时水又涨了一两寸，水势也更猛了，所以虽是短短的一段路，但必须背着悦子走。但是背着人走路特别困难，转眼间就要被冲倒，阿春用身体挡着急流往前走，贞之助在她的庇护下跟着走。若非如此，简直寸步难行。在前面开路的阿春也十分不易，水深处都要没到腰部了。大水从北向南奔流，在东西向的道路上需要向西走，但有两三次横穿十字路口时特别紧张。有一个地方拉了网，二人抓着网过去了；有个地方自警团员正在抗洪救援，帮助二人渡过；有个地方什么可以依靠的便利条件都没有，二人相互偎依着，靠着阿春拄着伞的力量终于过去了。

幸子看见悦子平安无事，根本来不及高兴，也顾不上感谢丈夫和阿春。她听完丈夫讲完那些话之后急不可耐地说：“小妹她……”接着又哭了起来。

五

贞之助往返一趟小学平时用不了三十分钟，但那天却花了一个多小时。其间传来一些住吉川泛滥的灾情消息，国道的田中站以西全部变成大河了，流水污浊，滚滚而来。因此，据说野寄、横屋、青木等地区受灾最严重，国道以南的甲南市场和高尔夫球场都被淹了，直接跟海连在了一起。人畜死伤无数，房屋毁损、被冲跑的情况严重……各种模糊的消息不断传来。总而言之，幸子他们听到的信息都是消极悲观的。

但是在关东大地震的时候贞之助刚好在东京，亲历过一切，他很了解这种时期的谣言总容易言过其实。他举出当时的例子来安慰幸子，她对妙子的境况已然处于半绝望状态。然后他说："沿着铁道就能走到本山站，无论如何能走到哪儿就走到哪儿。我亲自去确认一下，如果真像谣言说得那样水势巨大，我就算去了也无能为力，但我觉得没那么严重。关东大地震的时候，天崩地裂，人的死亡率却意外地并不高。在旁人看来没救了的情况，却大致都能获救。不管怎样，现在还没到哭哭啼啼的时候，你镇定点儿等我回来。另外，即便我回来得多少有些迟，也希望你不要担心，我不会莽撞行事，发现没法继续往前走的话我就会回来的。"说罢，贞之助让幸子做了饭团充饥。在口袋里装了少量的白兰地和两三种药品。因为吃过长筒雨靴的苦头，他换上了短靴和灯笼裤便出门了。

沿着铁路线走的话，到野寄估计有一里多地。喜欢散步的贞之助对那边的地理环境非常熟悉，也有好几次从洋装学院的校舍前面经过。让他抱有一线希望的是，从省线的本山站出来往西走一千来米路南就是甲南女子学校，从那所女子学校稍往西走就是洋装学院的校舍，洋装学院就在省道南侧直线距离一百多米的地方。如果能沿着省道到达女子学校的附近，或许也能到达洋装学院；就算到不了，应该也能探明洋装学院的校舍受灾情况。贞之助一出门，阿春又没头没脑地跟了上来。“不行，这次你不要跟着我，只留幸子和悦子在家我心里没底，你好好看家。”贞之助严肃地嘱咐了阿春，让她回去了。他从家出来向北走了五十多米，便踏上了轨道。之后走了几百米全然不见洪水的踪影，只有从森林到两旁的田地积了两三尺深的水。走出森林，行至田间，发现只有电车轨道以北积水，南侧一如往日。随着越发靠近本山站，渐渐在南侧也看到了积水。轨道上是安全的，贞之助在上面行走，不觉得有特别的危险和困难。不时地有甲南高等学校的学生两三人结伴迎面走来，贞之助便叫住他们打听打听情况，学生们一致回答：“这附近都没事儿，从本山站继续往前走是真的很严重。您再往前走一些，就能看到汪洋一片了。”贞之助说：“我想去野寄的甲南女子学校的西边。”学生们回答道：“那一带恐怕是最严重的了。我们从学校出来的时候，水位还在不断上升。现在或许西边的轨道也被淹没了。”贞之助终于到达了本山站，果然这一带水势惊人。贞之助打算暂时歇歇脚，从铁道上走下来进入站内。水已经积满站前的马路，还在不断漫入站内，入口处堆起了沙袋和草席，从缝隙中还有水漏进来，车站工作人员和学生交替着用扫帚把水扫出去。贞之助想，自己要是在那儿逗留的话，也得拿起扫帚帮忙，于是抽了一支烟，又冒着雨再次踏上铁道继续前进。这时雨下得更猛了。

水完全是浊黄色的泥水，酷似扬子江的水。黄色的水里还时不时交织着豆沙色黑黑黏黏的东西。不知何时起，贞之助已经在水里走了。贞之助突然注意到，平日里散步时经过的田中的小河此时在泛滥，他现在已经走在河上架着的铁桥上。过了铁桥稍走了一段，铁道上又不见水了。但铁道两侧的水面却涨高很多。贞之助驻足向前方眺望，刚才遇到的学生说这里是“一片汪洋”，面对眼前之景，他不禁认同了这个说法。虽说在这种场合下用“宏伟”“壮阔”这样的词汇不大合适，但事实上，第一感受与其说是“恐怖”，还是刚才那些词更贴切些，贞之助没有惊讶万分，茫然地竟看得入迷。

此地位于六甲山麓和大阪湾中间的缓坡上，地势向南逐渐降低。有田园，有松林，有小河，中间还点缀以传统的农舍和红色房顶的洋房。按他一贯的主张来说，这里是阪神之间地势高、湿气少，景致明媚且最适合散步的区域。然而现在却呈现出一副扬子江或者黄河发大水的风貌。而且与普通的洪水不同，这里的洪水是从六甲山深处倾泻而来的泥石流，水浪滔天，怒波飞溅，一波压着一波滚滚而来，恰似一锅沸水。波涛涌动之处，的确不是河流，已然成为大海——污浊如台风天大浪袭来时的泥海一般。贞之助站立的铁道犹如延伸入泥海中的码头，有些地方水面直逼铁轨，几乎快被水淹没了；有些地方地基的土已经被冲刷干净，只剩下枕木和铁轨，像梯子似的漂浮着。忽然贞之助看到脚下有两只小螃蟹哧溜哧溜地爬过。大概是因为现在小河泛滥，螃蟹们也逃生到铁道上来了。此时自己独行的话或许到这边就要往回返了，但在这儿碰到甲南学校的学生们得以同行。听他们说，今晨上课一两个小时后便发生了此等骚乱，课也中断了，冒着水患逃到冈本站一看，被告知阪急电车已经停运；又来到省线的本山站，结果省线也停运了，所以暂时在车站休憩（刚才在车站帮忙扫水的就是他们）。水位渐渐上升，一直这样的话他们感到很不安，便决定分为回神户和回大阪两队，姑且沿着铁道走。这些学生们都是朝气蓬勃的青少年，似乎并没有感到危险，有人陷到水里时，还觉得好笑，大声呐喊起来。贞之助跟在他们后边走，在悬在水面的铁路上，持续从一根枕木跳到另一根枕木上，好不容易才渡过这段路，脚下尽是令人头晕目眩的激流。

这时不知从哪里传来似有似无的呼唤声："喂——！喂——！"声音很快被淹没在水声和雨声中。到那时为止贞之助还全然不知发生了什么。仔细一看，五十米开外的地方有一辆抛锚的列车，学生从车窗探出脑袋来呼唤这边同校的学生："你们要去哪里？再往前走非常危险。听说住吉川发大水了，根本过不去，你们还是来电车里吧！"贞之助也没办法，跟着学生们一起进了车厢里。

那是一辆下行快车的三等车厢，除了甲南的学生以外还有很多人在那里避难：有几家朝鲜人聚在一起，大概是因为房屋被冲倒了，险些丧命，最终逃到这里；有位面带病色、带着女佣的老太太，没过多久口中便开始念起佛来；还有个状似走街串巷卖布料的男子，穿着麻布内衬和短裤，颤抖着把一包沾满泥浆的布料放在身边，将湿漉漉的单衣和服与毛线腹带搭在椅背上晾着。学生们可能是因为队伍又壮大了，变得更有精神了，开始聊起天来。有的从口袋里拿出奶糖，分给朋友们；有的脱掉长筒雨靴，把里面积存的沙土泥水倒出来，脱下袜子，盯着自己泡得发白的脚；有的拧着湿答答的制服和衬衫，擦拭裸着的身体；有的人介意自己的湿衣服，而不坐在座位上，一直站着。他们轮流看着窗外，吵吵闹闹，七嘴八舌："看！屋顶漂过来了""榻榻米漂过来了""还有木材""是自行车""哎呀，汽车也漂来了"……

其中有个人说："喂！那儿有条狗！"

"我们把那条狗救出来吧？"

"什么呀，不是已经死了吗？"

"没有没有，活着呢。看！就在铁路上呢——"

这是一条中等大小的杂种猎犬，毛沾满泥，为了避雨，蜷缩在电车的车轮下，哆哆嗦嗦的。两三个学生念叨着"救救它，救救它"，下车把它拖了进来。狗一进入车厢，噗噜噜地甩着头，把身上的水抖落，之后来到救助它的少年面前安静地趴下。它抬起头像受到很大惊吓一般用充满恐惧的眼神定定地望着少年。不知是谁在它鼻子跟前放了一块奶糖，它只是闻了闻，没有吃。

雨水把西服浸湿了，贞之助逐渐感到寒冷，便把雨衣和外套脱掉搭在椅背上，喝了一两杯白兰地，点燃一根烟。手表显示现在是一点，他丝毫不觉得饿，没有打开便当的意思。他坐在位子上往山脚方向望去，刚好能看见正北方向是本山第二小学，校舍都淹在水中。一层南侧的一排窗户就像巨大的闸门一样，倾泻着滚滚浊流。如果能望见那所小学在那个位置，那么现在这所电车停靠地点应该就在甲南女子学校东北方向仅五十米远的地方。从此处到洋装学院，平日里用不了几分钟。

贞之助正思考着，车里的学生们渐渐地没有刚才那般活跃了，都跟约好了似的，脸色变得严肃起来。实际上，事态越发严重，再也不能儿戏了。这一点就连血气方刚的年轻人们也很难否定了。贞之助探头一看，发现刚刚和学生们一起走过的路——本山站和这趟列车之间的线路——已经完全被水淹没了，这趟列车所在的地方像座孤岛一样残存下来。但是说不定什么时候这里也会被淹没，事态严重的话，铁轨下面的地基也有可能开始坍塌。这一带的铁路筑在土堤上，目测高出地面六七尺，但现在逐渐被淹没。汹涌的浊流从山那边迎面而来，恰如波浪拍打在礁石上一般，咚咚地激起飞浪，车内都被打湿了，大家慌忙把窗户关上了。能看到窗外浊流横行，无所不至，激流汹涌，漩涡重重，白浪滔天。这时，一个邮递员突然从前面的车厢逃进这节车厢，后面还跟着十五六个避难者蜂拥而入，随后列车乘务员也马上过来说："请大家去下一节车厢，前面的铁轨已经被水淹没了。”

大家万分火急地拿着行李，抱起晾着的衣物，提着长筒雨靴，转移到下一节车厢去了。

“乘务员先生，可以使用卧铺吗？”有人问道。

原来这是三等卧铺。

“应该没问题吧，在这种非常时期——”

一些学生刚在卧铺上躺好，大多数还是心神不宁，又起身向窗外眺去。轰鸣的水声越发激烈，即使在车内也震耳欲聋。刚才的老太太现在仍旧热心于念佛，与朝鲜孩子们的哭声混杂在一起。

“啊！水要淹没铁轨了！”

不知谁大叫了一声，大家立刻起身走向北侧的窗户。洪水虽然还未淹到这辆下行列车，但是已经逼近土堤边缘，快要漫过旁边的上行铁道。

“乘务员先生，这个地方安全吗？”一位像是住在大阪和神户之间的、三十岁左右的太太问道。

“这个嘛……如果有更安全的地方可以去，还是建议离开这里……”

贞之助出神地望着漩涡中的一辆人力车，它正旋转着被冲得越来越远。他离开家的时候信誓旦旦地说自己不会做冒险的事，遇到危险就马上回去，但不知从什么时候起一点一点地陷入这种境况了。当然，还不至于有生命危险。自己又不是女人和孩子，万一发生点儿什么，总觉得能设法应付。他突然想起妙子去的洋装学院的校舍大都是平房，因而变得极度不安起来。话说刚刚妻子那副担心的样子极为夸张，那时还觉得她被冲昏头脑了，现在想来莫不是一种源自骨肉至亲的预感。一个月前，上个月的五号妙子跳《雪》的样子浮现在脑海中，格外明艳，令人眷恋。那天大家围着她照相，妻子还毫无征兆地热泪盈眶，贞之助回想起这一幕幕。或许此刻妙子正在校舍的屋顶上大声呼救呢，都已经来到距离她这么近的地方了，就不能做点儿什么吗？自己要在这儿等到什么时候呢？都已经到这个地方了，如果不能稍微冒点儿险想办法把她带回去的话，实在对不起妻子……想到这里，妻子充满感谢的脸和刚才那张绝望的、哭泣着的脸交替着在眼前闪现。

他一边浮想联翩一边专心地望着窗外，突然发生了一件让他雀跃的事情——不知什么时候铁道南侧的水退去了，处处露出沙土的路面。然而轨道北面的水却不断上涨，波浪已经没过上行的铁轨，正往这边的铁轨逼近。

“这边的水退了！”有个学生大叫道。

“啊！真的呢！喂，这样的话就能走了吧？”

“到甲南女子学校去吧！”

学生们率先跳下了车，大部分的人拎着包、背着包裹随后走出。贞之助也是其中一员。他不顾一切地跑下土堤的同时，巨浪从列车的北侧袭来，洪水发出骇人的轰鸣声，如瀑布般从头顶倾泻而来，一根木材从旁边突然冲过来，他万分艰难地从滚滚浊流中逃出，来到一个水退去的地方，突然，脚陷入了泥沙当中，松软的泥沙没过了膝盖。噗地拔出脚来，另一只皮鞋又掉了。噗噗地拔着脚走了五六步后，眼前出现约两米宽的急流。走在前面的人渡着急流，无数次要被冲倒的样子。刚才背着悦子渡过的急流强度实在不能跟这个相比。途中他有那么两三次念头，觉得要被冲跑了，要不行了……终于到了对岸，却又陷入齐腰的泥沙中，他慌忙抱住电线杆往上爬。甲南女子学校的后门已经就在眼前十米左右的地方了，除了跑去那儿别无他法，但这十米的距离里，又是一条急流横贯，后门就在眼前，而走过去却难于上青天。这时，门突然开了，有人伸出一根耙子模样的东西，贞之助抓住耙子总算是被拽进门里面去了。

六

那天雨势真正变小好像是在下午一点之后，但是水完全没有要退去的趋势。不过到了下午三点左右，雨终于停了。各处的天空开始放晴，洪水一点点地退去了。

幸子见太阳出来了，便来到露台的苇棚下面，庭院中的青草在雨后显得格外青绿，上面飞着两只白蝴蝶，紫丁香和檀香树中间有片杂草丛，鸽子在中间的水洼走来走去觅着食，好一幅悠闲自在的画面，只看这里的话真是找不到一点山洪的痕迹。因处于受灾区，电、瓦斯和水都停了，但这处宅子除了自来水以外，还有水井，饮水及其他用水并无大碍，幸子预想丈夫等人回来时会满身是泥，刚才就吩咐人烧好了洗澡水。悦子被阿春带着去看附近涨水的情况，家中一时间静悄悄的。似乎是邻居家中的男仆女仆们轮流来家中后院打水，因为发动机没法使用，偶尔能听到吊桶落进井中的声音，夹杂着与阿秋和阿花闲聊水灾的谈话声。

大约到了四点，给上本町老宅看门的“老音”的儿子庄吉来访，他是第一个来探望的。庄吉在南海的高岛屋工作，大阪那边并没有异状，他做梦也没想到大阪和神户之间会发生此等灾祸。正午时分，他通过号外得知，住吉川和芦屋川沿岸一带受灾尤其严重，下午就跟店里请了假，慌忙往这边赶，但直到现在才抵达。途中或是乘坐阪神电车，或是乘坐国道电车，或是换乘阪国公共汽车，或者硬是乘坐人家的货车和出租车。没有交通工具的地方就步行。他背着一包食物，沾满泥水的裤腿高高地卷在膝盖上方，赤着脚，手里拎着鞋。“我看到业平桥附近的惨状后，心想这里会变成什么样呢，心痛如绞。谁知来到这条街上一看，平静祥和得那么不真实，我都糊涂了。”庄吉先是喜气洋洋地向幸子问候。这时，悦子回来了。“小姐，您没事就太好啦——”他故意憋着气说道。平日里庄吉就话多，表情也丰富。之后庄吉像是终于想起来什么似的，说如果有用得到他的地方敬请吩咐，还问老爷和小妹怎么样了。于是幸子将她从早晨开始的担忧又重新仔仔细细地道来。

不过，幸子现在比早上更加担心了，因为她又听到了很多消息。比如，住吉川的上游，从白鹤美术馆到野村邸的附近，数十丈深的山谷被沙土和巨石吞没得杳无踪迹。在住吉川上架起的国道大桥上堆了千斤巨石和被磨光树皮的圆木，杂沓交叠，交通瘫痪。距离那儿两三百米的南侧，很多尸体从马路漂到地势低的甲南公寓前。那些尸体浸满泥沙，容貌都不能分辨了。神户市内也发了相当大的水，阪神电车的地下段被灌了水，有很多乘客溺水而亡——以上这些风闻或许有臆想和夸大的成分，但其中最令幸子胆寒的是有关甲南公寓门前死尸成片的传言。究其原因，是妙子的洋装学院与甲南公寓中间夹着国道，就在公寓北侧五十米远的地方。如果有很多尸体漂到那栋公寓前面，就意味着公寓正北方向的野寄那边有很多死者。幸子的这个不祥的推测，也因为刚刚和悦子一同回来的阿春带来的消息而变得更加确定。阿春也和幸子有着同样的想法，所以在街上逢人便问野寄地区的受灾情况。大家都表示，听说住吉川东岸那边属野寄那一带受灾最严重，其他地方的洪水已经开始明显减退，只有野寄没有洪水退去的迹象，有个别地方还有丈余深的积水。

幸子相信丈夫不会鲁莽行动，加之丈夫出门时保证过不会冒险，所以幸子对于丈夫并没有特别担心。然而，随着时间一点点过去，幸子不仅担心妙子，也开始担心起丈夫来。如果野寄的情况那么严重，应该走不过去，就会回返，但为什么到现在还没回来呢？不会是丈夫总想着“再走几步……”“再走几步……”，不知不觉中就陷入了危险地带，被洪水卷跑了吧？又或许是，丈夫一改小心谨慎，决定了的事就不会放弃，想办法到达目的地，这条路不通了的话就走另一条路，就这样随时调整行进方向，暂时在某处等待水退去也是有可能的。如果他到了目的地成功将妙子救出，也要涉水回返，当然会花很多时间，到晚上六七点钟回家也不稀奇。从最好的情况到最坏的情况，幸子想了个遍，但动不动就认为坏的情况可能性最大。庄吉见状，说道：“不会发生那种事情的。您如此担心的话，我还是去看看吧。”幸子想，即便不知能否顺利遇见丈夫，但多少是个安慰，便说：“既然如此那就辛苦你了……”庄吉迅速做好出门的准备，幸子把他送出了后门，那时候刚好将近五点。

宅子的正门和后门分别在两条街上，幸子顺便活动活动身子骨，从后门绕了一圈回到正门。今天电铃用不了，大门便敞开着。幸子进入大门，从玄关前通过，直接走入庭院。

“太太——”这时，史托尔兹夫人又从铁丝网上探过头来，“悦子小姐的学校没事，您也可以放心了。”

“谢谢您。悦子是没什么问题，我现在特别担心我妹妹。我丈夫去接她了，可是……”

幸子把刚才告诉庄吉的情况，用史托尔兹夫人能听懂的话又讲了一遍。

“噢，这样啊——”史托尔兹夫人皱眉咋舌，“您的担心，我懂。我很同情您。”

“谢谢。您先生呢？”

“我的丈夫还没有回来，我非常担心。”

“啊，也就是说，他真的去神户了吗？”

“我想是的……但是神户也发大水了。滩、六甲、大石川，哪里都是大水……我的丈夫、彼得、罗斯玛丽，都怎么样了呢？都在哪里呀？我，非常非常担心……”

这位夫人的丈夫史托尔兹先生是个理智发达的德国人，他体格强壮，一看就是个可靠的大丈夫，幸子认为，他即使遇上洪灾也不至于发生什么大事。即使是彼得和罗斯玛丽，他们上的学校地处神户高地，应该不会受灾，只会因为水灾而使归路会受阻。但史托尔兹夫人当然还是会浮想联翩。无论幸子如何安慰，夫人不大听得进去安慰的话，总说：“不，我听说了，神户的洪水非常严重，很多很多人都死了。”幸子看着史托尔兹夫人那张泪眼婆娑的面庞，自己也是感同身受，最后也不知该说些什么，只得一再重复着老一套说辞：“一定没事的……”“衷心祈祷大家能平安……”

正愁该如何安慰史托尔兹夫人的时候，正门处有了动静，似乎有人来了，强尼连忙跑过去。难道是丈夫他们回来了？……幸子只觉心跳加速。她瞥见一个身穿深蓝色西服、头戴巴拿马草帽的身影，从树丛那边向玄关走去。

“是哪位？”幸子边走过去边问阿春，这时阿春正从露台走到院子里回答：“是奥畑先生。”

“噢……”

幸子略显狼狈。她没有料想到今天奥畑会来探望，但他来其实也是应该的。应该如何对待他呢？自从上次他来过之后，就决定下次他若再来，尽量态度疏远些，最好是在玄关见一面就打发他回去。不仅自己是这么想的，丈夫也是这么嘱咐自己的。今天这种情况，在知道小妹是否安好之前，他或许会请求待在这里。要是他真提出要求，断然拒绝也未免不近人情。说实在的，唯独今天她想让奥畑在这儿守着，直到见到妙子平安无事归来，跟大家一起开心一下……

“奥畑先生问小妹在不在家，我说还没有回来。他说，想跟太太说两句话……”

他和妙子的关系除了幸子以外，没有让家里其他人知道。对于这一点，奥畑应该也知道。平日里那个道貌岸然、大方稳重的奥畑在焦急之余，竟忘记了平时的做派，跟传话的女佣打听妙子的事，幸子觉得今天情况特殊可以原谅，反而对他的有失风度增加了几分好感。

“总之先请客人进来吧。”

她借机对从铁丝网那边还探着头的史托尔兹夫人抱歉道：“家里来客人了……”

随后，她便上二楼去补眼妆了。从早晨开始哭了好几次，眼睛都肿了。

由于电冰箱没法用，幸子便吩咐人送去了在水井里冰镇的大麦茶。让客人等了一会儿之后，幸子走进客厅。奥畑一如上次来访一般起身做了个立正的姿势。他那笔挺的深蓝斜纹哔叽裤子上，熨烫着清晰笔直的裤线，和刚刚浑身是泥的庄吉截然不同，他身上几乎没有溅上一点泥水。据奥畑说，他刚刚听闻阪神电车的大阪到青木段开通了，便乘车来到了阪神的芦屋，之后仅走了千余米的路，中途还有少数地方水没有完全退去，但无大碍，水没退去的地方就脱了鞋，卷高裤腿蹚过来了。

“本想早来问候的，我一直都没有看到号外，刚刚才听说发大水的事。还有，今天是小妹去洋装学院的日子，我想着她会不会还没出门，要是还没出门就好了……”

说实话，幸子请奥畑进来，是想眼下情况抓住一个最能够体会她心痛的人，来诉说一下自己是多么盼着丈夫和妹妹能够平安归来，借此稍微疏解一下望眼欲穿、翘首期盼、坐立不安的心情。可是如今这么隔桌对坐，她立刻反省还是不要太过于坦率比较好。因为，奥畑想知道妙子的消息，这种心情应该不假，但是他那担心的表情和说话方式总让人觉得有些故意为之，他或许在趁这个机会打入这个家庭内部，幸子很快地揣起了防备之心。而后，幸子粗略回答了他的问题，洪水暴发是在妙子刚到那边之后发生的，那所洋装学院一带受灾最为严重，她对于妙子是否安好感到十分不安，过于忧虑而拜托丈夫去前查探，请他姑且能走哪里算哪里，丈夫在上午十一点左右出门。一小时前，从上本町来探望的叫庄吉的人又出门查探了，之后谁都没有回来，越发担心……幸子尽量保持例行公事的口吻。果不其然，他听完后扭扭捏捏地请求幸子让自己在这里等候一会儿。“请便。”她爽快地答应了，“请您随意。”之后便径自上二楼去了。

因为客人要等上一阵子，为了让他读读东西打发时间，幸子便吩咐人送去两三种新出的杂志，端去红茶，自己则一直待在楼上没再下去。后来她突然想起悦子从刚才就对客人感到好奇，时不时从走廊向客厅里窥探，便在楼梯口把她叫到二楼：“悦悦，过来一下。”

“悦悦，你这是个坏毛病，为什么客人来的时候，你要向客厅里偷看呢？”

“我没有偷看呀。”

“你说谎！妈妈看到了。这对客人而言多不礼貌。”

悦子红着脸，低着头，眼睛滴溜溜地向上看。随即又想下楼去。

“不许下楼，就在二楼待着。”

“为什么？”

“在二楼写作业。学校明天不是还要上课吗？”

幸子把悦子关在六叠的房间里，把教科书和笔记本交给她，把桌子下方的蚊香点燃，走到一间八叠房间的檐廊里，向丈夫他们有可能归来的那条路眺望。

突然史托尔兹家那边响起一个浑厚的声音：“噢！”往那边一看，史托尔兹先生正挥着手叫着夫人的名字，“希尔达！希尔达！”从正门往后院绕去。史托尔兹先生的身后还跟着彼得和罗斯玛丽。后院里正做事的夫人也尖叫一声“噢！”，立刻紧紧抱住史托尔兹先生，不断地接起吻来。尽管日暮降临，院子里还很明亮，幸子从院子边界处的梧桐树和檀香树的树叶缝隙中，看到了西洋电影中常见的拥抱场景。夫妇二人刚一分开，彼得和罗斯玛丽又一个接一个地扑向妈妈。蹲靠在栏杆旁的幸子悄悄地从檐廊躲进房间里。史托尔兹夫人似乎没有发觉有人看见了这一幕，放下罗斯玛丽，兴奋忘我地从铁丝网那边探过头来。

“太太！”她一边东张西望着这边的院子，一边高亢地喊着，“太太！我丈夫回来了。彼得和罗斯玛丽也回来了……”

“啊呀，那可太好啦！”

幸子情不自禁地从拉门后面跑出来，站在栏杆那儿。这时，邻屋正在学习的悦子把铅笔一扔，跑到窗边。

“彼得哥哥！露米小姐！”

“万岁！”

“万岁！”

三个孩子遥相挥手，史托尔兹先生和史托尔兹夫人也挥起手来。

“太太，”这次是幸子从二楼喊道，“您先生到神户了吗？”

“我丈夫是在去神户的路上遇到彼得和露米的。然后他们就一起回来了。”

“噢，是在路上遇见的呀，真好哇……彼得少爷，”幸子因为史托尔兹夫人的日语不太好而着急，便问彼得，“你在什么地方遇到你爸爸的呀？”

“国道的德井附近。”

“你们是从神户走到德井的吗？”

“不是的，从三宫到滩是有省线电车的。”

“噢，电车一直运行到滩哪。”

“是的。我带着露米从滩走到德井，然后遇见了爸爸。”

“能遇见爸爸真是太好了！从德井到家你们都走了哪里呀？”

“走了国道，也走了其他地方。比如顺着省线的铁轨走，往更靠近山的地方走，也走了没有路的地方……”

“真辛苦哇。还有很多地方洪水没退吗？”

“不是很多……只有一点儿……到处都是……”

仔细问了问彼得，发现他说的话也靠不住，到底走哪条路回来的，哪里的水还没有退去，途中情况如何，等等，很多问题都弄不清楚。但是看到像罗斯玛丽这样年幼的小女孩都能平安无事地走回来，而且三人的衣服也没被泥水弄得很脏，说明他们回家路上并未遭遇严重的危险和困难。这样一来，幸子对于丈夫和妹妹至今未归感到越发可疑。到现在为止，连这样的小男孩小女孩都走完了从神户到家的路，丈夫和妹妹应该早到家了才对，他们还没有回来，不得不认为遇到了什么问题。而且所谓问题或许就发生在妙子身上，丈夫，也许还有庄吉都是为了搭救或寻找妙子而耽搁了时间。

“太太，您的先生、妹妹怎么样了？还没有回来吗？”

“还没回来。史托尔兹先生和孩子们都回来了，他们到底怎么回事儿啊？我担心得不得了。”

幸子说着说着，声音抑制不住地变成哭腔。梧桐叶遮住了史托尔兹夫人脸的一部分，她又不停地咋起舌了。

这时，阿春走上楼来，双手覆于门槛，俯身行礼道：““太太，奥畑先生说，他现在也要去野寄那边看看，让我跟太太禀报一声。”

七

幸子下楼一看，奥畑已经站在门口了，手中拄着泛着金属色泽的梣木手杖。

“我听到您刚才的对话了，西洋人的孩子们都能回来，为什么小妹还没回来呢？”

“是呀，我也这样想。”

“无论如何，现在实在太晚了，我想去那附近瞧一瞧，说不定过会儿我还会再来叨扰一次——”

“非常感谢……外面已经很黑了，要不你在这儿再等一下？”

"我坐不住哇。有时间在这儿等着，还不如去看一下。"

"好吧……"

现在这种情形下，无论是谁能够设身处地考虑妹妹的安全，幸子都抱着万分感谢的心情，忍不住在这个青年面前流下眼泪。

"那么，我去去就来。姐姐，您不要太担心了……"

"谢谢。你万事小心……"幸子也走到屋门口，问道，"你带手电了吗？"

"带了。"

正厅与门口相接处的台阶上扣着一顶巴拿马草帽，他慌忙从草帽下面取出两样东西，把其中一个迅速地揣进口袋里，另一个就是手电。放进口袋里的应该是徕卡相机或者康太斯[①]相机，在这种时候还带着这种东西，他大概也感到难为情吧。

奥畑走之后，幸子在门柱上靠了一会儿，伫立着凝视暮色，还是看不到丈夫他们归来的身影，便回到客厅。为了抚平心情，她点燃一根蜡烛，坐在椅子上。这时阿春过来了，说晚饭已经准备停当。看到阿春观察着自己的脸色惶恐的样子，才发现早已过了晚饭时间。但幸子丝毫没有挪去饭桌的心情，便吩咐道："我先不吃了，先让悦子吃吧。"阿春去了二楼马上又下来了，说："悦子小姐也说待会儿再吃。"平时悦子最讨厌一个人在二楼待着了，现在这个时间作业应该已经写完了，她却依旧安安静静地留在房间里，幸子觉得不可思议。或许她知道在这个时候还吵闹着缠着妈妈的话会招来责骂，所以故意保持距离。幸子又这样待了二三十分钟，心里又开始焦躁起来，像是突然想起什么似的，走上二楼，没有惊动悦子，

①德国制造的相机品牌。

悄悄地走进悦子所在的房间，点燃烛台。房间南墙拉门上方的格窗里挂着相框，幸子鬼使神差地走过去，相框中嵌有四张照片，幸子开始一张张端详。

这些是之前上个月五号舞蹈集会那天，板仓拍摄的妙子跳《雪》舞的照片。那天妙子跳舞的时候，板仓把镜头对准她从头拍到尾。傍晚时分，妙子要脱去表演服之前，板仓又让她站在金屏风前面，让她摆各种造型，拍了很多张。板仓冲洗了很多张拿过来，妙子从其中挑选了四张，放大成四开大小，便是相框里的四张照片。这四张明显是板仓后来让妙子摆拍的。板仓在照这些照片之前，特别费了一番工夫调光线之类的。更让人佩服的是，他似乎极为专心地观赏了妙子的舞蹈，让妙子摆动作的时候，甚至会说："小妹，是不是有一句'冰冷薄衾里'？"一会儿又说："请摆出'卧枕听闻霰落音'这句的姿势来。"他记住了台词和动作，还会模仿示范给妙子看。经过这番劳作，这些照片可谓是板仓的精品杰作了。现在幸子看到这些照片，妙子在那天无意中的言谈举止——甚至一个动作、一个眼神或一句话，都清清楚楚地浮现在眼前，回响在耳畔。那天，妙子是第一次在公开场合跳《雪》，但是跳得非常好。不仅是幸子这样认为，连山村作师傅也夸奖了。跳得好当然是因为老师每日远道而来倾心指点的功劳，还有就是妙子小时候学过跳舞且天赋异禀。这样说或许有偏袒自家妹妹的嫌疑，但幸子就是这么想的。无论是什么事，幸子只要一感动马上就会落泪。那天也是边看妙子跳舞想着小妹竟然跳得这般好了，眼泪控制不住地往外流。现在面对着这些照片，那天的感动之情又倾泻而出。在这四张照片当中，幸子最喜这一张——在"夜半钟声心已远"这句词之后的间奏时，妙子撑伞于身后，弯腰屈膝，上身左倾，两袖并拢，微微歪着头，出神地听着消失在雪夜半空中逐渐消失的钟声。练习的时候幸子也经常看到，妙子跟随师傅哼唱的三弦调做出这个动作，那时候就最喜欢看这一段。表演当天，在发型和舞衣的衬托下，妙子美过练习时数倍。幸子为何如此喜欢这一段，自己也不甚明了。或许是因为一向洋装打扮的妙子，在和式装扮下焕发出难得一见的谦恭文雅。幸子一直认为妙子在姐妹当中是唯一一个有个性、活泼进取、想做的事都无所顾忌地去做的新时代女子，有时甚至有些让人生厌。但见了她的舞姿，幸子才意识到妙子身上仍有日本传统女子的端庄娴静，对她生出一番不同以往的怜爱之情。而且，从来没有盘过发的妙子把头发盘起，施以旧式粉黛，面容一反平时，那与生俱来的稚嫩和活泼消失了，显现出一份符合实际年龄的成熟美，对于这一点，幸子产生了一种别样的好感。现如今回想起来，刚好是一个月之前的事，妹妹如此盛装打扮，照了这样的照片，总觉得出自一种并非偶然的不祥之兆。如此说来，那天贞之助、幸子、悦子还把妙子围在中间照了合影，或许这张合影就要变成可怕的纪念照了。幸子还记得那时看见妙子穿着大姐婚礼时的礼服，没缘由地伤感，情不自禁地要哭出来。她祈愿看到妹妹将来也能盛装出嫁的光景，也变为了泡影。这照片上的她莫不是最后一次华服加身了吧——幸子努力打消这个想法，盯着相框看久了顿感毛骨悚然，视线便转移到壁龛旁的架子上去了。那里摆着妙子最近制作完成的羽毛毽女童人偶。两三年前，尾上菊五郎[①]在大阪歌舞伎剧院上演了这出《羽毛毽女童》和《浪荡和尚》，妙子去看了好多次。可以看出她在那时候十分仔细地观察了尾上菊五郎的舞蹈，这个人偶的脸虽不那么酷似尾上菊

①大正、昭和时代极其活跃的歌舞伎演员。

五郎，但抓住了体格特征让人感到尾上菊五郎的样子栩栩如生。这个妹妹无论做什么事情都伶俐得很……或许是因为最后一个出生，成长得最艰辛的缘故，妙子比其他几个姐妹都更加长于世故，甚至自己和雪子反而经常被当作妹妹看待……总之，不能对雪子过于怜爱而疏忽了妙子，从此以后要把妙子跟雪子一般对待。虽说不致有大祸发生，但只要她能平安归来，一定说服丈夫让她去留学，也允许奥畑跟她在一起……

外面已完全笼罩在一片夜色当中，没有电灯的夜晚显得更加昏沉。甚至能听到远处平静的蛙声。突然有亮光透过院中树叶的缝隙洒下来，幸子走到檐廊一看，是史托尔兹一家在餐厅点起了蜡烛。史托尔兹先生用高亢的语调说着什么，夹杂着像是彼得和罗斯玛丽的声音。他们一家团聚在餐桌周围，爸爸、儿子、女儿轮流给妈妈讲述今天的冒险经历。在闪烁的烛光中幸子能够感受到邻居家这顿幸福的晚餐其乐融融，心中不禁又萌生了不安。这时听到了强尼在草地上跑过的脚步声。

“我们回来了。”玄关处传来庄吉振奋的声音。

“妈妈！”隔壁房间的悦子尖声大叫。

“啊！回来啦！”幸子也叫道。

下一个瞬间，母女两人一同跑下楼去。

玄关处很暗，什么也看不清，只听庄吉说完“我们回来了”之后，响起丈夫的声音：“我们回来啦。”

“小妹呢？”

“小妹也在。”丈夫马上回答。

由于没听到妙子的声音，幸子担心得很：“怎么啦？小妹？怎么样啦？”

幸子向门口望去的时候，阿春在她身后举着烛台。在蜡烛的柔光中门口的情形一点点显现，幸子甚至一时间没有辨别出来。与今晨出门时判若两人的妙子站在那里，穿着丝绸单衣，大大的眼睛直勾勾地盯着自己。

“中姐……”

妙子用无限感慨的颤抖的声音叫出来的一刹那，紧张的情绪似乎陡然松弛下来。她大口喘着气，哇的一声大哭起来，随即瘫倒在地，把脸伏在玄关的台阶上。

“怎么啦？小妹？……受伤了吗？”

“没有受伤。”又是丈夫在作答，“遇到大难了，幸好被板仓救了。”

“板仓？”

幸子向三人身后望去，板仓并不在那里。

“好了，打桶水来吧……”

贞之助满身是泥，不知道皮鞋哪儿去了，赤脚穿着木屐，木屐上、脚上、腿上全都是泥。

八

有关妙子遇险的始末，那天夜里妙子本人和贞之助轮流着讲给幸子。现在将其梗概记录如下：

那天早晨，阿春把悦子送到学校回家后不久，也就是八点四十五分左右，妙子出门，像往常一样在国道的津知站乘坐公共汽车。那个时候虽然大雨倾盆，但公共汽车仍然正常运行。她像往常一样在甲南女子学校站下车，没走两步便进了洋装学院的大门。那时是九点左右。虽说叫学院，但管理比较宽松，有点像私塾，因为天气恶劣，大家都议论纷纷说要发大水，所以很多学生都没来，来的学生也很不镇定，因此学校便决定今天休课一天。大家都回去了，只有妙子被玉置院长邀请喝咖啡。两人在另一栋房子里聊了一会儿天，那里是玉置院长的住宅。玉置院长比妙子大七八岁，丈夫是工学士，在住友伸铜所做技师，两人有一个正在上小学的儿子。玉置院长担任神户某百货商店的女士洋装部的顾问，同时经营着这家洋装裁剪学院。学院旁边有扇小门，里面建有一栋漂亮的西班牙风格的平房住宅，其庭院和学校的校舍相连。妙子虽然是学生，但受到院长格外偏爱，总是像这样被邀请到家里做客。那时也是被带到客厅，听校长讲述她在法国留学的事做参考。玉置院长在巴黎有数年留学的经历，她强烈建议妙子也去留学，还说要为她"介绍学校，略尽绵薄之力"。她边说边点燃眼前的酒精炉，煮咖啡的时候，大雨如注，雨势惊人。"哎呀，这可怎么办？雨这么大回不去了……"院长说："没事儿，等雨小一些，我也要出门，再稍稍坐一会儿吧。"这时，玉置院长十岁的儿子小弘说着"我回来了"，气喘吁吁地进门了。"哎？不上学了吗？"玉置院长问道。"今天上了一小时的课就放学了，学校说如果发洪水的话回家就危险了，赶紧回家吧。""哎？要发洪水吗？"玉置问道。"妈妈你不知道？我走回来的时候洪水就在后面追我，为了不被洪水撵上，我拼命跑回来的。"小弘正说着，只听见哗的一声，泥水奔流进入院子里，眼看就要涌进房间地板上了。院长和妙子慌忙把那边的门关上。这时另一侧的后廊传来潮水涌动的声音，水从小弘进来的那道门流了进来。如果只是锁上门，门还是会被马上冲开，所以三个人暂时用身体抵住门，但水仍旧咣当咣当地冲击着门，房门都要被撞破了。三人合力用桌子椅子抵住门，小弘立刻用安乐椅紧紧挡住房门，自己盘腿往上面一坐。小弘突然发出呀哈的大笑声，原来转眼间门就开了，他连人带椅子都漂了起来。“啊！不好了，不能弄湿唱片！”玉置说道。妙子急忙从柜子里取出唱片，想放在高处，但柜子什么的都没有，便堆放在了已经浸泡在水中的钢琴上了。就这么一会儿，水已经淹到小腹了。三件套的桌子，煮咖啡的球状玻璃壶，砂糖罐，康乃馨……好多东西开始在室内漂来漂去。“啊！妙子小姐，那个人偶没事吧？”壁炉架子上摆着妙子制作的法兰西人偶，玉置颇为担心地问道。“应该没事，水不会淹那么高吧。”妙子说着。实际上到目前为止，三个人还都半开玩笑地叽叽喳喳的。小弘在书包要被冲走的时候伸手去抓，刚一探出身体，便磕在了漂来的收音机的角上，“哎呀，疼”地叫出来，玉置、妙子和被磕了脑袋的小弘都忍不住笑起来。就这样折腾了半个小时，突然三个人像是约好似的，顿时都换上了严肃的面孔，沉默起来。据妙子回忆，一瞬间水就漫到了胸口，她抓着窗帘贴着墙壁，大概是窗帘碰到了，从她上方砸下来一个画框漂在眼前。那是玉置私藏的岸田刘生的《丽子像》[①]，画像咕嘟咕嘟地沉沉浮浮，向着房间的角落漂去。玉置院长和妙子都只能无奈地看着它越漂越远。“小弘，你没事儿吧？”玉置发出跟刚才截然不同的声音。“嗯——”少年应了一声，身体渐渐站不直了，便爬上了钢琴。妙子突然想起幼年时代看过的西洋侦探电影中的场景：侦探突然被扔到地下室，那个地下室是四面封闭的如同箱子一样的房屋，水绵绵不断地灌进来，侦探的身体一寸一寸地被淹没在水中。那时，妙子三人分别位于三个地

①岸田刘生（1891—1929），大正时代至昭和初期的西洋画家，因以爱女为模特绘制了大量《丽子像》而声名远播。

方，小弘在东侧的钢琴上，妙子在西侧的窗边的窗帘处，玉置院长在刚才用来堵门、后被水冲回到房间中央的桌子上。妙子也渐觉危险，感到有些站不直了，一边抓着窗帘，一边用脚摸索着能够用来踩着的东西，恰巧碰到三件套中的一张桌子，便把它放倒，站在上面。（后来才知道，那时候的水都是厚厚的泥浆，大部分都是泥沙，反而起了固定东西的作用。水退了之后一看，桌子呀椅子呀都埋在泥沙里，动弹不得。房子也因为内部塞满泥沙，避免了被冲跑或冲塌。）三人并非没有考虑过逃到房子外面去，窗子应该能打破的，妙子向窗外望了望（那是上下推拉式的窗户，由于刚才下雨，所以把窗子关上了，就在上面留了个一两寸的缝隙），屋外与室内差不多一样的水位，而且室内的水渐渐像沼泽一样停滞下来了，而一扇玻璃窗之隔的室外则激流滚滚。距离窗户四五尺的地方有个遮光用的藤蔓架子，其余的便是草地，高的树木和建筑物一概没有。如果跳出窗外，也要想办法游到藤蔓架子的地方，爬上架子才算了事。但很明显，人还没到架子的时候就会被洪水卷跑。小弘站在钢琴上伸手来回抚摩着天花板。的确，如果能打破天花板上到屋顶去，是目前最好的办法。但是只凭一个小孩子和女人的力量，无论如何也办不到。“阿兼怎么样了，妈妈？”小弘突然问道。“谁知道呢，刚才好像在女佣室，不知怎么样了。”玉置院长说道。“但是一点声音都没有——”小弘又说道。玉置没有再回话，三人都沉默着，在各自的角落凝视着水面。水面又涨高了一些，和天花板之间的距离缩至三四尺。妙子把放倒的桌子重新立起，站在上面（把桌子立起的时候，桌子埋在泥里变得奇重无比，重重的泥沙绊住脚），紧紧握住窗子上面的窗帘杆，只有头能够微微露出水面。站在中间桌子上的玉置也大概是同样的处境，她头上刚好有一盏由三条粗链吊着的、灯口冲上间接照明的铝合金吊灯，她感觉要摔倒的时候，就抓着它。“妈妈，我会死吗？”小弘问道。见妈妈沉默，小弘又重复道：“妈妈——我会死吗？会死吧。”“什么死不死的……”玉置好似说了什么，之后便只见嘴动不见出声，恐怕她自己也不知说什么好了。妙子望着只有头部在水面上的玉置想着，原来死亡迫近时人是这样一副表情，自己一定也一样。她又想，原来人在无论如何都无法获救、只剩死路一条的时候，竟然会如此平静，什么都不怕了……

妙子以为自己在这种状况中待了非常长的时间——感到有三四个小时，实际上还不到一个小时。刚才也提到过，妙子紧靠着的玻璃窗上开着一两寸的缝，外面的浊流从缝隙往房间涌入，妙子一手拽着窗帘，一手拼命想去把窗户关上。就在这时——不，实际上打刚才起，自己所在的房间的屋顶上有人咯吱咯吱地踩过，突然一个人影敏捷地从屋顶跳跃到藤蔓架子上。妙子吓了一跳，人影向着架子最东侧，也就是距离妙子正四下张望的那扇窗子最近的一边走来。那人一边抓着架子的边缘，一边纵身跳入浊流中。自不必说，他全身都已浸泡在水里，眼看就要被卷跑了，手时刻紧抓架子不放，同时身体向着窗户扭动，和妙子互相看到了彼此。他向窗户中的妙子瞥了一眼，之后便开始了一系列的动作。最初，妙子有些困惑，随即马上明白了他要做什么。他一手抓着架子横穿激流，想把另一只手探到窗户那儿去。顿时，妙子猛然认出来那个穿着皮夹克、戴着飞行员皮帽，一个劲儿眨着眼睛的男子是板仓摄影师。

据说这件皮夹克板仓在美国的时候经常穿，妙子还未曾见过他这身打扮，他的脸被帽子那样盖着，妙子做梦也没有想到他会在这个时间出现在眼前。而且因为暴雨和激流的缘故，附近变得烟雨蒙蒙，加之妙子心慌意乱，所以一时间没认出是板仓。但是当她认出之后，便大声叫道："板仓老板！"与其说是在向板仓大叫，倒不如说是在告诉困在房间里的玉置和小弘，给他们鼓劲儿：救我们的人出现了！妙子接下来使出浑身力气，想要打开这扇被水顶住一动不动的窗子。刚刚她还想把窗子向上拉起，现在又拼命向下推，使得身子能够探出去。她好不容易才打开了窗子，就看见板仓的手伸在自己面前，她把上半身伸出窗外，右手紧紧握住板仓的手。同时妙子的身体被强烈的水流冲击着，左手还紧紧地握着窗帘杆，眼看就要抓不住了。"放开那只手！"板仓开口了，"我会拉紧你这只手的，放开那只手！"妙子听天由命地照做了。一瞬间，板仓和妙子的手臂如同被拉直的铁链一般，紧紧地抻着，好像要被冲到下游去了，下一个瞬间，板仓一把把妙子的身体拽到身边（后来板仓说，自己也没料到有那么大力气死命拉住她）。"抓住这里！像我这样！"板仓又说道。妙子模仿他的样子，伸出两手抓住架子的边缘，但这里比室内要危险得多，随时要被水卷跑。"我不行了，要被冲跑了——""稍微坚持一下！不可以松手，紧紧抓着那里！"板仓边说边与激流奋战，往藤蔓架子上面攀去。然后拨开藤蔓，在架子上打开一个洞，从洞口伸出双手，把妙子拉上了藤蔓架子。

自己总算是先得救了——这句话刹那间在妙子脑海中闪过。现在在架子上，虽然洪水有可能还会漫上来，但从这里能逃到屋顶上去，发生了什么事情板仓也会想办法的。她刚刚一直都在狭窄的室内挣扎，完全想象不到外面的变化，站在架子上时才清楚地看到，仅仅过去一两个小时，外面都变成什么样子了。她当时看到的景象，与贞之助穿过田中小河的铁桥后在省线铁道上看到的"汪洋大海"恐怕是同一景观。只不过贞之助是在海的东岸眺望，但妙子基本站在了海中央，望着怒涛包围四方土地。她刚才还觉得得救了，但现在望着这怒不可遏的大自然，看到这番凶猛之势，意识到得救可能只是暂时的，或许最后还是难逃厄运，自己和板仓如何才能从这重重包围的洪流中逃出去呢？眼前要考虑的是玉置和小弘还困在屋子里。“老师和小弘还在屋里哪，想办法救救他们吧！”就在她再三催促的时候，咚的一声，有个东西撞得藤蔓架子直摇晃。原来是一根圆木。“好！”板仓说完，便又跳到水里，开始用那根圆木向窗边搭桥。他把圆木的一端推进窗子，这一端妙子也在帮忙，用藤蔓把它拴在藤蔓架子的柱子上。桥搭好了之后，他沿着桥向对岸走去，进到窗子里面之后好长一段时间都没有现身。之后问了他才知道，他那时候在窗边把窗帘的蕾丝撕下来编成绳子，扔向距离窗户较近的玉置，玉置拿到绳子，扔给远处墙边钢琴上的小弘。板仓让两人抓紧绳子，先是把二人拽到窗边，接着通过圆木把小弘牵引到藤蔓架子旁，然后把他抱到架子上。再度回到窗边，用同样的办法把玉置救了出来。

板仓的这一系列动作好像花了很长时间，又像只过了一会儿，到底多久，事后怎么想也没想清楚。当时板仓戴着防水自动机械表，同样是在美国买的，很是拉风。不知道从何时起，表也不走了。总之三人获救后，暂时待在藤蔓架子上的时候，雨依旧倾泻如注，水面逐渐上升。架子上也危险，几人便顺着圆木逃到了屋顶上（又有两三根木材漂过来，跟原来的圆木汇成了木筏，起了大作用）。妙子转移到屋顶上之后，才有工夫问板仓，如何在如此危急时刻如神兵天降般出现。板仓答道，那天早晨起他有预感今天会发洪水。再往前追溯，有记录称大阪和神户之间大概每六七十年会发一次山洪，板仓探听到，今年春天的时候有位老者预言过，今年恰逢山洪暴发之年。他脑子里刚好有这么个念头，加之连日的大雨，他从前几日便开始担心。到了今天早晨果然不出所料附近开始骚动不安，听说住吉川的堤坝要决堤了、自警团团员到处奔走救助，于是他也坐立不安，打算出门看一看，便去了住吉川附近。他在河岸边走边查探，意识到要出大事。他沿着水道路[1]回到野寄时，遇到了洪灾。尽管如此（即使他预料到要发洪水），他一开始就穿着皮夹克出门，特意在野寄附近转来转去还是有点奇怪。他应该是知道妙子今晨要去玉置的洋装学院，或许他在出家门的时候就早有打算，万一妙子发生危险，自己能够第一个赶来救助——让人不禁产生这样的疑问。现在姑且不论这些问题。总之，在藤蔓架子上的妙子听到的是，他被洪水逼迫，只得东走西奔，偶然间想起自己要去洋装学院上学，便想要排除万难前来救助，义无反顾地跳入浊流当中过来了。他是如何九死一生走到学院的，之后妙子听他颇为详细地讲了很多，不必在此一一记录了。但是，他和贞之助都是顺着铁道线，从甲南女子学校的方向赶来的，他比贞之助早到了一两个小时，所以才勉强越过洪水。据他自己说，他被洪水冲倒了三次，性命岌岌可危——想来当时除了自己没有人跳入那滚滚洪流中，此言未必为虚。他历经千辛万苦到了学院的校舍之后，最大规模的山洪暴发了。他暂时登上了校舍的屋顶，正茫然失措时，突然注意到，玉置住宅的女佣房间的屋顶上有个人站着频频挥手，原来是女佣阿兼。阿兼意识到板仓发现自己之后，指着客厅的窗户，然后伸出三根手指，在半空中用力拼出妙子的名字。板仓通过这些明白了那扇窗户里关着三个人，其中一人是妙子，随即再一次跳入激流当中，

①埋有为上水管提供原水或纯净水的水管的地表铺设的路。

被激流冲得东撞西撞，险些溺死，同时又拼命游到藤蔓架子处。这最后的拼死相救是极其冒险的，正是由于这样，不难看出他这是赌上生命的行为。

九

在板仓进行上述救助工作的时候，贞之助恐怕刚好在列车中避难。贞之助好不容易逃到甲南女子学校，二楼的一个房间被当作一般灾民的临时休息处，贞之助被收容在那里，休息到下午三点左右，雨终于停了，水渐渐开始回落，便向着近在眼前的洋装学院出发了。不过那天不像平时那样可以轻松到达。虽说水退了，取而代之的是堆积的泥沙，有的地方泥沙甚至堆到和屋檐齐高。正如被大雪封锁起来的北国之城的景色。难对付的是，一不小心走到淤泥上，就如陷入吞噬人的沼泽一般，身体会一点点被吞没。贞之助刚才就身陷泥沼，丢了一只皮鞋，便索性把另一只皮鞋也脱掉扔了，只穿着袜子走，平时只需要一两分钟的路程，今天却花了二三十分钟。

到了一看，洋装裁剪学院的附近彻底变了个样子。学院的大门基本被泥沙埋没了，只有门柱的最顶端微微露出地面，平房校舍只有石棉瓦屋顶露在外面了。在贞之助的想象中，妙子他们会在那些屋顶上避难，但那里却空无一人。是顺利逃走了，还是被洪水卷跑了，又或是被埋在了泥沙底下？他一边失望（那附近的淤泥也相当危险，每走一步泥都要没过大腿），一边跨越校舍南侧原本的花园和草地，向着玉置住宅的方向走去。藤蔓架子只有缠绕着藤蔓的顶棚部分勉强露在地面上，旁边堆了两三根木材，牢牢地被固定住。这时，在住宅的红瓦屋顶上，意想不到地看到了妙子、板仓、玉置、小弘以及还有后一步过来的女佣阿兼聚集在一起。

板仓向贞之助绘声绘色地讲述了自己把三个人救出的过程，说水已经大部分退去了，本想把小妹送回芦屋的，但一方面由于小妹过于疲劳，另一方面怕自己走了玉置院长和弘少爷害怕，便决定暂时观察、休整一番。没有亲身经历这番灾难的人是断不会懂得的，当时玉置、妙子、小弘都陷入了深深的恐惧——事后回想起来甚至觉得有些滑稽——眼看着天空放晴、洪水退去，仍旧不相信自己已经完全脱险，身体控制不住地战栗。板仓催促妙子："老爷太太一定很担心，早点回去为好，我送你回去。"妙子虽然也明白，但就是不敢下到屋顶旁边的地面上去——因为泥沙已经堆到了房顶那么高，可以毫不费力地从房顶踩到泥沙上——总觉得那里有危险等着她，稍微往下走的勇气都没有。而且玉置也害怕，说若妙子小姐和板仓老板走了，自己和小弘该如何是好呢，现在丈夫虽然应该在往这边赶，但天色渐渐暗了，今夜说不定得在这房顶上挨到天明了……就连小弘和阿兼也频频请求他们多待一会儿。就在这时，贞之助出现了。等他爬上房顶喘口气时，疲劳至极的身体瘫软下来，一时间站起来的力气都没有了。结果贞之助仰面躺了一个多小时，看着蓝色的天空中太阳渐渐出来了，他估计大概四点半的时候（手表也坏了），玉置家住御影町的亲戚派来看望玉置和小弘的男佣来了，贞之助和板仓趁机一边安抚妙子一边往回走。妙子还未恢复体力，看起来意识似乎也不大清醒，一直倚靠着贞之助和板仓，或者让他们背着，住吉川的主流河道完全干枯了，东边却形成了一条新的住吉川，阻塞在国道的甲南女子学校到田中的中间区域，想要穿越非常困难。他们到达那条河流中央时，刚好碰上从东边跋涉而来的庄吉，就变成了四人同行。到达田中地区时，板仓说:“我家就在附近，大家休息一下如何？其实我也很担心家里的状况。”贞之助虽着急回家，但顾及妙子的状态，为了让她放松一下，便在板仓家又休息了一个小时。单身的板仓和妹妹两人一同生活，二楼是摄影室以及工作室，楼下当作住宅使用。到他家一看，地板上也积了一尺深的水，受灾颇为严重。贞之助一行人被邀请到二楼的摄影室，板仓从泥水当中捞出几瓶汽水招待他们。这时，妙子脱下了被泥水浸透的玻璃纱衣服，擦拭身体。在板仓的建议下，借了他妹妹的丝绸单衣穿上了。一直没穿鞋的贞之助也在出门时借了板仓的萨摩木屐穿上了。尽管贞之助说庄吉也在，没问题的，板仓还是坚持跟了上来说:“我还是送送你们吧。”把他们送到田中地区才回去。

幸子心里暗暗期许，不知在哪里与妙子擦肩而过的奥畑或许之后还会再登门来，那天夜里他终究没有再现身。到了第二天派了板仓代为慰问。问了才知道，昨夜板仓把妙子送走回家之后，过了一小会儿，启少爷就到了他家，说:“我今晚在芦屋的莳冈家等小妹归来，但等到很晚也不见她回来，便决定去那儿接她，沿着国道走着走着就走到这儿附近了。情况允许的话本想去野寄的，但是天已经一片漆黑，再往前走路上都变成了河，蹚着水过去也太危险了，所以来你这儿问问情况，或许能知道些什么，就过来了。”“请您放心。”板仓把早晨到现在发生的事情详细地告诉了他。“之后，启少爷便说:‘那么我直接回大阪了。芦屋那边不再去拜访一下不大合适，但已经知道了大概的情况，就不去叨扰，直接回去了。明天早晨请你去一趟转达一声。’还有，他还让我代为问候，看看小妹今晨的状况，就算没有受伤，也有可能感冒，所以我就来拜访了。”

板仓述说道。

妙子在今晨已经恢复精神，与幸子一同来到客厅，再一次感谢前一日的救命之恩，也聊起那危急的一两个小时。逃到屋顶上之后穿着一件夏季的衣服在倾盆大雨里淋了两个小时，竟然也没感冒，妙子觉得特别不可思议。板仓说在那种危急时刻精神紧绷，反而什么事儿也不会有，之后便回去了。虽说如此，妙子似乎是在和洪水做抗争时身体劳累过度，第二天开始便浑身的关节痛，特别是右边腋下疼痛难忍，暗暗担心会得胸膜炎，幸运的是过了几天便好了。只是那件事过去两三日后下了一小阵雷阵雨，她一听到哗哗的雨声便浑身战栗。她这么害怕雨还是有生以来第一次，果然那时候的恐惧还是在内心的某个地方潜伏了下来。几日后，半夜下雨的时候，又以为要发洪水，她一夜未眠。

十

大阪和神户之间的人们通过次日的报纸才对受灾情况有了全面的了解，震惊的程度再一次加深了。接下来的四五天里，芦屋的幸子家每天都有访客登门，视察慰问，络绎不绝。几番忙碌过后，随着时间一天天过去，电话、电灯、瓦斯、自来水都恢复如常，混乱也渐渐平息下来。不过，到处都堆积着泥沙，因为战争的缘故，人手和货车都不够用，没能早早收拾干净。夏日炎炎，白茫茫的尘土笼罩着街上的行人们，宛如再现了过去关东大地震后东京的街景。阪急的芦屋川站等站台都被埋在泥沙里，所以开始施工，在泥沙堆上设置临时站台，桥上又架起更高的桥使得电车得以通行。阪急的那座桥与国道业平桥之间的河段，河床基本升到了跟两岸一样的高度，似乎稍微下点雨就有河水泛滥的危险，一日都不能耽搁，大批土木工人连日挖掘泥沙，犹如蚂蚁扑腾在糖山里，收效甚微，可怜堤坝上的松树都被沙尘弄脏了。又赶上水患之后天气完全恢复如初，连日艳阳高照，尘埃更是四下弥漫，使得芦屋这处有名的高级住宅区的景致也全然不见踪影。

就在这样一个沙尘满天的夏日，雪子时隔两个半月从东京回来了。

在发生水患的当天，东京的晚报虽刊登了报道，但因不知详情，涩谷大姐家的人们心如刀绞。看了报纸得知住吉川和芦屋川沿岸受灾最为严重。雪子读到甲南小学的学生们遇难的报道时，最想知道悦子是否无恙。第二天，贞之助从大阪的事务所打来电话，鹤子和雪子轮流接听，把想知道的情况问了个遍。那时雪子说自己很担心，恨不得第二天便启程回去看看，询问贞之助的意见。贞之助说想来的话当然没问题，但不至于特意赶回来探望，大阪往西的铁路貌似还没有恢复。说完便结束了通话。当晚，贞之助和幸子聊起和东京那边通电话的事情时说："雪子说想回来看看，我跟她说没有必要特意回来，但她以灾后探望为理由，听她的口气好像已经打定主意要来了。"果真几日后，一封写给幸子的信到了，说想见见九死一生的小妹，也想亲眼看看感情深厚的芦屋被摧残成了什么模样，不去一趟心中难安。后附了一句，或许不日就会出发。

雪子事先打了招呼，动身那天便没有再发电报，乘坐燕号列车从东京出发了。然后在大阪换乘，从阪神的芦屋下车时恰好有出租车，不到六点便到了幸子姐姐家。

"欢迎您回来。"

雪子把行李箱交给出门迎接的阿春后，直接进入客厅，见家里静悄悄的，便问道："中姐在家吗？"

阿春一边把电风扇调整风向对准雪子，一边说："在的，那个，去史托尔兹先生家了——"

"悦悦呢？"

"悦子小姐和小妹也去了。大家今天被史托尔兹先生邀去喝茶了。应该快回来了，我去叫一下吧。"

"没事的，不用。"

"但是听说您今天会回来，悦子小姐早就等得不耐烦了，我还是叫一下吧。"

"没关系没关系，不用管，春丫头。"

史托尔兹家的后院传来孩子们的声音，雪子制止了阿春，一个人来到露台遮光席下，坐在白桦木椅子上。

刚刚来这里的途中，只是从出租车窗户稍微向外望了一下，雪子便惊异于业平桥附近的惨状超出想象。可坐在这儿远眺，感觉与往昔没什么不同，一草一木都毫发无损。现在正值傍晚海上风平浪静的时候，一点风都没有。天气虽热，一动不动的树丛却更显斑斓辉映，格外鲜明。绿茵茵的草坪沁人心脾。今年春天她出发去东京的时候，紫丁香花和麻叶绣线菊盛开，萨摩山梅花和八重棣棠还未开放。而现在雾岛杜鹃和平户杜鹃都凋零了，只剩一两朵栀子花悠悠飘香。与史托尔兹家的交界处的檀香树和梧桐树枝繁叶茂，半遮着史托尔兹家的二层小洋楼。在铁丝网的那边，孩子们好像在玩开火车的游戏，虽看不到他们的身影，但能听到彼得模仿列车员的播报声。

"下一站是御影，下一站是御影……各位旅客，此趟列车从御影到芦屋中间不停车。有去往住吉、鱼崎、青木、深江的旅客请换乘。”彼得的口气与阪神电车的列车员几乎一模一样，实在不像是一个西洋小孩在模仿。

“露米小姐，那咱们去京都吧！”这次是悦子的声音。

“嗯，我们去东京。”罗斯玛丽说道。

“不是东京，是京都。”罗斯玛丽似乎不知道京都这个地名，无论悦子如何教她说“京都”，她都说成是“东京”。悦子焦躁起来，“不是的，露米小姐，是京都。”

“我们去东京。”

“不是，要去东京的话都停一百次车了。”

“真是呢，明后日才能到了。”

“你说什么呢？露米小姐。”

“明后日到东京。”

罗斯玛丽在发“明后日”这个音时舌头不大灵巧，习惯说“后天”的悦子似乎一时间没听懂。

“你在说什么呀，露米小姐？没有这样的日语呀。”悦子说道。

“悦子小姐，这棵树用日语怎么说？”

这时梧桐叶忽然哗哗作响，彼得边问边开始爬树。这棵梧桐树的枝叶从幸子家伸到铁丝网那边的史托尔兹家，孩子们总是在史托尔兹家的院子里踩着铁丝网，拽着树枝，爬到树上去。

“那是梧桐树。”

“梧桐桐树吗？”

“不是梧桐桐，是梧桐。”

“梧桐桐……”

“梧桐。”

“梧桐桐……”

不知彼得故意说错还是真的不会说，一直说“梧桐桐”，怎么样都说不出“梧桐”。悦子又生气地说：“不是桐桐，只有一个桐。”

听起来就像是“只有一个桶”，雪子听了觉得很好笑，没忍住扑哧地笑出声来。

十一

史托尔兹家的孩子们和悦子没过多久就放暑假了，每天都互相召唤着一起玩耍。早晨和傍晚天气凉爽的时候，便在院子里的梧桐树和檀香树下玩开火车的游戏或者爬树。白天就在家里玩。只有女孩子们在的时候便玩过家家，彼得和弗里茨也加入的时候便玩打仗的游戏。四个人一起把客厅的长椅和安乐椅等重家具搬来搬去，有时拼在一起，有时摞起来，做成堡垒和火力点，用气枪瞄准攻击。彼得扮演长官，一发出号令，其他三人便一起射击。这时，德国的少年们，包括还没上小学的弗里茨这样的幼儿，都称敌人为“法兰克莱希、法兰克莱希”。最开始幸子不知道他们在说什么，后来贞之助告诉她那是德语中“法国”的说法，事到如今幸子不禁对德国家庭的教育方法备感担忧。但是因为这个游戏，莳冈家的西式客厅的家具摆设永远都是乱糟糟的，很是麻烦。如果突然有访客登门，女佣们只得先让客人们等候在玄关处，然后全家出动一起把这些堡垒呀火力点之类的收拾好。有一天，史托尔兹夫人从露台向房间里望进来，看到这乱糟糟的景象惊呆了，问道：“彼得和弗里茨到府上玩耍，总是把房间搞成这个样子吗？”幸子只好承认。史托尔兹夫人苦笑着回去了。之后不知是否加以管教了，孩子们一如既往地闹翻天。

幸子三姐妹把西式客厅腾出来给孩子们当作玩耍的地方，白天大多待在餐厅西侧六叠大的和室里悠然度日。和室隔着走廊，对门就是浴室，所以平时都是在那里换衣服、收集要洗的脏衣服，这间屋子南侧虽临着院子，但房檐很宽，幽暗如同禁闭室一般，由于阳光几乎照不到，西侧墙壁低低地开着落地窗，就算是白天也有阵阵凉风穿过，是家中最凉爽的屋子了。三姐妹总是争相趴在窗前纳凉，度过下午最热的两三个钟头。每年一入伏，三姐妹都会食欲不振、“缺 B”，而日渐消瘦。特别是素来纤细的雪子更显瘦弱。她从今年六月份开始犯了脚气，总不见好。也是因为这个原因，她想着换个地方疗养一下才回关西的，但回到这儿之后病情反而加重了，不停地让姐妹们给她注射维生素 B_1。幸子和妙子也多多少少有些犯病，近日里，可以说互相注射变成每日必做的功课了。幸子早就穿上露背的连衣裙了，到了七月二十五六日，就连不爱穿洋装的雪子也终于妥协，将自己那纸人儿般纤瘦的身体穿上蓬蓬的乔其纱。妙子本是三姐妹中最活泼的，但好像还未从水灾的冲击中完全恢复，今年的夏天不如往年有精神。洋装学院在洪灾后一直没有开学，夙川的松涛公寓幸而未遭水患，所以制作人偶的工作不会受什么影响，但是似乎妙子也没那个心情，不怎么去工作室。

板仓自水灾过后便经常来访。他说：“自从发洪灾，没什么来照相的客人，生意要闲一阵子了，所以我便走访受灾区域，拍摄实况，准备做一本纪念册。”只要天气好，他似乎每日都穿着短裤，背着徕卡相机，在那一带到处奔走。有时候冷不丁地就跑过来，脸晒得黝黑，汗津津的。每次过来便先绕到后门大叫：

“春丫头，拿水来，拿水来！”

阿春便把冰弄碎放入杯子里，倒水给他。他一气儿喝干之后，便开始仔细地拍打白蒙蒙满是灰尘的上衣和裤子，直接从厨房进入幸子他们所在的六叠的房间，忘我地大聊一番再回去。聊天的内容大抵就是各地的水灾观后感，今天去布引那边了，或是去了六甲山、越木岩、有马温泉、箕面等地，有时把照片冲洗出来拿过来，一边表达他独特新奇的观察和感想，一边解说。有时动不动便大叫着冲进屋子来，“太太，去海水浴场吧！快！快起来快起来，那么懒洋洋的没好处哦。”

幸子她们如果回答得含含糊糊的话，他便说：“芦屋的海边两步路就到了，游游泳，脚气马上就好了。”恨不得伸手把她们拉起来，“春丫头，把太太们的泳衣拿出来！”“然后叫一辆出租车来，去海边的海水浴场。”自己火急火燎地发号施令，把幸子三姐妹连同悦子一起塞进出租车带走了。幸子想带悦子去游泳又嫌麻烦的时候，经常让板仓带着去。就这样，板仓和他们日渐亲密起来，说话也越发不见外，越发没礼貌了，有时候会擅自打开壁橱乱看，让人不能容忍。但是要拜托他做什么事情，他都丝毫不怕麻烦地给办好，有求必应。而且他说话风趣殷勤亲切，这些都是他的优点。

有一天，姐妹三人躺在六叠的房间里，像往常一样吹着从落地窗吹进来的凉爽的风，从院子里突然飞进来一只大马蜂，开始在幸子的头上嗡嗡地打转。

“中姐，马蜂！”

妙子一叫唤，幸子慌忙站起身。马蜂从雪子的头上飞到妙子的头上，然后又向着幸子飞去。就这样在三个人的脑袋上空飞来飞去。三人着装近乎赤身，在房间中来回逃窜。马蜂像是在戏耍这三个人，追在她们的身后。三人一边哇哇大叫一边跳到走廊里，马蜂也追了出去。

“啊！飞过来了飞过来了！”

她们哇哇地高声尖叫着，从走廊跑到餐厅，再从餐厅跑到客厅，正在和罗斯玛丽玩过家家的悦子吓了一跳：“怎么了呀，妈妈？”

话音未落，马蜂又嗡地跟过来，撞在了窗玻璃上。

“啊！飞过来了飞过来了！”

这下罗斯玛丽和悦子也凑热闹地加入进来。五个人像是在跟马蜂玩捉迷藏，尖叫着在室内来回逃窜，不知马蜂是被这阵骚乱刺激到了而慌乱起来，还是习性所致，已然飞到院子里却又飞了回来。五人又从餐厅沿着走廊跑到六叠的房间里。

“干什么呢？这么热闹。”

就这样在家里跑来跑去乱成一团的时候，板仓突然出现在后门，从厨房和走廊交界处的布帘中间伸进脑袋来。看起来今天也是想邀请大家去海边，他穿着泳衣，套着浴衣，头戴泳帽，脖子上挂了一块毛巾。

“春丫头，这是怎么了？”

“有只马蜂一直追着她们。”

“啊？这还真是壮观……”板仓话还没说完，五个人凑在一起从板仓面前跑过，如同赛跑训练似的，紧握拳头夹在身体两侧。

“今天——可是不得了呢！”

“马蜂！马蜂！板仓老板，赶快抓住它——”

幸子尖叫着马不停蹄地跑过去。大家都咧着嘴，露出牙齿，眼直放光，看起来好像在笑，其实绷着脸非常认真。板仓马上把泳帽摘下，啪啪地扇着，把马蜂从客厅赶到了院子里。

“啊啊，吓死我了。这只马蜂真执着。”

“什么呀，快要吓死的是马蜂才对。”

“哎呀，这可不是开玩笑。刚才真是太可怕了！”

雪子还呼哧呼哧地喘着气，铁青的脸上挤出一丝笑容说道。透过身上那件乔其纱的衣服，似乎能听到她悸动的心正咚咚地跳动着。

十二

刚进入八月份没几日，山村作师傅的一个学生寄给妙子一张明信片，说是山村作师傅由于肾脏病恶化，在附近的医院住院了。

本来按照惯例，山村舞的学习在每年七八月份都会暂停。今年六月举办乡土会的时候，师傅便身体欠佳，所以当时就决定休息到九月份。妙子并非不在乎师傅的身体，却很久都没能去问候。多少是因为师傅的住宅远在天下茶屋，从芦屋坐阪急线，由北向南穿过大阪，到难波还要继续乘坐南海电车，而平时练舞只需要去岛之内的讲习所即可，所以妙子还从未去师傅家拜访过。就在这时候突然接到这样的通知，且据说肾脏病已经转为尿毒症，可见师傅病情已经相当严重。

“师傅到底怎么样了？小妹能去看望一下吗？过两天我也要去的……”

幸子担心今年五六月份师傅每日因为妙子和悦子从远处赶来授课，影响了身体，盼着那不是使病情加重的诱因。她在当时便注意到了山村作师傅那张苍白的脸格外浮肿，指导舞蹈的时候呼吸急促。尽管师傅说“老身这口气全凭跳舞提着呢”，但运动应该是肾脏病的大忌。幸子本来想着要不要拒绝她老人家大老远上门授课，但女儿和妹妹难得干劲冲天，又怕扫了她们的兴，而且师傅自己比任何人都全身心投入，所以幸子最终也没能说出口。现在这种局面，幸子很后悔当时没能婉拒，决定过几日去登门拜访，在明信片寄到的第二天，先差妹妹去探望。

妙子本想趁着早晨凉爽的时候去，结果讨论带什么礼品去探望等事宜，还是磨蹭到了下午太阳最毒的时候才出门。下午五点左右她喘着粗气就回来了，嘴里念叨着大阪那边有多热，进入六叠的房间，因为出汗衣服都贴在皮肤上。她像是剥皮一样把衣服从头上脱掉，就穿着一条灯笼裤，裸着进了盥洗室。过了一会儿，头上缠着湿毛巾，腰上裹着浴巾就出来了，取出一套浴衣四件套披在身上，带子也不系，道了一声“别见怪”，就从两个姐姐面前走到电风扇旁边坐下，敞着领子，让风吹进怀里，这才开始说起山村作师傅的病情。

虽说山村作师傅的身体老不好，但是上个月并没有特别严重。平日师傅不大喜欢给弟子颁发袭名的证书，但七月三十日那天，给一位小姐颁发了袭名的证书，还在自己家举办了仪式。那天虽然天气很热，师傅庄严肃穆地穿着印有家徽的和服，祭拜先祖遗像，还在遗像面前按照祖母留下的方式庄重地敬了酒。第二天三十一日，去那位小姐家祝贺的时候，师傅的脸色就不大好。然后据说次日就病倒了。整体而言南海电车的沿线跟阪神之间的路段截然不同，树木少，房子密密麻麻地建在一起，妙子找到医院的时候，就已经浑身是汗了。师傅所在的病房又刚好被午后的毒太阳烤着，非常热。山村作师傅由一位弟子陪护着，孤零零地躺在病床上。水肿并没有那么厉害，面部浮肿也没有想象中严重，妙子在师傅枕边毕恭毕敬地行了礼。但山村作师傅似乎已经不清醒了。陪护说，师傅有时候会恢复意识，但大部分时间一直处于昏睡状态。有时候会说两句梦话，都是跟舞蹈有关的。妙子待了三十分钟左右便告辞了，离开时那名弟子送到走廊，告诉她："医生也说这次大概是挺不过去了。"妙子看到师傅的状态，也大概觉察到了。回来的路上，妙子在骄阳下喘着粗气，又出了一身汗，心里想，她只是偶尔往返这么一趟，就如此筋疲力尽，山村作师傅拖着病躯每天往返的辛苦，她深刻地体会到了。

幸子听了妙子说的这些话，便在第二天让妙子陪着自己去探望。之后过了五六天，传来师傅去世的消息。那时两人因为吊唁才有机会到已去世的师傅家里看一看。师傅是大阪唯一正统的山村流继承人，其家族过去住在南地的九郎右卫门町，是大家尊称为"九山村"的名门，山村作师傅就是这名门世家的第二代传人。然而她的居所简直让人大吃一惊——那是一间冷清的简陋住房，让人不禁认为师傅每日勉强度日，说是落魄也不过分。那也说明，师傅忠诚于自己的艺术良心，极端反对改变旧式舞蹈，不顺应时代潮流，一句话概括，她大概是个不会处世之人吧。听说，初代的鹭作师傅曾经在南地的剧院当老师，负责编排芦边舞。据说初代去世之后，有人请第二代的山村作师傅去花柳之地教授舞蹈，山村作师傅一口回绝了。因为当时正值藤间或若柳派的花哨舞蹈的全盛时期，如果成为花街的舞蹈老师，自然要受到各种各样的干涉，被要求改编当今时兴的舞蹈，山村作师傅似是极其不满。山村作师傅这清高的品性给她在世间行走招来不小的麻烦。也因如此，她的弟子很少。她自小由祖母一手带大，没有双亲。在做艺伎的时代，有位老爷给她赎身，但她终身未婚，也没有孩子。家庭方面山村作师傅没有受到多少温暖，所以现在亡故了，也没有近亲前来吊唁。葬礼那天残暑逼人，在阿倍野进行了小规模的仪式，来的人几乎都留下了，一直送到旁边的殡仪馆。等候火化的时候，大家畅言对已故之人的追思——师傅不喜欢乘坐交通工具，特别是汽车和船。但信仰极虔诚，每月二十六日必去祭拜阪急沿线的清荒神；还说要参拜一百二十八个神社，每个月都去住吉、生玉、高津三社及其分神社；每逢节分[①]之时，则去上町各个寺院拜地藏菩萨，还供奉跟自己岁数一样多的年糕。师傅教导很用心，要点之处总是耐心地引导弟子的情绪，比如在《汐汲》的“谁人赠篦梳，双双来汲水”一句时，字斟句酌地讲解，“一月成双影”，要想到桶里还有一个月亮；《铁轮》一舞中，“如今悔断肠，惩戒可思量”一句做出用铁锤钉钉子的动作时，弯着腰眼神要专注。万事因循守旧的师傅，看到上方的舞蹈渐渐被世人遗忘，也待不住了，想着有机会的话去东京登台表演。师傅生前并未觉得自己将不久于人世，还打算在花甲之年借南边的剧院办一场盛大的舞蹈会……毕竟妙子是比较晚入门下的弟子，到了近两年才渐渐与师傅亲密起来，所以她和幸子二人只是谨慎地听着别人的谈话。话虽如此，山村作师傅对妙子一直青眼有加，妙子也曾暗暗期待将来能袭了师傅的名。可是，这愿望如今也化为一场空。

十三

“妈妈，史托尔兹他们家要回德国——”有天悦子被邀请到史

①指各季节开始的日子（立春、立夏、立秋、立冬）的前一天。

托尔兹家玩儿，傍晚回来时说道。

因为是小孩子说的话，感觉不大靠得住，第二天早晨，幸子隔着院子里的铁丝网见到史托尔兹夫人的时候，便确认道："昨天听悦子说，您家要回国了，是真的吗？""是真的。"史托尔兹夫人回答道，"自从日本发起战争，我家先生的生意就完全没有了。神户的店今年一直处于停业的状态，开始以为战争能很快结束，所以一直等到今天，但看样子不知什么时候才能打完仗。我家先生考虑了很多，然后决定了回德国。"她还说，她丈夫原本在马尼拉做生意，两三年前来到神户，好不容易在东洋建立了根基，多年的努力却化为泡影，在这个时候回国实在很遗憾。而且说："我和孩子们，能够和你们这么好的人做邻居，真是很幸福。跟您家告别真的很痛苦，特别是孩子们更加痛苦。"

他们的计划是，爸爸史托尔兹先生和长子彼得在这个月先一步动身，绕道美国回德国。史托尔兹夫人带着罗斯玛丽和弗里茨下个月去一趟马尼拉，在当地妹妹家待一阵子，之后再去欧洲。之所以这样安排，是因为妹妹的家人也要回国，而眼下妹妹在德国生病了，史托尔兹夫人为妹妹家处理完家务事，收拾整理行李，除了自己的孩子还要带着妹妹的三个孩子回国。距夫人和罗斯玛丽她们出发还有二十天的时间，史托尔兹先生和彼得甚至已经订好船票了，他们将乘坐八月下旬从横滨出港的加拿大皇后号，日程一下子变得很紧张。

再说莳冈家，悦子从七月末开始，虽没有去年那么严重，但又有点神经衰弱和脚气复发的倾向，她嚷嚷着不想吃饭、睡不着觉。趁着病情不重，幸子想带她去趟东京，让专家看看。尚未去过东京的悦子总是一脸羡慕地说这个同学去二重桥参拜了，那个同学怎么样了之类的，光是带她去转转，她就肯定乐坏了。而且幸子还没有去过涩谷的本家，正好趁这个机会去看看。事情就这样定下来了，幸子、雪子和悦子三人本打算一到八月份立马出发的，结果发生了山村作师傅的事情，一再耽搁，这个月能否成行都是问题了。彼得父子近日就会从横滨起航，幸子想，送别他们顺便去东京也不错。但又不巧，彼得父子出航那天刚好是地藏盆[①]，幸子必须代表本家姐姐出席，到每年都去的上本町的寺院为逝者超度祈福。因此，只得在十七日那天为彼得举办送别茶会，招待了彼得、罗斯玛丽、弗里茨。十九日那天，史托尔兹家为孩子们举办惜别茶会，邀请了彼得和罗斯玛丽的朋友们，这些德国少男少女会聚一堂，悦子作为唯一一个日本客人也被邀请了。次日下午，彼得独自来到莳冈家，与大家一一握手，跟大家道别："我将在明天一早跟爸爸一同从三宫站向横滨出发，在美国转一转，回到德国应该是九月上旬。在德国应该会住在汉堡，下次大家一定要来汉堡玩儿啊。"他还说："路过美国的时候，想给悦子小姐买个礼物，如果有什么想要的东西请告诉我。"悦子和妈妈商量后，请彼得送她一双皮鞋。彼得说："那请借我一双悦子小姐的鞋。"拿着鞋就回去了。不久又拿着纸、铅笔和卷尺回来了，"和妈妈商量了，妈妈说与其借悦子小姐的一双鞋，还是量一下脚的大小更好。所以我又来了。"他把纸摊开，让悦子踩在上面，按照妈妈教给他的方法画了脚样，量了尺寸就回去了。

二十二日早晨，雪子带着悦子把史托尔兹父子送到三宫站。晚上大家围着饭桌聊起史托尔兹父子，说彼得早晨特别依依不舍，"悦子小姐什么时候去东京啊？来东京的话，能送我到船上吗？

---

①每月二十四日为地藏菩萨的供奉之日，其中最接近盂兰盆节的旧历七月二十四日（新历八月二十三日或二十四日）的这一天被称为地藏盆，盛行于关西地区。

二十四日出航，如果想见的话还能再见一次。”列车开动时，彼得还反反复复地说着，一副可怜兮兮的模样。听后，幸子说：“那么悦悦就去横滨见见彼得少爷吧。妈妈过了二十四日才能出发，悦悦和姐姐先坐明天的夜车出发，后天早晨下车后直接去港口如何？妈妈二十六日左右也过去，先逛一逛东京，然后在涩谷等大家好吗？……”“嗯，这样安排也不错……”事情很快就定下来了。

“怎么样？雪子？明晚能出发吗？”

“可是还要买很多东西……”

“明天白天买应该来得及吧？”

“这……列车太晚的话，悦悦会犯困……后天一早出发也来得及吧。”

到了这个时候，雪子仍旧希望在这儿能多待一天是一天。幸子不禁因她这份心情而动容，便故作轻松地说：“是呢。后天出发也可以。”

“回去得真早哇，前几天才刚回来。”妙子用稍带嘲弄的语气说道。

“我本想多待一阵子的，但是为了悦悦和彼得少爷，这不是没办法嘛——”

雪子七月份来的时候，以为能在这儿住上两个月。结果，后天不得不出发，计划略有偏差，心里不免有些失落。这次是跟悦子一起，之后幸子也会来，自己倒没有孤零零的凄凉感。不过幸子母女不会在东京待太久，悦子的学校一开学，她们一准儿就得回去，之后又是自己一个人留在东京了。一想到这里，雪子意识到自己想待在芦屋的原因，是想跟中姐一家生活，但更多的是她热爱关西这片土地。她讨厌东京，一是因为她与本家姐夫志趣不相投，还有就是在东京水土不服。

幸子觉察到雪子的心境，第二天故意什么都不说，任由雪子和悦子按自己的想法决定。上午，雪子在家磨磨蹭蹭的，悦子则频频做出想出发的举动。到了下午，雪子慌慌忙忙地开始打扮，让妙子给自己打了一针，跟谁都没说话，突然带着阿春出门了。傍晚六点多，提着一堆包着神户的大丸或者元町的商店的包装纸的东西回来了。

“这个我买回来了。”雪子从腰带里取出两张次日早晨的富士号特快车票。这样一来，上午七点之前从大阪出发，下午三点之前到横滨，三点多钟应该能到码头。至少能与史托尔兹见面两三小时。这件事迅速定了下来，立刻慌慌张张收拾行李，去史托尔兹夫人家传达了这个消息。

悦子兴奋得不肯去睡觉，雪子催促道：“明天要早起，快去睡！快去睡！”硬是让她去二楼睡觉了。然后慢悠悠地把衣服塞进箱子里。整理完毕后，看到贞之助还在书房查资料，便拉着姐姐妹妹在客厅聊到十二点多。

最后妙子说“睡觉吧，雪姐”，大大咧咧地打了个哈欠。妙子在三姐妹中最没规矩，这点跟雪子形成鲜明对比，特别是在炎热的夏季更不像话，比如这天晚上，洗完澡就披了一件浴衣，带子也不系，时不时地敞开怀，用团扇边往里面扇风边聊天。

“小妹困了的话，先睡吧。”

“雪姐不困吗？”

“今天我可能走太多路了，累过头了，不觉得困。”

“我再给你打一针吧？”

“还是明天早晨出发时候再打吧。”

“这次真是让你受委屈啦，雪子——”幸子看到雪子脸上时隔这么久之后又淡淡地浮现出褐斑，说道，“今年之内希望你能再来一次。明年可是你的厄年[①]。”

史托尔兹父子是在三宫站出发的。雪子和悦子为了不起太早，决定从大阪乘车。即便如此，为了不误点，六点的时候必须坐上省线电车。幸子原本只打算送到门口，史托尔兹夫人说要带着孩子把她们送到芦屋站，于是这天早晨，幸子、妙子、阿春全部出动了。

“昨天我给轮船发了电报，通知他们火车到达的时间。”等候电车的时候，史托尔兹夫人说。

“彼得哥哥肯定会站在甲板上等我们吧。”

“嗯，会的。悦子小姐，谢谢你这么好心。”夫人说罢，还对罗斯玛丽和弗里茨用德语命令道：“快跟悦子小姐道谢。”幸子他们也只能听懂他们用德语说的“非常感谢”这一句。

“那妈妈，你也早点来啊。”

“二十六七日肯定去。”

“一定啊！”

“一定。”

“悦子小姐快点回来啊——”罗斯玛丽追着已经开动的电车喊。

“Auf wiedersehen！[②]”

“Auf wiedersehen！”悦子挥着手，用不知何时学会的德语道别。

①在日本，女性三十三岁这一年为多灾多难的“厄年”。

②德语，“再见”之意。

十四

准备坐二十七日早晨的海鸥号出发去东京的幸子，在前一天晚上收拾行李一看，发现她要带到涩谷去的礼物之类的竟然有大小三个包，自己一个人实在不便，便想不如趁机让阿春也去东京转一转。贞之助的起居生活由留在家中的妙子照料，不必担心。这样一来，自己带着阿春走的话多有便利之处。没准儿悦子开学时，让阿春带悦子先回来，自己还能在东京多留一阵子。许久没去东京，希望能放慢脚步，看看戏再回来——她在心里暗暗计划着。

“啊！春丫头也来啦！”

悦子、雪子以及本家的长男一行三人来到东京站，悦子惊喜地看到妈妈身后阿春也跟着下车了，欢呼起来。

“那是丸大楼，那对面是宫城。”

之后悦子在出租车中俨然老资格，欢喜地说个不停。幸子觉得没几天的工夫，悦子的面色就健康了一大截，两颊的肉也多了一些。

“悦悦，今天富士山看得可清楚了。对吧，春丫头？”

“嗯，是呀，从上到下一片云都没有——”

“前几天有点阴天，上面的部分看不太到。”

“啊呀，是吗？那春丫真是好运气呀。”阿春只有在跟悦子说话时才自称“春丫”。

车子开到护城河畔，看见辉雄摘下帽子，悦子说道：“你看，阿春，那儿就是二重桥。”

“前两天在那儿下了车，行了个大礼[①]。”雪子说道。

“嗯嗯，是的，妈妈。”

“什么时候？”

“前两天——二十四号，史托尔兹先生、彼得哥哥、姐姐，还有我，在那儿站成一排鞠了一大躬呢。”

“哎——？史托尔兹先生他们来二重桥了？”

“是姐姐带他们来的。”

“时间有富余吗？”

“史托尔兹先生说时间很紧，一个劲儿看表，坐立不安的……”

那天，雪子和悦子匆忙赶到码头，史托尔兹父子早已在甲板上等候多时了。雪子一问出发的时间，说是晚上七点，还有将近四个小时，还能在新格兰德酒店[②]喝喝茶，但喝茶的话这个时间太早了，便提议道：“干脆去趟东京吧，电车往返按一个小时算，还有三个小时富余，坐车在丸之内转一圈肯定是没问题的。”之所以这样提议，是因为雪子知道史托尔兹先生没有去过东京，彼得就更不用说了。史托尔兹先生有些犹豫，问了两三遍“没问题吗”，最后同意了。四个人马上坐车赶到樱木町，坐了电车在有乐町下车。最开始在帝国酒店喝茶，四点半时出酒店，雇了一个小时的车，先去了二重桥，从车上下来行了礼。之后或是在车内或是短暂下车以最快速度参观一下，陆军省、帝国议会、首相官邸、海军省、司法省、日比谷公园、帝国剧场、丸大楼等，五点半的时候到达东京站。之后雪子和悦子本打算再陪着他们到横滨去，送他们上船。但史托尔兹先生再三推辞，再加上那日一大早便舟车劳顿，若回家太迟担心悦

①原文为“最敬礼”，意为最崇高的敬礼。

②横滨新格兰德酒店（Hotel New Grand），1927 年开业。

子会累，便顺了史托尔兹的意思，在东京站告别了。

“彼得少爷这下高兴了吧？”

“他一直说东京太气派了，特别惊讶的样子。是吧，悦悦？”

“嗯，说有那么高的楼哇，东张西望个不停。”

“他爸爸很了解欧洲，但彼得少爷应该只在马尼拉、神户和大阪待过吧。”

“看他的反应，好像在说：不愧是东京啊！”

“悦悦一样吧？”

“我可是日本人呀，我参观之前就知道了。”

“总之，了解东京的就我一个人，做介绍的时候可费劲了。”

“姐姐是用日语介绍的吗？”辉雄问道。

“是这样的，我说给彼得少爷听，彼得少爷再翻译给他爸爸，帝国议会呀、首相官邸之类的，彼得少爷不懂，所以我时不时用英语——”

“帝国议会、首相官邸用英语介绍，姐姐知道的可真多啊。”只有辉雄一个人说着极为标准的东京话。

“只是在日语里夹杂几个英语单词而已。帝国议会这个词我学过，但首相府邸就用日语解释为‘这是近卫首相[1]居住的地方’。”

“我还会说德语呢。”悦子说道。

“哈哈哈，你说的是 Auf wiedersehen 吧？”

“嗯，在东京站分别的时候说了好多遍呢。”

“史托尔兹先生也用英语不住地道谢……”

---

①近卫文磨（1891—1945），日本首相。任内发动侵华战争，战败后畏罪自杀。

平时话不多、保守内敛的雪子，身着友禅[①]花纹的薄衫，手里拉着身穿洋装的悦子，带着外国绅士和少年，现身于帝国酒店的大厅、丸之内的官衙大街或大楼林立的街上，幸子光是想象，就感到那是多么不可思议的组合啊。而且，她大概能推测到，陪孩子而来的史托尔兹先生忍着语言不通的不便，不停担心地看手表，沉默地被拉着到处逛，那副样子显得多笨拙，对他而言有多么为难。

“妈妈，你去过那家美术馆吗？”车开到外苑[②]前面的时候，悦子问道。

“妈妈去过。你可别把我当乡下人呀。”

幸子虽然这样说，但实际对东京并非特别熟悉。很久以前，那时她还是十七八岁的小姑娘，父亲带她来过东京，在筑地采女町的旅馆住过一两次，四处游览一番。那是大正十二年的大地震[③]之前的事了。地震重建后的帝都，她只在箱根蜜月旅行的归途中在帝国酒店住过两三晚而已。如此算来，悦子出生后这九年，她再也没去过东京。她刚才虽然还在嘲笑悦子和彼得，但实际上，在列车从新桥站行驶到东京站的途中，她目睹着高架桥两侧高耸入云的建筑，时隔多年再一次接触帝都的威仪，心中不免雀跃。大阪御堂筋[④]等繁华大街最近也不断扩张，从中之岛到船场附近，现代的建筑源源不断地拔地而起，若是从朝日大厦的十层或是阿拉斯加餐厅向外俯瞰，的确很壮观，但还是不及东京。重建后不久的那次是幸子最

①在丝绸等布料上用丰富的色彩染上人物、花鸟、草木、山水等图案。其染制方法由京都的画家宫崎友禅创立。

②皇居外围的庭院。

③即 1923 年 9 月 1 日发生的关东大地震。

④自大阪车站前的梅田区域起，经中之岛、船场、岛之内等地建设至难波地区的繁华大街，是大阪较具代表性的商业街。

后一次来帝都，之后东京会如何发展，她在心里从未想象过，当她从高架桥往外望去，看到的景色已与她认识的那个东京截然不同了。列车窗外不断闪过的巍然街景，远远望见街道与街道缝隙中闪现的议事堂的尖塔，不禁让人感怀九年时光匆匆——不光是帝都翻天覆地的变化，自己和自己身边的人事更迭，无不历历在目。

但说实话，她并没那么喜欢东京。祥云缭绕的千代田城[①]，巍巍然无须多言。要说东京的魅力在哪里，那不过是以皇城中的松柏为中心的丸之内一带，江户时代老城的宏伟景色被原原本本保留下来，环抱在壮丽的现代建筑群当中，皇居外城和护城河碧色萦绕。的确，这是京都、大阪都没有的景象，令人百看不厌。但其他的就没有什么吸引人的了。银座到日本桥附近的大街固然气派，但总感觉空气干燥灼热，实在不是她们理想的居住之地。特别是她讨厌东京郊区的粗俗景致，今天也不例外，从青山的街道向着涩谷方向行进时，尽管还是夏天傍晚，但却越走越觉得冷飕飕的，好似进入了遥远的未知的国度。她不记得自己是否来过东京的这一片地区，眼前的街景跟京都、大阪、神户的完全不同，感觉像是来到了比东京还要再靠北的北海道或者满洲。虽说是郊区，但这里也已经属于大东京[②]的一部分，从涩谷站到道玄坂这一段道路两旁，相当多店铺临街而立，形成一片繁华区域。但不知为何，总隐隐感到缺乏某种情趣，行人们无一不是冷冰冰地铁青着脸。幸子回想起自己住的芦屋，天空和大地颜色明朗，空气触碰到肌肤温润无比。如果是在京

①江户城的别称。

② 1920年代（大正至昭和初期）的一个历史地域概念。指东京市（东京十五区）加上毗连的五郡（荏原郡、丰多摩郡、北丰岛郡、南足立郡、南葛饰郡），以及北多摩郡砧村、千岁村的区域。

都的街头，就算偶然走到了陌生的街道，也会有种似曾相识的亲切感，不知不觉中就会跟身旁的人攀谈起来。可是东京这个地方无论来多少次都跟自己没有太大缘分，总归是疏离和陌生的土地。幸子忽而想到，自己那土生土长在大阪的姐姐，竟然居住在这样一个城市的这样一个地方，实在让人无法相信……好似梦里走在一条全然陌生的街道上，走到妈妈或是姐姐住的地方，心里想：啊！这里怎么会是妈妈或是姐姐住的地方呀。幸子大概就是这样一种心情。同时她又感叹姐姐竟然能在这样的城市生活。直到来到姐姐门前，她都感到这一切不是真的。

正在思绪纷乱的时候，车子几乎开到了道玄坂的尽头，拐进左边僻静的住宅区。这时突然有两三个小孩子乱哄哄地跑到车子周围，打头的那个大概十岁。

“姨妈！姨妈！”

“姨妈！姨妈！”

“妈妈在等着呢。”

“我家就在那儿。”

“危险，危险！往旁边过去一点儿！”雪子在慢慢减速的车子里喊道。

“哎？这是姐姐家的孩子们吧？那个最大的孩子是哲雄吧？”

“他是秀雄。”雄辉说道。

“秀雄、芳雄、正雄。”

“大家都长大啦。如果他们不说大阪话，我都不知道这是谁家的孩子。”

“他们东京话都说得很好，为了欢迎姨妈，才说大阪话的。”

十五

虽然经常听雪子说起姐姐一家在涩谷的生活，但还是没想到，所有的房间都被孩子弄得杂乱无章，东西散落一地，甚至连落脚的地方都没有。诚然房子是新建的，的确明亮一新，但柱子太细，地板托梁质量很次，一看就是专门为了出租盖的简陋住房，光是孩子们在从楼梯上跑下来，整个房子就摇摇晃晃的。壁橱和房间的拉门到处都是破洞，在崭新苍白的廉价拉门的映衬下，更显寒酸悲惨。幸子原本讨厌上本町宅子的布局，又老又暗，但那过去的老房子比这儿便安稳舒适。而且那宅子里有处小庭院，从里面的茶室可以透过院子里的绿植看到仓库大门，这别有情趣的景致现在又重现在眼前，令人怀恋无比。但在涩谷这所宅子里，只有外墙和内宅之间的墙根儿处有一小块儿放盆栽的空地，根本没有称得上是庭院的地方。姐姐说因为小孩子在楼下太吵，所以在二楼为幸子腾出一间八叠大的客房。幸子把行李先放了进去，突然看到壁龛还挂着从大阪带来的栖凤①的香鱼卷轴。已故的父亲曾收藏过一阵子栖凤的作品，在整理父亲身后事的时候大部分都处理掉了，仅留下了一两幅，这就是其中一幅。幸子有记忆的物品不光只有这一件。挂轴前面摆着朱涂的八腿桌，拉门上方的格窗里摆着赖春水②的墨宝，墙边放着描金画③的架子，架子上摆着座钟。视线落在这一件件物品上，曾经

①竹内栖凤（1864—1942），画家，日本近代绘画的先驱。

②赖春水（1746—1816），江户中后期儒学家、诗人。

③用金粉或银粉在漆器的表面绘制图案，乃日本特有美术工艺。

摆放它们的上本町老宅的每个角落幻影般浮现在眼前。大姐把这些东西特意从大阪带过来，兴许是想把这些见证了往昔荣华的纪念品留在身边，时时观赏。还有一个原因，可能她想多少装点一番这间太过寒酸的客房吧。但无论怎么看，这些物件都没能使这间屋子熠熠生辉，反而起了反作用。由于多了这些器具，这间房间的装潢更显廉价。这些都是父亲生前的心爱之物，把它们搬到东京郊区这么个地方来安放，实在有些怪异，好像象征着大姐本人的境遇一般。

“这么多东西竟然都放下了，姐姐。”

“真是呢。行李刚送到这里的时候，我还担心这么多东西怎么放得下呢。这个放哪儿那件放哪儿，最后竟然都收拾进去了。家就是这样，虽然小，但使劲塞的话多少都塞得下。”

那天傍晚，大姐把幸子领到二楼，就那么坐下聊了起来。转眼间，孩子们都跑上来，紧紧搂着二人的脖子。

“热死了，你们都下楼去！姨妈的衣服都皱了。”大姐连声训斥着，还一边继续聊着天。

“正雄，你下楼去，让阿久快点给你姨妈送点冷饮。快，正雄，听话——”说着，大姐边把四岁的梅子抱到膝头，边说：“芳雄，去楼下把团扇拿过来。秀雄，你不是哥哥吗？是哥哥的话就得带头下楼去。快！妈妈和姨妈有话要说，你们这么贴着我们，怎么说话呀？”

“秀雄几岁了？”

“我九岁了。”

“刚九岁就这么高啦，刚才在门口看见的时候我还以为是哲雄呢。”

“个子是挺高，但总爱黏着妈妈，一点不像个哥哥……要说哲雄，快要准备上中学了，学习很忙，就不这么撒娇了。”

“女佣只有阿久一个人吗？”

“嗯，之前还有美代在。她说想回大阪，梅子也能自己走路了，我觉着也许不需要保姆了……”

在幸子的想象中，姐姐必会为生活所累而憔悴不堪，但实际上，大姐的发型漂亮清爽，衣着打扮也是规整利落。姐姐无论何时都不会忘记周身修养，对于这一点实在不能不佩服。她需要照顾六个孩子——打头的十五岁，接着分别是十二岁、九岁、七岁、六岁、四岁——以及丈夫的生活起居，只有一个女佣可以使唤，应该是生活一片纷乱，顾不上体面，就算比实际老个十岁都是正常的。谁知今年应该是三十八岁的她，不愧是姐妹中的大姐，竟然比实际年龄看起来年轻个五六岁。总的来说，莳冈家四姐妹中，大姐和三妹雪子像母亲，二姐幸子和四妹妙子像父亲。母亲是京都人，所以大姐和三妹雪子的容貌总有几分京都女人的韵味。但大姐和雪子不同的地方是，大姐所有的轮廓都生得更大一些。从幸子开始，姐妹几个按同样的比例逐个缩小，大姐比幸子又高一截，跟身材短小的姐夫走在一起，大姐显得更高一些。正因如此，大姐的四肢丰满，虽说是京都女子，但没有雪子那纤细娇弱之感。参加大姐的婚礼时，幸子二十一岁。那一天大姐格外美丽，那端庄的模样至今难忘。眉眼清秀，长圆脸，发型像过去平安时代的人那样，站立时发垂至地，挽着光洁亮丽的岛田髻，实在是神采奕奕，美艳惊人又不失端庄。幸子当时暗想，若是给这样一个女子穿上十二单衣①，该有多美丽呀。那时，姐夫成了一位绝佳的千金小姐家的上门女婿，瞬

①日本平安时代命妇以上的高阶女官的朝服。

间在家乡和公司传为美谈，姐妹们听说了互相咬耳朵：可不就是这样嘛！如今过了十五六年，大姐生了六个孩子，生计也不如从前宽裕了，各方面都饱受辛劳，虽然已经没有那时的神采，但由于天生的身材高挑、体态丰腴，所以才能保持得这般年轻吧……幸子思绪万千，望着被大姐抱在怀里的梅子用手掌啪嗒啪嗒地拍打她的胸脯。大姐的皮肤还不见松弛的迹象，润泽而白皙。

贞之助在幸子出门时说，带着孩子投宿在大姐涩谷的宅子，对大姐多有不便，待一两晚之后还是去筑地的滨屋住吧。我看情况可以给滨屋的老板娘打电话或者写信，让她帮忙安排房间。幸子觉得要是跟丈夫一起的话就另当别论，但跟悦子两个人实在不想住宾馆，而且好久没见大姐了，想跟她好好说说话，还是在姐姐的家里住更方便一点。而且带着阿春一起去，也是考虑她们在投宿期间，还能让阿春在厨房帮帮忙。但是刚住了两天，幸子觉得还是应该听丈夫的话。大姐说："平时的话虽说孩子们很吵，但也没有这么吵，现在正在放暑假，大家从早到晚都待在家里，所以才这么乱。过个两三天，白天的时候家里会安静一阵子。"可是芳雄和更小的两个还没有上学，大姐看起来丝毫没有能闲下来的时候。尽管如此，大姐还是抽点时间就来二楼找幸子聊天，但那三个小孩儿立刻就跟上来腻在身边。说他们也不听时，便拽住他们打屁股、责骂，动静就更大了，哭声叫声不绝于耳。这样的事儿大概一天能有一两次。在大阪的时候幸子就经常看见大姐打孩子，而且她也明白如果不这样做，作为母亲真是管不住这么多孩子。但这么乱糟糟的，根本没办法安静地聊天。悦子也跟着雪子去靖国神社、泉岳寺等处逛了两三天，天气太热的时候也没法老出门，过了不久悦子就开始觉得无聊了。幸子不想去住旅馆还有一个原因，没有兄弟姐妹的悦子难得身边多了个小妹妹，幸子想趁此机会让她们亲近一下。偏巧梅子只爱缠着妈妈，连雪子都不大愿意亲近，悦子有些管不了她。因此，悦子也渐渐地开始跟妈妈悄悄说："学校也快开学了，不早点回去的话，露米小姐也要去马尼拉了……"加上悦子从来没有挨过打，姨妈一开始打骂孩子，她便怯生生地偷看姨妈的脸色。姐妹里最数大姐温柔了，有可能因为管教孩子而让悦子心生反感，而且这也可能加剧她的神经衰弱，幸子逐渐开始担心起来，总之觉得让阿春陪悦子先回去比较好。只是麻烦的是，栉田医生为悦子介绍了东大的杉浦博士，而博士目前尚在旅行中，据说到九月上旬才回东京，如果不等到他，那么带悦子来东京的目的就没有达成。

幸子考虑，如果要长住，那么还是移居宾馆比较好。滨屋的旅馆她没有去过，但那家的老板娘曾在大阪的播半酒馆做过招待，与过世的父亲是熟识，自己还未出阁时便与她认识，应该不算是去什么陌生的旅馆。丈夫说，那家旅馆是小酒馆改造而成的，房间数量很少，客人们大部分都是脾气秉性很清楚的大阪人，女服务员里说大阪话的人也很多，是家庭式旅馆，让人感觉不到在东京，云云。幸子心想干脆搬去旅馆算了。但看到姐姐各个方面用心招待，她实在不忍开口。而且，姐夫也说在家晚饭吃得不安稳，带着她们去道玄坂的二叶西餐馆，据说这家餐馆在东京颇有名气，还去了附近一家叫北京亭的中餐馆，为了悦子，还带了自己的孩子们举办了小型宴会，款待得很热情。姐夫本就喜欢请客，最近虽说变得节俭了，爱请客这一点还是没变。又或许是保留着对小姨子们殷勤的态度，所以特别地亲切对待吧——幸子不知究竟是哪个原因，但是站在姐夫的立场，他很介意别人评判他跟小姨子们处不好关系，这才表现得这么殷勤。姐夫还说："幸子你们估计只知道播半或者鹤屋这样的高级料理店，但道玄坂还有很多花柳小馆儿，那儿的菜肴反而比东京一流的怀石料理还要好吃，经常能看到带着太太和小姐的客人去光顾。幸子也要多尝试一下，跟着我去体验体验东京的风味。”他让大姐留在家里，自己带着幸子和雪子轻松愉快地去附近的小饭馆享受美味。幸子突然回想当初，姐夫刚入赘的时候，幸子经常和妹妹们串通一气欺负他，大姐知道了之后直掉泪。每当看到姐夫心软厚道的一面，比姐姐更加小心翼翼的样子，幸子都觉得不能像做姑娘的时候那样刁难他了，这次还是住在这里为好。此外，等杉浦博士一给悦子看完病，就马上启程回关西。幸子打定了主意，整个八月还是留宿在了涩谷的大姐家。

十六

这件事发生在第二天，也就是九月一日的夜里。

晚上，先把大姐家的六个孩子和悦子安置妥当之后，姐夫姐姐、幸子和雪子在家吃晚饭，那天刚好是震灾纪念日[①]，大家在饭桌上从地震聊到之前发生的山洪，以及妙子的危难遭遇和年轻摄影师板仓的英勇救助。那时，幸子先交代了一句：“我比较幸运，没有遭那么大罪，那些事儿全是听小妹讲的……”便开始把当时的情况娓娓道来。或许就是这句开场白一语成谶，就在那晚，据说是大正多少年以来最猛烈的台风袭击了关东一带，幸子经历了有生以来最恐怖的三个小时。

①关东大地震（又称关东大震灾）发生于1923年9月1日。

幸子生长在鲜少受台风袭击的关西，此前她还从未经历过如此骇人的大风，或许是因为这样她才格外惊恐。话虽如此，她还是知道四五年前那场狂风的——昭和九年[①]的秋天，大阪天王寺的塔被刮倒了，京都的东山都被刮秃了。记忆中恐慌持续了二三十分钟。但是那一次芦屋一带没什么损失，她在报纸上看到天王寺的塔倒了，才知道原来那场风竟那么厉害，还颇为意外。当然，那场大风跟东京这场比实在不值一提。说实话，正是因为幸子有那次大风的记忆，如果那种程度的风都能把五重塔刮倒，那么现在这么大的风，她感觉这个家怕是保不住了……所以她的恐惧感又增加了几重。而且，风的势头很强，偏巧自己投宿的涩谷的宅子又是简易建筑，这样一来，幸子感到风势比实际要大五倍甚至十倍了。

起风的时候还没到孩子们睡觉的时间，大概是晚上八九点。风变得极其猛烈大概是从十点开始。幸子、悦子和雪子三人睡在二楼那间八叠大的房间，所以那晚最开始三人在二楼。房子摇晃得实在太厉害了，悦子紧紧地抱着幸子，说："姐姐，你来这里嘛。"把雪子也拉到妈妈的床铺上来，悦子夹在两人中间，两手紧紧地搂着两人的脖子。最初，悦子每每大叫"好害怕"，幸子和雪子都会说："没什么可怕的，马上风就停了，放心。"逐渐地，像悦子紧紧抓住自己那样，两人也逐渐用同样大的力气紧抱着悦子，三人的脸贴得紧紧的，抱作一团。二楼这间八叠的房间还有一个三叠的套间，除此以外，隔着走廊还有一个四叠半的房间。那间房间睡着辉雄和哲雄两人，此时辉雄起身来到幸子的房间一边往里面看，一边询问道："姨妈，要不要去楼下啊？去楼下稍微安全点吧。好吗，去楼

---

① 1934 年。

下吧？楼下大家好像乱糟糟的。”因为停电而一片漆黑，看不清辉雄的脸，但那声音听着不同寻常。幸子怕吓到悦子，所以嘴上不说，但早就觉得这个家有坍塌的危险。每次房屋的支架摇摇晃晃的时候，心里总想“这次肯定塌了，这次肯定塌了”，冒了一身冷汗。听到辉雄的话，幸子干脆地说“雪子，悦悦，我们到楼下去。”她打头，三人紧挨着跟在辉雄的后面，开始下楼梯，下到一半时，一阵风刮得房子直摇晃，让人觉得这次房子保准要塌了。幸子感觉，这薄薄的一层木板做的楼梯平时就吱吱嘎嘎地一踩就弯，两侧的墙壁像是船帆一般被吹得鼓鼓的，把楼梯夹在中间，嘎吱嘎吱地压迫而来。柱子和墙壁之间的缝隙变得更宽了，风和沙尘从中吹进来。幸子感到身体受到墙壁的夹击，连滚带爬地跑下楼，差点把辉雄撞倒。在二楼的时候，楼下的声音淹没在了呜呜的风鸣声，以及树叶、树枝、白铁皮、广告牌之类的东西在空中乱飞的声音里，听不到别的。下到一楼才听到“好可怕”“好可怕”的声音不绝于耳。秀雄以及更小的三个孩子都跑到姐姐姐夫那间六叠的卧室，围在父母身边。幸子她们一过来坐下，芳雄和正雄就叫唤着“姨妈”，抱紧幸子的肩膀，悦子没办法只得紧紧抱住雪子。大姐抱着梅子，双手覆在她身上，袖口被秀雄拽着（秀雄害怕的样子很奇特，风停下来的时候，紧紧揪住妈妈的衣袖，竖着耳朵听，一听到远处传来猛烈的呼啸声时，慌忙松开衣袖，用非常低沉嘶哑的声音用尽力气说：“好可怕啊——”双手堵住耳朵，闭紧眼睛，脸伏在榻榻米上）。就这样，四个大人和七个小孩蜷坐在那里，看起来如同一群恐怖的雕像。姐夫辰雄的想法不得而知，鹤子、幸子、雪子三人沉默地做好了心理准备：就这样大家一起走向毁灭的话也没办法。的确，如果那晚的风再吹得久一些、再猛烈一些，那栋房子无疑会被吹塌。

这样说的原因是，幸子刚才从楼梯跑下来的时候，一半是因为自己恐惧而想象出来这样的场景；但事实上，来到这间六叠的房间，她目睹了每次狂风呼啸而过时，家里的柱子和墙壁之间的缝隙都要被吹开一两寸。家中唯一的光源就是一个手电筒，在那昏暗的灯光中，感觉房子裂了足有五寸或者一尺宽的缝隙，所以老实说，刚才说的“一两寸”并非夸大其词。那裂缝并非一直开在那里，风一停裂缝就合住了；风一吹，又裂开了。而且每次风过，裂开的程度都要加深。幸子记得在丹后的峰山地震时，大阪的宅子摇晃得很厉害，但是地震是一瞬间的，不像狂风那么持久。总之，柱子和墙壁之间的缝隙开开合合，这种经历对她而言还是第一次。

在大家都吓得发抖时，努力表现得泰然自若的辰雄看到墙壁的样子似乎也不安起来，说：“只有咱们家摇成这样吧？附近几家都盖得很好，或许不会摇得像咱们家这么厉害……”辉雄接着父亲的话说道：“小泉他们家一定没问题，他们家房子很结实，而且还是平房……爸爸，我们去小泉家躲一躲吧，房子塌了被埋在这儿就完了……虽说应该不会塌，但还是去他家躲一躲更安全吧。”“可是人家正睡觉呢，把人家叫起来不太好吧……”辰雄犹豫着。“都什么时候了，还说这种话……这么狂风暴雨的，小泉家肯定也醒着吧。”鹤子说。随后大家都吵吵嚷嚷地说“去那儿躲一躲吧”“去躲躲吧”……小泉家跟家里就隔着后院一道墙，从家里的后门出去的话，离他家的后门就一步路的距离。小泉家的男主人好像是退休的官员，这对老夫妇有一个儿子，三人现在住在一起。偶然间得知他家儿子现在上的那所中学就是辉雄刚转去的那所中学，因此得到人家挺多照顾的。辰雄和辉雄也去他家玩过两三次。女佣的房间里，阿春和阿久正偷偷摸摸地说着什么。这时两人突然走出来，阿春说："这样的话，我和阿久两人去小泉先生家看看吧。看情况合适就拜托试试看。"阿春虽这样说，但她连人家家在哪儿都不知道。她对这件事很有把握，似乎计划着只要阿久把自己带到地方，她就能想办法求得人家的同意。"好，就这么做吧，好吗？阿久，风停的时候，就去试试看呗。"屋里的人还没来得及赞成或者阻止，阿春便一个人做了主。"千万别受伤啊，要注意别被吹跑了呀。"阿春对鹤子和幸子的担心置若罔闻，催着阿久从后门出发了。很快二人就回来了。"人家说没问题，请过来吧。快，快去躲躲吧！真的像辉雄少爷说的那样，人家家在这么大的风里一点儿没事儿，简直难以置信……"阿春边说边用背冲着悦子，"小姐，我来背你吧。风太大了，都走不动，春丫被风刮回来两次，爬着过去了。好多东西乱飞，为了不受伤必须裹着被子之类的。"辰雄说："这样的话你们去吧，我留在这儿。"他没有动。于是辉雄、哲雄、幸子、雪子、悦子和阿春便先去避难了。鹤子不忍留丈夫一人，正愁不知道该怎么办时，阿春一个人折回来，"少爷咱们走吧。"说着便火速背起正雄走了，然后又折返回来正要背起芳雄准备出发，鹤子终于坐不住了，抱起梅子，让阿久背着芳雄，一起去避难了。在这个过程里，阿春表现得最为活跃。她第二次折返回来的时候，不知谁家的晾衣架被吹过来，差点把阿春压在底下。她看到阿久背着芳雄，便对秀雄说："秀雄少爷，快请吧——"鹤子说："这孩子大了，不用背了。"阿春也不听，背起吓得够呛的秀雄就跑了。

就这样，就连阿久都逃过来了。之后过了三十分钟左右，不知辰雄想到了什么，一脸尴尬地说："我也来打搅了。"从后门进来了。过了一阵子，风越刮越大，尽管外面依旧是狂风怒吼，但来到小泉家一看，柱子和墙壁都安安稳稳的，根本不用担心房子是否会被吹塌。让人不禁感叹道，建筑用材好与不好，竟然给人的安全感如此不同。就这样，莳冈一家一直等到第二天凌晨四点左右，风逐渐小了，才战战兢兢地回到那所可恨的脆弱的房子里。

十七

台风过后的次日清晨，骤然出现了像秋天一般的蓝色天空，昨夜恐怖的记忆像噩梦一样萦绕在幸子的脑海里，难以忘怀。更重要的是，悦子吓得不轻，看着她神经过敏的样子，深觉现在不是犹豫的时候，幸子在上午紧急呼叫在大阪事务所的丈夫，拜托他在筑地的滨屋订房间，琢磨着尽量能在今天就搬过去。黄昏时分，滨屋打电话到姐姐家里，说："刚才接到了大阪您先生的电话，我们已经为您准备好了房间。"

"姐姐，晚饭我们就到那边去吃，只是春儿再在姐姐家寄住几天。姐姐有空也来宾馆坐坐啊。"幸子匆匆打了个招呼，便向着筑地出发了。

雪子和阿春把幸子母女送到了宾馆，大家商量着一起去银座散散步、吃顿西餐。老板娘则推荐道："如此的话，诸位可以去尾张町的 Lohmeyer [①]试试看。"于是她们出发了，也让阿春作陪吃了晚餐。回来时，在夜市逛了逛，便在服部的街角告别了，幸子和悦子走回到滨屋时大概刚过九点。幸子把丈夫留在家里和女儿两人一起投宿旅馆还是头一次，夜渐深了，前一天晚上的恐怖经历又在脑海中袭

①德国人 August Lohmeyer 在 1921 年创办的德国风味餐厅，在日本首次推广德国的火腿。

来，幸子吃了点备着的阿达林[1]，还舔了几口白兰地，但就是难以入眠。一直挨到第二天拂晓时分，听到电车的轰鸣声，她竟一夜没有合眼。悦子看起来也是一样的状况，急躁地频频抱怨“睡不着睡不着”，缠着幸子说：“妈妈，悦子明天要回去，不让杉浦博士看了。这样下去的话，神经衰弱会越来越厉害的。悦子还是想早点回去见见露米小姐……”尽管如此，到了第二天早晨，悦子竟打着呼噜睡得很香。七点左右，幸子实在睡不着，便决定起床了。为了不吵醒熟睡的悦子，她悄悄地起身要来报纸，走到能望见筑地川的走廊里，在藤椅上坐下。

最近在亚洲和欧洲发生了两件聚集全世界目光的大事件，一个是日本军队攻占中国汉口，另一个是捷克的苏台德问题。幸子对这两大事件的走向极为关注，每天早晨都焦灼地等候报纸来读。自从来到东京，没有了《大阪朝日新闻》或《大阪每日新闻》，只能读些不大熟悉的当地报纸。也许是这个缘故，报道变得让人难以理解，没有亲切感，很快就厌烦了，幸子开始望着筑地川两岸的行人们发呆。很久以前，在自己未出阁时，她曾跟父亲一起住过采女町的旅馆，就在这条河对岸的某个地方。从这里能望见那边有一处歌舞伎剧院的屋顶，从剧院前面拐进去的胡同里就是。这一带与道玄坂不同，对幸子而言并非是完全陌生的土地，顿时让她心生眷恋。但是那时，东京剧场或者舞蹈剧院之类还未建起，河道的景色亦与现在大有不同。而且，父亲总是在每年三月的假期时带自己来，没有在九月份来过东京。如今在这里，尽管身处闹市中央，凉凉的风拂面而来，便觉秋意已浓。大阪和神户地区恐怕还不是这样的天气

①安眠药。

吧。果然东京地处寒凉地带，秋天也来得更早一些。或许这只是台风过后暂时的景象，热度还会卷土重来，抑或是身处异乡，连风都觉得比故乡的凉？……不管是哪种原因，眼下若要等到杉浦博士的治疗，还需四五日，这几天该如何度过呢？实际上九月份有菊五郎的演出，幸子本想着时机刚好可以带悦子去看。悦子喜欢舞蹈，能去看演出一定很欢喜。而且等到她长大成人，歌舞伎传统艺术有可能已经衰落了，若不趁现在带她观赏菊五郎的演出实在可惜……幸子回想起自己幼年时代，每次有雁治朗的表演父亲都带自己去观赏，不由得总拿悦子跟自己的童年做对照，故而产生这样的想法。但是一看报纸才得知，九月份第一流的歌舞剧表演尚未开始。那么，除了每晚在银座散散步以外，没什么特别值得做的事情。这样一想，一阵乡愁突然袭来，并不是因为悦子的抱怨，想着今天就出发，看病还是下次再说。自己只是偶尔在这儿小住一周就对关西如此眷恋，雪子住在那道玄坂的房子里，哭哭啼啼想回芦屋的心情，她深深感受到了。

阿春十点左右打来电话，说："鹤子太太说要去旅馆看您，我陪她一起去，老爷来信了，我把信一并带过去，其他的还需要带什么吗？""其他的不需要，你告诉姐姐让她早点过来，在这边吃午饭。"说完便挂了电话。幸子想着让阿春照顾一会儿悦子，自己和姐姐难得两人能安安稳稳吃顿饭。去哪里好呢？幸子最后想起姐姐爱吃鳗鱼。过去常和父亲一起去蒟蒻岛一家叫大黑屋的鳗鱼餐厅，她叫人打听现在那家是否还在。"这个还真不清楚。我倒是听说过小满津。"老板娘翻了翻电话簿，"果然有大黑屋。"幸子便拜托老板娘订了包间，等待姐姐一到，便吩咐阿春带悦子去逛三越百货，自己则和姐姐出门了。

姐姐说，雪子好不容易哄着梅子把她带到二楼，她趁着那空当赶紧打扮了一下出门来，现在雪子一定被梅子闹得不行了。但既然自己已经出来了，就要好好放松一下。

“这里有点像大阪哪，东京竟然还有这样的地方。”鹤子环顾着围在餐厅外流淌的河水。

“的确像大阪。还是做姑娘的时候每次来东京，爸爸总带我来这儿。”

“说是叫蒴蒻岛，这里是个岛吗？”

“那就不知道了。好像过去这里没有这种有江景的包间，不过地点就是这里没错——”

幸子说着也望向窗外。过去和父亲来的时候，这条河道两侧只有一侧建有各种建筑，现在河两岸都建起了房子。大黑屋被一条道路一分为二，餐食都是从马路对面的主餐厅送到临江的包间来的。现如今从这包间向外眺望，感觉比过去更像大阪。这样说是因为，这家临江的餐厅建在河道拐弯处的石崖上，此处还有两条河呈十字形汇聚相交，坐在窗前让人不禁联想到从四桥的牡蛎船望见的景色。而且这里的河与河之间虽没架起四座桥，但也架起了三座桥。但可惜的是，一直从江户时代保留下来的这一带的工商业区在大地震之前酷似大阪的长堀边，蕴含着古街独特的宁静感，然而现在房屋、桥梁和柏油马路都是新建的，来往的人也不多，冷冷清清的，让人感觉有些像新开发区。

“需要给两位上汽水吗？”

“呃，那个……”幸子看着姐姐的脸，“要吗，姐姐……”

“喝点汽水也挺好，中午嘛……”

“不喝点啤酒吗？”

“幸子帮我喝一半的话，就喝点……”

幸子知道四姐妹中数大姐酒量最大。大姐似乎真的很喜欢喝酒，有时很馋酒，最喜欢日本酒，啤酒也相当爱喝。

“姐姐这一阵子很难踏踏实实喝点酒吧？”

“这倒也不是。每晚都陪你姐夫喝一点。而且有时有客人来也喝一点——”

“客人？谁啊？”

“麻布那边的哥哥来了准喝酒。还总说，在这么一栋憋屈的房子里，孩子们吵吵闹闹的，喝着酒别有一番滋味。”

“姐姐很辛苦吧？”

“倒也还好，我和孩子们一起吃，我也就是上上酒，一点也不费事——做菜的事不用我一个一个说，久丫头做得很好的。”

“真的，那孩子越来越顶用了。”

“最开始的时候她和我一样，总说讨厌东京，哭哭啼啼的。老嚷嚷着‘让我回大阪吧，让我回大阪吧’，最近倒是不说了。总之她嫁人之前，我都要想办法一直留住她。”

“她和春丫头比，谁更大呀？”

“春丫头多大啦？”

“二十岁了。”

“那她们一样大。幸子也千万别放春丫头走啊，一定得留她在身边。”

“那孩子十五岁就来了，前前后后有六个年头了。就算让她去别的地方，她也不会去的。但是，你看着她好像挺好，其实没什么值得夸的。”

“这个我听雪子也讲过。但是你看她前天晚上那架势，遇到事儿了，阿久就知道急得团团转，春丫头真是不一样呢。你姐夫也很惊讶，说‘真是个了不起的孩子’……”

“那倒是，遇到那种时候她真的特别热心、有人情味儿，还很聪明。之前发大水那次她也是这样的……”

在大姐点的鳗鱼串和幸子点的烤鳗鱼上来之前，幸子喝着酒，一直在评价阿春。

自己的女佣被夸赞，作为主人也是挺自豪的，肯定不会心情很差，也不至于大肆宣扬别人的缺点，所以当别人夸阿春的时候，幸子经常不置可否，只是听着。除了阿春，没有几个女佣能得到那么多的夸赞。阿春广受好评是因为她很擅长交际，做事没纰漏，除此以外还慷慨大方，无论是自己的东西还是主人的东西，都毫不介意地送人。在莳冈家进出的买卖人或手艺人总“阿春姐、阿春姐”地叫着，阿春的声望挺高。甚至悦子学校的班主任、幸子的那些太太朋友们，都纷纷专门传话来说“真是个很棒的女佣”，常常让幸子惊讶得不得了。对幸子的这种心情最为了解的是阿春的继母。她家在尼崎，时不时地过来问候，总说：“无论谁说什么，您不嫌弃那麻烦难对付的孩子，能够当女佣用，这份大恩大德难以忘怀。为了那孩子，我没少哭过，我能深深体会太太您费了多大工夫。万一府上不要她了，就真的没有别的人家能要她了。给您添了太多麻烦，但也辛苦您继续留着她。您不给工钱也没关系，怎么训斥她都可以。那个孩子就是一点甜头儿都不能给她，就得一直训斥着才行。”她总是这样拽着幸子恳求半天再回去。

当初，浆洗店的老板把十五岁的阿春带来请求幸子收留她的时候，幸子觉得她眉目清秀，便留下打算用用看。谁知仅仅过了一个月，幸子渐渐感到雇用了不大行的姑娘。幸子发现，她那继母所说的“难对付的孩子”绝不是什么客套话。让全家人都特别为难的是，这个女孩子特别不爱干净。她刚来的时候幸子就看见她手脚一片漆黑，肮脏不堪。马上，幸子就发现，那不是她的境遇所致，而是因为她极其懒惰，特别厌恶洗澡、洗衣。幸子为了改掉她的臭毛病唠叨了很久，但稍微一不注意，她就又现原形了。其他的用人干了一天活儿之后都马上去泡澡。只有她一到晚上就在女佣房里打盹儿，不换睡衣就睡着了。贴身衣物都懒得洗，穿了好几天脏得不行的衣服还若无其事地穿着。为了让她讲卫生，必须有个人盯在旁边，强迫她脱掉衣服去泡澡，还要时不时检查她的衣服箱子，扒出她塞在里面的脏汗衫和衬裙，看着她洗干净。比调教自己的女儿还费劲。比起幸子，作为直接受害者的其他女佣先叫起苦来：“自从春丫头来了之后，女佣房间的壁橱里就开始堆满脏东西，脏得不得了。她自己无论如何都不洗，我们就想替她洗，把那些脏衣服扒出来一看，里面竟然还有太太的衣服，可把我吓了一跳。那个人懒得洗自己的衣服，竟然穿主人的衣服。”“只要一走到她身边就臭气熏天，不光身体臭。她总是买零食吃，好像胃也吃坏了，口臭得让人无法忍耐。晚上一起睡觉才是最让人头疼的。”“她身上的虱子终于还是跑到我这儿来了。”如此这般，叫苦连天。幸子好几次都讲明了缘由让她回尼崎，但她父亲和继母又总是轮流着把她送回来，说一堆好听的话，不由分说地又把她留下就走了。据说在尼崎的家中她下面还有两个弟弟妹妹，只有她是前妻留下的，天资不好，跟弟弟妹妹比起来在学校的成绩差得很远。父亲顾虑现任妻子的感受，继母也顾及着父亲的想法，把她留在家中就风波不断。她父亲和继母都再三央求：“因为是这种情况，等到将来她嫁人之前，还请您多多包涵留着她。”特别是她继母，经常跟幸子倒苦水：“这孩子在左邻右舍的口碑出奇好，就连弟弟妹妹都站在她那一边，我动不动就被大家误解，好像是我这个做后妈的虐待孩子了。即使我说那孩子有好多毛病，她爸爸都不相信我，竟然还背地里袒护她。太太您一定非常理解我的处境。”幸子听完十分能体会继母这种为难的立场，反倒开始同情起她来了。

“总之，要说她有多邋遢，只要看她是怎么穿衣服的就知道了。其他女佣都笑话她说‘春丫头穿衣服前面哪儿哪儿都露着’，到现在也是一点没变。她这与生俱来的臭毛病，真是怎么训斥都没用。”

“是吗？长得不是很漂亮吗？”

“她只在乎那张脸，还偷偷化妆呢。悄悄地用我们的雪花膏和口红——”

“真是个奇怪的孩子。”

“你家的阿久，就算你不说，她也自己想着法儿地做菜。春丫头那孩子都在我家干了六年了，到现在也没变——我要不说怎么怎么做，她一个菜都做不出来。到了饭点儿饿着肚子回家时，问她有没有做什么饭，她总是说‘还没有’。”

“这样啊，听她说话还觉得她挺机灵的。”

“是不傻，特别喜欢跟人打交道，但她不爱干家里那些零碎的活儿。打扫屋子这些每天都要干的活儿，我们稍微一不盯着，她马上就偷懒。早晨不叫她，她就不起床；晚上还是老样子，不换衣服就睡觉……”

两人就这么聊着天，幸子想起很多事，半开玩笑地一直说着：她嘴特别馋，偷着抓东西吃她可在行了。从厨房把菜端到餐厅这么一会儿工夫，糖水煮栗子什么的总是少一两个。她在厨房的时候总是塞得满嘴食物，突然被人叫到的时候，便吓得直翻白眼，慌慌张张地边背过身去边答应。晚上让她按摩，还没按十五分钟呢，就靠在我身上打起盹儿来，然后慢慢地厚着脸皮把脚一伸躺下了，最后干脆在幸子的床铺上舒舒服服地睡着了。她经常睡觉时瓦斯还开着，还总忘记关熨斗而烧焦衣服。这样险些引起火灾的事情再三发生，每次都想着一定得把她赶回去，奈何她父母总能劝住我。让她出去办点事，她就磨磨蹭蹭地才回来，特别费时间。

“真是的。她这个样子要是嫁人了，还不知道会怎么样呢。”

“我也这么想。不过要是嫁人了有孩子了，应该就不是现在这个样子吧……算了，不说了，不计较那么多了。她也有可爱的地方。”

“你看，她都在我这儿待了六年了，跟自己女儿似的了。虽然有时有点狡猾，但她不像其他那些有后妈的孩子那么乖僻，她很直率、有人情味儿。虽说有时觉得她太难缠了，可又让人恨不起来。这孩子秉性还是好的。”

十八

两人从大黑屋回到滨屋的旅店，姐姐聊天聊到傍晚才回去。因为阿春帮鹤子带孩子，所以鹤子现在极其依赖阿春，也是为了犒赏阿春，她提议让阿春和阿久去日光玩一玩。大姐说道：“阿久总想回大阪，其实为了留住她，我当时许诺过让她去日光玩一趟，但是一直找不到合适的同伴，这事儿就拖到现在。这不，正好现在是个好机会，不如让阿春陪着阿久去，我虽不了解日光，但听说从浅草出发，坐东武电车，下车后再坐公共汽车，从东照宫到华严瀑布，一直到中禅寺湖游览一圈，当晚就能回来。你姐夫也希望这么安排，费用我们出。”

幸子想，这样也太便宜阿春了，但是不让她去的话阿久也去不成，阿久未免太可怜了，而且阿春暗地里似乎已经听说了这件事，本人高兴得不得了，要是不让去未免太冷酷无情了。总之就听大姐安排吧。隔天早上，大姐打来电话通知说：“昨夜跟她们俩说了去日光的事儿，她俩晚上兴奋得睡不着，今天一早就出发了。为防万一，我让她们做足了准备。两人预计今晚七八点就能回来。雪子说现在就去你那儿。”幸子心想，要是雪子来了，三人可以一起去参观美术馆和二科展[①]，边考虑着边挂了电话。这时，女佣从拉门的门缝儿里塞进一封快信，悦子一脸异样的表情接过信，翻过背面看了看，沉默地放在妈妈靠着的桌子上。幸子一看，这是一封长方形的西式信封，上面的笔迹明显不是丈夫的，写着“滨屋旅馆 莳冈幸子女士 亲启”。除了丈夫应该不会有人用东京这个旅馆的地址给自己寄信，幸子感到不可思议。寄信人是“大阪市天王寺区茶臼山町二三奥畑启三郎”。

幸子避开悦子的视线，急急忙忙拆开信封取出信一看，是三张硬质西式信纸，折了四折，正背面写满了字。幸子把信纸展开时，发出哗啦哗啦的声音，好像有声电影放映时的音效。

信的内容完全出乎幸子的意料，全文如下：

莳冈姐姐：

敬启。

①二科会举办的展览。二科会是日本美术团体。

冒昧致信，请多包涵。姐姐看到这封信应该会感到很惊讶，但我还是不能错过这个机会。

我从前几日就想给姐姐写封信，但担心小妹中途截下，便一直没有动笔。今天在夙川见到了好久未见的小妹，得知姐姐去了东京，跟悦子小姐二人下榻在筑地的滨屋。我的朋友每次去东京都会住在滨屋，所以我得以知晓地址。一想到现在写这封信的话，肯定能万无一失地交到姐姐手上，就不顾礼节急于动笔了。

我尽可能长话短说，就在开头说出我的疑虑吧。我要说的在目前不过是个人的怀疑，但我觉得最近小妹和板仓好像发生了些关系。虽这样说，当然这种关系仅停留在精神层面、更深层次的关系，考虑到小妹的名誉我也不愿多想。但是我认为有征兆表明，至少两人之间已经产生了爱情的萌芽。

我意识到这一点是在那次洪灾之后。事后再回想当时的事情，怎么都觉得板仓去救助小妹的事情很奇怪。那种场合，为什么板仓不顾自己的家和妹妹，冒着生命的危险去救小妹呢？怎么想都觉得并不是因为他人好这么简单。首先，要让我来说，他知道小妹在那时会去洋装学院，而且她还和玉置院长关系十分密切，这些都很不可思议。难道是因为他在之前就经常出入洋装学院，在那里跟小妹碰面、保持联络吗？关于这件事，我做了一些调查，掌握了证据，在这里暂不赘述。有必要时我再报告。姐姐您自己不妨也去调查一下，我想您应该会发现很多意料之外的事情。

自从我有了这样的怀疑，曾质问过小妹和板仓，两人都断然否定了。但奇怪的是，自从我说出我的疑虑，小妹便开始有意躲着我。她不怎么去夙川，我给芦屋打电话，阿春接电话总说小妹现在不在家，不知是真的还是说谎。板仓也只是说“那次洪灾之后只见过小妹一两面，以后我会更加注意的，让您消除这种疑虑”之类的套话。他虽这样说，我其实都已经提前调查好了。那场水灾之后，他难道不是每天都往芦屋跑吗？而且还和小妹两人一起去海水浴场对吧？我通过某种手段一一了解了事实，他再怎么遮掩都无济于事。板仓或许让姐姐们认为他是听了我的命令充当我和小妹的联络员，但实际上我从来没下过那种命令。要说他跟小妹见面的理由，那就只是摄影了。但最近我禁止他做与小妹相关的工作，所以那个理由应该也不存在了才对。但他最近越发频繁进出府上。而且小妹彻底不去夙川了。即便如此，有姐姐姐夫的监督还好，但不巧眼下姐夫白天不在家，姐姐、悦子小姐，甚至春丫头都到东京去了。真不知会发生什么事情，我是忧虑重重（想必您一定不知道，他在您不在家的这段日子也似乎每天都出入府上）。小妹是个心里有主意的人，我倒觉得不会出什么差错，但板仓这号人实在没有什么信用可言。因为在美国跟三教九流的人都打交道，正如您所知，他抓住一点由头，无论是哪个家庭，他都能一点点黏上去再打进内部。这方面他特别擅长。他跟人借钱，欺骗女人，在这方面他是什么人大家心知肚明。他在做学徒的时候我就很了解他，所以对他了如指掌。

有关我和小妹结婚的问题，还有很多希望您帮忙的，不过这且日后再谈，现在让板仓远离小妹是首要任务。就算小妹要和我解除婚约（虽然小妹说她没有这个打算），但她和那种男人传出什么风言风语，那小妹就掉身价了。小妹是堂堂莳冈家的千金小姐，想必不会真心和板仓那样的人交往。但最初是我介绍那个男人给小妹的，姐姐是小妹的监护人，我觉得我有责任和义务说明我的疑虑，加以提醒。我想姐姐您一定有自己的考虑和对策，若在此事上有我能效力的地方，还请多吩咐！

最后还有一事相求，请姐姐千万保守秘密，不要告诉小妹我给姐姐写过这封信。如果小妹知道了，只能招致更恶劣的结果，事情肯定不会有好的转机的。

为了姐姐在滨屋期间能收到这封信，匆匆写就，笔迹潦草，您一定读得很吃力，还请您多多体谅。行文不得章法，想到哪儿写到哪儿，拙劣不堪，或许还写了没礼貌的话，万望海涵！

奥畑启三郎

写于九月三日夜

幸子将双肘撑在桌子上，双手捧着那封信仔仔细细反反复复地读着，为了逃避悦子投来的探索的目光，幸子读完之后把信收回在信封里，折了一折，放进腰带里，走到走廊里坐在椅子上。

这封信太突然了，她要先按捺住怦怦直跳的心脏，冷静下来，才能恢复思考。这封信里写的内容有几分是真实的呢……经奥畑这么一说，幸子也觉得家人们太好心、太由着那个板仓造次了。他也没有什么正经事却总跑来家里玩儿，大家却没觉得奇怪，任由他进进出出，不得不说实在是大意了。但也是因为全家人都没把他往那方面去想，所以才觉得没什么问题。家人们对这个青年的家庭背景、出身来历都一无所知，只知道他以前在奥畑商店做学徒。说实在的，幸子自打一开始就没觉得他和自己是同一个阶层的人。而且他自己也说要把阿春讨来做媳妇，实在想不到他竟然对小妹有那种想法。还是说他故意说要讨阿春做老婆只是一种手段？即使他有这样的企图，小妹也绝不会有所回应的。现在读了奥畑的信，幸子坚信至少小妹单方面不会有那样的想法。无论她以前犯过多大的错，但也不至于自暴自弃扔掉自尊跟板仓在一起。瘦死的骆驼比马大，小妹终究还是莳冈家族的千金小姐（幸子想到这里，兀自默默地眼里充满泪水）。要是和奥畑的话，无论他有多不中用，两人也是能在一起的，可以容许。但小妹怎么会和板仓有那种关系呢，实在让人意想不到……小妹对那个青年的态度、说话方式等都很明显是把他当作下等阶层的人去看待的，而且他不也对此心甘情愿吗？……

然而，若真是如此，这信里也没提到什么有力的证据啊。奥畑虽说“调查了”“掌握到了证据”，但那证据却一项都没有列出来，或许以上这些都只是奥畑模模糊糊的猜测罢了？莫不是为了不发生这种严重的问题，奥畑特意夸大其词地警告？奥畑通过什么方法探查事实不得而知，但像小妹和板仓两人去海水浴场之类的“事实”绝不存在。自己再怎么大意放任，也绝不会如此疏忽。跟板仓一起去的人是悦子。小妹去海水浴场的时候，一直都是跟雪子、悦子大家一起的。其余的时间，小妹和板仓两人基本没有独处过。大家倒并没有什么监督的意思，因为板仓说话风趣幽默，他只要一来，大家都会围过去，一次都没觉得小妹或者他的行为古怪。总之，奥畑或许只是听了邻居不负责任的流言蜚语，幻想出来这档子事罢了……

幸子尽可能这样去考虑，打消这事情的可能性，但是无法否认刚刚读信的瞬间，她觉得胸口被击中了一样。老实说，虽然她完完全全认为板仓跟自己和家人在这一点上属于两个阶层，但要说这信上写的内容她丝毫没有怀疑，那也是骗人的。幸子模模糊糊地意识到，至少他对妙子那种牺牲自我的奉献精神，以及水灾过后他频繁出入家里这些事情背后，或许暗暗地萌生了一些东西。幸子还站在妙子的角度去考虑，也不难觉察，一个年轻女子在那种危急时刻获救生还，该有多感动，对救助自己的人该怀有多么深刻的感激之情。但她一直抱有"身份不同"这样先入为主的观念，即使发觉了异样，也认为不值一提，就没有深究，或者说她是避而不究。所以，奥畑突然通过这封信把她不愿面对、害怕面对的事情冷不防赤裸裸地扔在面前，才使她格外狼狈。

此前，幸子已经归心似箭了，如今收到这么一封信，深觉一日都不可再在东京停留了。先不管其他的事，必须得回家迅速查明真相。但是用什么方法调查呢？为了不刺激当事人，询问时该如何开口呢？这件事究竟要不要跟丈夫说呢？不行不行，这件事一定得自己一个人负责到底，跟丈夫和雪子都不能说，要秘密地追查真相。若不幸这是事实，也尽量不让当事人受伤，神不知鬼不觉地让他们分开，这才是上策——诸如此类的问题一个接一个地浮现在幸子脑海里。更急迫的是，眼下自己回家之前这段时间，怎么才能不让板仓去家里呢？因为方才读的信当中提到，"他在姐姐不在家的这段日子也似乎每天都出入府上"，这件事尤其让她坐立不安。如果两人之间真的暗生情愫，现在这个时期正好是爱情萌芽生长的绝佳机会。信中说道“姐夫白天不在家，姐姐、悦子小姐，甚至春丫头都到东京去了。真不知会发生什么事情，我是忧虑重重”，这句最让幸子惊慌失措。自己是多么粗心大意呀，竟然让妙子一个人留在家里，带着雪子和悦子，甚至带着阿春来东京，想到这主意的不是别人，正是自己呀。自己简直为两人的爱情制造了温床。碰上这样的好机会，就算没有爱情的种子，爱情都能发芽了。这样的话，就算发生了什么差错，也不应是那两人受责，而是自己呀。无论如何，这件事片刻都不能再耽误了。就算是自己在这儿胡思乱想的工夫也让人无比揪心……幸子感受到了难以忍受的焦躁。带悦子回去之前还需要一两日，那么，这段时间如何做好防范工作？最高效的办法就是现在马上给丈夫打电话，让他在自己不在的日子里先禁止妙子和板仓见面。但这个方法还是不太高明。幸子还是想找个法子在丈夫不知道的情况下解决问题。还有个办法，不得已的话就告诉雪子真相，让她今夜就乘夜车出发，不着痕迹地监督妙子——比起让丈夫知道这件事，还是这个法子更妥当一些，但若能避免这样做还是想尽量避免。首先，即使雪子能体谅这件事的严重，但实在没有理由让刚回涩谷没两天的她又慌慌张张回关西。这样的话，在这种时候还是让阿春先回去，这样做最自然，谁都可以不惊动。当然不用跟阿春说那么明白，妙子身边有个阿春的话，就算无法阻止板仓来访，也能起到牵制二人接近的功效吧。

但幸子转念一想，阿春这姑娘嘴不严，对这最后一个方案也犹豫了。若让阿春挡在二人之间，如果二人之间没有什么可疑的还好，要是有让阿春起疑的行为，阿春那么喜欢乱嚼舌根，难保不去四处散播流言。就算没有可疑的情况，她对这方面的事颇为敏感，对于自己为何被先派回去，大约自然能想到原因。而且幸子还担心阿春反被妙子他们收买。阿春虽然为人亲切机敏，却很容易被诱惑，在那个巧舌如簧的板仓面前，说不定立马就被笼络了。这样想来，幸子无论如何也无法把这件事交予他人。还是准备自己尽早回去，今明两天给悦子看完病，夜车无论多晚都在当日启程。除此以外别无他法。

这时，雪子的阳伞突然映入幸子的眼帘，她从歌舞伎剧场的方向过来，过桥后沿着河岸大道正向这边走。幸子默默地回到房间，在套间的梳妆台前坐下，检查自己的仪容。她取出腮红化妆刷在两颊刷了两三下，忽然想到了什么似的，拧开旁边化妆包的金属扣，为了不让悦子听到尽量不发出声音，取出一瓶迷你白兰地，往瓶盖里倒了三分之一，一口喝了下去。

十九

幸子已经没有兴致去看展览了，但又想，看看展览可以分散注意力，于是下午三人向上野出发了。看完两个展览就已经疲惫不堪，为满足悦子的愿望还要去动物园，便拖着疲惫的步伐简单转了一圈，回去时是傍晚六点多了。本来打算在外面吃点晚饭，但幸子更想回旅馆好好休息，所以带着雪子回去了。大家都洗完澡后在房间里吃晚饭。这时听见一声“我回来了”，只见阿春顶着一张汗津津、红彤彤的脸，一身和服皱皱巴巴的就进来了。她说：“我们刚从日光回来，和阿久一起从雷门坐地铁，我想来谢谢太太，所以自己就在尾张町下车过来了。这是给悦子小姐的。”说着，掏出三块日光羊羹和明信片。

“难得你带这些特产回来，我们这儿就不用了，你还是拿到涩谷去吧。”

“是，是，涩谷那边也买了。阿久先带回去了。”

“真是的，买了这么多……”

“看了华严瀑布了，春丫？”悦子一边看明信片一边问。

“看了。从东照宫出发，华严瀑布，一直到中禅寺湖……托您的福到处都看了呢……”

大家热热闹闹地聊了一会儿阿春在日光的见闻，阿春忽然说“还看到了富士山”，这一句突然炸开锅了。

“啊？富士山？”

“是的。”

“在哪儿看到的？”

“在东武电车里。”

“东武电车沿线有能看到富士山的地方吗？”

“真的假的，春丫头，你只是看到像富士山的山了吧。”

“不是，就是富士山。客人们都说‘看到富士山了’，所以不会错的。”

“是吗？那是在什么地方看到的？”

幸子从一大早就操心着悦子看病的事，便吩咐阿春给杉浦博士家打电话。得到了回复：“博士恰巧方才回来了，明天也就是六日的早晨若能前来，自当为悦子小姐诊疗。”之前听说博士五号回程，本以为看病的事怎么也要两三日以后了，没想到能这么快就解决。幸子随即吩咐阿春请来旅馆的账房，请他预订了明晚三张卧铺，如果可以尽可能同车厢连号。“中姐，明天就回去了吗？”雪子惊愕地问道。“明天上午能接受治疗的话，虽然时间有点紧，下午去买买东西，晚上乘夜车回去也没什么不好。我没什么着急的事，但是悦悦已经开学了，不能老这么拖着不去。我觉得还是早点回去为好。还有雪子、春丫头，明天中午之前来这里一趟，我和悦悦也在那之前从杉浦博士那儿回来，下午大家一起去买东西。虽然不再去涩谷问候一下有些失礼，但是实在没时间了，就请你们跟姐姐姐夫代为打招呼吧。”幸子说完，在饭后就让两人回去了。

第二天是十分慌乱忙碌的一天。首先早晨去位于本乡西片町的杉浦博士住所看病，拿着处方笺去本乡药房抓了药，在东京大学门前打了出租车回到滨屋旅馆的时候，雪子和阿春已经在那儿等着了。雪子赶紧问治疗得怎么样，幸子说：“杉浦博士看的结果跟辻博士说得差不多。不过，杉浦博士还说这种神经过敏的少男少女往往都是天才，大部分都学习成绩优秀。对于这类孩子通过不同的引导方式在某一点能够使其优于常人，不必太过担心。要紧的是需要发现这孩子到底在哪方面特别优秀，才能让她集中精神在一件事上下功夫。他还说主要依靠食疗，给开了方子，只是那方子跟辻博士开的截然不同。”到了下午，四人畅游了池之端的道明商店，日本桥的三越百货、山本海苔店，尾张町的襟圆商店、平野屋，西银座的阿波屋等。碰巧赶上夏季的余热卷土重来，虽然有风但毒日当空，她们不得不在三越百货的七层、日耳曼面包房、Colombin 点心店等地走走停停，让冒烟的嗓子也休息一下。阿春身上挎了特别多购物袋，简直被各种袋子淹没得就剩了一个脑袋，今天也是满脸大汗地跟在三个人的后面，其他三人都各自提一两个袋子。然后她们再一次来到尾张町，最后在服部的地下商城里又买了一些东西。到了晚饭的时间，考虑到 Lohmeyer 就是那老一套，于是众人为换换口味便去了数寄屋桥那边的新格兰德酒店。一则这比回宾馆吃饭更省时，再则雪子爱吃西餐，今夜一别不知何时才能相见，为了雪子大家小酌生啤，权当告别了。之后急急忙忙回到旅馆，整理行李，匆匆赶到东京站，跟前来送别的大姐在候车室站着聊了五分钟，便登上了晚八点三十分发车的快车卧铺车厢。大姐和雪子都一直送到站台，趁悦子下车跟雪子聊天的时候大姐凑到站在登车口的幸子身边，小声说："雪子的亲事，后来就没人提了吗？"

"是呢……过不久还会有人来提亲吧……"

"今年要是没个定论，明年可是她的厄年啊。"

"我也担心呢，正到处托人呢……"

"再见！姐姐！"悦子登上列车，挥着玫瑰色的乔其纱手帕，"下次什么时候来啊，姐姐？"

"这个……什么时候我也说不好呢……"

"快点来啊！"

"好。"

"一定啊，姐姐……好吗？一定来啊……"

三人的卧铺是挨着的，一张上铺，两张下铺，幸子让悦子和阿春面对面睡下铺，自己选了上铺。她马上爬上自己的铺位，外罩也没脱就躺下了。反正只是躺一下，睡不着是肯定的，所以也就不做无用功强迫自己睡觉了。她呆呆地闭上眼睛，方才大姐和雪子泪汪汪地一直望着这边，那样子一直在眼前挥之不去。回想了一下，上个月二十七日到今天总共是十一天，还没有哪次旅行像这次东京之行这般风波不断、不得安宁的。最开始住在姐姐家，被孩子们吵得不行，最后还受到台风的威胁，狼狈不堪地逃到滨屋，还没来得及喘口气，奥畑的信就如同炸弹般给她送了一份"大礼"。要说还算轻松的日子，当数和大姐一起去大黑屋那天。不过，让杉浦博士给悦子看了病，最重要的任务算是完成了。然而终究连一场戏都没看成。从昨天到今天，在尘土飞扬的东京街头到处奔走，真是让人天旋地转的两天。如此紧迫的时间里去那么多地方，要不是在旅途中实在难以想象。幸子光是想到这些，疲劳感就席卷全身，好像被人从高出抛下似的。与其说是躺着，倒不如说是被人打倒了的感觉，精神却越来越清醒。喝两口白兰地的话或许能稍微打个盹儿，可她连起身去拿酒瓶的力气都没有。在她无眠的脑海中，那件麻烦事等着她回去后立刻裁决——从昨天开始，这个亟待解决的问题幻化成各种各样的疑问和忧虑，郁结于心，时隐时现。那封信的内容真的是事实吗？如果是事实，该如何处理呢？悦子有没有起疑？她有没有跟雪子说奥畑来信了？

二十

悦子在回来的当天休息了一天，次日便开始上学了。而幸子在这两三天里，随着时间一点点流逝，疲劳感反而渐渐全部释放出来了似的，每天就是靠做按摩或者午休度日。觉得无聊时，便一个人坐在露台的椅子上望着庭院打发时间。

这庭院似乎能反映出这家女主人不喜秋景更爱春花的癖好。在假山的阴凉下，只开着几株寒碜的木芙蓉。临近和史托尔兹家的交界处，生着一丛低垂着的白花胡枝子。除此以外，就没有什么格外惹人注目的景色了。夏天的时候尽情舒展枝叶的檀香树和梧桐好似被骄阳灼伤了一般懒洋洋地伸着树枝。草坪如同一块深绿色的毛毡子似的铺展开来，这景色跟她前几日去东京时比没什么不同，但日照强度弱了几分，一丝若有若无的凉爽之气流动着。不知从哪儿带来桂花的香气，让人感觉到秋天渐渐地降临在这片土地上。铺在露台上的遮光席也得在这几日摘下来了——这两三日里，她总是一边想着这些事，一边甚是依恋地观赏着平时再熟悉不过的庭院。看来真是得偶尔出去旅旅游。只是离开家十天而已，可能是在旅途中不适应的缘故，觉得好像离开家一个月似的，再回家时喜悦之情涌上心头。这时幸子又想到，雪子来这儿住的时候动不动就极其怀恋地，或者说是依依不舍地伫立在这个院子的各个角落。这样一想，不光是雪子这样，自己也是土生土长的关西人，很了解她们对关西这片土地爱得有多深。这座普普通通的庭院里，并没有什么特别引人注目的风景，但仅仅只是站在这里，嗅着空气中松树的清香，望着六甲山那边的群山，抬头仰望澄澈的天空，感觉到再没有比大阪神户这一带更让人觉得宁静踏实的地方了。那个人声嘈杂、四处尘埃、一片白蒙蒙的东京，真是让人生厌的城市。雪子像口头禅似的经常说，“东京和这里的风吹在身上的感觉都不一样”，这话的确不假。自己不用搬到那种地方，跟大姐和雪子比起来多么幸福啊——幸子无比欢欣地沉浸在这思绪中。“春丫头，让你去日光参观了一下固然好，可我一点都不觉得东京是个好地方。还是自己家最舒服。”她总是揪住阿春这样说。

妙子说，夏天暂停了的人偶制作本想在前一阵恢复的，但在幸子她们不在家的这几日尽量控制不外出。幸子回来的第二天开始，便每天去夙川工作了。妙子还说，洋装学院什么时候开课还不知道，山村作师傅也故去了，目前除了做人偶没有其他工作，趁着现在想学一下以前就很想学的法语。幸子便说：“那就把冢本太太请过来。我和雪子停课之后就一直没学，小妹要开始的话我也开始学。”妙子笑着说：“我是从头学，咱们学不到一起的。而且聘请法国人很贵的。”

在妙子不在家时板仓曾来过一次，说：“太太回来了，我特来问候。”和幸子两人在露台聊了二三十分钟，又去厨房转了一圈，听阿春讲了讲日光之行便回去了。实际上，幸子一边等待自己从疲劳中恢复，一边在等合适的机会跟妙子说话，就这样一天一天过去了。让人不可思议的是，从东京时一直悬在心头的疑虑竟然渐渐消减了许多。那天早晨，在滨屋的房间里，展开信纸时的惊讶、次日仍持续着紧紧缠绕在心头的忧虑，躺在卧铺上之后如同梦魇般使自己痛苦了一夜的问题——那时候那般紧迫，认为一日都不可耽误的问题，竟在回到家后迎来爽朗清晨的那一瞬间消失了。渐渐地，紧张感开始松弛，也开始觉得那些问题不必太过惊慌失措。总而言之，如果关系到雪子的品行，无论是谁跑来说了什么，幸子必定完全不理会，当作无凭无据的恶意中伤斥退来者。但妙子之前出过那档子事儿，这个妹妹跟自己和雪子性格大不相同，说白了，不能完全信任她。正因如此，幸子才因那封信狼狈不堪。但回到家看不出妙子的举止有任何变化，看见她那张明朗的脸，深觉这个妹妹不太像做了什么亏心事，甚至觉得彼时那么慌张有点可笑。现在想来，总觉得自己在东京的时候或许也染上了悦子的神经衰弱。像自己这样的人，处在东京那种急躁的环境当中，神经肯定会变得异常的。那时候的担心应该是病态的，现在的判断才是正确的吧……

幸子回家一周后，她已逐渐恢复轻松的心态。有一天，她找了个机会跟妙子说起这件事。

那天，妙子比平时更早地从夙川回了家，回到二楼自己的房间，把刚从工作室带回来的人偶放在桌子上，细细地端详。人偶是一个身着黑底白纹和服的中年女子，脚蹬木屐，蹲在石灯笼下。这部作品名为《虫之音》，描述一个女子入迷地听着虫鸣，是妙子从很久之前便苦心制作的作品。

就在这时，幸子边说边进屋来：“哎呀，做得真漂亮啊……”

“不错吧，这个人偶。”

“不错，真不错。这是最近的杰作了吧……不做年轻女子，而做中年女子的人偶，想法很独特呀。表现出了一种冷清的感觉……”之后幸子又表达了两三条意见，顿了一下说，“小妹，其实前一阵子我在东京收到一封奇怪的信。”

“谁寄的？”妙子依旧盯着人偶，泰然自若地说。

“启少爷寄的。”

幸子说完，妙子哦了一声，看向姐姐。

“就是这个——”

幸子从怀里取出那封套着西洋信封的信。

“这封信说了什么，小妹知道吗？”

“大概知道——板仓的事吧？”

“是啊，你读读。”

妙子在这种时候向来面不改色，态度从容不迫，旁人根本搞不清她肚子里打着什么算盘。现在幸子看着她安静地展开桌上那三张信纸，一张一张从正面到背面地读着，眉头都没皱一下。

“真烦人——这信里说的事情，他前一阵子就威胁我说要告诉中姐。”

“这对我而言简直是晴天霹雳，真的吓坏了。”

“这种事，就别理他了。”

"他在信里写道说不要把他写信的事告诉小妹，但我还是觉得与其跟别人商议，还是直接问你更快一点，所以就跟你说了。他说的不会是真的吧？"

"启少爷自己花心，还到处怀疑别人。"

"话说回来，小妹心里对板仓是怎么想的呀？"

"那个人我没放在心上。我虽不像启少爷说的那样，但对板仓很感激。他是救过我命的恩人，要是对人家太不好的话，心里过意不去。"

"明白了。我就知道肯定是这样的。"

奥畑虽在信里说他怀疑她和板仓是在"水灾之后"，但据妙子说，其实他早就那么怀疑了。奥畑对妙子还有所顾虑，但会时不时地挖苦板仓，这是后来她才知道的。板仓最初以为只有自己可以自由出入芦屋，奥畑却不能，这个事实触怒了他，他嫉妒得不得了，便孩子气地发泄不满，所以奥畑要说什么便任他说。但自从水灾以来，奥畑的说法就越来越过分，并且还怀疑起妙子来。但是奥畑对妙子说："我只来问了你，板仓是不知道了，希望你别告诉他。"妙子以为自尊心很强的奥畑不会跟板仓说，妙子还尽可能避免跟板仓谈及此事。板仓其实也同样没对妙子提过自己被责怨的事情。后来，妙子因为这事儿跟奥畑吵了一架，电话不接、故意不见他。但看奥畑如此担心，又觉得他可怜起来。就在最近——在这封信上也提到了——这个月三号那天许久未见的两人见了一面（妙子和奥畑经常在家和工作室往返途中的某个场所见面。奥畑在信上也说"在夙川见面了"，但怎么见的面，在哪儿碰的头，没有详谈。幸子一问，妙子说是在那附近的松林里散着步聊了一会儿便分开了）。两人见面时，奥畑说他掌握了很多证据，把信里提到的内容拿出来责问妙子，让妙子和板仓绝交。妙子说跟自己的救命恩人断绝来往实在没道理，便拒绝了奥畑的要求。但妙子跟他约定，今后尽量不跟板仓见面，并且让板仓尽量不来芦屋，工作方面（宣传照片的委托）完全不接触。为了履行这个约定，还是必须得跟板仓说明理由，妙子便自己做主第一次跟板仓说起了这些事。结果两人一聊才发现，板仓也被要求作出了同样的保证，奥畑还勒令他保密。总之就这样，妙子跟奥畑约定之后，也就是这个月的三号之后，一次也没见过板仓，板仓也没来访过。“只不过，中姐也回来了，板仓觉得突然一下子再也不来了不免奇怪，前些日子才来问候。那也是故意挑了我不在的时候。”妙子说道。

但是，就算妙子这边没什么想法，对于妙子，板仓心里到底是怎么想的呢？就算奥畑怀疑妙子是无凭无据的，但他怀疑板仓并非完全没道理。按奥畑的说法，妙子对于板仓的救助其实用不着感恩戴德。为什么这么说呢？板仓那英雄般的行为从一开始就是有目的性的。那个狡猾的男人如果不是为了谋求丰厚的报酬，是不会冒那个险的。据说板仓那天一大早便全副武装地在那一带转来转去，如此说来他的行动完全是有计划的。对于这种不知天高地厚、野心勃勃的男人没什么好感谢的。首先，他想夺取旧主的恋人，不就是忘恩负义吗——奥畑这样说过。但板仓又完全否认：“启少爷说的完全是误会。我之所以要救小妹，就是因为小妹是启少爷的恋人。我就是没有忘记旧主的恩惠，才豁出命去行忠义之举的。我被如此误解实在无法忍受。我也不是不懂道理，小妹会不会跟我这样的人在一起我心里有数。”妙子对此二人的辩白是这么判断的：“说实话，对于板仓的心意我也略知一二，板仓很机灵的，不会把那种感情表现出来。但是他冒那么大的险来救我，大概不光是为了向旧主报恩、尽忠尽义吧！他是否意识到了自己的感情姑且不论，但与其说他向启少爷尽忠，倒不如说是在向我尽忠。但即便如此，我和他也没什么。只要他不越界，我就装作什么都不知道。难得他能手脚勤快地帮我做事，我也可以尽可能用用他，他也觉得为我效劳挺光荣的，所以他愿意怎么想就随他去了。”妙子便是本着这样的想法跟板仓来往的，“但启少爷气量小，爱嫉妒，我也不喜欢受到无端的误解。虽不至于绝交，但说好了尽量跟板仓少来往。所以启少爷也一扫疑虑得以安心。没准儿现在正在后悔给中姐写了这封信呢。像板仓那样的人，对我到底是怎么想的随他去就是了。启少爷也真够可笑的。”

“像小妹这样心里想得明明白白的，就什么事儿都没有了。启少爷估计是想不通了。”

最近妙子在幸子面前丝毫不藏着掖着了，她从腰带里拿出一个白色玳瑁的烟盒，又取出一支新近进口的金嘴香烟，很是名贵，用打火机点燃。然后她撮圆了她那张有特色的厚唇，慢慢地吐着一个个烟圈，想了一会儿，说：“对了，出国留学的事……”她头也没有扭动，幸子只能看到她的侧脸，“中姐，你考虑过吗？”

“嗯，考虑是考虑过了，但是……”

“你在东京时，没说这事儿吗？”

“跟大姐说话的时候，这件事就在嘴边上，但这事儿涉及钱的问题，得好好想想怎么说才好，所以这次就搁置了。要说的话，还是让你贞之助姐夫去说吧。”

“姐夫怎么看这件事？”

“他说只要小妹意志坚决、态度认真，就代为传达；但又说欧洲可能马上要开始打仗了，担心得很。”

“要打仗了吗？”

“不大清楚。他说要不还是看看形势再做决定吧！”

“姐夫说得在理，但玉置老师决定近期就要出发了。她还跟我说，我要是去的话就带上我。”

实际上，近来发生了这些事，幸子也认为不仅让妙子跟板仓保持距离，也远离奥畑一阵子比较好，让她去留学不失为一个好办法。但是在报纸上得知，欧洲风云变幻、黑雨欲来，让妹妹孤身一人去这种地方，幸子感到不安，本家应该也不会同意，所以一直都很犹豫。但现在又说玉置院长可以同行，这件事就又有了商讨的余地。据妙子说，玉置院长也不会去那么久。她以前去巴黎是很久之前的事了，想着有机会就再去一次，研究最新的流行趋势回来，加之这次的水灾迫使校舍改建，便决定利用这段时间去一趟，待上个半年再回国。玉置院长说：“按理说妙子小姐去个一两年好好学习一下比较好，但是如果我走之后觉得自己孤零零的，就可以和我一同回来。半年也能完成很多事，我运作一下看看能不能给妙子小姐弄个名号。现在的计划是，明年正月出发七八月回，总之时间很短，这期间应该不会打仗吧。如果打起仗了那就听天由命吧，那时候两人也能互相照应，还好我在德国和英国都有朋友，万一发生了什么也不愁没地方逃难。”妙子深觉这机会不可多得，便下决心，想着冒险跟着去。

“这次发生板仓这档子事儿，启少爷也支持我留学了。”妙子说。

“我也可以支持，总之我跟你姐夫商量一下，也看看他怎么说。”

“希望中姐拜托姐夫一定要支持我，并且去说服本家。”

“正月出发的话，也没那么着急。”

“这事儿越早敲定越好。他下次什么时候去东京？”

“今年应该还会去个一两次——总之，小妹先学法语吧。”幸子说。

二十一

史托尔兹夫人决定在那个月的十五日，带着罗斯玛丽和弗里茨乘坐库利基总统号客轮出发去马尼拉。由于悦子在东京时的行程意外推迟了，罗斯玛丽每天都不停地问，“悦子小姐还没回来吗？为什么不早点回来呀？”留在家中的妙子和用人疲于应对。悦子回来之后，她每天都急切地等着悦子放学回来，仅剩几天的时间里，两人天天黏在一起玩。悦子先走到客厅把书包一放，便跑到铁丝网下面，用简短的德语呼唤:“露米小姐，Komm！[1]”然后罗斯玛丽就会出现，越过铁丝网，来到这边的院子，光着脚在草坪上跳绳。有时候弗里茨、幸子或者妙子也会加入。

“Eins，zwei，drei，vier[2]……”悦子用德语从一大概数到二三十。

悦子还会用德语说类似“Schnell！ Schnell！[3]”“露米小姐，Bitte[4]”“Noch nicht[5]”等这种程度的词语。有一天，在两家分界处，罗斯玛丽站在枝繁叶茂的树丛中，用日语说道:“悦子小姐，保重！”

---

①德语“过来”。
②德语“一、二、三、四”。
③德语“快快”。
④德语“请”。
⑤德语“还不行”。

“再见！”悦子用德语答道，“到了汉堡一定给我写信啊！”

“悦子小姐也给我写信！”

“嗯！我会写的，一定一定……代我跟彼得哥哥问好！”

“悦子小姐……”

“露米小姐，弗里茨弟弟……”

孩子们正相互叫着对方的名字，罗斯玛丽和弗里茨忽然合唱起来“Deutschland ü ber alles[①]”。幸子走到露台上一看，罗斯玛丽和幼小的弗里茨爬上梧桐树，站在树杈上挥着手帕，下面的悦子一边应和一边模仿着船要开走的场景。

“啊。”幸子也马上跑到梧桐树下，“露米小姐，弗里茨少爷……”边说边像是站在码头上似的挥着手帕。

“悦子妈妈，再见！”

“再见！保重啊！露米小姐，一定再来日本啊。”

“悦子妈妈，悦子小姐，一定要来汉堡哇！”

“嗯，一定去……等悦子稍微大一点时一定去。露米小姐也要健健康康的……”

幸子说着说着，明知是在陪孩子们玩游戏，眼眶竟热了起来。

史托尔兹夫人对孩子们的教育也非常有原则，很严厉，就算罗斯玛丽来悦子家玩儿，到了一定的时间之后一定会在铁丝网那边叫喊“露米”。但在这十来天里，可能是特别能体恤到孩子们之间的依依不舍，不像平时那般严格了，所以太阳落山后，两人又跑到家中玩耍。她们在客厅像平时那样把光着身子的娃娃排在一起，给它们穿上各种各样的衣服。最后还把铃抱来，把它当成娃娃给它穿衣

①德国国歌《德意志之歌》中的歌词，这句意为“德意志高于一切”。

服。有时两人还轮流着弹弹钢琴。

"悦子小姐，请再来一个。"

罗斯玛丽经常这么说，其实是"请再弹一曲"的意思。

由于史托尔兹先生走得匆忙，之后的行李整理和生活用品的处理等一切收尾工作好像都要史托尔兹夫人一个人做，从幸子家的二楼可以窥见她每天忙忙碌碌的身影。自从这一家德国人搬到旁边以来，幸子并非有意要窥探，但每次早晚从二楼的檐廊向院子里望去的时候，邻居家的后门总能自然而然地映入眼帘，史托尔兹夫人或者女佣忙碌的身影以及厨房里的光景，一览无余。无论什么时候厨房器具总是摆放得井井有条，令人惊叹。以做饭用的灶台和操作台为中心，周围是铝制的烧水壶、煎锅，由大到小永远摆在固定的位置，都像武器一般擦得锃亮。而且洗衣服、打扫卫生、烧洗澡水、做饭等每天都在固定时间进行，甚至幸子家的人们看到邻居家在做什么事就能掌握时间了，连看表都省了。史托尔兹家曾雇用过两个年轻的日本女佣，她们和幸子家发生过一些事端，这还是雇用现在的这些女佣之前的事。那两个日本女佣在幸子她们看来不遗余力、勤恳工作、忠厚老实，可大概是史托尔兹夫人使唤人太过严苛了吧，那两个女佣似乎有不满情绪很久了，经常念叨："我们家太太自己带头，一分钟都不浪费，安排日程做事情井井有条，我们也在完成一件工作之后被逼得马上开始下一项工作，跟普通的日本家庭比起来，我们在这儿得到更丰厚的报酬，家务事方面也受教很多，但就是一天到晚喘不了一口气，我们家的太太作为一名主妇真的是非常了不起，我们十分敬服，就是被使唤得实在受不了。"有天早晨，幸子家打杂的阿秋在打扫幸子家围墙外侧之后，顺便也把史托尔兹家围墙外给打扫了，而那是史托尔兹家两个女佣每天必做的工作。阿秋不过想的是，每次都是史托尔兹家的两个女佣帮着把幸子家的四周打扫，偶尔也要回礼似的帮忙扫一次。史托尔兹夫人看见了这一幕，便说："自己该干的活儿却让别人家的女佣去做，真不像话！"狠狠地训斥了自家的女佣。那两个女佣也不示弱，说她们既没有要偷懒，也没有去让阿秋扫，阿秋只是好意给扫了，而且只有今早一次，要是这么做不合适那就不再让人家扫了。或许也是因为语言不通的缘故，史托尔兹夫人不肯轻易原谅。"这样的话我们告辞了。""好，你们走吧。"双方甚至到了这种地步。幸子从阿秋那儿听了这件事，想过来说和，结果那两个女佣反而态度强硬起来："不必，谢谢。跟您没有关系，请您不要说什么。实际上不只是今天的事，我们自以为已经很努力工作了，我们家的太太从来都不赞许，随口就骂我们'你们太笨了'。的确，我们当然比不了那位太太脑子好，但我们是多么忠厚多么实干的人，她雇了其他人想必就能了解了。要是那位太太自己意识到了，跟我们赔个不是，还另当别论；若非如此，我们趁此机会便告辞了。"夫人最终没有挽留，两个女佣一起离开了。之后没多久，又来了两个女佣。果然之前那两个女佣那样说、那么愤慨是有道理的，论头脑灵活程度、工作效率，之前那两个都是出类拔萃的。史托尔兹夫人到了后来也对幸子透露说："我不该让那两个人走。"史托尔兹夫人是怎样的主妇，通过这一件事就能了解。话虽如此，她也并非只是严厉讲原则，也有温柔、人情味十足的一面。那次发大水的时候，她听说有两三个满身泥水的灾民逃到附近的派出所时，她马上让人送去衬衣、内衣之类的，还热心劝说用人："你们要是有浴衣，也赠送给人家。"她担心丈夫和孩子们的安全，甚至还担心悦子，苍白的脸上挂满泪水，傍晚看到丈夫他们平安归来，发狂似的尖叫着跑出去，看到这些情景自然会明白。幸子到现在还记得透过檀香树叶的间隙，看到史托尔兹夫人喜悦地、忘我地紧紧抱住史托尔兹先生的情景，她那份热情实在叫人感动。虽说一般的德国太太都很了不起，但像史托尔兹夫人这般事事周全的人实在难得，有这样的人能做邻居实在是自己的福分。只是未能与史托尔兹家更深入地交往。一般西洋人家庭不大愿意跟日本人来往，而这一家在这一点却很周到，搬来时为邻居送了漂亮的金字塔蛋糕作为问候，要是自己也能打开心扉，不光是孩子们玩儿在一起，而且自己也能够更亲密地跟史托尔兹一家往来，让人家教教料理和点心的制作方法就好了——幸子现在后悔不已。

由于夫人是这样的行事作风，除了幸子一家，还有很多邻居都对他们的离开依依不舍。有些经常出入她家的商人们，用特别便宜的价格买入她家的缝纫机和冰箱，高兴得不得了。史托尔兹夫人把不再需要的家具尽量都以低廉的价格让给熟人或者经常来她家的人，没人要的东西她才打包卖给家具店。她只在野餐篮里留下少量的餐具，笑着说："这个家里已经什么都没有了。我们在上船之前就用这个篮子里的刀叉吃饭。"

住在附近的人听说，夫人想要在回国之后布置一间和室，在里面摆上从日本带回的礼物以作纪念，所以大家都纷纷送去书画古董，幸子也把祖辈留下来的牛车花纹刺绣的绸巾送给了她。罗斯玛丽把平时特别珍爱的布娃娃和娃娃的婴儿车送给了悦子，悦子则送给罗斯玛丽之前跳舞时拍摄的彩照以及当时穿的粉色的印有花斗笠图案的绫子绉绸长袖和服。

史托尔兹一家登船的前一晚，罗斯玛丽得到特许留宿悦子的房间，那一晚上两人简直闹翻了天。悦子把自己的床让给罗斯玛丽，自己睡雪子的稻草席，两人根本睡不着。贞之助被这两个小女孩的叫喊声、在走廊里跑来跑去的脚步声吵得完全睡不着。

“真吵哇！”贞之助一边说着一边把头埋在被子里，两人越来越闹腾，贞之助最后蓦地抬起脑袋拉亮床头灯。

“喂，都半夜两点了。”

“哎？已经那么晚了？”幸子也吃惊地说。

“不能让她们太闹腾。史托尔兹太太会生气的。”

“就今晚一晚上而已，就这样吧。史托尔兹太太今晚也不会太追究的……”

两人正说着，突然听到一声：

“妖怪……”

紧接着传来一阵向卧室这边走来的脚步声。

“爸爸！”悦子在拉门外大喊，“爸爸！妖怪用德语怎么说？”

“孩子她爸，妖怪用德语怎么说，知道的话教给她……”

“Gespenster！”

自己居然还记得多年前背的这个德语单词，贞之助都觉得不可思议，一时间高声说了出来。

“妖怪的德语是 Gespenster。”

“Gespenster。”悦子试着说了一遍。

“露米小姐，这个，Gespenster……”

“嗷！我也要变成 Gespenster 了。”

接着两人闹得更厉害了。

“妖怪！”

“Gespenster！”

两人你呼我喊地在二楼跑来跑去，罗斯玛丽终于带头闯进贞之助夫妇的卧室，两人都用床单盖在脑袋上，扮成妖怪的样子。然后两人边咯咯地笑着边喊着“妖怪”“Gespenster”，绕床铺两三圈之后又跑到走廊上去了。之后大约到了凌晨三点，两人终于进入卧室，果不出所料，两人太兴奋了怎么也睡不着。罗斯玛丽似乎是突然想家了，哭闹起来：“我要回妈妈那儿去。”贞之助夫妇轮流过来安慰她，终于在拂晓的时候把她哄睡着了。

开船当天，悦子在妈妈和妙子的带领下捧着花束去了码头。由于晚上七点多才出发，鲜少有孩子们来送行。罗斯玛丽的德国朋友人只有一个叫作盈盖的少女来送——悦子在史托尔兹家的茶会上经常和她同席玩耍，大家背地里都叫她“鹦哥儿，鹦哥儿”；日本朋友中就只有悦子来送别了。史托尔兹家一行人在中午时分就登船了，悦子她们早早地吃了晚饭出发，从阪神的三宫站出发打车过去，穿过海关之后赫然看到灯火通明的库利基总统号宛如一座不夜城，耸立在码头上。她们迅速地找到了史托尔兹夫人所在的房间。房间的墙壁、天花板、窗帘、床铺都是统一的泛着乳白色的绿色。卧室淹没在无数花束中，让人觉得眼前一亮。史托尔兹夫人唤来罗斯玛丽，让她带悦子在船上参观一下。罗斯玛丽带着悦子东走走西看看，悦子一想还剩只有十四五分钟了，心思便不在参观上，只记得那是个特别豪华的邮轮，她们俩在台阶上无数次上上下下。她回到房间一看，妈妈和史托尔兹夫人一边说着告别的话一边落泪。不一会儿，悦子她们听到鸣笛，不得不下船了。

船驶离港口之后，在暮色中的海岸边，穿着白衬衫的妙子在瑟瑟秋风中缩着肩说道：“哇，真漂亮。好像一座百货大楼在移动——”之后过了许久，还能在灯光中看到史托尔兹夫人他们站在甲板上的身影，渐渐地小了，最后甚至分辨不出谁是谁了。

“悦子小——姐——”从黑漆漆的海面上仍能传来，罗斯玛丽持续不断、尖细高亢的呼喊声。

二十二

亲爱的莳冈尊夫人：

这个月日本多台风，我心里分外惦念你们。在过去几个月里，您家遭遇了许多灾难，我希望那些悲惨的事情不要再降临在您家头上了。堆在国道或者芦屋附近的那些石块、泥沙应该已经彻底清理走了吧？而且交通也恢复原状，人们也回到往日安逸快乐的生活了吧？我们曾住的房子也已经有了新的租户，您家也又有了好邻居了吧？我真的时常回想那房子可爱的庭院，以及我家孩子骑着自行车来回转悠的幽静街道。他们真的度过了非常愉快的时光。而且他们在您府上拥有了很多有趣的经历。我再一次感谢您对我孩子们的一切关怀。实际上他们经常提起您家，时不时还对您和悦子小姐备感思念。彼得从船上寄来了信，他说他们跟您的妹妹和悦子小姐一起游历了东京，度过了非常快乐的时光。带他们参观实在是太贴心了，我向您家表示深深的感谢。他前几日给我拍电报说他们已经安全到达汉堡，他们现在寄居在我妹妹家里，妹妹家有三个孩子，彼得便成了这个家庭里的第四个孩子。

我们家在马尼拉当地是个大家族。在这儿有八个孩子，而我就像是笼子里唯一的一只母鸡。有时候孩子们相互打闹，但大多数时候还是友好地玩儿在一起。罗斯玛丽年龄最大，她也深深明白这一点。我们每天到了下午便骑着自行车到漂亮的步行街，还在那儿吃冰激凌。

请你们一定保重身体。请代我转达对您先生、妹妹和可爱的悦子小姐的问候。欧洲局势稳定之后，请来德国做客。现在那里处处兵戎之声，但终究老百姓都是不喜欢战争的，应该打不起仗吧。捷克的问题，我相信希特勒会处理好的。

在信的最后我祝愿您身体健康。请不要忘记我对您的敬爱。

希尔达·史托尔兹　敬上

一九三八年九月三十日于马尼拉

与此信同时，我们寄了一块菲律宾刺绣布匹给您。希望您能喜欢。

史托尔兹夫人的这封英文信大概是在十月十日左右送到幸子这里来的。附言里说的刺绣布匹也在两三天之后送到了。那是一块手工制作、极其精良的桌布。幸子想着过两天就回信，但就算是写了也不知能让谁给翻译。丈夫觉得麻烦，逃了这桩差事。一时间找不到合适的人，这事便一拖再拖。一天傍晚，幸子在芦屋川大坝上散步时遇到了一位日本太太，她嫁给了一名姓海宁的德国人，史托尔兹夫人曾介绍她给幸子认识。幸子突然想起信的事，跟她一商量。“小事一桩。我虽然写得不好，但我女儿会写德语和英语。我让她给您翻译。”就这样海宁夫人应下了此事。尽管谈妥了翻译的事，对于这样一封要漂洋过海送到外国的信，幸子一时间不知如何下笔，又搁置了下来。终于有一天自己写了，也让悦子写了，送到了海宁夫人那儿去了。

不久，有一个从纽约寄给悦子的包裹送到了。打开一看，是彼得回国中途路过美国时，买了约定好的鞋寄了过来。但不知为何，彼得明明细致地量了尺寸带走，但鞋太小了，悦子穿不进去。这是一双上等的漆皮皮鞋，出门做客正相宜，所以悦子不肯放弃，反反复复把脚伸进去试穿，好不容易把脚全挤进去了，却紧得受不了。

"真可惜呀，要是买大了就好了……"

"彼得哥哥怎么会弄错呢？可能尺寸卡得太严格了。"

"悦悦的脚比那时候或许长大了一点儿。孩子的鞋得稍微往大里买一些，我要是那时候提醒他们就好了。他妈妈在的话就肯定会注意到了。"

"真可惜呀——"

"好了别穿了，你要穿多少次呀。"

看着悦子还在尝试把脚塞进去，幸子笑着制止她。对于这份难得的礼物，幸子不知该如何作答，最终连答谢信也没写。

这段时间，妙子为了在出国之前把人偶的订单全部赶制完成，每天都去工作室，同时她又去玉置院长介绍的老师那里学习法语会话。这老师是西洋画画家别所猪之助的太太，据说在巴黎待过六年，她每个月只收取十日元，学费极低，妙子每周都去上三次课。因此，妙子白天基本都不在家。悦子从学校回家后，跑到铁丝网那里去。铁丝网的那边曾是史托尔兹家，而现在就剩下一栋空房子了，她怅然若失、无比怀恋地透过铁丝网格望着如今已经杂草丛生、虫声阵阵的后院。悦子之前因为家旁边有这么好的玩伴，便不大跟学校的同学们一起玩儿，渐渐疏远了。现在不堪寂寞，慢慢地在交一些新朋友，但一时间没有特别脾气相投的伙伴，经常说着："旁边的房子里会不会来一户人家，也有个像露米小姐一样的孩子呢？"旁边这栋房子是专门租给外国人用的，日本人不会来租，但外国人眼见近来整个世界动乱不堪，大多都跟史托尔兹家一样的理由离开东亚了。估计旁边这栋房子短时间内是租不出去了。幸子也每天百无聊赖地练练书法，教阿春学学琴，打发时间。有一次，她在给雪子的信的开头这么写道："不光是悦子寂寞。我也突然在这个秋天感到一种别样的滋味。以前我只喜欢春天，我还是第一次从秋天的寂寥之中感受到几分情趣，许是上了岁数的缘故吧……"

回想今年，自从雪子在春天那次相亲开始，六月份举办了舞蹈会，接着就是那次大水灾妙子遇险、山村作师傅去世、史托尔兹一家回国、去东京、关东大风暴、奥畑的信卷起重重疑云……一直以来事件频发，或许是因为到现在突然恢复了平静，好像心里的某个地方空出来了，闲得无聊。通过这一系列的事情，幸子深感自己的生活，无论是内在的还是外在的，都跟两个妹妹紧紧地连在一起。幸运的是，她与丈夫恩爱圆满，养育悦子虽多少有些费事，但总归就这么一个孩子，这三口之家本应过着毫无波澜、平和安静的小日子。但正是由于两个妹妹的存在，使得一直以来的这份宁静发生很多改变。虽说如此，但幸子并不厌烦这两个妹妹；相反，由于这两个妹妹的相伴，家庭生活增添很多丰富的色彩，气氛更加活跃。对此，幸子深感喜悦。为什么这么说呢？因为父亲在世时喜热闹，讲排场，对于这种性格幸子继承得比谁都多，她极度厌恶家里冷冷清清的，希望生活永远都热热闹闹朝气蓬勃。因此，妹妹们不愿在本家待着、更希望在幸子家过日子，她虽然不会在大姐和姐夫面前多说什么，但心底对于这两个妹妹是很欢迎的，所以她觉得，与其让她们在孩子众多的本家度日，还是让她们留在房屋宽敞、人口却很少的自己家更合理。不过这件事跟贞之助的态度也有关，他虽顾虑着本家，但也对妻子这种性格展现理解的态度，总是十分爽快地接纳妻子的两个妹妹住在家里。由于诸如此类的理由，幸子与两个妹妹之间的关系不能用普通的姐妹观念来衡量。幸子时常想，自己担心雪子和妙子的时间甚至比花在贞之助和悦子身上都多，对此自己非常惊讶。说实话，这两个妹妹在她心里的地位不输悦子，不仅像是两个可爱的女儿，同时还是她的良友。她现在一个人孤零零的时候才发现自己身边都没有个像样的朋友——除了形式上的交往之外，她不怎么和太太们往来——因此她备感惊讶。仔细想来，正是由于自己有两个妹妹，就觉得没有必要交朋友了。如今，就像失去了罗斯玛丽的悦子一样，幸子顿感寂寞。

妻子那怅然若失的样子贞之助早就看在眼里，十月末的一天他一边翻着报纸上的演出信息，一边说："喂，下个月菊五郎要来大阪。咱们第五天去看表演吧？这次据说会有《镜狮子》，小妹也能来吧？"妙子说："下个月特别是上旬特别忙，改天我自己去。"所以最终那天幸子夫妇带着悦子去了。幸子九月在东京未能达成的心愿也完成了，而且也实现了让悦子观赏一次菊五郎作品的愿望。那天晚上，《镜狮子》演完之后中场休息时，幸子走到走廊突然落泪，悦子没有注意到，但贞之助赶忙询问了起来。虽说妻子遇到任何事都是极其感性的人，但这举动还是有些奇怪。

"怎么了呀……"贞之助悄悄把幸子带到角落的地方一问，幸子的眼泪又连连落下。

"孩子她爸，你都已经忘了吗？……那件事就发生在三月的今天啊。要是没有那件事，到这个月刚好满十个月了呀……”幸子说着，为了拂去涌上来的泪珠，她用指尖轻轻拨着睫毛。

二十三

玉置院长即将在正月出发，而现在十一月上旬马上就要过去了，妙子越发焦急难安了，经常拐弯抹角地向幸子打听：贞之助姐夫什么时候去东京呀？不巧贞之助一般两个月去东京办一次事，现在一时间没有机会去，日子便一天天过去了。而看完《镜狮子》几日后，贞之助突然定下来要去东京两三天。他每次出发都很突然，在这次出发前日，从事务所给幸子打电话说事情的时候顺便提起了去东京的事。幸子觉得，究竟应该怎么跟本家说妙子的事，有必要好好考虑一下，于是让妙子赶紧从工作室回来了。

妙子为了成为一名出色的洋装裁缝想去法国留学，这个愿望背后还有一个隐情——因为将来和奥畑结婚之后，有可能需要自己来养活奥畑。基于这个前提，按照顺序来看，就必须先让本家同意她和奥畑的婚事。这样一来事情就麻烦很多，短时间内肯定来不及说服本家了，而且作为传话的贞之助也想必很厌恶背负这样的重任吧。加之从妙子的立场来看，眼下只要能出国就行，没必要把事情搞复杂，所以这一趟还是不要提结婚的事才是上策吧。

那么怎么说才好呢？就说自己过去因为恋爱问题甚至上了报纸，倒并未因此变得乖僻，但觉得嫁入名门无望，所以想做职业女性自食其力。话虽如此，若是觅得良缘当然愿意出嫁，但即使这样让自己有一技之长，身价也能上涨一些。下决心远渡重洋挣个有分量的头衔回来，那些认为自己是不良少女的人也能有所改观。因此也算是一种对名誉的恢复，所以请务必同意留学之事。若能拿出费用来，将来就算结婚也不再要钱了——幸子提议这样讲。

这主要是幸子的意见，妙子对此毫无异议，同意就按幸子认为好的说法去说。

但是幸子当晚跟丈夫拜托这件事的时候，又按自己的想法多说了一两句：她认为尽量让妙子远离板仓和奥畑比较好，虽然跟妙子本身想留学的理由不同，但她极度期待妙子出国。关于板仓的事，她跟丈夫以及所有人都未吐露过，所以幸子只跟丈夫拜托，让他去说的时候也加上奥畑的事。也就是说，最近奥畑为求得他们同意他和妙子的婚事，来过芦屋一两次。幸子见过之后感觉，他表面上一副很诚恳的态度，但总觉得他失去了过去的那份率真。贞之助暗中调查的结果也发现他经常出入花街柳巷和酒吧，多种迹象表明他不是什么有为青年，诸如此类的事情可以说一下。这段时间妙子一心想去学得洋装裁缝的技艺，这无可厚非，干脆应了她的愿望，让她出国去如何。妙子也二十八岁了，应该也不会像以前那般不知分寸。已经错过一次了，暂时让她去一个奥畑接触不到的地方比较稳妥——幸子请贞之助这样说。幸子的想法是，关于费用只需要本家拿出属于妙子的那份钱，也不致让本家破费。但万事小心保守的本家似乎不会那么简单就同意一个女孩子出国留学，所以幸子请贞之助在说的时候多少带点威胁的意思，透露出万一两人再私奔就麻烦了。

贞之助因此特意把在东京的日程延长了一天。他觉得比起姐夫，大姐更好说话，所以选择三号下午两点左右去涩谷。大姐完整地听了一遍贞之助的陈述，说："你的意思我完全明白了，但是我不便说什么，我问过辰雄的意见之后再写信回复幸子吧。小妹要是很急的话，我尽量快些寄出。为了妹妹们的事情让你也跟着费心，实在过意不去。”贞之助本就知道大姐不会立即给出答复，只能带着大姐的这番话回来了。尽管大姐这样说，但以大姐的慢性子，加上姐夫在决策方面极其花费时间，所以幸子估摸着回复不会那么快就来。但之后过了十来天，音信全无，十一月终于进入了下旬。幸子对贞之助说：“你再催催看吧！”“我已经开了头了，之后怎么样我就不管了。”贞之助逃了这桩差事。幸子只得给东京去信：“小妹的事怎么样了？要是去的话正月就得出发了……”但每次都只是石沉大海，音信全无。幸子对妙子说：“这样的话，小妹去趟东京吧，这样反而快一些。”妙子也同意，打算在两三天内动身。就在这时，终于在十一月三十日收到这样一封信：

幸子：

你们回关西有段日子了，大家都好吗？听贞之助妹夫说悦悦的神经衰弱恢复得很好，这样我们就放心了。又到年根儿了，我即将在东京迎来第二个新年，一想到那可怕的冬天不断逼近，我便打寒战。听麻布的嫂子说，要想适应东京的寒冷，得花三年的工夫。听说她搬来东京之后的三年里持续不断地感冒。从这点来说，幸子你可以生活在芦屋那片土地上真是幸福。

话说前几日有关小妹的事情，贞之助妹夫百忙之中特地来访，逐一详述，有劳了。妹妹们的事情总是让你们操心，我心里实在过意不去。实际上应该早点给你们回信的，但一如往常一样，我每天忙于照顾孩子们一刻不停，实在没有写信的时间，回信便晚了。也是因为难得跑了这么一趟，你们姐夫却反对你们的想法，一时间不知如何动笔，便一天天拖了下来。还请别见怪，多多原谅。

一句话概括你姐夫反对的理由，是小妹不必因为登报风波一直觉得矮人一截。那都是八九年前的事了，早就烟消云散了。要是为那件事觉得嫁不了人，想做职业女性，那小妹也太偏执了。这样夸自家人可能有点奇怪，但我保证从姿色、教养、才能来看，小妹都能嫁得一个好人家的。请千万不要有那种扭曲的想法。为此，要让我拿出为小妹保管的钱，实在有些不好办，实际上并没有一笔小妹名下的钱。为了小妹办婚礼或者类似场合，的确留有一笔钱，但据你姐夫说他没有保管这样一笔不问理由只要小妹跟他要就能拿出的钱。你姐夫绝对不赞成小妹染上职业女性的味道。他希望小妹将来求得良缘正式结婚，以成为贤妻良母做目标。要说业余爱好的话，还是希望她做做人偶，洋装裁缝不大合适。再说启少爷的事，现在不是说赞成与否的时候，我们就当还没听到这件事。特别是小妹也已长大成人，我们不会像以前那样事事说教了。只要幸子你们暗中帮忙监督，她谈恋爱的事情，不用一直盯着她。我倒是更希望你们能限制她，不要让她成为职业女性。

难得贞之助妹夫来这么一趟，对他我们很抱歉，但事情就是这样，还请幸子跟小妹好好说一说。小妹这般迷茫就是因为这么大了还没结婚，一想到这个，雪子的婚事就更让人着急了。真是希望雪子早日安定下来，不过今年也还是谈婚无望，论嫁无果了。

我还有好多想写的内容，但今天就写到这里吧。

请代我向贞之助妹夫、悦悦、小妹和大家问好。

鹤子

十一月二十八日

“这封信，你怎么看？”幸子在跟妙子说之前，先在当晚把信拿给了贞之助。

“关于钱的问题，小妹想的和本家说的，多少有点没对上吧？”

“问题就出在这儿了吧？”

“你听到的到底是怎么说的呀？”

“这么一来，到底谁说的是对的，我也糊涂了。据说姐夫从父亲那儿保管了一些钱……这件事还是先别告诉小妹比较好吧？”

“不行，这么重要的事儿，为了避免误会，还是早些告诉小妹比较好。”

“还有，孩子她爸，你是怎么说的启少爷的事？……他最近不如过去那么规矩的事，你都说了吗？”

“嗯。我们所了解的我都说了。看大姐好像不大愿意多提奥畑，我就没说太细。不过大姐倒是说了现在尽量别让他们交往，但我没说我们不赞成他们结婚。要是问起来，我是打算说的，但一提及这事儿大姐就兜圈子……”

“大姐信里虽写他们就当作没有启少爷这回事儿，但大姐他们实际上是想让启少爷和小妹结婚吧？”

“应该是吧，我也有这种感觉。”

“这样的话，先说结婚的事情会不会好一些？”

“谁知道呢。如果先说结婚的事，本家又会说都要结婚了就更没必要去留学了。”

“还真是。”

“总之，这么麻烦的事还是让小妹自己直接去跟本家聊。快饶了我吧！”贞之助说。

妙子向来比雪子更不喜欢本家，幸子很犹豫是否把大姐夫妇的想法原封不动地传达给妙子。但丈夫的意见是不隐瞒为妙，因此第二天幸子便把信拿给了妙子，结果如她所料。妙子分辩道，自己已经不是小孩子了，走哪条路不受姐夫他们的摆布。自己的事情自己比谁都了解，成为职业女性到底有什么不好？姐夫他们到现在还在乎家世呀、地位呀那一套，他们或许觉得家里出了一个女洋装裁缝是极度不光彩的事，但其实这才是落后于时代的偏见。这样的话还是自己去一趟，堂堂正正阐述自己的想法，驳倒姐夫他们那种错误的思维方式。关于钱的问题，妙子异常愤慨：“听任姐夫信口胡说是大姐的不对！”妙子以前就算是攻击大姐夫，也从没说过大姐的不好，这次单单将矛头对准了大姐。“诚然没有一笔我名下的钱，我听富永姑妈也说过，大姐夫保存着将来应该给我的财产，而且大姐不也说过吗？结果到现在却如此含糊其词，岂有此理？本家一直在添孩子，生活上花销大，所以大姐夫也不知何时变主意了吧，但怎么连大姐也这么昧着良心地传话？很好，本家既然这么说，我也下决心了，一定要把那笔钱拿到手。”就这样，妙子一直哭哭闹闹，怒气冲冲的，幸子为了安慰她也费了很大的工夫。“也许是你贞之助姐夫的传达方法有问题，但你要是这么钻牛角尖，我可真不知怎么办了。小妹你的意思我明白，但也希望你考虑一下我们的立场，你可以马上到东京去谈判，但说的时候要好好说。要是小妹跑到本家那里一副要吵架的样子，我和你姐夫很难办啊，我们不希望帮着你跟本家那边敌对起来。”就这样，幸子好说歹说，话都说尽了。但妙子似乎也是一时愤懑，口不择言地发泄感情而已，并没有勇气立刻跑到东京去。过了两三天，渐渐平静了下来，又恢复了往日的沉稳。而且自那以后再也没有说起这件事，幸子松了一口气，但又隐隐担心。突然，十二月中旬的一天，妙子下午早早地回家说：“我不学法语了。”

“是吗？”幸子轻轻应和一句。

“也不去留学了。”妙子说。

“这样啊……总之，对于这件事虽然小妹下了很大的决心，但既然本家是那样的态度，那就不去的好。”

“本家什么态度我都不在乎，玉置老师不去了。”

“啊？为什么？”

“从正月开始洋装学院就开学了，所以没时间出国了。”玉置院长原来要出国是因为野寄的洋装学院需要改建，可以趁着改建的时候出国。但之后调查了受灾情况，发现之前的教学楼基本没法再用了，必须得重盖教学楼。重盖的话，恰逢这个时期工人和建材都不充足，经济上、时间上来看都不是一项容易的工作。前一段时间正苦恼的时候，正好阪急的六甲那边有一栋非常便宜的洋房在出售，不需要花太多钱就能直接当教学楼使用，就决定买下来。把那栋楼买下来一看，院长就萌生了立马重新开学的想法，这是一个原因。还有一个原因就是，院长的丈夫还是担心欧洲的动乱，劝她别出国了。她丈夫听一个最近刚从欧洲回国的武官说，从九月末的慕尼黑会议之后，德国与英国、法国表面看起来平静，但实际上没有达成真正的和解，英国只是还没有做好战备工作，所以为了迷惑德国才做了暂时的妥协；德国也察觉了英国的意图，将计就计，所以战争马上就要爆发了。总之基于各种理由，院长最终放弃了出国的想法。院长不出国了，妙子也没办法，只得放弃留学。"但是无论本家说什么，我都要成为洋装裁缝。正月洋装学院就开学了，我想再去上学。通过这次的事情，我深深感到不靠本家的供给，早日自立的必要性。从这点出发，我也必须迅速掌握技能。"

"小妹可能觉得这样挺好。但你要不停止学裁缝，我们和本家那边不好交代呀。"

"我希望中姐就当作不知道这件事。"

"这样行吗？"

"因为我表面上还继续做人偶，你就跟他们说：好像之后就没再学裁缝了。"

"他们要是知道了，就难办了啊。"

妙子如此着急想要自立，加之她为了跟本家要那笔钱不惜撕破脸，这两件事不禁让幸子觉得妙子有一种潜在的危险念头，自己和丈夫早晚会夹在中间两头为难，所以那天无论妙子说什么，她都一个劲儿地说："这可难办了呀。"

二十四

妙子想具备职业女性的能力和资格，真正的理由到底是什么呢？如果按她本人的说法，现在仍盼望着跟奥畑结婚，这两件事岂不冲突？妙子说，跟启少爷这样没大出息的人结婚，没准儿哪天就需要自己来养活他，所以自己有必要做好准备。但奥畑是这样一个从不缺吃少穿的公子哥儿，说他会吃不饱饭，那才是真的“没准儿”。以这么不充分的理由要学洋装、要出国，总觉得不大对劲。不应该是期待着早日能跟心爱之人组建新家庭才对吗？妙子向来早熟老成、城府颇深，她就算要结婚也会把将来的事考虑周到，多方准备，这一点可以理解。但幸子总觉得心中不踏实。如此想来，难道妙子心里已经厌烦了奥畑，要和他解除婚约？出国留学就是第一步，成为职业女性就是她和奥畑分手后自立的手段？幸子以前的这种怀疑再次冒上心头。

关于板仓，也有很多未能解释通的疑虑。自那之后，板仓再没来过，也没见过他们打电话或者写信，但妙子一天中毕竟有大部分时间都在外面，也不是不能以某种方式跟他联络。板仓自上次来访后完全不再现身，这反而让人觉得不正常。莫非两人在暗中交往？幸子不禁胡思乱想起来。幸子的猜疑极为含糊，也没什么证据。但随着日子一天天过去，这份猜疑愈加浓厚，甚至有时她认定事情就是这样。因为在幸子看来，妙子的人品、表情、动作、语言等外在表现从今年春天开始不断在渐渐改变，这是让幸子产生怀疑的一个理由。妙子原本在四姐妹当中是唯一一个举止行为极为干脆洒脱的，往好里说，她具备新时代的特点，但这种特质在最近发生了奇妙的变化，她时不时地表现得言行粗鲁、品位低下。衣不遮体地出现在大家面前也一副无所谓的态度，女佣在的地方，她也随手披一件浴衣，外面的腰带也不系就去吹电风扇，一副住在大杂院刚洗完澡的老大娘的打扮，这情况并不少见。坐着的时候经常横躺着，过分的是盘腿坐还敞着前襟。也不再遵守长幼之序，有时比姐姐们先一步动筷，进出房门也总抢在前面，时常一屁股坐在上座，所以有客人或是外出的时候，幸子总是焦躁不堪。今年的四月，去南禅寺的瓢亭时也是，妙子最先进入房间，直接坐在了雪子的上座，上菜时比谁都先动筷子。事后幸子偷偷跟雪子私语：以后不想和小妹一起去餐厅吃饭了。夏天去北野剧场看戏时也是，在餐厅里雪子泡好茶端到大家面前，妙子光看着也不帮忙，不作声地就把茶喝光了。这样粗俗的做派在以前有过几次，但最近尤其严重。前几天晚上也是，幸子不经意地通过厨房前面的走廊时，看见拉门半开着，烧洗澡水的灶口和浴室之间的小门也开着五六寸，从门缝隐约可见妙子在浴盆里泡澡时露着肩膀的样子。

“哎呀，春丫头，快把浴室门关上。”幸子命令道。

阿春走过去正要关上门，妙子在浴盆里大吼：“不行不行，不能关门！”

“啊？您要敞开着门吗？”

“是呀。我为了听收音机故意开着门的。”

她这么一说才发现，客厅的收音机正播放着新日本交响乐团的演奏，妙子把客厅和浴室之间所有的拉门都略微开着一点，一边泡澡一边听收音机。

还有一件事，那是今年八月的一天，小槌屋布料店的少东家送来定制的衣服，幸子在餐厅用下午茶，先让妙子在客厅接待客人。幸子在餐厅听到了他们两人聊天的内容。

“因为姑娘比较丰满，穿这件单衣的话，臀部那里会撑破的。”少东家说道。

“倒是不会撑破，只是会有一堆人跟在屁股后面的。”妙子说道。

“真会这样呢。”少东家说着嘿嘿嘿地笑起来。

幸子听罢心生厌恶。她早就发现妙子言辞越发粗俗了，但没想到她能说出这般没品位的话。小槌屋的少东家平时跟老顾客家的那些太太、小姐们不会这么说话的，让人不难想象，是因为妙子平日的言行才使得少东家敢这么口无遮拦。恐怕在幸子她们不知道的地方，说不定妙子从来都跟人说话这般不堪入耳。总的来说，妙子做人偶、学跳舞、练裁缝，做着各种各样的工作，比姐妹都更多地接触社会的各个阶层，自然也相应地更能融入小市民的生活。妙子虽是家中的幺女，却最通晓人情世故，她多少为此感到有些骄傲，动不动就奚落幸子和雪子是深闺小姐。以前幸子还觉得她这种态度很可爱，一笑了之。但渐渐地，幸子也觉得不能放任不管了。幸子自认为自己不像本家姐姐那般古板老派，拘泥于陈旧思想，但有这样说话不讲究的妹妹，她还是感到很不愉快。而且她觉得妙子的这种倾向表明，有人在暗中不断影响她。想到这里，板仓开玩笑的方法，观察事情的角度，其他言行举止的下作，越发让人觉得像是和妙子的做派一脉相承。

但是从另一个角度去思考，妙子在四姐妹中是唯一一个比较怪异的，还可以追溯到一个理由，也并非全是她一个人的责任。因为四姐妹中，只有最小的她未能完全享受父亲在世时全盛时期的恩泽。妙子好不容易上了小学，姐妹们的母亲却去世了，所以妙子对于母亲的印象只有一个模糊的记忆。父亲喜好排场，做派奢侈，给女儿们的也是极尽奢华的生活，但妙子从父亲那里得到的并没有什么铭刻于心的回忆。虽然妙子和雪子没差几岁，但雪子对于父亲有很多记忆，经常说“那个时候爸爸给了我这个，给了我那个”；但妙子太过年幼，就算得到了父亲的宠爱，也印象不深了。至少若能继续习舞的话还好，但跳舞也在母亲去世一两年后停止了。她反而记得父亲总说：“妙子这孩子总是脸黑黑的，最脏了。”不过那也是理所应当的，父亲晚年时，妙子还在上女中，不施粉黛，穿着分不清性别的衣服，是个脏兮兮的小女孩。当时她希望早点毕业像姐姐们一样打扮得漂漂亮亮上街去，心想父亲也会给她做美丽的衣服吧。然而，这个愿望还没实现，父亲就去世了，莳冈家的繁荣同时也宣告落幕。之后没过多久，她就跟奥畑发生了“登报事件”。

因此，借用雪子的说法，双亲的爱妙子享受得最少；父母去世之后，跟姐夫们的相处也未能很融洽，在家中过着并不温馨快乐的日子，纤细敏感的少女情怀就变了味儿。那件事就是这些原因导致的，不是任何人的责任，总而言之是大环境的过错。“要说学校的成绩，小妹跟我们比一点儿也不差，数学之类的学得最好。”但那个事件给妙子的人生烙下了不好的印记，她因此而愈加偏执，这倒也是事实。而且在如今，她也未曾在本家姐夫那里得到和雪子同等的对待。她早就被视为家门中的异类，本家姐夫同样跟雪子处得不甚融洽，对雪子表现亲切，却把妙子当作累赘。不知从何时起，这种差别对待在每月的零花钱、添衣置物等方面都完全显现出来。甚至于雪子可以在任何时候出嫁，柜子里总是塞满嫁妆，而妙子却没有得到什么值钱的东西。现在妙子拥有的那些像样的东西，大多是自己赚钱买的，或者是幸子给她买的。不过妙子有别的收入，所以同等地对待她和雪子的话才是不公平呢——本家如是说。妙子自己也说：“我不缺钱花，都给雪姐吧。”事实上，本家在妙子身上的花销还没有雪子一半多。妙子每月虽说能赚很多钱，一方面她存着钱，另一方面还在服饰方面追逐着最新的流行趋势，在首饰用品上也是极尽奢华。对于妙子这番巧妙的统筹，幸子每每十分感叹：她到底是如何做到的！（幸子暗暗怀疑，妙子的这些项链、戒指中也不乏奥畑的金店货架上的东西吧。）四姐妹中最懂得金钱的可贵的就是妙子吧。在这一点上，最不懂的便是生长在父亲全盛时期的幸子了。对于家道没落的惨状，妙子感受最深了。

幸子担心早晚这个姐妹中的异类又会惹事，自己会被牵连其中，所以认为最好还是把她交给本家。她本人自是不同意的，本家估计事到如今也不大想揽过这事儿了。例如这次，本家听了贞之助的描述，本该表示："妙子住在你们那儿我很不放心，还是叫她来我这儿，也好看着她"，但本家只字未提。这是因为大姐夫原本还顾及面子，不希望小姨子们总想跑出去住，而现在却丝毫不顾及了。而且很明显还牵扯着经济问题，如今本家眼中的妙子已经是能半独立的人了，每个月只需发给她一点生活费。幸子把本家的意思看得很透彻，一方面可怜妙子，另一方面又觉得虽然麻烦但事到如今也不能放任不管。既然如此，有必要再和本人面对面地谈一谈，把平日里的疑惑好好问个清楚。

跨了年，过了正月初七。妙子故意不告诉幸子，又开始去洋装学院上学了。幸子从妙子的行程上大概猜到了，在一天妙子正要出门的时候问道："玉置院长的学校开学了吗？"

"嗯。"妙子边回答边走到门口穿上鞋。

"小妹，我有话想跟你说——"幸子把她叫进客厅，两人围在暖炉边相对而坐。

"除了学裁缝的事，实际上我还有件事想再好好问一遍小妹。所以，今天我把我想到的事情都直言不讳地说出来，我也希望小妹对我没有隐瞒、以实相告。"

"……"

妙子把她那丰满有光泽的脸颊凑在暖炉的热气边，屏气凝神地盯着柴火冒着熊熊烈火。

"那我先从启少爷的事开始问。小妹现在还真心想跟他结婚吗？"

起初，无论幸子说什么，妙子都沉默地思考着。随着幸子把这段时间以来积攒的疑惑，拐着弯儿地问出来，妙子的眼眶渐渐湿润起来，随后突然扯出手帕盖住脸。

“我被启少爷骗了。”她一边抽泣着一边开始说起来。“中姐不是曾经说过他有个相好的艺伎吗？”

“嗯，嗯，你贞之助姐夫从南边的茶屋那里听来的——”

“那个是真的……”

接着，妙子开始一个一个地回答问题，向幸子吐露心声。

妙子在五月从幸子那里听到这件事的时候，说那不过是风言风语，表面否定了，但从那时起问题就产生了。不过奥畑逛茶屋是更早之前的事了，他说：“这是因为和你的婚事得不到认可，为了排遣郁闷才去的，你别当回事。我只是叫些姑娘来单纯地喝喝酒，绝不会做什么有辱节操的事，这一点你要相信我。”所以他逛逛茶屋这种事，妙子也就体谅了。就像那时候也说过的那样，他的整个家族，哥哥们、叔叔等都是出了名的登徒子，连妙子的父亲也是喜好游乐之人，妙子自幼看惯，便觉得这种事在启少爷身上是不可避免的，所以只要能守住节操，便不打算不依不饶。但谁知奥畑说的是彻头彻尾的谎言，完全是骗人的，因为一次突发事件，妙子一件接一件地知道了真相。

所谓“一件接一件”是指，除了宗右卫门町的艺伎，奥畑还和一个舞女发生了关系，甚至生了孩子。奥畑得知事情败露之后，说尽花言巧语来道歉，说什么舞女那地方只是以前去过现在早就断了联系；所谓孩子实际上都不知道是谁的孩子，只是赖上了他而已，他也跟孩子完全断绝关系，只是宗右卫门町的那桩事他诚挚地觉得抱歉，起誓今后再不往来。他那时的态度非常轻浮，信口胡诌、寡廉鲜耻，妙子再也无法相信他了。关于舞女母子那边，他拿来了分手费证明给妙子看，应该不是骗人的；但艺伎那边，他虽说分手了，但没有证据，所以具体不知真假。除这两个女人之外，也不知还有没有别人。即使这样，奥畑还说："我和小妹结婚的心意不会改变，我献给小妹的爱情和对待那些女人们的心情是不同的。"但妙子总觉得自己也不过是他一时玩乐的对象，说实话，就是在那前后开始对他心生厌恶。妙子只是怕姐姐们和其他人指指点点："看见了吗？把那个男人的话当真，结果被骗了吧？"觉得被这样说不甘心，所以还没有下决心走到解除婚约这一步，想暂时离开他，慢慢考虑。出国留学就是她想到的方法，而且立志成为洋装裁缝也是她预想为自己将来某一天过单身生活而做的准备，正如幸子看穿的那样。

因为这种种事情，正在她为和奥畑结婚的事暗暗苦恼的时候，水灾发生了。在那之前，她只把板仓当作一个忠实的仆人。但洪灾之后，妙子对那个男人的看法发生了急剧的改变。"我要是这样说，中姐或者雪姐一定会觉得我品位奇特，那是因为你们没有亲历那样的危险，在完全失去生还希望的时候被人救下了，你们没有体会过那种感激。"妙子说，"启少爷找碴儿说什么那天板仓的行为带有目的性，就算带有目的性也好，总之板仓把自己置于那么危险的境地，为了救我豁出命去，而这样指责板仓的启少爷那时候在做什么呢？别说豁出命了，不是一点亲切之意都没表达吗？"妙子对奥畑彻底死心也是从那时候开始的。为什么这么说，是因为正如幸子也知道的那样，那天奥畑在阪神电车终于通车之后才来到芦屋探访，说担心妙子的情况所以去打探，结果到了国道的田中地区，只是有一点儿水漫上来就过不去了，在那儿转了两圈，最后去了板仓家，听到妙子平安无事的消息之后，不是就这样回大阪去了吗？据说那天傍晚出现在板仓家的奥畑戴着巴拿马草帽，穿着潇洒的深蓝色西装，手持梣木手杖，拎着康太斯相机。在这个时候打扮成这样，甚至会让人觉得，他这样难道不会被别人毒打一顿吗？在田中地区没能蹚过水去也是因为他讨厌把他那带着笔挺裤线的裤子弄湿吧。这和贞之助、板仓，甚至庄吉为了搭救妙子而弄得满身泥泞、多方努力的行为比起来，实在是天壤之别。妙子知道奥畑爱漂亮，也并不是要求他非得弄一身泥，但奥畑这样做连基本的人情都不懂。如果奥畑真心为她获极而感喜悦的话，会再一次回到芦屋，见她一面再回去才对吧。他也对幸子说“或许会再登门一次”才离开的，幸子也认为他一定会在回去之前再来一趟，盼着他来。而他只是确认了妙子平安无事，就认为尽过情分了吗？而且一个人的真正价值在这种危急时刻才能体现出来。奥畑若只是奢侈无度、花心轻浮、不思上进的话，妙子都会觉得一切都是缘分而不是不能忍耐，但为了未来的妻子连条裤子都不愿意弄脏，妙子看到了他的肤浅，彻底失望了。

二十五

讲到这里，妙子两颊始终挂着两行泪，虽时不时地擤一下鼻涕，但还算镇定，条理清晰地详细叙述。可是接下来关于跟板仓的种种，她渐渐沉默。幸子不得不多费唇舌起来，而她则只对幸子的推测肯定或否定。幸子在询问中，时不时地需要添加想象。因此，以下的叙述加入了幸子的补充和解释。

话说板仓这个人，在妙子眼中，他在很多方面都跟奥畑正好相反。妙子对板仓的感情以非常快的速度高涨起来。她虽对本家的老派嗤之以鼻，但依旧怀有家世、门第之观，所以也考虑到板仓这样的人跟自己在一起是多么不合适，也不是没有抑制过自己的念头。但对于自己这样守旧的大脑，内心激起了更加强烈的反抗。本来她拥有一种在任何场合都保持冷静的特质，所以即使对板仓萌生爱恋之情，也未行盲目之举。特别是跟奥畑的过往使她得到教训，这一次则对将来的事多方考虑，清楚地计算得失，事事都周到地思量之后才得出结论——无论如何都要和板仓结婚，这是使自己幸福的唯一道路。实际上幸子对于板仓和妙子的关系进行了各种各样的臆测，但没想到妙子竟然已经做好了要结婚的心理准备，所以听到妙子这番坦白时震惊无比。妙子说自己十分清楚板仓出身学徒、没受过教育，是冈山乡下一个佃农的儿子，具有和美国移民共同的缺点，是个粗野的青年，多方权衡之后下了那样的决心。用她的话来说，他虽然是那种男人，但和奥畑这种阔少相比，做人方面远远优于奥畑。总之他具有强壮的体魄，在危难关头甚至有赴汤蹈火的勇气。而且不管怎么说，他具有养活自己和妹妹的技能。这是他最大的长处，这和那种靠父母和长兄养活还铺张奢侈的人是不一样的。他赤手空拳在美国闯世界，谁都没给他送过生活费，全凭自己吃苦耐劳学得技能，而且这还是对头脑要求相当高的艺术摄影领域。他在这方面获得独当一面的本领，正说明虽然没有受到正规的教育，但他具备相当的理性智慧和感官能力。至少根据妙子的评估，比起关西大学毕业的奥畑，板仓更有学问。因此，她已经完全不受家世、遗产、空有头衔的教养之类的因素诱惑了。这些东西是多么没有价值，看了奥畑就完全明白了。所以比起这些虚的，她宁愿力行实用主义，能成为自己丈夫的人应具备强健的体魄；还需要有工作；

且他需从心底爱着自己，为了自己甚至可以奉献生命。妙子说只要能满足这三个条件，其他的便不在乎了。而板仓不只满足这三个条件，更好的是，在乡下他有三个哥哥，他没有供养父母或兄弟姐妹的责任（现在跟他一起住的妹妹，是他叫来帮他照顾家务事和生意的，他一结婚就会让妹妹回去）。也就是说板仓是真真正正光棍一条，可以不用顾及任何人的感受独享他的宠爱，这对于妙子而言，比成为任何名门富豪家的太太都更加轻松快乐。

敏感的板仓似乎在很久以前便对妙子的心情心领神会，在言行举止上都有露骨的表示，但她明确把自己的心意告诉他还是最近的事。那应该是去年九月上旬，幸子去东京不在家的时候，两人的关系被奥畑有所察觉，两人的交往有所收敛，两人在商量对策的时候，妙子第一次对他坦露心迹。从结果上来说，奥畑的干涉使得两人的关系更近了一步。当她不光表达爱意，还求了婚时，板仓一度怀疑自己的耳朵，表现得惊慌失措。不知他是否是故意装出这副震惊的样子，如若不是，那么他大概也没有预料到妙子会做到那一步。那时他说："我做梦也没想过这事，实在太突然了，都不知道该回答什么好了。请给我两三天考虑时间。"可是他又紧接着说："这件事对我而言太荣幸了，说不上同意或不同意的。不过为了以后不后悔，小妹多考虑一下好吗？如果结婚了的话，我肯定不能再出入奥畑家了，小妹也会被本家或者幸子太太赶出家门吧？除此以外，两人还要一起接受社会上所有的误解和伤害。我有勇气跟这些战斗，但小妹就太辛苦了。"之后又说，"大家肯定会说我花言巧语拐骗了莳冈家的千金，结了一桩不合身份地位的婚事。社会上怎么说都无所谓，唯独被启少爷这样误解的话我心里最难受了。"而后，他又变了腔调，"但是无论如何都无法解除启少爷对我的误会，他怎么想，我没办法。说实话，奥畑家是我的东家没错，但有恩于我的实际只是上一代的老东家、现在的当家老爷（启三郎的哥哥）和老东家的太太（启三郎的母亲），启少爷不过只是旧东家的少爷而已，我没有直接受过他的恩惠。换个角度想，我和小妹结婚了的话，启少爷一定很愤慨，但老东家太太或者当家老爷反而会认为我做了件好事。因为估计老东家太太或者当家老爷现在还不赞成小妹和启少爷的婚事。启少爷没这么说过，据我观察大概就是这样。”就这样，尽管他表现得一再踌躇，最终还是磨磨蹭蹭地同意了妙子的求婚。

两人当下约定，决定结婚的事情暂时谁也不告诉，当务之急是要解除妙子和奥畑的婚约，但这也不能心急，最好是慢慢让他自己意识到，尽量让他主动提出解除婚约。最好的方法就是妙子必须要出国，她和板仓可以在两三年后结婚。那时或许会有各种各样的经济压力，现在要做好准备，其中的一项准备工作就是妙子潜心学习掌握洋装裁缝的技能，诸如此类两人协商决定实施计划，但没想到突然遇到了一个困难——妙子出国的计划由于本家的反对和玉置院长的计划变更而不能实现了。妙子原本的想法是，奥畑之所以总缠着自己不放，一个是因为他想故意刁难板仓，只要自己在日本就没法甩掉他，所以要在去巴黎之后，寄信给他让他放弃和自己的婚事，暂时躲一躲，奥畑应该也最终会放弃的。现在出国是没希望了，恐怕奥畑又会曲解成“都是因为板仓你才放弃出国”，反而变本加厉地缠着她。而且她要是去了遥远的国外，跟板仓一年半载见不了面她倒也能忍受，但现在一边要受到奥畑不断的纠缠，而跟板仓近在咫尺却不能见面，这让妙子难以忍受。最近，两人的想法逐渐发生变化，出国的事泡汤了是没办法的事，但很难一直这样瞒过奥畑和大家的眼睛，所以干脆做好跟各方面发生摩擦的准备，早点结婚。只是眼下，妙子和板仓在经济上的准备都不充足，而且他们两个无论受到社会怎么样的对待他们都认了，但要是雪子受到牵连，更没人上门提亲了，就实在太可怜了。因此，他们决定无论如何也要等到雪子出嫁，这是两人犹豫不定的唯一理由。以上就是所有的实情。

“那么……小妹只和板仓口头上定了婚约，其他的什么也没干吗？”

“嗯……”

“是这样吗？”

“嗯，除此以外什么也没做。”

“那么，要不要遵守这个约定，你能不能再好好考虑一下？”

“……”

“小妹啊……小妹要是做出这种事情，面对本家和外面的人，我就真的抬不起头了……”

幸子突觉眼前出现一个陷阱。现在反而妙子镇定自若，幸子情绪完全失控了，激动得声音都变了。

二十六

此后两三天里，每天丈夫和悦子出门后，幸子都把妙子叫进房间，打探她决心的程度。可妙子似乎已经铁了心了似的，决定丝毫没有动摇。幸子甚至说：“跟奥畑解除婚约这件事，无论本家态度怎样，我们都赞成。必要时可以让你贞之助姐夫参与进来，让他去跟启少爷谈清楚，请他今后不要再缠着你。学做洋装这件事也是，现在虽不能公开支持你，但我装作什么也不知道也是可以的。将来你要成为职业女性这件事，我们也不敢妨碍。关于本家保管的那部分钱，现在马上拿到可能不大现实，他日有正当理由需要用钱的时候，找个合适的时机，我们跟本家说一说让他们把钱给你。”唯独和板仓结婚的事，幸子试图劝说妙子放弃这个想法。但妙子只是一副这样的口吻和态度：他们是想马上结婚的，但是为了雪姐一直等着，希望幸子把他们的等待当作最大的让步，然后希望雪姐的亲事能早一点落定。幸子又尝试着这么说：“身份、阶级姑且不论，板仓这号人我实在无法信任。因为他从学徒混到照相馆的老板，虽和启少爷那样的纨绔子弟不一样，但正因如此，这么说可能不好听，我感觉他身上有种在社会摸爬滚打之后的狡猾和世故。至于他聪不聪明，小妹虽然高看他，但从跟他交流的情况来看，他有个毛病，特别喜欢因为一些无聊的事情妄自尊大，在我们看起来特别单纯低级。在爱好、教养方面也觉得很是欠缺。这么一看，他那种水平的照相技术，但凡具备一点专业的技能和灵巧度，不是谁都会吗？或许现在小妹眼里看不到他的弱点，还是有必要好好考虑考虑，对吧？在我看来，生活水准完全不一样的两个人结婚，不会长久的。说老实话，像小妹这样有辨别能力的人竟要找那种低层次的人做丈夫，我特别震惊。我都能想象到，跟他结了婚马上就过上捉襟见肘的日子，你马上就会后悔的。反正我觉得，他那种咋咋呼呼冒冒失失的人一时间可能觉得有趣，要是一起待上一两个小时我就受不了了。”妙子却说：“他从青少年时代就开始做学徒、出国，走南闯北，可能多少有些世故，那是境遇带来的，是没办法的事情。但他其实仍保留着一份纯真和老实，他本质不是那种奸诈阴险的人。他的确喜欢因为一些小事自夸，或许也因此遭到别人的嫌恶，但换个角度，这也是他天真孩子气的证明嘛。教养不够、层次低，或许是这样吧，这些我都很清楚，所以也希望你们别再揪着不放了。他不是个有高级趣味的人、不懂大道理这些我都认了。咋咋呼呼、粗枝大叶也没关系。他比我等级低，反而好掌握，不用费心思。”又说，“中姐虽这么说，板仓觉得能娶我特别荣耀，不光是他，田中的家中的妹妹、乡下的父母、哥哥们都说，我们这样的名门小姐若能嫁到他们家，他们也跟着自豪，都喜极而泣了。我去他在田中的家的时候，板仓对他妹妹说：‘以你们的身份根本不能在这儿面对面跟小妹站在一起说话，放在过去的话，得退到另一个房间去伏在地面上回话儿呢’，他们兄妹俩都对我尊敬有加。”最后，妙子开始对自己的恋爱史津津乐道起来。幸子听了这些话之后，眼前浮现了板仓用他那语调说着“我要娶莳冈家的大小姐做老婆了”的得意扬扬的嘴脸。他明明说好暂时保密的，却已经跑去乡下到处乱说了。一想到这里，幸子越发不高兴了。

不过妙子因为之前的登报事件殃及雪子，所以她说：“这次在雪姐的亲事谈妥之前，我不会轻举妄动的。”局面不会在短时间内更糟，这让幸子稍稍有些安慰。她目前要是强硬地限制妙子的话，反而会激发她的逆反情绪。反正雪子的事情要定下来，怎么也是半年以后的事了，因此她决定利用这段时间耐心地劝妙子，有计划地引导，逐渐让她心境发生变化。现在姑且先认同妙子的想法，尽量不反对她，除此以外没有别的办法。但这样的话，又觉得雪子的立场很可怜。从雪子的角度看，有种妙子因为自己的原因而拖着不结婚的感觉，她必定不愿领这份情。为什么这么说呢？原本她的婚期一拖再拖，虽也有其他原因，但一想到受了那登报事件的牵连，就对妙子一点感谢的道理都没有了。更重要的是，作为雪子大概会说，自己一点都不着急结婚，对于登报事件的连累没有任何怨恨，因为自己的命运不会受这么无聊的事情左右，小妹不用顾及我，可以先结婚。话说妙子也绝没有想让雪子领自己的什么情，不过雪子迟迟不能结婚，妙子的确等得有些不耐烦了。说起来那起登报事件，那时如果雪子已经定了亲事，或者马上要定亲，妙子就算再年幼不懂事，也不会采取那样的非常手段。总之，这两姐妹之间关系很好，绝不会发生争执，但冷静观察便知，她们之间潜藏着极为对立的利害关系。

幸子自从那件事以来——也就是去年九月，奥畑的信把她吓得不轻以来——直至今日，妙子和板仓的问题跟谁都没有透露，但这样全由自己一个人消化，她感到负担极重。到现在来看，为了妙子，自己总是扮演着同情她理解她的角色，支援她做人偶，帮她租夙川的公寓，默认她和奥畑的交往，每次发生什么事的时候总是介入她和本家之间庇护她。但这一切却未能得到善报，她对妙子的行径愤懑难消。她又觉得，无论如何都是因为自己从中掌舵，事情才没有更不可收拾；如若不是这样，事情或许会向更糟糕的方向发展，没准儿又在社会上引起什么骚动。但这只是她的想法，舆论和本家应该看不到这些。幸子最担心的是，每次有人来向雪子提亲，信用调查所就会来调查出身来历，这种时候妙子近来的所作所为就会一点不留地曝光。据实讲，幸子也对妙子的行为——她在奥畑和板仓之间是如何斡旋钻营的——具体情况一无所知，但从某个角度来看，看起来似乎十分见不得人，被大家误解也不难想象。原本莳冈家中，雪子是纯洁无瑕的，这一点在大家眼中是公认的，就算别人调查也查不出什么弱点，只是妙子这个有些与众不同的妹妹，十分惹人注目，比起雪子本人，调查人员更偏向于调查问题重重的妙子。所以妙子的家人对于她不甚了解或是多方庇护，反而世间的人们看得更清楚。这样说来，幸子多方拜托雪子的亲事，但自去年春天以来竟没有一桩亲事上门，说不定就是因为妙子的绯闻传开了，又一次影响了雪子的婚事——这样的想法冒上幸子心头。如果真是这样，为了雪子也不能放任妙子不管。而且那些传闻若只是在背后悄悄地被人议论还好，要是兜来转去传到本家耳朵里，必然要自己一人背负指责，那这就太痛苦了。若发生这种事，贞之助和雪子也会责怨她，为何不把这件事告诉大家一起商量。况且让妙子回心转意，自己一个人的力量总是不够的，所以贞之助、雪子和自己三人轮番去劝导的话，或许会有效果。

“嗯……这到底是什么时候的事儿？……”

正月二十日之后的某个傍晚，贞之助正在配房的书斋里翻着新出的杂志，幸子满腹愁云的样子进来坐下，贞之助奇怪地抬起头，幸子终于聊到了那件事。

“他们私订终身说是在去年我去东京期间。因为那个时候我、悦悦、春丫头都不在，听说每天板仓都来家里……”

“这样的话，我不也有责任了吗？”

“那倒没有。孩子她爸，你一点都没觉察吗？”

“我一点也没觉察出来……但是，你这么一说，发水灾之前，就觉得两人特别投缘了。”

“不过那个男的对谁都是那副嘴脸，不光是对小妹一个人啊。”

“你这么说倒也是……”

“发水灾的时候他表现得怎么样？”

“那时候他真是尽心尽力，那么好心周到的男人真是不多了，真心佩服他。小妹也是彻底被打动了，心生欢喜了吧。”

“就算是这样，为什么像小妹这样的人看不出那个男人有多低级呢？真是搞不懂。我挑明这一点之后，小妹她还生气了，跟我说什么，话虽如此他也有这样那样的好处，还给他辩护，真是冒傻气……别看小妹这样儿，她也是正经八百的大小姐，单纯善良，被人骗了。”

“不，小妹是认真考虑过的。要说这男的虽然层次低了些，但身体健康、吃苦耐劳，看起来值得依靠就行，正所谓实用主义。”

“她自己也说，她是实用主义。”

“这么说来，这也算一种思维方式。”

“你说什么呢？你是觉得跟那种男的结婚也行吗？”

“也不能这么说，但要论小妹跟奥畑还是板仓结婚，还是板仓更好一点。”

“我不那么想。”

夫妇两人聊到这里，竟然出现了分歧。刚开始的时候，幸子讨厌奥畑还是因为受贞之助意见的影响，虽然现在也对他没有什么好感。但和板仓比较，她就觉得奥畑多少有点可怜了。幸子知道他或许是阔少出身、放荡不羁，没出息也是事实，看起来是个轻薄、差劲的青年。但是他原本是和妙子青梅竹马，船场的名门之后，从门当户对这个观念来审度，两人喜好都在一个层面上。若让他跟妙子正式结婚，无论将来出什么麻烦事，至少眼下能保住体面。妙子若和板仓自由结婚了，一定会招致世人嘲笑。所以若单独只考虑和奥畑结婚的事，这绝不是最理想的姻缘，但加进来一个板仓的问题……为了防止妙子和板仓结婚，还是和奥畑更好了——这就是幸子的意见。

贞之助关于此事思想更加开化，除去家世这一条，奥畑能赢过板仓的事情一项也没有。结婚的条件正如小妹所说，应该是爱情、健康、自立能力这三条比其他任何都重要。若说板仓这些条件都合格，那么就没必要抓着家世、教养不放了。当然贞之助也并非对板仓很满意，只是和奥畑比觉得板仓更胜一筹。他也知道本家不会同意，他也不会好心到主动跑到本家和妙子之间斡旋。但他的意见是，小妹这个人无论从性格还是过去的经历来讲，她都不适合按传统方式结婚。她适合找个自己喜欢的对象自由结婚。而且对于小妹而言，自由结婚比传统相亲更有利。正是因为小妹自己也深知这一点，她才这么说的。我们大可不必干涉。若事情换到雪子身上，她绝非那种可以扔到艰辛的世俗中去的人，我们必须一直照顾着她，循规蹈矩地为她求得良缘。如此的话，又必须讨论血统、财产。小妹不一样，她是那种就算被抛弃也能想办法独力生存下去的人。

但是，贞之助的态度始终是消极的，又说："若问我的意见，我只有这些回答。这些话我只跟你说，你绝对不能跟人说，'这些就是贞之助的意见'。本家那边肯定不能说，小妹那边也不可以。对于这个问题，我想当个彻头彻尾的局外者。"

"为什么？"幸子追问道。

"总觉得小妹这个人性格复杂，我有些摸不清她……"贞之助含含糊糊地说。

"还真是……就说我，跟小妹统一战线，就算被人误解，也打算尽心尽力帮她。结果被她卖了，还在帮她数钱……"

"话虽这样说，她那个性还真是独特有趣……"

"既然如此，她应该早点告诉我的。一想到她总是编瞎话骗人，这次我真是生气了……气死我了……"

幸子哭的时候便会变成淘气的娃娃相，贞之助看着妻子那张涨红的脸淌着不甘的泪水，遥想过去妻子幼时或许总是一副这样的表情跟姐妹们吵架，顿觉甜蜜可爱。

二十七

妙子不顾旁人的感受和想法，万事都依照自己喜欢的方式。与此相反，雪子完全缺乏能动力。自上次一别，想象中雪子在千里之外的东京寂寞生活的样子，频频出现在幸子的脑海里。去年九月，本家姐姐在东京站与自己告别时，反复拜托雪子的亲事。今年是雪子的厄年，去年年内未完成的想法，至少在今年立春以前解决。但一周后就是立春了，而且若真如自己所料，妙子那些不大好听的传闻影响了雪子的亲事，那么自己也有一半的责任。幸子考虑良多，越发对雪子感到抱歉。幸子每当想到，自己对妙子最近的行径感到不满，最能理解她的应该就是雪子了，就恨不得把雪子叫过来跟她大倒苦水，这种想法很久之前就有了。但一想到自己若把妙子最新的恋爱情况告诉了雪子，雪子心理上应该会受到影响。顾虑到这一点，幸子每每还是控制住了倾诉的欲望。但到底能瞒到什么时候呢？若雪子从旁人那里听到了，那种尴尬可想而知。而且本来盼着贞之助能有个主意，他却忙不迭地置身事外，剩下能商量的人只有雪子了。正想着编个什么理由把雪子叫过来的时候，正好来了一桩事：为亡故的山村作师傅举办的追思舞会，将在下个月下旬在大阪三越百货八层大厅举行。

追思山村作师傅

山村流舞会

日期：昭和十四年二月二十一日（下午一点开始）

地点：高丽桥三越八层大厅

节目：《袖香炉（供奉）》《菜叶》《黑发》《研钵》《八岛》《江户土产》《铁轮》《雪》《芋头》《蛎鹬》《八景》《茶音头》《缘之月》《桶取》（暂未分演出顺序）。演员列表及节目单当天送呈。

入场费：免费（无当天入场券者谢绝入内）

报名日期：仅二月十九日当日，限会员及家属

愿意来参加的宾客请用往返明信片报名，我们将回寄明信片作入场券。

主办：山村作门下乡土会

赞助："大阪"同人会

二月初，幸子立马把乡土会印的这张请帖装在信封里，寄了信给本家的姐姐和雪子。幸子写了这样一封信给姐姐："自前一别，正想着让雪子再来一次，心里盼着这样的机会能马上来临，但去年最终无缘上门，今年转眼又到立春时节，虽无要事，但我与雪子久未见面，估计雪子大概也开始思念这个地方了吧，方便的话能否让她来这儿小住一阵？正好山村舞会即将举行，请帖随信奉上，小妹也有节目，她说希望雪子前来观看。"给姐姐的信比较简单，但给雪子的信稍微详细一些："这次的舞蹈会以追思亡故的师傅为名，碍于时局，据说这样的活动越来越难举办了，趁着这次机会再来观看一次如何？舞蹈会多少有些突然，小妹自上次表演之后就没再练舞了，所以一度拒绝出演，但一想到以后基本不会再有跳舞的机会，

加之这次是为供奉亡故的师傅而办，便答应了下来。如果错过这次机会，就再也看不到小妹跳舞了。因为这些情由，小妹没有时间准备新节目，便把去年跳过的《雪》赶紧拿出来练习，表演服不能再用以前的衣服了，去年我在小槌屋做了一件碎花衣服正合适，就决定穿那个表演了。指导小妹练舞的人是山村作师傅的高徒，是在大阪新町开讲习所的，叫'作以年'。总之事情繁多。小妹最近每天去新町练舞，回来后我给她伴奏，她再练习一遍，其间她还要去工作室，一如既往地风风火火的。我弹伴奏也是天天忙碌得很，《雪》的三味线我不大有把握，便用古琴伴奏……最近我为了小妹操了不少心，我倒不怪她，在信里不方便说，雪子来之后我想跟你好好说说。悦子也说'姐姐去年舞蹈会的时候没来成，这次一定要来'……"

之后，鹤子和雪子都没有回信，幸子他们议论，估计又像上次那样雪子突然就回来了。纪元节[①]那天傍晚，妙子说今天穿上表演服拖着裙摆跳跳看，正在西式客厅练习的时候，悦子第一个听见门铃响，大叫一声"啊，姐姐"，跑了出去。

"您回来啦。大家都在呢——"阿春随后起身过去，打开客厅的门。

雪子进来一看，屋子里就剩一张沙发，桌子和扶手椅都搬出去了，地毯也卷起放在一边。妙子在房间中央，岛田发髻上扎着浅粉色头绳，身着之前信里提到的衣服——葡萄紫打底，上面印着细碎的积雪梅花和山茶花，她手持一把伞。幸子在角落，铺着坐垫直接

①纪元节，即日本建国之日，1873年1月1日起日本开始使用太阳历，纪元节定于太阳历1月29日（古历1月1日）。"二战"后纪元节被废除，1966年则以"建国纪念日"之称重新设立。

坐在地板上，面前横着一把描金光琳菊[1]的六尺古琴。

“我就觉得节目开始了呢……”雪子向贞之助微微点头致意后说道。贞之助穿着大岛和服两件套，坐在沙发上看节目，雪子不小心瞥见他衣摆下露出针织裤。

“老远就听到琴声了……”

“雪子你也不回信，我还想到底怎么回事……”

幸子一只手戴着弹古琴用的指甲，抚在琴弦上，仰头看着半年未见的雪子：这个恬静内敛却喜好华美事物的妹妹走进来，脸色苍白，大概是因长途旅行而劳累。她看到屋内的光景，眉眼顿时生出笑意。

“姐姐是坐燕号来的吗？”悦子问道。

雪子没有回答她，而是问妙子：“你是戴的假发吗？”

“嗯，今天好不容易才做好的。”

“很好看的，小妹。”

“我有时候也挽个发髻，戴上这种假发，所以和小妹一起定做的。”

“雪姐喜欢的话，借你戴戴。”

“当新娘的时候戴吧。”

“别逗我了，这个戴我头上合适吗？”

幸子跟雪子开玩笑，雪子笑着应答，情绪很好。话说她头发浓密所以看不出来，实际上她的头部出奇小。

“雪子来得正是时候。”贞之助说，“今天小妹的假发做好了，决定好好穿上表演服跳一遍看看。而且二十一日是星期二，我还不

---

①日本画家尾形光琳创造的用于装饰的菊花图案。

知能不能去呢，所以就在今天让小妹给正式跳一遍。”

“悦子二十一日也去不了，好遗憾！”

“真是的。为什么不在星期天举办呢？”

“可能碍于时局，有意办得不那么张扬吧。”

“那么，中姐，”妙子撑开伞，右手直直地握住伞柄，“刚才那个地方，我想让你再弹一遍。”

“别，还是从头来一遍吧。”

贞之助话音刚落，悦子紧接着说：“是呀，小姐姐，你给姐姐跳一遍吧——”

“连着跳两遍，小妹也累了吧。”

“哎呀，就当是练习嘛，再从头跳一遍吧——”幸子也说道，“我不也坐在地上，冻得不行嘛。”

“太太，我给您拿个怀炉来吧。”阿春说道，“放在腰部，应该会好一些。”

“那你拿过来吧。”

“我趁这会儿休息一下。”妙子把伞放在地板上，拎起裙摆慢慢地走向沙发，与贞之助并排坐下，然后说，“不好意思，给我一支烟吧。”要了一根 Gelbe Sorte[①]点燃。

“我也去洗个脸。”雪子去了盥洗室。

“雪子一看表演就总是乐呵呵的。”幸子说道，“孩子她爸，今天雪子也来了，小妹也跳了好多遍舞，晚上请大家吃饭吧。”

“这是让我出酒钱吗？”

“是呀，这么点儿义务你可以尽一下吧。今晚就等着你请客了，

---

①德国香烟。

家里什么都没准备。”

“请客的话我吃什么都行。”

“吃什么好呢，小妹？与兵，还是东方的烤肉？”

“我吃哪个都行，问问雪姐吧——”

“她在东京待了那么久，应该想吃新鲜的鲷鱼了。”

“那么，为雪子拎上一瓶白葡萄酒，去与兵吧。”贞之助说。

“呀！有酒喝的话，我得好好跳舞呢——”

看见阿春拿着怀炉回来了，妙子把沾有口红印的吸了一半的烟架在烟灰缸边缘，拎起裙摆。

二十八

贞之助虽说这个月忙于给一家公司做清算，二十一号那天可能去不了，但当天早晨他从事务所打来电话，说是想只看小妹的《雪》也好，让幸子在《雪》快开始之前通知他。

“现在来的话正好。”幸子打电话通知他的时候是下午两点半左右，贞之助刚要出发，又来了客人，谈了三十分钟事情之后，阿春又来电话说，不快点儿来的话就赶不上了。他便手忙脚乱地把客人打发了。事务所位于大阪中轴路今桥町，距离会场没有几步路，他帽子也没戴就跑进电梯。横穿电车道，赶到对面街角的三越百货大楼。到了八层大厅一看，舞台上妙子已经开始表演了。听幸子说，今天的客人除了乡土会会员，主要是大阪同人会会员和同人会出版的官方杂志的读者，没有向社会公开，应该不会有太多人来。但近来这样的集会甚是难得，好似很多人都动用人脉只为求得一张入场券，座席基本满了，在大厅后方还有一群站着看节目的人。贞之助没时间找座位，从站着的一众人的缝隙中观看。突然发现，距离自己约两米的地方，有个男的站在观众席最后排，用徕卡相机对着舞台，脸贴在取景框上，这人无疑便是板仓了。贞之助吃了一惊，趁板仓还没发现自己闪到远处的角落，时不时窥望。板仓竖起外套的领子把脸埋进去，几乎不怎么抬头，一直举着相机连续地拍摄着妙子。他想必为了掩人耳目故意穿了外套，可那外套似是他在洛杉矶时就有的，是那种电影明星喜欢的花哨款式，反而引人注目。

妙子去年也跳过一次《雪》，所以这次表演没有什么差错。但去年以来疏于练习，只在决定参加这次表演之后急急忙忙练了一个月。况且，虽说是乡土会，但妙子只在神杉家中和式客厅的临时舞台或者芦屋家中西式客厅中跳过舞，登上这样有观众席的正式舞台还是第一次，总觉得舞台不够宽，四周的空间又太空旷，这也是没办法的事。妙子本人似乎也很早之前就担心这件事，便在今天特别请来了幸子的古琴老师菊冈检校的女儿弹三味线，让伴奏衬得表演更加出彩，妙子也丝毫没有怯场或发怵。

在贞之助看来，妙子天生大气，始终从容地翩翩起舞，这样的状态让人绝对想不到，她只练习了一个月就登上这样盛大的舞台。不知普通观众做何感想，贞之助觉得，妙子秉持一种目空一切、无论褒贬都云淡风轻的气度起舞，甚至让人觉得狂妄。但仔细想来，她今年二十九岁，年龄不小了，如果是艺伎，已经算是老妓的年龄了，有这样的气度也是正常的。贞之助突然想起，去年舞蹈会的时候也是，她平日里要看起来年轻至少十岁，唯独在舞蹈会那天暴露出真实的年龄。如此看来，日本的这种德川时代的服装，就会让女人显老吧。或是只有妙子这样，一方面是由于古典服装跟平日活泼的洋装扮相形成了对比，另一方面可能是由于她在舞台上表现出不凡的气度所致……

贞之助看到，表演刚一结束，板仓便慌忙把徕卡相机夹在腋下，匆匆出门到了走廊里。他的身影刚消失在门的那一边，就有一个绅士模样的人从观众席气势夺人地跑出来，追随着板仓那花哨的外套，用身体咚地撞开门出去了。

这一切就发生在一瞬间，贞之助一时间看呆了，下一个瞬间他马上意识到那个绅士就是奥畑，也马上追出走廊。

“为什么要拍小妹？不是说好不许再拍她吗……”

奥畑也是顾及周围，努力克制着随时就要爆发的声音诘问着。板仓虽怒上心头，鼓着腮帮子，却低垂着脑袋安静地听着奥畑的训斥。

“把相机给我……”

奥畑说着，如同刑警检查过路人那样来回在板仓的身上摸索，把他外套的纽扣解开后，把手伸进上衣口袋，迅速地把徕卡相机拽了出来。然后把它塞进自己的口袋，又像是突然想起什么似的把相机掏出来，手颤动着把整个镜头拉出来，把相机使劲往水泥地上咣当一扔，头也不回地走了。这一切都发生在一瞬间，在场的人们注意到的时候，奥畑已不见身影，板仓捡起砸在地上的相机，垂头丧气地走了。尽管奥畑如此跋扈，板仓始终保持直立不动的姿势，望着地面，在旧主家的少爷面前完全不抬头，眼看着平日比命都珍贵的徕卡相机被摔在地上，他引以为傲的体力和臂力丝毫没有用武之地，只是怔怔地忍耐着。

贞之助去了一下后台跟大家打招呼，慰劳了一番妙子之后，马上回事务所了。那时他什么也没说，晚上夜深了，悦子和小姨子们都回到卧室之后，他告诉了妻子白天所见。他说，据他观察，板仓无论是自己要去的，还是小妹拜托他去的，他应该是掐好时间悄悄进入会场，专门来拍摄《雪》的舞台场面的。目标达成之后准备匆匆离开的瞬间，被奥畑拦下，奥畑在那之前想必一直躲在观众席当中。奥畑何时入场的不得而知，多半一直在东张西望，看板仓有没有来。奥畑早就发现板仓了，舞蹈表演结束之前，正如贞之助从远处窥探那样，奥畑也同时从某个角落擦亮眼睛盯着板仓，从而抓住了正要离开的板仓未能让他逃脱。从当时的情形来判断事情大概就是这样发展的。不过，贞之助在旁边看到了走廊发生的闹剧，不知两人是都没有注意到他，还是发现了他却因为尴尬而装作没看见，这一点贞之助就不得而知了。

幸子说，自己其实也在想启少爷会不会来看今天的舞蹈会，要是他在会场过来跟她说话还挺麻烦的。问了小妹，她说她没有告诉启少爷今天的舞会，所以他应该不知道，而且启少爷在星期天之外的日子，每天下午两三点都在店里工作，不能随便出来。但幸子认为，今天的集会在报纸的演艺栏有两三行的报道，启少爷有可能读了报纸，要是读了自然能想到小妹会出演。也许他也从某个地方搞到了入场券，来了会场。因此幸子时刻关注着观众席。《雪》开始之前确实没看见他，特别是雪子大部分时间都在观众席，很少去后台。奥畑要是来了的话，她应该会发现的，但她什么也没说，这说明或许奥畑是和丈夫前后脚入场的。如若不是这样，那么就是他也计划着什么，故意不让人发现他，躲起来看节目。到底是怎样的呢？而且不清楚小妹是否知道板仓来了会场，反正自己和雪子是不知道的，后面发生的这场闹剧就更不知道了。

“还好后台谁都不知道，要是被大家知道了，真是有失体面。”

“还好板仓一直忍气吞声，才没闹得更大。两个男人不顾场合为小妹吵架，真是不成体统。在这事儿传开之前，得想个办法解决一下。”

“你要这么说，你来操心这事儿吧？”

“我是挺操心的，但我觉得不该我出面。雪子不知道板仓的事吗？”

“这次我把雪子叫来，也是为了跟她商量商量这事。不过我还没跟她说。”

实际上幸子本就打算舞蹈会结束之后跟雪子说。夫妇间的这次对话的两三天后的一个早晨，妙子想把日前舞蹈表演的扮相拍照留念，所以又把衣裳借了去，她把包着包装纸的衣服整理好装进行李箱里，还把装假发的盒子和跳舞时用的伞都塞进汽车里，出了门。家里只剩下雪子和幸子两人。

“小妹肯定拿着这些东西去板仓那儿照相去了。”

幸子开启话题，把去年九月在东京收到奥畑的警告时的惊异，到最近的舞蹈会时在走廊发生的那场闹剧，挑要点讲给了雪子。

“这样一来，那个徕卡相机摔坏了吧？”

雪子听完一通叙述之后最先问了这样一个问题。

“谁知道呢。你姐夫说那么摔的话至少镜头会有裂痕。”

“估计胶卷也没法用了，要重拍吧。”

“真的有可能——”雪子十分平静地听着幸子刚才的叙述，幸子看着她那镇定的样子继续说道，“我这次是真觉得被小妹背叛了，一想到这儿就气得不行——说来话长，不光是我，雪子也是呀，这么多年就数她给你添的麻烦多了。”

“我没事的……”

“话不能这么说。就从那次登报事件开始，我们受到多大牵连啊……雪子你的婚事也是，我这么说可能会惹你不高兴，小妹给你造成多大的障碍啊……但即使这样，我还一直站在她这一边支持她，她却连一句商量都没有，就跟板仓那号人私订终身了……”

“你跟姐夫说过这事儿吗？”

“嗯，因为我一个人实在承受不了这事……”

“那姐夫怎么说？”

“他说他也不是没看法，但他想当个局外人。”

“为什么呀？”

“他说他不大看得懂小妹的性格。也就是说，他信不过小妹，不想跟她扯上关系……但是，我只跟你说，你姐夫真实的想法是，小妹这样的人不需要旁人去照顾她，放任她一个人按照她自己的想法，她想和板仓结婚的话就去结好了，她想做什么就随她去做，她是那种一个人能料理好自己生活的人，那种生活方式也比较适合她。我跟他想法正好相反，所以跟他商量也没个结果。”

“要不要我跟小妹好好说一说？”

“你能去说就太好啦。我和你一起轮番上阵，想办法让她改变主意，除此以外没有别的办法。不过她也说了要等你先结婚……”

“对方要是稍微强一点，她先结婚也没问题的。”

“板仓实在差得太远了。”

“小妹自己的品位也有些低级吧。”

“或许吧。”

“我可是受不了有板仓这样的妹夫。”

幸子料定雪子必定会跟自己想法一致，但幸子感到，向来节制内敛的雪子也作出如此明确的表达，说明她比自己更加反对这件事。跟板仓比起来，宁愿选择奥畑，在这个想法上，雪子和幸子是一致的，所以雪子说："我也要好好劝劝小妹，让她跟启少爷结婚。"

二十九

芦屋的宅子在雪子回来之后又久违地恢复到以前热闹的状态。雪子话不多，总是静静地待着，甚至让人不知道她在不在家。按理说多了雪子一个人，家里也不会变得多热闹，但这样看来，沉静内敛的她性格当中还是潜藏着开朗吧。还有一点，三姐妹聚在同一屋檐下，家中便如坐春风，这三人中无论缺了谁，都会失了和谐吧。自从史托尔兹家搬走之后，空了好一阵子的宅子也终于有了新的租户，每天晚上，厨房的玻璃窗便透出灯火。主人是个瑞士人，在名古屋的某家公司做顾问之类的工作，经常不在家。家中有位年轻的太太，打扮是西洋风，但面容像是菲律宾人或者中国人，家中雇了一位女佣。

这家没有孩子，所以不如史托尔兹家热闹，大多数时候都是鸦雀无声的。即使是这样，一道铁丝网之隔的洋楼在逐渐荒芜得快要生发出鬼屋气息的时候，有人能住进来就给人大不一样的感觉。悦子一直盼着邻居家能再住进来一个像罗斯玛丽一样的孩子，对于这一点有些失望。不过她已经在同学中有了几个亲密的朋友，小女孩就是小女孩，开茶会，举办生日聚会，形成她们特有的交际圈子，时而我邀请你，时而你邀请我。妙子仍像往常那样忙碌，在外面待的时间比在家还多。三天里就有一天不在家吃晚饭，估计是她觉得在家的话就要听幸子和雪子的唠叨，或许有意躲避呢——贞之助揣测道。这次妙子会不会跟两个姐姐心生罅隙呢？特别是跟雪子之间会怎么样呢？贞之助暗暗担心。但是有一天，他傍晚回家没有看到幸子，到处找的时候打开浴室前面六叠的房间拉门，发现雪子坐在檐廊，支起一条腿，正让妙子给她剪趾甲。

“幸子呢？”他问道。

“中姐去桑山家了。应该马上就回来了。”妙子说着的时候，雪子悄悄地把剪下来的趾甲片藏在裙摆下，坐直了身子。穿着半身裙的妙子跪着把散落着的闪闪发光的碎趾甲一片一片地捡起来放在掌心。贞之助瞥了这场景一眼，就又把拉门关上了，但就在那一瞬间，姐妹和美的景象一直留在印象中。而且他似乎重新认识到，这姐妹三人就算是意见相左，但也不会轻易失和。

到了三月没多久，一天夜晚睡着的贞之助突然感觉到妻子的眼泪流到了自己的脸上，睁开眼，在黑暗中听到妻子轻声呜咽。

“怎么了……”贞之助问道。

“就是今晚啊……孩子她爸……今夜正好是一周年忌日呀……”幸子说着，更清晰地抽泣起来。

“忘记那件事吧……一直想着也无济于事啊……”

贞之助吻去妻子眼中不住溢出的泪水。睡觉前妻子还好好的，半夜突然说起这件事，把他吓了一跳。听幸子这么一说他突然想起，去年雪子在阵场夫妇的介绍下跟野村相亲，似乎就是这个月的事，到今天也许就是流产满一年了。但对这事儿自己已经完全不挂怀了，妻子心中仍深深埋藏着悲伤也不是没有道理，但像这样不知何时就要发作一阵，他还是感到不可思议。去年去岚山赏花的时候也是，秋天在大阪歌舞剧院看《镜狮子》的时候也是，他在渡月桥上或是剧场的走廊里，像这样看到妻子突然落泪，过了一会儿又像没事儿人一样。这次也一样，第二天早晨，幸子的表情好像完全忘记自己半夜落泪的事情了。

基里连科的妹妹卡塔丽娜乘坐豪华游轮沙恩霍斯特号去往德国也是三月的事。贞之助一家前年被邀请去他们在夙川的家之后，想着必须得回请一次，结果日子一天天过去也没实现。偶尔在电车上碰个面，此外没什么往来，但通过妙子不断听到那位老太太、基里连科兄妹和渥伦斯基的消息。从那以后，卡塔丽娜对制作人偶的热情逐渐消退了，但也没有完全放弃，快要忘记她的时候又突然出现在妙子的工作室，拿着最近的作品请妙子批评指教。就这样，两三年的时间里技艺进步了不少。可不知从什么时候开始，她认识了一位叫鲁道尔夫的德国好友，据说和他交往非常愉快。妙子琢磨着，对人偶制作热情的减退也是因为此事。鲁道尔夫是在德国某公司的神户分公司工作的年轻人，妙子也曾经在元町的大街上听她介绍过，此后经常碰见两人散步。从外形看，他是德国面庞，与其说是美男子，他更给人质朴刚健的感觉，个子很高，十分健壮。这次卡塔丽娜打定主意去德国就是因为她和鲁道尔夫相识后也喜欢上了德国，也是经过鲁道尔夫的安排，卡塔丽娜可以投奔他在柏林的姐姐，所以卡塔丽娜才下定决心。但是卡塔丽娜最终目的地是英国，那里住着她和前夫的小女儿。她去柏林是因为旅费等原因，先到达欧洲大陆的一个地方，再把那个地方当跳板去其他地方。

“哦，这样的话‘卤豆腐’也一趟船跟着去吗？”

“卤豆腐”是妙子最先开玩笑给鲁道尔夫起的昵称，现在连幸子她们还没见过鲁道尔夫，也“卤豆腐”“卤豆腐”地称呼起来了。

“‘卤豆腐’在日本。卡塔丽娜让‘卤豆腐’给他姐姐写了一封介绍信，她拿着信一个人去。”

“可是，她是不是去英国要回自己的女儿，再回柏林，等着‘卤豆腐’回德国团聚呢？”

“这个……我想应该不会。”

“那样的话，她就再也见不到‘卤豆腐’了？”

“应该是吧。”

“真是够干脆的呀。”

“也许真的就是这样——”晚上大家围着餐桌聊起这件事，贞之助也插了一句，“本来他们也不是谈恋爱，只是玩玩罢了。”

“这些人独自生活在日本，互相不做个伴的话，不是更艰辛吗？”妙子像是在为他们辩护似的说道。

“对了，船哪天开？”

“后天中午出发。”

“孩子她爸，后天你有空吗？”幸子问道，“你也去送个行吧。也没回请人家，过意不去。”

“最终还是没回请成……”

“所以去送送吧。悦子要上学，其他人都去吧。”

“姐姐也去吗？”悦子说道。

“姐姐去看看沙恩霍斯特号。”雪子缩了缩肩膀笑着说。

那天，贞之助上午在事务所上了一小时班，便直接去了神户，到了没多久就要开船了，所以没能跟卡塔丽娜慢慢聊一下。来送别的有老太太和哥哥基里连科、渥伦斯基、幸子三姐妹，以及鲁道尔夫。“那个就是他！”妙子悄悄告诉姐姐们。送别的人里还有两三个不认识的日本人和外国人。开船之后，贞之助他们和基里连科一行人一边说话一边走过码头，在海岸大道上分别的时候，已经看不到鲁道尔夫和其他的人了。

“那个老太太不知多大岁数了，看着一点都不显老。”贞之助望着老太太那看起来很年轻的背影说道。老太太正迈着像小鹿般轻快的步伐小步走着。

“老太太还会有机会见到卡塔丽娜吗？”幸子说道。

“看着很有精气神儿，但毕竟上岁数了。”

“但是一滴泪也没掉呢。”雪子说。

“还真是，我们倒是哭了，真是不好意思。”

“现在欧洲马上要开始打仗了，她那女儿现在还敢独身前往的确了不起，但敢放女儿去的老太太也了不起。大概是那些人因为革命吃了不少苦头，所以遇到这种事反而平和了。”

“生在俄罗斯，长在上海，漂来日本之后，现在又要从德国去英国了。”

“老太太讨厌英国，估计又要不高兴了。”

“老太太跟我说‘我和卡塔丽娜总是吵架。卡塔丽娜走了，我不伤心哪，我高兴哪。’”

妙子好久没有学老太太说话了，把妙子说的和刚才听老太太本人说的一对比，大家都在街上捧腹大笑了起来。

三十

“卡塔丽娜是不是比之前见到时更有女人味儿了？我刚才见到她的时候就想，以前没有这么漂亮，我都吓了一跳呢。”

贞之助他们从海岸大道走到生田[1]，掀开与兵的门帘，在早晨预订的位子，按照幸子、贞之助、雪子、妙子的顺序排成一排坐下，继续聊着卡塔丽娜。

“没你说的那么夸张吧，都是化妆的效果。今天她打扮得格外漂亮。”

“她和‘卤豆腐’成为朋友之后，可能因为化妆的方式发生了变化，她面容的感觉完全不一样了。”妙子接着幸子的话继续说，“她本人特有自信，她还跟我说：‘妙子小姐，你等着吧。我去了欧洲之后，一定会找个有钱的男人结婚’。”

“这么说，她没带多少钱去吧？”

“她说过：‘我在上海当过护士，要是金钱紧张了我就去当护士。’估计她只带了些应付眼下的零钱。”

“她今天就和‘卤豆腐’分手了吧？”

“应该是吧。”

“他还表达了最后的心意，写了信让姐姐收留卡塔丽娜，‘卤豆腐’这个人还挺不错的。卡塔丽娜站在甲板上，他向她举起手挥了两三下，就突然转身离开了，比我们走得都早呢。”

“真是的，要是日本人的话可做不到这样。”

“日本人要是模仿他们的话，就变成‘醋豆腐[2]’了。”

幸子她们好像没听懂贞之助的这句玩笑话。

“法国的小说里是有这么一句吧？”

“就是费伦茨·莫尔纳[3]嘛。”贞之助说。

---

①兵库县神户市旧有地名，1980年停止使用。

②醋豆腐在日语中有不懂装懂之意。

③费伦茨·莫尔纳（Ferenc Molnar，1878—1952），匈牙利作家、诗人。

狭窄的店里，竟坐了十位客人，沿着吧台椅子一个挨一个排成直角。除了贞之助他们，还有一位似乎是这附近股票行的老板，带着两三名店员来吃饭。另一头坐着三名花隗町的艺伎模样的人，打头的是位高段位的艺伎。就这样店里已经满满当当的，客人们身后和墙壁之间只容一个人勉强通过。就算是这样，还时不时地有人打开店门，来回望着已经坐满人的店里，恳求甚至苦苦哀求老板是否能腾出些位子来。客人虽络绎不绝，但这家店的老板也像大部分寿司店的老板那样，故意冷淡从而招徕顾客。就算是常客若不事先预订座位，老板便摆出一副“能不能进来，你看看就知道了”的表情，粗暴地拒绝。要是生客，若非特别凑巧根本进不了店门。规规矩矩打电话预订座位的常客，要是晚到了十五分钟或二十分钟也会被拒绝入内，老板会让其在附近散步个一小时再回来。据说上一代老板现在已经过世了，是在明治时代有名的东京两国[①]的与兵卫[②]处学艺，因此有了“与兵”这个店名。但他做的寿司跟以前两国的与兵卫寿司志趣不同，这是因为老板在东京学艺，却是神户出身，所以他捏出的寿司颇有上方风味。比如他不用东京流派的黄醋，而用白醋。酱油也用东京人绝不会使用的关西的溜酱油[③]，虾、墨鱼、鲍鱼等寿司他总是推荐人撒点儿盐食用。至于寿司原料，就在眼前的濑户内海里打捞出来的所有的鱼他都能用来做寿司。用他的说法，没有不适合做寿司的鱼，过去与兵卫的大当家也是这个看法。从这一点来说，他吸收了东京与兵卫流派的思想。他做的寿司，不仅使用

①东京都墨田区与中央区两区的两国桥周边一带。

②小泉与兵卫（1799—1858），1824年于东京两国地区创办寿司字号“华屋”，开创了配以芥末吃寿司的吃法，华屋与兵卫被称为“江户三大寿司”之一。

③比普通酱油更加浓厚，呈黑色，甜口。

海鳗、河豚、赤鱼、幼、牡蛎、海胆、比目鱼裙边、毛蚶肠、鲸鱼的红肉等，甚至还用香菇、松蘑、竹笋、柿子，他特别瞧不上金枪鱼所以不用，幼斑、贝柱、蛤蜊、鸡蛋卷等在店里全然不见踪影。他经常用煮过或烤过的食物作为原材料，他坚持用活蹦乱跳的大虾和鲍鱼当面料理。根据不同食物，他有时用青紫苏或者花椒芽、山椒代替芥末，佃煮[①]后夹在米饭当中盛给客人。

妙子和这里的老板从很久以前便是熟识，她或许还是最早发现与兵的顾客之一。她经常在外面吃饭，在神户也是，从元町到三宫一带，对于好吃的小店消息灵通。这家店在搬来这个地方之前，开在交易所斜对面的窄巷里，店面比现在还小。刚开店时，妙子就发现了这家店，还介绍给了贞之助和幸子她们。用妙子的话说，这家店的老板活像《新青年》的侦探小说的插图中身材矮小却有个大脑门的畸形儿，贞之助他们很久以前就听妙子多次描述，他在拒绝顾客时生硬粗鲁的言行，操起菜刀时浮现的兴奋表情，包括眼神和手势等，妙子声情并茂地详细描述过。去店里一看，本人竟真如妙子模仿的那样，像得让人发笑。老板先把顾客排成一排，虽然也问客人“先从什么寿司吃起呢”，但他基本就按照自己的喜好随便做：最开始先做鲷鱼的话，就把鲷鱼拿出来，按人头数切好鱼块，给所有的客人都盛上清一色的鲷鱼寿司。接下来是虾，然后是比目鱼，就这样一次上一样。要是上第二道寿司的时候，第一道寿司还没吃完，他就会不高兴。要是他给的寿司剩了两三个，他就会催促道：“寿司还没吃完呢。”寿司的原材料每天不同，鲷鱼和虾是他最得意的作品，任何时候都不会缺席，他最喜欢从鲷鱼开始捏。要是有

①传统日本烹调方式，将食材和水、酱油、砂糖等调味品一同煲煮，直至水分被食材全部吸收。

客人冒失地问："有金枪鱼吗？"绝对会惹他不快。要是惹得他不高兴了，他就放好多芥末，辣得客人啊地跳起来，眼泪直流。他则边看边偷偷地笑。

幸子特别喜欢吃鲷鱼，自从妙子把这家店介绍给她，她立即就迷上了这里的寿司，自然成了一名常客。实际上雪子也完全被这家的寿司诱惑了，不输幸子。稍微夸张些说，把她从东京向关西召唤的诸多牵引力当中，这家的寿司可以说是其中之一。她人在东京，思绪却驰骋在关西的上空，第一个浮现在她脑海的自然是芦屋的宅子，但她脑海中的某个角落里还时时浮现这家店的样子、老板的风采，以及他菜刀下明石鲷或者凤尾虾劲头十足活蹦乱跳的样子。雪子其实是喜欢吃西餐的，也并非极其热爱寿司，但她在东京待上两三个月连着吃红身鱼刺身的话，明石鲷的味道便开始回味在舌尖上，鱼肉的刀口如同青贝般透亮，那美妙的纯白色便闪烁在眼前。奇妙的是，这景象和阪急沿线的明媚景色、芦屋姐妹及外甥女的面孔似是融汇在一起，不时闪现。而且贞之助夫妇也发现雪子在关西热衷的事物之一便是这里的寿司，她每次回来总会带她来这里一两次。贞之助每每坐在幸子和雪子中间，时不时低调地跟妻子和两位小姨子轻轻碰个杯。

"好吃，太好吃了……"妙子一直边吃边不停地感叹。

雪子一边顾虑周围的人，一边躬身向着给自己敬酒的贞之助，说道："贞之助姐夫，这么好吃的东西，也请那些人尝尝可好？"

"是呀。"幸子也说。

"要是邀请基里连科和老太太就好了。"

"我也不是没想过，但觉得突然增加人数有点不太合适，而且我也担心那些人能吃这些东西吗……"

"你担心什么呀。"妙子说，"西洋人也有好多吃寿司的。是吧，老板？”

“对，他们吃的。”老板正张开因长期泡水而发胀的五根粗粗的手指，把菜板上拼命蹦跶的虾按住，“我们店也时不时地有西洋人来。”

“孩子她爸，史托尔兹先生的太太也是吃什锦寿司的。”

“那是因为那次的什锦寿司里没放生鱼片……”

“生鱼片他们也吃的……当然了，有的爱吃，有的不爱吃，金枪鱼他们就不太爱吃。”

“哎，那是为什么呀？”股票行的老板插了一句。

“不知道为什么，金枪鱼、松鱼那类的鱼他们不吃。”

“对了，姐姐，那位露茨先生——”年轻的艺伎说着一口神户方言，小声跟辈分高的艺伎说，“那个人只吃白身鱼，赤身鱼他一点儿也不碰。”

“嗯，嗯。”她捂着嘴用牙签剔着牙，冲艺伎的方向点点头，“西洋人大概是觉得赤身鱼有些可怕吧，所以不太吃。”

“原来如此。”股票行老板说完，贞之助也说了一句：“在西洋人看来，白白的米饭上放着没见过的红红的生鱼片，的确有些可怕。”

“小妹呀……”幸子看着丈夫和雪子旁的妙子说，“要是让基里连科家的老太太吃这儿的寿司，她会说什么？”

“不行，不行，不能在这儿学她说话。”妙子一边忍着不学老太太说话，一边回答道。

“今天各位上船去了吗？”老板边说边剖开虾肉，铺在米饭块儿上，再用菜刀切开一分为二，一个大概五六分①宽。在妙子和雪子的

①一寸的十分之一，约为 3.03 毫米。

面前放一份，在贞之助和幸子面前放一份。若用一整只去了虾头的大凤尾虾做成一只寿司一个人吃的话，其他的寿司就吃不下了，贞之助他们便决定两人吃一只。

“嗯，送了个人，顺便参观了一下沙恩霍斯特号。”

贞之助把食盐瓶倒过来，将混有味精的干末沙沙地倒在还在动的凤尾虾肉上，拿起寿司，把刀切过的那面对着自己，整个塞进嘴里。

“德国的船虽说是豪华游轮，但和美国的船太不一样了。”

幸子说完，妙子也说：“还真是。跟上次那个库利基总统号真是不一样，那个船通体白色，很明亮。但德国的船，颜色阴沉沉的，跟军舰似的。”

“小姐，您快吃呀！”老板的老毛病又犯了，对着一直没上手、只盯着眼前的寿司看的雪子说。

“雪姐，你干吗呢？”

“这个虾，还在动……”

雪子一来这儿吃饭，就必须跟其他吃客一样的速度，备感辛苦。都被切成片了还在颤动的虾肉最让老板引以为豪，即所谓的“舞蹈寿司”。雪子喜欢这个不输鲷鱼寿司，但虾还在扭动的时候还是让她觉得不舒服，便想看着它不再动的时候再吃。

“它好就好在它还在动。”

“快吃吧，吃了它也不会变成鬼的。”

“凤尾虾变成鬼也不可怕吧。”股票行老板插话道。

“凤尾虾倒是不可怕，牛蛙才可怕呢，对吧，雪子？”

“哎？有这回事？”

“嗯，你是不知道，我住在涩谷大姐家的时候，姐夫带我和雪子去道玄坂的烤肉店。烤鸡肉串我倒没问题，最后杀牛蛙烤着吃。那时那蛙呱地叫了一声，我和雪子都吓得脸发白，那天雪子整晚一直都能听见蛙叫声……”

“啊，别说了……”雪子说，又拿着虾肉迎着亮光端详一番，确认了“舞蹈寿司”不再跳舞了，才开始动筷子。

三十一

四月中旬的周六日，贞之助和三姐妹以及悦子一行五人按照惯例去京都赏花，在回家的电车中，悦子突然发高烧了。不过悦子大概一周前就总嚷嚷着累，在京都没什么精神，当晚回家一量，体温将近40℃，就先把栉田医生请来了。说是疑似犯了猩红热，明天再好好诊断，便回去了。次日，悦子除了嘴巴周围，满面潮红，“已经不用怀疑了。这个样子，除了嘴巴周围，面部变成像猴子那样就是猩红热的特点。”栉田医生说道，并建议把她送到有隔离室的医院住院。悦子十分讨厌住院，猩红热虽说是传染病，但大人基本不会感染，而且一家子连续有人患病的例子也不常见，所以医生说：“如果能把悦子小姐放在家里的某个房间进行隔离，家人控制出入的话，在家治疗也可以。”幸好贞之助的书房是间独立于主建筑之外的配房，尽管贞之助抱怨说要是书房被征用了自己会很不方便，但幸子强迫他同意，让他暂时把书房搬到主房，把配房变成了病房。四五年前，幸子患重度流感的时候也用过这个屋子。这间房子完全独立，从主房过去的话得穿木屐，配房是六叠的房间加一个三叠的套间，也有瓦斯和电热设备。更巧的是幸子用的时候还安装了水管，可以简单做做饭。贞之助把桌子、文件柜还有一部分书架搬到二层夫妇那间八叠的卧室，碍事的东西放进储藏间或者壁橱。之后，悦子和护士便搬了进去，姑且算是隔绝了配房到主房的往来，但做不到完全断绝，病人和护士的餐食等都要从主房一一运过去，所以怎么都需要一个联络员。要让负责餐具的打杂女佣担任联络员的话太危险，眼下最适合的便是阿春了，阿春本人也无惧传染病，这一点比谁都勇敢，她高兴地承担了这项工作。让她当了两三日，她自己不怕倒很好，但出入病房也不消毒，摸过病人的手再去摸别的，这简直就是在扩散病菌，雪子头一个抱怨起来。结果，阿春被罢免，雪子担任了这差事，她习惯了看护病人，相当谨慎细心，且并不一味地害怕，看护得极其周到。病房里用的餐具等她完全不用女佣沾手，从做饭送饭到洗洗涮涮，都事必躬亲。悦子高烧的那一周里，晚上她和护士交替着，每两个小时更换一次冰袋，很多天基本睡不了觉。

病情逐渐好转，一周后终于退烧了，但医生说这种病需要全身小疹子干了之后，结痂脱落，全身换一层皮就痊愈了，这个过程大概需要四五十天。雪子本打算去完京都马上就回东京，但暂时也走不开了。她跟东京说明原因，让大姐寄来换季衣物，全身心投入悦子的护理。尽管她接了这么一桩苦差事，但比起回东京，她似乎更喜欢在这里生活。她严格禁止大家去病房，她以幸子爱生病为由，甚至幸子也不能靠近病房，因此幸子虽说有个生病的孩子，却一点也不辛苦，一天天清闲度日。雪子对她说："悦子的病不必担心，去看看歌舞伎表演吧。"这个月菊五郎又来大阪了，上演《道成寺》。幸子在菊五郎的作品中最喜他旦角出演，其中尤其喜欢《道成寺》。所以她本下定决心这个月无论有什么事都不能错过他的表演，但不凑巧悦子生病了，她正遗憾的时候，雪子说的话正好戳中她的心事。但不管怎么说，孩子生病了，做母亲的去看戏未免太自在了，所以幸子靠着回忆中舞台上第六代菊五郎的翩影，放一放和风[1]的《道成寺》的唱片，勉强慰藉心中的戏瘾。只跟妙子说："我就不去了，小妹去看看吧。"妙子似乎最终一个人悄悄去看了演出。

病房这边，悦子随着身体逐渐好转，苦于无聊，每天都听听留声机。有一天，史托尔兹家原来的房子里搬进的瑞士人便来抱怨，说能否稍微顾及一下邻里呢……这个瑞士人看起来是个相当难伺候的人，一个月之前也抱怨狗叫睡不着，说希望能体恤他们一下。他们抱怨的时候并不直接找上门来，而是跟他们房东说，房东佐藤家跟幸子家一宅之隔，瑞士人总通过佐藤家来投诉。因此是佐藤家的女佣拿着那个瑞士人写的两三行英文的字条来。抱怨狗叫时，是这么写的：

亲爱的佐藤先生：

真是过意不去，因为邻居家的狗，我想麻烦您一下。因为那只狗整夜狂吠，我每晚无法入睡。还请您跟邻居传达一下，请他们稍微注意一些。

这次的字条是这么写的：

亲爱的佐藤先生：

真是过意不去，我想就邻居家留声机的问题麻烦您

①指的是第四代松永和风（1874—1962），长歌松永流的宗师。

一下。最近邻居家早晚都听留声机，非常吵，给我造成很大不便。若您能把这个意思传达给他们，请他们稍微改变的话，我将不胜感激。

佐藤家的女佣总是一脸抱歉的表情说："波修先生来说了这些，总之先给您看一下。"放下字条便走了。关于狗吠的事情，强尼整晚叫只是一晚或两晚的事情，就没放在心上，没管这事就过去了。这次不能这样了。因为悦子用作病房的配房，也就是平日贞之助的书房跟邻居家不是用铁丝网相隔，而是用木板隔着，虽然四周围得严严实实的，从外面什么也看不到，但从距离上讲，离他家最近。史托尔兹一家在的时候，彼得、罗斯玛丽他们极其吵闹，贞之助就屡受其害。所以在配房放留声机，必定会遭那毛病多的瑞士人嫌弃。顺便再在这里说说波修的情况。之前也说过，此人据说在名古屋工作，他能来一次又一次地抱怨，说明他偶尔会回来住。他是什么样的人呢，幸子一家谁都没见过。史托尔兹一家住这儿的时候，主人史托尔兹先生、夫人和孩子们总是出现在露台或是院子里；如今这个波修先生家，有时能看见太太的身影，波修先生还未现过身。可是，他也有时搬把椅子悄悄坐在露台上，但露台原来的铁栅栏内侧装了一圈隔板，隔板的高度刚好能够挡到坐着的人的头部。可以说波修先生非常害怕别人看到他，是个极其古怪的人。听佐藤家的女佣说，他久病缠身，而且神经质，每晚都被失眠折磨。不知是不是这个缘故，有一次，刑警来到幸子家说："那个人虽自称是瑞士人，但真正的身份不明。他总是形迹可疑，还请多注意，万一他做出什么奇怪的举动请马上通知警察。"说完便走了。这家主人国籍不明，一年到头都在旅途中，太太看起来像是中国人的混血儿，所以两人被怀疑也是没办法的事。听刑警说，那看起来像是中国混血儿的女人不是他的正房太太，好像只是个情妇。而且她的国籍也不明朗。在日本人看来，她的容貌跟中国人最像，但她坚称自己不是中国人，而是生在南洋，具体在南洋哪里，她也不明说。幸子有一次被她邀请到家中，进到她的房间一看，放着的全是中国式的紫檀家具，由此判断她应该就是中国人，她或许想刻意保密。但唯一明了的是，她兼具东洋人的魅惑和西洋人的匀称，是个妖妇型的女人。过去美国的电影女明星中，有位 Anna May Wong [①]就是法国人和中国人的混血儿，感觉和她很像，拥有欧洲人会喜欢的异国风情，是个美人。在丈夫出门在外的日子里，她总是寂寞度日。经常让女佣来传话，招待幸子去家里。有时在路上碰见了也会邀请幸子。但幸子自从听了刑警的话，担心扯上关系，尽量不和她走得太近。

阿春愤慨地说：“小姐只在生病的时候听听留声机，这有什么不行的，那个西洋人真是不懂怎么处理邻里关系！”贞之助制止她：“好了好了，波修先生是个怪人，所以没办法，而且从早到晚听留声机在这个时局下也不大好。”之后悦子每天玩扑克牌。但玩扑克牌也遭到雪子的禁止，因为猩红热进入恢复期之后，结痂脱落最严重的时候最容易传染，现在悦子处于这个时期，所以是最需警惕的时候，玩扑克牌的话会有传染给对方的危险。一直陪悦子玩的是护士“水户姐”和阿春。护士因为长相酷似大船[②]女演员水户光子，所以悦子叫她“水户姐”。这个护士得过一次猩红热，有免疫性。阿春也说她一点都不怕被传染，病人吃剩下的鲷鱼刺身等，其他的

①黄柳霜（1905—1961），好莱坞第一位美籍华人影星。

②松竹大船摄影所，于神奈川县镰仓市大船从1936年开办至2000年的电影制片厂。

女佣碰都不敢碰，只有她一人这时候贪婪地大吃大喝。最开始还被雪子念叨不让她靠近悦子，但悦子因为寂寞而经常叫她，加之“水户姐”说不用那么小心，不会轻易传染上的，雪子说的话也不大管用了，最近她们总是一天到晚泡在病房里。她们要只是玩玩扑克也还好，“水户姐”和阿春两人抓来悦子的手或脚，剥干痂玩儿。“小姐你看，这样剥的话能剥下来好多呢。”她们边说边揪着疮痂的一端一剥，干皮哗哗啦啦地卷起一大片。阿春把掉下来的干皮捡在手里，回到主房的厨房，向干杂活的女佣们炫耀说：“看，小姐身上剥下来这么多皮呢。”把她们恶心得不得了，但最后大家也都习惯了，也不再害怕了。

五月上旬，悦子的病日渐好转，妙子不知心中冒出了什么想法，说要趁现在去一趟东京。她说，无论如何也要跟本家的姐夫直接谈判一次，不解决钱的问题心有不甘。自己已经不出国了，现在也不急着结婚，只是有个计划，该自己得到的钱想快点得到，如果姐夫还是怎么都不给的话，到时候得再重新想办法。当然关于这件事，为了不给中姐和雪姐添麻烦，我自己去，我会平心静气地跟他们交涉，请不要担心。关于行程，也不是说这个月必须去东京，但正好雪姐住在芦屋，我去东京的话住宿也方便些，所以突然有这个想法的。在那狭窄的家里，孩子们乱哄哄的地方，我也不想长住，事情一办完，我立马就回来。唯一想做的就是看看戏，但前一阵子刚在这儿看了《道成寺》，这个月看不看都无所谓。

幸子问她，所谓交涉是要和谁交涉？所谓计划指的是什么？由于最近两个姐姐动不动就反对她，妙子变得不大爱说真话了，妙子没有干脆地回答幸子的问题。妙子只是表达，打算先找鹤子交涉，如果谈不出什么结果，再直接找姐夫硬碰硬地谈判。至于“计划”

是什么，她不愿明说。幸子从沉默的妙子那儿一点一点问出来，好像妙子得到了玉置院长的支援，考虑开一家小规模的妇人洋装店，所以需要钱作为启动资金。幸子想，虽然妙子难得有这个想法，但估计本家不会满足妙子的期待。站在大姐夫的角度，在他承认的基础上正式结婚以外的情况，是不会给钱的，这个说辞现在应该不会有什么变化。加之他那么反对妙子成为职业女性，所以这种计划是绝对不会容许的。但要说这是完全没用的协商，也不见得。有种微弱的可能性，就是妙子有机会找大姐夫直接谈判。为什么呢？大姐夫天生胆小，年轻的时候就被幸子这几个小姨子欺负过，私下里他表达意见十分强硬，但面对面的话气势就弱下去了，如果对方稍微强势地逼迫一下，他便投降了；若妙子稍微恐吓他一下，最后到底是什么结果不好说。妙子一定就是冲着这一点，抱着一丝希望决定去东京的。大姐夫一定会尽量避免跟她当面协商而躲着她，但妙子也不是一般人，或许已经做好心理准备一直撑到能见到大姐夫为止。

幸子推测，妙子突然说在这时候要去东京，莫非是因为看准了现在幸子和雪子都没法陪她去，而故意选择这个时间的？这样一想，她又担心起来。妙子虽嘴上说要心平气和地协商，但她会不会已经下了决心，到时候根据情况甚至不惜跟本家断绝关系，直接跟大姐夫谈判呢？所以她不希望幸子或者雪子跟过去。话虽如此，幸子觉得不会发生这么过激的事件，但妙子一冲动，事态说不定就失控了。要真发展到那个地步，大姐夫有可能会曲解为，幸子为了让他为难，才让妙子一个人去东京的。如此说来，妙子去东京而幸子不跟着去，会表现出她努力不想牵扯其中；但也有另一种解释，那就是可能会被误解为自己居心不良，远远地旁观大姐夫陷入困境。

如果被大姐夫这样误解姑且能忍，但若大姐也这么想自己——“幸子怎么不拦着小妹来东京这一趟，反而让她跑来说这么一番不成体统的话呢。”——而怀恨在心的话，幸子的处境就艰难了。既如此，这会儿雪子全权照顾着悦子，对于妙子的计策，若将计就计自己也跟着去东京的话，就必然会卷入手足之间的金钱纠纷。而且更麻烦的是，那时候她到底帮谁，她心里也没个定数。

雪子的想法是，小妹想要开洋装店的计划背后很明显有板仓的影响。若往坏处想，这或许是从本家那儿把钱掏出来的借口。只要钱拿过来了，或许洋装店的计划就有变了。小妹看起来干练精明，其实也有老实善良的一面，没准儿什么都听板仓的，被利用了。所以小妹只要不和板仓分手，钱还是不拿出来的比较好。

这倒也是一种可能，但在幸子看来，妙子下了那么大的决心，要是横加阻止，最终导致她计划失败的话，也于心不忍。妙子不听她和雪子的忠告，而一根筋地要履行跟板仓的婚约，她对这一点虽感到不满，但一个女孩子年纪轻轻，谁都不依靠，拼命想要独立，她一想到自己这勇气可嘉的妹妹的这份志向，就不愿徒然地站在姐夫那边欺负弱小了。无论这笔钱怎么用，姑且把它作为独立资金，而且正因为是妙子，她绝对有能力用好这笔钱，所以幸子希望，如果大姐夫保存了妙子的钱，就把钱拿出来。但是，如果她和妙子一起去东京，无论自己愿不愿意都必定会夹在妙子和本家中间，说不定一上来就被大姐说服，最后违背本意站去本家那边了。她的真实想法是，她不愿这样做，可她更不具备那般豪情，能够公然地站在妙子那边向姐姐夫妇施压。

三十二

雪子本就反对妙子一个人去东京，她甚至说:“不管怎样，中姐不跟着去是说不过去的。悦悦的病已经好得差不多了，家里我来照看，你就安心去，不要着急回来，在那儿多住些时日也可以。”但妙子一听说幸子要陪她去，便露出一副难以捉摸的表情。幸子说:“当然，我只是考虑到本家的想法才要和你一起去的，绝没有要妨碍你的意思。小妹无论做什么、跟谁说什么都行。虽说协商的时候姐姐姐夫会让我在场，但那不是我的本意，我会尽量避免，要实在推不掉的时候可能会在场，我会坚守我第三方的公平立场，对小妹不利的行为我会极其谨慎的。”她还预先给东京的姐姐写了信，把妙子这次怀着什么目的去东京等，说了大概的情况，“我虽然也跟着去，小妹不喜欢我介入其中，我也不愿牵扯其中，还希望姐姐姐夫有什么就直接跟小妹说。”

幸子这次也将投宿在筑地的滨屋，妙子尽量避免让人觉得幸子给自己出谋划策，便决定在事情了结之前都住在涩谷的家里。于是，两人便坐鸥号列车从大阪出发。到东京那天的傍晚，幸子先带妙子去滨屋，打电话给大姐说:“接下来我本想送小妹去家里，但我今天太累了，走不动了，小妹一个人也不知道路，所以能不能让辉雄或者谁来接一下？”大姐说:“那我去接吧。还没吃晚饭，我想着咱们三个人会合一下去哪儿吃顿饭。去银座好吗？”妙子说既然去银座的话，想去久闻大名的新格兰德酒店或者 Lohmeyer，最后便决定去 Lohmeyer。“我也没去过，从数寄屋桥下车之后怎么走哇？”

大姐反而开始向幸子打听。

两个人泡完澡到餐厅一看，大姐已经先到了，预约了座位在等着，说："今天我请客。"每逢这时候，幸子经济情况比较好，所以从来都是她来结账的。可是今晚大姐特别热情，对妙子也是说了很多慰劳的话："我们并没有忘记小妹，到底家里地方小，雪子一个人都照顾不周，我总想着把小妹也接过来，但一直忙得抽不开身。"频频地说了很多像是道歉的话。每人喝了一杯德国扎啤，走出餐厅，在初夏的夜晚沿着银座大道向着新桥方向漫步。幸子把两人送到新桥站，便分别了。

在妙子谈事情的这两三天里，幸子尽量不去本家，自己需要做些事情打发时间，便想着去拜访一下上女子中学时的同窗好友，她嫁到了东京。翌日清晨，她在房间读报纸，妙子打来电话问现在是否能来旅馆找她一下。幸子问她，是否有什么需要商讨的，妙子回答说并非如此，只是太无聊了。幸子问她跟本家商量得怎么样了，妙子说："今天早晨先全部告诉了大姐，这周姐夫很忙，谈判就延期到下周了。这段时间里闲着也是闲着，想去你那儿玩玩。"幸子说："今天下午约好了去访问住在青山的朋友，一直到傍晚都不在宾馆。五六点钟的时候会回来。"说完两人结束了通话。在青山的朋友家幸子受到盛情挽留，吃了晚饭七点多才回来，正好妙子也过来了。妙子说，今天她等辉雄从学校回来之后让他带着去明治神宫转了转，刚才五点左右的时候两个人曾来宾馆一次，幸子一直没回来，肚子也饿了，老板娘问他们是否需要提供餐食，但妙子忘不了昨天德国扎啤的美味，所以这晚便在 Lohmeyer 请辉雄吃了一顿饭。刚才她和辉雄在尾张町分别，之后又来到这里。

看样子妙子已经决定让幸子在滨屋收留她过夜了。幸子详细地问了问妙子这几天的情况，妙子说："在涩谷，姐夫姐姐都把妙子奉为上座，殷勤款待。姐夫今天早晨出门时还说'小妹难得来一次，这次就多住一阵子再回去。虽然家里小，过意不去，但现在雪子不在家，倒也能安排得开。不巧最近这阵子我很忙，过个五六天我就能休假，到时候再带你出门玩一玩。不过每天中午有一个小时休息时间，或者今天你要是能来丸之内的话，我可以陪你吃午饭。'还说'今天我会去丸大厦影剧院的售票处买歌舞伎表演的票，这两三天里，你和鹤子、幸子三人一起去看看吧。'姐夫殷勤得可怕，到目前为止他还从来没对我这么亲切过。"妙子在大姐夫和孩子们出门之后，马上抓住大姐表明自己此行的目的，详细地聊了一个小时，大姐没有表现出任何厌恶的表情，一直很认真地听着。然后说："不知你姐夫是什么意见，我会跟他说的。实际上现在你姐夫的银行正在合并，你姐夫特别忙，晚上也回来得很晚，所以希望你稍微等一等。到下一周估计他就有时间跟你详谈了，在那之前你可以轻松地玩一玩啊，小妹也很久没来东京了，让辉雄带你到处转转怎么样，而且幸子一个人应该也很无聊，你也去筑地陪陪她。"妙子不知道事情会怎么发展，姑且听凭大姐说的那样准备先等上一阵子。昨天车行驶到沼津附近的时候，妙子看见富士山大部分都隐没在云里，还开玩笑说不是个好兆头。关于此行能否达成目的，不仅没那么有自信，还对本家夫妇的笼络怀有很强的戒心。但是，妙子难得被这对夫妇宠着，她倒是挺享受的。"他们要是光口头上哄我，实际把我骗了，那我可不答应。"嘴上虽这样说，面上却是一副高兴的样子。

昨天孤零零地睡在滨屋二层的幸子，人在旅途，心中分外不安，整晚没睡好觉，正愁该怎么熬过接下来五六个寂寞的晚上。今晚偶然间和妙子二人在这十叠的房间中，姐妹时隔多年后又重新睡在一起。回想起来，在船场的时候，长大成人之前，她们好多年都在一个房间同起同卧。这个习惯一直持续到她和贞之助结婚前一夜。其实，很久以前的事情幸子不记得了，她从上女中的时候开始，只有大姐单独睡一间，幸子和其他两人一起睡在二层六叠的房间，而且她和妙子两个人睡的机会很少，基本上两人中间总是夹着雪子，往往狭窄的房间里三个人总是挤在两张床铺上。而且，雪子的睡相极好，炎热的晚上也把薄衣盖至胸口，端端正正、稳稳当当地睡觉。现在幸子和妙子同床共枕便极其怀恋地想起那时的光景。自己和妙子中间夹着的雪子，安稳入睡，瘦弱纤细的样子仿佛就在眼前。

第二天早晨，就像姑娘时代经常做的那样，在床铺上，睡醒后，聊一会儿知心话。

“小妹，今天咱们做什么？”

“做什么呢？”

“小妹有什么想去的地方吗？”

“大家都张口闭口地说东京东京，但我还真没什么想去的地方。”

“我们还是觉得大阪、京都好。——昨晚在 Lohmeyer 都点了什么呀？”

“昨天菜单有变化。有维也纳炸牛排。”

“辉雄吃得高兴吧？”

“我和辉雄吃饭的时候，从对面的角落过来一个辉雄学校的朋友，父母带着来吃饭的。”

“哦。”

“辉雄被他那朋友看见之后，涨红了脸，一直在说糟了糟了。我问他为什么，他说和我在一起，就算跟朋友说这是他的小姨，也没人会当真的……”

“说得也是呢。”

“刚开始那个服务员就一脸古怪的表情问，你们是两位吗？我说我要一杯啤酒，服务员‘啊’了一声，不可思议地盯着我看。他可能以为我是小孩子。”

“小妹你穿那件洋装的话，连辉雄的姐姐都不像。肯定被人当成是不良少女了。”

临中午前，涩谷那边来了电话，通知说明天的歌舞伎表演的票已经买好了。今天一天没事干，下午去银座喝茶，在尾张町乘坐出租车从靖国神社经过永田町、三宅坂边转了一圈，最后到了日比谷电影院。在横穿日比谷的十字路口的时候，妙子望着窗外的行人，说：“东京现在特别流行箭羽花纹。刚才从日耳曼面包房出来到日比谷电影院，有七个人都穿呢。”

“小妹你还数着呢？”

“看！你看，那儿也有一个人，那儿也有一个人——”她说着，过了一会儿像是突然想到什么似的，“中学生把两手揣进兜里走路很危险啊——”又说，“不知是哪儿来着，关西的中学，制服裤子没有兜，还是那样好啊。”

幸子知道这个妹妹在还是小姑娘的时候就爱说大人话，她感慨道，妙子也到了真正该说这种大人话的年龄了。

“真是的呢。”幸子附和道。

三十三

第二天在歌舞伎剧场，最后的一出戏《口吃又平》临开始的时候，舞台那边的扩音器不断地播放很多人的名字——“本所绿町的某某先生”“青山南町的某某先生”——不断有人被呼叫。“西宫的某某女士”“下关的某某先生”等被念出，最后还呼叫了“菲律宾的某某先生”，不愧是歌舞伎表演，不光日本全国为之倾倒，连南洋的客人也因此聚集。正在感慨的时候，妙子突然说：“小点声！”制止了两位姐姐的谈话，竖起耳朵听。

“芦屋的莳冈女士——”扩音器里果然叫到了这个名字。

“兵库县芦屋的莳冈女士——”叫到第三遍的时候还改成这样的叫法。

“什么事呀？小妹你能出去看看吗？”

听了幸子的吩咐，妙子起身走出剧场，过了一会儿就回来了，拿上自己座位的手提包和蕾丝披肩，“中姐，稍微过来一下。”把幸子带到走廊。

“怎么啦？”

“刚才滨屋的服务员来剧院大门口了。”妙子的叙述如下。

说是有位来见莳冈女士的人，妙子走出入口一看，滨屋的服务员站在楼梯那里，她说：“因为刚才芦屋府上来了电话（这个女服务员也操着一口大阪方言），老板娘想跟您传达这件事，所以给歌舞伎剧场打了好多电话，但都说节目正在上演联系不到，所以老板娘便让我来一趟。”妙子问她电话里说了什么，服务员说：“电话是老板娘接的，不是我接的。但好像是一位病人的状况极度恶化的事情，说那个病人不是悦子小姐……听说前一阵子悦子小姐得了猩红热卧病在床，但电话里说的病人不是悦子小姐，而是在耳鼻喉科住院的某位病人。说是妙子小姐很熟悉的人，芦屋府上的人在电话里多方叮嘱说，千万别传达错了……老板娘说，现在太太和妙子小姐去歌舞伎剧场了，我们立马去传达这件事，还问府上的人是否只有这一件事，对方还是希望妙子小姐一个人尽量坐今晚的夜行车回去。还说之前若还有时间，让从这边给芦屋府上打个电话。”

“那么，病人说的是板仓？”

幸子在来东京的列车中听妙子简单地说了一句，板仓做了耳朵的手术。那时听妙子说，四五天前板仓患了中耳炎，耳朵里积脓了，日日去神户中山手的矶贝耳鼻喉医院看病，前天引发了乳突炎说是必须做手术，昨天在那家医院住了院做了手术。幸好手术顺利，板仓也很有精神，说：“不用管我，你尽管去东京吧。”也因为好不容易做好出行的准备了，平时板仓身强体壮，就算想杀死他都不那么容易，妙子便觉得不用担心，决定出行。

然而，现在板仓的情况似有突变。据服务员说，像是一位病人的姐姐打电话给芦屋府上的。幸子她们估计是板仓的妹妹从医院打电话通知的。雪子接到电话没敢耽搁，立马联络了东京。乳突炎做了手术的话应该不必太担心，但如果处理晚了，往往会感染大脑，甚至可能会一命呜呼。总之，雪子都特意打电话来东京了，想必那个男人的情况不大乐观。

“你打算怎么办，小妹？”

“我马上回滨屋，然后回大阪。”妙子脸色没有任何变化，用一如既往平静的语气说着。

“我要怎么做呢？”

“中姐把表演看完吧。丢大姐一个人在这儿不太好。”

“我跟大姐怎么说呢？”

“随便说两句就行了。”

“小妹这次跟大姐说了板仓的事吗？”

“没说。”妙子在门口披上乳白色的蕾丝披肩，“你跟她说也没关系。”说完便下楼走了。

幸子回到座位的时候，《口吃又平》已经开始了。大姐专心地看着表演，什么也没说，幸子乐得如此。散场之后，两人挤在人群中走到门口时，大姐开口问：“小妹呢？”

“刚才，有个朋友来见她，好像把小妹带走了。”

幸子姑且这样答道，她把大姐送到银座大道，在尾张町分别后回到旅馆。老板娘说小妹先一步离开了。“接到那通电话之后，就让人买了一张今晚的卧铺票准备着，妙子小姐从歌舞伎剧场回来之后，说‘那就坐那趟卧铺回去吧’，她万分紧急地离开了。走时还跟芦屋府上通了电话，我不知电话详情，只是说在电话里说不清楚，但听说是手术的时候恶性细菌感染了，说病人非常痛苦。妙子小姐让我转告您，她说她坐这趟车直接去三宫站，明天早晨马上从车站去医院，在涩谷还有一个小包，请您回大阪的时候带回去。”老板娘似乎隐隐约约地觉察了病人和妙子的关系说着这些话。幸子也待不住了，又紧急给在芦屋的雪子打了个电话。但雪子在说什么，幸子听得特别费劲，完全听不懂她在说什么。这不是因为电话信号不好，而是因为雪子天生小嗓门，雪子已经拼命喊叫了，但她的声音细弱无比，用“缥缈”这个词形容最恰当。打电话实在搞不清楚情况。平时就数跟雪子通电话最让人着急了，她自己也害怕打电话，一般都找人帮她接电话。今日之事有关板仓，也不能让阿春代劳，也不能拜托贞之助，雪子只得自己接电话。雪子说一会儿话声音马上就细得变成蚊子叫，幸子跟她通电话的时间中，“喂喂”的叫喊声比说话时间都长。好不容易零零碎碎地听到一些内容。说是今天下午四点左右，有个自称是“板仓的妹妹”的人给芦屋打去电话，通知说板仓因耳朵手术而住院，手术过程很顺利，但从昨夜开始，病情突发不测。雪子问她，所谓“突发不测”是指脑部感染吗？板仓妹妹说，最开始以为是脑部感染，但脑部无碍，而是脚发生问题。雪子问她脚发生什么了。他妹妹回答说，到底发生什么问题了她也不清楚，但板仓十分痛苦，好像稍微碰他一下，他就要跳起来那般痛苦，他一直不断地呻吟着“疼，疼”，痛苦挣扎着。他并没有说请人把小妹叫去，他只是一个劲儿地喊疼。他妹妹感觉到那种痛苦非同一般，恐怕已经不是耳鼻喉科能治疗的了，想让其他的医生给予诊治，但她凭一己之力什么事都完不成，多方考虑后，才给芦屋打了电话。雪子听到板仓妹妹说的内容就是这些。幸子问雪子是否了解之后的情况，雪子说：“刚听小妹说她坐今晚的车回来，我把这事通知给板仓妹妹时听说，他的情况越来越糟，像疯子一样一直拼命挣扎，他们给乡下老家那边也打了电报。她说应该明天早晨父母就能赶到了。”幸子也把妙子刚刚出发了的事告诉雪子，还说自己留在这儿也没什么必要了，明天之内也准备回去。要挂电话时，幸子问起悦子的情况，雪子告诉她，悦子已经恢复得精神过头了，不肯老实在病房待着，闲得总想跑出去，顽皮得不得了。疮痂也基本都脱落了，只有脚心还有一点。

幸子想，自己也匆匆地要回去，苦恼着该怎么跟大姐说，但无论怎么想都想不到一个能掩饰这种情形的借口，干脆下定决心不找借口了，大姐要觉得古怪也没办法了。第二天早晨幸子在电话里跟鹤子说，昨晚妙子因为急事回关西了，自己今天也回去，想跟大姐约在哪儿见一面，问鹤子是否可以去涩谷。鹤子说：“还是我去你那儿吧。”过了一会儿，她便拿着妙子的包出现在滨屋。大姐在四姐妹中最沉稳，被几个妹妹说成是“神经迟钝”，正因如此，鹤子也未曾想问清楚妙子的急事到底是什么。但是，带着一件麻烦事儿来找她商量的幺妹，连回复也不等了就直接回关西，从她的样子能看出，她好像暗中松了一口气似的。而且，她嘴上说着马上就走了，却留在旅馆的房间里跟幸子两人一起吃了午饭。

“小妹这阵子和启少爷交往着呢？”鹤子突然问道。

“嗯，好像偶尔有来往。”

“启少爷之外，小妹还有别人吗？”

“这件事你听谁说的？”

“前一阵子有门雪子的亲事，有人上门调查家庭背景。但是这门亲事最后告吹了，所以也没跟雪子说。”

大姐说：“那件亲事的介绍人好心告诉了我们，虽不知详情，但听说小妹最近和一个跟启少爷身份地位不一样的青年交往密切，还传出了奇怪的传闻，问我们有没有听说。他说当然只不过是风言风语，但还是请多加注意。然后，那件亲事没谈成，雪子那边是无可挑剔，但会不会是小妹的这桩传闻在作祟呢？我相信幸子和小妹，这种事到底有几分是真的，那个青年到底是个什么样的人，我一概不想过问。说实话，你姐夫和我都特别盼着小妹和启少爷能结婚，总之雪子的婚事谈妥了之后，想跟对方好好谈谈小妹的事。所以这次关于钱的事，就像那次信里写的那样，我们不打算答应小妹的要求，小妹劲头那么足，弄不好的话又要和你姐夫吵架，所以先暂时跟她说‘考虑一下再答复她’，眼下我们觉得最好是让她先平静地回去。到底用什么方法才能说服她，这一阵子我们苦恼极了。”大姐说着，一副骤然轻松许多的样子。

“是呀，她要是能和启少爷在一起就最好了——我和雪子都是这么想的，我们俩还一直劝小妹呢。”

幸子的这番话听起来像是在辩白，鹤子没有接她的话，只在吃饭的时候讲了她想说的话。“我吃好了。”说完便放下筷子准备离开，“那我先回去了。今晚我可能没法去送你了。”说完也不稍事休息便离开了。

三十四

第二天早晨，幸子回到家，从雪子口中听到的一些情况记录如下。

前天傍晚，有位自称是板仓妹妹的人打电话来要找雪子。雪子不知道板仓住院了，也未曾见过他妹妹，所以以为她把自己和妙子搞错了，但用人说：“不，就是找雪子小姐。”雪子接了电话，对方说她知道小妹去了东京，给雪子打电话万分冒昧，她哥哥发生了一系列的事情。板仓做耳朵的手术是在妙子出发的前一天，那天妙子去探病的时候，他精神很不错的样子，但到了晚上，他开始叫唤脚痒，这就是事情的开端。刚开始帮板仓挠痒，第二天早晨开始，痒变成了疼，渐渐地疼痛剧烈起来。然后这样的状态持续了三天，板仓越发叫苦，没有好转。但是，病人开始出现这些症状时，院长只是说手术伤口在正常恢复中，不予理睬。每天上午来换一次纱布，然后就匆匆离去，到今天为止已经整整两天了。护士们都说放着这般脚疼的病人不管，这个手术院长做失败了，真是可怜。从板仓的病情开始恶化，她便关了田中的照相馆，一直陪在他身边。事情发展成这样，她想找个人商量，万一发生点什么，自己也有责任，便觉得除了让妙子马上回来以外，没有别的办法。于是就先给芦屋打了电话（好像是从医院外面的某个地方打来的），“所以，我就冒昧地打了电话，之后哥哥可能会骂我。”在电话中她哭诉道。不难想象，雪子一如平常那样，听着对方一股脑儿地说着，自己只是“哦，哦”地应和。但听妙子说，板仓的妹妹生长在乡下，还没有适应城市生活，二十一二岁的她极度担心哥哥，从她的呼吸和语调可以判断出，她是用了非同寻常的决心和勇气才打了这通电话。“我知道了，我马上和东京联系。”雪子马上采取措施。然后昨天，妙子从三宫站直接去了医院，傍晚时分才回家，待了一个小时左右又出门了。听她那时候说，平时板仓那般能忍耐，从来没抱怨过，现在却发出那么没出息的叫喊声，他持续喊着“疼！疼！”的样子，旁人看见都觉得害怕。今天早晨，妙子进入病房时，妹妹走到病床旁边说：“妙子小姐回来了。”但病人用痛苦的眼神向妙子的方向瞥去一眼，只是“疼！疼！”地叫个不停。可能是因为他为了忍耐疼痛，需要使尽全身力气，就没有余力注意到其他事情上了。就这样，他昼夜呻吟，睡不成觉，也吃不了饭。可是，从外表上来看，也不肿，也没有化脓，不知道到底是哪里痛。疼痛部位似乎是从左膝一直到脚趾尖，翻身时、轻轻触碰皮肤时，看起来都会产生剧痛，他便会发出异样的叫声。雪子问：“到底是什么原因变成这个样子的，耳朵的手术和脚部疼痛有什么关联吗？”但妙子也不大清楚，因为院长不光不给予详细说明，还在病人开始叫苦之后，尽量避而不见，逃避责任。根据护士说的话以外行人的想法去推测的话，大概是手术时感染了什么恶性细菌，病毒到达了脚部。但不久，今晨从乡下赶来的老父母、嫂子等人在病房外的走廊开始商量，矶贝院长也不能置若罔闻了，到了下午，请某外科医院的院长来会诊，两人聚集一室商讨了很久。那个外科医院院长走了之后，又出现了其他的外科医生，他也在诊察后跟矶贝院长偷偷地说了些什么便离开了。问了护士，这儿的院长已经处理不了了，请了神户最有名望的外科医生来会诊发现，说是必须把大腿往下全部截肢，但就算这样也为时已晚。这下院长更慌了，请来第二位外科医生，结果那个医生也认为无药可救便回去了。妙子补充说道，她看了今晨病人的状态，从妹妹那儿听了这些经过，觉得这事情一刻不能耽误，现在不是顾及院长的时候，认为应该马上请来值得信任的医生诊察，妥善处理。由于乡下的老人们性子慢，只是聚在一起说这样做吧、那样做吧，完全做不了决定。这样一直浪费时间。明知会导致不可挽回的后果，但妙子也是跟那些人第一次见面，也不能说太多话，就算给出了建议，对方也只是说："啊？是这样啊。"不采取行动，令人焦急万分。

以上是昨天傍晚的事情。妙子今晨六点左右又回家来一趟，休息了两小时又出门了。听她那时讲，昨天深夜，院长又找来一位姓铃木的外科医生，这位医生说不能保证结果，如果这样也可以的话就应允做手术。但是事情已经发展到这个地步，他的那些亲戚们仍旧没有做出决定。他父母，特别是母亲的意见是，反正也救不活了，还是别让儿子死得太惨了，留个完整的身体吧。妹妹的意见是，就算到了救不活的地步，也要用尽手段试一试才对。虽说很明显妹妹的意见是正确的，但老人家们不能接受。不过妙子说，无论采取哪种措施都肯定已经完全来不及了，自己已经放弃了。另外有个照顾板仓的护士，似乎对院长很反感，动不动就说院长的坏话，所以她说的话到底有几分可信度也不确定。但她说这个院长是个大酒鬼，加上岁数不小了，患上了酒精中毒，手指总颤抖，所以手术时有失败。以前也有过一两次让患者遭了这么大罪。后来妙子把这件事的经过告诉了栉田医生，栉田医生的说法是，在做耳朵手术时细菌感染侵入四肢这种事情，就算是一流的专业大夫小心再小心地亲自做手术也有可能发生。医生也不是神仙，不能指望万无一失的。但是，术后若发现疑似细菌感染，患者身体某处略微感到疼痛时，若不十万火急地请来外科医生处理，就有来不及医治的危险，那真的是分秒必争的。因此，矶贝院长就算手术失败尚且情有可原，但对痛苦呻吟的患者三天都不闻不问，简直用语言都无法形容他的极其怠慢、毫无诚意、万般冷漠。患者的父母若不是一无所知的农村老夫妇的话，这种事估计不会被压下来。这种事情竟没有继续闹得不可收拾，真是矶贝院长运气好了。同样，板仓不知道这医生如此靠不住，他来这家医院接受治疗只能说是他太不走运了。

但这些都是后话了。

幸子听雪子说完这几天发生的事情，然后问雪子，雪子接听板仓妹妹的电话是在哪个房间，电话内容是不是被阿春她们听到了，贞之助是否知道，等等。雪子说，第一次通电话的时候她和阿春都在配房里，电话打到配房来，悦子、“水户姐”、阿春都听到了电话内容，“水户姐”和阿春一脸古怪的表情一言不发，但悦子一个劲儿地问：“板仓怎么啦？为什么小姐姐回来呢？”雪子难以招架。反正阿春她们听到了一定会跟女佣们说的，某种程度上来说事态紧急也是无可奈何。但不愿意让“水户姐”知道太多，所以从第二次打电话开始便在主房接的，电话之事、自己所做的处理等都报告给了贞之助姐夫，得到他的同意。贞之助也暗暗担心，今晨在出门时还向妙子询问了详细经过，甚至还让她劝板仓家人一定要接受外科手术。

“我也想去探望一下……”

“这个……要不跟贞之助姐夫打电话商量一下？”

“总之我先睡一会儿，待会儿再说。”

幸子为了弥补自己在夜车上的彻夜未眠，想去二楼八叠的房间躺一下，但结果一直怀揣心事，难以入眠，便似乎放弃了睡觉的念头，下楼来洗了洗脸，让厨房早些准备午饭，给贞之助打了电话。“板仓生病，小妹急急忙忙被叫回来是不得已，要是连我也露面的话，那就相当于公然承认这两人的关系了。我是觉得这样不大好，但水灾的时候咱家小妹受到人家那么大的恩惠，知道人家这样了连看都不去，要是最后一面也没见上良心难安啊！而且，板仓怕是救不回来了，他看起来身强体壮的，但总觉得有种薄命之相。”听了幸子这样说，贞之助也说：“我也有这种想法，稍微去探望一下也没什么不妥……但是，奥畑是不是也去探望了，这样的话你是不是还是不要去为好？”最后两人商量的结果是，要是不撞上奥畑的话，就去探望一下，不要久待，看一下就回来。尽量也不要让小妹一直在那儿守着，幸子回来的时候尽量把她带回来。

然后幸子又打电话给妙子，问她会不会碰上启少爷。妙子说，现在除了板仓的父母兄弟之外谁都没有来，谁都没告诉。就算病情恶化了，也没必要告诉奥畑。“特别是启少爷来了的话，或许会刺激到病人，我是反对的，不希望刺激到板仓。其实还有一事，我犹豫着想要不要拜托中姐来看看，因为现在到底是送去外科还是怎么样，依旧意见不统一。我和他妹妹极力主张把他交给外科医生，但他父母不做决定，所以一直没有结论。要是中姐过来帮着说一句的话就好了……”

“那吃过饭我马上去。”幸子说完挂了电话。和雪子二人比平时都吃饭吃得早了些。幸子想着，妙子的事情若是从护士口中泄露出去不太好，而且近来她只是陪悦子玩而已，没有什么事情需要做，今天就让“水户姐”回去。她和雪子一商量这事，雪子说，“水户姐”也说想请假。“那么雪子你就跟她说，虽说有些突然，今天请她待到我回来，吃过晚饭就可以回去了。”幸子交代完，叫了一辆车十二点出发去医院。

幸子到医院一看，沿着中山手的电车道向着山上的方向走个五十米，医院就修在一条窄窄的坡路中。虽说是医院，其实就是一栋简陋的二层建筑，楼上只有两三间日式病房。板仓所在的病房有六叠大，医院后方住宅的晾衣架紧挨着病房的窗户，衣架上晾着几件衣服，屋内阴沉沉的。现在是该穿线织薄衫的时节了，四五个人在房间里，有的坐在榻榻米上，有的坐在椅子上，通风条件很差，房间里有股汗臭味。一张铁床贴着右侧墙壁，病人面冲墙壁，身体微微躬着躺在上面。自幸子进入这个房间起，病人就低沉却非常快速地说着“疼！疼！疼！疼！”，一秒都未曾间歇地持续喊着。她在妙子的介绍下跟病人的双亲、嫂子、妹妹打招呼的时候，板仓的叫喊声也未曾停止过。妙子介绍完毕后走到枕边，双膝跪地。

“米哥儿。”她小声呼唤道，“中姐来看你了。”

“疼！疼！疼！疼！”病人仍旧背冲着人，盯着墙壁的一个地方，喊着痛。幸子站在妙子身后，惊恐地看着板仓。他侧躺着，右脸朝上，看起来并没有特别憔悴，脸色也没有想象中的差。毛毯褪在腰间，穿着一件纱布睡衣，胸口敞着，两袖卷起，露出强壮的胸部和两个手腕，跟以往没有什么区别，只不过在耳朵处用绷带打了个“十”字，一圈从头顶缠到下巴，一圈从前额缠到后脑。

“米哥儿。”妙子又叫了一声，“中姐来看你了——”

幸子还是第一次听见妙子叫板仓“米哥儿”。在芦屋的家中，妙子聊起他的时候总是叫他“板仓”，幸子、雪子，甚至悦子都在背地里“板仓板仓”地直呼其名。他的名字叫作“板仓勇作”，“米哥儿”这个称呼来自他在奥畑商店学徒时的小名“米吉”。

“板仓老板，”幸子说道，“真是遭大罪了呀。你这么体格健壮的人竟然这样‘疼’‘疼’地叫唤……”

她边说着，边用手帕捂上鼻子。

“哥哥，芦屋的太太来了。”妹妹也走过来说道。

“算了，别再叫他了。”幸子制止道，“疼的不是左腿吗？”

“是呀——因为是右耳朵动了手术，就必须右耳冲上躺着，疼的腿就压在下面了。”

“那得多不舒服哇！”

“因此加剧了疼痛。”

忍痛的病人那纹理粗糙的额头上渗出很多黏汗。一只苍蝇时不时地飞来停在病人的脸上，妙子边说话边挥手驱赶着。突然病人停止喊痛。

“我要尿尿！”板仓说道。

“妈妈，哥哥要尿尿！”听到妹妹一喊，靠在对面墙壁的板仓母亲起身过来，说了声“抱歉”，微微弯腰，从病床下面拿出一个用报纸包着的尿壶，塞进病人的毛毯中。

“又得疼得受不住了。”病人的母亲刚说完，“疼！”病人爆发出疯狂的叫喊声，跟之前犹如梦语的嘟囔声完全不同。

“疼！疼！疼！——”

“疼也没办法，忍着点儿。”

“疼！疼！不能碰着，不能碰——”

“忍着点吧，不这样的话没法尿尿。”

幸子感到奇怪，到底压到了病人的什么部位，使得他发出如此卑屈的叫声。又再次端详病人的样态。病人把左腿的位置移动了一尺左右，身体稍微翻成仰面的姿势，就花了两三分钟时间。姿势固定之后，病人沉默地调整着气息，等到呼吸平静了之后开始小便。边尿边呆呆地张着嘴，用一副未曾见过的怯懦的眼光，盯着周围人们的脸，来回看着。

“吃些东西了吗？”幸子问板仓母亲。

“吃是一点都吃不了的……”

“只喝蜂蜜柠檬水，所以老尿尿。”

幸子看见病人那条疼痛的腿从毛毯中间伸出来。看起来那条腿没有任何异样，只是有一些血管贲张，有点发青，不过这也许只是幸子的心理作用。病人恢复到之前的姿势过程中，架势完全不比之前弱，还在喊痛时，还夹杂着喊声：“就这样吧！我想死！让我死吧……”或是喊着：“快点杀了我！杀了我！”

板仓的父亲是个话很少、眼神战战兢兢的老人，看起来没有主见，是个很淳朴的性情温和的老人。板仓的母亲看起来比父亲更加有主张一些。不知是睡眠不足，还是哭得太多的缘故，或是患有眼疾，眼睑肿胀而下垂，像是一直闭着眼睛的样子，因此看起来表情迟钝、外貌呆滞。幸子刚才就看到，伺候病人的活儿都是这位母亲在做。病人似乎也很依赖母亲，母亲说的话，他都沉默地听着。据妙子说，病人转移到外科一事一直耽搁着，就是因为这位老太太一个人不肯点头。幸子来了之后也是，一边是父亲和母亲，一边是妙子和妹妹，分成两组，有时去房间角落，有时去屋外的走廊，偷偷摸摸地密谈。在双方之间不停周旋的嫂子一会儿被叫过来，一会儿被叫过去。老夫妇二人说话声音非常小，幸子听不到，母亲用频频叹息的口气说着什么，父亲随着母亲侧耳倾听着。同时，妙子和妹妹也抓住嫂子，耐心劝说着，若是不采取外科手术，病人去世就是父母兄弟的罪过了，请她多多劝说，征得母亲的同意。嫂子经这两人劝说觉得颇有道理，起身去找母亲，说了很多。但母亲一直坚持一条，反正都是死路一条，还望留个全尸。嫂子硬着继续劝说的话，母亲则还击道："要做这么残忍的事情，你能保证一定能治好吗？"最后嫂子又退下来，宽慰妹妹："我说的母亲根本不听，上年纪了根本讲不通道理的。"接着妹妹又自己去找母亲说："妈妈你只是一个劲儿地说太可怜了、太残忍了，只考虑眼下的痛苦，不尽父母本该尽的义务。无论能不能救回来，为了之后不后悔，我们的责任不该是想尽一切办法尝试一下吗？"妹妹边哭边指责老太太的顽固不化。

就这样，这场拉锯战一直重复上演着。

"中姐……"最后妙子把幸子拉到走廊最远的地方，"乡下人怎么这么慢性子呀，我真要气死了！"

"但是，站在他妈妈的角度来看，她那么说不是没有道理吧？"

"反正已经迟了，我已经放弃了。但是他妹妹说，希望莳冈太太跟她母亲劝说一次，她那母亲在自己家人面前强势得很，但在贵人面前，无论说什么事情，或许都会说声'原来如此'，然后答应下来。"

"我是贵人吗……"

说实话，幸子认为，旁人若是多管闲事，最后结果并不乐观的话，按那个老太太的性格她得多么怀恨在心。况且眼看着十有八九这件事无法善终，幸子实在不想掺和进去。

"再等等看吧。她虽那样说，但其实心里明白最后还是得按大家说的那样去做。只不过她现在心里还没过那个坎儿，才这么发牢骚的……”

幸子觉得，她面也露了，情理上也说得过去了，她不想过多参与，想着用个什么法子把妙子带回去，却苦于找不到好时机正发愁。

这时，一位护士上来了，正要走进病房时，看到走廊里的妙子，便说：“那个，院长先生说想见一见病人家属……不知哪位能去一下呢？”

妙子为了传达这件事走进病房，这时病床的床头处嫂子和妹妹蹲在一旁，床尾的地方是老夫妇。这个时候两位老人依旧磨磨叽叽地你推我让，最后两人起身一同去了。十五分钟之后两人回来了。父亲看起来相当为难地叹着气坐下，母亲一边哭一边趴在父亲耳边嘟囔着。不知道二人在院长那儿听到了什么，后来问起当时的场景，院长说病人若是死在这个医院他们会很为难，无论怎样都必须要接受外科手术，院长非常高明地向这对老夫妇提出自己的想法。院长的意见是：“令郎耳朵方面的处理，我已经尽力了，消毒等事宜均执行得很彻底，所以治疗中是没有纰漏的。就此看来令郎脚部的疾患跟耳部的疾患是两回事儿，正如二位看到的那样，令郎耳朵正在良好恢复中，已经不需要再在本医院住院了。而且本医院收有其他疾病的患者，万一发生点什么实在很难处理。所以昨夜我们委托了铃木医生做下一步的治疗，他本人已经答应治疗，但因为二位迟迟不下决心，浪费了宝贵的时间，虽说现在已经错失良机，但再继续犹豫下去导致更严重的后果，我们医院可负不了这个责任。”就这样，院长几句话把自己的过失一笔带过，完全是一副父母踌躇导致错失良机的说辞，给自己竖起一道防线。这对老夫妇只是唯唯诺诺地听着院长的话，说了一句“那就拜托您了”

便回来了。母亲回到病房之后，训斥一通，好像被院长用花言巧语蒙骗了是父亲的过错。可是在幸子看来，母亲是过度悲伤才多方发牢骚的，心里早就认定了最后还是得送到外科去，只是借着这个机会松口了而已。

铃木医院位于上筒井六丁目，原阪急电车终点站附近。天色渐暗，终于要把病人抬过去了。那时矶贝院长的做法极度不友好，自从决定转院之后，他的态度便像是甩掉了个大包袱似的，一次都没有亲自出面过，连最后的道别也没来，病人转院的工作全由铃木医院派出的医生和护士来负责。在病人家属聚在一起商量对策的这几个小时中，不知病人是否知道，大家在商量把他的腿切断，从头到尾只是在喊疼，似乎变成了一个丧失人性、只会呻吟的怪物。而且他的父母、嫂子和妹妹似乎也已把他们的儿子、小叔子或是哥哥视为这样一个奇怪的存在，好似不再需要问他的想法，或是跟他讲清缘由了。他们最担心的反而是把这只怪物从病房搬到救护车上这段路程，这个怪物将发出多么可怕的惨叫。因为病房外的走廊就如同普通住宅一般只有三尺宽，台阶也是狭窄的连续的螺旋状楼梯，中间没有任何停歇的地方，他光是小便就那般惨叫了，那么用担架把他运送到楼下，给病人带来剧痛是可想而知的。病人家属们除了可怜他这般受罪，更为即将听到的尖叫声而战战兢兢。幸子看不过去了，便问护士是否有什么应对措施。“这一点不用担心，我们会为他注射后再转移。”铃木医师回答道。大家这才松了一口气。病人接受了注射后果然稍微安静了一些，在医师、护士和母亲的陪同下被抬走了。

三十五

趁着病人的父亲、嫂子和妹妹收拾病房、缴纳费用的空当，幸子偷偷把妙子叫到一旁说："我想现在回家去。小妹也一起回去吧？你贞之助姐夫也说，在我回家的时候尽量把你也带回去。"面对幸子的建议，妙子表示想暂时待到手术结果出来为止。幸子没办法，用汽车把四人送到铃木医院，又坐着那辆车回芦屋了。车停在医院门口时，她又叫住了下车准备进医院的妙子，说："小妹虽是愿意陪着的，但看情形，病人和家属好像挺顾虑我们的，也许他们并不需要小妹陪在身边，要是有合适的机会脱身就赶紧回来……话虽如此，也要见机行事，说一千道一万，我们最担心的是怕人们以为小妹和病人是有婚约的关系，无论到什么时候你都不要忘记……莳冈家族的名声、特别是对雪子的影响，等等，请小妹把这些放在心上，万事三思而行……"幸子略微有些啰唆地叮嘱道。幸子的想法是，要是小妹和板仓真的要结婚的话是无可奈何的事情，但现在板仓即将不久于人世，小妹和板仓之间的约定还是不要被世人知道为好。幸子尽量委婉地表达这个意思，妙子无疑听懂了她的话外之音。

近来自己无比苦恼的问题——自己的亲妹妹即将成为不知家世背景的学徒出身的青年的妻子——竟然这样以一种从未预想过的、对自己有利的、自然的方法即将解决掉。说实话，幸子一想到这里，最先浮现的心情是怎么都抑制不住的庆幸。一想到内心深处的某个地方潜藏着希望一个人死去的愿望，不禁感到自己的卑鄙，不甚愉快。但这就是事实。现在这情形下，应该不止自己一个人有这种心情吧。雪子自然跟自己是一样的；贞之助也应该有同样的感受；要是启少爷听说了这件事，他应该比谁都欢欣雀跃吧。

“怎么回来得这么晚啊？”已经从事务所回来的贞之助似乎一直在客厅等待妻子回家，他看见幸子进来之后马上问道，“中午出去的，我想着你待得太晚了，正准备给医院打电话。”

“因为我想带着小妹一起回来，慢慢地就迟了……”

“小妹也回来了？”

“没回来。她说她要陪到手术做完，这倒也说得过去……”

“最后还是决定做手术了吗？”

“是呀，我到那儿的时候他们就对做不做手术商量了好久，终于决定下来了。我刚把大家送到铃木医院，这才回来。”

“那怎么样呢？能救回来吗？”

“这个——多半是没希望吧。”

“奇怪，到底腿得了什么毛病呢？”

“那我就不知道了。”

“是什么病？病名问了吗？”

“问了病名，但矶贝院长总是遮遮掩掩地不回答。铃木院长似乎对矶贝院长也有所顾虑，没跟我们说太清楚。我估摸着是败血症或是坏血病之类的吧。”

护士“水户姐”早已收拾好行李候着了，幸子跟她见了一面，算了四十天的酬劳给她，便让她走了。随后，幸子和丈夫、雪子围坐在一起吃晚饭，正吃着，有个从铃木医院打来的电话，幸子便起身去接听。贞之助他们在餐厅似乎听见幸子是和妙子在讲电话，电话讲了很久。大概听到的内容是，手术结束了现在病情暂且稳定了，但可能需要输血，除了老夫妇，大家都接受了血型检查，病人和妹妹是A型，妙子是O型，所以眼下只要妹妹供血即可，但还需要一两位供血者以防不时之需，妙子是O型所以可以供血，但病人家属也不敢让妙子献血。现在唯一棘手的是，在妹妹的倡议下，给板仓的老同事——奥畑商店的两三名店员——发了通知，过一会儿那些人应该就会来，妙子不想见到那些人。而且启少爷听说了也有可能会跟着来，为了避免跟他见面，妙子想回家一趟。那些店员是板仓在做学徒时代的旧友，妹妹是为了让他们供血才提议通知他们的。她十分疲倦，希望家里派一辆车去接她，也希望备上饭，尽可能一回家马上就能吃上饭。

“话说，到底——”贞之助等幸子回到饭桌，压低声音说道，“板仓的亲戚们知道小妹和启少爷的那些过往吗？”

“他父母应该什么都不知道吧。要是知道的话，应该不会让自己儿子娶小妹。”

“也是，肯定不知道。”雪子也说道，“他肯定没跟父母说启少爷的事。”

“或许只有板仓妹妹知道——”

“那些奥畑商店的店员们是不是经常出入田中照相馆？”

“谁知道呢。都没听说过他还有这么一帮老朋友。”

“就是因为有这些人，小妹和板仓的事情应该已经被好多人知道了。”

“真是的——启少爷说的‘我已经暗中调查了，所以什么都知道了’，就是这些人吧。”

去接妙子的车应该马上就能到，但妙子过了一个多小时才回来。一问才知道，车在去医院的路上爆胎了，她在医院等了很久。要只是这样还好，不巧这期间店员他们竟然来了，原认为不至于会来的启少爷也来了，却跟这些人全碰上了。“妙子说启少爷那时应该不在店里才对，大概是店员打电话通知了他。”当时妙子尽量和启少爷保持距离，启少爷也顾及场合比较控制。但是妙子在回家时，他来到妙子身边，装出一副亲切的样子耳语道：“小妹多待一阵子比较好。”要说这是一种挖苦也并无不可。店员们主动要求血型检查时，奥畑说着“也看看我的血型”，也做了检查。不知他打的什么主意，但妙子想，他本身就浅薄轻浮，或许只是随口那么一说而已。妙子接受血液检查是因为病人的嫂子、妹妹接受了验血，在那种情况下自己要是不验血说不过去，但病人的父母、嫂子、妹妹都一个劲儿地劝她不用验血。

“腿从哪个部位切除的？”

泡完澡的妙子穿着睡衣坐在餐桌旁，幸子三人围在她周围，又聊了一会儿这件事，幸子问道。

“从这儿切除的——”妙子把腿从桌子下面伸出来，隔着睡衣用手掌切在大腿部，又慌忙在那儿做了一个擦除的动作。

“小妹看见了？”

“稍微看了一点儿。”

“小妹，做手术的时候你在场吗？”

“我在手术室旁边的房间等着的——那里跟手术室之间是玻璃窗，所以能看到做手术的样子。”

“就算能看见，你也真敢看啊，小妹。”

“我想尽量不看的，觉得害怕就不小心看见了，只是瞥了一眼——板仓的心脏起伏得特别厉害，他胸部一会儿鼓得特别高，一会儿又凹陷下去。全身麻醉就会这样吧？要是中姐，估计连这个都不敢看。”

“别说这事儿了！”

“这个我倒是不怕，但到底还是看到了可怕的场景——”

“停！别说了！”

“就像霜降牛肉似的——”

“别说了，小妹。”雪子斥责道。

“对了，病名知道了。”妙子跟贞之助说，“说是叫坏疽。铃木院长在矶贝医院的时候不肯告诉我们，把病人带到自己的医院之后，就跟我们说了。”

“哦，坏疽会这么痛苦吗？还是由于动了耳朵的原因才导致的吧？”

“谁知道呢，这个我就不知道了——”

后来才知道，这个铃木医院的院长在同行中评价也不大好。本来当地一流的那两位外科医生都觉得没治了而拒绝手术，而铃木院长却在不保证成功的附加条件下接受手术，想来的确有些怪。在这方面也能看出这位院长名声不好的原因了。那天晚上妙子没有想到这一点，但是，偌大一栋建筑没有其他患者住院，一片寂静，妙子就觉得这家医院不大行。另外，这所建筑是过去洋人的住宅改造而成的，是所明治时代的旧式洋楼，也许是因为这个原因，在走廊的脚步声会在高高的天花板处产生回音，空荡荡的，感觉像鬼屋般的医院。妙子踏进这里第一步的那个瞬间，莫名地感到冷飕飕的，确有一阵阴郁的空气袭来。病人在术后被送到病房，从麻醉中苏醒后，抬眼望着妙子，倾泻出一声悲鸣：“啊，我变成瘸子了！”但这个从矶贝医院就一直持续呻吟的病人，总算开始正常地说话了。不仅如此，通过这句话可以知道，这个病人在像怪物一般号叫的时候也对自己处于怎样的状态保持着清晰的意识，身边的人在商量着什么对策他也非常了解。不管怎么说，病人已经不是一个劲儿地喊痛了。看着他好似比之前轻松很多的样子，妙子松了一口气，还想着或许丢了一条腿，但能保住性命了，还想象他康复后拄着拐杖走路的样子。其实，病人仅仅在这短短的两三个小时里获得了些许的平静。奥畑商店的店员们、启少爷虽然赶来的时候刚好处于那段时期，但妙子看到手术结果也正好可以离开了。板仓的妹妹是唯一一个知道妙子、启少爷和她哥哥之间混乱的过往的人，所以也尽量护着妙子早点脱身。妹妹把妙子送到门口时，妙子叮嘱她说，情况有什么变化请随时通知她。同时拜托了接她的司机，说是或许今夜还需要再用一次车……

虽然妙子嘴上叫着累死了、累死了，但还是跟三个人说了好多话才去睡觉。凌晨四点，正如预料的那样，她被来自医院的电话叫起来，又回了医院。幸子在天亮时，半梦半醒中听见门前传来的汽车的响动，想着是妙子出门去了。迷迷糊糊的，不知过了多久，房间拉门被拉开一寸宽。“太太——”阿春的声音传来。

“刚才妙子小姐来电话说，板仓老板去世了。说让我跟家里说一声。”

“现在几点了？”

“大概是六点半了吧……”

幸子想再睡一会儿，但睡不着。贞之助似乎也听到了那个电话。只有睡在配房的雪子和悦子是在八点左右起床时听说这个消息的。

中午时分，妙子回来了，据她说，之后病情再度恶化，妹妹和店员们轮流给他输血，但不再有用了。手术后，腿部不再疼痛了，但病毒却入侵了病人的胸部和头部。病人在万分痛苦中停止了呼吸。妙子从未见过人在死前那般痛苦。他在临死之前意识都非常清楚，对守在枕边的人们，父母、兄弟姐妹、朋友们，一一告别，还感谢启少爷、妙子在他活着的时候给予的恩惠，并祈祷他们能够幸福。莳冈家的所有人——老爷、太太、雪子小姐、悦子小姐——一一叫着大家的名字，甚至还叫了“春丫头”的名字，说他问候大家。彻夜守着他的奥畑商店的店员们因为还要上班，马上从医院离开了。启少爷和病人家属一同把遗体送回田中的家中，妙子也跟着去了。现在是刚从那里回来，但启少爷还留在那里，板仓的亲属们一口一个“少东家”地叫着，他也想尽力给予关照。今夜和明天晚上守夜，后天在田中的家中举行告别仪式。这个时候的妙子因为看护的疲劳和睡眠不足脸上显出憔悴，但表情动作依然十分沉着镇静，一滴泪都没流。

守夜，妙子只是在次日傍晚露面了一个小时。她本想多待一会儿，但从前天夜里开始，启少爷就频频出现，妙子很警觉地感受到，他好像总在寻找跟自己说话的时机。贞之助说：“虽然告别式我们不去不大好。”但事到如今，还是以两个小姨子的将来为重，在告别式可能会看到各种各样的人——特别是登报事件之后，觉得跟奥畑一家在那种场合见面实在不太合适，最终还是没去。只是让幸子在规定的时间外去吊唁了一下。妙子也只是去了告别仪式，没去殡仪馆。她从告别仪式回来之后，说竟看到好多人参加告别仪式，看到了很多意想不到的面孔。板仓不知何时交往了这些人，连妙子都感到很意外。那天启少爷再一次显露他那轻浮之举，和店员们一同排在棺材旁边。据说遗骨将由亲属带回故乡的寺院去埋葬。他们关闭了在田中的板仓照相馆，启程回去的时候也没向莳冈家打招呼，大概是顾及着避免过多的交往吧。妙子一直到五七都每七天就去故人家乡一趟，安静地去墓前看一看，也不去亲属的家中就回来。幸子隐约感知到了。

在“水户姐”走后，雪子和悦子觉得两人睡在配房甚是寂寞，晚上便让阿春陪她们过夜，但也只过了两晚上，就在板仓告别式的前一天，收拾了床铺，转移到正房的卧室。然后把配房用福尔马林消了毒，恢复成贞之助的书房。

就在诸事频发之时，也就是五月下旬的某一天，一封途经西伯利亚的书信到了莳冈家，顺便在此处补充记录。那是来自史托尔兹夫人写给幸子的一封英文信，她从马尼拉回到了汉堡。

亲爱的莳冈尊夫人：

您给我寄来了非常亲切的书信，我却没能早点回复，非常抱歉。但是实际上，无论是在马尼拉还是在航海中，都是一点闲暇时间都没有。由于妹妹生病一直在德国，我要代替她打包所有的行李，而且我还带了她的三个孩子回来，也就是说我照顾着五个孩子。从热那亚到不来梅港，我都基本上没有休息时间。我的丈夫来不来梅港接我，为我们平安回国感到高兴。我的丈夫看起来非常精神，彼得也一样，他和我的亲戚朋友们到汉堡车站接我们来了。我还没有见到我那年迈的父亲和其他姐妹们。我们本想先盖我们住的房子，但那太费时间了。我们来回看了很多房子，最后终于找到一所适合我们的、我们都觉得还不错的房子，现在正在买家具和厨房用具，大概再过两周就能收拾停当了。我们寄出的大件行李还没有送到，我觉得大概十天就能送到了。彼得和弗里茨还住在朋友家。彼得在学校要做很多功课，他让我问候你们大家。五月份的时候我们有些朋友要回日本。他们会给悦子小姐带去一点礼物，请你们把它当作我们之间友情的一个小小的象征吧。你们什么时候来德国呢？我想带你们转转让我非常引以为傲的汉堡。这是一座非常漂亮的城市。

罗斯玛丽给悦子小姐写了信。悦子小姐，你也写封信来吧。不用担心英语会用错。我也时常写错很多呢。还有，佐藤先生的那栋房子现在有人住了吗？我频频回想起那所可爱的住宅。还请向佐藤先生转达我们的问候。那么也请向您的家人们带去我们的问候。悦子小姐收到彼得从纽约寄出的皮鞋了吗？我觉得您应该不用为此支付税金。

此致

敬礼

希尔达·史托尔兹

一九三九年五月二日于汉堡

以上是史托尔兹夫人写的书信，另外，同一个信封里还有一页纸，夫人说明道“这是罗斯玛丽写的信，我把她的德语翻译成了英语。”

亲爱的悦子小姐：

我好久没给你写信了。我现在给你写这封信。我认识一位住在丰·普斯坦夫人家的日本人，他是横滨正金银行的人。他的太太和三个孩子也来到这里。他们的姓氏叫作今井。从马尼拉到德国的旅程特别有趣。我们只在苏伊士运河遭遇了沙漠风暴。我的表兄弟们在热那亚下船了。然后他们的妈妈带着他们坐列车回德国去了。我们坐船坐到不来梅港。

我们寄居的公寓里，卧室的窗户下面有只黑鸟在做窝。起初，它下了蛋，所以现在它必须要把蛋孵出来。有一天，我看到鸟的爸爸咬着一只苍蝇飞过来了。鸟爸爸想把那个给鸟妈妈，但鸟妈妈飞走了。鸟爸爸特别聪明，把苍蝇的尸体扔在窝里就飞走了。鸟妈妈马上飞回来，吃掉了苍蝇，然后又坐在蛋上了。

我们马上就要有新家了。我们的住址是：

奥菲尔贝克街十四号　一楼左侧

亲爱的悦子小姐，请你也快点给我写信吧！

问候大家。

罗斯玛丽

一九三九年五月二日星期二

昨天我见到了彼得，他也说问大家好。

下卷

一

雪子自二月纪元节那天来到关西之后，三月、四月、五月，这次几乎待了四个月，雪子都有点不想回去的意思了，似是在芦屋扎了根。到了六月没多久来了件稀罕事儿，东京的姐姐来通知说有人上门提亲。之所以说是"稀罕事儿"，是因为前年三月阵场夫人介绍雪子跟那个姓野村的人相亲之后，现在这一桩还是头一次——两次提亲时隔两年三个月之久。还有就是因为这几年来，雪子的亲事一直都是幸子听到有人提亲，然后去通知东京的。本家的这对夫妇因为大姐夫管雪子的亲事曾管出不少麻烦事儿，自那以后便不再积极张罗了，但这次却是大姐夫主动跟大姐说，大姐再通知幸子的。从这个角度来说，也是"稀罕事儿"。幸子读罢姐姐写给她的信，觉得不大可靠，也说不上是什么梦寐以求的良缘。情况是这样的：大姐夫的长姐嫁给了大垣有户姓菅野的富农，菅野家跟名古屋的一户姓泽崎的大财主世代交好。泽崎这家的父辈因为缴纳巨额税款而被选为贵族院[①]议员，据说其家世赫赫有名。这次是嫁在菅野家的

①根据《大日本帝国宪法》设立的两院制帝国议会中的一院。

姐姐从中运筹，泽崎家现在的主人期望跟雪子相亲。话说这位嫁去菅野家的姐姐，在辰雄的哥哥姐姐当中与幸子姐妹们最为熟识。幸子大概在二十岁的时候，和辰雄、鹤子、雪子、妙子一起去长良川观赏鱼鹰捕鱼，回家途中在菅野家住过一晚。之后两三年后他们几人又一次被邀请去摘蘑菇。幸子还记得，从大垣坐车要走二三十分钟乡间小道，在一个冷清的村落中像是县道的马路边拐进一条幽深的篱笆小径，走到头便是菅野家宅子的大门，附近就只有冷冷清清的五六户人家。自关原之战[①]以来，菅野家便坐拥一座宏伟的庄园，家中的佛堂隔着中庭与正房比肩而立，长满青苔的泉水踏脚石的那一边，连着后院的菜园。秋天去的时候，那里的栗子树长满栗子，女佣爬到树上去给他们打栗子。请幸子们吃的饭虽说只是以家里自己做的蔬菜为主，但非常好吃，浸满味噌汤的子芋以及炖菜中的莲藕尤其美味。大姐夫的姐姐，也就是这家的女主人现已寡居，或许是因为日子清闲，听说排在幸子后面的妹妹还没结婚，便说想帮着寻得良缘，这事儿倒是很久以前就听说了。这次的相亲则由这位寡居的姐姐热心张罗而起，但这泽崎家现在的主人到底是个什么样的人，他向雪子提出相亲的原委是什么，关于这些鹤子在信上说得很简单，只说："菅野家的姐姐来信说，想让泽崎见见雪子，总之希望我们把雪子送到大垣来。泽崎家有数千万的资产，今日的莳冈家与之差之千里，两家不相称得甚至有些滑稽。但泽崎先生的原配去世了，是二婚。而且据说他也派人深入大阪神户，对莳冈的家世背景、雪子的性情容貌等都调查了一番，之后才提出见面请求的。所以我觉得未必不是桩佳缘。难得菅野家的姐姐怀着好意来说亲，要是置之不理的话，

①于1600年10月21日发生于日本美浓关原地区的一场战役，交战双方为德川家康领导的"东军"以及石田三成领导的"西军"。

你辰雄姐夫的立场则很尴尬。菅野长姐的意思是，眼下只要把雪子送过去就可以了，关于对方的详细情况，说是日后再详细告知。虽然什么状况我也不清楚，但希望你别太挑剔先让雪子过去。而且，雪子在你那儿住了很长日子了，我正想着让她回来一次呢，就权当她回东京途中顺便去趟大垣，怎么样？菅野家的姐姐也没特别说明谁陪着雪子，你姐夫说是很忙，我倒是可以去接雪子。但不好意思，还是想麻烦幸子陪她一起去，这样最合适……反正不是什么正式会面，估计只是让两人见一见，所以能否本着出游的心情，轻松地带着雪子过来呢？"

就这样，大姐倒说得容易，但雪子会不会答应去呢？幸子最先想到的就是这个问题，先把大姐的信悄悄拿给贞之助看。贞之助也觉得这件事过于唐突，不太像大姐一贯的作风，有些太过失仪了。说起名古屋的泽崎，在大阪这边都是赫赫有名的世族，倒也并非来历不明。但对于这位想见雪子的人到底是何方神圣，完全不调查一下便按对方的要求把雪子送过去，不免被世人非议为轻浮。不仅如此，正因为对方是身份截然不同的大资产家，会不会显得女方这边太不稳重？即便不会这样，到如今为止，雪子也是见一个拒绝一个，所以她要求今后在安排相亲之前首先要把对方调查清楚，本家大姐应该非常清楚这一点。

"这件事怎么想都觉得有些奇怪。"贞之助第二天从事务所回家后说道。原来那天他跟两三个知情人尽可能详细地打听了泽崎家现在家主的情况。这位泽崎先生是早稻田大学商科出身，今年四十四五岁，他妻子过世是两三年前的事情。亡妻出身某堂上华族[①]，两人应该育有两三个孩子。被选为贵族院议员的便是这位泽

① 1869年至1947年存在的近代日本的贵族阶级。堂上华族为明治之后，在华族中具备原朝臣家世背景之人。

崎先生的父亲，资产状况现在肯定不错，首先在名古屋屈指可数的富豪中是排得上名号的，等等。贞之助得知了这些情况，但关于泽崎先生本人的人品、性情等，没有得到详细的答复。无论如何，一个能和华族联姻的千万富豪，虽说是续弦，要娶没落的莳冈家的小姐，总觉得不大踏实。要是对方真有此意，让人不禁联想他是因为有什么缺点，使他找不到与之身份地位更匹配的姻缘。但要真有什么缺点，菅野家寡居的姐姐也不应该介绍雪子给他。所以能想到的原因是，他或许是重视女方样貌的人，想要过去那种藏在深闺中、纯日本风的小姐，不惜金钱搜遍各地，偶然得闻雪子，引起了好奇心，想着先见一面。又或许是，他听说了雪子在芦屋经常代替孩子的母亲照顾孩子，孩子对她比对亲生母亲还亲，想着这样的女子定能够为他照顾亡妻留下的孩子，只要能跟孩子处得来，其他条件他就不苛求了，或许有些出人意料，但就是因为这么正派的理由才看准了雪子。除此应该不会有别的原因了。

但恐怕是这两个推测中的前者。他也许听说了莳冈家的姑娘多么多么美丽，便产生了一丝好奇，涌出念头想见上一面。反正见一面也没有任何损失，就这样怀揣了赏玩的态度。本家对于这些疑点也不调查清楚，就让雪子接受见面的请求，可见辰雄对菅野家的姐姐连个“不”字都不敢说。辰雄是种田家最小的儿子，又入赘莳冈家，至今仍旧在兄弟姐妹中抬不起头，嫁入菅野家的长姐在辰雄的眼中看来几乎像母亲或者姨母一样，她说的话在他听来大概有如命令吧。鹤子在信中这样写道：“想必雪子不会有积极的回应，但请幸子劝劝她，让她变通一下，答应下来。最后亲事成不成是次要的，总之先让雪子去一趟，不然的话你姐夫很为难。”最后还在信中附言：“这次的事情极度不合情理，感觉没有任何希望，但缘分这事儿很难说的。总之接受菅野家的好意对雪子而言应该是没什么坏处的。”

这封信之后紧接着又来了一封菅野的信，那位孀居的姐姐这样写道：“我跟辰雄一问才知道，雪子小姐去您那里了，我也就不拐弯抹角了，还是直接跟您说吧。大体情况您应该听鹤子小姐说了，其实这件事不必思虑过度。反倒是我好久没和大家见面了，我希望幸子小姐、雪子小姐、妙子小姐以及还没见过的悦子小姐，来我这儿玩一趟。虽说我们这乡下跟十几年前比没什么变化，但马上就要到观赏萤火虫的季节了。我们这一带虽不是什么胜地，但再过一周，这附近的田地，即使是那些连名字都没有的小河河畔，夜幕中也会有萤火虫交错飞舞，甚是漂亮。跟采蘑菇、赏红叶不同，这萤火虫对你们而言定是难得一见的景致。萤火虫的季节很短，从现在数一周后时间上刚刚好，错过了就看不到了。而且还跟天气情况相关，连续晴朗的天气也不好，雨天也不好，就在下过雨的次日是最合适的。因此就在下周末两天一起去赏萤，周六傍晚之前你们到我这儿好吗？这样的话在大家住在我这儿的时候，就能安排雪子小姐跟泽崎先生见上一面了。现在是什么形式的会面还说不好，大概泽崎先生会来我这儿，然后在我家见面。见面也就是三十分钟、一个小时的事儿，或许到了当天泽崎先生有事来不了也说不定，不过那也没关系，我主要是希望你们能来这儿观赏萤火虫。”想必是东京那边希望她直接劝说，她才写了这么封信来的。虽然鹤子的信中写道：“这次的事情极度不合情理，感觉没有任何希望”，但幸子觉得姐姐姐夫或许心中并非这么想的，反而当真地期盼美梦成真。最近上门向雪子提亲的人少之又少，所以没有勇气不假思索地回绝这门亲事。不过四五年前也有一桩身份地位悬殊很大的亲事，这边积极地调查后发现，对方出过轨，不禁愕然失色。贞之助怀疑这次也是类似的亲事，语气愤慨地说：“我虽明白这是菅野遗孀的好意，但总觉得被戏耍了。要提亲也不好好按流程来，直接就说‘我要见你，你过来吧’，这不是太没礼貌了吗？”但无论怎么说，这都是时隔两年三个月的求亲。幸子思索着，两三年前上门提亲的还是门庭若市，突然就门可罗雀了，究其原因应该是过于拘泥过去的礼节，期待太高，来一门亲事就拒绝一门。还有一个原因就是妙子风评太差，殃及雪子。这样想来，自己终归有一半责任的，正感到内疚时，这桩亲事上门了。幸子一时间悲观地以为已经完全失去了世间人们的同情，谁都不会再上门提亲了，所以在她看来，即使成功的希望微乎其微，提亲方式也含含糊糊的，但若一开始便拒之千里，那么又会招致世人的反感吧，她担心有这样的危险。于是便回应了这桩亲事，即使最后没能成功，以此次为契机，之后也能迎来很多别的良缘；若拒绝了，或许又要好一阵子都不会有亲事上门了，加之今年还是雪子的厄年……幸子即使嘲笑姐姐姐夫心中的期待，自己心中却也燃起一丝动摇——或许这并非只是一个“美梦”，不必一味妄自菲薄。贞之助说还是提高警惕为好，但幸子说，这桩亲事真的只是个玩笑吗？虽不知那位泽崎先生家有多少财产，但这个男子是续弦，还有两三个孩子，雪子也没差到那般离谱吧？莳冈家族也是有来历的名门呢。贞之助听她这么一说，也哑口无言了，如此轻贱自己的家族，不仅对不起九泉之下的岳父，对雪子也过意不去。

夫妇二人考虑了一个晚上终于得出结论：总之还是听听雪子说什么，这事让雪子决定为宜。次日，幸子把两封信的大致内容说了说，不露痕迹地问了雪子的意向，竟出乎意料地发现雪子并非特别厌恶的样子。她一如往常一样，也不说去也不说不去，没给出明确的答复，但从雪子“哦”“嗯”这样模糊的应答中的细微之处，幸子大概领会了雪子的意思。幸子感受到她这位心高气傲的妹妹也暗暗地焦躁起来，曾经对于相亲总是很挑剔，现在她的心境似乎也发生了转变。而且，幸子在跟雪子说起这事儿时，尽量不伤害她的自尊心，所以在雪子看来，这桩亲事既不会不相称，也不会感到荒唐，也不应该怀疑对方抱着赏玩的态度。若按以前，听说前妻留下了孩子，她都会详细地问，孩子们成长得是否健康，年纪多大了等，但这次对这些问题也没过多较真儿。雪子大概的口气是，反正也得回东京一趟，大家若能陪她一起去大垣，观赏萤火虫也不赖。“雪子还是想嫁入豪门。”贞之助说道。因此，幸子给菅野家的遗孀写了一封信："那么就承蒙您的好意，接受邀请，万事拜托了。雪子本人也期待和对方的见面。即将叨扰府上的是我、雪子、妙子和悦子四个人。但是有个不情之请，望您见谅：悦子长期卧病，前一阵子大病初愈，学校那边请了很长时间的假，根据我们的情况，若能把周六日改为周五周六去拜访，就更好了。关于相亲的事我们不打算告诉悦子，所以在她面前只把此行称作观萤之旅。这件事也拜托您了。”幸子想提前一天去的原因是，雪子即将从大垣直接回东京，三人计划把她送到蒲郡，周五住在菅野家，周六便投宿到常磐馆[①]。然后周日的下午在蒲郡分别，各奔东西，当天内回到家中，让悦子在下一周的周一上学去。

①著名的温泉旅店。

二

幸子在夏天坐火车时想穿洋装，但顾虑有相亲这档子事，一边忍耐着博多袋带①的酷热，一边羡慕着妙子身穿像孩子穿的简便夏装，和悦子没什么分别。雪子也顾忌时局，不愿穿得太引人注目，所以本想把衣服塞进包里带过去。但沟通得多少有些不到位，没准儿她们到那边之后那个人就已经等在那里了，所以不管怎样还是觉得准备完备出发比较好，便格外用心地穿着打扮了一番。贞之助把她们送到大阪，便一同乘坐着省线电车，屡次注视坐在对面的雪子的容姿。

“真年轻啊。”他仿佛现在才发现似的在幸子耳边发出感叹。真的，没人会把雪子当作一个三十三岁的厄年之人。鹅蛋脸上的眉眼虽略显忧郁，但上了浓妆之后分外好看。身着似是薄绸和乔其纱混织的单衣内衬和薄绢夹衣，袖长二尺有余，稳重的紫色打底，大胆地印着粗网眼竹篮纹路，胡枝子、瞿麦以及白色的波纹处处点缀其间，这套衣服在她所有的衣服里，尤其衬托她的姿色。是在这次行程定下来时给东京打了电话，让大姐特意寄过来的。

“年轻吧。”幸子亦学舌道，“像雪子这个年纪的，没人能把这么花哨的衣服穿得这么好看。”雪子似是感受到了姐姐姐夫在聊自己“很年轻”，一直低着头。但是非要挑刺儿的话，眼眶处的黑斑最近一直消不下去。好像是去年八月雪子带着悦子去送彼得出航的

①和服带子之一。

时候，出发去横滨的前一天晚上，幸子看到她脸上已经许久未见的黑斑微微浮现。自那以后黑斑的颜色深深浅浅地，时不时地变化，但再也没有完全消失过。当然在颜色变浅的时候，不知道这回事儿的人完全注意不到，但介意的人能够看到眼眶那里留下一个非常轻微的痕迹。以前是月事前后颜色会加深，大体上周期性地出现。近来却完全没有规律了，什么时候变浓什么时候变淡，完全无法预测，看起来好像跟月事也没关系了。所以贞之助也在意起来，说要是打针有用的话不如让她试一试。幸子也一直说，让专门的大夫给看一看。前几年在大阪求诊的时候，大夫说："打针如果不连续打就没有效果，而且结了婚就没事儿了，所以用不着打针。"看习惯了的话也并不觉得是个碍眼的缺陷，可以说是只有家人比较在意，而社会上的人们并没有把这个当成什么问题，最重要的是本人并没有太在乎，所以就对其置之不理一直到现在。但赶巧像今天上浓妆的话，黑斑却从粉底下面浮现出来，侧脸迎着光时就像体温计的水银那样明显。今天早晨她在化妆室打扮的时候，贞之助就发现了。现在在电车里一看，的确比平时明显，再怎么偏心也觉得这块黑斑很引人注目。幸子嘴上不说，但丈夫心里想着什么她大概都能觉察到。原本就对这次相亲没什么热情的夫妇二人，现在更加不抱希望了，两人尽量不把黯淡的心情写在脸上，但夫妇二人之间却相互能读懂对方的心思。悦子似乎也早就感到今天的大垣之行不光是去观赏萤火虫的，在大阪换乘火车的时候说："妈妈为什么不穿洋装呢？"

"我是想穿洋装的，但不穿和服的话没有礼貌。"

"哦——"悦子虽附和道，但还是一脸疑惑，"为什么呢？妈妈。"

"这还用问，乡下的老年人很在意这些礼节的——"

“今天还有别的安排吧？”

“有什么事？今天不就是去看萤火虫吗？”

“要是去看萤火虫的话，妈妈和姐姐为什么都打扮得这么细致呢？”

“悦悦，说起看萤火虫哪——”妙子解围道，“不是画里总那么画吗？公主带着一大波仕女，穿着长袖和服，这样的——”妙子用手比画着，“拿着团扇，在池塘周围或者在小桥上追逐萤火虫嘛。要赏萤，就得穿那样的友禅绸的和服，绰约多姿的，不然的话气氛出不来。”

“那么小姐姐怎么不穿？”

“小姐姐没有这个季节出门穿的和服。今天姐姐是公主，小姐姐是摩登仕女。”

就在两三天前是板仓的三七，妙子才去给他扫过墓。但那件不幸的事情似乎没有在她心中留下特别的伤疤，现在依然精神十足。时不时地说点玩笑话逗悦子和姐姐们乐一乐，一小罐一小罐的砂糖点心、年糕片像变戏法似的拿出来，自己偷偷嚼一嚼，或是分给大家一起吃。

“姐姐你看！能看到三上山！”

悦子没怎么来过京都以东的地区，这次是第二次。她一边痴痴地看着近江路的景色，一边会想起去年九月跟雪子一起去东京的时候，雪子告诉她哪些是濑田的长桥、三上山、安土佐和山的旧城遗址。火车驶出能登川站稍走了一会儿，突然咣当一声，在一个奇怪的地方停车了。乘客都把脑袋探出窗外，列车现在正在农田正中央，轨道略微弯曲的路基上，抛了锚动不了了。到底出了什么问题，也看不明白。两名列车员从驾驶室下车，来回看着列车底盘，大家都问道“怎么了，怎么了”，也不知是他们也不知道，还是他们知道但不肯说，只敷衍地回了句“不好说……”便走了。以为只会停个五分钟或十分钟的，但半天没有要继续行驶的样子。其间，后续列车来了停下，那趟车里也下来几个列车员查看，有的还朝能登川站方向跑去……

“发生什么事了，妈妈？”

“发生什么事了？……”

“是不是轧着什么了呀？”

“不太像啊。”

“希望能赶紧开车。”

“这火车真够费劲的，竟然停在这种地方……”

刚才火车停下的时候，幸子最先怀疑的是，是不是轧到人了，吓了一跳。但是还好，幸运地没赶上那么不吉利的事……不过在偏僻乡村的支线，或是私营铁路的这种主干线上，列车像现在这样一停就停很长时间，原因不明地动不了三十分钟以上是常有的事。但对于不怎么出门的幸子而言，的确是不可思议。而且任何人都知道，明显没有任何事故，列车速度是慢慢降下来，最后自然而然地咣当一声停下，实在是又好笑又滑稽，好像火车也在给今天的相亲捣乱似的……幸子这么想是因为，每逢谈雪子的亲事或是相亲的时候，总会碰见不吉利的事或是奇怪的事。因此，幸子从前一阵子就一直担心，但愿不要出什么事才好……今天很幸运，顺利地坐上火车，觉得今天大概能安全到达，正松了一口气的时候，还是出了这种事。想到这里，幸子的脸色顿时阴云密布，而自己也觉察到了这一点。

这时，妙子故意用开玩笑的语气说道：“也没什么着急的事。

趁着火车休息的空当，咱们正好可以吃便当。这么停着，正好可以稳稳当当地享受美食呢。”

“也是，趁现在吃饭吧。”幸子也振作精神说道，“今天这种天气，不快点吃掉的话都变味儿了。”

幸子正说着，妙子已经站起来，把行李架上的篮子、包袱取下来。

“小妹，鸡蛋卷没变味儿吧？”

“鸡蛋卷倒没事儿，俱乐部三明治有点危险。先吃三明治吧。”

“你还真能吃呀，小妹。从刚才到现在嘴就没停吧？”

从雪子的口气听出来，对于姐姐妹妹暗暗的操心，雪子似乎一点儿都没留意。之后又过了十五六分钟，一辆机车前来迎接，在它的牵引下火车终于又咣当咣当地启程了。

三

之前姐妹们被邀请来采蘑菇是在幸子婚前最后一年的秋天。当时已经和贞之助达成婚约，预计两三个月后举行结婚仪式。那是大正十四年①，是十四年前幸子二十三岁、雪子十九岁、妙子十五岁的时候。那时菅野老先生还在世，他的口音很明显，这个地区特有的“台”说成“忒”，“牌”说成“脾”，这样的发音让人忍不住发笑。菅野老先生每每发出那样的口音，三姐妹相互对一对眼神，拼命忍着笑意。可当他把“祖先的牌位”说成“祖先的脾胃”的时候，话

①即 1926 年。

音未落三姐妹还是爆发出大笑声。大姐夫辰雄的脸色难看极了，到现在幸子还清晰地记着这一幕。关原之战的军记物语等作品中也出现了姓菅野的乡居武士，辰雄似乎为拥有这么一门亲戚感到十分自豪。一有机会就想把鹤子和小姨子们带过来，得意地带着她们去附近的古战场，或是不破关口的旧址。第一次来时正值盛夏，姐妹几人在尘埃满天、酷暑难耐的乡间小路上，坐着一辆破破烂烂的汽车来回奔波，甚是疲乏。第二次来的时候仍被安排去同样的地方，大家都觉得不再有趣，面露难色了。别人怎么样不知道，幸子也是因为向来以“生在大阪”为荣，从小时候开始就喜欢丰太阁[①]和淀君[②]，对关原之战提不起兴趣。

第二次来这里的时候，好像正巧盖了偏院，也怀着展示新居的目的邀请了大家。据说菅野老人为了有时午休、下棋或是方便客人住才修建的偏院，起名为“烂柯亭”，八叠的房间连着一间六叠的套间。偏院和正堂之间由一条长长的走廊连接，走廊在中间部位转变方向，酷似“く”字形。只有这个偏院多少采用了一些茶室风格，漂亮有韵味，但不显恶俗奢华，且不知从何处流露出乡居武士居所的粗犷之气，不由得心生好感。这次小住她们又被引至烂柯亭，到了一看，或是因为积攒了数十年光阴，比上次来更觉沉稳大气，宁静祥和。

“哎呀，你们终于来啦！”

四人在八叠的房间里，望着庭中的新绿，正在休息的时候，菅野遗孀来打招呼，顺便介绍儿媳和孙儿们给幸子姐妹。菅野家现在的主人在大垣的银行工作，他的太太是第一次见幸子她们，她抱着

①指丰臣秀吉。

②丰臣秀吉的侧室。

出生没多久的婴儿，身后还跟着一个六岁大小的男孩，一副羞涩的模样紧紧贴在妈妈身上。菅野遗孀的这个儿媳名叫常子，两个孙儿中哥哥叫惣助，妹妹叫胜子……菅野遗孀一一介绍后，叙了叙旧，也开始聊起雪子姐妹几人“年轻”的事了。菅野遗孀说，刚才听到汽车熄火的声音到门前迎接，最开始妙子从车里下来，可能是因为她的眼神不大好的缘故，她以为妙子是悦子。然后，雪子、幸子依次下车，她又错以为是妙子、雪子。她一直纳闷，为什么没看到幸子小姐呢？又觉得多了一位年幼的小姐甚是奇怪，仍旧没意识到自己认错了。现在她来到偏院问候，重新跟四人面对面地说话时，才渐渐对上号。

常子也附和道：“虽是第一次见面，但久闻各位的大名，也知道各位大概的年纪。不过刚才看各位从汽车里下来，我也完全认不出哪位是哪位。可能有些冒犯，听闻雪子小姐比我大个一两岁……”遗孀接着常子说：“常子是三十一岁。”的确，数年前嫁过来、育有二子的儿媳，看起来显老也是自然的事。但今天还是好好打扮了一番，跟雪子比起来实在不像同龄人。遗孀又道：“要说年轻，妙子小姐是真年轻，妙子小姐第一次来家里玩的时候比这位小姐——”遗孀指着悦子，“稍微大一点；第二次来时是大正十四年，这样算来那时应该是十五六岁的年纪。”像是怀疑自己眼睛似的不停地眨着眼睛，还说：“看到这样的妙子小姐，简直不敢相信自那以来已经过了十多年了。不可思议。刚才我错把妙子小姐当成悦子小姐了，实在是鲁莽，但现在仔细一看，妙子小姐跟那时候比起来不像是年长那么多岁，感觉顶多大个一两岁，怎么看都觉得是十七八岁的少女。”

三点时主人送来了冷面。之后，为了商量事情幸子一个人被叫去了正堂，和遗孀相对而坐。说实话，她只跟遗孀说了五到十分钟的话，便开始后悔答应来赴约了。对于遗孀的说明中，她最感到意外的是，之前最重要的疑点——有关对方的人品德行——遗孀不仅一无所知，跟那位泽崎先生还一次都没见过。根据她的描述，泽崎家和菅野家从很久以前便同列名门，相互交好，故去的菅野老先生和泽崎家上一代主人及现在的主人都特别亲密，但菅野老先生故去以后，遗孀的儿子便和对方没再交往了。因此，泽崎上一代的事情她不了解，现在的主人泽崎先生在她的记忆中一次都没来过家里，她没有见过泽崎先生，此前也未曾跟他有过书信往来。但因为是世交的关系，两家共同的亲戚、熟人、常来往的人自然不少，也听说了泽崎先生的太太两三年前去世、近来在寻觅续弦。听说相过两三次亲，但都没成，泽崎先生本人已经四十有余，亡妻也留下了几个孩子，但却盼着再娶个头婚的，而且最好还是二十来岁的人，诸如这些事，遗孀尽管没特意打听，却也听到了不少。“我心中一直揣着雪子小姐的事，虽说不符合二十多岁这个条件，但值得一聊，便向对方提起这事。其实，按流程来说应该找个专门的人说媒，但这媒人不能不知轻重，为找媒人晕头转向的，浪费了时间就不值当了。我想着快些推进才是要紧事，所以虽然有点唐突，但我直接写信给他，说我这边的亲戚当中有位姑娘，问他有没有见一面的意思。之后对方没有任何回音，便以为对方无意。但看来对方在这段时间根据这封信暗中做了调查，信寄出两个月后，前两天回信到了。这就是他的回信。”菅野遗孀拿出一封信给幸子看。幸子打开一看，内容极短：

烂柯亭世叔在世之时，承蒙深情厚谊，然至今未得拜见尊世母之荣，甚是失仪。然近日函至，情意恳挚，晚生心存感激，无以言表。本应速而复信，然俗务繁多，延宕至今，无以为辩。承蒙您苦心，晚生望见尊小姐一面。若能先于两三日告知，晚辈大体周末两日均可赴约，再者，详情亦可通电商洽。

书信用古文写在卷纸上，字体、文风都是老一套，用“平凡”二字即可言尽。幸子读罢，一时间无言以对，目瞪口呆。正因是有传承的名门，不管是泽崎家还是菅野家都应该更加重视相亲场合的习俗才对，而这到底是怎么个荒唐的画面啊！特别是菅野遗孀，不提前跟莳冈家商量，凭一己之思给一个自己连面都没见过的人提亲，这么乱弹琴真是不符合她的年龄。幸子迄今为止还从未见识过这位老妇人如此莽撞的一面。但话说回来，说不定正因为上了年纪了，才更加如此莽撞。她的脸上总透着一种权威的神色，能够感受到她的直性子，不由得让人联想到本家姐夫特别敬畏这个姐姐的原因。再说泽崎先生对菅野遗孀提亲的回应，也简直是没规矩。但要说是他怕拂了菅野家的好意、失了礼才这般回信的，倒也不是不能理解。

幸子竭力忍耐着，不让不满表现在脸上。遗孀像是为自己辩解似的说：“我性子急，不愿拘泥于形式，所以我觉得先让双方见一见才知道下一步该怎么做，其他那些事往后推推也无妨，所以还没有调查男方，但泽崎先生人品、家庭，至今为止没有听过什么特别不好的传闻，由此看来这些方面应该是没什么缺点。如果有疑点的话，直接面对面地聊一聊，反而更直截了当。”即便如此，她只说泽崎先生前妻留下两三个孩子，到底是两个还是三个，男孩还是女孩，都没问清楚。但菅野遗孀对自己的计划推进到了现在似乎情绪很高涨，“接到幸子小姐的回信之后，我马上就给他打了电话，他说明天早晨十一点前后从家里过来，咱们这边是雪子小姐、幸子小姐和我三个人跟他见面。家里没什么山珍海味，午饭就请尝尝常子的手艺。观赏萤火虫安排到了今晚，明天早晨妙子小姐、悦子小姐由犬子带着，去关原之战等古迹游览一下，让他们带着便当出发，大约两点之前能回来，咱们这边的事儿应该也能结束了。”她兴高采烈地说着，“虽说缘分这东西不好说，说实话，我心里光想着今年是雪子小姐的厄年，没想到看起来那么年轻，旁人看起来也就二十四五岁，这也算是符合男方对岁数的要求了。”幸子在这时不禁想着，只要能找个好点儿的理由，就能让此行只变成单纯的观萤，相亲的事情先往后推一推。据实说，她因为菅野遗孀的一封信带着雪子大老远跑过来，就是太信任她了。幸子以为若已经安排见面了，遗孀定是做了相当足的准备。这么看来，菅野家和泽崎家都实在是太轻贱雪子了。要是雪子听到这些，肯定会不高兴的，就算是贞之助他们也一定会愤慨至极。不难想象，这个传说中的千万富翁泽崎，对于没请媒人、光凭一封信就跑来相亲的女方，他心里得多么轻蔑。甚至能推测到他根本没把这次相亲当回事儿。若是贞之助一同前来，定能提出要求，相亲之前先对对方进行身世调查，为了相亲还是应该先请个介绍人，所有的礼节都走一遍之类的。这样任谁问起都能有正当理由地去请求相亲延期。幸子一个女人，在拼命张罗的这位遗孀面前，也不敢多说什么。同时必须得考虑东京姐夫的立场，虽然觉得雪子很可怜，但末了只对遗孀说了一句“拜托您了”，除了听天由命别无他法。

“雪子，把衣服换了吧，也帮我脱一下——”幸子回到偏院后，给雪子递了个眼色告诉她相亲不是在今天，开始解起了腰带。一不小心似是失望般地叹了一口气，不得不以今天太热了做借口搪塞过去。跟遗孀谈话中不愉快的部分，幸子决定不告诉雪子和妙子。自己回想起来也心里堵得慌，今天一天努力忘记吧，明天的事明天再说。今天就去开开心心地看萤火虫就行了……在这种时候不耿耿于怀，是幸子的一大特点，她总能迅速调整心态。但看到不知情的雪子，心中还是觉得不畅快。为了平复自己的心情，她从行李箱中拿出单衣和腰带换上，正要把脱掉的衣服挂在衣架上。这时悦子一脸疑惑地问："这件衣服，妈妈不穿着去看萤火虫吗？"

"出了好些汗，所以换这件了。"幸子边说边把它挂在落地衣架上。

四

幸子睡不着觉，主要是因为太累了，可能也是因为突然换了地方。早晨比平时都起得早，酷暑中在火车和汽车里摇晃了半天，到了晚上又在漆黑的田间小路上和孩子们一起活跃地追来跑去，走了至少有四公里吧……捕捉萤火虫这事，似乎在事后回忆起来还是挺令人怀恋的。说起捉萤火虫，幸子在文乐座看过《朝颜日记》，正因为知道其中在宇治的那个场景——人偶深雪和驹泽在游船中低声细语，所以深信应该如妙子所说的那样，穿着长袖友禅绸和服，原野上的晚风拂起裙摆和袖子，拿着团扇四处追赶着流萤，很有风情。但实际上却大相径庭。"因为要走在黑暗的田间小路或者草丛中，衣服会弄脏，所以请换上这些衣服。"菅野遗孀说道。不知是为今夜特别准备的，还是平日专门给客人备用的浴衣，给幸子、雪子、妙子甚至悦子每人挑选了不同花色风格的毛纱单衣。“真正观萤不能像画里画的那样。”妙子笑着说道。因为漆黑的夜晚正适合观萤，根本享受不到衣着竞风雅的乐趣。她们出门的时候还能依稀分辨出别人的脸，走到有萤火虫出没的小河河畔时夜幕骤然降临……虽说是小河，其实就是一条流淌在田中、比水沟稍宽些的普通的河流。两岸遍布着茂密的、长长的狗尾巴草似的植物，盖在水面上，甚至都看不到水了，最开始只能看到百米开外有座桥……据说萤火虫怕人声和光，所以众人没有大老远地用手电筒照它们，也尽量不出声地走近。但走到小河最边上，也没看见像是萤火虫的东西。“今天它们是不是不出来？”有人低声私语道。“不，已经有好多飞过来了，请来这边。”钻进河边草丛深处一看，刚好那里仅存的一线明亮正一点点地退去，变成一片墨色，萤火虫在两岸的草丛中轻快地飞舞着，大概和狗尾巴草同样高度的地方画着弧线，向河中央飞去。目之所及，沿着小河的两岸，一望无际的萤火虫从两岸交相舞动着……之所以之前没有看到萤火虫，是因为草生得太高，从草丛中飞出的萤火虫不往高处飞，而是就着水面低低地摇曳。但是，在变得一片漆黑的前一刻，浓郁的黑暗从凹陷的河面不断吞噬而上，人们还能朦胧地看到近处草丛摇摆之际，小河向遥远处延伸的尽头从两岸交错着划出了无数光影，如鬼火般时明时暗，直到现在仍旧踪迹难消，似乎要把此情此景带到梦中，闭上眼仍历历在目……今夜印象最深的当属这一幕了。光是品味这一刻，来观萤的这一趟旅行便意义十足了。或许可以说，观萤原来不像赏花那样具备观赏性，而是更加偏向冥想性。这样说似乎有种童话世界一般童真的感觉，那种世界或许不应用图画来描绘，而应用音乐去表达——用古琴或者钢琴，创作出那种感觉的作品或许很棒……

她想，自己躺在床上闭着眼的这个深夜里，那漫天无数的萤火虫整晚都在那条小河的河畔一明一暗又默不作声地飞来飞去，自己的心似乎沉浸在一种说不出的浪漫中。她的灵魂似已出窍，交织在那群萤火虫中，在水面上高高低低，摇晃着远去……这么想来，追着萤火虫走了一趟发现那条小河还挺长的，如一条直线无穷无尽地延伸下去。河上处处架着小桥，她们时而走到对岸，时而走回来。前行的路上一边相互提醒不要掉进河里，一边担心着有蛇出现，闪着如萤火虫般的目光。一起去游玩的菅野家的男孩——六岁的惣助熟悉那一带的地形，在伸手不见五指的黑暗中敏捷地来回跑动。“惣助！惣助！”今夜带领她们去的惣助父亲耕助——菅野家现在的主人——担心地时不时大喊两声。那时萤火虫已经出来了很多，大家都无所顾忌地发出声音了。大家被萤火虫吸引，三三两两的，容易走散，所以一直相互呼喊着，以免有人在黑夜中掉队。不知何时起，只剩幸子和雪子两人走在一起，能断断续续地听到对岸悦子喊“小姐姐，小姐姐”的声音和妙子回应的声音。有些起风了，声音一会儿听得见，一会儿听不见。玩这种小孩子的游戏时，终归还是妙子最年轻有活力，身体也灵便，每每这时，她总被安排陪悦子玩。从河对岸吹来的风带来声音，现在还在幸子耳畔回响：妈妈，妈妈在哪儿？……在这儿……姐姐呢？……姐姐也在这儿……悦子抓了二十只萤火虫哟……注意别掉进河里去了啊……

耕助从路边拔草捆成扫帚形状，不知是用来做什么的，原来是引诱萤火虫停在上面方便捉捕。耕助说：“要说观萤胜地，当数江州的守山一带，以及岐阜市的郊外，大概因为这些地方的萤火虫是要作为名产献给名贵的，所以禁止捕捉。这里不是赏萤胜地，当然也就想捉多少只都没人说什么。”那晚捕获最多的是耕助，然后大概是惣助吧。父子二人勇敢地下到水边去捉捕。耕助手中的那捆草上点缀着一粒一粒的光芒，仿佛玉帚一般。幸子她们不知道走到哪里才开始返回。耕助不轻易开口说回去，所以幸子建议道：“风好像变强了，差不多我们就回去吧？”耕助回答：“已经在回家的路上了，只是跟来时不是一条路。”但仍觉归路漫漫，这才知道一不留神大家已走出这么远。突然，耕助说：“就是这儿了。”抬头一看，不知不觉已经回到菅野家的后门了。大家都手持容器，每个容器里都装着几只萤火虫。幸子和雪子把容器装进袖口里，捏紧袖子……

夜还不太深的时候，有些事情在幸子脑海中如萤火般无序地交错着。她不知自己是否在做梦，这么想着睁开眼一看，头上的格窗点着一盏小小的电灯，格窗悬着一块白天见过的匾额，上写着奎堂伯的字“烂柯亭”，起首印为“御赐鸠杖”，不知谁是“奎堂”的幸子只是读着“烂柯亭”这三个字。这时，黑暗的套间那边，似乎有亮光划过，抬头一看，不知从哪儿闯入一只迷路的萤火虫，被蚊香熏得四处求生。刚才捕获的萤火虫大部分都放飞到庭中的花草中，很多只误闯进房间来。睡觉前，关闭防雨板时把它们都赶到院子里去了，但这一只似乎留在某个地方了。萤火虫轻盈地飞到五六尺高的地方，但虚弱得没有力气舞动了，斜穿过房间，停在角落的落地衣架上幸子的那件衣服上。它似乎爬过友禅纹路，悄悄钻进袖中，透着灰蓝色打着竖褶的衣服，能看见微弱的光。幸子担心蚊香熏久了会喉咙痛，便起身把装在素烧狸形容器里的蚊香熄灭了。然后，顺便捉住那只萤火虫。幸子觉得萤火虫在手上爬怪瘆人的，便把草纸弯成一个团，轻轻地罩住萤火虫，再从挡雨板的缝隙中把它放了出去。向外一看，刚刚在灌木丛之间或者在池边闪烁着那么多萤火虫，现在基本全飞走了，大概向着小河河岸的方向逃回去了。院子又变得漆黑一片了。幸子回到床铺，还是难以入睡，来回翻着身子。她侧耳听着熟睡着的三人均匀的呼吸声。在这间八叠的房间里，几人的床铺贴着壁龛依次铺开：幸子旁边是妙子，两人的对面是雪子和悦子，四个人脑袋对着脑袋地睡着。幸子注意到，不知是谁轻微地打着鼾，仔细一听，好像是雪子。幸子一边听着那细小又微弱的声音，一边感叹竟然还有如此可爱的鼾声。

这时，幸子以为一直沉睡着的妙子保持着原来的睡姿出了声："中姐，你醒了？"

"嗯……我有点睡不着。"

"我也睡不着。"

"小妹刚才就一直醒着？"

"嗯……我一换地方就睡不着。"

"雪子还真能睡得着哇。还打鼾呢。"

"雪姐的鼾声跟小猫的呼噜声似的。"

"还真是，铃就是那么打呼噜的。"

"心真大呀，明天可是要相亲啊……"

幸子想起，在睡觉这件事上，妙子比雪子更敏感一些。想来两人似乎反了，妙子经常是比人睡觉轻，稍微有点动静马上就醒。而雪子则跟她给人的印象完全相反，很是安稳。乏了的时候，比如在火车上，她坐在座位上便能昏昏睡去。

"明天那个人来这儿吗？"

"嗯，十一点来，午饭一起吃。"

"我需要干吗呢？"

“耕助先生陪着小妹和悦悦去关原。雪子、我和菅野家的姐姐三个人跟他见面。”

“你跟雪姐说了吗？”

“刚才说了一句……”

今天悦子一直没离开身边，幸子没机会跟雪子说明天的会面。刚才在观萤时趁着两人单独走着的时候，耳语了一句：“雪子，明天中午见面……”雪子“嗯”了一声，也没多问什么，只是在黑暗中静静地跟着幸子走着。幸子也接不上话茬儿，便沉默了下去。正如妙子所说，听了这轻松的鼾声，想必雪子并没有太把明天的相亲放在心上。

“像雪姐那样相那么多次亲的话，都会变得无所谓了。”

“也许吧。不过她还真是不在乎哇。”幸子说道。

五

幸子对悦子说：“妈妈和姐姐经常去关原，所以在家等你们。小姐姐小的时候去过一次，她说想再去看一次，所以今天小姐姐和悦悦就让人家带着去一次吧。”悦子似乎意识到了有什么事，换作平时肯定会撒娇赖着雪子一起去，但现在却听话地答应了。和耕助、惣助、妙子及带便当的老仆一行五人，坐上前来接他们的汽车出门了。之后没多久，在烂柯亭六叠的房间里，幸子帮雪子穿和服。

“客人到了。”常子穿过连廊送来口信。

幸子她们被带到了正堂最里面的一间十二叠的房间。这个房间装着书院式的窗棂，寓于古韵。檐廊由漆黑的、泛着亮光的厚板铺就，外设一座专为此处建造的独立的庭院。透过那棵上了年岁的枫树发出的新绿，能看见对面佛堂屋顶的瓦。从摆着石榴花的洗手台，到铺着那智黑石的池边，生长着一大片茂密的木贼草。幸子痴痴地望着那片木贼草，心想此处竟然藏了这么一座花园和房间。就在这时，遥远的记忆复苏了。那已经是二十年前的事了，幸子渐渐回想起来，第一次来到菅野家好像就是被带到这个房间。最初来访时，别院烂柯亭尚未建造，幸子和姐姐姐夫等五个人在宽敞的房间里并枕而卧，那时好像就是在这个房间。幸子把屋外的景致忘得一干二净，却唯独记得洗手台前的木贼草。究其原因，那木贼草在檐廊下长势惊人，青翠细长的草茎像下雨一般冲一个方向繁密地簇生着，幸子看了这稍微有些奇异的景色，甚觉稀奇，想必那时的印象直到现在也一直潜藏在心中吧。幸子姐妹二人进入房间时，客人正与菅野遗孀叙初见之礼。幸子雪子被介绍过之后，泽崎落座上首，背靠壁龛；幸子雪子落座一侧，背靠拉门、庭院的亮光打在二人面前；遗孀与泽崎相对，坐于末座。泽崎落座之前，面冲壁龛跪坐，似是在细细地欣赏挂轴上的书法。摆在壁龛的花瓶中插着一叶兰，像是未生流插法。幸子和雪子趁着这工夫打量了他的身影。说是四十四五岁，从外表看的确与年纪相符。他是位身型瘦小的绅士，看脸色是腺病体质。他的谈吐、行礼的方式、仪表做派等都很平常，没有富翁的架子。他穿着一件褐色的西服，虽然很有型，但边边角角都有些磨损。富士绸白衬衣也似乎因为洗了太多次而发黄，针织袜的条纹也快要消失不见了。看他这一身打扮，跟幸子她们的装束比起来过于不讲究了。一方面证明他是多么轻视今天的相亲，另一方面也说明他是个生活俭朴的人。

“这幅星岩[1]真是不错。”不知泽崎对挂轴上的诗是否读得心满意足，只见他一边说一边落座自己的席位，“听说府上藏了很多星岩的字呢。”

“呵呵，”遗孀恭谨地笑了笑。但这类恭维话似乎对这位老妇人最为有效，她的脸色突然和悦了很多，“据说我那过世的丈夫的祖父曾尊星岩为师……”

接着泽崎和遗孀两人就这方面闲聊起来。她说家中还收藏了几件星岩妻子红兰的字、扇面及屏风等作品；山阳[2]的一位有名的女弟子江马细香[3]的笔迹也有几幅，细香家为大垣藩的侍医，似是和菅野家有交往，细香的父亲兰斋还留下过若干尺牍。接着关于细香和山阳的恋爱关系、山阳去美浓游玩时的事以及“湘梦遗稿”等，泽崎聊起很多事，遗孀也只言片语地应和着，表示自己对这方面并非一无所知。

“我那过世的丈夫最喜欢细香咏墨竹的作品，经常拿出来给客人观赏，聊细香的生平。最后连我都记住了……”

“啊，这样啊……总之菅野老先生兴趣广泛。我也有幸陪他老人家下过几次围棋，他总邀请我去烂柯亭，我还总说一定去府上拜访一下，观赏观赏府上私藏的墨宝，一饱眼福。”

“实际上今天本想带您到烂柯亭看看，不巧那里现在住了客人，”说着自然地谈及一直都干坐在一旁的幸子姐妹，“现在用那处院子留宿莳冈家的贵客。”

“这间房间也非常不错，”幸子终于插上话，“但烂柯亭是别院，

①梁川星岩（1789—1858），江户时代汉诗人。
②赖山阳（1780—1832），著名汉学家，著有《日本外史》等。
③江马细香（1787—1861），日本江户时期著名女诗人、画家。

非常闲适，是座特别棒的住所。能够住在那儿的话，比住在任何旅馆的配馆都舒服。”

“呵呵，”遗孀又笑了笑，“您谬赞了。不过您喜欢的话，就多住些日子……丈夫晚年好清静，便一直住在烂柯亭里。”

“这样说来，烂柯亭的‘烂柯’二字是为何意？”

“这个嘛，我就不说了，让泽崎先生为您解答吧……”遗孀用一种测试的口气说道。

不料，泽崎脸色陡然一变：“这个……”立马换上一副一本正经的样子，眼神看起来很不愉快。

“晋朝有个叫王质的樵夫，在山中看到童子在下围棋，看着看着斧把儿烂掉了。说的是这个故事吗？”

“这……”泽崎的脸色越发阴沉，眉心皱了起来。遗孀便不再追问，只是“呵呵呵”地笑了笑，但她的笑声听起来有些故意刁难人似的，立马就冷场了。

“家中略备薄酒。”这时，常子跪坐在泽崎的食案前面，拿起青九谷陶瓷酒瓶斟酒。

之前虽说过今天吃的是家里做的饭菜，但凭装盘就能看出，大部分是从大垣附近外送餐馆叫来的饭菜。说实在的，这么热的天，比起这种生食较多且由乡下小菜馆做的老一套的饭菜，幸子更愿意吃一些家里厨房炖的新鲜蔬菜。她用筷子夹起一块鲷鱼刺身尝了尝，果然口感软绵绵的。幸子对于鲷鱼尤其讲究，她慌忙就着一杯酒把那块鱼片一口吞下，之后便放下了筷子。她扫视一番，能引起食欲的也只有盐烧香鱼了。通过刚才遗孀的道谢可以得知，这是泽崎用冰块冰镇着送来的礼物，在家里烹调后再端上饭桌，所以跟外送的饭完全不一样。

“雪子，尝尝这香鱼吧！”

幸子因为自己那个不讨喜的问题，冷了场，她认为自己得做点什么缓和的气氛，但觉得泽崎不好靠近，便没办法只得和雪子说话。雪子从一开始就没有机会说一句话，只是静静地垂首端坐，此时也只是点点头，说了一声：“好。”

“雪子小姐喜欢香鱼吗？”遗孀问道。

“是的……”雪子又微微颔首，幸子接过话茬儿说：“我最喜欢吃香鱼了，但妹妹比我更喜欢……”

“哎呀，那可太好了。今天真的只有乡下的饭菜，没有什么合大家口的东西，正发愁呢，泽崎先生带来了这香鱼……”

“在这样的乡下，很难吃到这么新鲜的香鱼。”常子插话道，“而且还带了很多冰块保鲜，让您受累了。这是在哪里捕获的香鱼呢？”

“在长良川……”泽崎渐渐心情好了一些，“昨夜打电话请人捕的，刚刚才用汽车送到岐阜站。”

“哎呀呀，那真是太劳烦您了……”

“托您的福，我们也尝了鲜。”就着遗孀的话，幸子说道。

渐渐地，气氛又恢复正常了。大家一点点地聊着岐阜县的名胜古迹，日本莱茵河[①]，下吕温泉，养老瀑布，昨夜观萤，等等。但怎么也不如最开始那样气氛热烈，总觉得大家都互相忍着尴尬，为了不冷场提起这样那样的话题。幸子认为自己能喝一些酒，她觉得这种时候要是能多一点觥筹交错就好了。但无奈十二叠的大房间里四人都坐得太远，男客就一位，常子注意不到这一点也很正常。夏天午饭时喝的酒，即使被劝酒也不能多喝。遗孀和雪子食案上最初的

①从日本岐阜县美浓加茂市流到爱知县犬山市的木曾川沿岸的峡谷的别称。

那杯酒早就凉透了，放在那里没有动；幸子刚才配着鲷鱼片把第一杯酒喝光了，杯子空在那里，但常子只知给泽崎斟酒，估计是认为不用给女客斟酒。但是不知泽崎是没心思还是有顾虑，或者是真的不嗜酒，三次劝酒他只接受一次，实际喝的酒总共不过两三杯。主人频频劝他说："请您舒服着坐。"而他却说："不，我这样很好。"紧并着穿着西裤的双腿，正襟危坐着。

"您也时常去阪神一带吗？"

"是的，神户我不大去，但大阪每年要去个一两次。"

这位"千万富翁"到底是出于什么动机才答应和雪子相亲的，幸子心中的疑惑怎么也无法消除。今天一开始，就一直在观察他，想找出他是否有什么缺陷。但据目前为止的对话，看不出有什么特别异常的地方。只是，他被问到自己不知道的事情时的态度稍显滑稽。不知道的话就说不知道就可以了，他却变得那么不开心，在这件事上或许就显露出他大少爷出身的本性了。这样想来，突然发现他眉间稍下侧，鼻梁两侧的静脉血管泛着青色透出来，确是一副易怒之相。而且，不知是不是心理作用，他看东西的神态总有些女性化、阴柔，甚至有点战战兢兢的，让人觉得他有什么秘密。但更重要的是，幸子很快就了解了，这个人好像对雪子没有什么兴趣。刚才泽崎在与遗孀闲谈的时候，频频向雪子的容貌投去探究的目光，这一点没能逃过幸子的眼睛。之后那忧郁冷漠的眼睛就再也没有向雪子看过去。遗孀和常子拼命找话题想让两人交谈，幸子理解这份苦心，但泽崎面对她们的撮合只是礼节性地跟雪子搭一两句话，随后马上转向别人。一来，无论他问雪子什么，雪子只会说"是的，是的"，很是不投机，很明显雪子并不讨他喜欢；再者，幸子推测，最根本的主要原因大概是雪子左眼眶的那块黑斑。雪子那淡淡的黑斑从昨天开始就让幸子觉得堵得慌，她一直盼着今天能稍微淡一些。但不凑巧的是反倒比昨天更浓了，雪子却一如既往地毫不在乎，今天早晨也像往常一样想要化浓妆。“雪子，妆是不是太浓了？”幸子一边帮忙穿衣服一边悄悄地把粉扑弄得薄了些，在眼下刷上腮红，做了很多尝试，但仍然盖不住那块斑。幸子自从进入这间屋子就一直担惊受怕的。遗孀和常子不知有没有注意到，从她们的举止中丝毫没有表现出来。不走运的是雪子坐的位置刚好始终把左脸暴露给泽崎，初夏庭院耀眼的反射光迎面照在她的脸上。只不过雪子自己不觉得那是什么缺陷，所以既没有表现出发怵，也没有害羞，举止投足非常自然，多少挽回了一些局面。但幸子觉得那块黑斑比昨日在省线电车中更加引人注目了，心中不由得难以承受雪子一直这么坐在筵席中。这时，泽崎一吃完饭就匆匆说道：“真是非常失礼，但我需要赶火车。”

他淡然地告别站起身时，幸子在心里松了一口气。

六

“你们难得来一次，再住一晚上吧。明天又是星期日，让人带你们去刚才提到的养老瀑布看看。”幸子谢绝了遗孀的建议，悦子她们一回来就马上收拾行李，按计划赶上了三点九分上行列车，这样一来五点半左右应该就能到达蒲郡。虽是星期六的下午，但二等车厢里很空，四人正好相对而坐。一坐下从昨天开始积攒下来的疲惫就蔓延开来，大家都没有力气说话，精疲力竭的。快到梅雨季节了，天空阴郁沉闷，车厢里潮湿温热，幸子和雪子靠着椅背开始打盹儿，妙子和悦子安乐宁静地摊开《周刊朝日》和《周日每日》阅读。过了一会儿，妙子说:“悦悦，萤火虫要逃跑了。”说着把掉在窗边的装萤火虫的笼子拿回来，放在悦子膝头。那是昨天晚上菅野家的老仆人为悦子临时做的。他把空罐头瓶的底儿拆掉，在上下两侧蒙上纱布，临时的萤火虫笼子就做成了。悦子小心翼翼地拿到火车上，但不知道什么时候捆纱布的绳子松了，从缝隙中逃脱了一两只萤火虫。

“让我看看，我给你补补吧。”

镀锡铁皮做成的罐头瓶滑溜溜的，悦子捆不好，妙子拿过放在自己膝头。纱布里面的萤火虫虽在白天，但被放到阴暗的地方还是会发出蓝色的光。妙子正透过纱布的缝隙向里面看，忽然说道:“啊，悦悦，你看！”把罐子递给悦子，“不知道是什么，里面有很多不是萤火虫的东西……”

悦子往里一瞅:“蜘蛛呀，小姐姐。”

“还真是……”

两人正说着，米粒儿大小的可爱的蜘蛛长长地连成一串爬出来了。

“啊，不好不好！”

妙子把罐子扔在座位上站起来，悦子也站了起来，把幸子和雪子也吵醒了。

“怎么了，小妹？”

“蜘蛛蜘蛛……”

混在小蜘蛛里有一只大蜘蛛也爬了出来，结果四个人都站起来了。

“小妹，把罐子扔了吧。”

妙子捏起罐子扔到地板上。一只蝗虫好像受了惊吓，从罐子里飞了出来，然后在地板上蹦来蹦去，飞到过道那头去了。

“啊，真可惜，那些萤火虫……”悦子愤愤地望着罐子。

“我帮你们把蜘蛛抓住吧，怎么样？”

斜对面的座椅上，一个像是当地的人笑着看着这一幕。他大概五十岁上下，穿和服，边说边拿起罐子：“请借我一个发卡之类的东西。”

幸子递给他一个发卡。男人从罐子里把蜘蛛一只一只地夹出来扔在地板上，认真地用木屐把它们踩死。夹蜘蛛的时候发卡的一端带出了一些草，但好在萤火虫没怎么逃出来。

“小姐，大部分萤火虫都死了。”男人重新绑好纱布，把罐子左右倾斜着看了看，“拿到洗水池那里，稍微洒点水。”

“悦悦，顺便好好洗洗手再回来，摸了萤火虫是有毒的。”

“萤火虫好臭哇，妈妈。”悦子闻着手上的味道说，“有草的味道。”

“小姐，萤火虫死了之后不能扔哦。保留下来的话可以变成药的哦。”

“什么药？”妙子问道。

“晾干了保存起来，烫伤或者受伤的时候，和饭粒拌在一起涂上就好了。”

“真的有用吗？”

“我没有试过，听说是有用的。”

火车刚慢慢开过尾张一宫。幸子她们从未坐慢车经过这里，所以列车停在毫无印象的一个个小站里，使她备感无聊，觉得从岐阜到名古屋这段旅程特别长，不一会儿幸子和雪子又开始昏昏欲睡了。“名古屋到了，妈妈。能看见城楼，姐姐……”悦子正叫醒她们的时候，客人们蜂拥而入，两人稍稍睁了睁眼睛，车从名古屋一开出马上又昏睡了。到大府一带天开始下雨，两人也丝毫没感觉到，一直在睡。妙子站起来关上玻璃窗，各扇窗子迅速地都被关上了，车厢内笼罩着一片更加闷热的空气。大部分的乘客都开始头一点一点地睡去了。这时，从幸子她们的座位往前数四排，过道的另一边一位陆军军官背对着她们坐着，唱起了舒伯特的《小夜曲》。

歌的旋律，安静地穿过暗夜，
寂静，无边无际……

军官端坐在座位上，一动不动地唱着歌。幸子她们醒来时，一时间不知道是谁在唱歌。在密闭的空间里只有歌声不断地回响着，听起来好像什么地方在放留声机。从幸子她们那个方向望去，只能看到军装的背影和侧脸的一部分。很明显这是一个才二十多岁的青年，有些羞涩地在唱着歌。幸子她们知道，自她们从大垣站上了车，这个军官就已经在车上了，但只见到了他的背影，没有看见正脸。刚才因为萤火虫的骚乱，幸子她们的存在引起了其他乘客的注目，所以军官不应该没有看到她们。军官大概是因为太无聊了，为了驱赶袭来的睡魔才唱出声的，对自己的歌声应该是有自信的。后来他大概是感到身后有漂亮的姑娘们在听他唱歌，所以身形变得有些僵硬。唱罢一首，更加害羞地低下了头。过了一会儿，他又开始唱起了舒伯特的《野玫瑰》。

少年看见红玫瑰，
荒野上的野玫瑰，

清纯可爱真高贵，

色泽娇媚惹人醉，

少年看也看不够，

荒野上的野玫瑰……

这些歌都出现在德国电影《未完成的交响乐》中，幸子她们也非常熟悉。她们不知不觉中有人唱起来，随着军官的歌声跟着唱，声音渐渐大了起来，开始跟军官唱起了和声。从后面能看到，军官的脸红到了脖子根。但突然他的声音似乎兴奋起来，带着颤抖，歌声绵延不绝，音量越来越大。军官和她们座位离得比较远，在这种场合下反而对双方都很合适的，相互都不会压过对方的声音，一直唱下去。合唱最终停止了，车厢内又回归了慵懒的寂静。军官之后也没有再唱歌，又害羞地低下头，在冈崎站偷偷地站起来，像逃跑似的下车去了。

“那个军官先生，一次也没让我们看见正脸呢。”妙子说道。

幸子她们还是第一次来蒲郡玩。这次产生去游玩的想法缘于一家叫常磐馆的旅馆，是早先从贞之助那儿听说的。每月去名古屋一两次的贞之助总说：“我一定要带你们去那儿一次。悦子她们肯定会很高兴的。”“下次一定去”“下次一定去”地约定了两三次，每次计划都破产，今天她们前往蒲郡是贞之助给出的建议。他说：“总想着去名古屋的时候顺便去一趟，但总是太忙，没时间陪你们，趁着这次机会你们单独去一趟也挺好。虽说行程有点紧，但能从周六的傍晚待到周日的下午。”他给常磐馆打电话联系好了。幸子自去年的东京之行后，积累了一些离开丈夫自己出门旅行的经验，一改以往，变得大胆了起来，对此她像孩子似的满心欢喜地启程了。她到了宾馆一看，再次不由得感谢丈夫为她们安排了这样的行程。今天的相亲越想越不是味儿，要是之后就那样跟雪子在大垣站分别的话，那种说不出的憋屈应该会持续很久吧。幸子觉得自己不愉快无所谓，但若是让雪子遭遇了那种事之后让她形单影只地默默回到东京，实在不落忍。丈夫的想法真的很棒。今天在菅野家经历那档子事儿之后，肯定是努力让自己不去回想，但更重要的是，看到雪子能和悦子、妙子一样能够在这儿享受地待一晚上，这才让她感到解脱。更让她感到幸福的是，次日早晨雨也停了，真是个美好的星期天。这家旅馆各种各样的设备、娱乐设施、海岸的景色等，正如贞之助料想的那样，让悦子开心极了。幸子认为更难得的是，看到雪子似乎已经把昨天的相亲抛到脑后，开朗有活力。光凭这一点，来到这里就是值得的。她们在下午两点多出发前往蒲郡站，分别坐上上行车和下行车各奔东西，两趟车间隔有十四五分钟。所有的一切都按计划顺利进行着。

雪子的上行车后来，送走三人之后等了一会儿便坐上去东京的慢车。乘慢车走那么长的距离，那种无聊不堪设想。但去旅馆拜托帮忙换成快车票，还得在丰桥换乘，也太费事。最终还是决定乘坐慢车去东京。她从包里取出带来的阿纳托尔·法朗士[1]的短篇集打开读了起来。但总觉得心情沉闷，读不进去，不多会儿便不读了，呆呆地望着窗外。她知道这沉闷的心情一是因为从前天开始身体的疲劳不堪，加上一直跟大家玩闹到刚才的反作用；还有一个原因，她想到接下来又得在东京过上几个月，胸口顿时沉闷无比。尤其是这次在芦屋待的时间很长，她甚至觉得可以就这样再也不用回东京

①阿纳托尔·法朗士（Anatole France，1844—1924），法国作家、文学评论家、社会活动家。

了。而且在旅途中在一个陌生的车站突然又变成孤零零一个人，更加觉得寂寞。刚才妙子开玩笑地说："姐姐今天别去东京了，把我送回去吧！""我马上还会再来的。"她嘴上虽轻描淡写地敷衍了这么一句，但实际上，一瞬间她内心真的认真地考虑了一番，要不要再回一次芦屋改日再奔赴东京。二等车厢比昨天还空，她一个人占了四个人的座位。她抱膝而坐，靠着椅背，正准备睡觉，感觉到左部肩颈僵硬得无法扭动，没法像昨天那样睡着。每当稍有睡意就马上醒来，这样过了三四十分钟，列车经过便天岛的时候彻底清醒了。她从刚才就注意到，在过道那侧隔着有四五排的座位上，有个面冲自己坐着的男子。实际上，她似乎感到了男子直直地盯着自己的睡脸，才突然醒来的。男人看着雪子把腿从座位上放下来，穿上木屐，略微调整了坐姿，自己也暂时看向窗外，但他似乎仍旧在意得很，不多久又转过头无所顾忌地盯着雪子。雪子刚开始只是对这种无礼的直视感到不高兴，后来觉得男子大概因为某种原因才盯着自己看吧。因为她渐渐地发觉好像在哪里见过这名男子。男子大概四十岁上下，身穿深灰色底白色竖条纹的西服，内着翻领衬衣，肤色黝黑，头发被整齐地梳开，有种乡下绅士的感觉。他身材瘦小，双膝夹着一把洋伞，双手叠放在伞柄上。刚才他把下巴抵住伞柄，现在靠着椅背，头上的行李架上放着一顶纯白的巴拿马帽。咳，这人到底是谁呢？雪子怎么也想不起来。就这样，对方看过来时，雪子避开他的目光；雪子看过去时，对方避开雪子的目光，二人相互投去探究的目光。雪子想起这名男子刚才从丰桥上的车，正思索着丰桥一带应该没有什么熟人，突然想起他莫不是十多年前在大姐夫的安排下跟自己相过亲的三枝？好像那时候听姐夫说，三枝乃丰桥市的富豪。应该就是眼前这个人。那时雪子嫌他的外貌太乡绅气，一点都不文气，没有中意于他。所以不顾姐夫热心的介绍，任性地拒绝了。十余年的岁月过去，现在看来也仍然觉得他一派乡野气息。倒也说不上样貌丑陋，那时他就长着一张老成的脸，现在看起来没长多少岁数，但那乡下人的感觉比以前更甚。正因为他这个特征，雪子方能从模糊的过往中那数不清的相亲以及其中数不清的面庞里回忆起他的脸。对方似乎也在被认出时，隐隐约约有了头绪，立刻难为情地扭头看着一旁，但仍将信将疑地寻找时机悄悄地、反复地瞥向雪子。如果这个男人就是三枝，从前除了相亲那次就是去上本町的家中拜访过一两次时见过雪子，他迷恋她的姿色，热切地期待这门婚事。因此就算雪子忘记了他，他应该也是记得雪子的。他大概并不是因为她容颜老去而起了疑念，而是她与相亲时没有什么变化，依旧保持着年轻状态，现如今仍是一副千金小姐的打扮，而感到颇为惊讶吧。雪子期望这个男人如此执拗地望着自己，并非前者，而是因为后面这个原因。但即使这样，被这么赤裸裸地盯着绝不是什么让人高兴的事。她想到从那时候起不断地相亲，就在昨天自己也刚经历了不知是第几次的相亲，现在是相完亲回去的路上，一想到如果这个男的知道这些事，就不由得害怕得动弹不得。而且不巧的是，今天跟前天不一样，她穿着色调不显眼的友禅和服，脸上的妆容也甚是粗糙。雪子知道乘坐火车旅行中，自己会比别人显得憔悴，所以几次有冲动想去补妆。然而在这种情况下，从这个男人面前通过去洗手台是必然办不到的，就连悄悄地从手提包中拿出粉盒都像是在暴露缺点。这是她无论如何也不愿面对的。只不过从这个男人坐慢车可以看出，他应该不是去东京，对于他到底从哪里下车，雪子一直挂在心头。快进藤枝站时，男人站起取下行李架的巴拿马帽戴在头上，走时又无所顾忌地瞥了一眼雪子，便下车了。

在那个男人走后，那次相亲前后的事情仍接连不断地在雪子疲乏的脑海中浮现。自己和他相亲是在昭和二年？……好像是，不，应该是昭和三年吧。那时自己刚刚二十岁，应该是第一次相亲吧……但是自己为什么讨厌那个男人呢？姐夫那时候特别热情，说："要说起三枝，可是丰桥市首屈一指的富翁，那个男人是家中的继承人，所以雪子对他应该没有什么可挑剔的地方。"还说："这门亲事对于现在的莳冈家简直太奢侈了。""事情已经谈到这个份儿上了，要是你不答应，我很为难啊。"变着法儿地劝她。但自己一直强烈抵触。因为那个男人的外表缺乏知性，但那不是唯一的理由。不光是他的外表，听说那个男人中学时因病未能继续上学，她得知他中学时的成绩就不怎么好，便越来越讨厌他。另外还有一个原因，就算结婚了成为富豪的太太，窝在丰桥这样的小城市过一辈子实在太寂寞了。这个理由赢得了幸子巨大的同情，她说："把雪子嫁到那种乡下去实在可怜。"幸子比雪子更加强硬地反对这门婚事……

无论是幸子还是雪子，虽然没有明说，但的确是有意想给大姐夫出难题。那是父亲过世不久的事，一直唯唯诺诺的大姐夫突然耍起了威风，她们对此极度反感。就在这时，大姐夫要凭借长兄的威严，将亲事强加于雪子。他似乎天真地认为只要施加压力，雪子便能对自己言听计从。这不仅触怒了雪子，也让幸子和妙子反感，三人形成了同盟，要故意给大姐夫难堪。大姐夫非常愤怒的是，雪子没有早些表示拒绝，无论他怎么问，她只给些模糊不清的回复，最后到了没有退路的时候，才明确地表达自己的倔强。因为这一点大姐夫责怪她的时候，她说，有教养的年轻女子不能在人前明确地给出那种答复，自己到底对这门亲事有意还是无心，从自己的举止就应该能看得出来。事实上，雪子知道这门婚事大姐夫银行的上司也有参与，为了让大姐夫陷入更困难的境地，故意回复得很迟……无论怎样，自己与那男子无缘，但让他牵涉家庭纷争，被当作兄妹吵架的道具来利用，实在是那个男人不走运……自那以后，自己再也没想起过这个男人，也没听说他的任何传闻。但那次之后他应该立刻找了人结婚吧？现在也应该有两三个孩子了吧？并且恐怕已经继承了三枝的家产成了富豪吧……雪子大脑一刻不停地运转，甚至浮想到了现在。自己要是现在成了那位乡绅的妻子，不逞强地说，她绝不认为自己能够幸福。若是那个男人的生活就是像今天这样，在东海道线的偏僻的车站与车站之间，坐着慢悠悠的慢车来来往往，平凡度日，那么，与这样的男人携手共度一生何谈幸福？雪子只认为，自己没去那种地方真的太好了。

那天晚上，她在十点多时回到道玄坂的家中，没有和姐姐姐夫提起跟那个男人的偶遇。

七

那天幸子也在回家的火车中想了很多。比起回味前天晚上的观萤，以及从昨夜到今天上午游蒲郡的快乐，更加涌上心头消散不去的是，就在刚刚离别时雪子孤零零地站在站台上目送自己离开的身影，今天也和昨日一样醒目的眼眶旁的黑斑，以及她憔悴的脸。紧接着那不愉快的相亲又一次浮现在眼前。她不知陪雪子相了多少次亲——因为已经相了十年了，就连像这次这样简单的见面也不止五六次了——但像这次一样感到自己处于弱势还是第一次。以往都有着自己高高在上的自信和骄傲去审视别人，对方只是一个劲儿地请求自己的同意，每次都是自己给出“不同意”的结论，让对方“落选”，这次从一开始就感到自己配不上人家。最开始来信的时候要是能够拒绝了就好了，但自己却首先让了一步；接着在菅野家听了遗孀的叙述也不是不能拒绝的，却又让了一步。但这样做也是顾及遗孀和姐夫的颜面，不过在相亲的酒席上，为什么会是那种战战兢兢、畏畏缩缩的心态呢？按照以前，雪子是个带到任何场合都不会让自己感到丢脸的妹妹，总是带着夸耀的心情。但昨天泽崎每每向雪子投去目光，自己便提心吊胆的。无论怎么想这个事，昨天自己都是“考生”，而泽崎是“考官”。幸子光是想到这一点，就觉得自己和雪子都受到了前所未有的侮辱。另外，现在妹妹的脸上出现了无法否定的瑕疵，即使微不足道，但瑕疵就是瑕疵——这个想法沉沉地压在心头，无法排遣。就算对这次相亲的结果不抱希望，以后会怎么样呢？走到这一步，首先要解决的问题是想办法治疗那块黑斑，但最终能否顺利治愈呢？会不会因为这个问题，雪子离幸福越来越远呢……昨天除了黑斑特别明显，光线、位置、角度等客观条件都极其不利，才造成这样的局面吧……但有一点不可否认，以后不能再像以前那样抱着优越感相亲了。恐怕下次再有机会相亲的话，也像昨天那样，不得不提心吊胆地把妹妹置于别人审视的目光之下。

妙子也看出来，幸子异样的沉默不光是由于疲劳。她思忖片刻，趁悦子去给萤火虫罐子洒水，悄悄问道：“昨天怎么样？”

幸子连开口都懒得开，过了一两分钟才像是突然想起什么似的，蹦出一句话：“昨天结束得很随便。”

“这次有希望吗？”

“谁知道呢。总之都怨来的时候火车抛锚了……”

幸子说罢又陷入沉默，所以妙子也就不再追问。当晚回到家，幸子跟丈夫说了一遍前一天的情况，遭遇的不愉快若一五一十地说出来，只会让夫妇二人再一次不高兴而已，所以细节没有详叙。贞之助说，如果肯定要被拒绝，那就先下手，由我们拒绝对方如何？对于这样的相亲对象，最好不要让他们小看了我们。但他也只是说说而已，面对菅野家或本家是说不出那样的话的，而且，别看幸子说这说那，但她仍想着“万一成了呢”，心中还藏着一线希望。然而，就在他们还没想出对策时，好似追在幸子身后回来似的，从菅野遗孀那儿马上就来了这样一封信：

莳冈幸子夫人：

敬禀者。

日前远道而来，乡村粗鄙，了无风情，多有失仪。若蒙不弃，冒昧恭请诸公于三秋之时前来采菇，静候大驾。

今日收到泽崎先生来信，随信奉呈，恭请鉴阅。虽苦心经营，却无果而终，皆因老身力薄，甚为抱愧，祈多原宥。然日前犬子托名古屋友人探听，昨日回音已至。据其探听结果，私以为，纵使对方有意而尊府未必有心，如此，则无憾事。唯尊府诸位鞍马劳顿，实为负疚。信末，请代为问候雪子小姐。

此致

敬礼

菅野安

六月十三日

信的内容写就如上，一同寄来的还有泽崎的信：

菅野安夫人：

敬启者。

适逢梅雨扰人，恭祝尊府诸公瑞启德门，日益繁盛。

前日多承照拂，备受亲切款待，不胜感激。

有关莳冈小姐之事宜，后经商议，以为无缘，还请向对方转达此意。顾念尊府诸事繁忙，故匆匆相告。

多蒙关照，再次深表谢意。

泽崎熙

六月十二日

这两封言辞极为古板的信在很多意义上都让夫妇两人再一次感到不快。这是第一次被相亲对象明确宣告为“落选”——自己这方第一次被烙下“失败者”的印记，对此他们早就有了心理准备。更让夫妇两人窝火的是，泽崎和菅野遗孀对这件事的处理方法，即写信的方式——现在说这个也是无济于事——泽崎的信是一张打着格的信纸（而前两天幸子在遗孀那儿看到的是用卷纸和毛笔写的），为了用一张纸写完，用了钢笔，首先从这件事就让人感到不舒服。根据信的内容，虽说是“后经商议”，其实在十号那天他一定是当即有了决定才回去的，所以幸子推测他本能马上回绝，为了顾及双方面子，中间隔了一天才回信。既然不是直接给幸子这边写的信，应该不必用这么生硬的语气，在拒绝的时候应该再多写一些让遗孀能接受和理解的内容。只说一句“无缘”，什么理由都不给，把女方大老远叫过去实在过分。这个姑且不论，对菅野家不也是很没礼貌吗？而且还说“以为无缘”，“以为”又是什么意思？从上文“后经商议”来看，这句的意思是“因为家人或者亲戚商量过后，都说没有缘分”。原来这就是这位千万富翁的派头。无论如何，这句“以为无缘”最为装腔作势，惹人不快。另外，菅野遗孀把那封信一同寄来到底是什么意图？泽崎具体写了什么，不知道也就罢了，反正那封信又不是写给莳冈家的，菅野遗孀完全不用特意寄过来。难道菅野遗孀对于那封信的笔体文体，没有一点看法吗？遗孀应该偷偷把那封信藏起来，编个不伤害女方感情的理由，告诉女方此事未成，这才应该是她这个岁数的人应有的行径。生硬地说什么“恐有纵对方有意而尊府无情之嫌，如此，则无憾事”，事到如今这种安慰人的话不听也罢。总之，菅野遗孀是地方名门豪族的夫人的确不假，但真是一点都体察不到城市人敏感的内心，是个神经粗线条的人。之前不知道这一点，由着她帮忙安排相亲的确是幸子这边的不对——夫妇二人最终达成了这样的结论。但走到今天这一步，责任自然就落回本家姐夫身上了。贞之助夫妇认为，先不论遗孀，就因为这事是本家姐夫提起，相信姐夫，才积极参与的。姐夫应该非常了解遗孀的处事方法，他要从中搭线，不也应该提前做些调查，预估成功概率吗？大姐的信里说，要是拂了菅野家的好意，大姐夫会很为难，所以婚事成不成倒在其次，只希望雪子去见上一面。既然如此，作为姐夫应该要考虑一下雪子的处境，至少得提前跟遗孀确认有没有做调查。否则，岂不是只传个话就撂挑子了？最终这件事对于贞之助、幸子和雪子而言都是徒增烦恼，除此以外一无所得，感觉只是为了大姐夫的颜面跑了一趟而已。贞之助暗想，自己和幸子倒还好说，但因为这事儿大姐夫和雪子的关系岂不又要恶化了吗？这两封信没有送到本家那儿去而是寄到了这里，还是万幸。幸子按照丈夫的建议，收到信后故意拖了半个月的时候，给大姐写家书时在结尾带上了一句：“对了，我们收到菅野家的长姐的信了，好像那事没成。请大姐想个法子告诉雪子，要是不好开口，不说也行。”

八

之后又过了半个月，在七月上旬，贞之助去东京待了两三天。“上次相亲的事之后，有些担心雪子，趁着唯一的半天假期去涩谷看了看。”贞之助回家之后说道，“没见到姐夫，但姐姐和雪子心情都非常好，雪子还给我做了冰激凌。趁着她去厨房的时候，跟大姐说了一会儿话，但完全没聊及之前相亲的事，其实我想的是之后菅野遗孀或许会来信给本家，告知对方为什么不中意雪子的真实原因，不知是没有收到信，还是收到了故意隐瞒，但大姐看似尽量避免提及那件事。大姐倒是提到，今年是母亲的二十三周年忌日，下下个月大家都得去大阪，反复地说这事儿。雪子比想象中要情绪高涨，大概是因为期待着不久又能来关西吧。”

“大姐说，‘母亲的忌日是九月二十五日，准备提前一天，二十四日星期日那天在善庆寺做法事，所以辰雄和我必须得在周六去大阪。六个孩子都带着的话太麻烦，那带谁去好呢？除了长子辉雄，要上学的就都不带了，必须让正雄和梅子同行，但让谁看家呢？雪子能留下的话最好了，但要参加母亲的法事，她不能不出席。其余没有可以托付的人，只能把这个家交给阿久，只是两三天的话应该没问题吧？要是那样，一行六人住哪儿合适？要都住在一家太打搅人家了；要是分开去两家，我大概会去芦屋住。’明明是两个多月之后的事，大姐现在就开始担心。”贞之助说道。幸子实际上也正准备过两天写信问大姐，今年母亲的二十三周年忌辰该怎么办。因为之前，昭和十二年十二月父亲的十三周年忌日时，辰雄没来大阪，在道玄坂附近跟善庆寺同宗的叫什么净土宗的寺庙里简单地做了法事。那年秋天本家刚搬到东京，忙乱得很，一大家子再回大阪太折腾了，所以给每家亲戚送了一只春庆涂[①]的香盘，同时捎上这么一句话：“这次就由我们擅自作主将亡父的法事在东京举办，如果各位来京能顺便出席将不胜感激，但诸位百忙之中不必特意前来，请于当日各自前往善庆寺祭拜为宜。”幸子猜测，虽然这样做多少有些道理，但大姐夫真实的想法是，要在大阪举办父亲的法事无论如何也要非常奢华，害怕费钱罢了。不管怎么说，父亲一向爱捧角儿，甚至到三周年忌日的时候还有相当多演员或者艺伎来参加，在心斋桥的播半举办开斋宴会，还有春团治[②]的单口相声节目助兴，盛大无比，让人对莳冈家繁盛的过往无限遐想。因此，辰雄对那次的花费甚是忌惮。到了昭和六年的七周年忌日时，请帖只是发给了亲戚，但还是来了很多人，有的是惦记着周年忌日，有的听了传闻便来了，结果没能按照原计划办一个低调的仪式。最开始不打算在饭店举办宴会，而是在寺庙吃盒装饭菜，结果还是去了播半。有人乐得如此，说：“虽说要低调，但故人生前好排场。现在为亡父举办法事多花些钱也算是尽孝了。”辰雄那时却说：“但万事讲究合乎身份，现在的莳冈家不比过去，这次的法事应该更加简单一些。

①日本涂漆的技法。一说为，在日本室町时代一位叫作春庆的油漆工发明此技法，因此得名。
②日本落语艺术家。落语是日本的传统曲艺形式之一，与中国的传统单口相声相似。

父亲在天上也能体察我现在经济不宽裕吧。”据说本家左考虑右考虑，最终十三周年忌日有意没在大阪举办。亲戚里的老人们批评辰雄的做法，有的说：“为了父亲的法事从东京来一趟又有何妨？”有的说：“听说本家最近越来越吝啬了。虽说要花些钱，但这事跟其他事可不一样啊。”就这样，说什么的都有，鹤子夹在中间为难得很。那时辰雄辩白道，十七周年忌辰的时候去大阪做弥补。因为有过之前的事，幸子一直担心今年母亲的法事要怎么做，要还是在东京草草了事，不仅亲戚们要多嘴，自己姐妹几人的这一关也过不去。

姐夫辰雄从未见过母亲，自然不会有任何感情。幸子对于母亲的思慕之情又不同于对父亲的，是一种特殊的感情。大正十四年十二月，因脑出血去世的父亲不得不说是个短命之人，但母亲是在大正六年三十七岁年纪轻轻的时候就去世了。这样想来，幸子发现自己今年刚好是母亲去世的岁数，本家姐姐比那时母亲大两岁，但幸子记忆中的母亲比现在的姐姐和自己都更加美丽清纯。不过这种想法与她去世时周围的状况以及病况有很大关系，大概十五岁的样子这样一个少女的视角看来，母亲的样子比实际年龄看起来更加清爽美丽。按理说肺病患者病情加重之后，大多都会变得丑陋消瘦、脸色难看，但母亲直到临终还保有一种娇艳，脸色也白得透明，并无暗沉。身体虽然瘦削，但手脚到最后一刻都润泽无比。据说，母亲患病是在生下妙子之后没多久的事，刚开始在滨寺，之后去须磨疗养，最后说海边反而没有什么积极作用，便在箕面租了一处小房子搬了过去。母亲最后的生命时光，幸子每个月只被允许去看望一两次，而且每次探视必须尽量短时间内马上离去。幸子回家之后，海滨那冷清的波涛声和松树的响动以及母亲的面庞融为一体，无论何时都萦绕在脑海中。因此幸子心中的母亲被理想化了，那影像便成了她思慕的对象。但是搬到箕面便知母亲将不久于人世，所以被允许比以往频繁地去探视。母亲临终那天一大早电话打过来，幸子她们赶到后没多久她就断了气。秋雨潇潇，数日前便开始绵绵不断，在那天也没能停下。雨打在病房檐廊的玻璃窗上，一片烟雨蒙蒙。拉门外面是个小小的庭院，从那儿能缓缓地下到小溪边，从院子一直开到河崖的胡枝子快要开败了，大都被雨打得七零八落。那天早晨，小溪水量大增，村里人心惶惶，担心山洪暴发。比雨声更骇人的是震耳欲聋的水流声，河床中的石头不时地相互碰撞，咚咚地震得房屋直摇晃。幸子她们一边侍奉在母亲的枕边，一边担心水漫上来可怎么办。就在这个过程中，母亲宛如白露消失般逝去了。看见她那安静祥和、了无杂念的面庞，甚至连害怕也忘记了，豁然被拉进一种被净化的感情当中。这种感情中自然有悲伤，但也有对于一个美好的事物从人间消失的惋惜，可谓脱离了个人情感的、伴随着音乐般快感的哀思。幸子她们尽管有心理准备母亲挨不过这个秋天，但若不是她的遗容那般美丽，估计那时的悲伤会不堪重负，进而留下长久的心理阴影。总之，父亲从很早起就玩世不恭，行为不端，据说在当时算是在很晚的年龄，二十九岁才和小九岁的年轻的母亲结婚。听亲戚中年岁大的人说，他们夫妻和睦，连父亲那样的人都很长时间没涉足茶屋。而且，与性格豪爽、大手大脚的父亲相反，母亲出生在京都城里的商人家庭，其容貌举止、行为方式都属于“京美人”①的风格，夫妇二人性格中有着完全相反的因素，完全互补，旁人看来是令人艳羡的一对夫妇。但那是幸子她们记忆中不存在的、遥远的、过往，她记忆中的父亲总是不着家，

①指京都市及其周边地区的美女。日本有“京中多美人”的说法。京美人与秋田美人、博多美人并称“日本三大美人”。

在外面吃喝玩乐。母亲对那样的丈夫没有丝毫不满，是位任劳任怨伺候在侧的商家太太。自从母亲去疗养院起，父亲更加旁若无人地寻欢作乐，甚至到了“挥金如土”的地步。父亲去京都玩比去大阪多得多，幸子也经常被带着去祇园的茶屋，父亲相熟的艺伎她也知道几位。如今想来，父亲还是喜欢京美人吧。这么说来，同是自己的妹妹，但幸子喜欢雪子多于妙子，虽说也有其他很多理由，但主要是由于雪子在四姐妹中最有母亲的影子。之前也说过，四人当中，幸子和妙子像父亲，鹤子和雪子像母亲。鹤子个子高，身体骨架大，虽长着一张京女子的脸，但缺乏母亲那纤弱柔和的感觉。母亲是明治时代的女人，个子不足五尺，手脚精致可爱，手指纤细而优雅，恰如精巧的工艺品一般。母亲比四姐妹中最矮的妙子还要玲珑一些，比妙子高五六分的雪子跟母亲比自然是大了一圈。尽管如此，她比谁都更遗传了母亲的秉性和身姿中的优点，摇曳在母亲周身的香气似乎也能在雪子身上找到淡淡的踪影。

幸子只是间接地从丈夫那里听说了法事的事情，但七八月里从大姐和雪子那儿都没有接到任何来信。到了九月中旬，本家寄来了正式的请帖。让幸子感到有些意外的是，本家打算提前两年把亡父的十七周年忌辰和亡母的二十三周年忌辰一起举办。贞之助也是头一次听说这回事，说：“在东京听大姐说的时候，的确只听说了母亲二十三周年忌辰的事，没听说父亲十七周年忌辰的事。”大姐姑且不论，大姐夫大概当时就已经有这个想法了。的确有时会把一方的法事提前，将双亲的祭奠合并举行，这一点倒不必过于责难，但大姐夫先前因为粗略对待了父亲的法事而被非难，而且他之前也说过要好好举办十七年忌，挽回面子。但是那时跟现在今非昔比，要说是因为顾及时局，对于这种安排倒也并不是非要反对不可，但要有那种打算就应该提前和那些爱挑剔的亲戚们商量，请求谅解才对呀。事情已经到跟前了，冷不防地来了这么个通知，是否有失妥当?

请帖的内容措辞极为简单：

> 关于先考十七年忌及先妣二十三年忌法事，兹定于九月二十四日（星期日）上午十时，在下寺町善庆寺举办，敬请光临。

请帖寄到之后过了几日，大姐才打来电话聊起详情。“前一阵子贞之助妹夫来的时候，还没有这个打算。从很早以前就开始，你姐夫说‘如今到处都嚷嚷着国民精神总动员，这个时代已经不能为法事之类的浪费太多金钱了，今年就把父亲的周年忌一起办了如何？’虽然有这个想法，但一直到前一阵子都没有真的实施这个计划的意思，请帖上也只写了母亲的周年忌辰。但欧洲战争爆发以来，你姐夫的想法又变了，说‘日本没准儿马上也要发生大事，卢沟桥事变之后过了三年也没个结果，搞不好会被卷到世界大战的旋涡里。我从现在起也要更加节省开销。’这才突然决定把父亲的法事合并举办的。因为请的人不多，不值当去印刷请帖，所以一张张都是手写的。因为是突然决定的，所以拜托了银行的年轻职员急急忙忙重新写好再寄出去，也没有和任意一个亲戚商量的工夫，但我想这次应该不会像上次那样受到很多责难吧。我这次也是赞成你姐夫的做法的。”大姐说完这番像是辩解又像是说明的话之后又说，“我和雪子带着正雄和梅子坐二十二日的燕号出发，住在你那儿；你姐夫和辉雄周六晚上出发，周日早晨到，再坐当天的夜车回。

这样不用给任何人添麻烦。我两年没来大阪了，也有阿久为我看家，我放心。下次再有机会去大阪就不知是什么时候了，所以我想住个四五天。不过，最迟也得在二十六日那天回去。”幸子问她当天的午饭怎么安排。“这个事儿嘛，午饭借用寺庙的房间，预定了高津的八百丹的饭菜，所有的事都在电话里跟庄吉交代了，所以庄吉应该会料理妥当的。想必不会有什么疏漏，不过还是请幸子跟寺庙、八百丹都嘱咐一下。人数大概有三十四五人，饭菜订了四十人的量，酒也每人准备了一两合①，烫酒就想委托给善庆寺的太太和女儿。在酒席上招待客人必须主要是咱们来做了，你要有心理准备。”大姐的毛病是不怎么来电话，但只要一打电话就煲电话粥了，说完一通话之后又跟着说另一通，“也应该让雪子和小妹待客，但两人都未出阁，不大合适。”从这件事又开始聊到给亲戚们应该准备什么礼品。幸子最后说：“那么，后天见吧。”敷衍着见缝插针挂了电话。

九

幸子觉得大姐在电话里最后说的那件事——让雪子和妙子也出席的话，还没嫁出去的两个人在众目睽睽之下抛头露面，大姐很为难——恐怕不只是大姐，大姐夫也肯定十分郁闷。私下里乱猜的话，这事可能也是大姐夫不愿办法事的理由之一。作为本家姐姐姐夫，本期盼着至少雪子一个人在今年的忌辰之前能定下亲事吧。已

①日本度量衡制尺贯法中的体积单位，相当于一升的十分之一。

经三十三岁了，还被人“小姐”“小姐”地叫着，比她年纪小的表妹们大部分都嫁作人妇了，其中还有不少带孩子来参加忌辰的，但雪子到如今依然找不到合适的缘分。昭和六年父亲七周年忌辰时，她二十五岁，人们对她年轻的状态和“完全不变老这件事”惊诧不已、百般恭维，在姐姐姐夫听来却十分刺耳。这次肯定会更难堪了。不过，现在雪子看起来跟那时候也没有什么变化，她自身也不认为比亲戚家中的女孩子们晚结婚有什么丢人的。但正因如此，人们才会怜悯她，觉得这位没有任何缺点的“小姐”一直孤身一人实在没有道理，九泉之下的父母该多么悲叹啊，从而把所有的责任都推到本家身上。这样一来，幸子也不得不暗暗地感觉自己得负一半的责任，所以她更加能够体察姐姐姐夫内心的难处。说实话，除去雪子的事，幸子担心的另有其事，听到许久没回来过的大姐要回来，她觉得分外棘手。

这件事就是，最近妙子身上又不断地产生着新的情况。

板仓刚去世时，妙子完全像是霜打的茄子一般，看起来好像对所有事情都失去了兴趣。这样的日子没过多久，一两周后她看起来就恢复了活力。那时候她即使要跟来自四面八方的压迫进行抗争，也要达成所愿，而这样一场恋爱突然被画上了终止符，一时间茫然地失去了方向似的。但她不是想不开的性格，自己努力振作精神，不知从何时起又开始去洋装裁剪学院上课了。且不论她内心的想法，从外表来看她又变回平日那个风风火火的小妹了。幸子对此很是佩服，跟贞之助说：“这次就连小妹这样的人都受了不小的打击，但她却从不暴露脆弱的内心，真了不起！小妹不愧是有阅历的人，我们真学不来。”

但后来，大概是七月中旬的一天，幸子带着桑山夫人去神户的与兵吃午饭，听说了妙子刚刚打来电话，预约晚上六点两个人的座位。妙子当天早晨出了家门之后还没回去，也不知她是从哪里打来的电话，她会跟谁一起来。“最近妙子小姐和一位男士来过两次。”与兵年轻的店员说道。幸子不由得吃了一惊，想问清楚那个男人是谁，但碍于桑山夫人在侧，故意轻描淡写地应和了一句：“是吗。”说实话，她很想弄清楚那个男人是谁，但又害怕知道真相。那天从与兵出来，跟桑山夫人告别，前往新建的商业街去看之前看过一次的法国电影《望乡》。五点半电影结束出了商场，想着现在要是去与兵附近转悠转悠，刚好能碰见妙子和那个男人，后来又打消了念头，直接回家了。

之后又过了一个月，八月中旬，菊五郎来神户演出，贞之助、幸子、悦子、阿春四人去了松竹剧场看演出（那个时候，幸子邀请妙子去看电影或者看演出，她都不怎么跟着去，总说“我是要看的，但今天就算了”，大多都单独行动）。四个人在多闻路八丁目的电车道下了出租车，在新建的商业街十字路口正要往聚乐馆走的时候，贞之助和悦子先走了一步，幸子和阿春遇到红灯停下来，从楠公前方向来了一辆汽车，从两人面前飞速开过。车里坐着奥畑和妙子，因为是夏季的大白天，所以幸子看得很真切。不过，车里的两人好像在说话，并未留意到幸子她们。

“春丫头，跟老爷和悦子都不许说。”幸子立马封住阿春的口。

阿春觉察到幸子的脸色骤变，自己也立马换上一副认真的表情，说：“是。”说完便一声不吭地低头走路。

幸子为了安抚跳个不停的胸口，一边望着百米开外的贞之助和悦子的背影，一边故意放慢脚步。每当这种时候她总会指尖发凉，接着，不知不觉地就握紧阿春的手。一直沉默不语反倒让她堵得慌。

“春丫头，关于小妹，你知道些什么吗？……小妹最近不太着家似的……”

阿春听罢，又回答了一句：“是。”

“你要是知道什么就说。刚才那个人往家里打过电话吗？”

“打没打过电话我不知道……”阿春扭捏了一会儿，终于补充了几句，“其实我前几天在西宫见过他两三次。”

“跟刚才车里那人？”

“是，那个……还有妙子小姐……”

幸子当时没有再追问下去，在第一幕《野崎村》结束之后中场休息时，幸子和阿春去洗手间，在走廊里又追问起来。根据阿春的描述，上个月下旬，家在尼崎的父亲在西宫的某肛肠医院做痔疮手术住了院，阿春请了两周的假照顾父亲。那时候大概每天会往返于医院和尼崎的家一次，送些饭菜或者其他东西。医院在西宫的惠比须神社的附近，她总是坐公交车从国道的札场路[1]到尼崎，中途曾三次遇到过奥畑：一次是奥畑从她要坐的公共汽车上下来，跟她擦肩而过；有两次是她在车站等公共汽车时相遇了，奥畑只乘坐方向相反的开往神户的车，开往野田的车他一次也没坐过。她从南向北横穿国道，站在靠山一侧的车站等车。而奥畑从靠山一侧的车站后面的“满波”出来，由北向南横穿国道，在靠海岸一侧的车站等车（阿春说的“满波”是古老的方言，只在现在关西一部分人之间通用。意思是短隧道之类的构筑物，相当于现在所说的铁路桥洞。“满波”据传来自荷兰语“满普”，也有人这样发音。在京都大阪地区一般

---

①兵库县西宫市马场町某路名。

都说方言，像阿春说的那样。阪神国道的西宫市机场路附近的北侧，省线电车和铁道的堤坝都是东西走向的，堤坝下面开建比桥洞更小的、像是洞穴一样的隧道，人能凑合站着通行，从隧道走出来刚好就是车站）。阿春第一次见到他时不知道是否要打招呼，正犹豫着，奥畑反而笑眯眯地摘下帽子，阿春也不由得行了个礼。第二次遇见的时候，两边的汽车都一直没来，等了很久之后，在马路对面等车的奥畑不知在打什么算盘，穿过马路漫不经心地来到阿春身边，向阿春搭话道："春丫头，咱们老遇见呢。你在这附近有事儿吗？"阿春便向他道明原委，两人站着聊了一会儿天。奥畑笑嘻嘻地说："这样啊，在这附近住院。那有空来我家玩儿。穿过那桥洞马上就是我家。"他一边说一边指着"满波"的入口，"你看见那棵松树了吗？我家就在那棵松树旁边，特别好认。你一定要来玩儿啊。"他好似还想说什么，但这时开往野田的公共汽车来了，阿春道了一声"先告辞了"，便乘车走了（阿春有个毛病，在这样转述的时候总是模仿那个人的语气说话，不遗余力地再现当时的场景）。就这样，她遇见过奥畑三次，总是在傍晚五点前后，三次都是奥畑一个人。又有一次，阿春在那车站遇到了妙子，也是在同一时间，阿春在车站站着，妙子从身后过来了，边说"春丫头"，边拍了拍她的肩。"哎？您去哪儿了？"阿春稀里糊涂地刚问出口，慌忙闭上了嘴。可想而知，妙子突然出现在身后，肯定是从"满波"穿过来的。妙子说："春丫头，什么时候回家？你父亲情况怎么样了？"详细问完之后，边说边笑嘻嘻地："你遇见过启少爷吧？"阿春被冷不丁这么一问，张皇失措了起来。妙子扔下一句"赶快回家"就向马路那边走去，坐上开往神户的公共汽车走了。之后她是直接回家还是到神户的什么地方去了就不得而知了——阿春讲述道。

在剧场的走廊里两人就说了这么多，但幸子觉得阿春还知道些什么。两天后的早晨，悦子去练琴，等到妙子出门后，幸子让阿照陪悦子去学琴，把阿春叫到客厅继续询问。阿春虽说“除此以外我就不知道了”，但还是说了以下这些内容——我一直以为那个人住在大阪，但意外的是他却说他家在西宫的“一棵松”旁边。所以有一天，我穿过“满波”，到了“一棵松”的地方一看，果真有一处住宅。住宅前面栽着矮矮的灌木篱笆，是栋红瓦白墙的新式二层小楼，门牌上只写着“奥畑”二字。门牌是用新木做的，应该是最近才搬过去的。我去的时候是傍晚六点半多，天基本黑了，二楼的窗子大开着，白色蕾丝窗帘里面亮着明亮的电灯，放着留声机，我站着观察了一会儿，除了那个人之外的确还有一个人——听声音像是女人，唱片的声音太吵，没能听得太清楚。（说到这儿，阿春说：“对了对了！那个唱片就是那个！就是那个！达尼尔·达黎欧[①]在《晓归》[②]里唱的歌！”）我就在那时候去过他家一次。我本想着有时间的话再去一次好好探个究竟，但过了两三天父亲出院了，我自己也回到芦屋，到底是没能再去成。而且，这件事到底要不要报告给太太，我犹豫了很久。因为无论是那个人还是妙子小姐，在车站遇到的时候跟我说了那些话，但并没有特别嘱咐我让我保密，因此我以为或许太太已经知道了，要是这样的话，故意什么也不说反而奇怪。但是不多嘴多舌的话就不会生事端，所以我就没说。妙子小姐最近恐怕是经常出入那个地方吧？有必要的话，我去跟附近的人们打听一下，调查得更清楚些。

幸子那天看到二人在汽车里，因为太过突然而惊诧万分，但慢

①达尼尔·达黎欧（1917—2017），法国演员，代表作《红与黑》。

②达尼尔·达黎欧主演的于1938年上映的电影，原题*Retour à l'Aube*。

慢静下心来考虑的话，妙子自从板仓的事以来对奥畑彻底失望，但并没有完全断了联系。更何况现在板仓已经不在了，妙子和奥畑两人就算偶尔走在一起，也不是什么特别值得吃惊的事。不过，大概在板仓去世过了十天左右，有一天幸子看到报纸上刊载了奥畑母亲去世的消息。“启少爷的母亲去世了呀……”幸子边说边暗中观察妙子的表情。妙子只“嗯”了一声，兴致索然地应付她。“生了很久的病吗？”幸子问道。“不清楚……”妙子只这样说。“最近没见过吗？”幸子问罢，妙子又“嗯”了一声，便再没说话了。打那以来，幸子发现跟妙子说起奥畑的事时，她都非常厌恶，在她面前连“启少爷”的“启”都不曾说过。但即使是这样，还从未听妙子说过“和他完全断交”之类的话。而且，幸子一直担心妙子早晚会搞出“板仓第二”这种事出来，要是又选了个不称心的男友，还不如和奥畑重修旧好更自然，也有面子，从各方面来看都是最理想的。仅凭阿春那些话就判断他们已经恢复关系也为时过早，但或许真的已经复合了。妙子知道本家和幸子他们对她和奥畑的恋爱是赞成的，所以纵然复合是事实，也没必要隐瞒才对。也许是妙子曾经一度那般厌恶奥畑，要她承认已经重归于好太难为情吧，但又觉得让幸子他们知道这件事比较好，所以才想通过阿春的口通风报信——幸子是这么估量的。

几日后的早晨，餐厅里就剩下两人时，幸子故意若无其事地问道：“小妹，前一阵子我们去看菊五郎的戏的那天，你坐车去新开街了吧？”

“嗯。”妙子说着，点了点头。

“还去与兵了？”

“嗯。”

“启少爷为什么搬家去西宫了？”

“他哥哥跟他断绝关系了。他从大阪的家里被赶出来了。”

“为什么？”

“具体为什么他没说。”

“前一阵子他母亲不是过世了吗？”

“嗯，好像跟这事有关。”妙子虽声称不清楚，却也一件一件地说起来，那个家的房租每月四十五日元，奥畑和他过去的乳母两人一同住在那里。

“小妹，什么时候又和启少爷开始交往的？”

“板仓的尾七那天遇上的——”

妙子每逢板仓的七日忌便毫不懈怠地去扫墓。上个月上旬，尾七那天一大清早去冈山上完香，准备坐车回家，回到车站一看，奥畑站在正面入口处，说“我知道你会来扫墓，所以在这里等你。”无奈之下，两人从冈山一同乘车到三宫。板仓死后一度完全停止了的交往在那以后又死灰复燃——妙子说道。但是虽说如此，并不代表自己对启少爷有改观，启少爷说什么“母亲死后第一次感受到世态炎凉”“哥哥跟他断绝关系他才清醒过来”，说了好多听起来值得夸赞的话，但我实际上不相信的，只不过启少爷一个人被赶出来，谁都不理他，我也不想对他那么不近人情，所以才跟他来往的。我对现在的启少爷的感情，不是爱情，只是怜悯——她这样解释道。

十

关于这些事妙子不愿多说，能看出来问多了，她会不高兴。之后幸子再也没问她那件事。不过知道了这些事之后，幸子逐渐发现很多以前未曾注意到的事情。前一段时间她晚归的次数开始增多了。妙子是在哪儿打发的这些时间，不甚清楚；妙子虽在家里待着，但总有种不属于这个家庭的感觉；等等，到如今都有了相应的解释。但最近妙子回家后经常不洗澡，每当那时从她脸上的光泽来判断，她一定是在外面洗完澡才回来的。总的来说，她是舍得在穿衣打扮上花大价钱的人，但跟板仓扯上关系之后，感受到了存钱的必要性，同时就变得吝啬了。烫个头发都尽量去便宜的理发店。不过最近从化妆到穿衣配饰，又明显地浮夸奢侈了起来。幸子发现，妙子的手表、戒指、手包、烟盒、打火机等用品在这两个月之中一一换成了新的。板仓生前喜爱的徕卡相机——就是上次在大阪三越百货八层被奥畑摔在地上的那个承载了很多故事的相机，板仓之后把它修好重新使用了——在板仓的五七之后，板仓冈山老家把它送给妙子，说是留个纪念。之后一段时间里，妙子总随身带着它。但近来，换了一个新的铬银徕卡。

对于这些现象，幸子最初简单地解释为，可能是遭遇了与恋人生离死别之后，妙子的人生观突然发生了变化，放弃了存钱，开始变得挥金如土了。但实际上好像并没有这么简单。话说人偶制作等妙子也荒废许久，听说不知何时起她的工作连同夙川的工作室一起转让给了她的弟子。剪裁学院的课程她也是怠惰得很。眼下幸子只是把这些事藏在心中，远远地观察。但妙子如此公然与奥畑开始交往，两人无所顾忌地走在一起，保不准哪天会被贞之助撞上。可想而知，丈夫那么讨厌奥畑，要是知道了这件事肯定会有意见的。幸子有一天向丈夫交代了事情的原委。丈夫果然如幸子预料，听得一脸不高兴。两三天后的一个早晨，贞之助让走进书房的幸子坐下，说:“我从一个地方打听来启少爷被赶出家门的事了。其实之前听你说的时候，就觉得断绝关系这事儿有蹊跷，暗中调查发现，听说启少爷和奥畑商店的店员串通一气偷店里的东西。而且还不止这一次，之前也发生过一两次，不过那时候都是他母亲去跟她哥哥赔罪，让他哥哥饶过他。但这次他母亲已经不在了，这种事也发生得太过频繁，启少爷的哥哥特别生气，说要告他，有人从中劝和，等母亲的五七过了之后，就断绝了关系。

“小妹到底知不知道这件事情，我也不清楚。”贞之助说，“无论是本家还是你，既然这件事清楚了，让小妹和启少爷在一起的想法，是不是有必要变一变，特别是大姐夫，听了这种事之后肯定会改变想法的。到目前为止大姐夫还有你们都对小妹和启少爷的交往睁一只眼闭一只眼，甚至暗暗感到高兴，那是因为内心觉得这两个人结婚是最合适的。但放下这个想法，还任他们交往就不大好了。假如你和大姐还有雪子她们认为，与其小妹跟来历不明的奇怪的人在一起，还是和启少爷在一起更理想，但大姐夫一定不会答应吧?至少要在启少爷恢复和奥畑家的关系的基础上，两人的关系被奥畑家承认之后，准备正式结婚了，大姐夫才会点头。总之，现在这种状态下任凭他们交往的话，对双方都不好。而且之前奥畑家中也有他母亲和哥哥在，还能起监督作用，现在启少爷被赶出家门，房子虽小，但也有一座独栋的楼，可以随心所欲，这才更棘手。恐怕断绝关系的时候多少拿了些慰问金，想必正中他下怀，他也不用考虑将来，有多少就花多少了吧。而且小妹多多少少也用了他的钱，要是小妹对启少爷的感情不是爱情，我不想把事情往坏处想，但换个角度看，不光只是怜悯，恐怕还能解释为有极其不纯的动机和意图。任凭小妹这么胡闹下去，最终两人慢慢纠缠不清同居了的话，可怎么办？不，就算没发展到那个地步，小妹天天泡在启少爷西宫的家中，这事传到他哥哥耳朵里，人家会怎么想咱们？说小妹是不良少女实在无可辩驳，作为监护人的我们也会被人家低看一等。从以前起我就对小妹的行为一直采取旁观的态度，这次我也不打算积极干涉，但如果小妹不停止现在的交往，我希望你先跟本家说，得到姐姐姐夫的许可，或者至少得到他们的默认。若非如此，我们这次就真的对不起本家了。”实际上贞之助最近开始打起了高尔夫，在茨木的俱乐部经常见到奥畑的长兄。贞之助对妙子的事如此上心，似乎也是担心自己跟人家见面时会尴尬。

“不过，孩子她爸，本家会默许吗？”

“这个嘛，不大可能。”

“那该怎么办？”

“还是得让小妹跟他断交吧？”

“要真能断了就好了。要是背地里偷偷交往的话……”

“小妹要是我的亲妹妹或者女儿的话，我说的话她不听，我就跟她断绝关系……”

“要是那样的话，不就更把她往启少爷那儿推了吗？”

幸子说着，眼眶早已湿了。的确，要是自己家也跟妙子断绝关系，禁止她出入家门的话，对社会上、对奥畑家都有交代了，但这样岂不是自己一手造成丈夫最避讳的情况吗？用丈夫的话来说，“小妹是个二十九岁的大姑娘了，有养活自己的能力。我们按照我们的想法摆布她，是不对的。到底会怎样，把她赶出家门看看也好，就算她跟启少爷同居了，也是没办法的事。如果我们连那个也要担心，那就有操不完的心了。”从幸子的角度来看，如此这般给妙子打上“断绝关系”的烙印，光想想就觉得她太可怜了。一直以来自己在本家面前都百般维护这个妹妹，到如今为了这种事就要把她赶出家门，真的好吗？丈夫把这个妹妹稍微想得太坏了一些。不管怎么说，小妹身上都有大家闺秀的气质，内心脆弱、心地善良。这个妹妹年幼就没了母亲，自己很是心疼她，虽心有余而力不足，但自己总是充当母亲的角色宠着她。实在做不到在给母亲做法事的时候，把她赶出家门。

“我也没说要那样做。”贞之助看到幸子眼中的悲伤，有点儿慌了神，“我是说如果小妹是我的亲妹妹，是一种假设呀。”

“孩子她爸，这件事就交给我吧！总之等大姐来的时候，先悄悄跟大姐一个人说一声，让她也想一想。”

不过幸子的真实想法是，到底要不要告诉大姐到时候视情况而定，总之在二十四日法事结束之前先不准备提及。

二十二日大姐一行来到芦屋，晚上幸子告诉了雪子，征求她的意见。雪子说：“无论怎么说，关系恢复如初都是很好的事情。启少爷跟家里断绝关系这事不必考虑得太过严重，虽说是拿了东西，但也是自己家店里的东西，跟偷别人的东西不能混为一谈。不过启少爷那样的人就是会做出这样的事，虽说断绝关系了，但应该也只是一时惩戒，马上就会得到原谅的。两人要是别太张扬地出入，低调地交往的话，我们睁一只眼闭一只眼也是可以的。但是最好不要告诉大姐，因为告诉她的话，她一定会告诉大姐夫。”

幸子虽觉得顶撞本家不太好，但总觉得这次的法事办得留有缺憾。一则为了让法事更圆满，一来为了犒劳许久没回来的大姐，在善庆寺的集会之后，幸子想为姐妹几个办一场小小的聚会。幸子决定在办完法事的两天后也就是二十六日的中午，选在跟亡父母缘分颇深的播半举行聚会，连贞之助都不带，参加的人除了四姐妹之外，只有富永姑妈和她女儿染子。为了助兴，准备请来菊冈检校及其女德子，德子伴奏，妙子跳《袖香炉》；检校弹三味线，幸子弹奏古琴，合奏一曲《残月》。为此，半个月前幸子突然在家里开始练琴，妙子去大阪的作稻师傅那里继续练舞。

二十三日大姐一大早就起来，带了梅子外出采买和串门。晚上不知被谁叫走了，吃过晚饭才回来。二十四日当天，大姐、正雄、梅子、贞之助夫妇、悦子、雪子、妙子八人在阿春的随行下，八点半出了家门。

女眷们都穿着印有家徽的礼服，大姐穿着黑色的纺绸和服，幸子三姐妹穿着颜色稍有不同的紫色系的绉绸礼服，阿春身穿紫红色的捻线绸和服。中途，在阪急的夙川站基里连科上车了，他穿着短裤露着毛茸茸的小腿。对于车厢中的色彩他愣了一下，随后来到贞之助等人面前，拽着吊环微躬身体，问道："这是去哪里？全家人都在呢。"

"今天是我岳母的忌辰，大家去寺院做法事。"

"哦，令堂是什么时候过世的？"

"二十三年前。"妙子说道。

"基里连科先生，卡塔丽娜小姐来信了吗？"幸子问道。

"来了，我给忘记了。前一阵子她寄来了信说要问候大家。卡塔丽娜现在在英国。"

"已经不在柏林了吗？"

"在柏林只待了一阵子。之后马上就去了英国。见到她女儿了。"

"那真是太好了。她在英国做什么呢？"

"在伦敦的保险公司工作。做老板秘书。"

"那么她现在和女儿一起生活吗？"贞之助问道。

"不，还没有。现在正在打官司想要回女儿。"

“这样啊，这可真是的……”

“下次你给她写信的时候，请代我们送去问候。”

“但是现在打起仗了，所以送信要花很久时间。”

“您母亲很担心吧？”妙子说，“伦敦眼看着也要遭空袭了。”

“不过不必担心，我妹妹胆子很大的……”基里连科也蹦出一句大阪话。

法事之后的宴会，在那些记着播半宴会时的风光的人看来，显得单调寂寞。不过，在善庆寺的三间连通的大厅里，四十人左右用膳，倒也并没有那么孤单。除了亲戚以外，还有以往经常来家里的木匠师傅冢田，代替“老音”出席的庄吉等也来了，船场时代的两三个佣工也出席了。酒席间的招待本应由鹤子下面的姐妹几人担任，但表姐妹、阿春、庄吉的妻子等前来帮忙，所以幸子姐妹几人基本没怎么忙碌。幸子一边望着院子里长得老高的红白胡枝子即将凋零，一边回想起母亲去世时那个箕面的居所中院子的景致。男客们大都在议论欧洲战争，女宾们按惯例赞扬“雪子小姐”和小妹的年轻，不过也没多说，以免让辰雄感到难堪。只不过过去的一位叫作户祭的男店员喝醉了坐在末席，扯着破锣嗓子说：“听说雪子小姐好像还是单身呢……到底是为什么呀？”他无所顾忌地说个不停，场子顿时冷了下来。

“我们姐妹反正已经迟了，”妙子故意操着从容的语调说，“就慢慢地找个好人家呗。”

“但是，也太慢了吧！”

“你这痴人，不是有‘现在开始也不迟[①]’这句话吗？”

---

①1936年2月26日日本发生了一次失败兵变（二·二六事件），之后戒严司令部用收音机广播、飞机散播公告传达“现在开始也不迟”，劝反叛军归顺。此句后来成为昭和时代的流行语。

四处发出几声女人们拘谨的笑声。雪子也沉默着笑嘻嘻地听着，而辰雄则当作没听见。这时，冢田脱去国防服上衣，只剩一件白衬衫，从另一侧向他呼喊："户祭呀，户祭，听说你最近炒股赚大钱了？"他脸色黝黑，露着亮闪闪的大金牙。

"没有。我正准备要大赚一笔呢。"

"有什么好事儿吗？"

"我这个月要去中国华北呢。其实我妹妹在天津的舞厅工作，结果被军部看中当间谍了……"

"嚯……"

"她现在成了一位在中国的浪人①的太太了，可风光了，时不时地给家里一两千元地寄钱呢……"

"哎呀呀，我怎么没摊上这么个妹妹呢？"

"我那妹妹跟我说，现在不要在国内无所事事。来天津的话，有发大财的生意。"

"也把我带去吧，看情况我这木工随时都能不干。"

"只要能赚大钱，我什么都干。让我当妓院老板也没关系。"

"对呀对呀，要是这点魄力都没有怎么行？"冢田之后喊道，"春丫头，把那壶酒给我拿过来！"就这样把阿春叫到跟前，喝起酒来。这个木工在芦屋喝赏酒的时候也是，阿春一给他斟酒，他就飘飘然，经常说："我说春丫头，你做我老婆吧。你要是答应的话，我立马让我家里那个出去！不，不是开玩笑，真的！"阿春一边亲切地应和着，一边津津有味地听着哈哈大笑，所以木匠总爱开她的玩笑。但今天阿春也陪了太多的酒，乘机说了一声"我拿些热的

①明治初期到第二次世界大战结束之间，在中国大陆居住、活动的日本人。

来”，便逃去厨房了。冢田边喊着“阿春”“阿春”边追上去，阿春置若罔闻，从后门出去，躲在后院杂草丛里了。然后从黑缎子腰带里拿出粉盒，往带着醉意的脸上补了补白粉，然后悄悄地看了看周围，确定了没有人之后，打开经常出入芦屋的杂货铺掌柜偷偷送给她的搪瓷烟盒，拿出一根光牌香烟，急急忙忙地吸了半根就把火掐了，放回盒子里，又回到宴会厅里。

十一

大姐说必须得在二十六日往回赶，中午在播半聚完餐之后没有回芦屋，在心斋桥一带逛了一小时左右，回味了一番故乡的氛围，便让幸子她们把她直接送去梅田车站。

“大姐，又好一阵子不回来了吧？”

“那就请幸子来东京吧。”大姐从三等车厢的窗户探出脑袋说道。她说带着孩子，就算买了卧铺也睡不着，二等和三等都一样，所以就节省车费了。

“这个月没有菊五郎的表演，下个月有。”

“菊五郎上个月来神户的松竹了，去观看了，但没看到他在东京或者大阪演出的那些剧。虽然演了一出《保名》，延寿太夫却没出演……”

“据说下个月菊五郎要在舞台上用真的鱼鹰来演《长良川放鱼鹰》呢。”

“那样的话，还真是一部新作品呢。不过我还是最喜欢看他跳舞。”

“对了，小妹的舞，富永姑妈赞不绝口呢。说没想到跳得那么好。”

“雪子姐姐不上车吗？”正雄操着东京口音问道。

“……”

雪子站在幸子身后，俨然成了送行的人，她笑着好像说了些什么，但发车铃声响起，谁都没听见她的话。不过，大姐和她一起来到大阪，大姐一开始就看出来，她想留在这儿，所以也不叫她一起回去，她自己也没有特别找什么理由，就这样自然地就决定留下了。

幸子听了雪子的意见，对大姐只字未提妙子的事。自此以后，幸子不再唠叨妙子，妙子好像把幸子的沉默理解成了对自己的默许，之后她去西宫越发频繁，也不太遮掩了。如果只是在外面吃午饭还好，经常连续不在家吃晚饭，有时连贞之助也脸色阴沉，幸子不得不暗地里操了好多心。每当她不在家用餐的晚上，丈夫、幸子、雪子都尽量不提“小妹”这个词，但互相知道各自都在忍耐，气氛才更加尴尬。而且幸子也担心会对悦子产生影响。每每妙子迟归，妈妈和雪子都告诉悦子，妙子是因为最近人偶制作工作太忙导致的。但很明显，悦子并不相信。没有人特意教她，但她也知道在吃晚饭的时候对妙子的事避而不谈。幸子警告妙子，让她至少不要引起丈夫和悦子的注意，但她只是“嗯嗯”两声置若罔闻。之后两三天她回来得早一些，可马上又犯老毛病。

“上次你跟大姐说小妹的事了吗？”一天晚上，丈夫似乎终于忍不住了。

“我想说来着，但没找到合适的时机……”

“为什么？”丈夫的声音中带着从未有过的诘问语气。

“其实……是因为我跟雪子商量之后，她说还是不跟大姐说的好，所以——”

“雪子为什么那么说？”

“因为雪子同情启少爷，她觉得可以对他们睁一只眼闭一只眼。”

“同情也要分场合呀。她这么乱同情，对她自己的亲事也造成多坏的影响。”

丈夫表情非常不高兴，说完就陷入一阵沉默，幸子也不知道丈夫在琢磨什么。

十月中旬，丈夫又去东京待了两三天，幸子问：“孩子她爸，你去涩谷了？”

“嗯，那件事我跟大姐讲了。”丈夫说道，“但大姐只说要好好考虑一下，当下什么意见都没提。”所以幸子也没再问那件事。不料，月末突然收到大姐一封信：

幸子：

展信佳。

上个月我们一行人多有叨扰，还在久违的播半受到了盛情款待，我充分地感受到了故乡的温暖，非常开心。回到东京之后每天忙忙碌碌的，连封致谢信都没写。今天虽并非我本意，却必须得写这么一封讨人厌的信。但这事我必须得告诉你，万般无奈下我只得动笔。

我要说的是小妹的事，前一阵子第一次从贞之助妹夫那儿听说很多细节，真的太震惊了！贞之助妹夫把所有事情无一遗漏都告诉我，从那个叫板仓的人说起，到最近启少爷被赶出家门，全都跟我说了。我越听越觉得意外。以前倒是模模糊糊地听过一些跟小妹相关的不好的传闻，但觉得她不至于做出多么不检点的事。我想着幸子看着她，不应该让她做出什么错事，但我想错了。我一直想让小妹走正路，才那么操心，总想干涉她的行动，但一直挡在中间纵容她的不正是幸子吗？我为我自己家出了这么个妹妹感到可耻。对于莳冈家来说，也是从未有过的奇耻大辱。我听说雪子也站在小妹那一头，还说这次的事没必要告诉我们。雪子也是，小妹也是，都不顾你们姐夫的颜面，从来不想着回本家这边，这次又生出这种事端，到底要做什么？我不得不认为，你们姐妹二人为使你们姐夫难堪，故意使坏心眼。虽说这些也都是因为我们没做到位……

我不由自主地信手写了很多，我也想让你们听听我的想法。要是让你们不高兴了，请谅解。

至于小妹那事的解决方案，说实话，我们之前也认为她跟启少爷结婚是最好的。但现在发生了这样的事，就不能再那么想了。假如退一步讲，将来启少爷被原谅重返家门时，或许还能重新考虑他们的关系。但现在他被赶出家门，小妹就这么进出他现在的居所，这事儿必须要禁止！从小妹的角度考虑，将来无论如何也想和他结婚的话，现在就更得断绝和启少爷的交往了，不然就只会给奥畑家留下一个坏印象。你们姐夫的想法是，就算小妹说不再和启少爷交往了，也不可信，要让她来东京住一阵子。你们也知道，我们这边房子小，跟幸子家比不了，让她过来住也委屈她了，但现在不是介意这种事的时候。幸子好好跟她说说道理，一定把她送过来。你们姐夫说，一直以来都因为房子小才顾虑着没让她过来，这样是不对的。房子小就相互谅解，也请雪子一同回来住。

幸子无论如何这次也请不要给小妹好脸儿看。如果小妹就是不肯来东京，那就请幸子也不要把她留在家里。这是你们姐夫的意见，我也赞成。你们姐夫说，希望这次幸子能够站在我们这边，采取果断的处置。我们好不容易下了决心，这次不要再磨磨蹭蹭的。她要来东京，还是提出和莳冈家断绝关系，请在这个月里做决定，跟我们说。

不过不用说，我们当然是不希望断绝关系的，还希望幸子和雪子一起劝劝她，让这件事有个完满的结局。

那么，我等你们的回音。

鹤子

十月二十五日

"雪子，大姐来了这么一封信。你先看看吧……"幸子红着眼圈，先把信拿给雪子看，"大姐不常写这么强硬的信呢，连雪子都一起责怪。"

"这封信，一定是姐夫让大姐写的。"

"即使是被迫写的，那也是大姐写的信。"

"信里写着'都不顾你们姐夫的颜面，从来不想着回本家这边'，这事儿都过去多久了呀。大姐夫去东京之后，就没有认真要把我们接过去的意思呀。”

“雪子先不论，他们的态度完全就是‘小妹要是来了就太麻烦了’，就差直说了。”

“首先，那么小的房子能装得下我们吗？”

“这封信的意思好像是说小妹品行不端都是我的责任。我想的是，反正小妹也不会听本家的话，至少我在中间监督着，小妹还不至于太过分。虽然大姐这么说，但要没有我把握着，小妹或许会更出格，没准儿真的变成不良少女了。我又要考虑本家，又要考虑小妹，为了两边都不受伤我下了多大功夫啊。”

“大姐他们觉得妹妹不听话的话，把她赶出家门就完事儿了，是不是考虑得也太简单了？”

“不过到底怎么办？我觉得小妹肯定不想去东京。”

“这种事不问都知道。”

“那怎么办啊？”

“稍微放一放呢？”

“这次没法这样了，因为你贞之助姐夫好像也赞成本家。”

幸子说，总之先跟妙子说说看，也让雪子在场。

第二天早晨，在妙子的卧室关上门，三姐妹之间说起这事。

“小妹，不用很长，去东京小住一阵子可好？”

妙子一听这话，像个小孩子似的摇着头说：“不要不要。要和本家一起住的话，还不如死了算了。”

“那我怎么跟大姐说啊？”

“随便说吧。”

“这次就连你贞之助姐夫也站在本家那边，糊弄不过去。”

“那么，我暂时一个人住公寓好了。”

“小妹啊，你不会去启少爷那儿住吧？”

“我虽然跟他有来往，但一起住还是免了。”

“为什么？”

被这么一问，妙子沉默了，最后说了一句，她讨厌被大家误会。所谓“误会”好像指的是，自己不过是怜悯启少爷，而被人理解成是爱他，就太出乎意料了。幸子她们只把这种解释当作妙子嘴硬。不过在这种情况下，即使是临时过上一段单身生活，虽同样是离开家，但也好听得多。

“一定对吧，小妹？一定住在公寓里对吧？”幸子松了一口气似的问道，“这样的话，委屈你了，但就暂时这么做吧。”

“你住公寓的话，我可以时不时地去看看你。”雪子说。

幸子也跟着说：“是呀，小妹。我不说，你应该也明白，不要把这件事想得太复杂了，对外就说有些事儿需要去公寓里生活，跟谁也别说自己离家出走了。想回来就在白天回来，别让你贞之助姐夫和悦子看见就好。我们也会经常派阿春去看你的。”

这么说着说着，幸子和雪子的眼睛都湿润了。唯独妙子，冷静的脸上没有表情，说：“我的东西怎么办？”

“洋装衣柜之类的太显眼，你搬走不合适。贵重的东西就留在这儿吧。你要住哪儿的公寓？”

“我还没考虑好。”

“松涛公寓呢？”

“我不想去夙川住。我现在就出门，今天之内就定下来。”

两个姐姐出去之后，妙子独自坐在矮窗旁边，抬头望着晚秋晴朗的天空。不知不觉中，她的两颊也淌下两行泪水。

十二

妙子搬去的公寓叫作甲麓庄，位于国道汽车站本山村站的北边。据阿春说，那是一栋前一阵子刚投入使用的新楼，孤零零地建在农田里，设备还不齐全，挺突兀的。过了三天，幸子想约妙子吃饭，和雪子二人去了神户，给妙子打了电话发现没人在家。问阿春，阿春说若非一大早，她一般都不在家。尽管如此，幸子心里还是盼着哪天妙子能过来，但过了几天，妙子都没有现身，电话也没打上一通。

贞之助不知是真的相信妻子和雪子与妙子“断绝关系”了，还是认为她们背地里有联系也是不可避免的，所以不予理睬。表面上把妙子逐出家门之后，他似乎很满意。跟悦子说的是，小妹这次租了甲麓庄的工作室，起居都在那里，悦子虽有所怀疑，但还是接受了这个说法。幸子和雪子之前也难得见妙子一面，所以现在跟以往没什么不同，她们让自己尽量这样想。实际上，就算家里像开了个大洞似的空落落的，也是很久以前就变成这样的，并非因为这次妙子搬走了才有这种感觉。只不过，家里出了个没脸见人的妹妹，幸子她们光想一想就觉得凄凉。

为了排遣这种难受的心情，两人几乎每隔两天就相伴去神户，到处找老电影或者新电影来看。有时甚至一天看两场电影。这一个月的工夫要数一数两人看过什么，有《阿里巴巴进城》《早春》《美丽的青春》《布鲁格剧场》《少年之城》《苏伊士运河》等。而且，两人在街上走着的时候，一直留意能不能碰上妙子，但一次都没遇见过。由于实在太久没有妙子的音信，一天早晨，派阿春过去看了看。阿春说：“今早去的时候她还在睡觉，但看起来挺有精神的。我跟妙子小姐说，太太和雪子小姐很担心您，请您来家一趟。妙子小姐笑着说，‘你跟她们说过两天我就回去，叫她们不要担心’。”之后十二月份的一周里，翘首以盼的法国电影《监狱纵火犯》上映了，两人一起去看。自那天之后，幸子染了风寒，便好一阵子不再外出了。

悦子的学校从二十四日开始放假，妙子在前一天二十三日的早晨来了，距上次见面几乎时隔两个月。她把过年的衣服塞进包里，聊了一小时，说过了正月十五就来拜年，就回去了。正月十五日的早晨，妙子来了，喝了红豆粥，稍微多待了一会儿，下午才回去。幸子在年根儿的时候患了感冒，很怕风寒，一直养在家里。雪子虽爱好看电影，但绝不肯一个人跑到电影院去。总的来说，她到了这个年龄，变得不爱见人了，就算是稍微出门买个东西，也要跟人结伴而行。幸子为了让她学书法和茶道，自己也得跟着去师傅那儿。老这么陪着她也吃不消，于是每三次就让雪子自己去一次。还有打从去年起就想着一定要着手办的事——为了消去脸上的黑斑进行注射治疗，于是每隔一天就让雪子去注射一次。注射治疗是听取了阪大皮肤科的意见，去栉田医生那儿注射女性荷尔蒙剂和维生素C剂。除此以外，就是悦子每周两次去练琴，回家之后的练习由雪子陪同。这些就是雪子近来要做的事情。幸子一个人的时候常常弹钢琴打发时间。钢琴也厌倦了之后便去二层八叠的房间里练练字，叫上阿春教她弹弹古琴。最初教阿春弹琴是前年的秋天。在大阪七八岁的小女孩入门时会练《女儿节的千金小姐》或者《四季之花》，幸子就从这些曲目开始，时不时心血来潮了就教一教。现在已经教到《黑发》和《万岁》了。看起来，讨厌上学却愿意做女佣的阿春也喜欢文艺，当幸子说今天要教她练琴，她便急急忙忙把活儿干完。而且她还让妙子教她《雪》和《黑发》的舞蹈动作，这些舞蹈她也能从头到尾记住。这次是学《鹤之声》时，到“……撒谎，锵锵，还是真心……”这一句时，怎么也掌握不好，歌词“撒谎”总来不及唱，琴就弹过去了。两三天里，阿春不得不一直练这一个地方。但悦子却完全记下来了，还哼唱着模仿她出错的地方。

“春丫头，我可报仇雪恨了呢。”悦子说道。这是因为，悦子她练钢琴时遇到不容易弹的旋律，阿春却无所顾忌地提前学会哼唱，弄得悦子很不高兴。

妙子在这个月月底又来了一次。有天早晨，或者说是快中午的时候才对，幸子一个人在客厅听收音机时，妙子走了进来。

“雪姐呢？”自己也搬了把椅子围在火炉旁坐了下来。

“去栉田医生那儿了。”

“去打针吗？”

“嗯……”

幸子刚才在听时令菜的节目，不知何时起变成了民谣，于是说：“小妹，把收音机关了吧。”

“你看——”妙子用下巴示意姐姐脚边的铃。铃刚才也来到暖炉边上蹲坐着，舒服地闭着眼，似睡非睡。经妙子一提示，幸子发现随着民谣里的鼓点声，铃的耳朵也微微颤动。它只有耳朵对音响有着条件反射似的反应，看起来猫咪本身好像完全没有意识到似的……

“这是为什么呢？它那耳朵……”

“太奇怪了……”

两人颇感稀奇地瞧了一阵随着鼓点抖动的猫耳朵。民谣播放结束了，妙子就起身去关掉收音机。

“打针怎么样？稍微有点效果了吗？”妙子回到座位上，聊回雪子打针的事。

“谁知道呢……那种事儿就得一直坚持。”

“要打多少次？”

“医生没说打多少次能见效，只说要耐心打下去。”

“还是不结婚就好不了吧？”

“栉田医生也没说治不好……”

“我觉得即使打针也没办法像擦除似的清干净吧。”妙子说，“对了，卡塔丽娜结婚了。”

“噢？她给小妹写信了？”

“昨天我在元町碰到基里连科了，他叫着‘妙子小姐妙子小姐’从身后追过来，说‘卡塔丽娜结婚了，两三天前来信了’。”

“和谁结婚了？”

“就是她做秘书的那家保险公司的老板。”

“到底让她逮住了一个。”

“她给基里连科写的信里附了一张老板家的照片，她在信里写：‘我们现在住在这里，我丈夫说妈妈、哥哥就由他来照顾，所以你们快点来英国啊，旅费我随时能给你们寄。’从照片上来看，她家是个特别大的宅子，像城堡一样雄伟。”

“她还真逮住了个大人物——肯定是个颤颤巍巍的老爷子吧？”

“还真不是。人家三十五岁，还是头婚呢。”

“真的？”

“她那时候说：‘去了欧洲之后就找个有钱人结婚，你们等着看吧。’结果还真达成目的了。”

“她是什么时候从日本出发的？还不到一年吧？”

“是呀，去年三月末。”

“那才十个月。”

“她到英国才过了半年吧？”

“半年就找到这么一个对象，真了不起呀。美人就是占便宜。”

“要说美人的话像卡塔丽娜这样还不是一抓一大把。英国难道没有漂亮女人吗？”

“基里连科和老太太要去英国吗？”

“听说不去。老太太说，像他们这样过着穷日子的人要是去那儿，只会给女儿抹黑。他们要是留在日本，谁也不知道他们过的是什么日子就得了。”

“噢？洋人也有这种顾虑啊。”

“对了对了，她跟前夫生的女儿，也谈妥了，说是接到自己身边了。”

妙子并没有什么特别的事，只是想聊聊卡塔丽娜的事才顺路过来似的。雪子马上回来了，幸子邀请妙子吃完午饭再走，妙子似乎准备在哪儿跟奥畑会合，只说了一句“我下次再来”，只待了三十分钟就走了。她走后，幸子再度凝视着炉火陷入沉思。卡塔丽娜结婚的事，妙子的确值得专门跑一趟来告诉她。年轻有钱的公司老板跟新雇用的女秘书陷入爱河，最终要迎娶她为妻子——这种桥段幸子以为在电影里的确是有，在现实社会却太少了，或许并非如此。听小妹所说，卡塔丽娜并不是什么绝世美人，也并非极其精明能干，像这种女人也能交好运的话，这种事难道在西洋并不少见？一位保险公司的老板，住在大宅子里，是个三十五岁的单身绅士，与刚刚半年前雇用的无亲无故来历不明的外乡女人结婚。即使那个女人是个绝顶漂亮的女人，以日本人的常规想法考虑怎么也无法想象……听说英国人是很保守的，难道关于结婚这事他们的想法还是非常自由的吗？卡塔丽娜之前的那句“跟有钱男人结婚”的宣言，幸子只认为是没见过世面的年轻女子的痴心妄想，听的时候只当她在开玩笑。然而卡塔丽娜却出人意料地格外认真，认为有自己的这份美貌就能达成目标，她是抱着这份必胜的信心离开日本的吧……

把一个亡命天涯的白俄罗斯姑娘和大阪名门千金做比较，虽说不大合适，但跟卡塔丽娜那样的女人一比，自己姐妹是多么没骨气！自己姐妹几人中，最冒失莽撞甚至被人说是“怪胎”的妙子，一旦面对紧急情况也会多少对这个社会感到恐慌，仍未能跟自己心爱之人在一起；而比妙子应该还年轻的卡塔丽娜，扔下母亲、兄长和整个家，勇闯天涯，凭借一己之力大刀阔斧地开拓自己的命运。倒不是说卡塔丽娜那样的生活让她羡慕不已，在她心里雪子比卡塔丽娜不知好多少倍。然而雪子身边还有姐姐姐夫四人支持着，直到如今还没找到如意郎君，真是窝囊！像雪子那样的老实人，幸子绝不希望她模仿卡塔丽娜，就是让她学她也学不来。这一点才正是雪子可贵的地方。但作为监护人的本家和自己两口子面对那个俄罗斯姑娘难道不难为情吗？“你们都陪在身边，怎么还是这样的结局啊？”就算卡塔丽娜这样嘲笑自己，也无可辩驳。幸子想起大姐在去年大阪站分别时跟自己偷偷说的话——“我现在的想法是，只要有人能娶雪子就好，无论谁都行。就算日后要离婚，也希望她先结一次婚。”大姐边叹气边这么说。没过多久，大门的铃声响了，雪子似是正要往客厅里来，幸子将热辣辣的脸转向熊熊烈火的方向，低下头偷偷拂去眼眶的泪水。

十三

大约在妙子来过的两三周后，幸子和雪子仍旧常去那所井谷美容院，井谷似乎也一直都把雪子的事情挂在心上。有一天两人去美容院，井谷问幸子：“太太认识大阪的丹生太太吗？”“井谷太太为什么认识丹生太太？”幸子问道。“我只是最近稍微跟她见了一面。”井谷说，“之前在某个要出征的人的欢送会上，我和丹生太太经人介绍认识了。跟对方聊了聊发现她是太太的朋友，我们两人便聊了一会儿太太的事。丹生太太说，她与莳冈家的太太交情极好，只不过最近没怎么碰上过，已经好久未见了，有一次她和其他两三人一起去芦屋拜访，发现太太患了黄疸卧病在床。那已经是很久之前的事了，丹生太太说是三四年前。”幸子也突然想起这件事。那次好像是下妻夫人，还有一位名字不记得了，来自东京的打扮特别时髦、装模作样的太太——从美国回来，说着“什么什么的嘞”，说话奇奇怪怪的——两人一起来芦屋，幸子拖着病体见了她们，招待得不如往常周到，草草地打发她们回去了。这样做好像惹怒了丹生太太，之后她再没来过。

“啊，对对，那时候对丹生太太招待特别不周，她心里有什么想法了吧。”幸子说。

“没有，倒是聊起雪子小姐的事，丹生太太念叨着：‘那家的妹妹不知最近怎么样了，要是还没有定亲，我这边倒是有个合适的人选。现在聊起雪子小姐，我突然想起来，那个人一定配得上雪子小姐的。’”井谷渐渐开始吹起风来，“我跟丹生太太毕竟是第一次见面，而且那位太太认为的‘合适人选’到底是个什么样的人我也不知道。但是丹生太太跟太太交好，我认为应该值得相信。为了雪子小姐，我就拜托她一定帮忙介绍。据说那位先生是个医学博士，太太之前去世了，带着一个十三四岁的女儿，没有其他任何累赘。他本职虽是医生，但现在完全不做那方面的工作了，现在在道修町的一家制药公司担任董事。我听说的就是这些，听起来倒是桩不错的亲事，我就对丹生太太说：‘如果有我能效力的地方，我也很愿意帮忙，还请您帮忙介绍一下那位先生吧！莳冈家提出的条件应该也没有以前那么严格了，听您这么说来，这事还是早点说为好。’就这样我们当即把事情向前推了推。然后丹生太太说：‘那么我先确认一下那位先生的意愿。’我说：‘的确先确认一下为好，不过要不要直接安排个大概的会面呢？’丹生太太说：‘也好，我想他应该没有异议的。就算有，我也硬要把他拉过来。先生那边应该是没问题，莳冈家那边就由您负责喽。我们找个普通的饭店坐下来一起吃个饭，地点在大阪，日子就在两三天后就好。有进展了之后就电话商量吧。’听丹生太太这么说，我也应承下来：‘好，那可太好了。莳冈家肯定也会很高兴的。’我们分别的时候，我说‘就等您回音了’，反复跟她确认来着。我想她应该马上就会打来电话的。那时候我再去府上拜访您……”

幸子那天只简单地听了一遍就回家了。无论是丹生太太还是井谷性子都很急，且行动力强。幸子估计这事还会有后文。果然三天后的上午十点左右，井谷打来电话说：“之前跟您说的那事儿，刚刚接到了丹生太太的电话。今天下午六点在岛之内的吉兆日料店，由我来陪同令小姐参加，您意下如何？就简单地理解为别人邀请吃顿便饭，轻轻松松地过来就行。还有丹生太太的意见是，尽量只让令小姐一人参加；若须有人陪同，还请让您先生一同前来，太太您就别来了。像您这样如孔雀开屏般光彩照人的作陪的话，别人对令妹的印象就该淡了。这一点我也有同感，请您务必配合吧。在电话里突然提出赴约的请求实在不合礼仪，但前几天已经跟您交代了大体情况，事情还比较急……”听对方的口气，似乎希望幸子马上给出答复。“还请您等一两个小时。”幸子暂且请对方挂了电话。接着幸子问雪子：“雪子，你怎么看？今天打电话来通知说今天相亲，这么着急的做派真跟我不太合拍，不过自那以后井谷太太一直挂念着你的事情，对于人家这份热心咱们也得好好感谢一下。而且丹生太太跟咱们认识也不是一天两天了，她很了解咱们的情况，我想她应该不会介绍个有问题的人来。”雪子听罢说：“不过光凭前几天聊的那些内容不人靠谱。打个电话也好，直接跟丹生太太问问更详细的情况吧。”因此幸子给丹生太太打了电话，对男方进行了多方打听。据说，那个人叫作桥寺福三郎，老家在静冈县。有两个哥哥，都是医学博士。他去德国留过学，现在大阪天王寺区乌辻租了房子跟女儿两个人住，雇了一名上年岁的女佣。女儿在夕阳丘女中上学，长得和她去世的母亲很像，是个漂亮直爽的孩子。从这些可以看出，兄弟几人都是非常厉害的角色，在老家是名门望族，所以丹生太太认为财产应该也多少分得了一些。他本人也担任东亚制药的董事，收入一定很高。他的生活看起来很奢华，仪表堂堂，风度翩翩，可谓是个美男子，等等。

对方的条件竟然这么好。幸子又问起年龄，对方答到大概是四十五六岁的样子。问起女儿的年龄，对方答道好像是女中二年级学生。幸子又问：对方有没有姐姐？弟弟或者妹妹？但都不得要领。甚至问及对方父母是否健在，丹生太太都给不出准确的答案。一点一点听来才知道，对方亡故的夫人和丹生太太是有着相同爱好的好友——两人在蜡染的学习班上变得熟识的。“我没怎么去过他家，所以对于那位桥寺先生我好像只在他太太生前见过一面，葬礼和一周年忌时各见过一次……因为这次的事昨天我见到他是第四次。但是我跟他说，对于去世的太太一直念念不忘的不也没用吗？我给你介绍一位非常好的小姐，你一定要见见啊。然后他就说，那全拜托您了，请多关照。所以莳冈太太也一定要同意见面啊——”这位丹生太太会根据交谈的对象自由切换东京话和大阪话，但此时却一个劲儿地使用东京腔，前一次见到她的时候虽然也是这样，但今天语速更快，滔滔不绝，简直就像个东京人。

“丹生太太你可真过分呢，”幸子也有几分被她的东京腔带跑了，“我可听说是你说的不让我跟着去。”

“那是井谷太太说的，虽说我也赞成吧。提出建议的是井谷太太，所以你生气的话就生井谷太太的气吧。”丹生太太说完立马接着说，“对了，前一阵子我见到阵场先生的太太了，聊到你们呢。她说她也给雪子小姐介绍过对象呢。”

幸子吓了一跳，问道：“阵场太太说了什么吗？”

“嗯嗯……那个……”丹生太太犹豫着说，“说给雪子小姐张罗相亲，但被干脆地拒绝了……”

“阵场太太肯定生气了吧？”

“这个，有可能吧。不过没缘分就是没缘分。要是为这种事生气来生气去的话，就做不了媒人了嘛。我肯定不会那么不知趣的，你们见一面，不喜欢的话就直截了当地拒绝就好了。不用想得太复杂，轻松地来参加，好吗？反正麻烦你跟雪子小姐说一声，无论如何先来见一面，要是见都不见就拒绝，那我才要生气呢……不管你们来不来，我都已经订好房间了，我准备到时间就邀上桥寺先生去约定的地点，你们不用打电话通知我你们的决定。我觉得雪子小姐会来的，我等着她……”

幸子觉得今天说亲今天就见面，要是应了这么唐突的请求，太过草率。但要是不介意这一点，今天让雪子去一趟倒是没什么的。雪子想必不想一个人去，以前也有过先例，贞之助代替幸子陪雪子相亲，所以只要贞之助能安排开，这件事就能这么解决。问题是，幸子实在不愿意这么不顾身价地跑去相亲，虽想最终答应赴约，但想今天找个托词推后个两三天，总之就是想摆摆架子而已。但另外，人家那么热心地帮忙牵线搭桥，若不能坦诚地接受人家的好意，又担心伤了对方的感情。她刚才在电话中听到的阵场太太生气这件事，猛然压在胸口，令天才使得她更没资格挑三拣四。前年春天，拒绝了那位野村的求婚时，托词本家不答应，自认为非常婉转地表达了那个意思，但看来还是回答得太过强硬了。站在阵场太太的角度，生气或许也是理所应当的，幸子也暗暗内疚，猜测她是不是生气了。就因为这样，听到丹生太太说阵场太太生气了的时候，幸子才更加惊慌。可是丹生太太为什么突然说起这件事呢？虽说她平时话就多，不经意间聊起毫无关系的人，把根本用不着说给幸子听的事说出来，看来并非是单纯聊天，或许包含着威胁的意思……

“怎么办呢？雪子……”

“……”

“总之去看看吧？”

“中姐呢？”

“我想陪你去，不过人家那么说，我就不去了。你不愿跟井谷太太两个人一起吗？”

“两个人有点儿……”

“那么让贞之助姐夫陪你去吧，”幸子看着雪子的脸色说道，“他只要没事就跟你去，我给他打个电话吧？”

“嗯。”

雪子微微颔首，幸子看在眼里，急忙给大阪的事务所打去电话。

十四

贞之助听说，井谷和雪子会分别出发，将于五点半在事务所会合，他认为这样安排没什么不妥，不过井谷一定会严格按约定的时间过来的，所以千叮咛万嘱咐："雪子千万不要来晚了，最好比井谷太太早到个二三十分钟更好。"结果，已经五点一刻了，还未见雪子身影，他顿时心生焦急。妻子和雪子每次都不守时，自己虽然已经习惯了，但如果让急性子的井谷等太久，自己也会急躁得受不了。虽知雪子已经从家里出来了，但为确保万一，他仍要给芦屋打电话，然而电话还没接通，事务所的门开了，井谷身后跟着雪子，两人同时进来了。

“呀，你们一起来得正好。我正要打电话呢……”

“其实是我去府上邀了雪子小姐一起来的。”井谷说，“已经没时间了，我们马上出发如何？车就在外面等着呢。”

贞之助听妻子说了一遍今天见面的原委，但刚刚是在电话里说的，而且对于丹生太太，虽然知道名字，却不知见没见过她，相当于迷迷糊糊地就被拉出来了。因此，今天的相亲对象是个什么人？和井谷太太是什么关系？贞之助一路上在车里问起来。然而对方却说："我也不甚明了，详情请问丹生太太。"

接着贞之助又问道："那么丹生夫人跟您是什么关系呢？"

"我与那位太太是最近才认识的，今天是第二次见面。"井谷答道。对于井谷的这个回答，贞之助愈加疑惑了。

行车到了吉兆饭店，那位太太和桥寺已经先到了，井谷一边走进房间一边打招呼："大家好——久等了吧？"虽说是第二次见面，但说话的语气颇为亲密。

"没有，我们也才到。"丹生太太也亲昵地回答道，"不过真佩服你们呢，正好六点到。"

"我一向准时的。只担心雪子小姐，所以特地邀上她一起来的。"

"这家饭店很好找吧？"

"是的，因为莳冈先生知道这家饭店。"

"呀，很久没见了。我与您曾经见过一次吧——"贞之助边说，边回想起在家里的客厅见过这位太太，"之后很久没见到您了，内人给您添了不少麻烦呢……"

"哪里的话，我也很久没见到夫人了。有一次夫人患黄疸卧病在床，我去看过她一次，之后就再也没见过了。"

"啊，那个时候哇，那已经是三四年前的事了。"

"嗯嗯，还真是。那时候我跟两个朋友突然闯入府上，把卧病在床的太太拖了起来，尊夫人怕是把我们当女土匪了。"

"完全就是女土匪啊。"一直等着被介绍的桥寺身穿褐色西服，跪坐着微微欠着身子，向丹生夫人使了个眼色，一边微笑一边说道，"啊，我姓桥寺，初次见面……"他先向贞之助打招呼，"这位太太完全就是女土匪呢，不由分说要我一定要过来。我今天简直是不明所以地就被拖来了……"

“哎呀呀，桥寺先生，怎么那么没有男子汉气概？既然来了，就不要这样讲了嘛。”

“是呀。”井谷也跟说道，“何必再提那些事呢。男人就得大气一些。你这么说首先就对我们很不礼貌了嘛。”

“哎呀，真是对不住……”桥寺抓着头说，“今天我要好一顿被欺负了。”

“您说什么呢，我们哪是欺负您，我们这不是在帮您嘛。桥寺先生不是一直看着去世的太太的照片度日吗？这样对身体不好。偶尔也要走出来看看啊，这样您就知道，这个世上也有不比您以前那位太太逊色的美人了。”

贞之助不知雪子会怎么面对这个场景，暗暗地担心着，而雪子不知从何时起已经适应了这种场合似的，现在也笑嘻嘻地听着大家讲话。

“好了好了，不要抱怨了，请落座吧。桥寺先生坐那里，这里就由我来坐。”

“好的好的，有两位女士匪在，我们不敢不遵命。”

大概桥寺也和贞之助他们一样，是被迫过来的。他自身并未做好再婚的准备，只是突然被丹生太太——这位并不熟悉的太太——逮到，也不给考虑的时间，被催促着就来了，频频说道“我可太为难了”“真的吓了一跳呢”。不过他这困惑的样子中倒有一丝可爱，并没让女方感到不快。贞之助跟他交谈了一会儿，便知道这个男子在社交方面训练有素，处事圆滑。贞之助看到递过来的名片上印着医学博士、东亚制药专务董事等头衔，自己也说“没在从医，而是经营着一家医药公司”，由此可见，他是一位八面玲珑、办事周到圆滑的实业家，身上没什么医生的风范。听说年龄有四十五六岁，从面部到手腕、指尖，都紧绷丰盈、肤色白皙，眉眼端正、面颊饱满，是个美男子。他因体态丰腴，而不显轻薄，有着与其年龄相称的威严，是个风度翩翩的绅士。看到目前为止，在以往的相亲对象中，这位男士的风采或许当属第一位。酒量虽不如贞之助，但也能喝一些，被劝酒时也不推辞。按理说，这次聚会相互都不是熟识，大有可能冷场。而两位女士匪豪爽健谈，加之这位男士轻松融入其中，席上的对话顺利地进行着。

“说句失礼的话，我不常来这家饭店。今天饭菜的花样真多啊。”贞之助已有些微醺，脸上发着泛红的光泽，“如今，食材和酒都渐渐吃紧，这家饭店总能吃到如此丰盛的料理吗？”

“不，不是吧。”桥寺说道，“今天是看在丹生太太的面子上，饭店为我们特意准备的。”

“也不能那么说啦。我家先生是这里的常客，所以店家多照顾了些。而且今天这个场合，‘吉兆’这个店名很是讨喜，所以我才选这家饭店的。”

“刚刚太太管这家店名叫‘jí zhào’，虽写作‘吉兆’，但读音应该是‘jí qiào’对吗？”贞之助说道，“这个词估计关东人就不知道了，在大阪有称作‘jí qiào’的东西，井谷太太知道吗？”

“这个，我就不知道了……”

“‘jí qiào’？”桥寺歪着脑袋，“我也不知道。”

“我知道呢——”丹生夫人说道，“所谓‘jí qiào’就是那个嘛。在十日戎[①]庆典的时候，在西宫或者今宫都有卖，装饰在竹枝上的小金币呀、账簿呀、钱箱子什么的，就是那些小玩意儿吧？”

---

①正月初十前后三天迎财神的庆典活动。

“是的，就是那些东西。”

“啊，就是那个，就像茧玉[1]一样的东西吧？”

“对，就是那个。‘十日戎时卖什么’——”丹生太太打着拍子，口中唱起了“十日戎”的歌谣，“‘包米袋、小钵子、钱袋子、小金币、钱箱子、乌帽子……’”掰着手指边数边唱，“把这些各种各样的小玩意儿挂在竹枝子上。那些东西在大阪，字写作‘吉兆’，方言里却叫作‘jí qiào’。是吧？莳冈先生？”

“嗯，对。丹生太太您竟然知道这个发音，真是出人意料！”

“人不可貌相。您别说，我可是生在大阪呢。”

“哎？丹生太太您吗？”

“所以这么点儿事我还是知道的。不过现在还有人知道这种古老的发音吗？这家饭店的人好像也都叫‘jí zhào’呢。”

“那么我还想请教一个问题，您刚才唱的‘十日戎’之歌里，‘爆米袋’是什么东西呢？”

“‘爆米袋’？不应该是‘包米袋’吗？‘包米袋、小钵子、钱袋子’……”

“不对哦，‘爆米袋’才是正确的。”

“有‘爆米袋’这种东西吗？”

“就是用来放爆米花的袋子吧？”桥寺插嘴道，“爆米就是把糯米炒得蓬起来的东西。汉字怎么写我不知道，但多半是因为炒米的时候会爆开，所以叫‘爆米’吧。关东那边女儿节的时候用爆米袋来做炒豆子……”

“还是桥寺先生最了解啊。”

---

①装饰在柳树等植物的树枝上的小年糕球，用于祈愿农作物丰收。

话题一时间转移到了关东关西的风俗语言比较上去了，生在大阪、长在东京又回到大阪的丹生夫人说：“我是两栖动物呢。”的确如她所说，在这些方面她比谁都懂得多。她能够自如地跟贞之助和井谷分别说东京话和大阪话。

然后，曾经为了研究美容技术而去美国待了一年的井谷太太聊起在美国那边的趣事。桥寺也说起他在德国拜耳制药公司考察时的经历，公司规模极大，工厂里面甚至建有像道顿堀的松竹座一样大的电影院。井谷看准时机将话题努力往回拉，问了许多桥寺的女儿、家乡的情况等，为他和雪子说话制造机会。由此，话题又转回到他再婚的问题上了。

“令爱对此事怎么想呢？”

“小女是怎么想的，我还没问过。因为就连我也还没下决心——”

“所以赶快下决心就好了，反正您也不打算一直单下去吧。”

“是的。嗯，虽说是这样，只不过总觉得……这个……怎么说呢……我心里还没到马上组成新家庭这一步。”

“为什么呢？”

“倒没有什么特别的原因，说不清为什么，就是下不了决心。所以有太太这样的人在我身边，督促着我，逼着我往前走一步的话，没准儿最后真能再获得一段良缘。”

“那么，您这是都交给我们了？”

“不不，您这么说，我就不知怎么办了……”

“哎呀，还真是搞不清楚桥寺先生是怎么想的呢。早点组建新的家庭，先夫人在九泉之下也会替您高兴的。”

“我倒也没有顾虑我那死去的妻子。”

“丹生太太啊，这位先生就是，旁人要是不把饭端到他面前，让他只需要伸手去抓筷子，他就根本不会吃饭的呀。所以根本不要顾忌什么，咱们就不客气地把他往前推就是啦。”

“这还真是个好法子。到了那个场合，就不容这位先生磨磨蹭蹭支支吾吾了。”

贞之助和雪子看着桥寺被两个女土匪揶揄捉弄，只得一个劲儿地笑。今天完全没有怀着相亲的意图，就像介绍人说的那样，是怀着“轻松的心情”来吃顿饭而已。但即便如此，两个介绍人把一位还没想好要再婚的男人硬拖过来，在自己面前逼得人家进退维谷，的确是女土匪才有的招数。贞之助感到自己这一方所处的立场十分微妙，但更让他惊讶的是，雪子身临此境，并没有表现出特别为难，而是笑着旁观，这份心胸不知是何时成就的。当然，雪子如此镇静稳重、眉开眼笑的，总比她一副发怵的样子要更利于把控场面。换作过去的雪子，肯定在这种场合里待不下去，要么涨红一张脸，要么含着两眼泪，又或者离席而去了吧。雪子无论到了多大的年纪都保持小女孩的纯真，但随着相亲次数的增加，还是练就了处变不惊和强大的承受力。即使不是这样，想想她已经三十四岁了，自如应付这样的场合也是理所应当的。但她年轻的外貌以及同样娇嫩的千金小姐的穿衣风格把贞之助的眼睛蒙骗了，以至于他到现在都没有看出雪子待人处世方面的这些变化。

那么，桥寺到底是怎么打算的呢？即使是丹生太太跟他说“我给你介绍这么一个姑娘”，他受到诱惑想着见一面也没什么损失便来了，但若真如嘴上所说，“还没有往前走的意思”，那就不应该来才对。或许可以理解为，他并非像他表现的那样“还没有往前走”。他刚才频频表现出为难的样子，多少有些惺惺作态。他真实的想法一定是，如果雪子符合他的期待，他也可以接受这门亲事。可以认为他并非只抱着应付了事的心态来的。总之，他的应对正如丹生太太所说的那样，真是“摸不透”，太圆滑了，所以今夜雪子在他心里到底留下了什么印象，从他的外表是窥探不出来的。除了雪子，其余四个人都畅所欲言地聊了很多，而雪子好似从一开始就被女土匪的言行镇住了，基本没参与聊天，就算时不时地接过机会跟桥寺交谈，也还是像往常那样寡言少语。而桥寺光应付两位女土匪就已经不可开交了，所以对于雪子顶多就说了两三次应酬话。就这样，到最后贞之助也没有读懂对方的心思。散席时，也不知道这是最后一次饭局还是能再相见，草草地就告别了。然而，井谷太太跟贞之助他们一同坐阪急回家途中聊了一路，说：“这件亲事一定由我和丹生太太促成，既然桥寺先生已经走出这一步了，就由不得他说好还是不好了。据我观察，那位先生心里也相上了雪子小姐呢。”井谷太太凑在贞之助耳边反反复复地说着这样的话。

十五

当晚贞之助向幸子说起自己对桥寺的印象，说就目前看来说是满分也不为过，实在是个令人满意的对象。但眼下对方说对于再婚问题正在考虑当中，不像丹生太太或者井谷讲的那样时机已经成熟，所以只能再等等看，要是稀里糊涂听信了那些人说的话，保不齐会吃亏——这对夫妻自去年以来就开始对雪子的亲事小心翼翼，两人就那样聊了一阵。然而第二天傍晚井谷就来了，说：“今天一大早就接到丹生太太的电话，所以我来府上说两句话。”井谷问幸子，对于昨晚那人怎么看？雪子小姐怎么想的？幸子回答道：“我也听丈夫说了大概情况，我们认为对方非常不错，只是不知对方是怎么想的。”井谷说道：“那个不用您挂虑。只不过丹生太太跟我说，今早男方打电话对她说‘我觉得那位小姐的性情有些内向忧郁，不知真实的情况是什么样的。我喜欢热情开朗、出挑吸引人的那种类型’。然后，我是这么说的，‘初次见到雪子小姐都是那么觉得的，但她绝不是忧郁的人。您赶快跟桥寺先生好好这么说一下吧。说实话，要说内向可能是有些内向，但绝对不忧郁，小姐娴静端庄，乍一看好像有些忧郁，慢慢交往就知道，出人意料地——我这么说可能有点没礼貌——小姐的兴趣爱好之类的都出乎意料的时髦、现代、开朗，所以我说那位小姐就是桥寺先生理想中的那种开朗的小姐。要是觉得这是骗人的，就接触试试看。首先音乐方面喜欢钢琴，饮食上喜欢西餐，还喜欢西洋电影，听说还在学习英语和法语。一看就知道这是多么开朗明艳的大小姐啊。穿衣方面似乎喜欢和服，但这还不是因为那种华贵美丽的长袖友禅最适合雪子小姐，也因为小姐性情中有着奢华的一面吗？这些特质交往看看马上就能明白。要是名门闺秀第一次见面就噼里啪啦地说个不停，那绝不是什么正经人。’我跟丹生太太打了很久的电话，跟她讲了很多呢。”说完这些，井谷还说：“不过，雪子小姐太过安静的话让人误解了就不好了，现在稍微拿出些勇气来，跟人好好说说话比较好。近期我会再把那位先生拉出来的，希望在那时有个姿态，尽量给人留下明朗的印象。”提完这个请求，井谷便回去了。

幸运的是，幸子一直暗暗担心的那块眼眶黑斑这次倒没那么明显，她在这件事上先松了一口气。但这件事到底有谱没谱，对于井谷说的话幸子只信一半。

次日下午三点左右，井谷打来电话：“我现在来大阪了，一个小时之后，丹生太太和我将带着桥寺先生一同登门拜访。”幸子慌忙答道：“来我们家吗？”井谷答道：“对，是这样的。今天他说他没有太多时间，我们就只待二三十分钟，另外也找不到个合适的见面场所，所以就说去府上看看。”“来家里，那个，有点……”幸子结结巴巴还没说完，对方突然强势起来：“今天事发突然，真的只待二三十分钟，不用招待我们什么。好不容易桥寺先生动了心思，要是因为变来变去的，他又别扭起来就不好了。所以就请这么办吧。”幸子摸不清雪子的心情，问道：“怎么办，雪子？让阿春陪悦悦去神户逛逛也行……”“不用这样，那两个人好像已经觉察到了呢。”雪子难得爽快地说道。于是幸子终于答应了：“这样啊，那么就恭候各位光临了。”然后马上给丈夫的事务所打去电话，请他尽量在见面的时间回家来。

贞之助在客人们来之前就到家了。“实际上跟你说完，她也给我打了个电话，说桥寺先生迫切想感受一下家庭的氛围，所以她跟我说，‘今天请府上的各位一起见一见他’。不过雪子竟然同意在家里见面。雪子心境的改变是最让我高兴的了。”贞之助说完没多久，三个客人就到了，被迎到客厅。井谷把幸子单独叫到走廊问道：“今天小妹不在吗？”幸子吃了一惊，答道：“不巧她今天出门了。”“那么就只请悦子小姐出来见见客人吧。本来想把桥寺先生的千金也带来，今天事发突然，下次一定把她带过来。正好能和悦子小姐交朋友。小姐们若能先友好相处，那就最好不过了，那样的话桥寺先生也一定会更动心的。这事一定能顺利达成。”贞之助也说，雪子难得这么落落大方，所以让悦子见见客人，听听她的意见也挺好。贞之助、幸子、雪子、悦子四人一起接待了客人。

那天桥寺依然强调说是被两人拉着过来的，说遇上这两位太太简直毫无招架之力。“突然登门拜访实在太不合规矩了，但我完全是被这两位女土匪绑架来的，并非我的本意。”他反反复复地解释着，“像我这样一个公司职员，跟贵府的大小姐相亲真是高攀不起。”同时还说了这样不知该怎么理解才好的话。

雪子虽然摒弃了过去的高冷，但羞涩是与生俱来的，不是一时间就能脱胎换骨的，所以虽然井谷提出了忠告，但那天并未见到雪子有多么主动的姿态，她回答问题时仍旧不那么爽快。贞之助注意到这一点，让人取来每年在京都赏花的相册，然而基本上都是幸子在解说，偶尔地雪子和悦子在旁边谨小慎微地补充一两句。幸子想，若这种时候妙子在的话还能适当地说两句俏皮话，让气氛活跃活跃。恐怕其他三人心里也藏着这个想法。就这样聊着聊着，本说是二三十分钟，却过了一小时。桥寺看了看手表，说：“那么，我先告辞了。”见他起身离开椅子，丹生太太和井谷也站了起来。“哎呀，你们两位就别着急了吧。”幸子挽留起两位女客，她知道井谷是个大忙人，所以跟丹生太太说，“丹生太太，您好久没来了，就留下吧，虽然家里没什么好招待的。”听幸子这么说，丹生太太回答道：“那么我就留下了，晚上请我吃饭吗？”“请，不请大餐，请茶泡饭。”“茶泡饭很好哇。”丹生夫人犹犹豫豫地最终决定留下来。

吃晚饭的时候幸子没有让雪子和悦子参加，只在三人之间进行了谈话。看起来今天跟桥寺第一次见面的幸子也对他留下了好印象，夫妻俩不约而同地夸他的人品，“虽然还没问雪子的意见，但若是这位先生的话，雪子应该是不讨厌的。我们大概能感受到这一点。”这一点两人的观察也是一致的。随后，丹生太太向夫妇二人说了之后打听来的男方收入、家庭背景、性格相关的结果，二人越听越想促成这门亲事。但毕竟在两口子眼中，桥寺并未表现出极大的热情，所以心中没谱儿。丹生太太的说法是，两个介绍人在旁边催得太紧了，所以男方为了掩饰难为情才表现出不积极的样子，但实际上他心里已经颇有好感了。只不过说实话，他和去世的太太是恋爱结婚，现在多少还顾忌着亡妻的情面，而亡妻留下的女儿是怎么想的，他似乎也还很在意。所以即使再婚，他或许也希望表面看起来，自己尽量处于被动、被人催促着无可奈何而为之的样子。还有，实际上他应该是自己下不了决心，所以希望有人在他身后推他一把吧。如果他真的没有再婚的意思，我们再怎么强迫他，他也不可能两次都被我们拉出来。今天也是，虽然嘴上说着“只见过一面，就跑到人家小姐的家中，真是太不合规矩了”，但结果还是来了，这不就是对雪子小姐有意的证据吗？

幸子夫妻俩听完也颇觉有道理。丹生太太接着说：“桥寺先生一定很重视他女儿的想法，要是女儿喜欢的人，他一定二话不说立刻同意。所以下一次见面时我们会制造机会让他女儿和雪子小姐见面，那时务必请悦子小姐也参加，尽可能让两位小姐交上朋友。”说完就回去了。

之后，幸子跟贞之助说：“到目前为止相了那么多次亲，不管怎么说这次这个都是最好的，他符合我们期待的所有条件，地位、身份、生活水平等，既不好得离谱也不差，刚刚好。如果错过了这次，就不会再碰上这么好的亲事吧？像丹生太太所说的那样对方故意采取被动的态度，而期待着女方主动的话，那么我们就更积极一些怎么样？”她希望贞之助能有个好主意。贞之助也说：“我同意积极一些，但具体怎么做呢？不管怎么说，最关键的是雪子，她却是那么消极的人，在这节骨眼儿上真是伤脑筋。其实今晚她要是更活跃一些就好了……总之，我们先想想吧。”之后就没再说什么了，也并没有想出什么好主意。

次日，去事务所上班的贞之助想到，道修町离这个地方并不远，他想着找个什么合适的理由去对方公司拜访一下，好多建立一些感情。突然想到昨天在聊天时说起药的事，幸子说，家里一直用的是德国进口的维生素B剂和磺胺剂，如今因为战争的影响，百浪多息药片和注射液之类的时不时地没有供应，发愁得很。对方则说：“自己家的公司制作的一种叫作普莱米尔的磺胺剂，请您试用一下。这个不像大多数国产药，绝对没有副作用，效果也跟德国的磺胺剂别无二致。而且维生素B剂我们公司也有生产，也请您试一下。我马上为您寄一些吧。”贞之助说：“不用您专门寄过来，我每天都去大阪，我去您公司取吧。”“那就随时恭候大驾。您来时给我打个电话就好……”贞之助想起这些，盘算着那时候没想着真的去取药，但要跟对方说，想尽快拿到昨天妻子聊到的药品，去拜访也不足为怪。

那天贞之助从事务所出来得比往常早一些，沿着市中心南北向的干道步行过去。桥寺的公司位于南北干道往西走一百米左右的道修町路的北侧，周围全是古老的泥灰房老店，只有这么一幢现代化的钢筋混凝土建筑赫然屹立其中，贞之助马上就找到了。前来迎接的桥寺跟贞之助打完招呼之后，不用贞之助详述，就叫来伙计吩咐道：这个这个药品和那个那个药品，几盒几盒一包打包得方便拎着，然后拿过来。“我们这儿也没个能招待您的房间，我们去附近坐坐吧。您稍等。”他回了一趟公司，跟两三个店员交代了工作之后，没穿外套没戴帽子就走了出来。其间贞之助在公司门口等了五分钟，他观察着桥寺跟店员说话的样子以及店员对他的态度，能够看出桥寺虽是公司的董事，但却更像是公司的一把手。然后，他说着“再需要的时候尽管说”，把药递给贞之助，却不肯收钱，贞之助不知怎么做才好，说了一声：“您这么忙，我就不打扰了，先告辞了。”对方却说：“不，我不忙。我们一起到那边坐坐吧。”贞之助想，桥寺或许会跟他说些什么，这种机会若错过了就太可惜了，便跟了上去。贞之助想着有可能会被带到附近的咖啡店，谁知两人却走进一处窄窄的胡同，上了一家像民宅的小饭店的二层。贞之助自以为已经非常熟悉大阪的大街小巷了，却是第一次知道这地方还有这样的小胡同和饭店。饭店二层只有一间屋子，四周建着密密麻麻的居民屋，居民屋的屋顶和处处高耸的大楼映入眼帘，好似处在船场正中央。恐怕这里是道修町的商人们，主要是药店的主人或掌柜，带客人来吃便饭谈事情的地方。“把您招待到这种地方真抱歉，其实是因为下班后还有些别的事情。”桥寺解释道。贞之助压根儿没想到桥寺会招待自己吃晚饭，听对方这么一解释，反而更惶恐了。

这顿饭倒并非特别美味，大概上了五六道精致的菜肴和两三瓶酒。饭吃得本来就早，贞之助觉察到桥寺公务缠身，便早早地结束了这顿饭。吃完饭走到拉门外面，早春的天空仍布满落日余晖，两人吃饭的时间想必没有超过两小时。桥寺并没有像贞之助期待的那样“说些什么”，这顿饭似乎完全就是礼貌上的招待，两人只漫无目的地闲聊。其间，桥寺对贞之助的问题回答道，本来自己是内科专业，在德国专门研究了胃镜的使用方法，回国后意外地跟现在这家公司产生关联，周围的环境也使得他最终不得不停止行医，转行做起了药材生意。现在这家公司虽然有总经理，但他几乎不上班，具体的工作基本都是自己一个人在做。去别的地方推销新药的时候，对方不知道自己是医生，总发生不买账的情况，而自己清楚地解释药品的性能后，对方知道自己是专家则狼狈不堪，诸如此类一些滑稽的事情。

贞之助提出这些问题，而对方却丝毫未谈及莳冈家和雪子，贞之助觉得也就不好再说什么了。餐后水果上来的时候，他终于重振精神，透露两句自己家的小姨子虽看起来文静，但绝不是性情忧郁之人。为了听起来不像是在辩解，也是在说其他事情的时候穿插着提到的。

十六

第二天丹生太太给幸子打来电话说:“听说昨天您家老爷去拜访桥寺先生了，这样开始直接交往非常好，希望就按这样的步调跟桥寺先生搞好关系。以前您家总是喜欢把事情托付给别人去做，这样是不好的，所以总被人说是高冷什么的。我们已经把路铺好了，接下来就看您家的热情和努力了。我们的任务已经结束了，所以井谷太太和我就暂时不继续掺和了。没事的，我觉得一定能成功，还请您家努力试试看。希望早日收到你们的好消息。”丹生太太甚至还说了句“恭喜了”，然而据幸子夫妇的观测远远没到能够接受祝福的阶段。刚接完电话，栉田医生顺路来访说:“我去出诊，顺便来一趟。前段时间您拜托我调查的事我已经弄清楚了。”这是因为幸子注意到桥寺虽和栉田不是同一届毕业，但两人都是大阪大学出身，于是托栉田医生调查桥寺。栉田医生永远都忙忙碌碌的，道了一声“我就这么进来了”，穿着外套直接进了客厅，也不坐下来，站着传达了大概内容，而后说:“其余的都写在这上面了，您可以看看。”他从口袋里拿出一张纸，交给幸子便走了。幸运的是栉田医生的同窗密友中，据说有个跟桥寺关系很亲近的人，所以纸上的内容非常详细地谈及桥寺本人的事情、家乡的事情，甚至还知道了女儿的性情很是温顺、在女中的评价很好等。这刚好证实了贞之助目前为止四处打探收集来的信息。甚至栉田医生临走时还补充了一句:“这个人我也极力推荐。”

“这次雪子的好运真的要来了，咱们得做点什么促成这件事。”贞之助也对妻子这么说。虽有些不合乎常理，贞之助一气儿写了五六尺卷纸的毛笔信:

鄙人深知，此事以书函相呈，甚是失仪。事关妻妹，还望阁下听鄙人一言，予以思量。日前拜会之时，欲言又止，错失良机，故冒昧致信。鄙人欲相告之事，不是别的，而是有关妻妹为何至今尚未成婚。或许阁下怀有疑虑，恐其过往经历，或是健康状况等方面有缺陷。鄙人以实相告，绝无此事。妻妹至今未婚，皆因其同宗之亲虽非名门，却拘泥于规矩门第，将良缘均拒之门外。此原因，想必丹生太太及井谷太太均有所谈及。完全只此一个原因，没有其他任何理由，实在无聊透顶，然逐渐因此招致世人反感，再无良缘登门。鄙人所叙皆无虚言，若阁下能多方调查，直至疑念全消，则甚好。令雪子陷入不幸之责皆在其周围之人，她一身洁白无瑕，无可指摘。鄙人此言有偏袒亲族之嫌，然妻妹本人可谓是头脑、学力、品行、技艺，均为优秀。鄙人深怀感激之事，乃妻妹极爱护幼小。小女今年十一岁，依赖妻妹多于内人，小女功课辅导、钢琴练习，妻妹教导甚是恳切认真。小女生病时，妻妹又躬亲看护，尽心劳力。想起这些，小女依赖她多于依赖母亲实乃人之常情。有关此事，也请您顺便详查，确认是否为实。另外，有关她是否性格忧郁，如前日相告，绝无此事，您不必担心。若阁下容斗胆一言，鄙人认为，二人若有缘，妻妹定不负阁下期待。至少无疑可使令爱幸福。鄙人如此评议亲属，恐怕反而招致阁下不快，此举皆出自过于盼望阁下与妻妹能缔结良缘。失仪至此，再次望您海涵。

贞之助怀着特别的用意，用郑重的文体写了一封信表达上述内容。他自学生时代起便对作文很有自信，所以以为用晦涩的文体详述原委并不是那么难的事。然而担心写过头儿了会有反作用，所以用听起来不那么强硬的语句，但又要表现得不那么客气生硬，把握这个尺度可是让他吃尽苦头。写完一遍之后，感觉语句过于强硬而又写了一遍；而第二遍又感觉太过于软弱，于是又写了一遍；写成第三遍终于寄出去了，而刚一寄出，马上又后悔道，不寄这封信就好了。如果对方没有结婚的意思，不太可能因为这么一封信就改变想法；而要是有结婚的意思，因为接到那么一封信反而可能会心生反感。还是一切顺其自然才是最智慧的做法吧……

贞之助并没有期待回信，但两天过去了，三天过去了，对方没有任何反应，贞之助便坐不住了。周日早晨，故意没有告诉幸子自己要去哪里，只说稍微去散散步，就从家出发了。然后乘坐阪急电车到梅田站，坐上出租车，鬼使神差地告诉司机“去乌过”。贞之助出门时记住了桥寺家的门牌号。总之先到那附近看看他住在什么样的房子里，不露痕迹地从门前经过看一看——贞之助怀着这样的心情，并没有想要上门拜访。之后，行至一个十字路口，贞之助认为桥寺家就在附近，便下了车，边走边挨家挨户地看着门牌号。那天是今年以来最春意盎然的一天，可能是因为这个缘故，走着走着不自觉地足下生风，贞之助认为这是吉利的前兆。加之桥寺的家相对而言很新，坐北朝南，给人很明亮的感觉。虽听说是租的房子，但看起来并不寒碜。三四栋像外宅的二层小楼并排而立，透过木板围墙可见林立的松树，整洁利落。桥寺的住宅就是这几栋小楼中的一栋。作为一个丧偶的中年绅士跟女儿两人一起住的话，算是绰绰有余。贞之助在门前伫立了一会儿，正逢朝晖洒落，透过一根根发光的松针。二楼的玻璃拉门开着一半，贞之助望着二楼的栏杆，想到难得已经到了这里，顿时又改了主意，溜达着进入大门，按下了玄关的门铃。

出来应门的是位五十岁上下的女佣，她马上把贞之助带到二层，贞之助在楼梯上走到半截，“呀”的声音从楼下传来，贞之助回头一看，桥寺穿着睡衣，外面套着一件时髦的八端织[①]的宽袖棉袍，站在一楼的楼梯口处。

“不好意思！我马上来，您稍等一下……今天早晨睡懒觉了……”

“请便请便！请您慢慢来……我冒昧来访真是不好意思……”

贞之助看到桥寺微微屈身致意后，消失在楼下里侧的房间，首先松了一口气。其实他一直都很担心对方如何看待他之前的那封信，没见到对方之前无法安心，但看到刚才他接待自己的态度，至少似乎可以确定他没有感到不快。贞之助独自等待的时候，慢悠悠

①褐色和黄色横竖混织而成的织物。

地把屋子环视了一遍。这里是二层的前客厅，应该是这家的客厅吧。八叠的房间中，近两米的壁龛处装着多宝格橱架。虽然没有插花，但有品位不俗的挂轴、摆设、隔窗里的匾额、两折的屏风、草花梨的桌子、桌上的香烟套装等，摆放得整整齐齐。纸拉门、榻榻米等一尘不染，一点不像是粗俗落魄的鳏居男子的住所。从这些既可以看出主人的修养，也能够追想亡故妻子的性情。刚刚在大门处仰望时就这么想的，实际走进来一看，房间的感觉比想象中更加明亮。白底的纸拉门上描绘着带有云母的桐叶纹，将屋外的明亮尽情反射。家中没有一处阴暗角落，处处流通着新鲜的空气。贞之助吐出的烟在半空中形成一个鲜明的圈。他在给女佣递名片时，还因觉得过于恬不知耻而有些胆怯，然而现在还是觉得能登门实在是太好了。这样成为这家的客人，光是亲眼看到主人的态度，就已经非常好了。

“让您久等了。”大约十分钟后，桥寺上楼来说道，他换上了一件熨烫得平平整整的深蓝色西服，“这边更暖和。”说着便把客人让到临马路的檐廊上的藤椅处。贞之助不希望主人认为他是来探听回信的，于是打算见一面马上离去，然而透过玻璃窗阳光铺洒而下，贞之助沐浴其中，受到主人一如既往的亲切招待，一不小心就聊了一个小时。当然仍旧只是闲聊。“前些日子给您寄了一封很没礼貌的信。”贞之助轻描淡写地提到后，对方也不经意地说道：“哪里，感谢您如此周全地给我写信。”此后，两人便聊的全是无关紧要的闲谈了。过了许久贞之助终于回了神，想要离开时，主人说道：“请您留步，今天计划接下来带上小女去朝日会馆看电影的，如果您没有别的安排，我们一起走到那儿吧。”其实，贞之助本想远远地看一看他的女儿也好，便不得不说：“既然如此，我们便同行到那附近吧。”

那个时候，正是越来越难在街上拦到出租车的时候，桥寺给某处车行打了电话叫来一辆帕卡德汽车。行至中之岛的朝日大楼的拐角处时说：“我也可以把您送到阪急车站，您若方便，我们就在这儿稍微停留一下，不知意下如何？”刚好到了吃饭的时间，贞之助觉察到桥寺要邀请自己到阿拉斯加饭馆吃饭，若今天又让人家请客了的话他于心不安，可又想借着这个机会跟桥寺女儿亲近一下，这样逐渐加深交情是求之不得的，便接受了他的提议。之后又过了一小时左右，大家在餐桌上边吃边聊，这次因为有女儿的加入，聊的都是电影、歌舞伎剧、美国或日本的演员、女子中学等孩子气的内容。桥寺的女儿据说比悦子大三岁，今年十四岁，跟悦子比起来，她的谈吐等都更加沉稳老成，这种感觉也可能出自她的容貌。这样说是因为，她穿着女中的制服，虽然不施丝毫脂粉，但脸部轮廓已经不再是少女的脸型了，而已出落成鹅蛋脸、高鼻梁、紧绷的成人脸型。这张脸没有一点像桥寺的地方，由此可知她一定是长得像妈妈，基本上可以想象到，其母生得极其美丽，而桥寺凭借着自己女儿的面容追思亡妻。

结账的时候，贞之助说道：“今天就让我来吧。”“那可不行，是我把您邀请到这里来的。”桥寺没有答应。贞之助趁机说道：“那今天就承蒙招待了。也请您来我那里一次，我带您在神户转一转。下周日请您一定带着小姐一起。”让桥寺答允后，在五层的电梯处分开了。说到底，把下周日的约定带回家是给家人最好的礼物。

十七

那天，贞之助回家之后跟幸子讲了白天发生的始末，幸子一边揶揄他“你也越来越不客气了”，心里却乐开了花。要在以前，这件事幸子绝对高兴不起来，肯定会埋怨丈夫“怎么那么没见识”。以往丈夫绝不会厚脸皮到这种程度，因为雪子的亲事两人的态度发生这么大的转变，连自己都震惊了。至此为止就可按兵不动，只需等待下周日的到来。其间又接到了丹生夫人的电话。“听说之后您家老爷还见了桥寺家的小姐，这事越来越有谱了，真是可喜可贺。我还听说周日你们会招待桥寺父女，还请你们好好款待他们，特别是雪子小姐，希望她能消除最初留下的‘忧郁’的印象，这个是我最担心的，所以特地来多一句嘴。”这样看来，桥寺把相亲之后的进展和变化都一一汇报给了丹生太太，好像他对此事绝对不是冷眼观之的态度。

到了约定的星期日，早晨十点桥寺父女来到芦屋，在家里玩了一两个小时，与幸子他们四人一起一行六人雇车到了神户，抵达花隈的菊水。关于今天吃饭的地方，有中国料理、东方宾馆的烤肉、长崎日本风中国菜宝家等诸多选项，最后觉得既然是参观神户，那么还是菊水最有特色，所以选了菊水。午饭吃得晚，两点开始四点结束，从餐厅出来后从元町散步去了三宫町，在尤海姆咖啡厅歇了一会儿，把父女二人送到阪急电车站后，四人去阪急会馆看了美国电影《唯有天使生双翼》[1]。这天大概是双方家人为联络感情而聚的

① 1939 年美国电影，原题为 *Only Angels Have Wings*。

感觉，还没到开诚布公聊亲事的地步。

第二天下午，雪子一个人在二楼练字的时候，阿春上来说：“有您的电话。”

“找谁的？”

“对方说想让雪子小姐接电话。”

“谁打来的？”

“桥寺先生。”

听罢雪子顿时慌了神，放下笔起身，却没有立马去接电话，涨红着一张脸在二楼的楼梯口来来回回地踱步。

“中姐呢？”

“好像出门儿了……”

“去哪儿了？”

“这个，应该是去投信了吧。她刚出去，要把她叫回来吗？”

“快！快把她叫回来！”

“是！”

阿春急忙飞奔出去。幸子从来都是活动腿脚的时候顺便去把信件寄出去，然后一直有在大坝附近散步的习惯。所以阿春刚转过一个街角，轻而易举就找到她了。

“太太！雪子小姐叫您！”

看阿春上气不接下气的样子，幸子讶异道：“怎么了？”

“桥寺先生打来电话。”

“桥寺先生打来的？”

太过出乎意料了，幸子吃了一惊。

“打给我的？”

“不是，打给雪子小姐的。雪子小姐说让我来叫太太。”

“雪子不接电话吗？”

“这个，我就不知道了，我出来的时候她正来回转悠呢……”

“她为什么不自己接电话呢？雪子真奇怪。”

幸子觉得事情不妙。雪子不喜欢打电话在家族中是有名的。几乎没有人给她打电话，就算有人打电话找她，也基本都找人代替接电话；不是特别紧急重大的事情，她从不亲自接电话。一直以来倒也相安无事，而今天和以往又不同。虽然不知道是什么事，但桥寺特地给她打来电话，首先她不接电话就是没道理的。幸子若是代为接听反而会很奇怪。又不是十七八岁的小姑娘……说她只是害羞难为情，深知雪子性情的姐妹虽然了解，而这种说法在世间却行不通。桥寺没认为被侮辱就是万幸了。又或者，雪子最后磨磨蹭蹭的还是接了电话呢？让人家等了半天最后极不情愿地接了电话，像平常那样支支吾吾地说不清一句话——她在接电话的时候这种毛病更加严重——那同样会坏事的，要是那样的话没准儿还是不接电话更好一些。又或者，她惊人地固执倔强，无论如何都不接，就等幸子回家救场呢？但是，就算幸子现在跑回去，恐怕人家早就挂了电话。就算没挂，幸子代替雪子接电话说些什么谢罪的话好呢？总之今天这种场合必须雪子自己接电话，而且还得是马上飞奔着去接电话。幸子有种不祥的预感，因为这件小事，好不容易谈到现在的这门亲事莫不是就要吹了？但桥寺那么通晓事故谦和有礼，应该也不会因为发生了这么一桩事就全盘推翻吧。要是自己在家的话，就算是强迫也要让雪子马上去接电话。自己就只有这五六分钟不在家，电话却打来了，越想越觉得事情严重了。

幸子急匆匆赶回来，跑到有电话的厨房一看，电话已经挂了，雪子也不在那儿。

“雪子呢？”她问阿秋，她正在和面为制作下午茶点做准备。

“刚才在那儿……现在应该在二层吧？”

“雪子接电话了吗？”

“是的，接电话了。”

“马上就接了电话？”

“没有，那个……她一直在等太太，但您一直没回来，所以……”

“她讲电话时间长吗？”

“只讲了一会儿……一分钟左右。”

“什么时候挂的？”

“刚刚。”

幸子到二楼一看，雪子一个人靠着练字的桌子，手里拿着折页字帖，看起来像是正在低头看。

“桥寺先生的电话，说什么了？”

“他说今天下午四点半在阪急的梅田站等我，问我能不能出门。”

“哦，估计是想跟你去散散步。”

“他说要不要在心斋桥走一走，想找个地方吃饭，问我能不能陪他……”

“雪子怎么说的？”

“……”

“你说你会去吗？”

“不。”雪子吞着口水嘴里嘟囔着。

“为什么？”

“……”

“你去一去不是挺好的吗？”

在商谈婚事的过程中，跟男方——且是只见过两三面的男士——两人单独在街上散步这种事，雪子是不会同意的。这一点知根知底的姐姐从一开始就很清楚，以雪子的性格拒绝也是情理之中的，然而幸子就是很生气。跟不太熟悉的男子在外面散步、去饭店吃饭，不管雪子多么不愿意，先不说幸子，不是很对不住贞之助吗？不管是贞之助还是幸子，这次都如此舍下面子、低头折节的，雪子要是能体恤一下，不也该多主动一些才对吗？何况桥寺打了那样的电话过来，他本人定是下了很大决心，若是遭到了如此冷淡的对待，得多么灰心啊！

“那么，你拒绝了？”

“我说稍微有些不方便……”

就算拒绝，找个靠得住的理由婉拒的话或许还好，雪子在这方面又很不中用，定是笨嘴拙舌、扭扭捏捏地回复。想到这里，幸子不由得涌上不甘的泪水。看着眼前的雪子，气更是不打一处来，于是扭头就下了楼，从露台走到院子里。

幸子知道，让雪子给对方打电话，为自己的无礼道歉，如约去大阪，是最好的弥补办法。但无论怎么劝说，雪子都不会点头同意去做的。若强迫她，将徒增双方的不快，最终落得个不欢而散的结局。但若幸子代替雪子编个像样的理由，说明今天真的有安排不开的特殊情况没法去，那真能说得让对方相信吗？如果对方再来一句“那明天怎么样”，自己该怎么回答？雪子又不只是今天不愿意去。两人若不相互加深了解，更加懂得对方的脾气秉性之后，雪子必然是不愿意单独跟他出行的。如此想来，今天的事先这样放一下吧，或者明天幸子去丹生太太那儿一趟，把雪子的性格详细地说明一下，她本人绝没有想慢待桥寺、不愿意跟桥寺一起散步的意思，只不过一直以来太过于深闺小姐习气，遇到这种场合就慌神退缩了，雪子就是单纯到这个地步之类的，让丹生太太帮忙传达给桥寺。这样做的话，桥寺多半会谅解吧……

幸子在院子里边散步边思考应对方案，厨房那边好似又传来电话铃声，阿春跑到露台向着院子大吼："有您的电话！丹生先生的太太打来的！"

幸子吓得心里扑通一跳，跑向厨房，突然想到了什么似的，还是把电话切换到了丈夫的书房。

"啊啊幸子——刚刚桥寺先生打来电话，特别生气的样子——"丹生太太的语气似乎也非同寻常。她本就口齿清晰，一口东京腔，现在因为情绪激动更像是蹦豆子似的一股脑儿地说："不知为什么桥寺先生非常生气，'我讨厌那种因循守旧的大小姐，你们都说她性格开朗，到底哪里开朗了？我要断然拒绝这门亲事，请您马上向对方转达这个意思。'不知他究竟为何那般气恼，桥寺先生说：'我想跟雪子小姐两人好好聊聊天，便邀请她今天傍晚一起散步，最开始女佣接了电话，我便说雪子小姐在的话请她接电话，对方说了一声小姐在，便没了声音。不知为什么雪子小姐就是不来接电话，让我等了好久之后终于来接了电话。问她是否方便，雪子小姐只是一个劲儿地重复这个那个的，方不方便也不给个明确答复；追问下去，雪子小姐终于用让人听不见的小声说了一句，稍微有点不方便……之后便什么也没说了，我也生气了，就那样把电话给挂了。'桥寺先生说'那个大小姐到底把别人当成什么了？是不是对人太不尊敬了？'发了好一顿脾气。"丹生太太一气儿说了这么多，"事情就是这样，非常遗憾，这件事就当没谈成吧。"

"真的，真的，给你添了太多麻烦了！要是我在的话绝对不会让她做出这么没礼貌的事情，偏巧我出了一会儿门儿……”

“但是……就算你不在，雪子小姐不是在家吗？”

“是，是，虽然是这样的……真的太对不起了！事情闹到这个地步，也没法让你帮忙挽回了吧……”

“当然了……”

幸子恨不得找个地缝钻进去，一边语无伦次地应答着，一边听着对方说话。

“幸子呀，在电话里说这事儿对不住了，但事到如今我再跑去见你也于事无补，我就不去找你了，你也别见怪——”说罢就要挂电话的样子。

“真的，真的……不管怎么说我都要去府上谢罪……你生气是应该的……”幸子都不知道自己在说什么。

对方听了这些套话便说：“行了，幸子，您不用那么说。你要大驾光临，我就太惶恐了。”就差点没说出“听你说话我都嫌吵”。幸子正战战兢兢的空当儿，对方说了一句“再见”，便挂了电话。

放下听话筒，幸子就那么靠在放有固定电话的丈夫的书桌旁，用手掌托着脸颊，呆呆地坐了一会儿。虽然这事让人很不痛快，但今天丈夫回家之后也必须告诉他。今天还是不说了，明天等心情平复了再说吧……丈夫该有多失望啊，幸子能想象到。更严重的是，丈夫若不因为这事对雪子尽失耐心就还好……一直以来丈夫都有讨厌妙子的倾向，对雪子充满同情，最终这两个妹妹都要遭到丈夫的嫌弃了吗……妙子有启少爷，虽不是个理想的对象，但总归算是有可以依靠的人了；而雪子要是现在被贞之助放弃了，以后会怎么样呢……一直以来，幸子对妙子忍无可忍的时候就会跟雪子抱怨，而关于雪子的事情就会跟妙子说。所以，此时妙子不在家，幸子感受到平时从未感受过的极度的孤单和艰难。

“妈妈。”

悦子打开书房的门，站在门槛处，用惊讶的眼神窥探着母亲的表情。她刚刚放学回来，因为家里异常冷清，所以大概察觉到发生什么事了。

“妈妈，你在干什么？”边说边走进来，从母亲的后侧再一次窥探她的脸，“妈妈，你干什么呢？妈妈……妈妈……”

“你姐姐呢？”

“姐姐在二楼读书呢……妈妈，怎么了呀？”

“没怎么……你去找你姐姐吧……”

“妈妈也一起来。”说着，悦子拉着幸子的手。

“嗯，走吧。”幸子整理心情站起身。和悦子一同回到正堂，让悦子一个人去了二楼，自己则走进客厅，坐在钢琴前打开钢琴盖。

贞之助回家大概是一个小时之后的事。一直弹着琴的幸子听见外面门铃响，就到门口迎接，丈夫抱着公文包先去了书房，她追在身后跟了过去。

“你听我说！难为你为这事儿操碎了心，出大事了——”幸子直到刚才还在犹豫到底是今天说还是明天说，看到丈夫的一瞬间就憋不住了。但丈夫只是倏地变了脸色，微微叹了口气，并没有表现出特别不快，一直安静地听幸子说到最后。看到丈夫如此镇静，幸子又一次觉得悔恨无比。“让我们这么担心，真是没良心啊！”她还从没如此激烈地训斥过雪子。事到如今说什么也于事无补，不过这样看来桥寺是真的有结婚的意愿，嘴上虽不给痛快话，但心里绝对是有雪子的。正因如此，今天才打来电话约她出去。知道了这一点，越想越觉得今天由于电话造成的差错更加的遗憾，恨不得捶胸顿足大哭一场，但这事哭也挽回不了了。机会永远地失去了。为什么自己在那时候不在家呢？自己要是在家，就算不能让雪子答应对方的邀约，至少也能让她像样地跟人家说话。那样的话，或许这件亲事还能顺利进行，而且将来或许还能谈婚论嫁……这绝对不只是梦想。正常进行的话，十有八九能够进行到那一步。然而，自己就出门五六分钟，就打来那样的电话！人的命运真的是由偶然的小事情决定的呀……幸子想放弃却又不甘心，好似那时候自己不在，宛如是自己的过错一般，懊恼不已。她甚至开始觉得，偏偏就在那五六分钟打来电话，雪子太倒霉了。

“这样一想，虽然还很生气，但也觉得雪子很可怜……”

“但是，这是雪子的性格招致的悲剧。打电话时即使你在旁边，结果不也是一样的吗？”贞之助可能是因为处于这个立场，不由得反过来安慰妻子，“即使你在家，雪子也不可能顺利应付这个场合的。而且，她若不爽快地答应对方的邀请一起去散步，无论怎么做都无法避免对方不满。因此，今天这个结果是雪子的性格决定的，你在不在旁边，都没多大关系。就算今天想着法子过了这一关，今后还会发生很多次类似的事情，所以这件事谈不成是命中注定的。雪子不脱胎换骨的话，这种结局或许就是她的宿命。”

“照你这么说，雪子岂不是嫁不出去了？”

“不是这样的。我的意思是，那种保守内敛、连电话都不敢打的女性也有她的好处。世间或许会有对此不以为意的男人，并不把这种性情看成落后腐朽、因循守旧，反而会觉得这样的性格有其雅致高尚的一面。若非此种男子，就没有资格成为雪子的丈夫。”

幸子听丈夫反过来安慰她，对丈夫过意不去的感情更加强烈地涌上来，同时她也努力地想着雪子的可怜之处，怒气渐渐平复下来。回到正堂去客厅一看，不知何时雪子从二楼下来了，她坐在沙发上把铃抱在膝头逗着玩儿。看到她那满不在乎的样子，幸子的怒火再度燃烧起来。她抑制着自己的愤怒，憋红了一张脸狠狠甩出两句话：“雪子。刚才丹生太太来电话说，桥寺先生很生气，所以亲事吹了。”

“哦。”雪子一如既往漠不关心的样子。不知道是否多少是为了掩饰难堪，猫咕噜咕噜地发着声音，雪子为了让它更高兴，把手伸到猫的脖子给它抓痒痒。

“不光是桥寺先生，丹生太太、贞之助姐夫、我都很生气。”幸子本想马上继续这样呵斥，却还是吞回肚子里了。不过，这个妹妹最终能否认识到今天的失败是“失败”吗？若能认识到，那就该端正态度跟丈夫说声“对不起”。 想到这个人通常在这种时候，即使意识到了错误也绝不服软，幸子又觉得她面目可憎起来。

十八

关于桥寺生气的原委，第二天井谷来访更加详细地跟幸子说了说，事情就更清楚了。

据井谷说：“听说昨天桥寺先生给丹生太太去了电话，他也给我打了电话。总之那么温厚的绅士竟然那么愤怒，甚至还把怒火发到我这儿来了，他说：‘那个小姐是不是太没礼貌了？’我感觉这事非同小可，马上跑到大阪去，见了桥寺先生和丹生太太。仔细一听，原来桥寺先生发怒并非没有理由。这事不光只有昨天，前天就有所萌芽。听说前天桥寺父女在神户的菊水吃饭受到你们款待，回去的路上大家在元町散步时，偶然地桥寺先生和雪子小姐两人走在了一起，那是因为街上人潮涌动，在街头欢送出征军人，只有这两人被长长的队伍阻断，跟其他人分开了。那时桥寺先生看到一家杂货店的陈列窗就对雪子小姐说：'我想买双袜子，可以陪我进去看看吗？'雪子听罢只'嗯'了一声，就扭扭捏捏起来，几次回头向身后五十米开外的太太们，像是求救似的望去，一脸为难的样子站立着不动，所以桥寺先生愤然一人进去店里买了东西。那就是十五分钟二十分钟的事，其他人不知道，但桥寺先生那时就相当不高兴了。不过那时候，他尽力善意地理解这件事：雪子小姐就是这样的性格，并非讨厌自己。就这样又调整好了心情。而他还是很在意这件事，想再试一试对方是否真的讨厌自己，正好昨天天气也好，公司也不忙，他马上打定主意打了那通电话。然而结果正如您知道的那样，桥寺先生一次又一次地受到侮辱。桥寺先生说，前天的时候，他还认为或许是雪子小姐害羞，而两次都受到那样的对待，只能理解为雪子小姐非常讨厌他。雪子小姐那种拒绝他的方式给人感觉好像明确地在表示'你还不知道我讨厌你吗'。若非如此，雪子小姐总会稍微说得让人好接受一些吧。据桥寺先生的观察，雪子小姐周围的亲人们尽力促成这门亲事，而雪子小姐故意跟周围人唱反调，要大家的努力付之东流。他说：'我深知丹生太太、井谷太太、莳冈家的姐姐和姐夫的好意，但这好意我无法承受。我感觉这桩亲事并非由我拒绝的，而是被拒绝的。'"

昨天井谷去见两人的时候，丹生太太的怒火比桥寺先生的更甚。"丹生太太说：'其实我也认为雪子小姐对待男性的态度十分不妥，她那副样子被人评价为'阴郁'也是理所当然。我给过忠告，让她努力给对方留下开朗的印象，但雪子小姐完全没有要听取意见的意思。比起雪子小姐，幸子小姐竟然由着雪子小姐摆出那么一副态度，我非常不解。现如今就算是华族、皇族的公主也没道理那般傲慢无礼，幸子小姐把自己妹妹当什么了！'”井谷似乎有些想借丹生太太的口发泄自己的愤怒似的，口吻相当严厉，但无论她说什么，幸子都无言以对。井谷有男人的秉性，想说的说完之后，看起来就痛快了。接着她亲切地跟幸子聊了一会儿，看到幸子精神不振的样子，说："不用悲观，不管丹生太太怎么样，我之后还是会介绍亲事的。"接着顺便提到了眼眶的黑斑，"桥寺先生前前后后跟雪子小姐见了三四面，听说完全没有注意到那块斑，只是那天吃过饭回来他女儿跟他说'那个人脸上有块斑呢'。据说桥寺先生说：'是吗，我一点也没注意到。'所以您不必担心那块黑斑了，有时候完全没问题的。"

前一天在神户元町时桥寺也生气了，这件事幸子最终没有告诉贞之助。说了也无济于事，还有可能会破坏丈夫对雪子的感情。而贞之助也同样瞒着妻子，自己做主在之后给桥寺写了信：

事已至此，鄙人实则无话可说。虽有不肯断念之嫌，然鄙人有一言想要与阁下阐明，若不说明则无地自容。阁下或许认为鄙人夫妇未完全确定妻妹之心意，而强推亲事，实际上，鄙人相信妻妹绝非厌恶阁下，而正相反。您或许会说，那么日前对您消极暧昧的态度以及电话中的应答该作何解释。妻妹此等行为皆因天生对异性的怯懦和羞耻心使然，不能成为她厌恶您的证据。旁人或许会觉得，一个年过三十的女性竟然如此不中用，但作为了解她生平的骨肉亲人，并不会讶异于妻妹的行为。她在那种场合变成那种状态是经常的，但即使是这样，她怕生的毛病也比以前好多了。鄙人如此辩白定是无法受到人们的理解，鄙人深知，前述之言不能成为合理的解释，特别是前日电话之事，不知该如何跟您道歉才好。鄙人跟您说过，妻妹性情并不阴郁，反而在她的内心藏着开朗活泼的一面，到如今鄙人依旧坚信此言非虚。然而这个年岁的女子竟然无法完整周全地跟人说话，实在是愚蠢无能至极，您生气也是理所应当的。凭这一点您判断此人无法成为您的妻子，实则情非得已。虽心生遗憾，然我们不得不认清妻妹落选之事实，再不能恬不知耻地恳求您重新考虑了。总之，把这个妹妹培养得如此落伍陈旧，是家庭教育的失败。说起来，与她很早就失去了母亲，年岁尚幼又失去了父亲有关，但鄙人等亲属也有一半责任不可推脱。只不过，我们在无意识时便偏袒了她，过高地评价了她。但是我绝对没有向您讲过半句虚言，不顾一切地去促成这门亲事。这一点还望得到您的谅解。鄙人在此期盼阁下早获佳偶，雪子亦能得其良缘，双方都能把这件不愉快的事情忘怀。鄙人祈盼那天尽早到来，到那时还望我们能够恢复交往。好不容易能够交得如阁下这般的良友，原本欢欣非常，若因此等小事断了交往，则损失非常。

贞之助写好信寄出之后，桥寺马上寄来一封郑重的回信：

收到您真诚的书信，在下不胜惶恐。阁下称令妹落伍陈旧愚蠢无能，太过谦逊了。令妹无论年岁几何，均不染尘世之污，永葆少女之纯真，实为难能可贵。想来能成为此等女性之夫者，须能高度评价其纯真，有义务小心呵护以无损其高贵之处，更重要的是给予令妹深刻的理解和周到细致的照顾。如在下这般乡野粗鄙之士全无资格。基于如上考虑，私以为无法给彼此带来幸福，故而谢绝。让您误会我对令妹怀有不敬之评价，确非本意。另外，这些日子以来，府上对在下展现深情厚谊，不胜感激。府上一家合乐之景象，实令我辈羡慕非常。私以为就是在这样的家庭中，令妹方养成珠玉般的性格。

他也像贞之助一样在卷纸上写的毛笔信。虽然不是文言文，但也写得周到且无纰漏。

另外还有一事，幸子那天在神户散步的时候，带着桥寺的女儿进了元町的洋货店，为她挑选了衬衫，还请人在衣服上缀上其名字首字母。亲事没谈成的几天后，字母定制完成，想着要是不送反而奇怪，便通过井谷送给了对方。之后过了半个月，一天幸子去井谷的美容院，井谷说:“桥寺先生送来了这个，说是给太太的，就放在我这儿了。”井谷交给幸子一个牛皮纸包着的盒子，回家打开一看，里面是京都的襟万制作的凸花纺绸衬袄，花色挑的正适合幸子的穿衣风格，大概是桥寺拜托了丹生太太等人置办的吧。幸子他们认为这是前几日衬衫的回礼，感到桥寺连这种细节都处理得如此妥帖。

那么雪子的心情如何呢？从表面上来看她既没有失望，对贞之助和幸子也没有任何歉意的样子。虽然明白幸子夫妇的善意，但她自己的性格不允许她更主动，所以这桩亲事没谈成也不可惜——或许多少有些嘴硬，虚张声势——但她的言行让人觉得她就是这么想的。幸子最终错过了跟雪子大发脾气的机会，又慢慢地和好了。但心中仍旧有些介怀，未能释然，心里一直等着妙子来了之后一股脑儿地倒给她听，可偏巧二十天左右妙子都没来过——刚好是三月上旬的星期二，那个“命运般的来电”的第二天早晨她来过一趟，听了“这次又不行了”这句话很是失望地回去了，之后再也没来过。说实在的，这阵子每每丹生太太或者井谷问起妙子的事情，幸子都揣着戒心，觉得这些人已经知情却装作不知道，跑来探听消息。因此，总是模棱两可地搪塞她们。这是因为她想尽可能保守妙子搬出去住的秘密，而万一妙子跟奥畑的关系产生问题，她还想做好准备，到时候只需要跟世人交代一句“这个妹妹已经跟家里断绝关系”就行了。不过这些苦心经营如今都化为泡影，幸子突然特别想见到妙子。一天早晨吃早饭时，幸子念叨着：“小妹最近怎么样了？要不要给她打个电话呢？”送悦子去上学的阿春一直没回来，过了三个小时才回来，悄悄地窥探了一下餐厅，确定了只有幸子和雪子两人之后，直接进来悄悄走到她们身边小声说：“妙子小姐生病了。”

“啊？什么病？”

“好像是肠炎或者是痢疾。”

“她打电话来了吗？”

“是的。”

“你去看了？”

“是的。”

“小妹在公寓躺着吗？”雪子问道。

“没有。”阿春说罢低下头陷入沉默。

她说，今天一大清早她就被叫了起来，说是有她的电话。她接了电话，发现对方是奥畑："小妹前天来我家突然生病了。那时是夜里十点左右，发烧近四十度，还伴随着打寒战的症状。她说要回公寓躺着，我把她留下来了，让她在我家休息。不过病情恶化得越发厉害，昨天叫来了附近的医生诊疗。最开始病情并不清楚，说可能是流感，也有可能是伤寒。昨天夜里开始激烈地腹泻，而且腹部绞痛，判断说是肠炎或者痢疾。如果确定是痢疾，就必须得送到医院了。无论如何需要有人看护，所以不能送回公寓。眼下让她在我家治疗，这件事私下里先告诉春丫头。她虽然痛苦，但现在倒并不必特别担心，让她继续留在我这儿接受治疗也没问题。如果情况有变，我会通知你的，但我觉得绝不至于发生什么。"阿春想着总之自己先去看看再说，便在早晨把悦子送到学校后绕道去了西宫。但是阿春去过后发现比电话里讲的和自己想象中的都严重得多。听说妙子昨夜开始已经拉了二三十回，由于太过频繁，她干脆起床扶着椅子坐在便盆上不再起身。不过据说医生忠告说，这样是不好的，应该躺在床上静养，用插入式便壶。阿春过去之后，和奥畑一起对妙子进行了百般劝说，她才终于又回去躺下。阿春在的时候，妙子也拉了很多次。腹部绞痛，每次又只拉一点点，因此更加痛苦。体温依然很高，刚才测量的时候是三十九度。到底是肠炎还是痢疾尚不明确，已经拜托阪大做了细菌化验，说是过一两日之后就知道了。阿春跟妙子说："是不是让栉田医生来看看更好一些？"病人说："要是让栉田医生知道自己病倒在这个地方不大好，还是不要了。也不要跟中姐说，让她担心就不好了。"阿春当场没说要不要报告给太太，只说了一句"之后我再来"，就先回来了。

"没有护士在吗？"

“没有，说是要是病得久了，就要请护士了……”

“谁在照顾她呢？”

“把冰块弄碎是少爷在做（阿春第一次管奥畑叫少爷），便盆消毒和擦屁股是我。”

“你要不在的话，谁来做呢？”

“这个……老婆婆在做吧。那人据说是少爷的乳母，是个很好的人。”

“那个老婆婆不是做饭的吗？”

“是的。”

“要是小妹得的是痢疾，让老婆婆接触便盆就危险了。”

“怎么办……我去看看吧？”雪子说。

“先看看情况再说吧。”幸子说。

要是确诊为痢疾了，就必须考虑怎么处置；要只是简单的肠炎，两三天就好了，现在不用那么慌。眼下除了让阿春去看护，没有别的办法。就跟贞之助和悦子说，阿春尼崎老家那边有急事，请了两三天假回去了吧——幸子说道。

“医生是个什么人？”

“什么人，我还没见过。据说是附近不认识的医生，第一次请他来看病……”

“还是让栉田医生给看看更好。”雪子说道。

“是呀。”幸子也说，“要是她在自己的公寓里就好了，现在是在启少爷那儿，还是不请栉田医生的好。”

幸子心里明白，妙子那么逞强，其实有很脆弱的一面，嘴硬说什么“不要告诉中姐”，其实心里的想法正相反。幸子知道，这种时候她肯定切身地感受到了家庭的美好。自己和雪子不在她身边，她是多么无助哇！

十九

阿春迅速收拾好行李，早早地吃了午饭，匆匆地道了一声“我两三日后回来”，便出门了。临出门前幸子把她叫到客厅，细细地叮嘱了她一番要改掉平时不爱干净的习惯，接触了病人的身体之后要勤消毒，病人每次排便之后都要滴一些来苏儿[①]消毒，等等，详细地告知了她需要注意的地方。还要求她密集地报告病人的情况，奥畑家没有电话，往这儿打电话时如果贞之助和悦子在的时候不大方便，所以幸子要求她每天至少有一次在上午打来。而且虽然借附近的店铺的电话更方便，但尽量不要那样，还是去公用电话亭打电话，等等。耐心嘱托之后，阿春便出发了。

阿春是在下午出发的，幸子她们想着这天估计不会有电话打来，反而更加担心妙子的情况，焦灼地盼着第二天早晨的到来。第二天，电话打来是在十点多的时候，幸子把电话切到丈夫的书房里，信号不好，说着说着总中断，费了半天劲儿就听了一点儿消息。结果，病人的情况与昨日比没有好转，还比昨天腹泻更频繁了，一小时甚至要拉十次。持续的高烧也没有退去的迹象。听了阿春的描述，幸子问道：“疑似痢疾这事儿是怎么说的？医生说是还是不是呀？”

“这个，好像还没搞清楚。”

①又称甲酚皂溶液，可作消毒液使用。

“大便的化验结果呢？”

“据说大阪大学那边还没有回音。”

“大便是什么样的？有血吗？”

“好像有血。除了血以外就全都是像鼻涕那样黏糊糊的白色的排泄物。”

“你是从哪儿打来的电话？”

“在公用电话亭打的电话。附近没有，所以特别不方便，而且还有两三个人排在前面，这才打迟了。我想过一会儿再打一次，但要是今天没打成，我就明天早晨打。”说罢阿春便挂了电话。

“便中带血的话，不就是痢疾吗？”旁边一直听着的雪子说道。

“是呀……我也觉得是。”

“肠炎的话，便里会带血吗？”

“这个，没有吧……”

“一小时要是拉十次的话，肯定是痢疾呀。”

“那个医生不太靠谱吧……”

幸子已经大致认定是痢疾了，一点点地想着接下来的对策。那天一直焦急等待着的第二通电话始终没有打来，第二天早晨也是过了十一点仍旧音信全无。幸子和雪子两人念叨着“到底在干什么呢”，坐立不安。快中午的时候阿春突然从后门进来了。

“怎么样了？”两人看到阿春绷着脸，默不作声地把她拉到客厅问话。

“好像就是痢疾。”

其实便检结果还没有出来，医生昨夜和今晨过来，说：“怎么看都像是痢疾，必须按痢疾治。国道附近有家木村医院，那里有隔离病房的设备，我跟那边说一声让病人住院吧。”事情刚要定下来，碰巧那时候来送菜的人从后门进来，跟阿春说走了嘴：“那家医院还是不去为好。”阿春去附近一打听，原来那家医院评价很差。据说院长耳朵不大好使，听诊不太行，总是误诊。听说虽然是大阪大学毕业，学生时代成绩很差，连博士论文都是他一个同学代写的。那个同学现在也在附近开医院，而且据说他本人也承认：“那的确是我写的。”阿春把这件事告诉奥畑，奥畑也不安起来，打听了其他几家医院，发现附近有隔离病房设备的医院只此一家。于是就说：“就对外面说是肠炎，在家治疗不行吗？”“可这到底是传染病呀。”医生不同意。但奥畑跟阿春商量：“区区痢疾不用去住院，大家不都在自己家就能治好吗？不用理会医生说的，就这么定了。我会说服医生让他同意的。还是说听听芦屋的姐姐的想法吗？”“那我去问问太太，看她怎么说。”阿春觉得在电话里说不清，就赶紧赶回来了。

幸子问那个医生是个什么样的人？阿春说，那也是个大阪大学毕业的姓斋藤的医生，看起来比栉田医生年轻两三岁。从他父亲那一辈开始在那个地方开医院，老医生目前健在，父子俩的评价都不算差。但据阿春的观察，不如栉田医生干脆利落，诊断等都慎重无比，不轻易确诊。这次诊断耽误了，一来是受他的这个特点影响；还有一个，要说是痢疾，但妙子发热过高，而且最开始的一天里并没有排便，腹泻是从发病二十四小时之后的前天夜里开始的。因此才认为有可能是伤寒，所以治疗便滞后了，使得病情恶化。

“不知是在什么地方传染上的。是不是吃什么坏的东西了？”

“是的，听说是吃了青花鱼寿司。”

“在哪儿吃的？”

“听说发病那天的傍晚，她和少爷在神户散步，在一家叫喜助的店里吃的……”

“没听说过这家店啊。雪子你呢？”

“没听说过。”

“据说这家店在福原的花柳巷里……说是那里的寿司特别好吃，所以想去尝一尝。去新开街看完电影回来顺便去吃了一次。”

“启少爷没事儿吗？”

“是的，据说少爷讨厌青花鱼，所以没吃。只有妙子小姐吃了，所以说肯定就是青花鱼的问题……不过，据说她吃得并没有很多……而且鱼一点都没有变质，真的是非常新鲜的青花鱼……”

“青花鱼很恐怖的，就算是新鲜的也有可能会中毒。”

“听说鱼背和鱼腹中间那块红黑色的地方最危险了，妙子小姐吃了两三块。”

“我和雪子绝不吃青花鱼，只有小妹吃。”

“话说回来，小妹也太爱在外面瞎吃了。”

“真是的，很久以前小妹就不太在家里吃晚饭了。总是跑去各种饭店吃，这才生病了。”

发病以来启少爷的态度怎么样？虽然没表现出来，但他内心是否觉得收留一个传染病人是件麻烦事呢？想必他最初想得简单，以为只是肠炎；而现在知道不是了，就应付不来了，想尽量让芦屋接手吧——幸子她们想起他在前年发水灾的时候的举止，担心他还是那副做派。然而根据阿春的观察，他并没有什么明显的举动。那次洪灾时，由于他平时喜好打扮时尚，讨厌把裤子弄湿，但对于传染病似乎并没有那么恐惧。也许正是他在洪灾时的举动才让妙子对他失望透顶，所以这次他才努力表现真心吧。他说“就在我这儿治疗吧”，看起来并不只是嘴上说说。他很能注意到细节，时不时地提醒阿春和护士一些事项，有时还帮忙换冰袋，给便盆消毒。

“接下来我和阿春一起去看看吧。我是不怕的。”雪子说道，“就算得了痢疾，也不至于死人。既然启少爷这么说，而且也没有其他合适的地方能把病人转移过去，就让她在那儿静养或许也不错。但是护理工作不能全扔给人家做，我们不能坐视不管。虽不知本家或者贞之助姐夫会说什么，我肯定不能不管。总之我自己做主了我要去看看，应该不会造成什么麻烦。栉田先生要是也能去看看的话，还安心一些，从来没见过面的医生和护士，心里觉得不踏实。从今天开始由我代替春丫头去那儿住下，就请春丫头当联络员吧。光打电话摸不清情况，反而会更着急，而且启少爷一个人的居所肯定缺东少西的，估计有必要时得让春丫头一天里跑几个来回。”说着，雪子便收拾起东西，简单地扒拉了两口茶泡饭，盘算着不给姐姐添麻烦，未求得幸子许可就出门了。幸子也完全是同样的感受，所以也没有拦着。

悦子回家来后问：“姐姐呢？”“打完针之后去神户买东西了。”幸子故作镇定回答。而傍晚丈夫回来的时候，实在是不说不行了，便把两三天前发生的事情以及雪子擅自作主出门的事情，一通全说了。丈夫铁青着脸沉默着听到最后，也没说可以或者不可以，或许除了默许也没有别的办法了。悦子在吃晚饭的时候又问了起来，所以回答她说：“姐姐去看护生病的小姐姐了。”稍微地告诉了一些她实情。结果悦子连珠炮似的刨根问底起来，问妙子在何处养病，哪里不舒服。幸子斥道：“小姐姐在自己公寓养病，因为她就一个人很不方便，所以姐姐去照顾她。不是什么大病，小孩子不要瞎担心。”之后悦子不作声了，也不知是否真的相信了母亲的说法。贞之助和幸子为了转移话题问其他的事情，但她只是沉着一张脸含糊其词，边吃饭边时不时地悄悄抬眼窥视大人。这个孩子自从去年年末以来就没见过妙子，虽然都告诉她妙子大概是工作太忙了，但她还是通过阿春知道了大致情况，而且她知道一定程度的真相也让母亲更好办一些。之后两三天里，只有阿春频繁地来来去去，雪子完全不回来悦子见状，越发不安起来，追在阿春的后面打听妙子后来的情况，最后竟然堵着母亲说："为什么不把小姐姐带回来呢？快点接回来啊！"悦子反而开始怒斥自己，这让幸子惊讶不已。

"悦悦，小妹有妈妈和姐姐照看着，悦悦放心。小孩子不能那么说话。"幸子抚慰着悦子，悦子却彻底情绪激动地大叫起来："让她躺在那种地方，小姐姐不是太可怜了吗？小姐姐会死的呀！"

而且实际上妙子的病情并没有好转，渐渐向着不好的方向不断恶化。雪子全天候守在妙子枕边看护，想来是不会有什么差错的，然而听阿春带回来的消息，说是妙子一天比一天衰弱。一周后化验结果也明确了，在痢疾杆菌当中还发现了最恶性的志贺菌。而且不知为何，直到如今一天之内体温高高低低来回变化好几次，高的时候甚至从三十九度六烧到近四十度，还伴有发冷和战栗。一个原因是，一拉肚子下腹就疼痛不堪，吃了止泻药后腹泻止住了，身体就开始发抖，体温也就上来了。反过来让她吃通便的药，体温能下来，但腹部又疼痛难忍了，而且拉出来的都是像水一样的东西。病人这两天明显虚弱了很多，医生也说心脏好像也变得有些衰弱，雪子万分着急，"到底用这样的办法能不能治好？看起来不像是单纯的痢疾。会不会引发了什么别的并发症？是不是该注射一些生理盐水或者氧化樟脑呢？"医生却说："还不至于。"并不给病人注射。雪子说，这种时候要是栉田医生的话肯定接连不断地给打针了。问了护士才知道，斋藤医生的父亲不喜欢注射针剂，斋藤医生也受到影响，不到万不得已的时候不给病人注射。雪子小姐说："已经到这种地步了，也不要想着面子不面子的了，干脆把栉田医生请过来最好。不管怎么说，都希望中姐来看一眼。”阿春还补充道：“就这五六天的工夫，妙子小姐瘦了一圈又一圈，变了个样儿。太太若是见了，定要吓一跳。”

幸子一是怕传染病，二是顾及丈夫，一直犹豫着要不要去看。但现在怎么也待不住了，跟丈夫什么也没说，决定趁着上午让阿春带自己去看妙子。要出家门时突然想起，给栉田医生打了个电话，说妙子在西宫的一个熟人家里生病了，由于一些原因就直接在熟人家里养病了，请了附近的一位斋藤医生，来龙去脉大概讲了一遍，问了他的意见。“这种时候应该大量注射生理盐水或者氧化樟脑。放任不管的话就会越来越衰弱。为了不耽误病情，赶紧告诉那位医生让他照做。”听罢幸子说：“若方便还想请您看看。”“斋藤医生我倒是知道，要是提前征得他的同意，我随时可以出诊。”他还是一如既往地直爽。幸子挂了电话走到门口，乘上候着的汽车，沿着国道向东开去，过了业平桥行驶了几百米后，发现靠山的一处宅子的围墙里探出一枝樱花，已经早早地开放了。

“哎呀，真漂亮……”阿春嘴里念叨着。幸子也说：“真的，这家的樱花每年都是最早开的。”幸子望着混凝土路面，在阳光的照射下似有水汽升腾而上。从前一阵子开始因为妙子的事就忙得不可开交，一不留神竟已进入四月，再有个十天就是赏樱时节了。但是今年能像往年那样姐妹几人一起去京都吗？要是能的话，得多开心啊。但就算万幸妙子身体恢复了，能那么快就出门吗？就算嵯峨、岚山、平安神宫观景无望，不知是否至少能赶上御室的樱花……去年悦子患猩红热就是这个月份的事。那是在赏完樱花之后，所以没有影响去京都赏花，但是因为悦子生病没能看成菊五郎的《道成寺》，今年这个月份菊五郎还要来大阪，这次带来的作品是《藤娘》，本想着一定要去看的，不知是不是又要看不成了……幸子浮想联翩。汽车奔驰在夙川的大坝上，远处的天空中的六甲山起了雾霭。

二十

据说病房在二楼，幸子一跨入住宅大门，奥畑和雪子听见汽车停下的声音，就马上下楼迎接了。

“我有话跟您说……”奥畑向幸子递了个眼色，“闲话少叙，我有事必须立刻跟您商量……”接着把她带进楼下靠里侧的房间。

其实刚才斋藤医生来出诊，临走时奥畑把他送出来，医生微微侧头说：“我觉得情况不大乐观，病人的心脏衰弱了很多。另外，现在症状还没有明确显现出来，或许是我多虑了，但触诊时觉得病人的肝脏有些发肿，说不定是得了肝脏脓肿。要问那是什么病，也就是肝脏积脓了。像那样子体温忽冷忽热，身体发寒颤抖，恐怕不只是痢疾，只能认为是并发肝脏脓肿了。但这只是我个人的想法，不敢断言，还是让大阪大学专家来看一看为好。你们认为如何？”接着问他，他便说：“这种病是由于其他脓肿中的细菌感染了肝脏，多来自痢疾。而且化脓的地方若只有一处还比较好治疗，但若是多发性的，肝脏内多处化脓的话，治疗就相当麻烦了。脓肿若能把和肠粘连的部位弄破倒还好，但若把肋膜、气管、腹膜弄破了，大概就治不好了。”斋藤医生虽然没有明说，但口吻给人感觉已经确诊毫无疑问了。

“总之，我先见见病人再说——”

幸子听奥畑和雪子轮流讲述完毕之后，先让他们把妙子带到二楼去了。病房朝南，有六叠大小，外面还附有一个小露台，门是西式房门，虽铺设了榻榻米，却没有壁龛，甚至天花板都刷白了，除了一边有壁橱，大体上看着像西式房间。要说装饰，屋角的三角柜里，摆着如西洋古董似的挂着脏兮兮烛泪的烛台，还有两三个像是跳蚤市场买来的破烂儿，以及褪色的法兰西人偶，看起来已经是妙子很早以前的旧作品了。墙壁上只挂着一幅小出楢重[①]的小小的玻璃画，本来在这么一间全无风雅可言的房间里倒也无伤大雅，但病人身上穿着深红色衣服，盖着一床巨大的白粗布方格绉布羽绒被，显得浮夸至极。通向露台的是一扇约两米宽的推拉玻璃门，透过玻璃门日光射在被子上，有如百花盛开般明亮。据说现在病人稍微退了烧，右侧卧着，心脏朝上，好像一直等待着幸子的出现，一直望向房门口。幸子事先从阿春那儿听说了妙子消瘦憔悴，一直担心着相见时的冲击，但幸好提前有心理准备，虽说妙子瘦得脱了相，但她憔悴的程度并没有想象中的严重。看起来只不过圆脸变成了长脸，微黑的皮肤变得更黑了些，眼睛显得异常大。

更惹幸子注意的另有其事——妙子长时间没洗澡，全身污浊是自然的，但病人身上另外还有种秽亵之感。要说起来这也是平时她品行不端的结果，平时能通过化妆巧妙地遮盖住，但此刻随着肉体的衰弱毫发毕现，呈现出一种可以说是阴暗、淫猥的暗沉，勾勒在脸庞、脖颈和手腕上。幸子并非清晰地感受到了这些，只是她精疲力竭地在病床上软绵绵地垂放着手臂，不光受病痛的折磨，而且一副因为数年来放浪形骸而彻底瘫软的模样，如同病倒在旅途中一

①小出楢重（1887—1931），大正至昭和初期的西洋画画家。

般。本来妙子这个年龄的女子若因长时间患病卧床不起，就会缩小到像十三四岁的少女般弱小无助，乃至呈现清澈神圣的样子。而妙子正相反，她失去了往日青春模样，实际年龄原形毕露，甚至比实际年龄更显老态。而且，奇妙的是，她往日摩登新潮的样子全无踪影，显出几分茶屋或者酒馆的——而且还不是那种上等的、只是有些暧昧的茶屋之类的——女招待的感觉。以往四姐妹中唯独只有她格外粗野，但毕竟也有些地方能流露出大家闺秀的气质，这是不争的事实，然而那底色混浊暗沉而又松弛的脸部皮肤，呈现一种感染了类似花柳病病毒的气色，怎么看都不禁让人联想到放荡堕落的女子。大概因为她身上盖着的花里胡哨的羽绒被一衬托，病人那复杂的不健康之感才更加明显。看来，从以前起只有雪子一个人意识到了妙子身上带着这股污浊之气，嘴上不说，却暗暗提防着。比如，妙子泡完澡的水雪子绝不去泡；幸子那些贴身穿的衣服即使是内衣之类的，雪子也完全不介意借来就穿，而妙子的东西却一概不碰。不知道妙子是否感觉到了雪子的区别对待，幸子总是隐隐约约地感受到。不仅如此，幸子也发现，雪子似乎是从她听说了奥畑患上了慢性淋病之后才这样做的。老实说，妙子总挂在嘴上说自己和板仓或者奥畑只是“清白的交往”，从不承认肉体上的关系，幸子并没有真正相信，但也一直尽量克制不去深究。而雪子虽一言不发，但从很早开始就对妙子表现出无言的批判和轻蔑。

“小妹，怎么样了？都说你瘦了很多，也没那么夸张嘛。”幸子尽量用跟平时一样的口吻说道。

“今天拉了几次？”

“从早晨开始三次。”妙子像往常一样面无表情地回答道，声音低沉却清晰，“不过，就是绞痛，什么也拉不出来。”

“这就是这个病的特点啊，所谓里急后重[①]。”

“嗯。”妙子说罢，终于露出了点儿笑容，“我再也不吃青花鱼寿司了。”

“就是，下次千万不能再吃了。”幸子突然郑重其事起来，“小妹，你不用有任何担心。不过斋藤医生说，谨慎点儿没错。为防万一，他说想找一位大夫一起诊治，所以我想着找栉田医生过来。”

幸子突然这样说，是因为考虑到与其三人背着妙子悄悄地商量，再刺激了尚不知自己病重的妙子，还不如这样直接打开天窗说亮话。尽管斋藤医生提议请大阪大学权威的大夫来看诊，但弄不好会让病人起疑进而恐慌，所以先叫来栉田医生，征求了他的意见之后也不迟。幸子说话的时候，妙子两眼放空，盯着面前的榻榻米，呆呆地听着。

“好不好，小妹？这样行吗？”幸子催促道。

“我不想让栉田医生来这种地方……”她似乎想到了什么，突然决绝地说。不知何时起，她双眼充满了泪水，“要是让栉田医生知道我在这种地方，太丢脸了……”

护士很善于察言观色，立刻起身出去了。幸子、雪子、奥畑吃惊地看着妙子的眼泪流过脸颊。

“好了，这事儿我慢慢再跟小妹说吧……”

奥畑坐在病床的另一侧，脸庞因睡眠不足而微微肿胀，法兰绒的睡衣的外面套着蓝灰色的丝绸睡袍，他未能完全掩饰脸上的尴尬，边说边向幸子递了个诉苦的眼色。

“好吧，小妹，你不愿意就算了。这件事你就别放在心上了……”

①下腹不适，很想大便，却又无法一泄为快。

因为不刺激病人是最重要的事，幸子宽慰道。不过她还是不禁揣测是发生了什么糟糕的事情，为什么妙子突然说这种话？奥畑好像知道些什么，但幸子却一点也没头绪。

幸子因为这天没跟丈夫打招呼就外出了，加上午饭时间到了，幸子只在病房待了一个小时，所幸看到了病人恢复平静，便先回去了。她打算从机场路乘坐电车或者公共汽车，便抄近道走过那条“满波”，向着国道走去。雪子陪她走了一段路，让阿春跟她们保持适当距离在后面跟着，姐妹俩肩并肩地走着，雪子说：“其实昨天夜里，发生了一件古怪的事。昨天半夜，我想大约是两点，我和护士在病房对门的房间睡觉。晚上一般是我或者护士轮流陪床，但昨夜妙子的样子一开始看起来稍微好转，从十二点左右似乎睡熟了，启少爷说‘今夜我来陪床吧，你们好好睡一觉’，因此就听从了他的安排，我们二人到旁边的房间睡觉，在病房里，启少爷好像睡在病人的枕边。传来‘嗯——嗯——’的声音，不知是病人因为病痛在呻吟还是说梦话，我虽知道有启少爷陪着，还是赶紧起来了。就在我把病房房门打开一半的时候，伴随着启少爷频频呼唤‘小妹，小妹’，小妹叫了一声‘米哥儿’。小妹只叫了一声，之后好像梦醒了，但那一声确定无疑就是‘米哥儿’。看起来小妹已经完全清醒了，我就又轻轻关上门，回到卧室。但之后病房那边也很快就静下来了，我当时估计着应该没什么事了。我刚放下心来，连日来的疲劳就一涌而出，之后迷迷糊糊睡了两三个小时，然而凌晨四点多的时候，小妹又开始腹痛和腹泻，痛苦不堪，启少爷一人应付不来，就来把我们叫醒了。我之后就一直没睡，到了今天早晨我一想，那句‘米哥儿’一定是在叫板仓，昨夜小妹梦见那个死去的男人而且说梦话了。板仓好像就是在去年五月份过世的，差不多快到一周年忌日了。似乎是因为那个男的死得太不寻常了，小妹才那般惦记，她到现在还每个月去冈山乡下扫墓，我感觉也有这个原因吧。偏巧那个男的快到一周年忌日的时候，小妹重病缠身，而且还病倒在情敌启少爷家中，想必小妹精神上也是忧虑重重。小妹是那种内心深不见底的性格，她心里想什么很难猜，但她肯定从前一阵子起就一直难以释怀，才做相关的梦吧。本来这只是我的想象，不知道是不是果真如此。不管怎么说，小妹从今天早晨开始因为肉体的痛苦无比激烈，无暇顾及精神上的苦痛，可好不容易止住了疼痛，仍然面露沮丧失望。启少爷也一样，他比小妹更擅长维护体面，表面上没有表现出任何不一样的地方。不过，就连我都会这么想，启少爷心中不可能不在意。”

雪子接着说：“刚才小妹突然说出那些话，可能是受了昨晚那事的影响，我只是猜测，小妹昨夜被板仓的亡灵纠缠，才介意自己躺在启少爷的家里吧。想必她感觉到，只要她躺在启少爷家里，这个病就治不好，渐渐恶化缠绵不愈，最后也许会丧了命。所以，刚才她那番话并不是忌讳栉田医生，还是在表达她讨厌躺在这个地方，可以的话希望咱们能把她带到其他地方的意思吧。”

“原来如此，说不定就是这样呢。”

“我尽管想好好问问她，无奈启少爷一直守在一旁……”

“我突然想起来，要是把小妹转移的话，蒲原医院怎么样？换作那里的话，说清楚原委，我觉得肯定能接受小妹住院的……”

“嗯，嗯……不过，蒲原医院能看痢疾吗？”

“这个不用担心，只要它能让我们住进去，就能请栉田医生去看。”

蒲原医院是位于阪神御影町的一家外科医院，那家的院长蒲原博士在大阪大学读书时起就频繁出入船场的店铺或者山本町的老宅，从莳冈家的姐妹们的姑娘时代起就跟她们交好。这还要从那件事说起，她们的亡父当时听说蒲原颇有才华却苦于交不起学费，便通过别人施以援手。蒲原在德国留学的时候，以及他回国开办现在这家医院的时候，她们的父亲也都出了一些费用。正因为蒲原是个颇为坚持己见的外科医生，手术方面总是信心满满，医院突然就打开局面生意兴隆起来，没过几年，把从莳冈家获得的资金一次性还清了。之后但凡是莳冈家的人或者船场店铺的店员们去看病，治疗费用总享受特别的折扣，怎么说蒲原都不肯多收钱。不用说，他这是在报答他在艰苦的学生时代受到的恩情。不过他出生于上总的木更津，本来就是个有着关东人性情的热血男儿，喜欢照顾人、重情义，性格有些与众不同。所以，只要跟他说清状况，请他拟个由头接收妙子住院的话，依照他平时的行事作风，他肯定不会不同意的。不过这终归是外科医院，治疗方面还要请栉田医生出面看诊。幸好蒲原和栉田是同学，两人关系很好。

雪子把幸子送到“满波”南侧的出口，幸子嘱咐道：“我回家后想立刻跟蒲原医生和栉田医生打听一下。既然病情已经恶化到这种地步，特别是还要做好心理准备，有可能会发生斋藤医生说的那种状况，就不能管妙子本身愿意不愿意了，无论如何也不可再把她放在启少爷家里了。这段时间里也万不能大意，不管用什么办法你先说服斋藤医生，让他马上给妙子打生理盐水或者氧化樟脑。你要是说不动，就让启少爷出面交涉。”幸子交代完便跟雪子分开了。

回家后幸子马上给蒲原医生打了个电话，跟他一说，正如幸子预想的那样，他立马同意了，还说会准备好特护病房，随时都可以住院。但接着给栉田医生打电话，因为他是个大忙人，所以几番联络不上，挨个地给患者家打电话才最终联系上，得到他的同意是在傍晚六点多的时候。幸子想着尽可能快地去住院，可为此也要多方协调准备。贞之助虽然什么都没说，但却一直暗暗担心，事到如今有必要跟他说明来龙去脉，并请他准备好费用，所以决定第二天早晨把妙子送去医院。

把这件事通知给西宫那边是七点多，阿春十二点左右带回来雪子的口信，告诉幸子之后发生的许多事情。首先是有关妙子的病情。幸子离开之后没一会儿，妙子又开始说浑身发冷，周身发抖不止，体温一度升到四十度以上，到了傍晚还烧到三十八度上下。关于生理盐水的注射，奥畑给斋藤医生打电话苦苦哀求，对方总算答应试一试，但赶过来的不是平时那位年轻的斋藤医生，而是老先生。来是来了，他诊察了一番考虑了一会儿，说："还不至于打生理盐水的地步。"护士好不容易已经在准备了，他又叫停了，迅速把注射器收到包里走了。雪子看到这番景象，越发感到需要马上换医生。等妙子的状态稍微平复一些时，跟她说起，无论如何都觉得应该让栉田医生来一趟。再一次好好问了问妙子，果然如雪子猜测的那样，妙子虽然没有说出理由，但她不想躺在这个地方。医院也好甲麓庄公寓也好，她希望能转移到别的地方，之后可以请栉田医生出诊；但若让他来这个地方，她是不愿意的。由于奥畑一直在枕边屏气凝神地听着，妙子说的时候有所顾虑，最后说的大概是那个内容。奥畑听了妙子的话之后气恼得不得了，"小妹，你不要这么说。就住在我这儿，你干吗要那么在意呢？"频频想让她改变主意，但妙子好像完全没听见似的，一个劲儿地只跟雪子说话。最后奥畑终于暴怒了，声音稍微提高了一些："小妹为什么那么不愿意待在我这儿呢？"从此刻这个场面雪子觉察到，由于昨夜妙子的梦呓，两人之间的感情也发生了微妙的变化。但雪子没有提那件事，只是宽宥着极力向妙子申辩着的奥畑：“您的好意真的非常感谢，我们做姐姐的也不能这么长时间把生病的妹妹丢在您这儿不管，芦屋那边的姐姐也来说了这个意思。”就这样，告诉了奥畑已做好全部准备，只待让妙子住到蒲原医院去，这才勉强说服了奥畑。

二十一

第二天早上八点，妙子被医院安排的救护车抬走了。那时也稍微产生了一些争执。这是因为奥畑一再主张：“既然我一直照顾到现在，我也有责任把她平安无事地交给医院。还请务必让我上车同行。”“你说得在理，但今天希望你把她交给我们姐妹几个，我们没有说再也不让你们相见，但是你和小妹的关系还没有得到公众的认可，她自己似乎也很在意名声问题，所以暂时请你把她交还给我们，你们保持一些距离。如果情况有变，我们当然随时联络你；就算没什么事，只要你打电话过来，我们一定会将近日她的状态告知。”就这样，幸子和雪子来回劝说，就差没给他作揖了。还请他打电话的话尽量在上午的时候打给芦屋找幸子或者阿春，不要直接打给医院，等等，为了得到他的答应，姐妹俩急得满身是汗。又向斋藤医生说明情况，并对他这一段时间以来尽心尽力照顾妙子表示感谢。斋藤医生倒是颇为谅解，他自己也要跟随到蒲原医院，还主动承担责任，要求亲手把妙子交接给即将到来的栉田医生。

雪子和斋藤医生一起陪着病人去医院，而幸子和阿春为了收拾那间当作病房的二楼六叠的房间而留下来，给护士和奥畑家的老仆人付了些辛苦钱，然后雇了一辆夙川的车向医院追去，大概比妙子他们晚了一小时抵达。

每当亲人住院，幸子都有种说不出的难受。总有种不吉利的预感，担心亲人会不会就这样再也回不来了。因为她以前体验过，所以今天这种感受袭来时她惊慌不已。然而车子开到国道上，发现虽然只隔一天，但路旁的春光比昨日又浓厚了一些，六甲山笼罩着一层更加迷蒙的雾霭，家家户户的白木莲和连翘盛开着。要是平时，这是多么让人心生欢喜的景象，但幸子还是难以自制地陷入沉重的心情。这是因为她发现妙子今天和昨天的样子发生很大变化。说实话，直到昨天为止，虽然斋藤医生说出那一番骇人的话，幸子都半信半疑，觉得不至于发生最坏的情况，那只不过是医生的恐吓罢了，并没有当真。然而今天早晨一看，幸子开始觉得，说不定还真是染上恶病了……幸子首先意识到的是，与昨日不同，今晨妙子目光呆滞。虽说平时她就没什么丰富的表情，但今晨换上了一张茫然的脸，像是完全丧失知觉似的，双眼异常大，一直盯着半空中的一个地方。幸子怎么都觉得这是死期临近的面相，她看到后就开始害怕了。昨天妙子尚且有精神哭着诉说，今天就在刚才姐妹二人在外面的走廊里跟奥畑争执让不让他去的时候，妙子本人却好似事不关己，只是怔怔地瞪着眼睛。

在昨天的电话中，蒲原院长说会准备特护病房，结果妙子入住的是一处独栋的宅子。宅子和医院之间有走廊相连，是一座花重金打造的纯日式住宅。原本院长建造这栋房子是用来做住宅的，而去年距离这里一千来米的住吉村观音林某实业家的宅邸出售，蒲原则购入后移居过去了，医院旁边这处则当作偶尔休息使用。这次接收妙子还须保证隔离，因此便当作超级特护病房贡献了出来。八叠的客厅四周镶有檐廊，和四叠的套间一起当作病房。为了方便陪床，蒲原院长甚至还说厨房和浴室可以自由使用。昨天幸子向护士会申请，尽量请去年悦子得猩红热时雇用的“水户姐”过来，幸运的是在尽力安排下，今晨“水户姐”就到了。大忙人栉田医生还是老样子，虽约好了时间，幸子到了，他仍旧不见身影。打电话到处询问，催了两三遍，费了一番工夫。在这期间，斋藤医生虽时不时地看着手表，倒也没有露出特别不耐烦的神情，只是安静地等在一旁。栉田医生好不容易出现之后，斋藤医生跟他交接完便回去了。两位医生说话夹杂着德语，旁人完全听不懂。不过栉田医生的看诊结果跟斋藤医生大不相同。“我认为没有肝脏肿胀，所以就不认为是肝脏脓肿，忽冷忽热以及伴有恶寒发抖，是恶性痢疾的症状，不能说是异常。大体上病情朝着好转的方向发展。只不过病人有些过于虚弱了，这种情况要注射生理盐水和氧化樟脑。”还命令“水户姐”之后要注射百浪多息。然后就淡定地说了一句：“我明天再来，您不必那么担心。”不过幸子还是放心不下，把他送出门口，双眼充盈着泪水，说：“大夫，真的没事儿吗？”“没事儿，没事儿。”栉田医生极度确信。“不用让大阪大学的哪位医生来看看吗？”幸子又问道。“这个，斋藤医生虽然那么说，但他过于慎重了。要真有那个必要我会说的，现在您把她交给我，不会有事的。”“不过，我们这些外行人看来，直到昨天还不是这副样子呢，今天好像面相都变了……她那张脸不像是死期临近了吗？”“您多虑了，身体衰弱时谁都会有一段时间变成这样。”栉田医生完全不当回事。

幸子送走了栉田医生之后，决定也回趟家。在院长室跟蒲原医生打过招呼后便回到芦屋。贞之助、悦子、雪子和阿春都不在，西式客厅安静得瘆人，她独坐在椅子上发呆，心里又开始考虑不祥之事。幸子觉得，这么多年姐妹几个的身体都是栉田医生在照料，至今为止从未误诊过。既然他那么说，便认为姑且可以一信。可即便如此——比起斋藤医生的判断，幸子更愿意相信栉田医生的意见——唯独这一次，早晨看到妙子的脸色，不禁感到某种骨肉至亲才有的预感。出于这种预感，她认为现在有必要通知一下本家姐姐。就是为了写这么一封棘手的信她才回来的。这封信要从跟妙子断绝关系开始，写到接到这次生病的消息不得不接手的来龙去脉，因为多少需要润色，这么一封信足足要写两三个小时，所以她有些懒得动笔。直到吃过午饭，她才终于鼓起精神把自己关在二层的房间里开始写。四姐妹中就数她的字迹最为俊逸，擅长写假名，文采也是秀美飞扬，所以写封信对她而言不是什么难事儿，不像本家姐姐还要打草稿，她喜欢直接在卷纸上用毛笔写，硕大的文字甚是饱满。不过今天没能像平时那样文思泉涌，重写了两三次才写成下面这封信。

致姐姐：

好久没有写信了，不知不觉中今年的好时节也到来了，六甲山日日笼罩着云霞。在大阪神户这片地方，现在正是最舒服的时候。每年到了这个时候，我都在家待不住。好久没给姐姐去信了，大家都还好吗？我们家一切都好。

我跟姐姐要说的又是件棘手的事，所以真是难以下笔。实际上小妹患了恶性痢疾，现在病情严重，总之我想先通知姐姐一声。

关于小妹的事，我接到你上次那封信之后，虽然觉得不忍心，但还是让她离开家了，还跟她说以后再无往来。这件事我之前也跟姐姐说了。但是小妹没有如我们预料跟启少爷同居，而是在本山村的甲麓庄公寓开始独居，这件事我当时也应该告诉大姐了。之后她每天过着怎样的生活，我虽然很挂念但也终究忍住没问，小妹也没有往家里寄信。只不过阿春好像时不时地偷偷去看一看。我听阿春说，小妹现在仍旧住在公寓里，跟启少爷虽暗地里交往着，但没有住到他家里去。听说后我也就稍微安心一些。不过上个月月末启少爷突然给阿春打电话，通知了小妹生病的事。最糟的是，她是在去启少爷家玩的时候生的病，动也动不了，就只能让她躺在那儿。最开始连得的是什么病都不知道，就没当回事，我就装作不知道，然而之后痢疾的症状渐渐显露出来。不过我们已经跟小妹断绝了关系，她现在又躺在启少爷家，到底要不要把她接回来，我为难得很。阿春很是担心，痢疾还是恶性的，请的大夫也是那附近不靠谱的医生，救治也不甚周到。而且听说在每日高热和腹泻的折磨中，小妹痛苦万分，衰弱了许多，瘦得简直脱了相。听说了这些我也还是没管，然而雪子瞒着我跑过去，为了看护妙子住下了。因此我也不能坐视不管了，去看了看妙子，吓了一跳。据医生说，好像并发了肝脏脓肿。要真得了这个病治不好，或许就没命了。医生说他心里没谱，需要我们请位专家来看。小妹见到我眼泪哗哗地流，说她不想躺在这里，希望能被转移到别的地方。听起来好像她是不愿意死在启少爷家似的。雪子推测，那个姓板仓的摄影师的一周年忌日快到了，所以小妹害怕遭到那个男人的魂魄纠缠吧。前一段时间小妹还做了噩梦，好像真是这么回事儿。又或许她是考虑若死在启少爷家里的话，对姐姐对我们都很麻烦。不论是出于什么原因，那个坚强的小妹变得那么怯懦，事情绝没那么简单。她的表情也是，从昨天开始可以说表现出一副将去之人的面相，眼睛直直的，脸部肌肉一动不动，我看到后直觉得头皮发麻。所以我也认为必须考虑她的心情，马上决定把她接出来，并禁止启少爷跟她的一切来往，今天用救护车把她送到了蒲原医院。事实上是因为有传染病设备的医院都住满了，跟蒲原先生说了说情况，偷偷让妙子住进去的。还请了姐姐也认识的栉田医生来看诊。

事情大概就是这样，这次的处理方法也是迫不得已，不知姐夫怎么考虑，我想着姐姐能谅解我。贞之助这次似乎也觉得这次是没办法的事情，暗暗担心，不过到目前为止他还没去看过妙子。不过要是发生了什么万一——虽说不至于会这样——我会给姐姐发电报通知，也请姐姐做好心理准备，任何事情都有可能发生。不过栉田医生的意见是，不像是肝脏脓肿，病情未必危急，大体上朝着好转的方向发展。不过说句不好听的，我总觉得这次栉田医生的诊断发生了偏差。这次无论是小妹的样子，还是脸色，我老有种不吉利的预感。希望我的预感不要成为现实……

前前后后地乱写一气，总之我把到今天为止的事情先告诉给姐姐。接下来我还要再去医院。因为这档子事，我也无暇顾及其他，不过比起我，雪子更辛苦，从前一阵子开始就没日没夜地不眠不休地看护着妙子。这种时候有她在，我心里真是觉得踏实很多。

那么以后再叙。

幸子

四月四日

大姐单纯善良，为了不吓到她，幸子一边顾虑着，又期盼着这封信能引起大姐对妙子的怜悯，不自觉地把妙子的病情夸大了几分，不过大体上把自己的真情实感不带伪装地写出来了。写完后，趁着悦子还没回家，想着得马上动身，便急急忙忙回到医院去了。

二十二

妙子住院两三日后，病情就眼看着好了起来。不可思议的是，那日浮现的毛骨悚然的死人之相就只出现了那么一天，住院后的次日，那张脸上浮现着的不吉利的幻影般的东西便完全不见了踪影。幸子觉得如噩梦初醒，同时想起之前栉田医生一再主张“不要紧不要紧”，再一次佩服他诊断之准确。幸子想到东京的姐姐看到那封信后得多么担心，紧接着又追送了一封信。大姐似乎对第二封信的内容甚是欢欣，一改往日拖沓，只隔了一日便寄了一封快信回来。

幸子：

敬复。

前几天收到一封毫无预兆的信，到底该怎么办，我是一点办法都没有。之后每天都犯愁，还没来得及回信的时候，就在刚才又收到第二封信，真是松了一口气。妙子自己想必是很开心了，对我们而言也是无上欢欣。

事到如今也能跟你说说了，其实我收到前一封信的时候，想着小妹估计是救不回来了。不过这也是她一直以来不断地给人制造麻烦，任性妄为遭报应了。虽然这么说她有些可怜，但就算她现在死了也没办法。如果真是这样，那么到底由谁来接管？从什么地方发丧呢？你姐夫想必是不愿意的，更没有从幸子那里发丧的道理，这样一来难道要从蒲原医院发丧，这也不大合适。我一想到这些，胸口就疼……小妹这个人到底要给我们添麻烦到什么地步哇？

现在病情好转，也真是帮了我们大忙了。这也是多亏了幸子和雪子辛勤的付出。不知她本人是否明白幸子你们的苦心呢。要是她能明白，就趁此机会跟启少爷划清界限，开始新的生活，那就好了。不过，她想必是不会这么懂事的。

我很清楚蒲原医生和栉田医生给予了我们很大的照顾，但请你谅解，作为大姐我这个身份无法公然表示感谢。

鹤子

四月六日

幸子收到这封信的当天特意把它带到医院，只为了给雪子看。在她要回去时，雪子把她送到病房外面，她趁着这个空当儿悄悄把信从手提包里拿出来。

“来了这么一封信。”幸子说，“你就在这儿看一看。”

就这么让雪子在门口站着看信。雪子只说了一句“真是大姐的作风”，就转身回去了。虽不知她这句是什么意思，但幸子对这封信也没什么好感。老实说，在这封信里大姐一不小心暴露出自己早就对妙子亲情尽失，反而只顾自己一家的安否，对妙子卷起的灾难躲之不及。虽说这也在情理之中，但大姐这么说，对妙子也太残忍了。要说这次的病是“遭报应了”也不是不可，但正是因为这个妹妹从少女时代开始就甘愿过着曲折多变的生活，不是在水灾中九死一生，就是失去了自己抛弃名誉地位也要在一起的恋人，平安无灾的姐姐们做梦都想不到的苦难，都是她一个人一点一点挨过来，所以到今天为止她的报应也可以说已经遭够了。换作自己或者雪子，肯定受不了这种罪吧，幸子想到这里，对于这个妹妹历险般的生活亦产生了钦佩之情。而大姐接到第一封信时狼狈的模样以及接到第二封信时心中石头落了地的模样仿佛就在眼前，这样的大姐也显得滑稽可笑起来。

妙子住院第二天早晨，奥畑往芦屋打来电话。幸子接了电话，详述了今天一大早病情就有了好转以及栉田医生的诊断情况等，告诉对方已经看到一路好转的曙光之后，接下来的两三天他再没打电话过来。第四天傍晚，幸子在医院待到下午三点左右，她回家之后，雪子和“水户姐”守在病床旁边，阿春在套间里用电炉煮米汤时，看护这处日本住宅的老仆前来传话：“有位不认识的先生来访，好像是您家里的人。他没有告知姓名，或许是幸子太太家的老爷。”

“哎？贞之助姐夫吗？我觉得他不会来的呀……”雪子说道，

跟阿春相互看了一眼。这时庭院那边突然响起皮鞋的声音，从胡枝子的障篱那边，奥畑的身影突然就出现了。他穿着华丽的绛紫色双排扣西装，戴着金丝框深色眼镜（视力并不坏，却不知从何时起时不时地装斯文戴起有色眼镜），还拄着那根梣木手杖。这栋日式住宅跟医院不共用入口，第一次来的人是不知道的，要来的话基本上都在医院门口请人带过来。然而奥畑是如何得知这处宅子的入口的？趁着老仆通报的时候，他擅自从门口踱步绕到了庭院里。（之后才知道，奥畑上来就问"莳冈妙子是在这儿吗"。老仆两度询问他的姓名，他只回答说"就说是我，就知道了"。关于他是如何得知妙子的病房设在这处别院里，又是如何得知从门口经过庭院能绕到病房的，最开始怀疑是阿春告诉他的。不过后来知道他估计不是跟谁打听的，而是自己耐心探索而来的。自从板仓事件以来，他对妙子的行动就开始抱有一种特殊的侦探般的兴趣。这次妙子住院，他似乎也时常在医院周围转悠。）庭院围着房屋的檐廊，从东转过一个直角向南延伸。他拨开当季盛开的珍珠绣线菊，来到最里侧的八叠房间的檐廊边，正好能看到病人的脸。玻璃门开着一条缝，他从外面把玻璃门拉开一些，摘掉有色眼镜，笑眯眯地半带解释地说道："我正好路过这附近。"这时雪子正在喝红茶读报纸，"水户姐"因为陌生男子突然闯入吓了一跳，雪子为了让她放心，若无其事地走到檐廊跟他打招呼。看到奥畑站在石阶上扭扭捏捏的，雪子为了不让他进到屋里来，连忙拿出一个坐垫让他坐在外廊边上。接着为了回避奥畑跟自己搭话，她去了套间里，把阿春正在煮的米汤砂锅端下来，放上烧水壶，等水烧开沏了茶。她本想让阿春把茶端去，但意识到好说话的阿春要是被纠缠住也是件麻烦事，便说："阿春，剩下的我来做，你可以回去了。"自己便把茶端出去，又马上回到套间里躲了起来。

正值淡云蔽空、春风和煦的好时节，房间的门一直开着，面朝庭院方向躺着的妙子，看着奥畑出现并坐在檐廊上，只是像往常一样板着脸，毫无表情地向他投去沉静的目光。奥畑眼见着雪子有意躲他，他有些不好意思似的，马上拿出烟盒，点燃一支烟。烟灰越攒越多，他本犹豫着要不要扔在脚边，眼睛滴溜溜地向房间里望了望，说道："不好意思，有烟灰缸吗？"他倒没有特定向谁说话，"水户姐"颇有眼力见儿地把现成的红茶杯托拿出给他。

"小妹，你看起来好多啦。"奥畑边说边把一只脚整个搭在了檐廊门槛上，直直地伸着，用脚后跟抵着敞开的玻璃门框，好让妙子看清楚他新制的皮鞋，"我现在才敢说，小妹前几天真是危险。"

"嗯——这个我是知道的。"妙子倒是颇有气力地应答道，"去地狱门口转悠了一圈。"

"什么时候能起来呢？今年的樱花算是看不成了。"

"比起看樱花，我更想看菊五郎。"

"你有这个精神头，想必已经没有大碍了。"奥畑说着看向"水户姐"，"怎么样？这个月里就能出门走动了吧？"

"这个还不知道呢……"仅应了一句，"水户姐"也没再理他。

"我昨晚在坂口楼跟菊五郎一起吃饭来着。"

"谁请的菊五郎？"

"柴本请的。"

"听说那个人可迷菊五郎六代了。"

"之前就说请六代吃饭时让我过去，菊五郎六代那家伙可是难请得很——"

奥畑生性急躁，没有专注力，不能长时间投身于一件事，观赏类的东西顶多看看电影，戏剧之类的他觉得烦躁冗长，基本不怎么看。不过他很喜欢结识艺人，以前手头阔绰的时候经常招待艺人去茶屋或者酒楼。因此，跟水谷八重子、夏川静江、花柳章太郎等交情颇深。每当这些人来到大阪，他虽不好好看演出，却一定不忘去后台拜访。对菊五郎六代也是这样，他并不痴迷于其才艺，只是没来由地想结交名角，所以总想让人牵线介绍。

妙子问来问去的，奥畑不禁得意起来，没完没了地聊着昨夜在坂口楼饭馆里的情景，模仿菊五郎六代说话的方式和他讲笑话的模样给妙子看，恐怕他就是为了来妙子跟前炫耀这件事才来的。跟雪子一同候在套间里的阿春最喜欢听这些趣闻，雪子跟她说了两次“赶紧回去”，每次都嘴上答应着“好”“好”却偷偷竖着耳朵继续听。“春丫头，已经五点了。”雪子又催促道，她才无可奈何地起身。她基本上每天下午来医院，洗衣做饭忙碌一阵，到了吃晚饭的时候再回芦屋去。

“奥畑少爷要像那样聊到什么时候哇？他本不应该来医院的，要是太太听说了，准得大吃一惊。他要是赖着不走，雪子小姐会怎么办？‘您这样做违反了我们的约定，请您回去吧’这种话，想必雪子小姐不大能说出来吧……”阿春琢磨了一路，到了新国道的柳栉川车站，像往常一样准备在这儿搭乘电车。正好这时芦屋川的熟识的司机从神户开着空的出租车过来了。“等等！要是回去的话带我一程吧！”阿春在路这边搭话道，把车叫停，还让人家特意绕道把她送到芦屋宅子的街角。

她气喘吁吁地从后门进入，向正在厨房做鸡蛋饼的阿秋问道：“太太现在在哪儿？老爷还没回来吧？不得了了！奥畑少爷跑到医院去了！”阿春边穿过厨房边像是发生了什么大事似的乱说一气。

她从走廊向客厅窥去，还好看到只有幸子一个人躺在长椅上，转而一边轻声说着，一边走了进去：“太太，刚刚少爷去医院了。”

话音刚落，幸子脸色陡然一变，坐起身来，似乎阿春夸张的声音比她说的内容更让幸子惊讶。

“什么时候去的？”

“刚刚，太太回家后，他马上就来了。”

“还在那儿吗？”

“好像是。我回家之前他还在……”

“他有什么事儿吗？”

“他说正好来这附近办事所以来看看。也不等人通报完毕，冷不丁地就从院子里进来了……雪子小姐逃到套间里去了，结果他就跟妙子小姐聊起来了。”

“小妹没生气吗？”

“没有，好像挺高兴的样子跟他聊起天了……”

幸子暂时把阿春留在那儿，径自去了别院丈夫的书房，给雪子打电话（讨厌电话的雪子最开始让“水户姐”代接，幸子说“不好意思，还是请雪子接电话”，雪子才勉勉强强自己来接电话）。一问才知道，雪子说，启少爷还在那儿呢。最开始他只是坐在檐廊，太阳落山了渐渐冷了起来，没请他进来，他却擅自进屋关上玻璃门，在妙子枕边坐下聊了起来。而且不知怎的，小妹丝毫没露出嫌恶，陪他聊天。我躲在套间里，觉得不能一直这样下去，便走出房间在旁边听两人聊天。刚才我想请他回去，给他换了杯茶。屋里很暗，却故意没开灯，尝试了很多法子，他却好像毫无觉察似的闲聊天。

“那个人就是有这么厚脸皮的一面，所以要是什么都不说，有可能他就会经常过来。他要是没有要回去的意思，我过去一趟吧？”幸子说罢，雪子说：“已经到了晚饭时间，他也知道我现在在跟中姐打电话，我想他应该快回去了吧。你不必现在特意赶来。”幸子一想，眼看着丈夫快回来了，且顾虑悦子又会吵吵闹闹地问个没完“现在这个时间妈妈去哪儿啊”，于是说：“那就交给雪子了，好好跟他说一说让他回去。”就这么挂了电话，但幸子知道雪子大概什么都不会说的，整晚一直很在意后续情况，却一直没找到机会再打电话。

夜深了，大约十一点的时候幸子正要跟在丈夫身后走到二层的寝室，阿春悄悄地走过来耳语道：“听说那之后又过了一个小时左右他回去了。”

“你打电话了？”

“嗯，刚才我去公用电话亭打了电话。”阿春说道。

二十三

第二天去医院一问才知道，自那之后奥畑完全没有要走的意思，雪子又一次躲到了套间里，之后再也没露过面。渐渐地，夜幕降临，只能打开了电灯。而且妙子吃晚饭的时间也过了，雪子便叫“水户姐”把米汤端了过去。结果奥畑仍旧无动于衷地聊着“有食欲吗”“从什么时候开始能喝粥的”“我也饿了，能给我拿些吃的吗”，甚至问“这附近有好吃的地方吗”，最后连“水户姐”也逃到套间里去了。就剩他和病人两人独处的时候，他貌似真的饿了，向着套间的方向说道：“告辞了，打搅了很长时间。”又从檐廊下到院子里离开了。他告辞时，雪子只从拉门间探出脑袋打了个招呼，故意没有送他。这样算来，大概从四点到六点，他在房间里足足待了两个小时。不过小妹说句“请你走吧”总是可以吧？那种人突然从院子里进屋来，自以为了不起地用讨人厌的语气侃大山（雪子之前就说，中姐在和不在时，启少爷的态度大不一样，而昨天尤其傲慢无礼），想必“水户姐”也觉得这事儿古怪得很吧。小妹应该知道我们有多为难，她是可以说“请你回去”的，由她来说这话不是理所应当的吗？雪子说道。她这番愤愤不平的话没有当着妙子的面发泄，只是暗地里跟幸子诉苦罢了。

幸子觉得这样下去，他过个两三天又得找上门来，有必要主动去见一见他，拜托他不要再来医院。而且，无论如何幸子都得去拜访一次奥畑，因为上个月末大概是他给斋藤医生结账之类的。妙子卧床的十几日里，药品和食物、护工的杂费等，应该给他添了不少麻烦，细细算来，接送医生的车费、给司机的赏钱、每日冰袋的钱等，应该由他垫付了不少。其实，自那以来欠他的人情都没还清。现在就算拿着钱去，他应该也不肯收……不过，至少斋藤医生的诊疗费还是一定要还给他，其余的只能用礼品来归还。到底应该折算成多少钱，带什么东西过去合适，幸子不甚明了，便问了妙子：“小妹啊，带什么合适呀？”“这件事我会看着办，你就不用管了。”妙子说道，“这次的费用，在奥畑家养病的钱、住院的钱，都自然应该由我自己承担。但因为我在病中，不方便去取钱，才让启少爷和中姐暂时垫付的。等我全好了我都要还清的，中姐就不要操心了。”背着妙子问雪子的意见，她说：“小妹虽那么说，开始公寓生活也快半年了，存款也花得快差不多了吧？她嘴上逞强，实际上怕是还不了钱吧。尽管凭小妹和启少爷的关系想必也没什么问题。但既然我们已经插手这件事了，就不能放任不管，不管是用钱还是用礼品，还是早日还清为妙。”还补充了一句：“中姐现在可能还以为启少爷是个有钱人，我这段时间住在他家里，出乎意料地发现他的家计紧张得很。比如，饭菜的种类出奇朴素，晚饭除了汤以外，就只有一道蔬菜拼盘式的东西，启少爷、护士和我都吃同样的东西。春丫头看不过去，有时给我在西宫的市场买些天妇罗、鱼糕、酱牛肉罐头之类的，启少爷也跟着吃。给斋藤先生的司机的赏钱等，都是我尽量留意出的钱，结果每次都是我出，他装作不知道的样子。不过正因为启少爷是个大男人，可以表现得不拘小节。我认为绝不可小觑的是他家那位老妈子。她是个一心为启少爷着想的忠仆，性情温和，也尽力亲切地对待小妹。不过伙食开销全由她管理，一文两文的钱也不能乱花。在我看来，总觉得她虽外表和善，内心却对我们一家特别是小妹没什么好感。我这样说倒不是她对我展现了那样的态度，我只是有那样的直觉。要是想多了解这方面的事，春丫头总是和那个老妈子聊天，问问春丫头的话肯定能知道些。不管怎么说，只要那个老妈子在，我们就不能欠奥畑一文钱。”

听罢，幸子也渐渐惦念起这事儿，回到家马上把阿春叫进来：“那个老妈子怎么看我们的？你从她那儿听说什么没有？要是听说了，我希望你都告诉我。”阿春吓得直翻白眼，一脸极其严肃的表情陷入沉思，先是试探了一句“我真的能说吗？”，才开始战战兢兢地说出下面一番话来。

“其实这件事，我想着有机会应该跟您报告一下的。”阿春先铺垫了这么一句。之后说道，她上个月下旬，天天出入奥畑家时跟那个老妈子混了很好的交情。但妙子在奥畑家卧病在床期间，阿春和老妈子都很忙碌，一时间没有闲下来好好聊天的机会。而妙子住院后第二天早晨，因为还剩了些东西在奥畑家，阿春便回去取。那天奥畑正好外出，家里只有老妈子一个人，她留阿春用些茶点再走，阿春便停留了一会儿聊了聊天。老妈子对幸子和雪子频频极力称赞，说“你家妙子小姐有这么两位好姐姐真幸福，而我家少爷，虽然他自己也有错，但老夫人（上一代当家人的太太）去世后，就被兄弟赶出家门，这样一来世间的人们也对少爷不理不睬，真是可怜极了。现如今只有你家妙子小姐一人可以依靠，要是妙子小姐能做少爷的太太就好了。”老妈子眼泪汪汪地说着，还拜托阿春：“为了促成这桩亲事，也请你多多出力呀！”接着她又似乎很难开口似的说道：“少爷这十年来为了妙子小姐牺牲了所有。”渐渐地，老妈子开始非常婉转地暗示，奥畑惹出乱子被兄长赶出家门，并被禁止跟家里来往，这事跟妙子不无关系。老妈子说的话当中，阿春最感到意外的是，这几年来妙子基本都靠奥畑的经济支持度日，特别是从去年秋天到现在，她住进甲麓庄公寓起，几乎每天一大早，也就是吃早饭前就来奥畑家玩儿，三餐都吃。到了深夜，只回公寓睡个觉。所以她虽说凭借一己之力自给自足，实际上相当于寄居在奥畑家，甚至连脏衣服都是带过来让老妈子洗，或者让老妈子送去干洗。两人在外面各种各样娱乐活动的开销不知是谁在承担，但奥畑的钱夹子里放着一两百日元时，跟妙子出去一趟回来后，一晚上就空空如也了。照这么看，老妈子推测大概都是奥畑请客。所以要说妙子每个月都用自己的存款支付的项目，也就只有甲麓庄的租金而已吧。

听到老妈子这么说，阿春还是露出一脸不相信的神情。“既然聊到这儿了……”于是老妈子把这一年里各种各样的催款单、收据从里屋拿出来。自妙子开始一日三餐吃在这里起，证明每个月的开销跟以往比贵出一大截。果然，电热费、车费，甚至菜店、鱼店的费用，从去年十一月以后突然增高。妙子在这儿是如何任意妄为铺张浪费的，大概能够想象。不仅如此，一看百货公司、化妆品店、进口商店的账单，发现妙子购买的占了绝大多数。阿春无意中发现妙子去年十二月在神户的东亚路的珑欣女士洋装店做的驼绒大衣和今年三月左右在同家店定做的法兰绒便宴服的账单。驼绒大衣纺得表里颜色不一，质地温厚却极其轻便，表面为褐色，内里是非常浓烈的红色。当时妙子说这件外套要花三百五十日元，没办法只得变卖了两三件华丽却穿不着的衣服，才付了款。她颇得意地在姐妹们和阿春面前炫耀了一番。阿春直到现在还记着，那时自己还觉得不可思议，妙子已被赶出芦屋独自谋生，如此铺张浪费真的合适吗？但若真是奥畑给做的，就能说通了。

老妈子说："我说这些，绝没有故意说妙子小姐不是的意思，我只是想告诉你，我家少爷为了讨好妙子小姐，下了多大的功夫。说来惭愧，我家少爷原本虽说是奥畑家的少爷，但因为排行老三，金钱用度上并没有那么自由。那也是在老夫人在世时还都说得过去，而如今资金源全然被切断，去年被赶出家门时，从当家的（奥畑的长兄）那儿获得的少得可怜的慰问金是唯一的财源。那些钱一点点地花没了，好不容易挨到了今天，却沉迷于讨妙子小姐的欢心，不顾将来地挥霍无度。这想必也撑不了多久了。少爷估计是认为船到桥头自然直，但他若不洗心革面做个正派人，亲戚们不会予以同情的。我也担心着这事儿，总跟他说不要像现在这样每天闲晃，早些找个事做，就算月薪只有一百日元，也先赚着钱。然而他却一心只想着妙子小姐，完全没有意思去顾其他的事。我想到的是，要想把少爷引回正道，就得让妙子小姐成为他的太太，除此之外没有别的办法。这个问题已经是十年前那个登报事件以来的悬案了，当时老夫人和老爷不同意，我也是反对人之一。现在想来，当时若是应了少爷就好了，那么少爷也不会走歪路，现在或许已经有了一个幸福的家庭，认真工作了呢。”

她接着说：“老爷不知为何对妙子小姐没有一点好印象，因此想必现在也不赞成少爷和妙子小姐结婚。不过反正少爷被赶出家门，不用顾及那么多，先把婚结了。老爷也不会一直反对，反而会开辟新的局面吧。现如今，实际上难办的不是老爷那边的意思，反而在于妙子小姐这边，这么说是因为，就我看来，现在的妙子小姐完全变心了，似乎已经没有要和少爷结婚的意思了。”

“我这么一说，好像又在责怪妙子小姐了似的，我没有这个意思。”老妈子反复地辩解着，继续说道，“莳冈家是怎么看我们少爷的呢？说起这个，他是个不谙世事的大少爷，数起缺点的话能说出一大堆。不过至少对妙子小姐无论是过去还是现在，他都怀着一份未曾改变的纯真感情。这点我可以保证。当然了，十七八岁就开始逛茶屋，那时品行不端，跟妙子小姐分开时也乱来过。不过那也是因为和心爱的人不能在一起，自暴自弃的缘故。我希望能有人体会他的内心。然而妙子小姐是个比少爷聪明太多的大小姐，很有主意，又有一身寻常女子不具备的本领。少爷这么没出息，她感到不满也是情理之中的事。然而考虑到这十年来磕磕绊绊的交往，也不应随随便便就放弃吧？我希望她能可怜一下少爷的一往情深。要是妙子小姐完全没有意思要和少爷在一起的话，发生米吉的事的时候，若能干脆地跟少爷分手，少爷或许还能死心。而那时候妙子小姐跟米吉要结婚不结婚的，对少爷也若即若离的，态度暧昧不清，所以少爷才会耗到了现在。而米吉死后至今，妙子小姐依旧是一样的态度，也不一刀两断，也不明明白白地跟少爷同居，到底是为什么呢？让人不得不想，她这样做只是想在经济上利用少爷。”老妈子这般说道。

阿春有些不能认同：“你虽然这么说，板仓那件事的时候，我们听到的是，妙子小姐千方百计想和板仓结婚，但少爷百般阻挠，未能如愿。还有一个原因，妙子小姐说她在等雪子小姐先结婚。”说罢老妈子则说：“雪子小姐的事先不提，说少爷百般阻挠就很奇怪了。那时候妙子小姐一边瞒着少爷偷偷见米吉，另一边又瞒着米吉偷偷见少爷。妙子小姐总打电话找少爷，这我是知道的。也就是说妙子小姐在少爷和米吉之间游刃有余地耍弄着二人。可以认为是，或许她内心是喜欢米吉的，但或许是因为有必要，才尽量跟少爷保持着关系。”老妈子就差没说，从那时起妙子就已经有目的地勾引奥畑了。阿春说：“不过，你也知道，妙子小姐在那时候还在制作人偶，不仅有收入维持生计，甚至还攒了不少钱，完全没‘必要’靠少爷过活才对啊。”老妈子说：“妙子小姐当然会那么说，春丫头和莳冈家的太太以及雪子小姐或许真的相信，但大体上想想就知道，无论说妙子小姐有多能干，一个女孩子，而且还是大小姐半消遣的业余工作，那份收入不仅能满足她吃穿住行那般挥霍，还能存下来钱，真能办到吗？归根结底，听说她开着一间气派的工作室，甚至还收了几个洋徒弟，让米吉给她的作品照相，宣传得很夸张，莳冈家的各位就偏信了她、高看了她的实力吧，这也是情有可原。但恐怕她没有赚那么多钱，至于存款我没见过她的存折，我也不好说什么，但估计没多少吧。若非如此，她攒了很多钱的话，那就有可能是她为了存款从少爷那儿榨来的。甚至指使妙子小姐做这些事的幕后黑手，或许就是米吉也说不定。妙子小姐最大限度地从少爷那儿获得支援，米吉的负担就相应地减轻，知道她与少爷暗地里相见，米吉却装作没看见。”老妈子甚至说出这些话。

阿春听到这一件件，无不吃惊。她多多少少尝试着为妙子辩护，而老妈子却掌握着确凿的证据，她会说“不过还有这样一件事”，任凭阿春说什么都能举出例证反驳。就连阿春也没勇气把这些例子原原本本地说给幸子听，只说一句：“都是些极其过分的事情，所以我就不说了。”不过，还是有这么一两件事她透露出来了。老妈子对于妙子拥有几颗宝石，那些宝石都是什么如数家珍。（自从开始打仗人人都顾虑着不再戴戒指，妙子便把那些宝石收在宝石匣里，看得比命还重要，没有带去公寓，而是拜托幸子保管。）因为那些宝石都是奥畑商店的商品，奥畑偷偷拿出来赠给了妙子。每每事情败露，老夫人都不得不善后，这种事老妈子见过很多次。据她讲，有时奥畑直接把宝石送给妙子，有时换成钱给她。有时妙子把得到的宝石秘密地卖到其他地方，宝石辗转多方最后又回到奥畑商店。当然奥畑从哥哥的店里浑水摸来的商品并未尽数送给妙子，有的被奥畑换成零花钱用掉了，不过可以肯定的是大部分还是交到了妙子手上。妙子不仅知道内情还坦然收下，据说甚至还特意指定要某个戒指，央求奥畑为她拿到。（除了戒指，当然也有手表、胸针、粉扑、项链等。）总之，老妈子在奥畑家干了几十年，把奥畑养大成人，所以她了解很多细节，像这样的例子不胜枚举。然而正如老妈子自己说的那样，她并不憎恨妙子，只是想证明奥畑为了妙子付出了很多。她说：“想必府上的各位不清楚事实，认为我家少爷很坏，从而反对婚事，我才如此尽数告知的。若能考虑一下我家少爷究竟为何被驱赶出家门，府上则未必反对这门婚事了吧？我并不是在说妙子小姐好或者坏。我家少爷对小姐如此倾心，那么对我而言她也是很重要的人。所以我希望大家一起努力让妙子小姐回心转意，让她和少爷在一起。听说妙子小姐近来又有了喜欢的人，好像有要甩掉少爷的倾向。若真如此，那便是因为少爷的钱包马上就要空空如也了，所以妙子小姐才要跟他一刀两断了。”

老妈子说得越发让人匪夷所思，阿春吓了一跳，问道：“又有了喜欢的人这事是听谁说的？我今天是第一次听说。”“这事儿我也不确定，但最近少爷和妙子小姐经常争风吃醋吵架，吵架时我时常听见少爷嘴上说着‘三好’这个名字挖苦人。好像是神户人，住在哪儿、做什么就不知道了。不过少爷总说‘酒保’‘那个做酒保的男的’。”“‘酒保’说的是什么呀？”阿春问道。老妈子推测说那个男人在神户某处酒馆做调酒师，其他的就完全不知道了，所以阿春也没有再追问下去。聊到这儿，阿春得知妙子酗酒很严重。她在幸子她们面前顶多喝一两合。然而据老妈子说，在西宫的家中和奥畑一起喝酒时若喝的是日本酒，她能喝七八合，威士忌的话喝掉四方瓶的三分之一是没问题的。她酒量很好，基本不会失态，但偶尔会不知在哪里喝得酩酊大醉，奥畑把她搀回来。这种事最近渐渐频繁起来了。

二十四

不用说，幸子需要极大的忍耐力才能听阿春说到这里。听她叙说的过程中，幸子不时地感到脸变得赤红无比，吃惊地想捂住耳朵：“春丫头，够了！”她无意识地举起手想制止阿春说下去。

幸子觉得一直听下去的话事情会没完没了地涌出来，便说：“好了，你下去吧。”终于在汇报告一段落的时候把阿春撵出房间了。她把脸埋在桌子上，等待内心的冲击平静下来。

那么，真的是这样吗？担心的事果然是真的吧……谁都难免会偏心，所以老妈子眼中的启少爷大概是个纯真的青年吧。然而实际上，他绝没有对小妹爱得那么纯粹。据丈夫和小妹的观察，他是个轻薄浪子，这一点基本没错。尽管如此，老妈子说小妹像淫妇一样，这话却不能说是虚言。正如老妈子偏爱启少爷那样，自己也在很多方面偏听偏信了小妹……在过去，幸子每每看到妙子手指上光芒四射的新宝石时，也有过不祥的疑虑，然而听妙子的口气，说得好像是自己赚钱买来的似的，骄傲得很。看她那得意扬扬的样子，那份疑虑便常常就立刻消失了。况且，不管怎么说当时妙子都开着工作室搞创作，她的作品高价畅销，这一点幸子亲眼所见。个人展览会的时候等，幸子也帮忙对账和清算，所以就相信了妙子说的话。之后妙子渐渐放下人偶制作，转向洋装剪裁，自然渐渐断了收入的来源。然而，她说尚且要准备出国，且为了开洋装成衣店也有存款，所以并没有苦于生计。即便如此，幸子体谅她存款一点点花光定会心中不安，便让她给悦子缝衣服让她赚个零花钱，介绍邻居们定做衣服的生意给她，她逐渐在这方面有了收入，凭借这些尚保生活无虞。所以幸子对妙子的生活开支偶尔感到困惑，但总是想着这些理由打消疑虑……妙子曾说自己是不靠亲人，更不依赖他人的支持，凭一己之力独当一面，幸子努力地让自己相信了她的话。这就叫作偏心偏信吧……

妙子一直以来都是怎么说奥畑的呢？她口中的奥畑简直没有一点赚钱能力，别说受他照顾了，将来还要靠妙子养活。启少爷的钱她一分一厘都不碰，还说尽量也不让启少爷自己花掉那些钱——她不是这样说过吗？她嘴上说得那么好听，难道只是为了蒙骗世人和姐姐们的耳目？

不过要责怪的话，或许反而应该责怪这些被她巧言糊弄了的姐姐们太过不谙世事、天真老实。大小姐业余做点事按理说无法满足那么奢侈的生活，事到如今幸子不得不认为老妈子这句话十分在理。幸子当时也时不时地这样想，但却有意不让自己深究。从这点来说，就算人家评价自己“这可不是老实，而是狡猾呢”，也哑口无言。不过，始终不愿去想自己的亲妹妹是那么不正经的女子，正是犯错的第一步。然而恐怕世间的人们，特别是奥畑本家的人以及老妈子他们想必不会体谅幸子她们的内心吧。想到这里，幸子又涨红了脸。最开始，听说奥畑的母亲、兄弟无论如何都不答应奥畑和妙子的婚事时，幸子不免暗中生出不快。事到如今才理解了他们反对的理由。在他们的眼中，妙子不仅是一个荡妇，妙子背后的家庭甚至也是不正常的吧。竟然放任妹妹做那种事，真不知这做姐姐姐夫的是怎么想的——他们一定是这么想的。幸子想到这里，不得不承认，提出和妙子断绝关系的辰雄的做法看来是正确的。她又想起贞之助一涉及妙子的问题就百般回避。她一诘问理由，他只说小妹性格复杂，看不透她内心的想法，或许丈夫大体上了解妙子这些难见天日的黑暗面。毕竟稍微有些顾虑，才用委婉的说法讽刺那些事呢。要真是这样，他若能更明了地加以提醒就好了。

幸子这天已经不打算去西宫了，声称“脑袋有些发沉”，服了匹拉米洞[①]之后便一直把自己关在二楼的房间里，像是被击垮了一般，不见丈夫也不见悦子。第二天早晨，送走丈夫后，又回到寝室躺下了。自从妙子住院以来，她每天都去探望，所以她想着或者下午稍微去看一眼，然而不知怎的突然觉得这个妙子跟以往的妙子判

①可以用来治头痛、关节痛、神经痛等疾病。

若两人。幸子觉得她和自己相距千里、感到有些发怵，去见她也变得有些恐怖。就这样，到了下午两点左右，阿春上楼来问："今天您还去医院吗？刚才雪子小姐打电话来说，如果有《蝴蝶梦》[①]这本小说，希望能给她带过去。""我今天就不去了，你带过去吧。就在六叠房间的书架上……"幸子直接躺着吩咐道，突然想到了什么似的叫住了阿春，"小妹已经不需要照料了，你告诉雪子让她回来休息吧。"嘱咐了阿春把她打发走了。

雪子自从上个月底赶到奥畑家，又直接陪着去了医院，至今有十多天了一次都没回过家。阿春把幸子的话传达到之后，她当晚就回到家中，家人们久违地聚在一起吃饭。幸子在傍晚的时候也起了床，努力装作若无其事地来到餐厅。贞之助为了犒劳雪子，特地从他那日渐匮乏的储藏中挑出一瓶时下算是稀罕的勃艮第白葡萄酒，他亲自拂去瓶身的尘土，打开瓶塞。让人愉悦的响声响起。他问道："雪子，小妹已经好了吧？"

"嗯，已经不用担心了。但还有些虚弱，要恢复到原来那个样子还需要些时日……"

"瘦了很多吗？"

"嗯，她那圆脸都变成长脸了，两颊的颧骨都凸出来了。"

"我想去探病哪——"悦子说道，"我不能去吗？爸爸。"

"嗯……"说着，贞之助有些愁云惨淡，不过马上又恢复了明朗的表情，"去也可以，不过因为小姐姐得的是传染病……没有医生的允许就不能去。"

贞之助在悦子面前如此聊起妙子，听他的口气好像没有完全禁

①指英国女作家达夫妮·杜穆里埃创作的长篇小说*Rebecca*，发表于1938年。

止悦子去见妙子，或许是因为今天他心情格外好的缘故。不过他的此番行径还是完全出乎预料，不禁让幸子她们觉得，他在考虑改变对待妙子的态度。

“医生据说是请的栉田医生，对吗？”贞之助又向雪子问道。

“嗯……不过最近他说已经没有大碍了，就完全不露面了。不管怎么说，人家都是个大忙人，每次只要他觉得病人稍微有些好转，他就不来了。”

“雪子也可以不用去了吧？”

“嗯，不用去了。”幸子说道，“因为有‘水户姐’照看着，阿春也每天过去帮忙。”

“菊五郎什么时候去看啊，爸爸？”悦子说。

“什么时候都可以，一直就是在等你姐姐回来呀。”

“那么这周六去看吧？”

“先赏花吧，菊五郎到这个月底一直有呢。”

“那就赏花，说定了啊，爸爸！”

“嗯，嗯，这周六日再不去的话，就赏不到花了呢。”

“妈妈、姐姐也说定了呀！”

“嗯……”

唯独今年赏花缺妙子一人，幸子甚觉寂寞。既然贞之助的态度有所松动，幸子想尽量等到月末，根据妙子身体恢复情况，大家一起去御室赏花。但终究还是觉得不太合适，没能说出口。

“妈妈，你在想什么？你不愿意去赏花吗？”

“就算再等一等，小妹也去不成吧？”贞之助体察到妻子的内心说道，“不过要是能赶上看八重樱，到时候再去。我们先去吧。”

“小妹到这个月的月底才能稍微在房间里走动。”雪子说道。

比起雀跃的贞之助和悦子，幸子了无兴致，这一点雪子早就看在眼里。

第二天早晨，父女俩出门后，雪子问道：“对了，你去启少爷那儿了吗？”

“没有。”幸子答道，“关于这个，我有事告诉你。”

幸子催着雪子上了二楼，闭紧八叠房间的房门，把昨天从阿春那儿听来的事情尽数告知。

“雪子你怎么想？老妈子说的是真的吗？”

“中姐怎么想？”

“我觉得就是真的吧。”

“我也是这么觉得的。”

“都是我不好，我太信任小妹了……”

“信任她也很正常啊……”雪子看到幸子哭了，自己的双眼也湿润了，“中姐没有错……”

“我该怎么跟本家姐夫姐姐解释呀……”

“你跟贞之助姐夫说了吗？”

“什么都没说……这么丢人的事怎么说得出口哇。”

“贞之助姐夫是不是正想着从宽对待小妹呢？”

“从昨晚上那情形看，好像是这样。”

“即使没人告诉贞之助姐夫，他大概也了解小妹都干了什么。他意识到要是跟那种人断绝关系放任不管，只会更丢我们的人。”

“难得贞之助姐夫要加以改观，小妹若能改过自新就好了。”

“不过她打小就跟咱们不一样。”

“试着跟她说一说也行不通了吗？”

“行不通了，小妹那号人……以前说了她多少遍了。”

“到底还是像老妈子说的那样，让她跟启少爷在一起最好，无论是为了启少爷还是为了小妹。”

“我认为除此以外没有什么办法能救这两个人了……”

“小妹那么讨厌启少爷吗？”

幸子和雪子都十分介意叫作“三好”的那个调酒师，就连说他的名字都感到不快，故意在聊天时无视他的存在。

“她到底讨不讨厌，我也不知道。前一阵子她明明那么厌恶待在他家里，而前天对启少爷连句‘你走吧’也不肯说，一直陪着他聊天……”

“她在我们面前表现得嫌恶启少爷，莫非实际上并非如此？”

“要是那样的话就好了……不过，会不会是她也想让他走，但碍于情面说不出‘你走吧’？”

雪子在那天回了趟医院，拿到《蝴蝶梦》马上又回了家，之后的两三天，她或者读读那本书，或者去神户看看电影，静心休息了一番。到了周六，听从贞之助的提议，夫妇二人、悦子、雪子四人一道去京都住了一晚，姑且按照每年的惯例去赏花了。今年由于大家碍于时局，鲜少有赏花的客人喝酒吵闹，对于赏花却正合适。平安神宫的红艳的樱花枝头低垂，还从未这般仔细地眺望过这些花朵，大家都很安静，衣着都尽量不那么华丽显眼，轻声漫步在樱花树下，此派光景方称风雅。

赏花过后两三天，幸子让阿春替自己去了趟西宫奥畑家，姑且把妙子病倒以来奥畑垫付的钱付清了。

二十五

奥畑在几日后果然又来到了医院。那天，除了“水户姐”就只有阿春陪在那里。“怎么办呢？”阿春打电话询问。幸子吩咐道：“不要像上次那么怠慢，亲切友好地招待他。”而傍晚时分，阿春又来汇报：“他刚刚走了。今天他们聊了三个小时。”之后隔了两日，奥畑又在同一时间来了，那天他过了六点还没走，所以阿春擅自作主从国道的菱富餐厅点来些菜，甚至还添了一壶酒。这下奥畑高兴坏了，到了九点还在聊天，终于走了之后，妙子变得很生气：“春丫头，你何必多此一举。他那种人你稍微给他点好脸色，他就忘乎所以了。”妙子刚才还好脾气地对待奥畑，阿春完全搞不懂自己为什么会挨训。

正如妙子预想的那样，尝到了意外的甜头之后，奥畑过了两三天又来了，晚饭吃了菱富的饭菜，到了十点也没有走的意思，最后竟提出要留宿。姑且打了电话取得了幸子的同意，虽然有些挤，在八叠的房间里将之前雪子睡的床铺并排铺在“水户姐”和妙子的病床旁边，让他住了下来。这晚阿春特意留了下来，躺在现成的坐垫上，盖着毯子，睡在套间里。第二天早晨，由于阿春前几日挨了妙子的骂，说着“要是有面包就好了，不巧都吃完了”，故意只给奥畑上了一些红茶和水果。奥畑悠然吃过后走了。几日后妙子出院回到甲麓庄公寓。可是她暂时还需静养，所以阿春暂时每天从芦屋去甲麓庄，从一大早忙到深夜，做饭，照顾她。其间，无论是单瓣樱花还是八重樱，都尽数凋零了，菊五郎也结束在大阪的演出离开了。妙子能够真正外出走动是在五月下旬，幸运的是，不知何时起，贞之助的态度缓和了下来，虽没有到公然“原谅”她的地步，但已经明显不再反对她出入芦屋。因此妙子整个六月里几乎每天都来芦屋吃饭，尽量地摄入营养努力恢复健康。

这段时间里，欧洲战争有了惊天动地的变化，五月时，德国军队进攻荷兰、比利时、卢森堡等国家，生出敦刻尔克[①]的悲剧。六月时，法国宣布投降，在贡比涅[②]签订停战协议。在这样的情况下，史托尔兹一家怎么样了呢。史托尔兹夫人曾说，希特勒会把所有事情处理好，估计不会发生战争，而这预言也全然破灭了。世界上发生了这么大的动乱，夫人现在不知作何感想。她那长子彼得也到了加入希特勒青年团的年龄了吧？说不定他们的父亲史托尔兹先生都被召去参军了。不过这些人，甚至史托尔兹夫人和罗斯玛丽也都沉醉于祖国的辉煌战绩，对于家庭一时的寂寞不大介怀吧……幸子她们经常讨论类似问题。看这形势，独立于欧洲大陆之外的英国不知何时就会成为德军空袭的牺牲品，生活在伦敦郊外的卡塔丽娜也时常成为她们的话题。人的命运实在是最难预测了。就在前不久还住在像玩具似的窄小房子中的亡命天涯的俄罗斯姑娘，突然跑到英国去，摇身一变成了大公司老板的夫人，住在像城堡一样的宅邸，过着让人钦羡的荣华的日子。然而转瞬间，未曾有过的悲惨命运眼看就要降临在英国全体国民身上。德军的空袭怕是会在伦敦周边地区尤其惨烈，卡塔丽娜那豪华壮丽的宅邸等也会在一夕之间化为灰烬

①指敦刻尔克大撤退，是第二次世界大战初期英法联军的军事撤退行动。大规模撤退成功挽救了英法大量的人力，为未来的反攻保存了有生实力。但是英国派驻法国的远征军的所有重型装备都丢弃在欧洲大陆上，导致英国本土的地面防卫出现严重问题。

②法国的城市，位于法国上法兰西大区。

吧。若只是房子毁了也还好，更可怕的是很有可能沦落到食不果腹、衣不遮体的地步。恐怕英国人都在担忧着空袭的开始，每日都过得惶恐不安吧。事到如今，卡塔丽娜或许也怀恋着日本这方遥远的天空。或许她的思绪飘回到夙川那贫穷的家中住着的母亲和哥哥身边，后悔地想着，自己要是也在那个家里就好了……

“小妹，给卡塔丽娜写封信吧。”

“嗯，下次碰到基里连科的话，我问一下地址。”

“我也想给史托尔兹家写封信，不知道有没有人能把信翻译成德语呢。”

“还是请海宁夫人翻译不就行了？”

幸子她们聊到这件事后没多久，幸子想着找个时间请海宁夫人翻译，结果时隔一年半给史托尔兹夫人写了一封长信。信中提到如下内容：

> 对于德军的辉煌战绩，我们作为与德交好国家的国民，亦是不胜欢欣。每每在报纸上读到欧洲战争的报道，我们就想到您一家是否安好，多有谈论。我们一如既往地过得很好，然而日本和中国的纷争没能化解，渐渐被卷入战争了，我们颇为之忧愁。距离和你们做邻居时朝夕相处的日子仅仅过了这么短的时间，世界上竟有如此大的变化，令人惊异。不知何时才能重新迎来和平年代，我们十分怀念旧时光。你们经历了那场可怕的洪水，想必对日本有了不好的印象，不过无论在哪个国家那都是鲜少发生的灾难，所以请不要因此而怀有顾虑。等到和平降临时，请再来日本吧！我们也迫切希望此生能踏上

一次欧洲大陆，或许有一天能去您在汉堡的府邸拜访。

尤其是我们想让女儿好好学钢琴，若条件允许，我们想

着他日把她送到德国学习音乐。

幸子还在追记中表示，要给罗斯玛丽寄去丝绸和扇子。幸子拿着信的草稿，拜访了海宁夫人，请她帮忙翻译。又过了数日，在去大阪办事的时候顺便去了心斋桥附近的美浓屋买了舞扇，把它和双绉料子打包在一起，往汉堡寄去。

六月上旬的周六日，贞之助请雪子看家，把悦子也托付给她，和幸子二人去奈良踏青。这是因为从去年到今年，关于两个妹妹的操心事层出不穷，借此犒劳一下不得一刻清闲的妻子。而且夫妻俩时隔多日，很想单独出行一次。因此，周六晚上投宿在奈良旅馆，次日从春日神社开始，途经三月堂、大佛殿，向京都西部游览。从中午开始，幸子耳根内侧红肿起来，痒得很，鬓发稍微碰一下，就痒得不得了，十分苦恼。那种痒像是荨麻疹，从这天早晨起，她穿梭行走在春日山的嫩叶丛间，在树下站了五六次，摆动作给带着徕卡相机的贞之助拍摄，那时可能被蚋虫给叮了。幸子想着，在这种时节行走山路，应该带些裹在头上防虫的东西。没能带个披肩来，后悔莫及。晚上回到旅馆，差人去街上的药店买石炭酸搽剂，却没有这种药，只好买了止痒膏。然而止痒膏没有用，入夜之后越来越痒，一晚上没睡，所以第二天离开旅馆之前又差人去街上买亚铅华橄榄油，涂上之后才出门。两人到了上本町，丈夫直接去了事务所，幸子跟他告别独自回了芦屋。到了傍晚，她终于感到不那么痒了。丈夫跟平时一样的时间回到家，好像想到了什么，说着“给我看看你的耳朵”，把幸子拉到露台明亮的地方，仔细看了看患部，

说道："哦，这不是蚋虫，是臭虫。"幸子问："啊？在哪儿被臭虫叮的呀？""在奈良的旅馆床铺上。我今天早晨这儿也觉得痒，你看。"丈夫说着把袖子卷到上臂让幸子看，"这个，就是臭虫咬过的痕迹。你耳朵不是也有两处吗。"两人用两面镜子对照着看，果真如此。

"真的是呢——那家旅馆，一点都不友善，服务也不到位，竟然还有臭虫！这家旅馆真是糟糕透了！"

幸子这难得的两日出游被臭虫搅和了，一想到这里就对奈良旅馆恨得牙根痒，异常生气。

贞之助说："那过些日子再去旅游一次吧。"然而六月、七月没寻得机会，时间就这么过去了。到了八月下旬，贞之助要去东京办事，提议借此机会去东海道沿线的某处游玩一下，于是幸子提出去早就想去的富士五湖转一转。因此，贞之助先去了东京，幸子在两日后出发，在滨屋跟丈夫会合后，从新宿出发，归途中又去了御殿场。幸子从大阪出发的时候，丈夫建议夏天要坐三等席卧铺，三等席没有闷热的帘子，通风很好，所以三等反而比二等凉爽。幸子听从丈夫的意见，乘坐了三等卧铺的下铺，然而那天白天举行了防空演习，幸子人生中第一次被赶去做水桶传递。回到车上后可能是太累了，迷迷糊糊地打着盹儿，不断地做着有关防空演习的梦，时不时地醒一次。梦中似乎像是在芦屋家中的厨房，却比实际的样子时髦漂亮得多，是美式厨房，铺满了瓷砖，刷的白漆，闪耀着明亮的光芒。厨房里摆着很多刚刷洗干净的瓷器或玻璃餐具，这些餐具在防空警报声响起后，突然哗啦哗啦地自己碎了，亮晶晶的碎片散落一地。"雪子！悦子！春丫头！危险危险！快来这边！"幸子大叫着逃进餐厅，而餐厅中餐柜里的咖啡杯、啤酒杯、红酒杯、葡萄酒和威士忌的瓶子也哗啦哗啦地碎了。幸子喊着“这里也危险”冲上二楼，这时所有的灯泡又啪啦啪啦地爆裂了。最后她带着家人逃到只放有木制器具的房间，终于松了口气时，醒来了……这个梦她反复做了好多遍，天渐渐亮了。清晨不知是谁打开窗户，瞬间煤渣飞进了她的右眼中，怎么也弄不出去，她只能任凭眼泪直流。九点时到达滨屋，贞之助一早出门办事去了，幸子便为了补觉让人铺了床躺下，可眼睛中有异物，一眨眼眼珠就疼，每每泪流不止。用水洗、点眼药都不见好，只得让掌柜带着去附近的眼科诊所，取出眼睛中的异物。医生在幸子右眼上覆上了眼罩，还吩咐说：“今天一天不要取下，明天请再来一次。”贞之助中午回来看到妻子戴着眼罩，问道：“这是怎么了？”“托你的福我遭大罪了。我是怕了三等卧铺了。”“我怎么觉得我们的旧婚旅行自奈良以来就不顺呢。”贞之助说着笑了，“我再出去一趟，今天之内把事情办完，我想明天一早就出发。你那个眼罩要戴到什么时候哇？”“医生说戴今天一天就行。不过要是不好好对待，有可能会伤了眼珠。还让我明天再去一次。我们要是明天一大早就出发，那看医生的事怎么办呀？”“就是眼睛里吹进灰尘了嘛，医生为了多赚钱说得都很夸张。你这眼睛今天就能好的。”说罢便出门去了。

幸子想着丈夫不在，便给涩谷的大姐打了电话，述说了今晨到了东京但只停留今天一天的原因，戴着眼罩甚觉郁闷，能不能请大姐来宾馆坐一坐。“我也想去见见你，但我有事走不开。”大姐说道，又向幸子询问了妙子的情况。幸子告诉她，妙子身体已经完全恢复，她觉得那么严厉地“断绝关系”有些不妥，虽然表面上没说什么，但私下允许妙子进出家门了。“详情不方便在电话里说，近期我还会再过来的……”说罢便挂了电话。之后还说觉得太无聊，待街上有了阴凉，便出门往银座方向散步。途中看见电影《历史在夜晚发生》[①]的电影海报高高悬挂，以前看过一遍，现在突然想再看一次。可能是独眼观影的缘故，看不清查尔斯·博耶[②]的脸，不能像平时那样感受他双眼的魅力，便把眼罩摘了。结果发现不知从何时起眼睛基本已经恢复了，也不流眼泪了。“真像你说的那样呢。都已经好了，医生都只会夸大其词，能拖一天是一天。”晚上幸子向丈夫说道。

第二天和第三天这两天，夫妇二人住在河口湖畔的富士豪景酒店，这次的旧婚旅行完全弥补了上次在奈良的遗憾。二人从炎热的东京逃过来，深呼吸着秋天山麓清爽的空气，时而在湖边小路上散步。光是躺在二层房间床上，透过窗户眺望富士山的美景，就已经让人心满意足了。像幸子这样出身上方[③]、不常来关东的人，对于富士山的好奇心就好似外国人对富士山的憧憬，东京人是想象不到的，她特地选了这处酒店也是被其名字“富士豪景”吸引。的确，来到此地一看，富士山正对着酒店大门，近在眼前。幸子像这样来到富士山的近旁，心满意足地时时感受其朝夕变化、观赏其景致，还是第一次。酒店以白茬木搭建而成，这一点跟奈良旅馆相似，其余的就跟奈良旅馆截然不同。奈良的建筑虽说是白茬木搭建而成，但年代久远，蒙着一层薄薄的污浊之气，让人感到阴郁。而这里墙壁、柱子，每个角落都是崭新的，令人神清气爽。有一个原因是这里落成没多久，或许还因为这里山间的空气无可比拟地澄澈。来到这里的第二天下午，吃过午饭，幸子在床上仰面小憩，一直盯着天

---

①原标题为 *History is Made at Night*，于 1937 年在美国上映。

②查尔斯·博耶（1899—1978），出身法国的男演员，为电影《历史在夜晚发生》主演。

③京都及附近地方。

花板，富士山顶透过一侧的窗户，湖水围绕着的起伏的群山则透过另一侧窗户进入她的视野。突然，她幻想着还没去过的瑞士湖畔的景色，拜伦的诗《西庸的囚徒》浮现在她的脑海。她觉得自己来到了一个已经不是日本的遥远之地，但这种感受并非诉之于视觉中山形水色的变化，而是由空气触碰肌肤的触感带来的。她感到自己好像沉浸在清冽的湖底，把空气满满地吸进整个胸腔，好像喝苏打水一般的心情。天空中一片片的云似乎不断地流动着，一会儿遮天蔽日，一会儿艳阳高照。这时室内白色墙壁反射着明亮的光芒，也让人觉得好像连大脑都分外清澈透亮。一直到前一段时间，还有相当多客人来此避暑住宿，纷纷扰扰。过了二十日却突然冷清下来，现在住客不多，宽敞的酒店静悄悄的，侧耳倾听，万籁俱寂。置身于这份宁静之中，光线忽而明亮地照射着，忽而被遮蔽，看着光影交替，她甚至忘了时间的存在。

"孩子她爸……"

丈夫似乎和她沉浸在一样的思绪中，躺在旁边的床上，一边品味着这份独领四方的静寂，一边久久沉默地凝望着天花板。他刚刚起身，走向能望见富士山的窗边。

"孩子她爸，我发现一件有趣的事，你来看看……"

"什么呀？"

贞之助回头一看，在床上的幸子坐起上半身，正盯着床头柜上的暖水瓶的镍钢外壳看。

"来……你来这儿看一看……你看这房间映在这表面上，好像一座宽敞的宫殿。"

"哦？我看看，我看看。"

暖水瓶外侧光滑的外壳造成凸面镜的效果，明亮的房间里的物品无一遗漏地投上玲珑的影子。每样东西都极尽夸张地扭曲着，这间房间宛如一间高不见顶的大厅。在床上的幸子的映像格外小，看起来在无限遥远的地方。

“来，你看这里面的我……”

幸子说着，摇摇头举举手，凸面镜中的她也在遥远处摇着头，举着手。映像中的她好似住在水晶球中的精灵，龙宫中的公主，王宫里的王妃。

妻子这样孩子气的举动，贞之助觉得有好几年没见到了，夫妇俩无须言语，就已经找回十几年前新婚旅行时的心情。那时投宿在宫下的富士屋酒店，第二天沿着芦湖的湖畔兜风。或许是眼下有着与彼时相似的环境，自然而然地把两人唤回往昔的时光里了。

“以后我们也时不时地像这样旅旅游吧。”

那天晚上，幸子在丈夫耳畔轻轻说道，贞之助也没有异议。两人聊了很多枕边蜜语，最后还聊到了现实，谈及女儿和妹妹们。幸子想着趁着丈夫心情好，不能错过这个好时机，悄悄聊起妙子：“你也见一次她吧。”“嗯，这个我心里也明白。”丈夫立马答应了，“我对她或许太强硬了，对付她那样的人太过严厉了，她反而会更陷入歧途。结果我们只能更麻烦。今后还是尽量不要把她跟雪子区别对待吧。”

二十六

在“旧婚旅行”那晚两人商量好的事实现了。贞之助见到许久未见的妙子，是九月份的时候。在那之前，妙子虽被允许出入家里，但尽量躲着不碰见贞之助。那天愉快地列席共进晚餐，幸子夫妇二人、悦子以及妹妹们五人融洽地围坐在餐桌旁。幸子和雪子因为前些日子从阿春那里听来奥畑家老妈子说的那些事堵在胸口，面对妙子还未能完全释怀，不过两人已经决定把那些不愉快的事忘记了。那些事既不说给贞之助听，也不打算当着妙子的面拿出来责问她。她们反而觉得自己也有一半责任，所以打算尽量用温和的亲情去感化这个基因突变的妹妹。她们二人倒也没有故意去商量什么，只不过自然而然地想到了一处去，因此餐厅的气氛也十分温和平静，近来动辄阴沉郁闷的家中有了否极泰来之感，大人们都比平时多喝了一些酒。"小姐姐今晚住下吧。"悦子说道，接着贞之助他们也这样劝说，妙子最终便住下了。悦子异常兴奋："小姐姐今晚就在悦子的房间里跟姐姐三人一起睡！"每逢这种时候，悦子都会极度亢奋地上蹿下跳。

妙子以前的那种女性的魅力也已经完全恢复。生病的时候幸子看到她颓废的、筋疲力尽的模样，肤色乌黑暗沉，如同得了花柳病般的气色。幸子认为皮肤一旦松弛，就无法恢复到以前那种有活力的状态了。然而不知何时起妙子又生机勃勃起来，变成双颊充盈的现代女郎。不过贞之助考虑本家的体面，认为暂时分开住还是好的，所以妙子仍旧起居在甲麓庄，每天在芦屋大概待上半日。之前她住的那间二层的六叠房间又重新分给了她。近来她时常闷在房间里，在光线好的窗下十分努力地操弄着缝纫机。这是在做幸子为她拉来的生意，她本就喜欢洋装裁剪，一干起来就十分投入，晚饭也随便扒拉两口就又上二楼去了。幸子希望妙子不要再在金钱方面给奥畑添麻烦，她嘴上不说什么却一直为她带来订单，看到这样干劲十足的妙子，又开始疼爱起她来了。这个妹妹真是有热爱工作的一面，性格活跃、待不住，所以她要是走了歪门邪道，就会越来越偏离正轨；但若引导得当，她也会在正道上越走越长远。具备才能、心灵手巧，做任何事都能在短时间内完成……让她跳舞，她就能跳得很好；让她做人偶，她就能做出出色的作品；让她缝洋装，她又同样做得很好……还不到三十岁的女孩子没有几人能像她一样掌握各种各样技能……

“小妹，你真有毅力呀。”幸子晚上八九点钟的时候听见缝纫机的声音还在继续，来二楼说道，“悦子该睡不着了，你做一会儿就得了。做得太投入，肩膀该疼了。”

“嗯，我想今天给做出来呢……”

“明天再做吧，也不用这么拼命赚钱吧。”

“呵呵。”妙子用鼻腔哼笑了两声，“其实我需要钱。”

“需要钱就跟我说，啊，小妹……我也能给你一些零用钱的。”

丈夫最近跟一家军需产品公司业务往来后，她手头也宽裕很多，家庭收支也阔绰起来了，所以在照顾雪子这方面基本不接受本家的生活费，全由这边负担。丈夫很久之前就说过，若雪子全由这边照顾的话，也该这样对待妙子。因此，一有机会幸子就这样跟妙子说，而妙子只是听听而已，无心接受那份好意，看起来她好像怀有某种矜持，不愿意接受没来由的施舍。

关于她后来跟奥畑交往的事到底怎么样了，幸子和雪子都不清楚。她大致每天都会来芦屋，要么傍晚来待到深夜，要么早晨来傍晚突然就走了。没有一日不这样做，所以她有半天肯定在其他地方度过的，或许跟启少爷见面了，或许见面的另有其人——两个姐姐暗暗操着心，没有直接问过她。姐姐们盼望着到这个份儿上了妙子还是和启少爷在一起，这一点跟奥畑家老妈子的想法是一致的，但知道急于求成地反复说教并非上策。因此，只是祈祷着过一阵子妙子的心境能有所变化。就在那时，正好是十月初的一天，妙子回来说奥畑有可能会去满洲。

“啊？去满洲？”幸子和雪子齐声问道。

“很可笑吧？”妙子边说边笑，“我也不太清楚，好像是‘满洲国’[①]的官员下次要来日本招收二三十个日本人，作‘满洲国’皇帝的随从。所谓‘随从’并非是式部[②]官员或是侍从这类高级官员，只不过是伺候在皇帝近旁负责周身起居的小喽啰，对智力、才学没有要求。只要是来历清白的人，中产阶级出身，容貌端正，注重仪容、礼仪，有素养就行。也就是说，只要是有品位的少爷，脑子就算不大好也行。所以这个用人条件简直像给启少爷量身定做的。而且启少爷的哥哥们也表态说：‘如果有这样的机会就务必应征去满洲。做皇帝的随从听起来也有面子，做的事情想必也没有什么难度，对启三郎而言真是合适。启三郎若有意去满洲，就重新认了他作为送行礼。’”

“真是美事一桩……不过启少爷还真能下得了决心？”

“他还没下定决心呢。旁人都劝他，但他却不说要去。”

“这也正常，船场出身的大少爷竟要流落到满洲去。”

“不过现在启少爷也特别需要用钱，他已经穷困到在那个宅子里生活不下去的地步了。然而在大阪没有人肯雇用他，太失身份的工作他也不肯做，眼下这份工作错过就没有了。”

“你这么说也是——那份工作也不是谁想做就能做的，只有启少爷能胜任。”

---

①1931年日本帝国主义侵占中国东北时制造的傀儡政权。

②即式部省，日本的律令制设置的八省之一，掌管文官的人事考核、礼仪、官员任职、行赏等事务。

“是呀。听说薪水给得很多，所以我也极力劝他。也不用干太久，做个一两年，他的哥哥们也原谅他了，社会上的人们也会重新信任他，不管怎么说都要豁出去拼一下呀。”

“他一个人去的话会很不安吧。老妈子要是陪他去怎么样？”

“她也想陪他去，但听说那个老妈子也有儿子和孙子，没法去满洲那么远的地方。”

“小妹你跟着去吧，”雪子说道，“为了让启少爷改头换面，你为他做这点事也可以吧？”

“哼……”妙子说着，突然露出嫌恶的表情。

“就算只待半年也好，暂时待到在那边定居为止。若小妹说跟着去，启少爷听了没准儿就愿意去了。这兴许能挽救一个人，小妹不会坐视不管的。”

“真的，小妹你就跟着去一下怎么样？”幸子也说道，“这样一来，启少爷的哥哥也一定会感谢小妹的。”

“我想着现在正是和启少爷分手的好机会。”妙子声音虽然很低，但语气坚定，“我要是跟他去了，我们之间的关系就算不清了。他一个人去满洲是最好的，所以我才极力劝说让他去的。启少爷也正是顾虑这个问题，怎么都不愿去呢。”

“我说，小妹啊——”幸子说道，“我们谁都不会强迫你和启少爷结婚的。就像刚才讲的，这次先陪着去，跟他一起生活个一年半载，看到他能认真工作之后，你要是不愿意待下去，你再一个人回来怎么样？”

“连满洲那么远的地方我都陪着去了的话，就更难分手了。”

“话虽这么说，你好好跟他讲明缘由，他若不能体谅，那时你再逃回来不就行了。”

“要是那样的话，他保准儿把工作什么的一丢，追着我回来。”

“或许是会这样，但考虑一下以往的情面，我是觉得，要分手的话就在分手前把能做的尽量都做了。”

“我没必要为启少爷尽那份情。”

幸子觉得再这么说下去，势必会引发争吵，因此忍住没再往下说。

“你能说你没必要尽情分吗？”雪子说，“小妹你和启少爷的关系由来已久，外面的人都知道。”

“我早就想断了这关系。启少爷黏着我不放手，为所欲为地纠缠我。别说有情分在了，我只觉得很是困扰。”

“小妹，你不是在经济方面给启少爷添了很多麻烦吗？我这么说可能不好听，在金钱上你不是一直受人家照顾吗？”

“胡说，绝对没有这种事！”

“真的吗？”

“我才不会做那种事，我用自己赚的钱就能生活，我还有存款，雪姐你不是知道吗？”

“虽然小妹你这么说，但别人不这么想。就连我也一次都没有见过小妹的存折或是记账本，你到底有多少收入，我不了解真实情况……”

“首先你认为启少爷有那份本事，就是错的。我的想法正相反，我觉得眼看着就得我养活他了。”

雪子似乎尽量不看向妙子的方向，双手摩挲着桌上插着菊花的玻璃瓶，继续说着，她似乎没有一丝急躁，声调和往常一样，握着花瓶的细长手指的指尖也不带一丝颤抖：“小妹去年冬天在珑欣做的那件驼绒大衣，是启少爷给你做的吧？”

“我那时不是说了吗？那件要三百五十日元，我变卖了一件玫瑰色的短外罩、一件竖波纹和一件花团纹的衣服才买下的。”

“不过启少爷的老妈子说，那是启少爷给你买的。还把珑欣的收据拿出来了。”

“……”

“还说那件法兰绒便宴服也是。”

“那种人说的话，我希望你们不要理会。”

“我们是不想相信，不过老妈子把一笔笔账单做证据留存下来了，人家是在此基础上说的。小妹，如果你说她在撒谎，那就给我们看看能反驳她说的话的账簿好吗？”

妙子也同样淡定自若，像往常一样脸色没有一丝一毫的变化。不过经雪子这么一说，她一个劲儿地沉默着牢牢地盯着雪子的脸。

“据老妈子说，这种事从好几年前就开始了，不光是衣服，那时那个戒指也是这样，粉盒也是，胸针也是，一样样的东西她都记得清清楚楚。人家说启少爷被赶出家门也是为了小妹去店里浑水摸鱼拿宝石。”

“……”

“小妹，你那么想和启少爷分手的话，到目前为止不是有的是机会吗？你和板仓交往的时候也是个好机会……”

“可是那时候你们不是不同意我跟他分手吗？”

“因为我们那时候希望你和启少爷结婚，所以不赞成。我们要是知道你一方面和板仓是那种关系，另一方面又在经济上利用启少爷，我们就重新考虑这事儿了。”

对于雪子说的话幸子颇有同感，她认为对妙子可以把话说到这个份儿上，但自己实际上做不到，而雪子竟真能说出口。幸子一边感到惊讶，一边在旁边沉默地听着。大概是五六年前，她曾见过雪子抓住姐夫辰雄像今天这样据理力争。内向的人或许会因为某种原因变得出奇强大。记得好像那时候也是，平日里循规蹈矩的雪子突然变了个人似的，思路清晰地诘问辰雄，令他支支吾吾说不出话来。

“的确，启少爷可能是没什么本事。但是，你竟让这等没本事的人去偷店里的东西，事到如今你还说没情分吗……不过为了小妹不误解，我话说在前头，老妈子对小妹没有任何恨意。启少爷为了小妹做了那么多事，所以她希望小妹能成为启少爷的太太……我们知道这些事之后，自然也是这么希望的……”

“……”

“趁着能利用的时候尽量使唤人，没了利用价值的时候，就说什么对于没本事的大少爷而言是桩美差，让他一个人去满洲。亏你说得出口！”

不知妙子是无法为自己辩白，还是认为辩解也无用，无论雪子说什么，她都默不作声。只有雪子冗长地重复着车轱辘话，没完没了地说着。雪子无论说到什么，口气都同样冷静。然而，妙子眼中不知何时起已经泪眼婆娑，但她仍旧一如既往地板着没有表情的脸，仿佛没有意识到双颊流过了眼泪。片刻之后，她突然站起身，粗暴地摔门冲出走廊，砰的一声，整个房间都震动了。紧接着，大门又咣当地发出巨响。

二十七

这罕见的争执发生在午饭前，贞之助和悦子都不知道，阿春恰好在那时出门办事去了。而且，从始至终双方都没有大声说话，在关着门的餐厅中用平常的音量交谈着，所以厨房里的女佣们也没有注意到。刚才的砰然巨响非比寻常，阿秋吓了一跳，跑到走廊。而走廊空无一人，她便把餐厅门推开一道缝儿向里望，没看到一直待在里面的妙子，只看到幸子和雪子正从橱柜的抽屉里拿出桌布，收拾花瓶。

幸子问："什么事？"

"没有，没有事……"阿秋慌乱着正要缩回脑袋。

"小妹刚刚回去了，午饭只有太太和我吃。"雪子说道。

"偶尔也该聊聊那些事。"事后，雪子只向幸子说了这么一句，便像是已经忘记这件事似的，最终上午发生的这件事悦子和贞之助都没有觉察到。只不过第二天，妙子一天都没有出现。"今天小姐姐怎么了呀……"悦子觉得不可思议。"是不是感冒了呢？"阿春也觉得奇怪。"今天小妹竟然缺席了，真少见。"幸子也若无其事地说道，但心里默默担心，莫非之后她好一阵子都不再来了。

次日早晨，妙子像是什么都没有发生一样泰然自若地来了，而且一点都不尴尬地开口跟雪子说话，雪子也好声好气地回应她。有关奥畑的事，妙子说："据说他好像不去满洲了。""这样啊。"雪子只应了一声，之后谁都没有再提起这件事。

过了几日发生这么一件事，幸子和雪子在元町街头偶遇井谷，听说了一件意想不到的事：近期井谷将把美容院出让给别人，自己将再度赴美国研究最新的美容术。井谷的朋友中有人劝她：现在正值世界大动乱时期，美国日本之间也有可能会发生事端，等一段时间再去如何？然而她说，一直等下去的话发生事端的可能性也不会消失。假如会发生什么，也不会现在立刻发生，所以要在那之前以最快的速度去一趟就回来。听说最近这阵子护照很难批下来，不过她有特殊的渠道，护照已经办好了。预定去半年或者一年。这么短的时间，按理说自己好不容易开的店可以不用转让他人，但事实上她多年来一直想着去东京发展，所以想趁此机会离开神户，回国后在东京开店。

这件事幸子她们也不是头一次听说，井谷丈夫一直以来患有中风，去年去世的时候，幸子她们好像就听说过井谷有这个计划。如今亡夫一周年忌日已过，想必她终于下决心要实施自己的计划了吧。接着，向来雷厉风行的她一步一步地处理好各项事宜，为了尽早脱手现在的店，她已经找好了下家，转让的手续也办完了，听说连船票都预约好了。“这件事若在朋友们之间传开，想必会有朋友为我举办欢送会之类的。不过碍于时局，加之我走得急，实在是没时间接受大家的好意。还有我就擅自作主了，甚至可能无法一一去各位府上辞行了。”井谷这般说道。

幸子认为，不管井谷说什么，她的美容院在神户可是响当当的，井谷的名号也传得很广，所以肯定会有人发起举办欢送会的。特别是幸子她们因为雪子的事情受到井谷的诸多照顾，如果没有平常的那种欢送会，那么幸子她们也一定要设宴款待一番——当晚幸子跟贞之助商量道。第二天早早地就收到铅印的告别函，上面也写着坚决谢绝一切欢送会。而且还提到明晚出发去往东京，在坐船离开之前住在帝国酒店，所以无暇赴宴。因此，姐妹三人只得准备一些礼物在今明两日里去拜访。不过到底送什么礼物好，实在难以抉择，所以最终当天未能去拜访。第二天早晨，贞之助出门之后，幸子又和雪子二人商讨到底置办什么礼物，就在这时，井谷来访了。

“哎呀呀，您这么忙还来一趟，其实我们本打算三人一同在今天去府上拜访的。”

“不用，请您务必不要费心。您三位若去找我的话，店也已经转让了，我在冈本的住所也决定由弟弟两口子居住，他们今天搬入，乱糟糟的也没法招待您……”井谷说道，“我倒是跑过来叨扰您来了。时间紧张，所以决定不去任何朋友家辞行，然而不来府上告别总觉得心中有事未了，而且我还有事相告……”

“您先进屋来。”

“那么我就待十几二十分钟吧。”井谷瞥了一眼手表，边说边进入客厅。

“其实呢，我不会在美国待太久，马上就会回国的。不过一想到就要告别神户了，心中很是不舍，特别是府上的几位，无论是太太还是雪子小姐和小妹，我这么说或是僭越了，但我真的格外喜欢你们几位……”井谷一如既往地语速很快，她想在短时间内把要说的事情无一遗漏地说出来，所以只是她一个人在喋喋不休，“莳冈家的三姐妹各有特色，看似相像实际却各有各的性格，都是好姐妹。说实话，对于神户这方土地，我没有那么眷恋，本想和莳冈家的几位永久地交往下去，但以后却不能亲密地走动，这比任何事都令我感到遗憾。今天我能见到您二位，甚是高兴，不过很遗憾没能见到小妹。”

“小妹应该马上就来了，我现在打个电话问问看。”幸子说着准备起身去打电话。

“不用不用，”井谷说着欠了欠身，“虽然遗憾，但请替我向小妹问好吧。”随后她接着说道，“虽说不能在神户见面了，但距离我坐船离开还有十天左右的时间，如果方便的话，您三位要不要去趟东京呢？哦，不不，我不是想请三位去东京为我送行，其实在东京，我想介绍个人给诸位认识……”

说到这里，井谷稍微停顿了一下，接着说出下面一番话：

“当着太太家的雪子小姐的面，而且还在这么慌乱的时候说这事实在不大合适。不过在我临走之际，心中最挂念的就是没能在离开前尽自己的力量把雪子小姐的亲事定下来。说实话，我并不是奉承什么，拥有这么好的姐妹的好人家的小姐真是不多见了。每每想到这里，我就觉得自己还有责任没有尽到就要离开。虽说到了这个节骨眼上，有可能的话我还是想把小姐的亲事理出个头绪来，我想了却心中这桩一直记挂的事再走，我这份心情很是急切。我想为雪子小姐推荐一个人选，这位先生的姓氏想必您应该知道，明治维新创下功绩的公卿华族中有位叫御牧的子爵。原本为国事奔走的是上一代的广实，现在的户主广亲是他的儿子。这个人也年事已高，过去隶属贵族院的研究会，在政界颇为活跃，现在在祖先留下的京都别墅中隐居，过着闲云野鹤的日子。机缘巧合我认识了御牧家的庶子御牧实，据说他从学习院毕业后进了东大的理科，中途退学去了法国，在巴黎学学绘画、研究研究法国料理，说是做了很多事，总之哪样儿都没持久地学下去就去了美国，去了一家不大有名气的州立大学学习航空学。不管怎么说，的确是从那儿毕业了。毕业后没回日本，在美国四处漂泊，甚至还去了墨西哥和南美。前一阵子家中突然停了他的生活费，他苦于生计甚至在酒店里干过厨师和服务生。此外他又回头搞一搞油画、做一做建筑设计，由于他颇具天赋，性情不定，涉足的领域繁多。然而他的专业航空学一出校门就全丢了。八九年前回国后，他没有稳定工作，游手好闲。数年前偶然有朋友要盖房子，他半消遣地为其设计了房屋，却得到了意想不到的好评，逐渐地有很多人开始认可他在那方面的才能。他本人也很振奋，后来在西银座的一幢大厦里开了工作室，开始把建筑当本职工作了。只不过御牧的设计洋溢着西洋近代风格，很是奢侈，在战争的影响下订单渐渐少了起来，工作清闲了许多，所以刚刚成立不到两年的工作室到了不得不关闭的地步，现在他又开始无所事事了。总之，简单说来这个人的经历就是这样，他本人最近倒没有想着成亲，而是他周围的人担心他，考虑着无论如何也给御牧先生张罗门亲事。我听说，他今年四十五岁，由于长期生活在外国，以及回国后习惯了一个人生活，他没想过组建家庭，至今仍未娶亲，身边也未曾有过有望结婚的对象。当然了，他留洋在外的时候肯定会有些风流的经历，回国后也经常在新桥赤坂附近逛花街，似乎尝尽了放浪的滋味。不过那种生活也只持续到去年，据说现在他已没有能力供自己吃喝游冶。这是因为他在年轻时从子爵父亲那里获得一些财产，凭着这些钱过了半生的放浪生活，一味奢侈浪费，不知赚钱，很快就把大部分的财产花光了，似乎不剩什么了。因此他想开建筑公司，虽说下手晚了些，但他也是想借此开辟独立自主的道路。若不是现如今这个时局，建筑公司应该能顺利开下去，不幸的是眼下受到了挫折。不过，他是典型的贵族后裔，善于交际，说话风趣，兴趣广泛，自诩为艺术家，天生逍遥自在，从来不因为这些不顺的事叫苦连天。这次他身边的人想给他张罗亲事也是因为他本人太过无忧无虑，旁人反倒着急起来，觉得不能放任他如此，所以想方设法为他寻找姻缘。”

此外，据井谷说，井谷认识这个人是因为自己的女儿光代的介绍。去年光代从目白毕业，成为《女性日本》杂志社的记者，这家杂志社的社长国岛权藏十分偏爱御牧先生，这是因为御牧先生设计了国岛先生在赤坂南町的住宅，此后国岛先生便开始十分欣赏他，因为这个缘故御牧先生开始跟国岛先生家有了交往，国岛夫人也十分珍视他。《女性日本》杂志社离西银座不远，所以经营建筑公司的御牧几乎每天都去玩，跟杂志社的所有职员都混得很熟，尤其跟井谷的女儿特别要好，总“小光、小光”地叫她。这是因为井谷的女儿也深受社长夫妇的宠爱，社长夫妇像对待家人一样对待她，井谷有一次去东京顺便在女儿的带领下到社长家里拜访。那时御牧刚好也在社长家，第一次见面他就说着玩笑话，逗人捧腹，一下子关系就近了很多。本来井谷在东京没有什么业务，只因女儿受到国岛先生的器重，去年以来她去东京国岛家拜访了三次，其中两次都碰到御牧。用女儿光代的话来说，国岛夫妇喜欢赌博，时常彻夜玩纸牌，打桥牌还有麻将，等等，陪夫妇二人玩的就是御牧和光代。井谷一边解释道，“作为母亲夸自己家孩子也许十分可笑”，一边说女儿性情洒脱聪慧，拥有与年龄不相符的博弈才能，再加上她好胜心强、有忍耐力，熬个一两晚上白天仍能精神奕奕地去杂志社上班，比别人干得更加兴致高昂，所以她才受到社长夫妇的宠爱。井谷这次为了出国从前一阵子开始去了两三次东京，拜托国岛先生处理护照和其他事宜，彼时又见了御牧好几次。而且最近在国岛家里，大家经常围住御牧大谈特谈“给御牧寻姻缘”的事，井谷总赶上这样的场合。这也是因为国岛夫妇是最热心的倡议人，国岛先生与御牧的父亲子爵先生也认识，如果御牧有意与合适的人结婚，国岛先生将会和子爵商量，让他再分些财产给御牧，争取保证暂时让御牧建立家庭与维持生计。一次井谷偶然赶上大家催促御牧结婚的场面，国岛先生抓住井谷问她手中有没有合适的人选，有的话还请一定介绍。

井谷一口气说到了这里，然后又瞥了一眼手表说：“我没时间了，所以我就快点儿说。”接着又说了下去——

井谷听到这件事的时候马上就想到，这就是为莳冈家的小姐量身定做的姻缘。不过遗憾的是时机不好，要是自己一直在日本，她一定会说“我认识一位非常好的小姐，一定帮忙促成”，当场答应下来，马上牵线搭桥。无奈出国的日期迫近，实在没办法，所以她就忍住没应承下来。但她回到神户之后，痛感可惜，思索着自己能不能做些什么，这件事一天到晚悬在她的心头。“我再多说一些有关御牧先生的信息供您参考。年岁刚才说了，是四十五岁，应该比您家先生年轻个一两岁。容貌方面，就像长期在西洋生活的人那样，头发已经脱落，肤色偏黑，不是所谓的美男子，但可以说相貌堂堂，能窥见其良好的家教。体格健壮，比较偏丰满，从未生过大病，他自夸多么困难都能挺过来，十分健康。接下来最重要的事情是资产问题，学生时代分家时得到十多万日元，现在可以说几乎不剩。据说后来他又去求父亲，要到过一两次钱，不过那些也自然都花光了。总之他手里有钱就大方挥霍，痛痛快快地花，一夜之间又倏地拮据起来。子爵也说，无论给他多少钱都是浪费，关于金钱管理这方面完全无法相信他。国岛也说他，“都四十五岁了，还生活在公寓里，天天游手好闲最要命了。如此一来，父亲和外界的人们不相信他也是当然的，所以首先得让他定下亲事，就算赚个月薪，金额不那么多，也是靠自己的力量获得固定的收入。这样一来子爵也能放心，也会给他一些钱财。不过他去要钱要了好多次，所以真的是‘一些’钱就够了，没必要让子爵拿出太多钱。在我看来，御牧聪明伶俐，要是让他设计漂亮的房子，的确能发挥他的天分，我觉得将来他能够成为优秀的建筑师。我虽力量有限，但打算不惜余力帮助支援他。只不过现在时机不好，苦于生计，但这只是暂时的，绝对不用悲观。而且我来和子爵说，让他出钱供他儿子结婚，购置新房，以及补贴小两口两三年的生计。我打算说服他承诺做到这三点，估计没问题。”大体上就是这样，多少有不完美的地方，但怎么说都是初婚。虽说是庶子，也是名门出身，流淌着藤原氏族的血液，亲戚们都净是些有名的人士，他不需供养任何人。“我忘了说，他的生母，也就是子爵的侧室，据说在生下他之后没多久就去世了，而他完全没有记忆。他兴趣广泛，通晓法国、美国的语言、风俗，等等。不管怎么说都是御牧先生的优点，我想他完全符合府上的择婿条件。您意下如何呢？我与其交情尚浅，府上最好再调查看看，据我目前为止跟他的接触来看，他待人十分亲切和蔼，没有明显的缺点。只不过酒量极大，我也有两三次见过他酒兴高涨。他醉了之后更有趣，一个劲逗人笑……我觉得要是错过了这段缘分非常可惜，实在放不下。或许没有人能代替我做媒人之类的，我考虑了很多。不过对方那么善于社交，媒人也根本不用费心。最开始牵线介绍你们认识，之后国岛夫妇也在，想必他们能在双方之间帮助联络。此外，我女儿光代也能稍微帮帮忙。她虽年轻，但举止成熟稳重、颇有主张，所以她挺适合负责这种事的。您若能把她当联络员差使，她应该能起到作用。”

说到这里井谷看了一眼手表，边说“啊，不好”，边站起身，“我本来只准备叨扰十五分钟的。我不得不告辞了……”可嘴上还在继续说，“我想跟您说的就都已经说完了，之后请府上多多考虑。另外，在东京国岛先生为我设欢送宴，若府上有意向的话，不知能否作为神户这边的代表出席，太太、雪子小姐，姐妹们一起参加比较好，所以尽量让小妹也参加。这样的话我也请御牧先生出席，我来做个引荐。总之，事情能不能继续发展是以后的事，这次就当作来为我送行，见对方一面如何？我到东京之后，大概明天会打电话询问府上的答复，欢送会的日期和时间也在那时相告。”说完草草地寒暄两句，便飞快地离去了。

二十八

幸子忽然意识到，刚才由于井谷太过着急，忘记询问她今晚坐几点的火车离开了。幸子给她在冈本的住宅打了个电话，本人不在家，接电话的人说“她说送行一概谢绝……”，不肯告知时间。傍晚的时候又打了一次电话，正赶上她在家，幸子说：“关于刚才的事，我也有话想说，请务必让我们跟您再见一面……”这样说，井谷才终于告知她即将在三宫站乘坐九点半的快车出发。贞之助和悦子也加入三姐妹一起去送行，变成了全家出动。像这样三姐妹盛装打扮，由贞之助带着外出的场面已经许久不曾有过。自去年秋天为双亲举办法事以来还是头一次。

“小姐姐今天不穿洋装吗？”在大家都装扮完毕后，一同吃晚餐时，悦子盯着妙子说道。

妙子今天穿了一件华丽的日式服装，绿底印以白色大朵山茶花，难得一见。看到母亲和两位姨母光彩耀人，悦子明显像每年去赏花时一样兴奋。

“怎么样？悦悦，我穿和服好看吗？”

“小姐姐还是穿洋装好看。”

“穿和服的话显得有点胖。”幸子说道。

妙子最近常常穿和服。她腿形漂亮，所以穿洋装的时候反而有种少女的可爱，而穿和服的话腿的优势被盖住，看起来矮墩墩的。因为她大病初愈后食欲太过旺盛，摄取了过多的营养，比生病之前胖了。但她自己说是因为向来脚部发热，而生了那场大病之后，不知为什么穿洋装的时候总觉得脚冷冰冰的，难以忍受。

“看来日本的女子在年轻时候无论打扮得多么时髦，上了年纪之后都不大穿洋装了。这说明小妹也已经变成老太婆了。”贞之助说，“井谷太太不也是吗？她从美国学习回来，就她从事的行业而言应该穿洋装的，但不也总穿和服吗？”

“还真是，井谷太太总穿和服呢——因为她才真已经是老太婆了。”幸子说道，“这个先不说了。刚刚那件事，今晚怎么跟井谷太太说？”

“这件事我是这么想的——现在先别提相亲的事，总之只说为了参加井谷太太的送别会去东京，这样比较好。本来没有相亲的事，也得去送行的。”

“的确，你说得没错。”

“按理说我也应该去，不巧最近事情多，去不了。你和雪子一起去吧，小妹要是能去就更好了……”

“让我跟着去吧。”妙子说，“刚好天气也舒服，去送行也顺便逛逛东京。今年我错过了赏花，要是不补回来就太亏了……”

其实妙子并不像两个姐姐那样跟井谷有很深的情分。她虽也是井谷美容院的常客，但井谷的店花费昂贵，妙子时常也会去其他店。雪子因为相亲的事经常麻烦井谷，而妙子完全不亏欠井谷什么。不过因为井谷的秉性干净利落不拘小节，极具男子气的侠义心肠，妙子平时便对她抱有极高的好感。特别是从去年开始，妙子被赶出莳冈家门，总觉得社交面窄了许多，或许是心理作用，以前笑脸相迎的人们看待自己的眼神陡然变得意味深长了起来，然而井谷始终如一、丝毫未变地亲切对待她。在美容院最容易传播各种八卦消息了，身为美容院老板的井谷应该早就听说了她各种不端的行为，妙子都做过什么她知道的一定比谁都清楚，井谷却似乎并不盯着妙子的这些阴暗面，只看妙子好的一面。妙子平时就对此颇为高兴，而井谷今晨专程前来辞行，特别提到“想见小妹”，甚至希望她“一定要来东京”，听到这些，妙子不禁更加感激了。每次谈及雪子的亲事，妙子总被当作碍事的人，见不得光。而井谷这样说，似乎在暗示莳冈家不用觉得妙子是不光彩的，反而应该肯定她的特色，应该堂堂正正地向世人们介绍家里有这么一个妹妹。妙子觉得若不参加东京之行，就对不住井谷的这份心意。

“那么小妹也跟着去吧。送行自然是人多热闹更好。”

“不过主角雪子却……”幸子回头看着笑嘻嘻不发一言的雪子说道，“好像不大想去。”

“为什么？”

“她说三人一起去了的话，悦子就一个人在家了……”

“不过，谁不去，雪子都不能不去呀。反正只有两三天，悦子会乖乖在家的。”

“姐姐，你就去东京吧。”悦子一副大人口气说道，她最近越来越懂事了，“悦子会乖乖在家的，春丫头在家陪我，我不会寂寞的。”

“对了，雪子去东京有一个条件。”

“什么条件？”

“噗噗。”雪子仍旧只笑一笑不说话，幸子便说：“要是不去的话，不是对不起井谷太太吗？要是去的话，她担心自己只能一个人留在涩谷了，她不愿意呢。”

“原来如此。”

“不去涩谷不就行了吗？”妙子说道。

贞之助反对道：“那可不行，至少得见一面。要是日后被知道了，就麻烦了。”

“所以雪子希望我去跟涩谷那边说，过些日子再安安稳稳地回涩谷去，这次就一同去一同回。如果涩谷那边答应了，雪子就肯去了。”

“雪姐那么不喜欢东京的话，这次的事还是不抱希望为好。”

“我也觉得肯定不成。”妙子说罢，悦子接着说，“姐姐肯定是要嫁人的，但我认为还是别嫁到东京去。”

“悦悦你还懂这些事？”

“要是让姐姐嫁到东京那种地方去，就太可怜了。是吧，姐姐？”

“好了，你别说了。”幸子制止悦子，“我是这么想的，那位御牧先生是贵族出身，从血统上讲是京都人，现在只不过是暂时住在东京的公寓里，说不定他也会回关西住。”

“对，不是没有这种可能。如果我们帮他在大阪附近找到工作，他或许也愿意住在这里。总之，至少那个人的身体里，这是流淌着京都人的血液。”

“虽说同是关西人，但京都人和大阪人性情大不相同。京都人里，女子还好，男子就没那么好了。”

“喂喂，从你这儿就开始泼冷水，这怎么可以？”

“不过那个人或许出生在东京，而且还在法国和美国待过那么长时间，估计跟一般的京都人也不一样吧？”

“我虽然不喜欢东京这个地方，但东京人说不定还不错。”雪子说道。

贞之助建议，送给井谷的纪念品在东京的欢送会之前准备好，今夜先送束花。为了买花，吃过饭后五个人早早地出发去往神户。在元町买了花，让悦子在站台为井谷献上。按理说送站的人多热闹一些才好，但井谷故意隐瞒发车时间，此时的车站比较冷清。即便如此，她的两个弟弟——在大阪开医院的村上博士夫妇和在国分商店做店员的房次郎夫妇等，也来了二三十人。莳冈家的三姐妹难得盛装打扮而来，却顾虑周围的气氛，没有脱掉外套。幸子来到井谷身边说："今天上午多谢您了。我跟丈夫商量过了，您在即将出国之际还如此挂心家妹之事，对于您的这份好意我们的感激真是难以言表，又听闻了您的介绍，我们更加感谢了。就算没有这件事，我们三人也一定要参加您的欢送会的……"接着贞之助又一再地表示感谢。"哎呀呀，你们全家都来了，我真高兴，"井谷看起来特别欢欣，"那我就恭候各位的到来了。细节我明天一定打电话跟您细聊……"火车开动了，透过车窗告别时，她又重复了一遍。

正如约定的那样，在次日晚上她从帝国酒店打来电话，告知欢送会定于大后天下午五点开始，地点在帝国酒店里，出席的有井谷的女儿光代、国岛权藏夫妇和他家的千金、御牧先生以及神户这边的代表幸子家三姐妹共九人。"您几位到东京后住在哪里？我想着本家在东京的话，您或许会住在那里，但为了相互联络方便，干脆您几位也住在帝国酒店吧，您意下如何？从这个月到下个月，东京迎来两千六百年纪念活动，基本所有的旅店都住满了。但幸运的是，国岛先生的亲戚预订了酒店的一个房间，说是可以让给你们，他家亲戚住在国岛家也可以……"聊到这件事，反正这次妙子也同行，雪子也那么说，所以幸子想尽可能跟本家保密她们的行动。

此时听到井谷的建议，幸子灵机一动，说：“那么我们就不客气，就请那位亲戚把房间让给我们吧！我们打算坐明天的卧铺或后天早晨的快车前往。虽然很想一直待到您离开的那天，陪您去横滨港，但我们三人不能在外面耽搁太久，不得已，我们只能参加完您的欢送会，就此告别。我们只用在后天及大后天，也就是有欢送会的那天，投宿两晚即可。不过我们想着顺便看场歌舞伎演出再回关西，或许因此我们会再多住一晚。”“那我来为诸位订好歌舞伎演出的门票吧！”对方立刻说道，“说不定我们也陪诸位一起去看。”

第二天，顺利地买到从大阪出发的夜车卧铺，所以三人不得不在当天收拾行李。幸子和雪子本想着必须在今天把头发烫了，但井谷的美容院没有了，她们都不知该去哪里。本想等妙子来了让她带着去她去过的店里，然而，两人念叨着“小妹今天来得真是晚啊”，一上午就过去了，也没见她身影。在这方面准备向来周到的妙子似乎一个人迅速地去了趟美容院，下午两点左右做了个精致的发型，姗姗来迟。

“什么嘛，我们还想等你带我们一起去呢。”

“在东京做不就行了。帝国酒店肯定有美容院吧。”妙子满不在乎地说道。

“还真是，就去东京做吧。”两人商定。

之后开始慢悠悠地商量该带哪些换洗衣服去，把行李装进大小两个旅行箱和一个手提包里，吃过晚饭收拾停当后，距离出发时间已经没多久了。

二十九

“打扰一下，请问是莳冈太太吗？”

第二天，三人在东京站站台一出来，一名穿洋装、身材瘦小的姑娘匆匆忙忙跑到幸子身边问道。

“我是光代——”

“啊啊，井谷太太家的——”

“好久没见您啦。本应该家母来接您的，但她忙东忙西的，我就代替她来接您了……”

光代说着看到三人拿着的行李，便说：“我去叫个小红帽来。”又立刻啪嗒啪嗒地跑去带了小红帽回来。

“啊，这两位就是雪子小姐和小妹吧？我是光代，真是多年没见了。家母时常承蒙诸位的照顾，而且这次还劳烦三位一同专程前来，真是不敢当。昨天家母聊到这件事特别高兴的样子……”

接着，把大件行李托付给了小红帽，包袱和化妆包之类的小件行李还剩两三件，光代看见立刻说：“这个我来拿。没事没事，让我来拿吧，让我来——”

光代把行李从三人手中硬是接了过去，麻利地穿过喧闹的人群，先一步走了。

幸子她们只在这个姑娘还在神户县立第一女子高中读书的时候见过一两次，不算很熟。不过比起那时的印象，她出落得十分漂亮大方，若非她自报姓名，绝对认不出来。她的母亲井谷虽然瘦，但身材高挑；而这个姑娘从小就身材矮小，现在也没有长太高。虽说是小个子，但以前脸圆圆黑黑的，身材偏胖，而现在肤色变得白净了许多，身材却更加瘦小了，手掌之类的只有十三四岁孩子那么大。实际一看，她比三姐妹中最矮的妙子还要矮个五六分。穿着和服套着外套的妙子看着虽矮，却相当丰满；而光代就像她母亲说的那样，看起来老成而瘦弱。加之她说起话来非常像井谷，像得让人发笑，快言快语、喋喋不休，感觉像个早熟的孩子。雪子听着比自己小十多岁的小女孩“雪子小姐”“雪子小姐”地叫着自己，既有些难为情又有些不舒服。

“光代小姐也一定非常忙碌，还来接我们，真是过意不去！”

“哪里哪里，不要客气——不过老实说，这个月赶上两千六百年庆典，有很多活动，杂志社那边相当忙碌，又加上母亲的差使……”

“前一阵子举办阅舰仪式了吧？”

“阅舰仪式的次日，举办了大政翼赞会[①]的成立仪式，还有靖国神社的大典也开始了，二十一日还有阅兵式。这个月的东京可是热闹非凡。所有的饭店都住满了……啊对了，对了，因为这个原因所有人都来订旅馆，我们虽说是为诸位订了房间，但不是特别好。”

“没事，没事，什么房间都可以的。”

“房间小也是没办法的事，可是之前只放了两张单人床，我们说那可说不过去，商量的结果最后好不容易把一张单人床换成双人床。”

途中光代在车里提到这些，还说：“由于这种情况，歌舞伎表

①第二次世界大战期间日本的一个极右翼政治团体。于 1940 年 10 月 12 日成立，1945 年 6 月 13 日解散。

演的票本想预定今天的，但未来十天的票都不能用普通的方法买到了，通过杂志社的关系好不容易才搞到了后天的票。到时候我们母女，以及前几日家母应该已经提过的御牧先生，陪您三位去看。不过六个人的座位可能不在一处。”

“就是这么一间小房间了……更糟的是这房间的光线不太好，太不像话了。只好请诸位辛苦一下了……”

光代把三人送到房间，帮助她们把行李放下后，立刻向着门口边走边说：“家母现在外出中，应该马上就能回来。她说一回来就来拜访诸位……我现在去杂志社上班去了，过些时候再来问候。诸位需要在银座购物吗？如果需要的话请给我打电话……”说着，她用她那特别小的、染着常见的红指甲的手从手提包中拿出名片说，“这是我的电话号码。”

幸子一直惦记着烫头的事，本想在今天了结，可考虑到自己和雪子都因为坐了一晚上火车太过疲乏，便觉得不要在今天勉强安排太多事，让身体休息一下为上。井谷马上就过来，现在去补觉是不大可能，解开腰带小憩一下还是可以的。幸子倒没什么，她更担心的是雪子。这是因为从很久以前就一直打的针似乎起效了，眼睛旁边的黑斑幸运地变淡了许多，虽说还没有完全消失。不过大概由于月事临近，加之旅途劳顿，黑斑看着有些发暗。幸子想到每当这种时候那块黑斑就会变浓，认为现在最重要的就是让雪子不要过度劳累。

“怎么办，雪子？明天再去烫头吧？现在这么累——”

“今天也可以。”

“欢送会是下午五点，明天也不是没有时间。今天就休息一下，去银座转一转，还想去买买东西呢……”

“我先躺一会儿。”

妙子刚才一进房间就不客气地抢先占据了最舒服的躺椅，筋疲力尽地躺靠下去。在姐姐们说话的空当儿，她脱掉外罩，解开宽腰带，就留一条细腰带在身上，迅速地躺在了双人床上。若在以前，她在这种时候即使稍微有些疲惫，也丝毫不表现出来，立马扔下两个姐姐朝气蓬勃地跑出去玩了。而最近，她渐渐没了往日的活力，也不看场合，动辄就把腿脚一伸，托着脑袋躺下身去，或者长吁短叹的，天生的没规矩变得更严重了。幸子觉得，这或许是因为身体还没有完全恢复，由于生病反而比以前胖了太多，无论做什么都累得气喘吁吁。

“雪子，稍微躺一下吧。”幸子说。

“嗯。”雪子边应声，边走向妙子刚才占据的躺椅，把挂在椅背上的外罩悄悄拿开，腰带也不解，端庄地坐了上去。由于这个房间只有两张床，晚上不得不跟妙子二人睡那张双人床。虽说是双人床，却比正规尺寸小很多，所以眼下雪子无意爬到妙子身边挤着睡。另一张床她打算留给幸子。相对于躺着的妙子，反倒是坐着的雪子不知不觉中迷迷糊糊睡着了。

幸子似乎领会了雪子的用意，立刻去空着的床上躺下。可是只有雪子一人坐在椅子上睡着了，她和妙子都没有睡着，便说：“小妹，趁现在去洗个澡吧！”

幸子和妙子轮流去泡了澡。见雪子仍在沉睡，便把她叫起来洗了澡。之后去餐厅吃饭，一直等待的井谷迟迟不现身，三人则在下午一同去了银座。要送给井谷的饯别礼品一直悬而未决，三人想着再不着手准备就来不及了，便在各种橱窗前四处挑选，认为给即将出国的人不适宜选择时髦的东西，还是送些外国人稀罕的有日本特色的物品比较好，绞尽脑汁，到最后突然在服部地下商城找到了一个螺钿首饰盒，决定把它当作幸子的礼物，另外在御木本购入一只镶有珍珠的玳瑁发卡，当作雪子和妙子合送的礼物。

光是挑个礼物，三人就已经累得精疲力竭。在 Colombin 点心店歇了歇脚，尽管还有其他想买的东西，妙子率先起身说道："回去吧，回去吧。"于是四点半左右三人回到酒店。走进房间一看，桌上摆着一瓶兰花，旁边放着一张井谷的名片，上面写着"回来后请通知我，我恭候各位一同喝茶"。

"又喝茶啊，我们刚喝完回来——"

妙子再次独占了那张躺椅，似乎一动也不想动了。另两个人也想稍微歇一口气，便靠在床头刚舒展了一下身体。刚休息不到十分钟，电话铃声响了。

"是井谷太太。"幸子说着拿起话筒。

"我今天早晨就出门去了，真是抱歉，刚刚才回来，现在我请人准备茶点，请诸位来大厅吧。"不出幸子所料，正是井谷催她们喝茶。

"好的，好的，我正想给您打电话呢……好的，好的，我们马上去……"

"我就不去了。中姐和雪姐去吧。"妙子说。

"那对井谷太太而言就太没礼貌了，小妹你也来。我们不也很累嘛……"幸子硬是把懒得动弹的妙子叫起来，三人又一同去了大厅。

三十

井谷在寒暄过后说："就在刚才剧院售票处的人来了通知，说后天表演的座位预订上了，只有您三位的座位号码是连着的，还有两张挨着的和一张单独的，我和光代两人能一起坐，御牧先生就只能孤零零一个人了。"众人由此切入话题，在喝茶的时候得当地穿插着讲了些御牧的情况。幸子她们在话家常的气氛中就已经了解到，井谷已经跟国岛夫妇和御牧说了雪子的事，不仅如此，还把很久以前存在她那里的雪子的相亲照给他们看过了，大家对照片给予了极高的评价。昨夜在国岛家中，大家一个劲儿地说雪子看起来实在与真实年龄不符。御牧表示，不用见真人，光凭这个照片自己就心意已定，只要是莳冈家没问题，自己就已打算尽快迎娶雪子了。井谷作为媒人，不愿意净说些漂亮话，于是把莳冈家的情况——涩谷的本家与芦屋的分家之间的关系、姐夫辰雄和雪子、妙子相处得不好及其原因，尽自己所知都毫不隐瞒地如实相告了。但御牧听罢完全不介意，看起来没有改变心意。他有放浪的过去，或许因此他具有十分的包容力，可以说是很超脱、十分淡泊，等等。

雪子和妙子见谈话渐渐向那方面深入下去，喝完茶两人就匆匆离席告辞了。井谷见两人走后，望着雪子越走越远的背影，压低声音说道："我其实把雪子小姐脸上的黑斑的事也说了。比起让人家发现，我认为还是我们提前说比较好，所以什么都说了。"

"您这样处理实在太好了，这样一来我们也轻松了……不过，从上次以来一直在治疗，如您所见已经不明显了。医生也说结婚后就能完全好了，这一点也麻烦您跟对方说明一下。”

“是，是，这个我也说了。他还说‘这样啊，我很期待结婚后看着那块黑斑渐渐消退’。”

“这样啊。”

“还有小妹的事，不知太太是怎么考量的，社会上传闻很多，假如这些传言都是事实，我认为也不用介意。无论是谁家都有那么个与众不同的人，我反而觉得有也没什么不好的。御牧先生也说‘妹妹如何，我无所谓，我娶的又不是妹妹’。”

“哎呀呀，这么明事理的人真是少见。”

“到底是曾经放浪形骸过，似乎对世间种种也参透许多。他说‘妹妹与我无关，您毫无隐瞒地相告，我很感激；您若不愿说，也不用跟我讲。’”

井谷看到此时的幸子似乎松了一口气，便乘机问道：“不说他了，雪子小姐是怎么想的呢？”

“啊，这个……其实还没仔细问过……”

说实话，听到井谷刚才的这番叙述之后，幸子才对这次相亲有所动心。这次她们来东京的目的毕竟主要是参加欢送会，倒也不是完全没考虑相亲的事，只是尽量将其放在次要位置，想着先见一面再说。就这样，她怀着颇为中庸的态度。这是因为她怕这次若又往前冲得太快的话，事后会让她更加灰心，这种担忧无论如何也挥之不去。因此，她还没有正面地问雪子的意见。目前其他的各种条件都令人满意，这桩亲事的难点在于，正如前几日稍微谈及的那样，婚后定居地是东京。可以说雪子本人举棋不定就是因为这个问题。不过直白地讲，幸子现在不会允许雪子这般挑三拣四，况且她也不会那么说的。反而是幸子自己，心中秘密地抱有一个愿望——

她莫名地不想把这个妹妹嫁到东京去，如果可以的话想尽量让她住在京都、大阪、神户一带。因此问道：“御牧先生将来会在何处安家呢？听您说他那住在京都的父亲会帮他置办房产，准备买在什么地方呢？我并不是在讲条件，只不过，不在东京不行吗？只要能找到工作是不是在关西生活也可以？这些问题我也想作为参考问清楚。”“好的，这些问题我还不了解，我马上问问看。”说罢反问道：“但是我想恐怕是在东京，雪子小姐讨厌东京吗？”“没没，并不讨厌……”幸子慌忙中只得含糊其词，“并非如此……”

“那么这事日后详谈……吃过晚饭后，我想光代或许会带御牧先生来一趟，届时还请来我的房间坐坐。”说完两人便暂时告别了。

果然八点一过，电话就打来了：“想必几位一定很累，不过现在客人已经来了，还请三位务必来坐坐……”幸子让人从旅行箱中取出几套带着包装的和服，放在两张床上铺开，先帮雪子换装，自己和妙子也换了衣服。其间，井谷又打来电话催促。

“哎呀呀，快请进……”刚一敲门，光代从里面开门说道，“我们这儿乱糟糟的，真是不好意思。”

的确，房间中有大小五个箱子，还有几个放洋装的纸箱，以及别人送来的各种饯别礼物，为去美国准备的各种东西，堆得满满当当。御牧看到三姐妹现身，立刻从椅子上站了起来，双方介绍完毕后也没有坐回去。

“我坐这里就可以，大家请坐吧。”

他坐到了行李收纳箱上去了，房间里只有四把形状各异的椅子，三姐妹和井谷坐在了椅子上，光代坐在床头。

“怎么样呀，井谷太太，客人也已经来了，”御牧似乎接着什么话题在说，“观赏的人这么多，您一定要给我们展示一下。”

"我是一定不会穿给御牧先生看的。"

"虽然您现在这么说，但反正我要把您送上船的，您不愿意我也看得到。"

"不过呢，本人在登船的时候也打算穿和服哟。"

"啊？在船上一直穿着和服？"

"虽说不能一直穿，但我尽量不穿洋装。"

"您这个想法可不怎么样。那您为什么做那么多洋装呢？"御牧说着说着，向幸子她们搭话道，"我问您一下，其实我们刚刚在讨论井谷太太穿洋装的问题，诸位是否见过她穿洋装呢？"

"没有。"幸子回答道，"从来没见过。所以我们也想看她穿洋装是什么样子。"

"东京的朋友们也都这么说呢。说是连小光都不记得自己见过妈妈穿洋装。请井谷太太务必穿一次为我们展示一下。"御牧又转向井谷，"怎么样啊，井谷太太？在大家都能看到的时候，试穿一次看看吧？"

"您说什么呢，难不成让我在这儿脱衣服呀？"

"请，请，在这期间我们去走廊待着。"

"这事没那么重要吧，御牧先生。"光代帮腔道，"您可别老欺负我妈妈。"

"话说回来，最近小妹也经常穿和服呢。"井谷终于把话题从自己身上引开了。

"真狡猾，竟然让您蒙混过去了。"

"是呀，最近小妹穿和服也比穿洋装多了。"

"他们都说，这说明我慢慢变成老太婆了。"接着幸子的话，妙子操着一口质朴的大阪腔说道。

“不过我这么说可能不大有礼貌，”光代一边反复打量妙子身上绚烂的和服一边说，“小妹肯定更适合穿洋装吧，倒不是说绝对不适合穿和服。”

“光代小姐，打断你的话不好意思。我听说这位小姐叫妙子小姐，为什么叫人家‘小妹’呢？”

“哎呀呀，御牧先生是京都人，竟然不知道‘小妹’呀。”

“‘小妹’这话好像只在大阪使用，似乎在京都不大使用。”幸子说道。

井谷拿出一罐巧克力点心让大家吃，这似乎也是别人送的礼物。但大家都吃得很饱，没有人伸手去拿，倒是粗茶下得很快。光代建议母亲说：“给御牧先生上些东西吧。”往房里叫了一瓶威士忌。御牧丝毫不客气地说，“服务生，放这里吧”叫人把四方瓶的威士忌放在自己身边，一会儿喝一口一会儿喝一口，还一边闲聊着。井谷巧妙地引出话题，所以聊天进行很顺利。“御牧先生若要安家的话，不在东京不行吗？”由这个问题开始，御牧讲起了很多有关家世和将来计划的问题。“刚刚光代小姐说我是京都人，但御牧家从我祖父那一辈举家搬迁到东京小石川，所以我出生在东京，直到我父亲那一代还是纯粹的京都人，但母亲据说是深川出身，所以我体内一半是京都人的血，一半是东京人的血。因此，我在年轻时对京都那片土地不抱有任何兴趣，反而对欧美生活更加憧憬。而直到最近，对于祖先生活的地方我心中萌芽了一种思乡之情。说到这里，我父亲等也都在上了岁数之后开始思念起京都，最后放弃小石川的老宅，去嵯峨隐居了，想到这里，自己似乎也感受到了某种宿命般的东西。在兴趣方面也出现了同样的倾向，我渐渐体会到了日本古建筑的美感。因此我想将来有机会的时候再开一家建筑公司，在那之前要尽可能地研究日本传统建筑。在今后的设计中，我想加入很多的日本元素。经过多番考虑，机缘合适的话我就在京阪地区谋个差事，在那儿生活一阵子，这样也方便我做研究。不仅如此，我深深感觉到，他日自己想建造的住宅式样，跟东京相比，还是跟阪神地区的环境更加和谐。夸张地说，我甚至觉得自己的未来在关西。”接着，御牧问道，如果要在京都安家的话，选择哪里比较合适。幸子就此发表了意见，她先问道御牧父亲在嵯峨的何处隐居，由此说起在京都住的话不过是嵯峨一带、南禅寺、冈崎、鹿谷最好。就这样渐渐聊到了夜深。这个过程中御牧一个人把四方瓶的威士忌喝掉了三分之一，却仍然神色自若。但随着醉意的加深，他变得诙谐有趣，时不时冒出几句金句，逗得大家哈哈大笑。他跟光代配合得尤其好，看他们唇枪舌剑犹如看相声一般，幸子她们也忘记了白天的疲劳，毫无困意。“啊，不好！电车就要没了。”御牧慌忙起身。接着光代说“我也一起”，陪着御牧离开的时候已经快十一点了。

幸子她们在那天睡得很晚，一直睡到第二天早晨九点半。幸子不等餐厅开饭，在房间里简单地吃了些吐司，就催促雪子去资生堂美容院。这家酒店地下也有美容院，不过光代在昨晚告诉她们，在资生堂美容院烫头是用一种叫“卓多姿”的药水，这种新型方法不用往头上套电热罩，省去很多麻烦，方便得很，还是去那里做头发比较好。然而到那儿一看，已经有十二三人等着了，看这架势不知道要等多久。要是在神户井谷的店里，遇到这种情况还能凭关系插个队，而在这里这招就行不通了。等候室中，周围尽是些见都没见过的东京太太小姐，没有一人跟她们说话。就连两人小声说话也怕别人听见她们说方言，畏首畏尾的，宛如身处敌后，一边缩着脖子一边无奈地侧耳倾听周围喋喋不休的东京话。

“今天人真多。”一个人说道。

“那是当然，今天是大安日[①]，好多人结婚。美容院都是这样门庭若市的。”另一个人也说道。

幸子意识到，原来如此，井谷的欢送会选在今天或许也是为了给雪子的亲事讨个吉利。就在她们等候的过程中，客人们一波一波地涌入。有人就用了那种手段，说声“不好意思，我有预约”，便先进去了。幸子她们十二点之前到了这里，都已经到两点了，还不知能否赶上下午五点的欢送会，心生烦躁。“资生堂这个地方算是再也不要来了”，幸子一边强压着怒火一边惴惴不安地等待着。出门的时候只吃了些吐司，到现在已经饿得受不了了。特别是雪子，平时她总说“我比普通人饭量小”，每次摄入的食物都很有限，所以比普通人都饿得快，弄不好有时候还会晕倒。幸子知道雪子这个毛病，担心她这个样子烫头的时候会出事，比起自己她更担心雪子，一直默默地盯着似乎有些发冷的雪子。过两点的时候终于轮到了她们，幸子让雪子先做，幸子做完已经是四点五十分左右了。刚要回去时，听店员说“有电话找莳冈太太”，接过电话，原来是妙子。“中姐，你们还没完事吗？已经快五点了。”妙子到底还是待不住了，从酒店打来电话。“嗯，我知道。现在完事儿了，我们马上回去……”一不小心在电话中说了大阪方言。之后，两人慌忙走出去了。

“雪子，你记住，在大安日千万不能去没去过的美容院！”幸子懊悔地说。

当晚，她急急忙忙赶往酒店的宴会厅，竟在走廊里碰见五个刚

①黄道吉日。

刚在资生堂见过的妇女，她们也穿着礼服匆匆走过。在欢送会的宴会厅里，幸子在向井谷解释来晚的理由时，又重复了一遍那句话：“我们迟到这么久真抱歉……绝对不能忘记，在大安日里不能去不认识的美容院啊。”

三十一

她们在东京停留的最后一天，也就是第三天，从早晨到下午依旧忙得热火朝天。

按照幸子最初的安排，为了看表演特地把这一整天空了出来，次日上午去道玄坂拜访一下，下午买买特产，晚上坐卧铺动身回程。然而妙子首先提出抗议，来的时候坐夜行卧铺就够受的了，到现在还觉得没补足觉，想早些回去在自己的寝室里伸开腿脚好好休息一下。对此，雪子也赞成。她们二人或许是真的累着了，但真实想法是想尽可能缩短去本家拜访的时间。也就是说次日上午坐燕号离开，这天上午把东西买齐，下午去看歌舞伎表演之前用一点点时间，让车在门口等着，中途去本家待个五六分钟就走。妹妹们的这种心情幸子也不是不理解。妙子厌恶本家自不必说，而雪子也已经一年多没回过本家去了。事实上去年十月本家让妙子要么来东京，要么就跟她断绝关系，在那时对雪子也基本表达了同样的意思。只不过对雪子没有说得那么决绝，只模模糊糊提了那么一句而已，由于不知道本家到底哪几句是认真的，雪子也没有太挂心，依旧我行我素。而此后本家也再没催促过如何管理处置雪子。幸子认为这是因为苦于不知如何对待雪子的本家姐夫，尽量回避、不去刺激她，便暂时由着她的性子去了。也有可能借着雪子不服从命令，也像处理妙子那样打算默默地跟她断绝关系。一考虑到这两种可能性，这次去本家拜访时大姐很可能会就此说些什么，所以雪子本人自然发怵，就连幸子也莫名地不大愿意前往道玄坂。老实说，上上个月幸子在游览富士五湖顺便去东京时也是，她只给大姐打了个电话，一来是患了眼病，再有就是怕大姐会传达大姐夫的意思要求雪子回东京；而雪子要不肯的话，自己夹在中间会很为难。不仅如此，先不论这些问题，幸子觉得自己跟本家姐姐渐渐越走越远。这是一种她自身都没意识到的潜在感觉。今年四月向大姐通知妙子生病的事时，读过姐姐发来的回信之后，幸子便对大姐开始抱有某种不快的情绪。因此，这些理由堆积在一起，她甚至想这次就不露面，悄悄回去。不过贞之助的意见是若日后本家知道了会很麻烦，加上幸子想着雪子的亲事说不定这次有戏，所以还是得趁此机会多少向本家提前透个口风。直到前天为止，幸子都没对这次的亲事抱有多大希望，然而从前天晚上开始，见到御牧这个人，而昨晚的欢送会上，又认识了主动承担做媒的国岛夫妇，关于这些人的人品、这些人营造出的氛围，幸子都有所了解之后，一直提防着不让自己这方糊里糊涂越陷越深的那份警戒心突然松懈了下来。在幸子看来，昨晚的聚会是一场不带过多修饰的、颇为自然的相亲，可以认为结果令双方都很满意。令她最高兴的是，御牧和国岛不露痕迹地周到地对待妙子，都向她敞开胸襟聊天。幸子认为，这是对方不把妙子当作女方的弱点，在暗中给予照拂和安慰。而且对方的处理方法一点都不生硬做作，所以妙子也打开心胸，不遗余力地连连发出她拿手的俏皮话和模仿，惹得大家发笑。幸子感觉到，妙子这番行径是出于亲情，为了雪子将自己置于丑角，尽自己的能力去应酬。想到这里，她不禁热泪盈眶。看得出雪子也理解妙子的这份无言的苦心，她也难得地在那晚表现得很高兴，比平时说话多了许多，也笑了很多。御牧在席上也再三重复：我要在京都或者大阪定居。而幸子甚至想，雪子若能在这样一群人的介绍下、拥有一位这样的丈夫的话，定居地无论是在关西还是在东京都不成问题。

因此，她在这天上午趁着大姐夫外出工作时给涩谷的姐姐打了电话，告诉她井谷即将出国的事，为了参加她的欢送会三姐妹来了东京，预计明天早晨坐快车回去，所以只有今天有时间。下午和井谷约好去看歌舞伎表演，在那之前想去姐姐家待一小会儿。另外，还透露说井谷借着欢送会，给雪子介绍了一位相亲对象，虽说还没有进行得那么深入，等等。

一大早就在银座来回闲逛，在尾张町的十字路口来回穿梭三四趟，在滨作吃过午饭后从西银座的阿波屋坐出租车前往道玄坂。妙子在这天不断地吆喝着“累死了”“受不了”，跟着逛到滨作吃饭时，在饭店房间里还把坐垫当枕头伸开腿脚躺了下来。两个姐姐上出租车时，她说：“我就不去了。因为本家已经跟我划清界限了。我要是去了，大姐会觉得很麻烦，我自己也不太想去。”幸子建议说：“虽说可能是这样，但唯独你不去不合适。不管大姐夫怎么想，大姐应该不会在乎断绝关系之类的。你要是去了，她准保高兴。特别是你刚生完一场大病，虽然断绝关系了，但我知道她是想见你的。你别那么说，一起跟着去吧。”“去一趟太麻烦了，我就不去了，我找个地方喝个咖啡，先去歌舞伎剧场。”“既然如此，好吧。”幸子也没有再强迫她，和雪子两人出发了。

到了道玄坂，幸子希望司机能在门口等待片刻，但司机不乐意。“请等一下吧，真的只待十五到二十分钟，等待的费用您要多少我们就付多少。”幸子恳求道。最终让车停在格子门前，两人进屋去了二层八叠的房间里。那张朱涂的八腿桌，赖春水的匾额、描金的架子，架子上摆着的座钟，等等，装饰没有丝毫改变。幸子一边环顾四周一边和大姐相对而坐。除了今年已经六岁的梅子，大一些的孩子们都到了上学的年龄，所以家中不像往常那么吵闹。

“哎呀，就说是时间紧，也不要让车等着吧。”

“回去的车能在这附近拦到吗？”

“以前走到道玄坂，出租车很多的……不过还是坐地铁去吧，从尾张町站就算走过去也很近的。”

“下次我再待久一些吧……反正最近还得来。”

“不知道歌舞伎剧院这个月上演的是什么。”鹤子突然问道。

“《次木》《菊田》，还有什么来着……”

雪子见梅子上楼来了，说“小梅，我们去楼下吧。”于是拉着她的手下楼去了。

“小妹呢？”就剩鹤子和幸子两个人时，鹤子问道。

“小妹刚刚还跟我们在一起，她说她还是不来的好……”

“她怎么这么说呀……要是能来就好了。”

“我也这么跟她说的……说实话，这两天忙得脚不沾地，她好像累得不行。不管怎么说，她身体还没完全恢复。”

幸子从跟姐姐面对面坐下的那一刻起，觉得数月来对她的那种淡淡的反感渐渐消失。相隔千里考虑问题时，会涌出不快的情绪，但像这样面对面坐着，幸子感觉大姐还是那个过去的大姐，没有任何变化。刚刚她问自己歌舞伎狂言的事时方想起，偶然间四姐妹齐聚东京，却唯独将这个姐姐排除在外，没邀请她去看戏，好像在欺负她似的，心中顿生歉意。不知大姐心里是怎么想的，她向来胸襟开阔，要是她没往心里去也就罢了，但她无论到了多大的年龄都不失少女心，听说看戏的事肯定也想跟着去吧。而且最近本家极其珍视的动产的大部分，因为股市大跌几乎一文不值了，所以家计一定愈加拮据了。若不是偶然有这么个机会，大姐应该不会去看戏。想到这里，幸子为了转移大姐的注意力，尽量添枝加叶地大讲特讲起雪子的亲事，说对方心意已定，只要我们答应这事就一定能成。这次想必终于能让姐姐姐夫高兴一下了。打算最近让贞之助跟对方见一下，之后再跟姐姐姐夫详谈。

“今天去看歌舞伎表演也是和那位御牧先生和井谷母女一起。”幸子边说边起身，“那么我下次再来……”告辞了向外走。大姐跟在幸子身后边下楼梯边说：“雪子也再开朗点儿，学着说两句客套话呀。”

“这一点她跟以往都不一样。表现得可机灵了，说说笑笑的。她能有这么个态度，我总觉得这事差不多能成。”

“真希望这事能成啊。明年她就三十五了呢。”

“再见了，我下次再来。”在楼梯下面等着的雪子在门口跟姐姐打了声招呼，便先幸子一步逃也似的出了门。

“再见，跟小妹问好。”大姐送到马路上，站在车旁继续说着。

“井谷太太要是出国的话，我要是不去问候一下，是不是不太好？”

“不去问候也行，大姐又没见过她。”

“不过明知她来东京了，连个面也不露，不太好吧……她哪天登船啊？”

“听说是二十三日，不过她讨厌排场，说是谢绝一切送行。”

“我去趟酒店吧？”

“我觉得不用……”

幸子在司机发动引擎的时候，跟姐姐隔着车窗聊着天，突然发现姐姐一边说话一边哗哗地流眼泪。幸子只是惊讶，不明白井谷出国的事为什么惹得姐姐潸然泪下。到车子发动的时候，姐姐的眼中仍旧源源不断地流下泪水。

“大姐哭了？”过了道玄坂时，雪子说。

“不知为什么，太奇怪了，竟然为了井谷太太的事哭。”

“肯定是因为别的事呀。井谷太太的事只是用来掩饰难为情吧。”

“是不是想让咱们邀请她去看表演？”

“是了，她是想看表演了吧。”

幸子现在终于搞清楚了，大姐因为看不成表演难过得想哭，心里又为自己的这份孩子气觉得羞耻，所以最开始的时候一直努力忍着，最后实在没忍住终于哭了出来。

“大姐没说让我回去吗？”

“幸运的是她没说这事儿。好像满脑子都在想看表演的事吧。”

“这样啊。”雪子似乎从心底长舒一口气。

在歌舞伎剧场大家的座位不挨着，所以没有机会加深相互的了解。但晚餐大家是一起吃的，而且五分钟或十分钟的中场休息时，御牧特地来邀请她们去走廊走走。御牧对流行趋势有着很广泛的兴趣，但他承认对于歌舞伎的了解为零。正如他说的那样，对传统戏剧一窍不通，暴露出连长歌[①]和清元[②]的区别都不知道，受到了光代的多番嘲弄。井谷听说幸子她们次日一早便坐快车回程，说：“看来终于到了临别之夜。能给你们留下一份这么好的纪念品，我也很

①近世日本传统音乐的一个种类，十八世纪诞生之初用来作为歌舞伎的音乐，十九世纪起作为独立的音乐种类进行作曲、演奏。配合三弦、笛子唱的歌曲。

②三弦音乐中的一种，始创于1814年，为一种说唱艺术。

高兴。还有很多细节要聊，过几天让光代去芦屋府上汇报联络吧。”表演结束后，御牧提议“我们在附近走走吧”，六人一同向着尾张町走去。一路上井谷幸子二人与众人稍微拉开距离，边走边简短地说道：“正如您看到的那样，御牧先生对这事很热心呢。国岛夫妇昨夜见到雪子小姐之后，对她比御牧先生还喜欢。御牧先生打算尽量下个月去关西，先去芦屋拜访，见见您家先生，得到您家的应允之后，就应该进入国岛先生跟御牧先生的父亲谈话的阶段了。”六个人在 Colombin 点心店休息了一下，御牧和光代说“明早我去送行”，便在西银座跟大家告辞了。之后剩下的四人又一起走回酒店。

井谷把三姐妹送回房间后又聊了一阵子，道了晚安离开。幸子先泡了澡，之后雪子去泡。这时，从浴室出来的幸子看到妙子还穿着看表演的衣服，外罩也不脱，在地毯上铺了报纸就坐了上去，随后又靠在躺椅的椅背上。看来她为了陪大家走回来，累得够呛。但幸子感到累成这副样子不大寻常。

“小妹，你身体可能还没完全好。但除此以外是不是也有些不适呀？回去之后让栉田医生看看吧。”

“嗯。”她应了一声，看起来筋疲力尽的样子，“不看我也知道是怎么了。”

“那是哪里不舒服？”

听到幸子的发问，妙子侧脸靠在躺椅扶手上，双眼无神地望着幸子，一如往常地用冷静的口吻说道：“我可能有了，估计有三四个月了。”

“啊？！”听罢的瞬间幸子屏住呼吸，一直盯着妙子的脸，过了一会儿，终于说出了这句话，“是启少爷的孩子吗？”

“是三好的。中姐从老妈子那儿听说过这个人吧？”

“就是那个调酒师吗？”

妙子默默点了点头：“没让医生看过，但我知道肯定是有了。”

“小妹，你要生下来吗？”

“他说希望我生下来……不这样的话，启少爷是不会死心的。”

幸子眼看着手指脚趾渐渐退去血色，意识到自己的身体在剧烈地发抖，她每次受到意外的巨大惊吓时都会这样。现在最重要的是不要让自己更加激动。之后不再跟妙子说话。为了关掉天花板的灯，她踉跄着走向墙边关掉了开关，再打开床头的台灯，钻进被窝里。雪子泡完澡出来的时候，她闭着眼睛装作睡着的样子。之后妙子似乎慢悠悠地起身，去了浴室。

三十二

毫不知情的雪子最先睡着了，妙子似乎也很快入睡了。幸子却整夜没合眼，时不时用毛毯的边缘擦去流下的泪水。她思索了一个夜晚。包里还有阿达林和白兰地，但她知道今晚受了这么大刺激，这些都不会有效果，所以根本不打算服用……

说来也奇怪，每次来东京都会遇到类似这样的倒霉事，真不知是什么孽缘。莫非自己跟东京不合拍到极点了吗？前年秋天，新婚旅行以来时隔九年来到东京的时候也是，收到启少爷揭发小妹和板仓恋爱的信，受了不少惊吓，像今夜一样一晚上没睡着。去年初夏，第二次来的时候也一样——虽说跟自己没有直接关系——就在歌舞伎剧院看表演的时候被叫出去，听说了板仓重病的事。即使不是这样，只要跟雪子相亲有关，就总会遇到不吉利的前兆。这次运气不好，赶上在东京相亲，莫名地感到不吉利，不禁预感到说不定在东京又要发生什么倒霉事，这种事有二就有三。不过今年八月第三次来东京倒是平安无事，而且那时还跟丈夫进行了时隔多年的愉快旅行，一切都很顺利。幸子还努力告诉自己，说不定有关东京之行的孽缘就此结束了。而且说实话，最开始抱着破罐子破摔的态度，认为反正这次的亲事不会有什么好结果，所以没必要迷信吉凶之兆……但是走到这一步，发现东京果然还是过不去的鬼门关。而且这次也会受挫，雪子的亲事算是没希望了……遇上这么好的姻缘，却只能在东京相亲，雪子真是不幸啊……想到这里，幸子觉得雪子很是可怜，妙子更加可恨了，这两种感情交织着使泪水不断溢出。

哎，又一次……真是又一次，被这个妹妹害惨了……而且这次还不能埋怨妹妹，有监护义务的我们也逃脱不开责任啊……她说“有三四个月”了，看来是在六月份怀孕的。这是在生完那场大病之后的事。这样说来，她也有段时间隐瞒孕吐的事了，竟然没发现，只能说是我们太不谨慎了。就眼前这两三天来说，这个妹妹连吃饭都懒得吃，稍微动一动就叫苦不迭，疲惫不堪，这些就发生在自己眼前，但做梦也想不到她竟然怀孕了，自己真是笨到家了……这么说来，从前一阵子她开始不穿洋装穿和服，也是有缘由的……在小妹看来，我们一定是最好糊弄的人。然而，她丝毫不觉得良心愧疚难安吗……从刚才她的口吻可以知道，她并非意外怀孕，而是预先和那个叫三好的男人合谋有计划地怀孕。他们造成既定事实，强迫启少爷放弃她，而且强迫我们承认她和三好的结合，她把怀孕当作一种手段了吧……对小妹来说，这或许是高明的花招。站在小妹的立场来看，无论这招是高明还是低劣，除此以外怕是别无他法了吧……但她这样做能得到原谅吗？自己、自己的丈夫、雪子违背本家严厉的命令，为了庇护她甚至多有牺牲，而小妹却对这份好意视之不见，把这些人逼入进退维谷的窘境，她这样做难道很痛快吗……且不说这个，若只是让我们夫妻二人在世间颜面扫地也就罢了，她还要把雪子的未来搞得乱七八糟吗？……这个妹妹到底为什么三番五次让我们姐妹受苦受难呢？……今年她生那场大病的时候，雪子那么全身心地看护。她难道不知道多亏了雪子，她才得救的吗？我还以为就连小妹也因为那时的事情心怀感激，为了报答雪子的恩情在昨天的欢送会上才如此活跃，我这么想真是太抬举她了。她昨晚那么闹腾，只是因为喝醉了而已……这个妹妹真是除了自己的事情，什么都不在乎……

幸子无比愤慨的是，妙子永远都只会冷血地判断，一意孤行。她明知道幸子会气得火冒三丈，也会再次伤害贞之助的感情，还会使雪子蒙受不可预估的灾难和损失，却仍旧只为自己考虑，采取非常手段。这种手段属于杀敌一千自损八百，以妙子这类人的人生观来看是不得不采取的措施。然而在决定雪子命运最重要阶段的节骨眼上，她适当回避一下不行吗？不过，妙子怀孕和雪子相亲是偶然间撞在一起的，可以肯定的是妙子不是故意的。“我会控制自己的行为，直至雪姐结婚”“我会注意不连累雪姐的”，如果她说的这些话是发自内心的，她至少应该等到雪子的亲事谈拢之前，按兵不动才对。不过这些也不追究了……她现在身处特殊时期，为什么要跟着来东京呢？在她看来，很久没能作为莳冈家三姐妹之一大大方方地出现在众人面前了，她一方面为此感到高兴，另一方面对给予自己这种机会的井谷抱有感谢之情，一不小心忘记自己处于容易疲劳的阶段。不，天生鲁莽的性格使她觉得稍微辛苦一点也没什么，所以才恬不知耻地跟了过来……然后她累得够呛，加之现在找到了个合适的机会，才把事情全盘托出……话说回来，这种事身边的人反而会觉察不到，而三四个月的身孕在眼尖的人看来恐怕很是明显，然而她却还出席宴会，去剧场，在众人眼皮子底下无所谓地晃来晃去，真是胆大包天！更重要的是，现在是最忌讳坐车的时候，她却在长途火车里颠簸劳顿，万一发生点儿状况该怎么办？就算她不在乎，幸子她们该多慌张，多丢脸啊。幸子光是想到这里胸口便涌起阵阵寒意，甚至觉得昨天的聚会上也许已经有人觉察到了。在自己毫不知情的时候就已经被妙子把面子败光了……

这般种种，木已成舟，已是没办法的事了，就算这次自己又被耍了。她既然已经隐瞒到了现在，至少在摊牌之前应该挑个稍微合适的时间和地点呀。在这样的旅途当中，一片混乱的酒店房间里，在自己疲劳至极准备睡觉、没有任何心理准备的时候，突然扔下一枚炸弹，夸张点儿说，她说了这么一件颠覆天地的事，不是太残酷了吗？自己没背过气去算是万幸，她这样做实在太不体恤，太狼心狗肺了。这件事跟其他事不同，是想隐瞒也瞒不住的，横竖都要说，所以早点儿说更好，但像今晚这样，趁人不注意的时候，而且在深夜这挤满三个人的房间中，哭也不是，发火也不是，逃也逃不出去，她怎么能给出这么一个晴天霹雳的消息呀？……自己这个做姐姐的虽然有不周到的地方，但长年尽心亲切地对她，这个妹妹就是这么报答姐姐的吗？……要是她能像正常人一样有所顾虑，在旅途中无论发生什么都应该忍耐下来，回到家之后在身心状况都恢复如常的时候，找机会徐徐道来才对啊……自己对于现在的小妹没有任何要求，但祈求她能做到这一点，难道也是奢望吗？……不知不觉中幸子听见清晨电车驶过的声音，注意到窗帘的缝隙已经渐渐亮了起来，总觉得眼睛已经疲乏到极点了，脑子却唱反调地格外清醒，仍继续考虑着这件事……眼下妙子的肚子马上就能被人看出来的，必须立刻采取措施，那么怎么做才好呢……有一个办法，那就是跟任何人都不说，让这件事从黑暗中发生，在黑暗中结束。不过听刚才妙子的口气，她应该是不会答应的……这种时候谴责她任意妄为，逼她承认自己的过错，为了莳冈家族的名誉，为了开辟雪子的前途，还有一个办法就是说服她牺牲腹中的孩子，不论她同意与否，都要强迫她这样做。不过像幸子这样怯懦，无论如何也不会迫使妙子走到那一步的。而且，若放在两三年前，所有的医生都能不问缘由答应做手术，而近来人们对这种事越来越严格，现如今就算妙子答应，施行起来也没那么简单。那么，其他能想到的办法就是，把妙子暂时藏到一个人们看不到的地方，在那个地方让她把孩子生下来——在这期间绝对禁止她与男人的交往，自己负责所有费用，全权由自己这方监督照看。另外，加速进行雪子的亲事，赶快完婚。可是若要实施这个计划，就需要向丈夫讲明真相，借助他的力量，否则仅凭一己之力是无法完成的。想到这里，幸子心情又开始沉重起来。事实上，无论丈夫多么信任、爱护自己，幸子也不能把自己亲妹妹再三的不轨行迹厚颜无耻地全盘托出。对于丈夫而言，雪子和妙子只不过是妻妹，与本家姐夫的立场不同，他没有义务照顾她们。然而他却胜似亲哥哥地照顾二人，归根结底都是出于他对妻子深深的爱意——虽然这样说可能有些自负。幸子的内心既骄傲又感激，但即使丈夫如此体贴，却总因妙子的事陷入困境。为了其他的事情这个家里从未起过一点风波，而因为妙子却罕有地起冲突，作为妻子她对丈夫一再产生深深的歉意。幸运的是，最近丈夫的态度渐渐好转，已经公然允许妙子出入家门——加之这次幸子即将把有关雪子亲事的消息带回去，想必这比任何礼物都能让他高兴——妙子这么让人心烦的事又怎么说得出口？依照丈夫的秉性，他为了不让妻子和雪子为妹妹的事感到耻辱，反而会安慰起自己来。但丈夫越这样，自己就越愧疚。丈夫嘴上不说什么，只会把不快隐忍在心中，幸子了解这一点，更是格外地心疼丈夫。

到头来，除了仰仗丈夫的理解和侠义心肠以外，没有别的办法了。幸子最担心的是，无论他们如何努力，最后因为这件事雪子还是难逃厄运。雪子每次相亲都是最开始非常顺利，走到最关键的时候发生麻烦事，姻缘破碎。这次也是，假如把妙子送到某个遥远的温泉地区，也不一定能避人耳目，或许没多久真相就会传到御牧那边。总之，今后两家交往逐渐频繁，相互邀请的机会多了起来，若妙子一直不露面，就算再怎么糊涂，御牧家也会觉得奇怪吧……还有，奥畑也许会生出意想不到的乱子来。在他看来妙子才应该是他憎恨的对象，不应该会对幸子和雪子有恨意。但他因为受到了欺骗，十分愤怒，丧失理智，进而仇视莳冈全家，采取手段进行报复也不是不可能。偶尔听闻了雪子相亲的事情，或许会为了让御牧知道，令事情大白于天下。想到这里，不如直接把事实告诉御牧，请求他的谅解更好一些。他若说妙子的事情不成问题，那要比一直隐瞒最后败露更稳妥。或许出人意料地什么事也没发生，这事情就过去了……不对不对，妙子无论做了多少丑事，御牧自己或许不介意，但他周围的人们、他的父亲子爵以及国岛夫妇也能满不在乎吗？特别是子爵和子爵家中的亲戚们，能允许和培养出如此品行不端的女子的家庭缔结婚姻关系吗……

啊，这次也还是……这件事不成了……雪子真可怜啊……

幸子叹了口气翻了个身。睁开眼一看，不知何时起房间里已经完全明亮了起来。旁边的床上睡着雪子和妙子，小时候她们经常像这样背靠背地睡。雪子正好冲着自己这边，看起来睡得很香，沉睡的脸庞微微发白。不知道她在做着什么梦，幸子边想边目不转睛地望着她。

三十三

幸子她们从东京回到家中的当晚，贞之助从妻子口中得知妙子怀孕的事。幸子看到丈夫的那一瞬间，这件事在她心中一刻也憋不住了（她在那天早晨酒店的房间里，趁着妙子不在的两三分钟，已经对雪子说了）。晚饭前，她给丈夫递了个眼色，“你过来一下……”便和丈夫来到二楼，从雪子相亲的事开始到发现了妙子的事情一口气全说了。

“好不容易有了这么一门好亲事，本想让你高兴高兴的……又发生这种事，让你操心……”

贞之助宽慰着边说边哭的幸子：“雪子正要有喜事上门的时候，虽然发生了这么件麻烦事，但也不会因此就断送了她的姻缘，我会想办法收拾这个局面的。这件事并非那么难办，交给我就可以了。”还说：“给我两三天时间，让我考虑一下。”那天他只说了这么多。几天后他把幸子叫进书房，问道：“你觉得这样处置怎么样？……”

首先，虽说怀孕三四个月这件事应该是没什么差错，但还是请专科大夫看一看加以确诊，提前知道分娩日期。然后要找个地方让她养着，有马温泉附近还算方便。还好现在妙子也还住在公寓，以后禁止她进出家门，晚上用车把她从公寓接上送到有马去。安排谁同行这事有些麻烦，好好叮嘱一下阿春，让她跟着去吧。不用说，在有马旅馆需要隐瞒莳冈这个姓氏，就说是某个地方的夫人来疗养。如此这样一直让她住到临盆的时候，在有马分娩也可以，或者只要没有被人发现的可能性，稍微提前些让她住进神户的合适的医院。这个就根据到时候的情况再决定。实施这个计划，需要得到妙子和她那个叫三好的相好的应允，这个由贞之助亲自去跟妙子和三好见面，聊到他们答应为止。贞之助的想法是，事情已经到了这个地步，妙子和三好早晚也得结婚，贞之助自身并不反对。然而眼下妙子未经家人的同意和这个叫三好的男人发生关系，怀有身孕，被人知道的话影响会非常不好，所以希望这两个人暂时不要再见面。相应地，妙子的身体由贞之助夫妇负责照料，确保她顺利分娩。接着在日后适当的时候，自然要把妙子母子交给三好，承认二人的姻缘，也尽力去获得本家的谅解。这也并不需要忍耐太久。雪子的亲事不管成与不成，大概等到尘埃落定就行。贞之助大概本着这样的宗旨去劝说两人，让妙子暂时远离人们的视线，尽量让任何人都不知道她怀孕的事。据妙子讲，知道或是感觉到这件事的，只有她和三好以及奥畑，其他的知情人就是贞之助夫妇和雪子；至于阿春及其他女佣，即使无法隐瞒，也要严格控制，再也无人知晓。

另外，幸子担心奥畑会捣乱，贞之助表示他会马上跟奥畑见面聊一聊这件事。幸子担心的是，若奥畑不惜抛弃自己的名誉也要报复，那么他什么事都做得出来，比如会持刀伤人，或者给报社爆料向莳冈家发难。只要他想做，他就做得出来。贞之助付之一笑，说："你太杞人忧天了。无论奥畑看起来有多不正经，他也毕竟是上流社会的大少爷出身，想必不会像无赖似的。就算他想报复，也不会有胆子刀刃相向的。再说了，他和妙子的关系，双方家庭从来没有正式承认过。因此，他对这件事没有立场抱怨什么。加之妙子对他已经没有丝毫感情了，甚至都和那个叫三好的情人有了孩子。事到如今，奥畑只能彻彻底底地收手。只要我诚恳地跟他聊一聊，表示虽然同情他，但请他就此放弃，他应该不会不同意的，或许能给予理解。”

贞之助按照这个计划，从第二天便开始了行动。首先去甲麓庄跟妙子谈话，接着去拜访住在神户湊川某公寓的三好，跟他也交涉成功了。幸子问他三好是个什么样的男子，贞之助回答说：“出乎我意料的是，他是个给人感觉很好的青年。只谈了不到一个小时，所以没能非常细致地观察。但比起板仓，这个年轻人在我看起来更加认真，更加真诚。我并没有责难他，但他承认，造成这样的结果他应该负有一半责任，十分恭敬地道了歉。听他的言外之意，两人发生了这种事，似乎并不是三好主动的，而是妙子诱惑三好。三好解释说：‘我这么说可能听起来很卑劣，我意志薄弱也罪有应得，但绝不是我主动的。前前后后的情势，迫使我逼不得已才酿成大错，只有这一点我想请您予以体谅。您问小妹就知道我所说并非虚言。’估计他说的是实话。不管怎么说，就这样，他不仅答应了我们提出的要求，还很理解我的立场，表示了感激。他还说，‘我很清楚，我没有资格娶到小妹这样的妻子，不过将来若能允许我们结婚，我发誓一定让小妹幸福。其实我深深地感到自己的责任，也设想过府上会同意我们在一起之后的事。我有一些存款，虽然不多，但和小妹在一起之后想开一家小酒吧，可能规模不那么大，以招待上流西洋客人为主。将来小妹也通过做洋装站住脚，夫妇二人共同赚钱生活，在经济上不会给府上添麻烦。’”贞之助如此告诉妻子。

第二天，妙子去往兵库县的船越妇产科医院，得到诊断说是怀孕不足五个月，预产期是在明年四月上旬。就在做各种准备的过程中，眼看着就要显怀了，幸子按照丈夫的指示，于十月末的某天傍晚让阿春陪同妙子悄悄去了有马。一路上故意避开熟识的车行，在省线的本山站雇了一辆车，到了神户又换乘另外一辆车，让司机翻山去往有马，用心良苦。幸子一条一条地耐心嘱咐阿春道：妙子在相当长的一段时间里，恐怕有五六个月都要用阿部这个化名，住在温泉旅馆"花之坊"中；住宿期间要称呼妙子为"太太"，不可以叫"小姐"；至于跟芦屋的联络，要么阿春回来，要么我们过去，不要打电话；妙子和那个叫三好的男人已经被禁止往来了，应该没有告诉三好妙子的去向，这一点阿春必须清楚。万一有奇怪的信寄来或者电话打来，或者有人拜访之类的，一定要多加注意。阿春说："到现在我才敢说，我们在太太们去东京之前，就知道妙子小姐肚子大了。"幸子听后十分惊愕："你为什么会知道？""最开始是阿照察觉到的，她说妙子小姐的样子总觉得怪怪的，不会是怀孕了吧？但这话只是我们私底下说了说，跟其他人都没说过。"

妙子和阿春出发前往有马之后，一天，贞之助回来说道："今天我去找奥畑了。"接着跟妻子说了以下这番话——

之前听说奥畑的家在那棵大松树旁边，过去看了看，他已经不住在那儿了。跟附近的人问了问，说是在这个月初搬家了，好像搬到夙川的松波酒店。我去松波酒店一问，店员说他只在那儿住了一星期左右，立刻就又换了地方，好像去了个叫香炉园的永乐公寓。最后终于追查到他的住所，跟他的谈话没有特别顺利，但大体上按照预想解决了。贞之助是这样开口的："有妙子这样一个品行不端的妹妹实在是我们的耻辱，不得不说你和她的交往就是一场灾难，我表示非常同情……"奥畑最初表现得非常明事理，好让贞之助放下警戒，接着他故作轻松地问，"那么小妹现在在哪里呢""阿春也跟在她身边吗”，等等，频频想打听出妙子的藏身之地。因此贞之助说：“这个就请你不要再问了。妙子现在在哪里我们跟三好也没说。”“这样啊。”他说了一声，便陷入沉思。贞之助说：“妙子无论在哪里，做什么，能否请你都当作跟自己无关呢？”听到这话，奥畑立刻不高兴了：“不管怎么说我都是要放弃的，但府上会允许小妹跟那种人结婚吗？据说那个男的在现在这家店工作之前在外国轮船上做调酒师，完全是来路不明。就连板仓也算是知根知底，但三好有着什么样的父母兄弟，一概没听说过。不管怎么说，像他这种一直跟着船飘来飘去的人，到底经历过什么我们一无所知。”“谢谢你的忠告，关于这点我们会好好考虑。”贞之助不想惹怒他，“另外，我有一个不情之请，妙子诚然可恶，但她的姐姐们没有任何错，还请你考虑她们、考虑莳冈家，为妙子怀孕的事保密。因为万一这件事被人知道了，最受影响的就是还没成亲的雪子。你意下如何？可否答应我呢？”“这个您不必担心，我一点也不憎恨小妹，我更没想过要为难姐姐们。”他答应得有些勉强，但明确表态了。就这样，这件事也简单解决了。贞之助舒了口气，顺便去大阪的事务所上班了。可没过多久，奥畑打来电话说：“关于刚才那件事，我也有事想拜托您，现在能否再见一面。若您方便，我现在就去找您。”贞之助便说：“我等你。”不久奥畑来了，他被带到了会客室。跟贞之助面对面坐下后，他扭捏了一会儿，突然露出哀伤的表情说：“今天上午听完您的一席话我认为除了放弃也没有别的办法了，只不过，要跟自己这位交往了十多年的恋人分手，我有种说不出的寂寞。这一点还请您理解。另外，您也知道，我因为小妹的原因，被哥哥和亲戚们赶出家门，前一阵子还能有个蜗居之地，而现在正如您看到的那样，只能住在肮脏的公寓里过单身生活了。而小妹也抛弃了我，我从今天开始就真的是完全孤零零一个人了。”他用如同演戏般的口气说着，接着脸上又浮现出浅浅的谄笑，“我也不想跟您提这个要求，但实际上，我现在在平日零用钱上也面临很大的问题了。这话真的很难说出口，之前我给过小妹一些钱，不知现在能否还给我。”说到这里，他竟然脸红了，又说，“啊不，我起先给小妹的那些钱并不打算让她归还的，我若不是苦于生计，是不会提出这样的要求的。”“她若欠你钱当然应该奉还，金额是多少呢？”“也没有一个明确的金额，您若去问小妹的话应该就清楚了。这个，如果能给我两千日元就行了。”贞之助本想跟妙子确认一下再决定，但又想到作为分手费和封口费，这点钱不算贵，反而就直接把后事都处理干净了，于是说：“那我现在就给你吧。”当场写了支票交给他，“我拜托你的事情，还请你务必保守妙子怀孕的秘密。”“这一点我知道，请您不必担心。”说罢便回去了。就这样，这件事就算是解决了。

就在夫妇俩为处理妙子的事情忙得焦头烂额时，井谷的女儿光代给幸子写来一封信。光代在信中表达，写这封信一方面要感谢三姐妹远道而来参加欢送会，另一方面告知母亲已经高高兴兴地出发了。御牧将在十一月中旬去关西，前往芦屋拜访，还请贞之助见一见他。还在信中带去了国岛夫妇的问候。

之后过了一周左右，涩谷的鹤子也写来书信。鹤子向来是没有什么大事绝不动笔写信的，所以幸子以为发生了什么。打开一看，信中只不过信手写了一堆不着边际的内容：

幸子：

前几日久别重逢，本以为能好好叙叙旧，却因为你们日程太紧，很是遗憾。歌舞伎表演很有趣吧？下次一

定要邀请我一起去啊。

御牧先生那事之后怎么样了？我认为跟你姐夫说的话还为时尚早，所以还什么都没说。我心里盼着这次一定要成功。对方的父亲名声在外，所以大可不必调查什么，但若觉得还是了解一下身世背景比较好，请告诉我们一声，我们也会帮着调查。每次都是全权拜托给你和贞之助妹夫，很是抱歉。现如今我的那些孩子们也长大了，我也空闲下来了，也有时间写信了。所以有时我会练练字，幸子和雪子是不是现在还去书法老师那儿学习呀？我现在苦于没有字帖，你们要是有写了字的书法练习簿，请给我寄过来吧。请尽量给我老师批改过的。

另外，我想顺便跟你要些东西。你如果有不要了的贴身衬衣、内衣之类的，能不能给我？幸子已经不再穿的衣服，我想改一改，能派上用场。那些你准备扔的或者准备给下人的衣服就行。不是你的衣服也可以，雪子的或者小妹的，只要是贴身穿的什么都行，灯笼裤我也要。孩子们一天天长大，我虽然不用那么照看他们了，但花钱的地方越发多了起来，必须节约再节约。操持这么个穷家真难，不知道什么时候才能过上轻松的日子。

今天不知为什么突然特别想写信，就给你写了一封。一不小心又开始发牢骚了，我就写到这里吧。过一阵子一定会有喜事登门的，我很期待。在信的最后，请代我向贞之助妹夫、悦悦和雪子问好。

鹤子

十一月五日

幸子在读信的时候，眼前浮现起前几日在道玄坂大姐家门口，隔着车窗告别的姐姐那张流着泪的脸。姐姐不知为何突然想写信了——虽然也要了很多东西——但她应该是忘不了那时没邀她去看戏，这才写信来委婉地表达不满吧。一直以来大姐的信多数都是以姐姐对妹妹的口吻，表达自己的意见。幸子有种感觉，当面去拜访时那个温柔的姐姐，一到书信里就变得一味斥责了。而就是这样的姐姐突然写了这么一封信来，不禁让幸子感到有些不可思议，所以先把她要的东西打了包寄了出去，没有立刻给她写回信。

十一月中旬的一天，海宁夫人来访，说她女儿弗里德即将在父亲的陪同下去柏林。

夫人说她很不放心让女儿去正在打仗中的欧洲，但女儿为了研究舞蹈，不听母亲的劝告非要前往。她丈夫便说："那么想去的话，我就带她去吧。"没办法只得答应了女儿的请求。幸运的是还有几位同行的人，想必途中不必担心。还说肯定会顺便拜访汉堡的史托尔兹一家的，要是幸子需要传话的话可以拜托她女儿。今年六月幸子拜托夫人把信翻译成了德语，与此同时还把一把舞扇和一块布料寄往了汉堡。而史托尔兹一家却没有回信，幸子正担心这事儿呢，打算借此机会托人带些东西过去。幸子便说："那在令爱出发之前，我们将东西送到府上。"送走了夫人。过了几日，挑好了送给罗斯玛丽的珍珠戒指，给史托尔兹夫人写了一封信。幸子把这些东西送到了海宁夫人家。

正如光代预告的那样，御牧在那个月快到二十日的某个晚上从嵯峨的子爵府邸打来电话说："昨天从东京到了这里，打算停留两三天，想在先生在家时去拜访。""只要是晚上，您看您方便的时间来都可以。”“那么明天我去拜访。”

这天四点左右，他来了。贞之助比平日回家得略早些，两人在客厅单独交谈了三四十分钟。之后贞之助带着他、幸子、雪子和悦子去神户东方宾馆吃烤肉，御牧要搭乘新京阪线回嵯峨，便把他送到阪急才分开。御牧的态度与在东京时别无二致，他虽然第一次见到贞之助，但却落落大方、能言会道，充分发挥了他的社交才能。他比上次喝了更多的酒，吃过饭还一杯接着一杯不停地喝着威士忌，不知疲倦地说着俏皮话。他首先获得了悦子的好感。在回去时，悦子像是在跟亲密的叔父撒娇一般，让御牧拉着手在街上走。还悄悄跟幸子耳语：“姐姐要是嫁给御牧先生就好了。”

后来，妻子问起贞之助：“孩子她爸，你觉得怎么样？”贞之助考虑了一下说：“见面的感觉当然不错，他很会给人留下好印象，这一点无可挑剔。我也很是喜欢他。不过他这么八面玲珑的人往往有不和悦的一面，这种人多会拿妻子撒气，好像华族的少爷里常会出这样的人。因此，不能一开始就一头栽进去。尽管不需要调查身世背景，那个人本身的行事作风、人品，以及到目前为止没结婚的理由等，还是调查一下为好。”贞之助多少带着一些警惕的口气说道。

三十四

御牧是专门为让贞之助检阅自己而来，所以他自己未提及亲事，只聊了些建筑、绘画，京都的名苑和古寺，嵯峨父亲子爵府邸的庭院风光，父亲广亲从祖父广实听来的明治天皇和昭宪皇太后的逸闻趣事，还有西餐、洋酒，等等。他展现了自己丰富文泛的涉猎便回去了。

之后过了十天左右，一个星期日的早晨，光代没打招呼就直接登门了。“我来大阪出差，顺便来府上问问‘考试是否合格了’，社长和御牧先生都托我来问呢。”幸子告诉她，因为贞之助的意见，现在正在调查对方。十二月时贞之助将去东京，那时候会跟本家聊一聊这事，再给出答复。“不知府上对他有哪些不清楚的地方呢?最近我跟他的交流最多了，他的优点和缺点我都大概知道，不管关于什么您尽管问，我一定如实相告。问别人还不如问我更快一些，请您务必直接问出来吧。”光代如她母亲一样短兵相接、攻势凶猛，幸子一人招架不住，便请贞之助也出来了。既然光代如此坦率，贞之助也无所忌惮地问了很多问题。结果搞清了这些问题：大体上御牧就是那样洒脱的绅士风格的人，但出人意料的是他比较阴晴不定，有时会变得心情很糟。在子爵家有个与他同父异母的嫡兄正广，两人关系尤其不好，经常吵架。光代自己虽然没见过，但听说吵得厉害时他还会揍他哥哥，他多少有些酒品不好，醉了之后常胡乱来。但近来也是上年岁了，很少有烂醉如泥的时候，所以也不那么酒后荒唐了。不过他毕竟受美国教育长大，对待女士很有礼貌，从很久以前开始，无论喝得多么烂醉，他都不会打女性，这一点可以放心，等等。再说一两个他的缺点的话，那就是他对万事悟性极高、兴趣广泛，但相应地没个常性，没有对一件事物的专注力。他特别喜欢请客吃饭，乐于助人，善于花钱却不善于赚钱，等等。光代甚至说了很多贞之助没有问到的事情。

贞之助说：“听你说了这些，大概了解了御牧先生的秉性脾气。不过不客气地说，作为我们女方家属，最担心的是婚后生活。这么说可能很没礼貌，据说这位先生至今是因为有父辈分给他的财产方能悠闲度日。他本人虽做过很多行当，但是没有一样是做出成就了的，对吗？那么，就算凭借着国岛先生的援助成了建筑师，我们也不免担心他最终能否做好。假如这一方面也没问题，现如今的日本所处的时代对那种风格的建筑公司并不友好，这种情况恐怕在今后三四年里无法改变，那么这段时间他打算如何挨过去？听说在国岛先生的斡旋下，他能够得到一定数量的补贴，但这种时局若在将来持续五六年甚至十年的话，总不能永远都靠父亲的补贴度日。另外，因为这种事他最终成为子爵家的累赘而终此一生，这实在让人担心。有关这个方面是否有什么能让人放心的说辞呢？我信口说了很多，还请你原谅。说实话，我们对于这门亲事十分感兴趣，大体上我们心里已经决定把雪子嫁过去了。总而言之，下个月我打算去东京拜访国岛先生，去确认一下我刚才提到的这些问题——”贞之助像这样回复光代。

“原来如此，我明白了。您的担心，我很理解。”光代说，“不过我无法给出回答。等我回去将您的意思传达给社长，一定找到一个让您满意的保障未来生活的方法。那么我就在下个月恭候您的光临了。”接着光代说难得来一趟，但要坐晚上的夜车回去，便谢绝了晚餐的邀请离开了。

幸子在十二月上旬邀雪子一起去京都的清水寺，为妙子祈祷平安分娩，带了平安符回来。同一时间，就像商量好了似的，三好往贞之助的事务所寄了中山寺的顺产平安符，随信说道：烦请您交给妙子。正好阿春回来办事，顺便让她把这两个平安符带了回去。幸子她们有段时间没见到妙子了，据阿春说，她早晚定时去散步，其余时间一直顺服地待在屋里。去散步时也尽量避开街道，只走人少的山路。在房间里的时候读读小说，久违地做做人偶，缝制一些婴儿的衣服。没有任何人来一封信，也没有可疑的电话打来。

“对了，今天我见到基里连科了。”阿春说，讲述了下面这一番话。

刚才在有马乘坐神有电车，在终点神户站出检票口的地方，见到基里连科站在那里。阿春只见过他两三次，但似乎对方记得她，冲她笑了笑，阿春也点头回了个礼。

“你一个人吗？”基里连科问。

“是的，我一个人。我去了一趟铃兰台。”

“莳冈家的诸位都好吗？妙子小姐最近怎么样了？”

“很好，都还是老样子，大家都很好。”

“这样啊。很久没见到大家了。请替我向大家问好。我接下来要去有马。”说完，他准备进检票口。

“卡塔丽娜小姐有来信吗？现在仗打得这么厉害，伦敦被德军轰炸得很惨吧？太太小姐们一直都担心，念叨着卡塔丽娜小姐怎么样了。”

“哦，是吗。谢谢。不过不必担心，卡塔丽娜九月份寄出的信前几日到了，她家在伦敦郊外，就在德军飞机的航线上，所以轰炸机的编队不分昼夜地飞过，扔下很多炸弹。不过防空壕修建得很完善，在那里灯火通明，连续不断地放着舞曲唱片，大家喝鸡尾酒跳舞。她说战争可真是愉快，一点都不可怕。请跟大家说不要担心。”说完笑着就走了。

幸子觉得这很符合卡塔丽娜的性格，兴致勃勃地听完阿春的描述，担心爱闲聊的阿春是否泄露了什么，问道：“基里连科没问小妹的事吗？”“没有，什么都没问……”“真的吗？春丫头？你真的没多嘴吗？”幸子叮问道，“还是说，他的样子看起来像是知道小妹的事？”“看起来他什么都不知道。”阿春明确地否定了，幸子才松了一口气，但仍旧叮嘱她，进出的时候千万不要让人看见了。你一个人的时候还好，和妙子一起散步说不定会在什么时候被人看见，所以一定要小心加小心。细细嘱咐了一番之后让阿春回去了。

贞之助是在十二月快到年根儿的二十二日那天，因为有别的事情去了东京。在那之前他托了两三个门路，对于御牧的性情和相关情况、他和父亲子爵以及同父异母的兄弟们的关系等，调查了个遍，确认了光代所说的确不假。关于最关键的将来生活保障这一点，他访问了国岛先生之后，没有获得具体的保证。总结一下，国岛的意思是：接下来他将会去跟其父亲谈话，现在不能做任何保证，但让其父亲给新婚夫妇购置住房，为他们争取一定的财产作为一段时间的生活费，而且为了不让他把那笔钱乱花由自己代为保管，按月发放给他们。以上这些是可以保证的。他还说：“至于将来，我绝对不让他日子难过的。请相信我，这件事就交给我去办。我非常欣赏御牧作为建筑设计师的才能，等时局好一些，我一定会支援他让他东山再起。虽然人们各执己见，但我相信现在这个时期不会持续太久的。就算会持续相当长一段时间，至少这期间的生计总会有办法解决。”他似乎就差没说“虽能力有限，但我会一直支持他的”。国岛带领贞之助参观了御牧设计的住宅的每个角落，不过贞之助原本就对建筑方面一窍不通，所以到底也没能明白御牧到底有多高的才能。不过像国岛这样颇有社会地位的人都如此器重他，还说会保证他的将来，那么只能相信了。而且说实话，妻子幸子比国岛更加热切地盼望这桩亲事能谈成，这一点十分明了。尽管贞之助还未从妻子口中明确听说她的想法，不过妻子已经被御牧这个人的人格魅力彻底感染了，加之不管怎么说，能与贵族子弟做亲戚她内心一定非常欢喜。若贞之助没把这件事谈下来，可想而知妻子该有多失望。不仅如此，实际上就连贞之助也萌生了这样的想法：这或许是能指望的最上等的姻缘了。“这样的话就万事仰仗您了，请御牧先生娶了妻妹。不过按长幼次序来说需要得到本家的承认，还有雪子本人的承认。虽说我认为不会有异议的，但还需好好确认一下。请稍微给我一些时间。我回到芦屋之后，一过了年就立刻以书面形式给您答复。不过这些只是形式上的东西，大体上您可以认为在今天这件事就定下来了。”“那么我一等到您的回复就去转告子爵。”之后贞之助便告辞直接去了道玄坂，向鹤子事无巨细地报告了，拜托他们以最快的速度告知大姐夫的意见。

一过新年，正月初三，光代又被派往芦屋。她趁着三天的休息时间到阪急冈本的舅舅家来玩儿，顺便带来社长的口信。社长有事来大阪，昨天正月初二应该已经抵达，今天下午来京都，会下榻在京都酒店。因此问，如果能趁这个机会打听一下前些日子的答复，那么他就能趁自己在这儿，拜访御牧子爵谈一谈这件事。也想请各位去嵯峨子爵的府邸坐一坐，不知意下如何？“社长安排我先来问问府上诸位是否方便，他说那件事的答复，方便的话希望能在明天正月四日这天得到，并让我报告给京都酒店。催促这么急，真是非常抱歉。不过听社长说，虽说要征求本家和雪子小姐本人的意见，但那只不过是走个形式，所以估计我一来到府上，没准儿当天就能听到好消息。我才冒昧前来。”贞之助虽说一入正月就立刻回复，但他本打算过了初七再做行动。而且涩谷那边还没有任何答复。不过大姐那时候那么高兴，还说：“那么雪子这次终于能嫁个好人家了。妹妹能嫁到那种人家去，我面对辰雄的家人也觉得有面子，辰雄也能扬眉吐气一把了。等了这么久，终于值了。这都是贞之助妹夫为之奔忙的结果。”既然这么说，事到如今大姐夫是不可能会唱反调的，没来信只是由于年末杂务缠身的缘故，想必正月里就会来信吧。就算没收到回复，也知道他们的意见，所以这种场合按照自己的意思往前推进应该也不会有问题。只不过这种时候认为没必要问雪子的心意而专断定夺的话是极其危险的。虽看得出雪子的心意，但还是得正式得到她本人的应允。雪子感到别人轻视她的时候会很不高兴。尽管有些麻烦，但这也是必经手续，因此有必要让对方再等今天一天。

贞之助向光代解释了回复迟了的原因，说今夜会给东京给打电话询问大姐夫的意见，请光代明天再辛苦跑一趟。贞之助说明天一定给出答复，还请光代再宽限一天。

其实“给东京打电话”只不过是个借口，正好那天有时间，晚上给涩谷打了个电话，大姐接了电话，说辰雄去麻布拜年，不在家。贞之助便问：“姐夫把回复的信件寄出了吗？”“年末乱七八糟的好像没有寄出去，不过我已经和他详细说了这件事。”“那么姐夫说什么了吗？有什么意见吗？”“这个……”大姐开始含糊其词，“他说身份和家世无可挑剔，但没有固定工作让人不放心。不过我说要是再不答应这门亲事，一个劲儿地高要求，这事就没完没了，你姐夫便说‘那倒也是’。大体上是答应了的口气……”“这样啊，其实今天国岛先生派人来问话，既然如此，那我就当你们没有异议，先适当地回复对方，继续往前推进这件事。请姐姐予以理解。不过要往前推进的话，没有姐夫直接的意见我很难办，所以还请您告诉姐夫，让他快些寄信给我。”贞之助说完挂了电话。

关于雪子这边，总而言之只要表现出尊重她的意志，她就会心满意足。但当晚让幸子去问她的意见时并不像预想的那样轻易地得到她的应允。

“最晚什么时候答复呢？”

“明早光代小姐来询问我们的答复。”

“那么贞之助姐夫让我一个晚上做出决定吗？”她的口气很是不满。

“我看到雪子并不讨厌的样子，还以为你会答应的。”

“只要是贞之助姐夫和中姐让我嫁，我就会嫁的。不过这是人生大事，我希望至少给我两三天时间，等到我心理上做好准备再说……”她内心早已做好准备，却故意这么说。

第二天早晨，雪子磨磨蹭蹭地终于答应了，却仍怀恨在心似的说：“都是贞之助姐夫让我一个晚上做出决定……”她一点都没露出高兴的样子，更别提对那些尽心尽力帮她把亲事推进到今天的人们表示感谢了。

三十五

光代在正月初四的早晨前来听完答复就离开了。中间隔了一天，正月初六的傍晚又来了。“我给京都酒店打电话汇报了初四那天在您这儿听到的回复，当晚我本来准备坐火车回东京的，但社长命令道‘这件姻缘的媒人是你母亲，你作为她的代理人得留下’，我便推迟两三天回东京了。今天社长又给我打来电话，让我告诉府上，他跟御牧子爵的谈话非常顺利地结束了。另外，御牧家的诸位想见见雪子小姐和大家。若方便，后天八号下午三点左右请去一趟嵯峨。那边由子爵以及当日会赶到的御牧先生、社长和我出席，另外大概住在京阪的御牧家的亲戚也会有一两人参加。时间上要是多少宽裕些就好了，但社长是个大忙人，他想一口气把所有的事情都搞定，所以这事安排得仓促，还请您不要见怪，多多谅解。另外还说请小妹、悦子小姐等所有人尽量一起光临。”“难得社长惦记着，但本家唯独禁止妙子出席这样的聚会。”谢绝了对妙子的邀请，决定让悦子从学校早退，四人一同出席。

到了这天，贞之助一行在新京阪的桂站换乘，到终点岚山站下车，徒步穿过中之岛，来到渡月桥畔。这里是每年春天他们常去的赏樱胜地，而现在由于正逢天寒地冻的时节，加之京都的冬天格外冷，光是看到大堰川的水色，就感到有种冰凉感迅速浸满全身。沿着河经过三轩家[①]的门前向西走，看到右手边是小督局[②]的墓地，路过观光船的码头，在天龙寺南门的方向拐过去就看到一道大门，悬挂着的匾额上写着“听雨庵”。由于提前被告知子爵的府邸就在这里，看到之后马上就辨认出来。而贞之助他们头一次知道在这样的地方有这么一栋别墅。房子是草葺屋顶的平房，看上去并不特别大，而房屋正面布置的泉水和庭石，借景岚山，甚是美妙。在国岛的介绍下，和主人一方寒暄过后，御牧提议：“虽然很冷但好在没风，稍微散散步如何？若诸位能观赏一下庭院，家父会不胜欢喜的。”他便带领大家参观各处，“从这里望去的话，岚山便成了庭院的延伸，不让人觉得中间夹着马路和大堰川。即使是花盛之时游人如潮，这里也如远离世俗的仙境般闲适。来家里的人都会觉得奇怪，在这里丝毫听不到外面人群的嘈杂。这正是家父感到自豪的地方。院子里面故意一棵樱花树都没有种植，为的是到了四月

---

①餐厅名称。

②小督局（1157—？），平安时代后期女官，藤原成范之女，高仓天皇的宠妃，晚年出家。

能够平心静气地欣赏那座山峰之上成云的花朵。今年到了赏花的时节，也务必请各位光临寒舍。在这里打开便当，从那间屋子眺望远山的樱花，不知家父会有多高兴。”过了一会儿有人来报“大致准备好了”，众人先是被带到了茶室，御牧的妹妹——嫁给了大阪绅商园村家的园村夫人——按照茶道的礼法为大家献茶。转移到大厅吃晚饭已是日暮时分。料理很是讲究，熟悉京都风味的幸子推测是柿传[1]之类送来的。子爵广亲老人不愧是流着公卿的血液，公卿礼装颇为匹配其风貌。面部瘦长，脸色若象牙，有种能剧演员的感觉。就外貌来说，他跟圆脸黑肤的儿子御牧一点都不像；但若仔细比对，眉眼和鼻子的形状不无共通之处。不仅相貌多有不同，而且两人性情完全相反——儿子御牧实开朗豁达，父亲广亲沉郁稳重，即典型的“京都人”。老人说了声“请多包涵”，为了预防感冒，脖子上裹了一条灰色的丝巾，在身后摆了一个电炉，还铺了条电热毯。老人为人很是稳重，说话慢条斯理。年岁已过七十高龄，但还比较硬朗，无论是对国岛还是贞之助他们，都很周到。刚开始大家顾虑老人有些拘谨，酒过三巡后，气氛渐渐活跃起来了，坐在父亲邻座的御牧说：“有人说我们父子俩一点都不像，大家觉得呢？……”他半开玩笑地开始调侃父亲和自己的容貌，笑声此起彼伏。贞之助起身去老人面前敬酒，之后又去国岛面前坐了很久，一副聆听高见的姿态。除了悦子，女客们基本都着和服，只有光代一人穿了洋装，蜷起只穿了丝袜的双腿坐着，看起来似乎很冷，她在今天这种场合下变得谨小慎微了些。“小光，你怎么那么安静？”御牧向她一杯杯地敬着酒。“今天你可别欺负我呀。”光代说着有些醉了，又开始像

---

①京都有名的料理店。

往日那样直言快语了。最后御牧说：“没有白葡萄酒，甚是遗憾。我可知道诸位的酒量哦。”他拿着小酒瓶来到幸子和雪子面前，为她们斟酒。她们也不好推辞，特别是雪子，坐姿一丝不乱却没少喝，像往常一样微笑着却不言语。但幸子还是看到这个妹妹眼中闪烁着从未有过的兴奋的光芒。悦子在一众大人当中有些无所事事，御牧顾及她，时不时亲切地来跟她说说话。但其实悦子并没有觉得那么拘谨别扭。这个敏感的少女有个毛病，那就是在这种场合她总是若无其事地观察研究着身边每个大人的动作、谈吐、表情、衣着以及随身物品等。

八点左右宴会结束，贞之助一行最先告辞，广亲老人为他们准备了一辆车把他们送到七条站。“那我也一起。”要回冈本舅舅家的光代也同乘。而御牧说了声“我把诸位送到车站吧”，不顾贞之助他们的阻拦，跳进了驾驶座。车沿着三条大街向东行驶，在乌丸路笔直地向南拐去。这期间御牧情绪很是高涨，一边抽着雪茄一边说话。悦子不知从何时起开始管御牧叫“姨夫”了，突然说：“姨夫，姨夫姓 Mimaki，我姓 Makioka，都有‘Maki’这个音呢。”“你说得真好！悦悦，你真是聪明。”御牧极度欢喜，“所以悦悦家跟我家从最开始就有缘分呢。”“真的，”光代也旁敲侧击，“以后雪子小姐的旅行箱和手帕之类的英文首字母也不用改了呢，这可真是省了很多事呀。”听罢，雪子也笑出声了。

第二天，国岛从京都酒店打来电话说：“昨天的聚会非常成功，双方都很满意。我真是太高兴了。我今夜和御牧先生一同回东京，订婚及其他事宜随后让井谷小姐代为联络。另外，根据昨夜广亲子爵所说，在阪神的甲子园有一处园村家族所有的房子很合适，说可以出让给我们。子爵将把它买下送给新婚夫妇。最近御牧应该会在大阪或神户谋个职。从那里去芦屋也很近，万事都很方便，只不过眼下那栋房子里有租户住着，已经交涉让他们尽快搬离。”

到了这一步，涩谷的大姐夫尚未来信，贞之助很是挂怀。贞之助觉察到，本家莫名其妙地不明确表态，一方面是因为雪子跟长房的疏离使他们感到不快，另一方面或许还有别的理由。

一天，贞之助给辰雄写了这样一封信：

这次的亲事想必您已经从大姐那里听到了详情，小弟也并不认为这桩亲事无可挑剔。但我们这一方也有很多缺陷，使得我们不可要求过高。考虑至此，便信赖国岛先生之言，把这件事定了下来。如前几日致电汇报的那样，八号那天我们应御牧家邀请与广亲子爵见了面，最近会谈及订婚等事宜。跳过本家，小弟夫妇一意推行至此，或许惹您不快了。关于这一点，虽说迟了一步，但小弟仍有事跟您道歉。从去年以来，不，应该是从很久以前开始，虽然您多方催促让我们把雪子送回本家，我们却最终没有实施，拖到了今天。这里面有很多内情，小弟绝非故意忽视您的命令，这样做并非我们的本意。说实话，是因为雪子非常厌恶去东京，幸子也对此有几分同情，若不使用强硬手段就无法把她送回去。然而，不管怎么说，小弟负有一半责任，这一点无可辩驳。因为小弟深感这份责任，所以为了雪子的亲事多方奔走，欲略尽绵薄之力。实际上，对于这样一个不服从兄长命令的妹妹，兄长不再照顾她也是自然的事。事到如今，反而应该小弟这边有更多的义务照管她。若兄长认为我们这样做是多管闲事，我们只得停止对她的照看。但小弟从很久以前就有一个想法，若兄长同意这桩亲事，我认为相关费用应该由小弟负担。但为了不让您误会，我还要多说两句，我这样说并不是要让雪子从小弟家中出嫁。当然这是我们家庭内部的事，无论何种情况，雪子都会作为本家的姑娘出嫁。以上这些事情若能得到长兄的理解和承认，将不胜感激。不知兄长意下如何。小弟不善言表，望您体察小弟心意，不吝赐教，此则幸哉。另外，由于时间紧迫，还盼兄长迅速回复。

贞之助把这封信寄出，辰雄似乎并未曲解这封信的意思，四五日后，贞之助收到一封善解人意的回信：

拜读了你这封诚挚的来信，我深深地了解了你的心意。这几年来这几位妻妹们动辄便很是疏远我，愿意追随你和幸子。撒手不管虽并非我们本意，但仍旧还是有很多不周到的地方。无论什么事全都麻烦你们，实在抱歉。关于雪子的亲事回复晚了，并非因为我有别的想法，只是因为每次都因这种事给你们添麻烦，我心中很是过意不去，不知该怎么下笔。关于雪子不愿回来，我不认为你们有丝毫的责任，所以我认为雪子的婚事也并非你们的义务。非要说的话，或许应该说，这都是因为我没有德望导致的。但事到如今，再追究是谁的责任毫无意义。至于这次的亲事，对方是名门子弟，加之有国岛先生这般知名人士从中搭桥，而且你已经把话说到这个地步，我认为也不容我挑三拣四了。之后的事情也全权拜托你了，订婚及其他诸事均由你们定夺即可。关于结婚费用，我也打算尽我能尽之力，只不过恰逢家计不宽裕之时，幸而接到你亲切的提议，如若没有让你误解为你们理所应当需要负担婚礼费用的话，那我就多多仰仗了。那么日后我们见面时再详聊这件事吧。

信的内容大概就是这样。贞之助因此终于松了一口气。但还有妙子怀孕的问题，另外，似乎感觉到奥畑虽然承诺保密，但形势变化了的话他可能又会提什么要求。贞之助想在这些麻烦找上门之前，快速解决雪子的婚事，至少先举办订婚仪式。之后听光代说，非常不巧的是国岛夫人由恶性感冒转为肺炎，病情很重，所以婚事的推进只得延期。国岛也写了一封郑重的书信阐述了这件事。

御牧亲自告知，甲子园的房子已经由子爵买下并转让给了御牧，转让手续也办完了。租户还没走，但说是不会待太久。等到房子一空出来，御牧会来关西实地验收，说是到时候让姐姐和雪子都来看看房子。另外会安排一个仆人看家，一直留到婚礼结束。听雨庵应该会从女仆中选派一个人过来，婚后那个仆人大概也能继续用着。

国岛夫人一度陷入病危状态，幸运的是后来又抢救了回来。二月下旬她能够起床走动，之后转去热海疗养了两周时间。夫人对订婚的事情十分挂怀，生着病说胡话时还不断提及。三月中旬，光代为商量此事来到芦屋。首先订婚仪式和婚礼是在东京还是在京都举行，国岛的意见是，御牧这一方在小石川有子爵家的本宅，莳冈这边在涩谷有本家，所以认为在东京举办比较好。订婚仪式希望能在三月二十五日，婚礼则在四月举办。贞之助他们对此也无异议，给涩谷打电话通知本家。而在涩谷的住宅被孩子们折腾得乱七八糟，像猪圈一样又脏又乱，所以他们急忙重新贴拉门，更新榻榻米，甚至粉刷了墙壁，忙得热火朝天。

幸子听说仪式在东京举行，心中有些不满，但也没有充分的反对理由，也没法唱反调。三月二十三日，因为贞之助公务繁忙，她陪着雪子出发了。二十五日订婚仪式结束，国岛拍电报给在洛杉矶的井谷告诉她这桩喜事。雪子由于需要跟本家辞行，加之要办很多杂务，便暂时留在了本家。二十七日的早晨只有幸子一人回到了关西。正好十点钟，贞之助和悦子都出门之后时，她一个人慢悠悠地去二楼准备休息一下，突然看到桌上有两封开封的信，是经由西伯利亚寄来的国际书信。旁边是丈夫的字条：

> 来了两封珍贵来信，是史托尔兹夫人和海宁夫人家的千金寄来的。悦子急于知道信的内容便拆封了。史托尔兹夫人是用德语写的，所以我带到大阪让熟人给翻译了，见附页。

字迹潦草的字条旁，放着七页稿纸的译文。

三十六

亲爱的莳冈太太：

我早该细细地给您写封信了。我们总是想起您和可爱的悦子小姐。我想悦子小姐应该长大了许多吧。但我基本没时间提笔写信。我想您也知道，德国现在人手不足很严重，很难雇到女佣。我家从去年五月起，只有一个女佣一周三次且只在早晨来家里打扫卫生。其他的家事，做饭、采购、修缮、缝补等都得由我自己动手。有这么多事需要做，到了晚上我才稍微能空闲下来。放在以前的话还能趁机写写信，而现在只能拿出放袜子的篓子。孩子们的袜子穿得都是大大小小的窟窿，整晚都要缝缝补补。若在以前，穿破的衣物就直接扔掉了，而现在需要坚守诸事节约的宗旨。为了支持国家打赢这场仗，我也略尽薄力，厉行节约。听说日本也万事节俭了起来。我有个朋友趁着休假正好来到我们这儿，跟我说了很多日本的改变。这个可以说是力求向上、朝气蓬勃的民族必须要承担的共同的命运。要想在向阳处占有一席之地，并非易事。虽说如此，但我深深地相信我们国家可以占有这样的一席之位。

去年六月您给我写的信是用德语写的，所以我分外高兴地拜读了。您如此周到，令我铭刻于心，衷心感谢。您又得拜托您的哪位好友把这封信翻译成日语吧？希望那位朋友能认得我的字迹。如果难以辨认，下一封信我就用打字机写。丝绸和日本扇子的包裹没有寄到，我感到很遗憾。但是太太，您给我家罗斯玛丽送的戒指美丽非凡，她高兴极了。海宁小姐因为带了送给罗斯玛丽的戒指来，所以前一阵子给我写了封信，说是还不确定什么时候去汉堡。我的朋友前几天在柏林见到了海宁小姐，把戒指带过来了。真是做工精良。我代替罗斯玛丽向您表示深深的感谢。不过我应该还不允许她戴，等她大一些再说，在那之前我想先为她保管。另外，我的那位在日本认识的朋友会在四月回日本，我想让那位朋友帮我带给悦子小姐一些装饰品，不是什么贵重的东西，略表心意。这样一来，这些礼物就能成为这两个姑娘之间深情厚谊的纪念品，戴在身上。如果战争以取得辉煌胜利而告终，一切又都恢复如常的话，到那时您是否会来德国走一走呢？我想悦子小姐肯定是想了解一下崭新的德国的。如果您全家能够住宿在我家，那么能迎来如此尊贵的客人，我们就太高兴了。

对了，您或许想知道我的孩子们的情况吧？我这几个孩子都跟过去一点没变，都很好。彼得在十一月以来跟班里的同学们去了上巴伐利亚[①]，他似乎很喜欢那个地方。罗斯玛丽从十月开始学习钢琴，已经弹得非常好了。弗里茨小提琴拉得很好。他在三个孩子里长得最快，是个快乐的小男孩，在学校所有的功课也都做得很好。一年级的时候他只是半玩乐地去学校，而最近他已经完全适应了。最近也当然需要这些孩子们帮忙做家务，每个孩子都肩负几样任务。傍晚，弗里茨需要擦家中所有的鞋，罗斯玛丽负责擦干餐具以及磨刀。大家都做得非常认真。彼得今天刚好寄来一封长信，说那些孩子们在宿舍里也有擦鞋和缝补的工作，需要整理各自的衣物和袜子。我认为这种事对于年轻人而言是非常好的锻炼。不过，我担心他一回家就又把一切扔给我了。

①全称为上巴伐利亚行政区，是德国巴伐利亚州的七个行政区之一。

我丈夫承包了一家进口洋行，最近也适应了工作节奏。也从中国或者日本进口商品，但因为在战争中所以受到一些限制。这个冬天真是漫长，但不如去年冬天冷。我们这儿太阳出来的日子很少，从十一月开始，太阳就不露面了，不久也许就进入早春时节了。每当这时，就想起在日本时总是暖洋洋的，让人舒服极了，我一直都很憧憬日本宜人的气候。

如果还能听闻您家的音信，我会非常高兴的。以后请您多说一些您家的状况。不让寄照片很是遗憾。罗斯玛丽会在近期给悦子小姐写信。这个孩子在平时有很多学校布置的作业，所以要写信就只能等到周末了。也许彼得会从上巴伐利亚给你们写信的。我想那些孩子们在那儿充分地享受大自然，没有多少时间在房间里待着。我觉得这样非常好。在我们这儿这样的大城市总觉得像是生活在笼子里似的。

那么，请代替我们，特别是孩子们向悦子小姐问好。莳冈太太，我发自内心地问候您和您的先生。您总是和善地把我们记挂心间，对此，我再次深表感谢。

您的希尔达·史托尔兹

一九四一年二月九日于汉堡

海宁小姐的信是用简单的英文写的，幸子也能直接读懂原文。

亲爱的莳冈夫人：

没能早些给您致信，请多包涵。因为我在寻找住房，很是忙碌，完全没有时间写信。但我们终于住进了一位年长的熟人家里。我们和那个人的儿子在日本熟识。这位老人六十三岁，在宽敞的公寓里一个人生活，总感到孤单，所以提出让我们和他一起住。我们运气很好，真的很高兴！

我们在很长但很愉快的航海旅行之后，于正月五日到达德国。在俄罗斯边境检疫禁足期间当然不是很愉快，但可以说俄罗斯人已经尽了他们最大的努力。食物糟糕透了，每天我们只能得到黑面包、奶酪、黄油和一种叫作“罗宋汤”的蔬菜汤。我们一天到晚只能玩纸牌、下国际象棋度日。平安夜那天，我们点上蜡烛，像平时那样吃了面包和黄油。我是多么思念在日本那个有妈妈和弟弟们的家啊，想必您无法想象。但是我们度过了六天之后，就被带去了我们列车停着的地方。我和父亲坐在宽敞崭新的双人固定座位上，旁边的座位坐着从日本访问完毕后回国的希特勒青年团的少年们。我和他们聊了很多有趣的话题，忘记了旅途的漫长。

到达柏林当地，我们几乎完全感受不到战争的氛围。剧场和咖啡店都坐满了客人，食物量很足，且非常美味。实际上，我们在酒店或是餐馆吃饭时，食物的量太多了，经常吃不完。气候的变化让我食欲大增，为了不变胖，我需要一直很注意。最近让我们感到震惊的唯一一件事是，街上有很多士兵和军官。他们穿军装的样子很是英武！

我从这个月开始进入俄罗斯芭蕾舞学校学习。那所学校离我家只有十分钟的路程。老师古斯乌斯基女士曾在圣彼得堡学习舞蹈，很是亲切和蔼。她一直都自己举办日场演出，所以我每天上午十一点到中午十二点半，以及下午三点到四点半接受她的指导，我希望能早一天跳得好一些。古斯乌斯基芭蕾团由年长的舞艺精湛的弟子们组成，最近刚从罗马尼亚慰问演出回来，马上还要再去挪威和波兰。希望大概过个两三年，我也能加入他们的行列。

最后我想跟您说，您托我带给罗斯玛丽带的珍珠戒指我已经送到了。我担心途中会丢失，正犹豫要不要寄过去的时候，两三天之前父亲的朋友从汉堡来访，我就拜托他直接把您交代的礼物带过去了。今天史托尔兹夫人来了明信片，说是她已经收到您准备的美丽的戒指了，罗斯玛丽非常感谢您。我把那张明信片也随信寄给您。

直到今天为止，天气都很冷，但好像会逐渐变暖。正月时是零下十八度，您可以想象一下。但是室内有供暖设备，所以舒适温暖。德国的房子都是双重玻璃，比日本的要结实得多，所以根本不会有风漏进来。

到了我要练舞蹈的时间了，就此搁笔。请您也寄信给我。

弗里德·海宁

一九四一年二月二日于柏林

幸子看到在信封中仔细地装着那张汉堡史托尔兹夫人寄到柏林迈埃尔奥特街海宁小姐的、报告戒指收到了的明信片。

三十七

雪子在涩谷姐姐姐夫家住到了三月底，在结婚典礼之前按理说可以一直在那儿住着，但她还是不想久待，更想和芦屋的家人们好好告别。一进入四月，她迅速地回大阪了。根据国岛的口信，即将在二十九日天长节[①]那天举办结婚典礼，婚宴设在帝国饭店。御牧一方，子爵因为年事已高，或许是由其继承人正广夫妇代理出席，等等。御牧家希望，虽应避免仪式过于奢华，但唯独婚宴想按照家族的礼法进行，按照这样的宗旨已下发请帖。因此当天御牧家那边东京的亲戚朋友自不必说，关西方面的出席者也会相当多。如此一来，莳冈家自然也是这样，以大阪的亲戚为首，名古屋的辰雄老家的种田家的人们甚至那位大垣的菅野遗孀也说要出席，可以预想这场婚宴是近日非常奢华的一场盛宴。就在这时，甲子园的房子终于空了出来，御牧用一天来到关西，访问芦屋，邀上幸子和雪子去验收房屋。房子地处阪神电车行车线北侧数百米的地方，是一所相当新的平房建筑，夫妇二人和一名女佣住的话大小正合适，特别是房子带有百余坪[②]的院子，最让人满意。御牧跟幸子她们商量房屋装饰、家具摆放等，顺便说出新婚旅行的计划。他说结婚当夜在帝国酒店住一晚，第二天早晨计划去往京都，在京都只稍微问候一声父

①其名称由“天长地久”而来，为庆贺在位天皇生日的节日。明治六年（1873）成为国民节日，昭和二十三年（1948）改称为天皇诞生日。根据时代日期有所变迁，在昭和时代“天长节”为 4 月 29 日。

②日本度量衡面积单位，一坪约为 3.3 平方米。

亲，在当天去往奈良，计划用两三天畅游春天的大和路。不过这仅仅是自己的想法，要是雪子觉得奈良不够新鲜，也可以变更为箱根热海。幸子都没有问雪子的意见，说："关东[①]就算了，请带她去奈良吧。虽然离我们住的地方很近，但大和的名胜古迹却不熟悉，妹妹们连法隆寺的壁画都没见过。"御牧希望在奈良的旅馆是纯日本式建筑。即使他没有这个要求，幸子在西式旅馆被臭虫叮怕了，也不建议住西式旅馆，所以推荐了月日亭。御牧还说，尼崎市郊外即将兴建工场的东亚飞机制造公司，由于国岛的安排，他已经在那儿找好了工作，因为他曾在美国的大学修习过航空学，也拿到了毕业证书。但实际上他在毕业后并未从事过相关工作，有关飞机方面他完全是个门外汉，所以对于自己会被安排什么工作，感到很不安。而且因为国岛的面子拿的薪酬比较高，就更加担心了。但为了度过当下这种时局，必须要做些努力保住这个职位，除此以外别无他法。等新婚旅行一回来，就直接进入上班族的生活。但是他会利用闲暇时间研究关西地区的古建筑等，好为东山再起做准备。

当御牧问道"小妹最近怎么样"时，幸子吓了一跳，只好若无其事地回答："今天虽没见到她，但她一切都好。"不知道御牧是否知道实情，他并未继续追问，待了半天就走了。

其实妙子在那时临近预产期，带着阿春秘密地从有马到了神户，住进船越医院的病房里。幸子为避人耳目，绝不靠近医院，问候的电话一通都没打过。住院后第二天，阿春趁着夜幕悄悄回来了，告诉幸子胎位不正。听院长说，去年在她去有马之前诊断时，胎位还是正常的，估计是因为坐车翻山越岭的，便颠倒过来了，而

①箱根、热海地处关东。

且若稍微早点发现还能恢复原位，但分娩期迫近，胎儿已经下到骨盆了，就很棘手。不过院长保证说一定让妙子平安生产，请放心。应该没什么可担心的。阿春说完就回医院去了。然而过了四月上旬的预产期，没有任何音信，据说因为是头胎，所以有些延期也是不可避免的。

就在这期间，樱花开始飘零，贞之助他们一想到半个月后雪子就要出嫁了，对于一天天匆匆而逝的春光甚是吝惜，想组织出游以做纪念。然而今年时局比去年更紧张，现如今，因为七七禁令[①]的缘故，雪子出席婚宴要换的服装都未能重新定制，还是请小槌屋买的二手货。从这个月开始，大米也凭证供给了。今年菊五郎也不来了，去年就不敢光明正大地去赏花了，今年更是顾虑重重。不过，赏花是每年的例行活动，于是一行人便装扮得极为朴素，在十三号星期日去京都玩了一天，跳过了瓢亭等景点，从平安神宫到嵯峨匆匆一游。今年也缺了妙子，四人在大泽池边的樱花树下安安静静地打开便当盒，用漆涂的小酒盅喝了一圈冷酒，冷冷清清的。不知道到底看了些什么景色，就回家了。

贞之助他们赏花回来的第二天，一直大着肚子的铃生小猫了。这只母猫已经十二三岁，是只老猫了。去年怀小猫时也无法凭自己的力量生产，通过注射促进阵痛最后才终于生出来的。今年也一样，从前一晚开始看着即将生产却一直生不出来，把楼下六叠房间的壁橱当作它的产房，把兽医叫来给它注射，好不容易有小猫露头，幸子和雪子轮流地把小猫拉出来了。两人不言不语地为妙子的平安分娩祈祷着，怀着讨个彩头的心情，想竭力帮铃顺利接生，拼

① 1940年7月7日，日本政府颁布“奢侈品禁令”。

命努力地帮忙。悦子时不时装作来楼下上厕所，从走廊往里窥探。“悦悦你去别的地方，这不是小孩子该看的东西。”幸子斥责道。终于到了凌晨四点，三只小猫成功地降生了。两人用酒精给沾满血的手消毒，脱下沾染气味的衣服，换上睡衣，正准备去睡觉时，电话铃声意外地响了。幸子吓了一跳接起电话，果然是阿春。

“怎么了？已经生了吗？”

“没有。还没生。生产好像很不顺利，已经疼了二十个小时了。”阿春说道，“院长说阵痛微弱，所以给注射了助产剂，说是最近德国产的好药匮乏，用了国产药。可能是这个原因，不太管用，妙子小姐一直在呻吟着挣扎着，从昨天开始完全不吃东西了，一直呕吐出奇怪的乌黑发青的东西。她哭着说：‘这么难受，我是没救了，这次终于死到临头了。’医生说没事，但护士说有可能心脏会受不了，在外行人看来也是很危险的状态，所以虽然我答应您不打电话，但也只能打了。”

幸子认为光听阿春的汇报，还是不了解情况，不过因为无法获得德国产的阵痛助产剂产妇才身体虚弱的话，那么想想办法应该能有途径获取一支。一般情况下，妇产科医院为了一些特殊患者多少私藏些特效药，自己过去好好求求院长的话或许能让他拿出来。旁边的雪子也说：“已经到这个地步了，也顾不上别人怎么看了。”频频催促去看望妙子。接着贞之助也起来了，说跟雪子意见相同：“我对三好承诺过，对妙子和腹中胎儿负责，所以听到这个消息的话无法坐视不管。”不仅让幸子早点去，还通知了三好，让他直接赶往医院。

神户船越医院的院长是位公认的德高望重的专家，所以去年幸子才向妙子推荐他的，但她自己并不认识院长。幸子为以防万一，把家中珍藏的胆胺、百浪多息以及维生素 B 针剂带去，哪一样在如今都是极其贵重的。到病房一看，三好已经先到了。从去年秋天以来已经半年未见的妙子流着泪说：“中姐，你终于来了……我这次估计挺不过去了。”说着又哭了起来。说话间她四肢也不断挣扎着，非常痛苦，呕吐出一些不明物体，是些非常肮脏的黏黏糊糊的块状物。三好从护士那儿听说，这是胎儿的毒素从嘴里出来了。幸子看了看，像是胎儿降生后第一次排泄的胎便。幸子立刻跑进院长室，拿出贞之助的名片，把带来的注射剂全部拿出来：“医生，我好不容易凑了这些药来，怎么也找不来德国的阵痛助产剂……不管多贵都可以，请您在神户帮忙找找吧……看看哪儿有人有那种药……”她故意用高亢的声音发疯般地说着，打动了好心的院长。“其实我们医院中就保存了仅有的一支，真的只有这一支。”院长说道，终于勉强地拿出来了。叫人吃惊的是，注射下那支药剂五分钟后，突然开始阵痛，幸子她们亲眼见识了德国药比国产药是多么的有效。接着妙子被送往产房，幸子、三好和阿春在外面的走廊长椅上坐着等待。好像只听到妙子呻吟了两声，院长就提着婴儿从里面十万火急地走出来，进了手术室。之后的三十分钟里，听到院长反反复复极具耐性地用巴掌拍打的声音，但应该最后也没哭出声。

妙子被送回病房，幸子他们三人也围在妙子病床周围，屏息凝神地等着。但过了许久只听见啪啪的拍打声，能够想象院长持续地做着徒然的努力。过了一会儿护士说：“真是抱歉。胎儿在出生前还活着，分娩时死去了。院长尽了全力想救活婴儿，您从府上带来的胆胺注射液也用了，但是很遗憾没能救活。我想院长会马上进行详细说明。还是给婴儿穿上妈妈缝制的衣服吧。”接过妙子在有马缝制的小衣服出门去了。不一会儿院长抱着死去的婴儿进来了。“实在对不起，我犯了个很大的错误。由于胎位不正，所以我用手把胎儿拉了出来，往外拉的时候手滑了，所以胎儿窒息而亡了。这种失误很少发生的。我本来保证一定平安接生的，却发生这么大的失误，我都不知道如何谢罪了！”院长满头大汗地说着。院长直率地告知接生失误，本来不用说明的也一一阐明，非常惭愧的样子。幸子看到他这坦率的态度，反而心生好感。院长两手抱着婴儿给大家看:“出生的是位小姐，你们看她那漂亮的脸蛋儿，我接生过很多婴儿，我绝不是在恭维，我从未见过这么可爱漂亮的婴儿。若活着的话，会长成一位多么美丽的小姐啊，一想到这儿更加遗憾了。”说着又道起了歉。婴儿的头发被梳理得柔顺有光泽，她被穿上了刚才的小衣服，头发又浓又黑，小脸白白的，两颊呈着潮红。无论谁第一眼见到都会惊叹。三人轮番着抱了抱婴儿，突然妙子猛烈地哭起来，幸子受不了也哭了起来，阿春和三好也跟着哭了。“长得像市松人偶[①]似的……”幸子说道，凝视着婴儿如蜡烛般透明的娇美的小脸，觉得板仓和奥畑的仇恨幻化成了报应似的，顿觉毛骨悚然。

妙子在一周后出院，贞之助认为只要不太过张扬就没关系，所以听从他的意见把妙子送到了三好手上。在兵库租了一栋房子的二楼，开始过上了夫妻二人的日子。四月二十五日晚，妙子为了跟贞之助他们告别顺便带走些随身携带的东西，偷偷回到芦屋。来到以前她在二楼的六叠房间一看，里面整齐地摆放着雪子的各式嫁妆，灿烂夺目，壁龛中放着大阪亲戚及其他人送来的结婚礼物，堆得像小山一样。妙子比雪子更早结婚，但谁都不知道。她从寄放在这个家中的行李中，一个人悄悄地收拾着临时要用的东西，放进带有卷草模样的包袱皮中，跟大家说了三十分钟的话就回兵库的家了。

---

①日本江户时代中期以歌舞伎舞者佐野川市松为范本，创作出的一种可以替换衣服的娃娃。

阿春在妙子出院的同时回到芦屋。她在尼崎的父母似乎偷偷为她安排了相亲，她想在雪子出嫁后请两三天假回去。

到了今天，很多人的命运就这样突然就定了下来，这个家马上就要冷清下来。想到这里，幸子有种嫁女儿的母亲的心情，动不动就感慨万分。雪子更是感怀，在贞之助夫妇的陪同下坐二十六日的卧铺去东京的事定下来之后，便为日子一天天的流逝感到悲伤。另外不知怎么回事，雪子从几天前肚子就不大舒服，每天都要拉肚子拉上五六次，服用了止泻药也不见好。就在不停拉肚子的时候，二十六日到来了。让大阪冈米店赶在那天早晨之前定做的假发套送到了，她戴上试了试，然后直接摆在了壁龛里，悦子从学校回来突然就发现了它，边说“姐姐的脑袋真小啊”边戴上，还特意跑到厨房让大家看，逗得女仆们哈哈大笑。让小槌屋准备的婚宴礼服也在同一天送来了。雪子看了看衣服差点嘟囔出声：“这要不是婚礼的衣服就好了。”这时雪子忽然想起，过去幸子嫁给贞之助时也是没有半点高兴的模样，妹妹们问她，她也只是说“这有什么可高兴的”，还写了一首和歌给大家看：

今亦试衣忙，
昏昏日暮降。
此身为新妇，
心中暗苍凉。

这一天，雪子腹泻终究也没止住，上了火车之后还在继续拉肚子。

图书在版编目（CIP）数据
细雪 /（日）谷崎润一郎著；张军苗译. —北京：现代出版社，2020.10
ISBN 978-7-5143-8529-8

Ⅰ. ①细…　Ⅱ. ①谷…　②张…　Ⅲ. ①长篇小说—日本—现代
Ⅳ. ①I313.45

中国版本图书馆CIP数据核字（2020）第069303号

细　雪

作　　者：[日]谷崎润一郎
译　　者：张军苗
责任编辑：曾雪梅　朱文婷
出版发行：现代出版社
通信地址：北京市安定门外安华里504号
邮政编码：100011
电　　话：010-64267325　64245264（传真）
网　　址：www.1980xd.com
电子邮箱：xiandai@vip.sina.com
印　　刷：三河市宏盛印务有限公司

字　　数：481千字
开　　本：880mm×1230mm　1/32
印　　张：20.75
版　　次：2020年10月第1版
印　　次：2020年10月第1次印刷
书　　号：ISBN 978-7-5143-8529-8
定　　价：88.00元